JOHANNA NICHOLLS

Im Land der goldenen Hoffnung

GOLDMANN
Lesen erleben

Johanna Nicholls

Im Land der goldenen Hoffnung

Roman

Aus dem Englischen
von Gertrud Wittich

GOLDMANN

Die englische Originalausgabe erschien 2016 unter dem Titel
»Golden Hope« bei Simon & Schuster (Australia) Pty Limited.

Dieses Buch ist auch als E-Book erhältlich.

MIX
Papier aus verantwortungsvollen Quellen
FSC® C014496
FSC www.fsc.org

Verlagsgruppe Random House FSC® N001967

2. Auflage
Deutsche Erstveröffentlichung Januar 2018

Dieses Werk wurde vermittelt durch die Literarische Agentur
Thomas Schlück GmbH, 30827 Garbsen.
Umschlaggestaltung: UNO Werbeagentur, München
Umschlagmotiv: RedNumberOne/Alamy Stock Foto; Fine Pic®, München
Redaktion: Lisa Wolf
KS · Herstellung: kw
Satz: KompetenzCenter, Mönchengladbach
Druck und Bindung: GGP Media GmbH, Pößneck
Printed in Germany
ISBN: 978-3-442-48717-2
www.goldmann-verlag.de

Besuchen Sie den Goldmann Verlag im Netz

Im Gedenken an Maxim Parsons,

den tapferen Goldjungen, der unsere Namen in der Wildnis des australischen Buschs eingraviert hat, an einem Ort, der auf keiner Karte zu finden ist, einst reich an Gold, für immer reich an Legenden.

Dieses Buch ist für dich, Cousin.

Du magst mich lieben, einen Tag und eine Nacht,
du magst dein Leben wegwerfen;
aber ich werde, sobald der Morgenstern am Himmel blinkt,
aufs Pferd steigen und weiterzieh'n.

Aus »Break O'Day« von Henry Lawson, 1867–1922

Erster Teil
1901

1

Victoria, Australien, Februar 1901

Sie folgten der Straße nach Ballarat wie dem Weg auf einer Schatzkarte zu einem unbekannten Ziel. Sie wand sich durch ein Wäldchen aus uralten Eukalyptusbäumen, in das kürzlich ein Buschbrand eine verheerende Schneise gerissen hatte. Links und rechts der Straße breitete sich offenes verkohltes Buschland aus, auf dem wie durch ein Wunder bereits wieder frisches Grün zwischen den verkohlten Resten der Stämme hervorlugte wie die Auferstehung des sprichwörtlichen Phönix aus der Asche.

Clytie hielt dies für ein gutes Zeichen. Vielleicht würde die kleine Zirkustruppe doch überleben.

Sie waren die Einzigen, die auf dieser einsamen Straße unterwegs waren, hinein ins Herz des *Gold Triangle*, des Goldenen Dreiecks. Die knallbunten Wagen des Zirkus Wildebrand boten in dieser Einöde einen kuriosen Anblick. Als wollten sie sagen: *Seht her, die Straße gehört uns! Wir kommen zu euch, nach Ballarat, Bendigo – und wo auch immer wir auftreten, wir werden euch verzaubern!*

Die Sonne brannte heiß vom Himmel, und Clytie schwitzte in ihrem dünnen Knabenhemd und der einfachen Latzhose, die sie immer trug, wenn sie mit dem Zirkuszug unterwegs waren. Sie saß neben ihrer Mutter auf dem Kutschbock.

Der heiße Wind zerrte an ihrer Schottenmütze, unter

der sie ihr fülliges Haar verbarg. Er fuhr auch in die Ziehharmonikafalten der Landkarte, die sie auf dem Schoß hielt und deren eines Ende sie unter einen Fuß geklemmt hatte, während sie mit der anderen Hand kutschierte.

Ihre Mutter Dolores hatte sich in Seidentücher eingemummt, wie in eine Art Sari, denn sie hatte eine sehr helle, empfindliche Haut und bekam leicht Sommersprossen. Rote Staubwolken wallten unter den Rädern der Waggons auf und reizten zusätzlich.

»Mama, ein paar Sommersprossen bringen dich schon nicht um«, neckte Clytie ihre Mutter.

»Du hast leicht reden.«

Clytie war froh, dass sie mit einem etwas dunkleren, olivbraunen Teint geboren worden war und nicht mit der milchweißen Haut ihrer Mutter. Sommersprossen bekam sie nie.

»War mein Vater auch eher ein dunkler Typ?«, wollte Clytie wissen. Sie kannte ihren Vater nicht, und ihre Mutter hatte sich bis jetzt geweigert, seine Identität preiszugeben.

Die Ältere schüttelte den Kopf. »Du gibst wohl nie auf, was, Mädel? Und pass auf, wo du hinfährst. Leg doch die Karte weg! Wozu brauchst du 'ne Karte? Wir befinden uns in einem Konvoi.«

Dolores' Stimme war sanft und begütigend. Sie verlor fast nie die Beherrschung, aber wenn es geschah, wusste selbst Clytie, dass man besser in Deckung ging. Immerhin berief sich ihre Mutter auf »heißblütige spanische Vorfahren«.

»Ich weiß eben gern, wo ich hinfahre, Mama. Ich folge nicht blindlings einem Führer.«

»Pass bloß auf, dass Vlad das nicht hört.«

In der Zirkustruppe galt Vlad als Clyties Stiefvater, aber

es ging ihr gehörig gegen den Strich, als Tochter des Messerwerfers bezeichnet zu werden. Immer wenn Dolores bei Vlad im Wagen übernachtete und nicht in ihrem und Clyties, musste sich Clytie die Ohren zuhalten, weil sie das Weinen und die Schreie ihrer Mutter nicht ertrug. Sie vermutete seit Langem, dass ihre Mutter blaue Flecken und Blutergüsse vor ihr verbarg.

»Ich hab keine Angst vor Vlad, Mama. Aber ich kann verstehen, dass es nicht leicht ist, sich mit einem Mann anzulegen, der erst zuschlägt und dann fragt.«

»Das reicht, Clytie! Ich werde schon allein mit ihm fertig, klar? Und vergiss eins nicht: Wir sind von ihm abhängig.«

Clytie widmete sich wieder ihrer Landkarte. Geelong lag nun weit hinter ihnen, das hübsche grüne Städtchen, in dem sie zuletzt aufgetreten waren. Die Abschlussvorstellung war leider vom zunehmenden Konflikt der Artisten mit ihrem neuen Direktor überschattet worden, der sich nicht gern in die Karten schauen ließ und die Truppe auch nicht über die Zukunft des Zirkus Wildebrand aufklären wollte.

Die nächsten Städte, in denen das große Zirkuszelt errichtet werden würde, waren Ballarat und Bendigo und wohin auch immer Direktor Gourlay sonst angeblich seine Fühler ausgestreckt hatte.

Clytie liebte all die faszinierenden, fantasievollen Namen auf der Karte. Balla'arat zum Beispiel kam aus dem Aborigine und bedeutete »angewinkelter Ellbogen« oder »Ruhestätte«. Und Bendigo war nach einem Schafhirten benannt, der sich für einen großartigen Boxer hielt und seinen Spitznamen dem englischen Box-Champion William Abendigo verdankte.

Clyties Puls beschleunigte sich beim Anblick all der malerischen Namen der kleinen Ortschaften, die das Gold

Triangle hervorgebracht hatte. »Warst du je in Deadman's Gully, Mama? Oder in Shamrock Reef oder in Mizpah?«

»Gute Güte, nein. Das sind doch Kuhkäffer. Viel zu klein für einen Zirkus von unserem Format.«

»Pedro hat erzählt, dass das alles *Boomtowns* sind, die während des Goldrauschs der Achtzehnhundertfünfziger entstanden. Der Staat Victoria hat seine Bedeutung dem Goldrausch zu verdanken, wusstest du das, Mama? Goldsucher aus allen Teilen der Welt sind damals hierhergekommen, um ihr Glück zu suchen, auch alte *Forty-Niners* von den überlaufenen Goldfeldern in Kalifornien.«

»Es freut mich zu hören, dass Pedro euch immerhin was Nützliches beibringt«, bemerkte Dolores zerstreut.

Clytie liebte Pedros Geschichten. Der Clown war früher Lehrer gewesen, und nun unterrichtete er nebenher die Zirkuskinder und seinen zwölfjährigen Ziehsohn Tiche, einen Zwerg, den er adoptiert hatte und zu seinem Nachfolger ausbildete.

»Pedro hat erzählt, dass in Ballarat die legendäre *Eureka Stockade* stattfand, ein Aufstand der Goldschürfer. Sie haben sich gegen die unfaire Minensteuer gewehrt. Wusstest du, dass das der einzige bewaffnete Konflikt in der Geschichte der sechs australischen Kolonien war? Aber als die rebellischen Goldsucher dann vor Gericht kamen, wurden sie von der Jury freigesprochen!«

»Typisch Australien. Die würden am liebsten auch noch diesen Banditen kanonisieren, diesen Bushranger, der gehängt wurde.«

»Der heilige Ned Kelly!«, kicherte Clytie.

»Geschichte ist ja schön und gut. Und ich bin froh, dass du eine bessere Schulbildung bekommst, als ich sie je hatte. Aber das ganze Zeug hilft dir nicht dabei, eine gute Kunstreiterin zu werden! Du musst noch viel lernen, ehe du's mit mir aufnehmen kannst!«, verkündete Dolores nicht ohne einen Anflug von Stolz.

Morgen, in Ballarat, hieß es erneut, den Kampf gegen den drohenden Untergang des Zirkus Wildebrand aufzunehmen. Die offenen Goldvorkommen in den Flüssen waren mittlerweile versiegt, aber es gab im Staat Victoria dennoch viele ergiebige Goldminen, die geschäftige Städte hervorgebracht hatten. Dort würden sie hoffentlich ein zahlendes Publikum in ausreichender Größe finden.

»Warum waren wir bis jetzt noch nie im Gold Triangle, Mama?«

»Das waren wir. Du warst nur zu klein, um dich dran zu erinnern, noch ein Küken, das gerade erst gelernt hatte, sattellos zu reiten. In den alten Tagen des Goldrauschs ist meine Familie oft dort aufgetreten. Wir waren die Attraktion in allen großen Zirkussen auf der ganzen Welt!«

Clytie wurde es nie müde, alte Familiengeschichten zu hören. Sie hoffte immer, irgendwann einen Hinweis auf ihren richtigen Vater zu bekommen.

»Und du bist die vierte Generation, die Letzte der Flying Harts«, ermunterte Clytie ihre Mutter weiterzuerzählen. Sie wies mit einer Kopfbewegung auf das große aufgemalte Plakat an der Seite des Wagens, auf dem eine etwas jüngere, aber nicht weniger glamouröse Dolores zu sehen war, die auf einem Pferd stand und eine kleine Clytie im Feenkostüm auf den Schultern trug – Little Clytie im Alter von fünf Jahren.

Dolores zögerte nicht, ihre Tochter sogleich zu korrigieren: »Die Vorletzte! Es ist an dir, für eine neue Hart-Generation zu sorgen und die Legende einer großen Kunstreiterfamilie am Leben zu erhalten.«

Obwohl Clytie die Antwort im Voraus wusste, sagte sie: »Aber du bist doch noch jung genug, um mehr Kinder zu bekommen, Mama. Und ich stünde dir als kostenlose Babysitterin zur Verfügung.«

Dolores' Haltung verkrampfte sich. Clytie folgte dem Blick ihrer Mutter zu dem Wagen, der vor ihnen fuhr und auf dessen Seite ein dramatisches Bild von Vlad, dem Messerwerfer, prangte.

Mit gepresster Stimme sagte sie: »Darauf würde ich an deiner Stelle lieber nicht warten, Liebes. Es gibt Männer, von denen man besser keine Kinder bekommt. Vlad würde der Schlag treffen, wenn ich schwanger werden würde. Oder kannst du dir vorstellen, wie ich mit einem dicken Babybauch auf dem Pferderücken Saltos mache?«

Clytie musste schmunzeln, als sie sich das bildlich vorstellte. Dies schien die perfekte Gelegenheit zu sein, um nach ihrem richtigen Vater zu fragen. Aber im gleichen Moment kam etwas dazwischen.

Der Zug geriet vor einer Abzweigung ins Stocken. Vlad hüpfte vom Kutschbock und war mit wenigen Schritten bei ihnen, eine hochgewachsene, muskulöse, sonnengebräunte Gestalt, die Verkörperung männlicher Arroganz. Er richtete seine stechenden schwarzen Augen auf Dolores, ohne Clytie auch nur eines Blickes zu würdigen.

»Ich möchte sofort nach der Ankunft anfangen, meinen Auftritt zu proben. Du wirst mir als Assistentin zur Verfügung stehen, klar?! Ich hoffe sehr für dich, dass du alles noch gut im Kopf hast und keine Fehler machst. Glaubst du, du kriegst das ausnahmsweise hin? Das Aufschlagen des Lagers und den ganzen Kram kannst du der Göre überlassen.«

Der Göre?! Clytie kochte vor Wut. *Dem Himmel sei Dank, dass der nicht mein richtiger Vater ist!*

»Die Kleine hat sich noch nie vor harter Arbeit gedrückt«, verteidigte Dolores ihre Tochter.

»Klein? Das soll wohl ’n Witz sein? Die ist dir doch schon fast über den Kopf gewachsen! Es wird höchste Zeit, euch in The Daring Hart Sisters umzubenennen. Eure Nummer gehört abgestaubt, falls ihr’s noch nicht bemerkt habt.« An Clytie gewandt fügte er hinzu: »Du wirst deine Mutter von jetzt an Dolores nennen, hast du verstanden? Das ist ein Befehl.«

Er ließ ihr keine Zeit zu antworten und machte auf dem Absatz kehrt. Vlad lief zu seinem Wagen zurück und sprang auf den Kutschbock, denn nun war er an der Reihe, sein Gefährt von der Straße herunterzulenken.

Clytie versuchte, den Mund zu halten, aber es gelang ihr nicht. »Ich soll dich von jetzt an Dolores nennen? Was sagst du dazu, Mama? Willst du das wirklich?«

»Wir haben wohl keine andere Wahl, Schätzchen. Boss Gourlay hat Vlad befohlen, sich um unsere Nummer zu kümmern. Und sieh dich doch an, du passt ja fast schon in mein Kostüm! Sosehr ich’s auch möchte, ich kann dich nicht länger als Kleinkind verkaufen.« Sie seufzte. »Auch wenn das zu deinem Schutz eigentlich besser wäre.«

Mutter hat Angst, dass Vlad sie für ein Auslaufmodell hält.

»Du bist noch genauso schön wie früher«, versuchte sie, ihre Mutter zu trösten.

Vlad ließ sich keine Gelegenheit entgehen, Dolores’ Selbstbewusstsein zu schwächen und die Nummer schlechtzumachen, die sie mit ihrer Tochter eingeübt hatte, seit diese alt genug war, um stehen zu können.

Clytie wollte ihre Mutter unbedingt wieder ein wenig aufheitern. »Du musst es mal so sehen, Mama: Wenn ich mich nicht mehr in dieses Feenkostüm zwängen muss, brauchst du mir auch nicht mehr meinen Busen abzubinden, damit ich überhaupt noch reinpasse!«

Clyties Kichern war ansteckend. Dolores konnte nicht anders und stimmte ein. Beide lachten so sehr, dass sie sich aneinander festhalten mussten, um nicht vom Kutschbock zu kippen. Der Lärm riss Missy, die Löwin, die in einem großen Käfig hinter ihnen herfuhr, aus dem Schlummer, und sie stieß ein gereiztes Gebrüll aus.

»Hörst du? Nicht mal Missy findet, dass ich weiter die kleine Fee spielen soll!«, rief Clytie lachend aus, und die Löwin brüllte prompt erneut.

Das ist das erste Mal, seit wer weiß wie lange, dass Mama richtig lacht. Dieser verdammte Vlad, der soll sich in Acht nehmen! Mama hat er schon unter seiner Fuchtel – aber ich werd's ihm zeigen!

Die Macht, die Männer unfairerweise über Frauen hatten, beschäftigte Clytie häufig. Sie interessierte sich lebhaft für die Suffragettenbewegung, insbesondere für die Pamphlete von Vida Goldstein aus Melbourne. Tausende Frauen hatten dem Gouverneur von Victoria 1890 eine Petition vorgelegt, in der das allgemeine Wahlrecht für Frauen gefordert wurde. Aber die Regierung hatte dagegen gestimmt, was Clytie fürchterlich frustrierend fand. Mittlerweile befanden sie sich im Jahr 1901, und die Frauen hatten noch immer kein Stimmrecht!

»Die Zeiten ändern sich!«, brach es hitzig aus Clytie hervor. »Jetzt, wo wir endlich eine Föderation haben, wo Australien zu einem Land vereinigt wurde und nicht mehr sechs einzelne Kolonien sich bekämpfen und ihr eigenes Süppchen kochen wollen, jetzt werden wir auch hier in Victoria bald das Stimmrecht für Frauen bekommen, Mama, warte es nur ab! In Neuseeland und in Südaustralien haben sie's bereits, das waren die ersten Länder auf der ganzen Welt, die es eingeführt haben! Und wenn wir erst einmal wählen dürfen, Mama, dann sind wir den Männern vor dem Gesetz gleichgestellt. Dann sollen sie sich aber warm anziehen!«

Dolores stieß ein geringschätziges Lachen aus. »Wie kommst du denn darauf, um Himmels willen? Sag bloß nicht, ich hab eine kleine Suffragette an meinem Busen genährt! Was nutzt uns Zirkusfrauen das Wahlrecht? Wir ziehen durchs Land wie Zigeuner und Vagabunden. Gleichheit vor dem Gesetz wird's für unsereins nie geben.«

Clytie war versucht, Vida Goldstein zu zitieren, bekam aber von ihrer Mutter einen Ellbogen in die Seite, als wollte sie sagen: *Achte gefälligst auf die Straße.*

Der Zirkuszug war abgebogen und schlug einen schmalen Feldweg ein, der fast unkenntlich durch jungfräulichen Busch führte. Clytie warf hastig einen Blick auf ihre Karte. Das musste diese Abkürzung sein, die sie erkennen konnte, eine Nebenstraße nach Ballarat. Das verständige Mädchen las interessiert die verwitterten Wegweiser, auf denen die Entfernung zu jenen Ortschaften angegeben war, die offenbar zu unbedeutend für eine Erwähnung auf einer Landkarte waren.

Einen Wegweiser fand Clytie besonders faszinierend. Auf dem verwitterten Brett stand in verblassten Lettern *Hope – 13 Meilen.* Und darunter war eine Warnung gekritzelt, die wahrscheinlich ein unglücklicher Goldsucher hinterlassen hatte: *Kein Gold. Keine Eisenbahn. Die Stadt, die die Zeit vergessen hat.*

Die ironischen Sätze wollten Clytie nicht mehr aus dem Kopf gehen. *Die Stadt, die die Zeit vergessen hat … Schade, dass wir da nicht durchkommen werden … Sicher gibt's da Kinder … Ich wünschte, jedes Kind auf der Welt könnte wenigstens einmal im Leben das Wunder des Zirkus erleben …*

2

Rom Delaney kam aus dem Fluss gewatet und schüttelte die Wassertropfen ab wie ein Hund. Er hockte sich ans warme Lagerfeuer und rasierte sich vorsichtig mit seinem Klapprasiermesser. Einen Spiegel hatte er nicht. Hinterher befühlte er mit den Fingerspitzen Kinn, Wangen und Oberlippe. Er hatte Ballarat vor vier Tagen verlassen und seitdem draußen im Busch genächtigt, aber sein Stolz verbot es ihm, sich gehen zu lassen. Nein, er musste einigermaßen präsentabel aussehen, wenn er eine neue Beschäftigung finden wollte. Und natürlich die nächste Frau, die seinem Charme erliegen und sich von ihm ins Bett locken lassen würde.

Glück und Pech sind zwei Seiten ein und derselben Medaille. Und meine kann jederzeit wieder auf die Glücksseite fallen. Dieses Muster beherrschte sein Leben seit der Kindheit, im Guten wie im Schlechten.

Er war aus heiterem Himmel von Cobb & Co. gefeuert worden. »Nichts Persönliches, Mate.« Er war nur einer von vielen Kutschern, die das Transportunternehmen wegen der zunehmenden Konkurrenz durch den Schienenverkehr entlassen musste. Ja, die Eisenbahn hatte auf ihrem Siegeszug auch in Victoria Einzug gehalten.

Nach sieben ergebnislosen Tagen in Ballarat hatte Rom nichts vorzuweisen als leere Taschen – keine Aussicht auf

Lohn und Brot, ja, es hatte nicht mal für eine Eintrittskarte in den Zirkus Wildebrand gereicht. Und wenn er bei einer Goldmine vorsprach, wurde er immer nur auf die Warteliste gesetzt. Er wusste jetzt schon, dass die Chancen auf eine Anstellung in einer Mine aussichtslos waren.

Und dieser verdammte Husten hilft auch nicht. Die Leute schauen mich an, als ob ich die Schwindsucht hätte.

Und jetzt, mitten im Nirgendwo, setzte er die Billy Can, den typisch australischen Teepott, für eine letzte Tasse Tee auf und wog dabei seine Chancen ab, eventuell von einem Vorbeifahrenden eine kostenlose Mitfahrt nach Hope schnorren zu können.

War da jemand? Seine Nackenhaare sträubten sich. Wo steckte sein Bowiemesser? Irgendwo unter seinen Klamotten. Ob er noch rechtzeitig rankäme? Mit verteidigungsbereit erhobenen Fäusten wirbelte er herum. Überrascht ließ er sie wieder sinken.

»Na, so was! Wer bist denn du, mein Junge? Oder besser gesagt, mein Mädchen?«

Die Stute beäugte den jungen Mann nervös. Sie besaß weder ein Brandzeichen auf ihrem goldbraunen Fell noch Zaumzeug und Sattel. Und die nächste Farm lag meilenweit entfernt.

Rom ließ ihr Zeit, ihn zu beschnuppern. Er blieb in der Hocke und rührte sich nicht. Mit ein wenig Glück fand er vielleicht noch eine verschrumpelte Karotte in seinem Sack und könnte sich mit dieser milden Gabe bei ihr einschmeicheln. Er bot ihr etwas Wasser an, das sie durstig soff. Erst da bemerkte er die tiefen, blutig verschorften Wunden, die die Sporen eines mitleidlosen Besitzers an ihren Flanken hinterlassen hatten.

»Na, du hast gut dran getan abzuhauen, altes Mädchen.

Dein Herr hat dich nicht gerade gut behandelt. Du hast was Besseres verdient. Na, willst du dein Glück mit mir versuchen?«

Noch ehe der Morgen alt war, hatte sie einen neuen Namen: Goldie. Gutmütig erlaubte sie Rom, auf ihr zu reiten. Offenbar hatte sie ihn als neuen Herrn akzeptiert. Roms Stimmung erlebte während des Ritts einen Höhenflug. Ein Gefühl tiefer Zufriedenheit breitete sich in ihm aus. Er war jetzt der Besitzer einer feinen Stute. Aber für wie lange? Würde ihm Sergeant Mangles das Reittier wieder wegnehmen, wenn er damit in Hope auftauchte? Der Wachtmeister des Städtchens hielt nicht viel von ihm.

Dieser Bulle hatte mich vom ersten Moment an auf dem Kieker. Vielleicht kann ich ihm ja irgendeine Geschichte aufbinden, ich hätte sie verletzt im Busch gefunden, oder so was.

»Braves Mädel, Goldie!«, lobte er die Stute. »So ist's recht! Bald sind wir da, ist nicht mehr weit.«

Aufgemuntert von seinen freundlichen Worten galoppierte sie mit klappernden Hufen über die einspurige Holzbrücke und an dem Hinweisschild nach Yankee Creek vorbei. Selbst an der Steigung, die zu dem Städtchen hinaufführte, ließ sie nicht nach.

Die mit Quarzsteinen durchsetzte Main Street zog sich durch die kleine Ortschaft wie eine krumme Wirbelsäule. Hope erwachte aus dem morgendlichen Schlummer, Rauchsäulen stiegen kräuselnd aus den Kaminen in den wolkenlosen blauen Morgenhimmel auf. Rom kam an der Schmiede vorbei, in der die nie erlöschende Esse glühte.

Gerade öffnete auch die Bank, Tribe's Mortgage Bank, das einzige Geldinstitut, das die schwere Rezession der Achtzehnhundertneunziger überlebt hatte.

Aus knapp zwei Meilen Entfernung hörte man das Dröhnen des riesigen Hammers, der den Abraum aus den Goldminen zertrümmerte. Die Frühschicht hatte begonnen.

Rom seufzte resigniert. Die letzte aktive Goldmine der Stadt stand ebenfalls vor dem Konkurs. Hier wurden Männer entlassen, nicht eingestellt.

In dieser Gegend gibt's keine Zukunft für mich. Wird Zeit, dass ich abhaue. Was soll ich auch hier? Mir steht die ganze Welt offen.

Im sogenannten Geschäftsviertel der Ortschaft zügelte der junge Mann Goldies Schritte. In den Häusern und Läden gingen nach und nach die Lichter an, und das Städtchen erwachte zum Leben: in Mrs Midds General Store, ein Tante-Emma-Laden, in dem sich auch das Postamt befand; in der nach vorn offenen Schmiede, in der Black Jack, der Schmied, rhythmisch den wuchtigen Schmiedehammer schwang; bei Cobb & Co., deren Stallungen keiner mehr brauchte; auf der Ein-Mann-Polizeiwache, hinter der Sergeant Mangles' Privatwohnung lag; in den Gebrauchtwarenläden, in denen Ausverkauf herrschte, um überhaupt noch etwas einzunehmen.

Das beeindruckendste Gebäude der Stadt war das Diggers' Rest, ein prächtiges altes Hotel, das noch während des Goldrauschs erbaut worden war. Früher hatte es in Hope viele Pubs und Trinkhallen gegeben, doch nun war nur noch der alte Gasthof übrig.

Das Diggers' Rest war die Seele der Stadt, der Mittelpunkt des gesellschaftlichen Lebens, wo man sich abends auf ein Bier traf, Neuigkeiten und Klatsch austauschte, in dem die Farmer aus der Umgebung abstiegen, wenn sie geschäftlich hier zu tun hatten. In einem der Räume gab es eine Fotoausstellung mit alten Bildern aus der goldenen Ära des Städtchens, aus seiner legendären Vergangenheit als *Mining Town.*

Rom sprang vom Pferd und band Goldie mit einem Strick am Verandageländer fest, was sie sich widerstandslos gefallen ließ. Dann bezog er vor dem General Store Stellung und drehte sich eine letzte Zigarette. Dabei überflog er die Nachrichten am Aushang, dem Informationszentrum des Städtchens. Dort hingen einige ausgebleichte Zettel, auf denen nach einem vermissten Angehörigen gesucht wurde, und die Bekanntmachungen der drei Kirchen, die sich zusammen mit der Heilsarmee um das geistliche Wohlergehen der Bewohner stritten.

In der Mitte stand unter einer Überschrift aus dicken schwarzen Lettern eine Mitteilung der Hope Progressive Society. Eine außerordentliche Generalversammlung wurde für den heutigen Abend angekündigt, darunter prangte die Signatur des Stadtverordneten, Councillor Ernest Twyman.

Hier war nichts Außergewöhnliches mehr geschehen, seit Captain Moonlite eine Goldkutsche überfallen hatte.

Vielleicht geht es um die Schließung der Mine. Aber was geht's mich an? Mich wollen die da sowieso nicht.

Aber als Rom das Kleingedruckte las, hüpfte ihm das Herz: Die Tribe's Mortgage Bank setzte eine Belohnung aus für eine zündende Idee, mit der man das Städtchen wieder aus der Talsohle herausholen könnte.

Gottverdammt! Zwanzig Guineas! Das ist ja ein Vermögen. Die müssen ganz schön verzweifelt sein.

Tief in Gedanken versunken, Ideen im Kopf herumwälzend rauchte Rom seine letzte Zigarette bis auf die Fingerspitzen. Nervös und leicht fiebrig behielt er die Straße im Auge und versuchte dabei, das verräterische Zittern seiner Hände zu unterdrücken. Er wartete auf die Ankunft von Doc Hundey, dem einzigen Mann, bei dem Rom sich noch Unterstützung erhoffte für seinen allerletzten Vorstoß.

Doc ist einer der meistgeachteten Männer der Stadt – aber er lässt sich nicht so leicht was vormachen. Mit schönen Worten komme ich bei ihm nicht weit.

3

Der Morgen brach herein, und Doc Hundey regte sich zum ersten Mal seit Stunden. Er hielt Nachtwache am Bett der alten Mrs Q., ein letzter Freundschaftsdienst, geboren aus gegenseitiger Achtung.

Doc kannte ihre Geschichte. Sie war gleich zu Beginn des Goldrauschs als eine der Ersten hier eingetroffen, um ihr Glück als Schürferin zu versuchen. Ihr Mann war vor gut vierzig Jahren spurlos verschwunden. Man erzählte sich, er habe widerrechtlich einen benachbarten Claim bearbeitet und sei der harten Selbstjustiz seiner Digger-Kollegen zum Opfer gefallen.

Doc hielt die faltige, knochige Hand der Alten in der seinen. Er betrachtete es als Privileg, ihre letzten Stunden mit ihr teilen zu dürfen. Einen »Pfaffen« hatte sie abgelehnt und sich stattdessen für ihn entschieden.

Er versuchte, sich wach zu halten, denn er wollte sie nicht im Stich lassen. Aber das Zucken seiner Hand weckte sie, und sie schlug die Augen auf.

Mit sorgfältig abgemessenen Atemzügen gab sie ihm ihre letzten guten Ratschläge mit auf den Weg. Dafür war sie überall in der Gegend bekannt.

»Sind 'n guter Mann, Doc. Sollten heiraten. Sind doch schon fast vierzig.«

Er drückte liebevoll ihre alte Hand. »Siebenunddreißig, Mrs Q, danke, aber ich bin bereits glücklich verheiratet. Mit meinem Beruf.«

»Ach, papperlapapp! Ihre Schwester is das Problem, schätz ich. Will wohl keine andere Frau im Haus haben, was?«

»Zwillinge haben nun einmal eine besonders starke Bindung«, entgegnete er sanft und hoffte, dass das Thema damit erledigt war.

»Ihr seid doch nicht zusammengewachsen, oder? Wird Zeit, dass Sie sich ein eigenes Leben aufbauen, Doc.«

»Ja, Sie haben recht, Mrs Q«, sagte er ihr zuliebe. *Wenn's nur so einfach wäre.*

Mrs Q schaute in eine Ecke des Zimmers. Doc Hundey glaubte, ein Strahlen in ihren Augen zu sehen, das sogleich wieder verglimmte. Er fürchtete sich selbst jetzt noch jedes Mal vor dem letzten Todesröcheln, aber Mrs Q machte es ihm leicht und entschlief mit einem leisen Seufzer.

Unwillkürlich spähte er ebenfalls in die dunkle Ecke. Ob es wahr war, was man sagte? Dass am Ende des Lebens ein lieber Angehöriger erscheint, um einem den »Übertritt« zu erleichtern? Wenn man an ein Leben nach dem Tod – den Himmel? – glauben wollte.

Er konnte nichts erkennen, spürte jedoch einen leisen Luftzug, der sogleich wieder verschwand. Er überprüfte Mrs Qs Puls. Nichts. Sie war tot.

Auf einmal hatte er einen Kloß im Hals. Die alte Frau hatte jeden Menschen so angenommen, wie sie ihn sah, und hatte nicht auf das geachtet, was andere von ihm hielten.

»Leben Sie wohl, Mrs Q«, sagte der Arzt sanft. »Gott wird Sie bestimmt unter denselben Voraussetzungen aufnehmen.«

Der Arzt drückte der Alten sanft die Lider zu und bereitete ihren Leib für den Bestatter vor. Dann notierte er sich Datum und Uhrzeit und stellte den Totenschein aus. Er ging hinaus zum Wassertank und füllte den alten Krug auf. Dann ging er wieder hinein und goss das Wasser in die Waschschüssel, wusch sich und zog ein frisches Hemd an. Er hatte sicherheitshalber immer eins dabei, für lange Nächte bei Patienten. Er schlüpfte wieder in seine Weste, knöpfte sie sorgfältig zu, und dann streifte er seine alte Tweedjacke über, die die Leute mittlerweile überall erkannten und die sozusagen zu einer Art Uniform geworden war.

Er hatte schon vor Jahren gelernt, mit wenig oder gar keinem Schlaf auszukommen. Meist begnügte er sich mit ein paar tiefen Atemzügen frischer, kalter Morgenluft und war dann wieder bereit für einen neuen Tag.

Er kutschierte sein Gig in frischem Trab um Schlaglöcher und scharfe Kurven und unter herabhängenden Zweigen hindurch, die diesen Feldweg mit Buschland säumten. Gelegentlich kam er an kleinen Gehöften und Bergarbeiterhütten vorbei, die sich in kleine, halb versteckte Senken duckten. Ihre Lichter blitzten in der Dunkelheit wie Augen zwischen dem Buschwerk des Tals hervor.

Jeder war hier mit jedem verwandt, entweder legitim oder illegitim. Manchmal, wie der Doktor befürchtete, auch durch Inzest. Um zwischen den Bewohnern mit gleichen Nachnamen zu unterscheiden, wurde gewöhnlich irgendein Zusatz angehängt, der entweder den Charakter oder den Beruf des Betreffenden beschrieb. Doc Hundey war diesem Brauch nicht entronnen.

Er winkte grüßend Joey Kanga Smith zu und wechselte ein freundliches »G'day« mit dem ein wenig ungehobelten Burschen, der dem Doc bei seiner Ankunft vor zehn Jahren den Spitznamen Doc Hundey verpasst hatte, in Anlehnung an den berühmten Gefährten von Wyatt Earp, Doc Holliday. Er glaubte, dem Doc damit einen Gefallen getan zu haben. Dem blieb nichts anderes übrig, als gute Miene zum bösen Spiel zu machen und es mit einem Schmunzeln und einem Achselzucken zu akzeptieren. *Hope, meine Zuflucht am Ende der Welt.* Hope *wie Hoffnung. Ich kenne euch, euch alle – die Guten, die Schlechten, die Humanen und die wirklich Bösartigen. Wenn der gute Sergeant wüsste, wie viele bei mir die letzte Beichte ablegen, ehe sie sich auf den Weg ins Jenseits machen! Ich weiß, wer welche Leichen im Keller hat.*

Die Ironie der Sache entging ihm nicht. *Aber ich selbst habe keinen, dem ich anvertrauen könnte, wo* meine *liegen. Tja, das werde ich wohl in mein Grab mitnehmen müssen.* Er tat es mit einem Achselzucken ab.

Als er sich dem Diggers' Rest näherte, fiel ihm sofort die schöne goldbraune Stute auf, die am Geländer festgebunden war. Er brauchte keine Sekunde, um sie mit Rom Delaney zu verknüpfen, der sich im Städtchen bereits einen etwas zweifelhaften Ruf erworben hatte.

Besser gar nicht erst fragen, dann werden einem auch keine Lügen aufgetischt.

Doc holte einen Schlüssel aus seiner Westentasche. Er hatte ihn vom Wirt erhalten, Tom Yeoman, damit er den Seiteneingang aufschließen konnte, wenn er in einem der Hinterzimmer des alten Hotels Patienten empfing.

Wie üblich – darin war er beinahe abergläubisch – rieb der Arzt erst einmal mit dem Jackenärmel das Messingschild mit seinem Namen, *Dr. Robert A. Hundey, Praktischer Arzt und Chirurg* blank.

Jeder Quacksalber kann sich einen Doktortitel zulegen, ob er ihn nun verdient hat oder nicht. Aber ich lasse mich gern an mei-

ner Arbeit und an dem Ruf, den ich mir hier erworben habe, messen.

Wie üblich zog er höflich den Hut, als er an der Küchenmagd vorbeikam, die sich im Morgengrauen an ihre Arbeit machte. Mary Mac war dabei, den Petroleumherd zu säubern, und begrüßte den sandblonden Mann mit einem zahnlückigen Grinsen. Gebaut wie ein Tanker schien sie alles überrollen zu können, was sich ihr in den Weg stellte.

»Morgen, Doc!«, rief sie fröhlich. »Wenn Sie 'nem Burschen das Bein absäbeln müssen, brauchen Sie mich bloß rufen, und ich setz mich auf ihn drauf, damit er nich ausbüxen kann.«

Diesen Witz machte sie immer, wenn sie ihn sah, und er gab ihr immer dieselbe Antwort. »Danke, Mary Mac, das ist lieb von dir. Wenn's zum Schlimmsten kommt, melde ich mich.«

Ihr ansteckendes Gekicher brach erst ab, als er die Tür seiner Praxis hinter sich geschlossen hatte.

Zuerst kam das »Tischdecken«: Mit geübten Bewegungen platzierte er Schreibblock, Tintenfässchen, Feder und Bleistift auf seinem provisorischen Schreibtisch. Sein Arztkoffer enthielt alle wichtigen Arzneien, die er immer bei sich trug, was nicht nur daran lag, dass die nächste Apotheke viele Meilen entfernt war, sondern vor allem an der Armut seiner Patienten. Die meisten davon waren alte Schürfer, Fossicker, die sich nach dem Versiegen der Schwemmgoldvorkommen in Bergminen verdingt hatten und deren Lungen nach der langen Zeit in den Stollen einem löchrigen Schwamm ähnelten. Den meisten blieb nichts anderes übrig, als von dem zu leben, was im General Store nicht mehr verkauft werden konnte, Säcke mit verdorbenem Tee, Zucker und Mehl.

Er holte behutsam das in Leder gebundene und mit Goldschnitt versehene Tagebuch hervor, das er mit einem kleinen goldenen Schlüsselchen von seiner Uhrkette aufschloss. Darin notierte er sich nicht nur medizinische Details, sondern auch historische Ereignisse, die von besonderem Interesse für ihn waren, seitdem aus den sechs unterschiedlichen australischen Kolonien ein einziger Föderationsstaat geworden war. Makabre Morde, ungelöste Verbrechen, Giftmordstatistiken und kuriose Vermisstenfälle – all dies faszinierte ihn. Wenn man so wollte, dann war dieses Tagebuch der einzige Vertraute, den er hatte.

Er warf noch rasch einen Blick in den Spiegel über dem Kaminsims, um zu sehen, ob alles seine Ordnung hatte.

Er besaß welliges sandblondes Haar und scharfe hellgraue Augen, wie Seeleute, die von der unendlichen Weite des Meeres umgeben sind. Tatsächlich war sein Vater, Captain Hundey, selbst Marinearzt gewesen. Die helle englische Gesichtshaut des Arztes war auch nach all den Jahren unter der heißen Sonne der Antipoden noch vollkommen faltenlos. *Der Gnade Gottes habe ich es zu verdanken, dass ich Arzt werden durfte. Möge diese Stadt nie das Vertrauen in mich verlieren. Wenn mich Adelaide doch bloß in Frieden lassen würde … Doch daran bin ich selbst schuld.*

Der erste Patient des Tages war Rom Delaney.

Doc Hundey musterte ihn prüfend. Sein männlich-attraktives Gesicht war nicht auf herkömmliche Weise schön, aber dennoch anziehend. Die intelligenten, wachen Augen schienen heute besonders intensiv zu leuchten. Er besaß einen leicht schiefen Mund, der flink lächeln, aber sich ebenso flink wieder grimmig zusammenpressen konnte. *Dieser Bursche wurde schon mit dem Talent geboren, sich aus Schwierigkeiten rauszureden.*

Delaney hatte sich den Ruf erworben, einsame Farmen aufzusuchen und sich dort von den Ehefrauen der Farmer »für geleistete Dienste« aushalten zu lassen. *Hoffentlich hat er sich keine Geschlechtskrankheit eingehandelt, viel Quecksilber habe ich nicht mehr.*

Rom stand breitbeinig und entspannt da, wie ein Soldat nach dem Rührt-Euch, den breitkrempigen Hut ein wenig aus der Stirn geschoben. Die Worte sprudelten aus ihm hervor, als hätte er Angst, ihm könnte die Zeit davonlaufen.

»Ich will Ihnen nicht zur Last fallen, Doc, aber ich hab beschlossen, mich freiwillig zu melden. Für den Burenkrieg, wissen Sie. Ich will nach Südafrika. Schätze, es wird nicht so lange dauern wie das letzte Mal. Die suchen überall im ganzen Empire nach Freiwilligen, die bereit sind, dem Mutterland zu helfen.« Er musste husten und brach ab.

»Verstehe. Du willst dich also untersuchen lassen, was?«

»Ich will mir die Chance, was für mein Land zu tun, nicht entgehen lassen, Doc. Die werden mich schon nehmen. Ich bin ein guter Schütze und ein noch besserer Reiter. Die Victorian Mounted Rifles können sich alle zehn Finger nach mir ablecken. Von Ihnen bräucht ich jetzt nur die Tauglichkeitsbescheinigung, Doc. Und ein Leumundszeugnis, wenn's Ihnen nichts ausmachen würde. Ihre Meinung hätte 'ne Menge Gewicht. Und Sie sehen ja, ich bin fit wie eine Fidel.«

»Aber auch noch sehr jung. Minderjährig, vermute ich?«

»Ich nehm's Ihnen nicht übel, Doc, aber ich bin zweiundzwanzig. In meinem Alter haben andere schon Frau und Kinder.«

Doc forderte den jungen Mann auf, Platz zu nehmen.

»Gut, sehen wir uns die Sache mal von allen Seiten an. Es geht in einem Krieg nicht nur um Loyalität und darum, den herumfliegenden Kugeln auszuweichen, mein Junge. Man braucht sich nur die Bilanz des Krimkriegs anzusehen: Mehr Soldaten sind an Fieber und Dysenterie gestorben als unter dem Feuer der Russen.«

»Ja, aber diese Krankenschwester, Florence Nightingale, hat viele gerettet. Die hat Wunder bewirkt. Nee, Doc, das wird diesmal ganz anders, warten Sie's ab«, behauptete Rom selbstsicher.

»Ich seh schon, du hast mehr Vertrauen ins Militär als ich, junger Mann. In jedem Krieg sterben Soldaten wie die Fliegen, und das liegt an den verheerenden hygienischen Verhältnissen. Eine Schande ist das und eine elende Verschwendung von Menschenleben. Und was diesen Zweiten Burenkrieg betrifft, der war auf die Dauer wohl unvermeidlich. Aber ich kann mich der Meinung der britischen Regierung und Lord Kitcheners nicht anschließen: Ich glaube, es wird Jahre dauern, ehe dieser Krieg wirklich vorbei sein wird.«

»Dann wollen Sie mir also nicht helfen?«

»Das hab ich nicht gesagt. Aber mir fällt auf, dass du da einen bösen Husten hast. Und Fieber, wie ich vermute. Ich werde dich mal gründlich untersuchen, und wenn ich was finden sollte, würde ich dir dringend nahelegen, so lange zu warten, bis du dich auskuriert hast, klar?«

»Klar, Doc. Wissen Sie, als Freiwilliger muss man sich für ein Jahr verpflichten, und man kriegt jeden Monat einen festen Sold und dazu Unterkunft und Verpflegung!«

Mein Gott, er ist noch ein richtiges Kind. Er hat keine Ahnung von der Realität des Krieges.

»Ruhm und Ehre, wie's in den Zeitungen steht, findet man da seltener, als du denkst, Bursche. Die Wirklichkeit ist eine ganz andere. Lass dich nicht von dem mickrigen Sold verführen.«

»Mickrig mag er ja sein – für manche zumindest! –, aber es sind fünf Schilling, und es ist 'n festes Auskommen, das ist nicht zu verachten!«, erregte sich Rom Delaney. »Ich persönlich wäre froh um die fünf Schilling pro Tag. Die von Cobb & Co. haben mich rausgesetzt, Doc, und Almosen nehm ich nicht. Ich werde nicht betteln gehen oder mich in einer Suppenküche anstellen! Ich verdiene mir mein Geld schon selbst! Außerdem habe ich einen Plan. Ich werde heute Abend zu dieser Generalversammlung gehen und Councillor Twyman meinen Vorschlag unterbreiten!«

Doc Hundey hatte das Gefühl, dass der junge Bursche keine Ahnung hatte, wovon er redete. Oder vielleicht lag's am Fieber.

»Ja, du hast erhöhte Temperatur, fast neununddreißig. Ich könnte ein Bett im Buschkrankenhaus für dich organisieren …«

»Nee danke, Doc, Krankenhaus ist nichts für mich. Zum Rumliegen habe ich keine Zeit.«

Doc Hundey untersuchte Rom gründlich und erklärte ihm dabei jede Prozedur. Er stellte ihm Fragen, damit er sich ein wenig öffnete.

»Wovon ernährst du dich hauptsächlich, junger Mann?«

»Tee und *Damper*. Dieses Buschbrot, Sie wissen schon. Und in dem Bach hinter meinem Haus gibt's jede Menge Fische, da fange ich mir öfters einen. Ich wohne in einer verlassenen alten Schürferhütte. Aber das Dach ist dicht, und der Kamin funktioniert prima. Immer noch besser als draußen im Busch campen, was, Doc?«

»Hast du irgendwelche Verwandte in Victoria?«

»Nö. Meine Ma hab ich nie gekannt. Ist wohl gleich nach meiner Geburt mit einem Kerl durchgebrannt, der etwas Geld in der Tasche hatte. Und mein Dad hat uns mit Gelegenheitsjobs über Wasser gehalten. Wir sind in ganz Südaustralien herumgezogen, den Murray runter. Wenn wir mal irgendwo länger geblieben sind, hat er mich meistens in einer Buschschule angemeldet. Am Ende bin ich in einem katholischen Waisenhaus gelandet. Ich bin ein flinker Kopf, Doc, ich lerne schnell.«

Doc Hundey überflog das Formular, das Rom ausgefüllt hatte. »Ja, das sehe ich. Grammatik und Satzbau sind gut, und die Schrift ist annehmbar. Verzeih meine Neugier – aber erfordern deine Pläne für Hope zufällig größere Investitionen?«

»Nee, Doc, das is ja das Gute dran.« Rom druckste ein wenig herum, als wäre ihm das, was er zu sagen hatte, peinlich. »Um ehrlich zu sein, ich bin im Moment total pleite. Dauert ein bisschen, bis ich Sie bezahlen kann, Doc.«

Der Arzt unterdrückte ein Schmunzeln. *Nicht nur du – die halbe Stadt!* »Ich werde oft mit Lebensmitteln bezahlt, ein Sack Kartoffeln oder Kohlköpfe, Obst oder Eier. Ich finde, das ist ein gutes System: Ich muss keine Rechnungen schreiben und habe trotzdem immer einen vollen Magen.«

Rom wischte sich mit dem Hemdsärmel den Schweiß von der Stirn. »Danke, Doc. Ich werde es gutmachen, sobald ich kann. Und jetzt geh ich wohl besser.«

»Moment noch!« Der Arzt kramte ein Fläschchen aus seinem Koffer hervor. »Das soll eine ausgezeichnete Hustenmedizin sein, wie ich höre. Probier sie für mich aus, ja? Und sag mir, ob sie wirkt. Das war ein Probefläschchen, ich musste also nichts dafür bezahlen«, fügte er hinzu, um den Stolz des Jungen nicht zu verletzen.

Unter diesen Voraussetzungen konnte Rom die Gabe nicht ausschlagen – er ahnte ja nicht, dass der gute Doktor die Hustenmedizin selbst zusammengemischt hatte und sehr genau wusste, dass sie ausgezeichnet wirkte.

»Sage mir, was genau brauchst du, um Councillor Twyman von deinem Plan zu überzeugen – wie immer der auch aussehen mag?«, erkundigte er sich wie beiläufig.

Der Jugendliche beugte sich mit fiebrig leuchtenden Augen vor, fast als wäre er ein religiöser Fanatiker, der allein den Weg zum Heil kannte. Es war offensichtlich, dass er nicht zu bremsen war.

»Meine Idee wird sich ganz von selbst verkaufen. Hope ist von der Außenwelt abgeschnitten, der Ort wurde von der Welt links liegen gelassen, keine Eisenbahn, keine Stadtverwaltung. Hier kommt fast nie jemand durch, vor allem nicht mehr, seit die Goldvorkommen fast erschöpft sind. Was die Stadt braucht, das sind regelmäßige Attraktionen, die Besucher herbeilocken könnten.

Und ich weiß auch schon ganz genau, womit wir die Kugel ins Rollen bringen: Der weltberühmte Zirkus Wildebrand hat vor Kurzem in Geelong seine Zelte abgebrochen und ist auf dem Weg nach Ballarat. Sie mussten vor halb leerem Haus spielen, weil noch ein anderer Zirkus in der Stadt war. Schlechte Planung.«

»Und was hat das mit uns beziehungsweise mit deinem Plan zu tun?«

»Na, ich werde sie davon überzeugen, einen kleinen Umweg hierher zu machen! Können Sie sich vorstellen, was das für ein Städtchen wie Hope bedeuten würde? Ein richtiger, echter Zirkus, zum ersten Mal in unserer kleinen Stadt? Die Leute würden in Scharen herbeiströmen. Sie würden ihren letzten Penny ausgeben. Es gäbe kein einziges freies Bett mehr in der Stadt, und sie würden das Diggers' Rest leer saufen.«

Der blonde Mediziner strich mit den Fingern über sein glatt rasiertes Kinn. Er konnte nicht anders, der Gedanke gefiel ihm. Eine verrückte Idee, sicher, aber …

»Tja, ich muss sagen, ich habe den Zirkus als Kind immer geliebt ...«

Roms Mund zuckte siegessicher. »Sehen Sie?«, rief er triumphierend aus. »Werden Sie mich unterstützen, wenn ich meinen Plan auf der Versammlung vortrage?«

Doc Hundey fühlte sich in die Ecke gedrängt. »Ich weiß noch nicht genau, ob ich kommen kann. Hängt davon ab, wie voll mein Wartezimmer ist. Aber ich werde mein Bestes versuchen.«

»Wusste ich's doch, dass ich auf Sie zählen kann, Doc! Und wenn ich's schaffe, kriegen Sie einen Platz ganz vorn am Rand der Manege, versprochen!«

Rom Delaney hörte offenbar nur das, was er hören wollte.

Doc Hundey brachte es nicht übers Herz, den begeisterten jungen Mann zu entmutigen. Er begleitete ihn zur Tür.

»Nun, ich wünsche dir jedenfalls viel Glück, mein Junge. Aber vergiss nicht, Twyman ist notorisch unentschlossen. Bis der sich zu einer Entscheidung durchringt, ist dein Zirkus längst in Ballarat.«

Rom machte große Augen, dann breitete sich ein entzücktes Strahlen auf seinem Gesicht aus. »He, Sie haben verdammt recht, Doc! Ich hab das Pferd von hinten aufgezäumt. Ich muss zuerst mal den Zirkus abfangen!«

Rom Delaney hielt den Daumen hoch und verschwand.

Der Arzt beobachtete ihn kurz durch das Fenster. Der junge Bursche sprang mühelos auf seine Mähre, stieß einen Juchzer aus und galoppierte davon.

Doc Hundey machte seufzend kehrt und steckte den Kopf ins Wartezimmer. Es war bereits halb voll. Sämtliche Gesichter wandten sich ihm zu wie die hungrigen Schnäbel von Vogelküken, die gefüttert werden wollten.

»Guten Morgen, der Nächste bitte!«, rief der Doktor gut

gelaunt aus. Er hatte schließlich einen Ruf zu verteidigen. Es hieß von ihm, er könne alles heilen – selbst ein gebrochenes Herz.

Und wer heilt den Heiler? Wenn die wüssten …

4

Die Straße nach Melbourne

Die Nacht war pechschwarz, kein Mond stand am Himmel. Die Wagenburg war in einen schwarzen Kokon eingehüllt, und Clytie fragte sich unwillkürlich, ob es stimmte, was die Aborigines sagten: dass nachts böse Geister jene heimsuchten, die im Busch den Schutz des Lagerfeuers verließen.

Sie war nervös. Kein Laut durchbrach die Stille, außer dem leisen Rascheln und Wispern, das typisch für den australischen Busch war. Die Löwin Missy schlief friedlich in ihrem Käfig und stieß gelegentlich ein leises Prusten aus. Clytie hatte sich in ihre Bettrolle gewickelt. Sie lag allein im Hart-Wagen, ihre Mutter befand sich im benachbarten Wagen, der dicht neben dem ihren stand.

Clytie konnte nicht schlafen, sie lauschte nervös. Vlad gab sich zwar Mühe, nicht zu laut zu sprechen, aber sie bekam dennoch den einen oder anderen Wortfetzen mit. »Ballarat, Bendigo, das ganze verdammte Gold Triangle … ein Reinfall … Gourlays Schuld … Mach die Augen auf, Weib! … Der Zirkus steckt in den roten Zahlen … Wir stehen kurz vor einer Meuterei …!«

Das Wort »Meuterei« erschreckte Clytie zutiefst. Sie hatte in Pedros Unterricht davon gehört: die Meuterei auf Captain Blighs *Bounty* zum Beispiel; oder die Rum-Rebellion gegen die Offiziere, die den gesamten Rumhandel kontrollierten; die Eureka Stockade, in der die aufständischen Schürfer die Flagge mit dem Südkreuz gehisst hatten.

Wäre so etwas auch im Zirkus Wildebrand möglich? Wir Zirkusleute sind doch eine große Familie, sagt Mama zumindest immer. Wir müssen zusammenhalten.

Nebenan eskalierte der Streit. Clytie hörte das gefürchtete Geräusch: ein lautes Klatschen und den Aufschrei ihrer Mutter. Ohne zu überlegen, warf sie die Decke von sich und sprang barfuß aus dem Wagen. Sie hämmerte laut genug an Vlads Tür, um das ganze Lager zu wecken, aber das war ihr egal.

Vlad machte die Tür einen Spalt weit auf und schaute sie aus blutunterlaufenen Augen und mit einem roten Gesicht an; er war schwer angetrunken.

»Mama, hast du dir was getan? Komm doch wieder in unseren Wagen!«

Der Messerwerfer versuchte, ihr die Tür vor der Nase zuzuschlagen, aber Clytie stemmte ihre Schulter in den Spalt.

»Verpiss dich, du Göre. Kümmere dich um deinen eigenen Kram.«

»Mama geht mich sehr wohl was an!«, zischte Clytie ihn an. Sie wollte nicht gehen, bis sie sicher sein konnte, dass ihrer Mutter nichts Ernstes zugestoßen war.

»Mir fehlt nichts, Schätzchen. Das war ein Missverständnis. Geh schlafen.«

Zitternd vor Kälte schaute Clytie sich um und war froh, als sie bemerkte, dass sie nicht allein war. Ihr Klassenkamerad Tiche, nach einem englischen Music-Hall-Star benannt, stand im Schlafanzug vor seinem Wagen. Er war zwölf und kleinwüchsig, aber er hatte den Mut eines Löwen und sprang jedem bei, der sich in Not befand. Tiche konnte boxen wie ein Schwergewicht und nutzte seine Größe zu seinem Vorteil aus: Wenn er jemandem einen Schlag auf die Kniescheibe gab, stand der so schnell nicht wieder auf.

Kampflüstern kam er angerannt. »Ist Dolores was zugestoßen? Diesem Vlad werde ich's zeigen, brauchst bloß was sagen! Der kriegt eins auf die Kniescheibe!«

Clytie hätte zu gerne Ja gesagt, doch dann winkte sie seufzend ab. Der brutale Messerwerfer kam einmal mehr ungeschoren davon, obwohl eine Lektion längst überfällig gewesen wäre. »Danke, Tiche, ich weiß, aber Mama sagt, dass ihr nichts geschehen ist.«

Der kleine Clownslehrling wirkte enttäuscht. Es war immerhin ein Trost zu wissen, dass er den glutäugigen Artisten ebenso verabscheute wie sie.

»Okey-dokey, Clytie. Du weißt, dass du immer auf mich zählen kannst, ja?«

»Klar. Danke, Tiche, du bist der Beste.«

Sie umarmte ihn und kehrte dann wieder zu ihrer Bettstatt zurück.

Aber der Schlaf wollte sich nicht einstellen. Clytie lag wach und hielt die Ohren gespitzt. Dabei dachte sie über die seltsame Beziehung nach, die manche Liebespaare verband.

Von Liebe kann da kaum die Rede sein, eher von Hass. Schlagen alle Männer ihre Frauen hinter geschlossenen Türen? War mein richtiger Vater auch so wie Vlad? Woher soll man wissen, ob ein Mann wirklich anständig ist? Wahrscheinlich eh besser, wenn ich überhaupt nie heirate. Aber Mama sagt, wenn einen die Liebe erwischt, fliegt der Verstand zum Fenster hinaus …

Die Sonne stand bereits über dem rosa Dunst am Horizont, als Clytie schließlich allein im Hart-Wagen erwachte. Es versprach wieder ein besonders heißer Tag zu werden, und ihr brummte ohnehin der Schädel, weil sie so schlecht geschlafen hatte.

Die fröhlichen Rufe der jungen Burschen, die für den Auf- und Abbau des Lagers zuständig waren, erfüllten ebenso die Luft wie die verlockenden Düfte von den Kochfeuern, an denen die Frauen das Frühstück zubereiteten. Clytie warf die Decke zurück und erhob sich. Sie suchte ihre Jungenklamotten heraus, mit denen sie praktisch immer herumlief, außer natürlich, wenn sie einen Auftritt hatte. Sie besaß nur ein einziges gutes Kleid, das ihr aber schon viel zu klein war und das sie ohnehin nur selten anzog, um es zu schonen.

Sie goss Wasser aus einem Krug in die Waschschüssel und zog sich komplett aus. Dann wusch sie sich von Kopf bis Fuß. Das tat sie jeden Morgen, ehe sie sich an die Arbeit machte, und jeden Abend, ehe sie schlafen ging, egal ob sie sich bei ihrer Arbeit, dem Schmieren der Achsen und dem Säubern des Wagens, schmutzig gemacht hatte oder nicht. Das war eine von Mutters obersten Regeln – nur wer peinlich auf Sauberkeit und Körperhygiene achtet, bleibt gesund.

Sie stand nackt vor dem Spiegel und bürstete ihr langes, dichtes Haar. Dann flocht sie einen Zopf daraus, so dick wie ein Männerarm. Dabei wurde ihr bewusst, wie sehr sich ihr Körper in letzter Zeit verändert hatte. Ihr waren kleine Brüste gewachsen mit winzigen rosa Nippeln. Sie sah jetzt nicht mehr aus wie ein Kind, sondern wie eine junge Frau. Vorsichtig berührte sie ihre Brüste. Sie war sowohl erfreut als auch beunruhigt über diese Entwicklung. *Ich wachse allmählich aus meinen Körper heraus. Bleibt mir wohl nichts anderes übrig, als mich dran zu gewöhnen.*

In diesem Moment bemerkte sie im Spiegel die Gestalt an der Tür, die frech zu ihr hereinschaute. Sie raffte ein Handtuch an sich und wickelte sich hastig darin ein. Ihr Mund war staubtrocken, das Herz klopfte ihr bis zum Hals.

Vlad lehnte mit verschränkten Armen und einem süffisanten Grinsen im Türrahmen.

»Mit Little Clytie ist's offenbar vorbei, wie ich sehe«, bemerkte er.

»Verpiss dich, Vlad!«, rief Clytie mit hoher, ängstlicher Stimme aus. »Die Tür war verriegelt!«

»Der Riegel ist kaputt. Und mich würde der sowieso nicht aufhalten, wenn ich wirklich reinwollte.«

»Klopf nächstes Mal gefälligst an, wenn du in unseren Wagen willst«, stammelte sie.

»Euer Wagen?«, höhnte er. »Dir gehört ja nicht mal das Hemd an deinem Leib, Göre. Wagen, Pferde, ja selbst die Show-Ponys – das gehört jetzt alles mir, klar? Dolores hat mir alles überschrieben.«

Clytie war so geschockt, dass sie kein Wort herausbrachte.

Vlad konnte nicht widerstehen, ein wenig nachzutreten. »Also kein Grund, dich vor mir zu entblößen, Mädel. Dolores geschieht nichts, solange sie nüchtern bleibt und tut, was ich ihr sage.«

Er wandte sich ab und schlenderte davon, schlug die Richtung zum Wagen des Zirkusdirektors ein.

Clytie hielt ihr Handtuch mit zitternden Händen umklammert. Ihre Nägel bohrten sich in den Stoff. Welche Ungerechtigkeit!

Dolores muss den Verstand verloren haben, alles diesem brutalen Kerl zu überschreiben!

Sogleich fiel ihr der einzige Grund ein, der ihre Mutter zu einem solchen Schritt hatte bewegen können. *Ich wette, dieser Schurke hat die Fäuste sprechen lassen und sie so dazu gezwungen!*

Bebend vor Wut schlüpfte sie in ihr Hemd und in die Latzhose, dann stopfte sie ihren Zopf unter die Schottenmütze, unter der sie gewöhnlich ihr langes Haar verbarg. Sie trank rasch einen Becher Wasser und steckte einen Kanten altes Brot und einen Apfel ein. Dann machte sie sich mit eiligen Schritten auf den Weg zum Gemeinschaftswagen, in dem sich Werkzeuge und Vorräte befanden.

Jemand rief nach ihr, und sie wandte sich um. Es war Madame Zaza, die Wahrsagerin und gute Freundin ihrer Mutter seit Kindheitstagen. Zaza war früher selbst eine hervorragende Zirkusartistin gewesen, doch nun besaß sie ihr eigenes kleines Zelt und eine Kristallkugel, aus der sie den Gutgläubigen vor Beginn der Vorstellung die Zukunft prophezeite. Die alte Roma-Frau war überdies die selbsternannte Garderobiere der Truppe, sie kümmerte sich um die Kostüme der Artisten, flickte sie oder nähte bei Bedarf neue.

Clytie nutzte ihre Chance und erkundigte sich nach den Gerüchten über eine mögliche Meuterei.

»Guten Morgen, Zaza. Ich höre, es gibt Unfrieden, die Truppe macht sich Sorgen um ihre Zukunft – und Gourlays Pläne für uns.«

»Kann man ihnen wohl kaum vorwerfen, oder? Wir haben in Ballarat und Bendigo kaum was verdient. Und andere Ortschaften haben uns abgesagt – Mistkerle.«

»Und was geschieht jetzt?«

»Fragst du mich? Oder meine Kristallkugel?« Zaza lachte grimmig. »Boss Gourlay brauchen wir jedenfalls nicht zu fragen. Der hängt sein Fähnchen in den Wind wie ein Wetterhahn.«

Zaza hatte eine Näharbeit auf dem Schoß. Sie war damit beschäftigt, leuchtend rote Pailletten auf ein Kleid aus duftigem rosa Stoff aufzusticken. Sie bedachte Clytie mit einem wissenden Blick.

»Ich warne dich: Es bringt Unglück, wenn man die Kugel oder die Karten über sein eigenes Schicksal befragt! Ich habe Dolores alles beigebracht, was ich vom Tarot verstehe – also frag sie doch!« Sie biss den Faden ab und zwinkerte Clytie schelmisch zu. »Eins kann ich dir aber ganz umsonst verraten: Hüte dich vor einem Mann ohne Namen! Ich sehe dich mit zwei Männern und einem Hund. Aber nur einer davon ist dir treu.«

»Bestimmt der Hund, wette ich«, meinte Clytie trocken.

»He, du bist noch zu jung, um schon so zynisch zu sein«, lachte Zaza und gab dem Mädchen einen Klaps auf die Finger. Ihr Blick fiel auf ihre Kugel. Sie sah genauer hin.

»Still, Mädchen. Was ist denn das? Aha, du wirst in der Behausung eines Pfarrers wohnen.«

So etwas hätte Clytie am allerwenigsten erwartet. Den Mann ohne Namen vergaß sie gleich wieder, der interessierte sie nicht. Aber ein richtiges, festes Haus? Ohne Räder? Davon träumte sie schon seit Kindheitstagen. Aber ausgerechnet das Haus eines Pfarrers?

»Sag bloß nicht, Vlad hat vor, mich in ein Kloster abzuschieben! Ich tauge nicht zur Nonne.«

»Frag mich nicht, wie oder wann – aber es wird geschehen, das ist gewiss. Also, was hältst du von diesem Kostüm, hm? Schick, nicht?«

Clytie bewunderte pflichtschuldigst Zazas Nähkünste und machte sich dann auf den Weg zum Vorratswagen. Dabei hielt sie die Ohren nach Anzeichen von Meuterei offen. Sie fing ein paar seltsame Sätze auf: »Stimmen wir darüber ab, sag ich! … Melbourne ist meilenweit weg – und was dann? … Boss Gourlay zieht das Unglück an – er ist 'n Albatroskiller …«

Ein Albatroskiller? Ah, der meint diesen Matrosenaberglauben, dass es Unglück bringt, wenn man auf hoher See einen Albatros tötet, der das Schiff begleitet …

Im Herzen der Wagenburg waren die Akrobaten damit beschäftigt, ihre Nummern zu üben, zu jonglieren oder sich auf Trainingsmatten aufzuwärmen.

Dolores befand sich auf der anderen Seite des Lagers, wie Clytie bemerkte. Vlad stand vor ihr und redete erregt auf sie ein. Zu Clyties Scham schauten die beiden dabei zu ihr her.

Ich wette, dieser Lügner träufelt Mutter Gift über mich ins Ohr! Wer weiß, was er ihr über das, was vorhin passiert ist, erzählt.

Clytie wurde rot vor Scham, wenn sie daran dachte, dass ausgerechnet ihr sogenannter Stiefvater der einzige Mann war, der sie je nackt zu Gesicht bekommen hatte. Sie fühlte sich beschmutzt. Aber wie würde sich erst ihre Mutter fühlen, wenn sie es erführe?

Sie holte rasch ihre Putzutensilien und die Wagenschmiere und lief zurück zu ihrem Wagen, wo sie sich sogleich an die Arbeit machte. Sie wollte Vlad keinen Vorwand geben, über sie herzuziehen.

Der Wagen der Harts stand unweit der Landstraße nach Melbourne. Clytie war daher die Erste, die den herannahenden Reiter erspähte.

Vor allem sein Pferd fiel ihr ins Auge, eine schöne goldbraune Stute.

Der junge Reiter trug ein einfaches gestreiftes Hemd mit einem schicken roten Halstuch, dazu Twillhosen und einen Gürtel mit einer blanken Messingschnalle. Unter seinem breitkrempigen schwarzen Hut schaute schulterlanges dunkles Haar hervor, und seine Haut war sonnengebräunt. Seine

Züge waren attraktiv, aber ein wenig ungewöhnlich. Der Schweiß stand ihm auf dem Gesicht, als hätte er viele Meilen zurückgelegt. Als er den Zirkus erblickte, breitete sich ein freches Grinsen auf seinem Gesicht aus, ganz so, als rechnete er mit guten Nachrichten.

Als sein Blick auf Clytie fiel, ritt er zu ihr hin und zügelte sein Pferd. Die Unterarme lässig über dem Pferdehals verkreuzt beugte er sich grinsend zu ihr herunter.

Clyties Herz setzte einen Schlag aus. In den klaren blauen Augen des Mannes stand ein Ausdruck, den sie nicht deuten konnte.

Dabei war sie normalerweise gut darin, Menschen möglichst rasch einzuschätzen – das brachte ihr Metier mit sich. Es gelang ihr meist recht schnell, die Gauner von den Gutgläubigen und Ehrlichen zu trennen wie die Spreu vom Weizen. Dieser junge Reiter besaß Charisma, so viel war offensichtlich. Aber er ließ sich nicht in die Karten schauen.

Mit einem selbstsicheren Lächeln sagte er: »G'day, mein Junge. Weißt du, wo ich euren Zirkusdirektor finden kann? Ich würde ihn gern sprechen. Er heißt Gourlay, oder?«

Clyties Gesicht war mit Öl und Schweiß verschmiert und ihr langes Haar unter der Schottenkappe versteckt, aber sie ärgerte sich trotzdem, dass dieser Bursche sie mit einem Jungen verwechselte.

Kann nicht mal sehen, dass ich ein Mädchen bin! Idiot!

Sie beschloss mitzuspielen und streckte sich, damit sie größer erschien. Die Daumen in die Gürtelschlaufen gehakt kam sie breitbeinig auf ihn zu und sagte mit einer möglichst tiefen, burschikosen Stimme: »Der Name stimmt, Mann.« Sie deutete lässig auf einen roten Zirkuswagen, der aufgrund seiner Größe und prächtigen Ausstattung unter den anderen hervorstach. »Das ist seiner. Aber wir sind unterwegs nach

Ballarat. Wenn Sie also glauben, Sie könnten hier 'nen Job kriegen, haben Sie sich geschnitten, Mister. Wir haben genug Warbs.«

Sein Lächeln erlosch. »Was sind *Warbs*?«

»Das sind unsere Helfer. Sie kümmern sich um die Pferde, bauen das Zelt auf und all so was.«

Das Lächeln des Reiters wirkte wie eine scharfe Messerklinge. »Ich *suche* keine Arbeit. Ich *biete* Arbeit.«

Mit diesen Worten ritt er davon und ließ eine irritierte Clytie zurück.

Da sie mit dem Wagen fertig war – und nicht einmal Vlad hätte sich über das Ergebnis beklagen können –, hatte sie Zeit, dem jungen Mann zu folgen und zu sehen, was er vorhatte. Sie war nicht die einzige Neugierige, auch die anderen Artisten strömten vor dem roten Wagen des Zirkusdirektors zusammen, der auf einer Plattform stand und sich mit dem Burschen unterhielt. Der Zirkusdirektor war der Einzige in der Truppe, der nie die Ärmel hochkrempeln musste und immer Hosen mit tadelloser Bügelfalte trug. Ob Sommer oder Winter, sein schwarzseidener Zylinder war sein Markenzeichen.

Die Stimme des jungen Mannes ertönte laut und deutlich, er sprach voller Begeisterung und Überzeugungskraft, hörte aber höflich zu, wenn Gourlay Fragen stellte.

»Ich habe euren Auftritt in Bendigo gesehen. Ihr wart umwerfend – ihr habt alles in den Schatten gestellt. Leider war das Wetter gegen euch – wer geht schon gern in den Zirkus, wenn draußen der Wind heult und pfeift und man ebenso gut im warmen Bett bleiben kann?«

Gourlay grunzte zustimmend. »Ja, das stimmt allerdings!«

»Ihr verdient es, vor einem Publikum aufzutreten, das euch und eure Künste wirklich zu schätzen weiß! So wie ich«, fügte er hinzu und verbeugte sich. Dann wiederholte er vor den herbeigeeilten Artisten laut seinen Namen. »Rom Delaney, zu Diensten! Ich wurde vom Bürgermeister von Hope ausgesandt, um euch eine ganz besondere Einladung zu überbringen – mit der wir Geschichte schreiben werden!« Er machte eine ausholende Armbewegung. »Meine Damen und Herren Artisten, ich frage euch, wollt ihr meiner Stadt das beste Erlebnis verwehren, das sie je haben wird – einmal im Leben den wundervollen, magischen Zirkus Wildebrand sehen zu dürfen?«

Clytie stand ganz hinten, befand sich aber nahe genug, um das Mienenspiel des jungen Mannes genau beobachten zu können. *Ein Bauerntrampel ist er nicht. Er ist der geborene Marktschreier. Könnte mir gut vorstellen, dass Gourlay auf ihn reinfällt.*

Rom Delaneys Gesicht glänzte vor Schweiß, seine Augen glühten. Er besaß eine kräftige, dunkle, sonore Stimme. Überrascht stellte Clytie fest, dass ihre Rollen zur Abwechslung mal vertauscht waren: Sie waren die Zuschauer und ließen sich bereitwillig von einer guten Vorstellung beeindrucken.

Gourlay, der immer noch ein wenig skeptisch schien, fragte mit schmalen Augen: »Und wo genau sollen wir unser großes Zelt aufschlagen? Wir brauchen eine Menge Platz und außerdem einen Zugang zu Wasser.«

»Aah!«, rief Rom aus und legte eine dramatische Kunstpause ein. Clytie vermutete, dass er keine Ahnung hatte und die Zeit brauchte, um sich irgendetwas einfallen zu lassen.

»Wir können euch einen idealen Platz anbieten, an dem ihr das große Zelt aufschlagen könnt! Wir haben einen Festplatz direkt neben einem Fluss. Ich frage Sie, mein guter Sir, wozu den weiten Weg nach Melbourne machen, wenn Sie gleich hier, bei den Goldgräbern und den Bürgern von Hope ein Vermögen verdienen können?«

Rom Delaney machte eine dramatische Geste, als befände sich die Stadt gleich hinter dem nächsten Hügel.

»Hope ist hungrig nach Unterhaltung! Seit dem Goldrausch ist kein Zirkus mehr in unsere Stadt gekommen. Unsere Bürger wissen nicht, wohin mit ihrem Geld. Stellt euch bloß vor, was der Zirkus Wildebrand für eine Sensation in der kleinen Stadt wäre! Schauen Sie, ich zeig Ihnen mal, wo sie liegt, Sir.«

Er reichte Gourlay die Karte und wandte sich dann direkt an seine Zuhörer. »Hope liegt siebeneinhalb Meilen weit von der nächsten Highway-Abzweigung entfernt. Sie könnten noch heute Abend dort Ihre Zelte aufschlagen!«

Boss Gourlay studierte die Karte. »Aber wo ist dieses Hope? Ich kann's nirgends finden.«

»Sir, das ist eine sehr alte Karte«, versicherte Rom hastig. »Aber ich habe Hope hier eingezeichnet, sehen Sie das Kreuzchen? Ist nur einen Steinwurf von den berühmten Mineralquellen von Hope entfernt – unser Mineralgehalt übertrifft selbst den der besten Quellen in Europa! Und hier ist die Mine, die wir *Golden Hope* nennen – dort sprudelt das Gold nämlich nur so!«

Rom Delaney hielt dem Zirkusdirektor strahlend die Hand hin. »Sir! Ich bin sicher, Sie bringen es nicht übers Herz, dieses einmalige Angebot auszuschlagen!«

Clytie hielt unwillkürlich den Atem an. Es konnte so oder so ausgehen. Der neue Boss war zwar noch nicht lange bei ihnen, aber eins hatte er bereits bewiesen: dass er gern spontan Entscheidungen fällte – zum Guten wie zum Schlechten.

Gourlay schlug ein. Dann wandte er sich an die Truppe. Er griff – obwohl es nicht nötig gewesen wäre, weil sich ohnehin alle um ihn drängten – der dramatischen Wirkung wegen zum Megafon.

»Alles mal herhören! Wir ändern unsere Route. Der Zirkus Wildebrand hat die Einladung der Stadt … äh … wie heißt sie nochmal?«, zischte er Rom zu.

»Hope.«

»Der Stadt Hope angenommen. Wir brechen sofort auf. Und morgen geben wir denen eine Vorstellung, die sie nie vergessen werden!«

Gourlay schnippte mit den Fingern. Wie auf Kommando erschien sein zehnjähriger Sohn mit einem Stapel Plakate und Handzettel. Der Direktor entfaltete eins der Plakate und zeigte es stolz Delaney. Es war knallbunt: rot, blau und gelb. Darauf abgebildet waren eine glamouröse Kunstreiterin und ein Löwenbändiger in einer tressenbesetzten Uniform, der über einem brüllenden Löwen die Peitsche schwang.

Rom Delaney nahm das Plakat mit einer ehrerbietigen Verbeugung entgegen. Sein Pferd besaß keinen Sattel, aber er schwang sich mit solcher Anmut und Leichtigkeit auf das Tier, dass Clytie wider Willen beeindruckt war. Er stieß einen hellen Cowboy-Juchzer aus und stob in einer Staubwolke davon – nach Hope, auf dem nun ihre Hoffnungen ruhten.

Die Truppe zerstreute sich lachend und schwatzend und machte sich daran, das Lager abzubrechen. Clytie suchte nach ihrer Mutter, war aber in Gedanken noch ganz bei den Schilderungen des jungen Mannes. Sie rannte zu ihrem Wagen und sah mit rosigen Wangen hinein. Dolores lag auf ihrer Bettstatt und hatte sich einen kühlen Waschlappen auf die Stirn gelegt.

»Geht es dir nicht gut, Mama? Hast du gar nicht mitgekriegt, was gerade passiert ist? Dann musst du aber die Einzige sein.«

»Ich hab den Lärm gehört. Was hat Gourlay jetzt schon wieder vor? Hat er völlig den Verstand verloren? Ich dachte, wir wären endlich wieder unterwegs nach Melbourne, stattdessen …«

»Stattdessen fahren wir erst mal nach Hope, Mama! Melbourne wird noch ein wenig warten müssen. Stell dir vor, wir werden vor Goldsuchern auftreten, die noch nie im Leben einen Zirkus gesehen haben! Vielleicht werden sie uns ja mit Goldnuggets überschütten! So wie bei dem Auftritt von Lola Montez in Ballarat!«

Jeder Zirkusartist kannte die legendäre Kurtisane und Geliebte des bayerischen Königs Ludwig I., die sich als spanische Tänzerin ausgegeben hatte. Sie war während des Goldrauschs im Gold Triangle aufgetreten und hatte die Digger mit ihrem erotischen Spinnentanz beeindruckt. Die Schürfer hatten sie bei ihren Auftritten förmlich mit Gold überschüttet.

Dolores hob eine Ecke des Waschlappens und schaute mit einem Auge zu ihrer Tochter hin. »Immer gemach mit den jungen Pferden! Das war fünfundfünfzig, das ist lange her. Seitdem ist eine Menge Wasser den Bach runtergeflossen, Mädchen.«

Aber Clytie war nicht zu bremsen. »Mag sein. Aber Rom Delaney sagt, dass in Hope noch immer das Gold sprudelt! Wenn sie dich erst bei deinem Auftritt sehen, Mama, werden sie dich vielleicht auch mit Gold überschütten, wirst sehen!«

Die junge Kunstreiterin lachte aus vollem Hals. Dolores schüttelte tolerant den Kopf. Innerhalb von Minuten hatte sich Verzweiflung in Hoffnung verwandelt. Morgen würden sie vor einem neuen Publikum auftreten – einem Publikum, das es kaum erwarten konnte, sie zu sehen! Sicher, es war ein rückständiges Kaff, aber eins, das nach Glamour, Akrobatik und Unterhaltung gierte. Und das war es, was sie den Leuten bieten konnten, das war ihr Metier, von der Pike auf.

Heute Abend würden sie an einem neuen Ort ihre Zelte aufschlagen, und sie würden feiern und trinken und sich Geschichten erzählen, über legendäre Akrobaten, mit denen sie einst aufgetreten waren. Heute Abend würde niemand hungern. Denn morgen, hinter dem nächsten Horizont, wartete bereits das große Geschäft auf sie.

Clytie umarmte ihre Mutter. »Ruh dich aus, Mama. Überlass alles mir. Stell dir das Ganze als kleinen Urlaub vor – eine Gelegenheit, sich mal ein wenig zu erholen vom ständigen Herumreisen.«

Die junge Zirkusartistin mochte sich ihre heimlichen Ängste um ihre Mutter nicht eingestehen. Erst heute früh hatte sie im Sack mit der Schmutzwäsche ein blutiges Taschentuch mit dem daraufgestickten Buchstaben D entdeckt. Stammte das Blut von einer Verletzung, die Vlad ihrer Mutter zugefügt hatte? Oder war es das erste Anzeichen jener Krankheit, vor der sich alle fürchteten? Der auch die berühmte *Kameliendame* zum Opfer gefallen war? Tuberkulose, die Geißel der Menschheit.

Clytie hatte sich bereits zum Gehen gewandt, als ihre Mutter sie noch einmal zu sich rief. Dolores wurde ganz ernst. Sie musterte ihre Tochter mit ihren wundervollen veilchenblauen Augen, die schon viel zu viel Kummer gesehen hatten.

»Clytie, wegen heute früh. Vlad hat gesagt, ihr hättet … er und du …«

»O Mama, bitte glaub mir, das würde ich nie … ich würde nie …«

Aber Dolores unterbrach sie. »Still, Kind! Glaubst du, ich würde meine eigene Tochter nicht besser kennen?«

Clytie hätte ihre Mutter umarmen können. Aber sie sah ihr an, dass diese neueste Lüge von Vlad sie mehr verletzte als alle Schläge und Misshandlungen. Still wandte sie sich ab und ging.

5

Rom Delaney ritt in vollem Galopp, bis das Fell der Stute vor Schweiß glänzte. Die beiden waren eine Einheit, das Tier schien beinahe Roms Gedanken lesen zu können: Hier hatte sie jemanden gefunden, der sie niemals misshandeln und ihr nie mehr abverlangen würde, als sie zu geben bereit war. Und so gab sie ihm, was sie hatte – und raste dahin, als müsste sie es mit den besten Rennpferden aufnehmen.

Pferd und Reiter klapperten sämtliche Siedlungen und Gehöfte in einem weiten Umkreis um Hope ab. Bitternbird, die zweitgrößte Ortschaft, hatte einen eigenen Eisenbahnanschluss, aber Rom suchte auch die kleineren Dörfer auf, Barnaby's Ridge, Yankee Gully und all die verstreuten Farmen mit Aborigine-Namen, deren ursprüngliche Bedeutung längst verloren gegangen war.

Rom ritt wie der Teufel. Berstend vor Aufregung fegte er durch die Ortschaften und riss die Menschen mit seiner Begeisterung förmlich mit. Er kannte die Ortslegenden, sie alle waren ihm in Fleisch und Blut übergegangen. Jetzt würde er seine eigene erschaffen!

Er verteilte Handzettel an Kinder, die sich um ein Schulhaus scharten, das ursprünglich einmal ein Freudenhaus gewesen war; er verteilte sie an die Knechte und Feldarbeiter auf dem Land eines Yankee-Forty-Niners, der mit dem Verkauf von Wasser an Schürfer ein Vermögen verdient hatte; an den Wirt des Brunswick Arms Hotels, das neben einem alten evangelischen Friedhof lag; an Schmiede, Händler, Verkäuferinnen und alte Frauen mit keltischen Namen und Gesichtszügen. Allen und jedem rief er zu: »Der Zirkus Wildebrand kommt nach Hope – eine einmalige Gelegenheit, die ihr auf keinen Fall verpassen dürft!«

Die wichtigste Aufgabe hob er sich bis zuletzt auf: die außerordentliche Generalversammlung der Hope Progressive Society, die – in Ermangelung eines Rathaussaals (oder überhaupt eines Rathauses) – im Mechanics Institute stattfinden sollte, dem einzigen Gebäude von geeigneter Größe und Ausstattung.

Keuchend von der Anstrengung seines Ritts blieb er in der Tür stehen und sah sich im Saal um. Sergeant Bruce Mangles hatte am Eingang Posten bezogen, um die Ordnung zu wahren. Rom grüßte ihn mit einem Nicken, eine Geste, die der junge, kräftig gebaute Wachtmeister ein wenig misstrauisch erwiderte.

Die Bullen haben mich immer auf dem Kieker. Als ob ich ein Bankräuber wäre.

Rom musste an Goldie denken, die ihm ja zugelaufen war, und was die Ordnungshüter wohl davon halten würden, verdrängte den Gedanken aber rasch. Es gab im Moment Wichtigeres. Die Versammlung hatte bereits begonnen, und die Gemüter erhitzten sich. Man sah Councillor Twyman an, dass er sein ohnehin cholerisches Temperament nur noch mit Mühe im Zaum hielt. Fragen und Einwürfe flogen ihm aus allen Himmelsrichtungen um die Ohren.

Rom wartete auf den richtigen Moment. Er war ein großes Risiko eingegangen. Entweder er würde zum Helden des Tages erklärt werden oder …

Die vom Zirkus würden was veranstalten, wenn ich's nicht schaffe. Hoffentlich taucht der Doc noch rechtzeitig auf. Er ist der Einzige, auf dessen Unterstützung ich sicher zählen kann.

Er sah sich um und erkannte unter den Gesichtern auch jene, die aus Prinzip gegen jede Idee sein würden, die ein »Dahergelaufener« wie er vorschlug.

Paul Pius James war so einer. Er saß vorn in der ersten Reihe. Der fanatisch religiöse und engstirnige Inhaber des Eisenwarenladens und der Dorfschmiede gab ihm zwar gelegentlich die eine oder andere Arbeit, zählte dabei aber wie ein Geizhals jeden Penny. Neben ihm stand Noni, seine Tochter und sein ganzer Stolz. Sie raschelte dezent mit den Röcken, damit auch alle merkten, dass sie aus Seide waren.

Noni hielt sich für das Prinzesschen der Stadt. Ihre Blicke begegneten sich, und Rom zwinkerte ihr anzüglich zu, um sie zu reizen.

Du kriegst mich nicht klein, Mädchen, dazu braucht's schon mehr, als du zu bieten hast.

Rom amüsierte sich über die Gruppe schwarz gekleideter Matronen, die wie ein Schwarm Elstern in einer Ecke des Saals saßen und Socken »für die Front« strickten, also für jene Australier, die sich als Freiwillige für den Krieg mit den Buren in Südafrika gemeldet hatten. Roms Heiterkeit verflog. Über diese Damen wollte er sich doch nicht lustig machen. Es konnte gut sein, dass sie einen Ehemann oder Sohn im Krieg verloren hatten.

Vertreter aller drei Kirchen waren im Saal erschienen: der anglikanische Vikar und der katholische Pfarrer sowie der Methodistenprediger. Allein und etwas abseits stand Holy Maude, die so genannt wurde, weil sie mit ihrer rollenden Orgel überall hinfuhr und bei jeder Messe spielte und außerdem das Tamburin für die Heilsarmee anschlug.

Rom freute sich, als er das bleiche edle Profil von Sonny Jantzen entdeckte. Der Sohn und Erbe von »Boss« Jantzen, dem Besitzer der Golden-Hope-Mine, saß militärisch steif auf seinem Stuhl. Rom kannte seine Geschichte. Sonny hätte sich zu gern als Freiwilliger für den Burenkrieg gemeldet, aber sein Vater, der wollte, dass er ihm bei der Leitung der Mine half, ließ ihn nicht. Rom mochte Sonny, auch wenn dieser Hopes begehrtester Junggeselle und Golden Boy war. Der Bergwerkserbe war freundlich und bescheiden und wechselte gern das ein oder andere Wort mit Rom.

Wenn ich Glück habe, unterstützt mich Sonny vielleicht.

Rom wurde ungeduldig. Ihm lief allmählich die Zeit davon.

Die Debatte über das Kriegerdenkmal mit den Namen der gefallenen Söhne der Stadt zog sich ungewöhnlich in die Länge. Councillor Twyman sprach schließlich ein Machtwort.

»Wir alle bedauern ja, dass Mr Levi seinen Sohn verloren hat. Aber es ist nun mal so üblich, die Namen der Gefallenen mit einem kleinen Goldkreuz zu markieren und nicht mit … mit so einem komischen sechszackigen Stern …«

»Es ist der Davidsstern«, warf der alte Uhrenmacher respektvoll ein. »Mein Sohn hat seinem Land stolz gedient. Aber er ist in der Schlacht gefallen und konnte nicht mit einer jüdischen Zeremonie beerdigt werden. Alles, worum ich bitte, ist, auf eigene Kosten einen goldenen Davidsstern neben seinem Namen eingravieren lassen zu dürfen.«

Die Vertreter der anderen drei Konfessionen unterstützten das Anliegen des alten Juden. Der katholische Pfarrer, Father Donnelly, und auch die Protestanten wiesen darauf hin, dass man nur aufgrund der großzügigen Spende Mr Levis' den kleinen Gedenkpark neben der Schule hatte anlegen können, zu Ehren der geliebten Queen Victoria.

Twyman machte eine finstere Miene, denn das ließ sich schlecht bestreiten. Dennoch weigerte er sich nachzugeben und verschob die Entscheidung in Bezug auf »diesen Stern« auf einen späteren Zeitpunkt.

Roms Anspannung wuchs. Jetzt war sein Moment zum Greifen nah.

Der Bankmanager, George Tribe, erhob sich und wandte sich an die Versammelten. Er trug trotz der Hitze einen Dreiteiler aus Serge. Roms Stimmung schnellte bei den einleitenden Worten des Bankiers nach oben.

»Meine Damen und Herren, wie wir alle wissen, hat unser geliebtes Städtchen schon bessere Tage gesehen. Und doch hätten wir Besuchern eine Menge zu bieten: unsere natürlichen Quellen, deren Mineralgehalt es sogar mit Bath in England und Baden-Baden in Deutschland aufnehmen kann! Die schöne, unberührte Landschaft, ein gutes Hotel, zahlreiche Pensionen und sämtliche modernen Errungenschaften, wie zum Beispiel Straßenbeleuchtung in der Main Street …«

»Ja, aber keinen Bahnhof!«, rief eine heisere Männerstimme.

»Wir sind wohl kaum von jeder Zivilisation abgeschnitten – der Zug aus Melbourne hält in Bitternbird, und das ist ja bloß ein Katzensprung«, konterte Twyman.

Der Bankmanager versuchte, sich wieder Gehör zu verschaffen. »Wie auch immer, ich bin heute hier, um den Bürgern unserer schönen Stadt ein Angebot zu machen, einen Anreiz, unser Hope wiederzubeleben, damit es erneut zu einer Stadt wird, in die zu investieren es sich lohnt!«

»Aber die Mine pfeift aus dem letzten Loch, oder habt ihr das noch nicht mitbekommen?«

Rom kannte die zornige Stimme, sie gehörte einem der kürzlich entlassenen Bergarbeiter.

Sonny Jantzen erhob sich halb aus seinem Sitz und verkündete ruhig: »Ich möchte Ihnen allen im Namen meines Vaters versichern, dass das keineswegs der Fall ist. Die entlassenen Bergarbeiter werden wieder eingestellt, sobald die derzeitige Krise überwunden ist. Dafür gibt Ihnen mein Vater sein Wort. Es wäre nicht das erste Mal, dass wir schwierige Zeiten überstehen.«

Die Bergarbeiter grummelten zustimmend.

Councillor Twyman ergriff die Gelegenheit, das Treffen wieder an sich zu reißen. »Wir setzen im Namen der Hope Progressive Society eine Belohnung aus für den oder diejenigen, die eine Idee haben, mit der wir Geld, Besucher und Investoren in unsere Stadt locken können!« Er legte eine dramatische Pause ein. »Und zwar eine Belohnung in Höhe von zwanzig Guineen!«

Das war Roms Stichwort. Sein zusammengerolltes Plakat schwenkend rannte er vor zum Podium und sprang ohne Erlaubnis hinauf zu den Honoratioren.

»Gentlemen! Ich habe die ideale Lösung!« Er entrollte das Plakat und hielt es so, dass Twyman und Tribe und das Publikum es sehen konnten. »Voilà! Der Zirkus Wildebrand!« Er blickte sich um und sah Doc Hundey eintreten. »Und der Doc ist ebenfalls dafür!«, rief er erleichtert aus.

Twymans Antwort triefte vor Sarkasmus. »Ich halte das für keine Empfehlung. Jeder weiß doch, dass die Praxis dieses *Arztes* kurz vor dem Konkurs steht.«

Viele Stimmen erhoben sich zu Docs Verteidigung. Rom lag vor allem daran, die Gemüter auf seine Seite zu bringen.

»Hört mich an! Dies ist eine einmalige Gelegenheit, zu der ihr gar nicht Nein sagen könnt! Es ist mir gelungen, den berühmten Zirkus Wildebrand davon zu überzeugen, bei uns in Hope seine Zelte aufzuschlagen. Ich habe bereits sämtliche Ortschaften in der Umgebung und auch Bitternbird informiert. Sie werden morgen alle herbeiströmen, im Diggers' Rest absteigen und in unseren Läden ihr Geld ausgeben. Denn der Zirkus Wildebrand kommt in unsere Stadt!«

Stimmengewirr brach aus, jeder versuchte, den anderen zu übertönen. Roms Lippen waren ganz trocken vor Aufregung. Er deutete auf sein Plakat.

»Wo sonst könnten Sie erleben, wie der Löwenbändiger Lionello seine Hand in den Rachen des Löwen steckt und das Tier hinterher als Ruhekissen benutzt? Clowns und Feuerschlucker und schöne Frauen in glitzernden Kostümen und kurzen Röcken!«

»Ich bin dafür«, verkündete Doc Hundey gelassen. »Ein Zirkus ist eine Attraktion für die ganze Familie.«

Die Zustimmung wurde lauter.

Rom nutzte die Gunst der Stunde und schmiedete das Eisen, solange es heiß war. »Das weltberühmte Kunstreiterduo Daring Dolores und Little Clytie. Vlad, der Messerwerfer, aus dem Königlich Russischen Zirkus. Und eine deutsche Blaskapelle. Die Leute werden aus der ganzen Gegend herbeiströmen, um das zu sehen. Hierher nach Hope – und ins Diggers' Rest.«

Der Wirt nahm dies als Stichwort, um nun selbst ein paar Fragen zu stellen. »Aber wie hast du das nur geschafft, Junge? Was hast du denen versprochen? Und wo genau soll der Zirkus hin?«

Rom lächelte glasig, was Twyman sogleich ausnutzte, um die Versammlung an sich zu reißen. »Ganz recht, guter Wirt. Hope ist eine anständige Stadt. Einen liederlichen Zirkus können wir hier nicht gebrauchen. Wir hätten ohnehin keinen Platz dafür. Der Kurpark kommt nicht in Frage. Die Pferdekoppeln wären ebenfalls ungeeignet. Sie können ja wohl kaum in der Main Street auftreten – das würde zum Verkehrskollaps führen.«

Jeder wusste, dass es mehr als ein paar rostige Pferdekarren und wackelige Kutschen brauchte, um einen Verkehrskollaps zu verursachen.

»Das ist eine Schnapsidee!«, brüllte Twyman, »damit will ich nichts zu tun haben!«

Doch jetzt kam Sonny Jantzen Rom zu Hilfe. »Rom Delaney hat große Initiative bewiesen. Er verdient es, angehört zu werden.«

Aller Augen richteten sich auf Rom. Aber der hatte sein Pulver verschossen und nichts mehr zu bieten.

Doc Hundey sprang in die Bresche.

»Ich weiß ganz genau, wo der Zirkus sein Lager aufschlagen kann – auf dem Kricketfeld natürlich! Da gibt's eine kleine Tribüne, auf der der General Store und das Diggers' Rest Stände errichten und Essen und Getränke anbieten könnten. Zwei Klohäuschen wären bereits vorhanden und ein fertiger Kartenschalter. Der Lerderderg Creek ist keinen Steinwurf entfernt, da könnten die Zirkusleute ihre Tiere tränken. Was will man mehr?!«

»Wie bitte? Unser Kricketfeld?«, donnerte Twyman mit hochrotem Gesicht. »Sie haben wohl den Verstand verloren, Doktor. Wir spielen am Samstag gegen Bitternbird und hätten die Chance, sie zum ersten Mal seit Jahren endlich mal wieder zu schlagen.«

»Der Sportplatz ist kein geheiligter Boden, Sir«, widersprach der Arzt gelassen, »außerdem wird wahrscheinlich sowieso ganz Bitternbird auf den Beinen sein, um sich den Zirkus anzusehen.«

Ein alter Bergarbeiter meldete sich krächzend zu Wort. »Warum fragen wir nicht unseren Kricket-Käpt'n?«

Sonny Jantzen, der sich nie um Aufmerksamkeit riss, erhob sich zögernd und sagte: »Ich werde beim nächsten Spiel zwar krankheitsbedingt ausfallen, aber ich denke, ich spreche für die Mannschaft, wenn ich sage, dass wohl keiner was dagegen hätte, das Match auf einen anderen Tag zu verschieben – damit die Kinder diese einmalige Gelegenheit, einen Zirkus zu besuchen, wahrnehmen können. Ich stimme mit Ja.«

Rom hielt den Atem an. Es konnte so oder so ausgehen. Die Entscheidung stand auf Messers Schneide. In diesem Moment flog mit einem Knall die Tür auf, und ein Knabe in kurzen Hosen stürmte herein, Paddy O'Grady. Sein Gesicht war ganz rot vor Aufregung.

»Ihr glaubt nich, was da draußen die Straße raufkommt!«, rief er freudig erregt aus. »Pferde und Wagen und Clowns – und ein echter, lebendiger Löwe!«

Jetzt war kein Halten mehr. Alles drängte zum Ausgang, schubste sich mit den Ellbogen einen Weg frei, um durchs Nadelöhr der Tür nach draußen zu gelangen.

Rom packte den Doktor dankbar bei der Schulter. Sie folgten den anderen hinaus ins Freie.

»Danke, Doc, Sie haben meine Haut gerettet.«

»Hast's auch verdient, Junge!«

Der Knabe Paddy O'Grady hatte ganze Arbeit als Stadtschreier geleistet. Aus allen Geschäften und Häusern kamen die Leute gerannt, aus dem General Store, dem Postamt, dem Kirchenbazar, dem Viehfutterlager – selbst der Schmied legte sein Werkzeug nieder.

Rom und der Doc grinsten sich an. »Was für ein Anblick! Das erinnert mich an meine Kindheit.«

Zum Takt der Blaskapelle kam ein bunter Zug anmarschiert, bestehend aus farbenfrohen Zirkuswagen, die von stolzen Pferden gezogen wurden. Artisten in fröhlichen Kostümen sprangen nebenher oder lenkten die Wagen, allen voran ein junges Mädchen, das auf einem Schimmel stand. Sie trug ein knappes, mit Pailletten besetztes Kostüm, das in der untergehenden Sonne funkelte. Die Kunstreiterin winkte lächelnd mit einem Feenstab und warf den Zuschauern Kusshändchen zu. Unter ihrem knappen Röckchen schauten lange schlanke Beine in hautfarbenen Seidenstrümpfen hervor. Zwei Clowns sprangen neben ihr her. Sie trugen identische weite Pluderhosen mit Pünktchen. Einer war über eins achtzig groß, der andere ein Zwerg. Beide hatten sich die Gesichter weiß geschminkt, die eine Hälfte ein lachendes, die andere ein weinendes Gesicht. Sie hatten dicke rote Filzperücken auf den Köpfen, aus denen gelbe Sonnenblumen hervorwuchsen. Wie durch ein Wunder blieben die Perücken während ihrer Kapriolen und Radstände auf ihren Köpfen und fielen nicht herunter.

Kinder kamen aus den Häusern gerannt, hinter ihnen die Mütter, die sich eilig noch die Küchenschürzen abbanden. Die Dreikäsehochs quietschten vor Freude, als sie von den Clowns Handzettel mit einem Lutscher dran geschenkt bekamen.

Und auch Rom grinste erleichtert, denn er sah die Freude auf den faltigen Gesichtern der Honoratioren und der respektablen Matronen. Mit geradezu kindlicher Begeisterung bestaunten auch die Erwachsenen das bunte Spektakel, das sie an ihre Jugend erinnerte.

»Danke, Doc, das war knapp. Mann, was für ein Auftritt! Jetzt hat Twyman nicht mehr den Hauch einer Chance, das Ganze noch zu kippen.«

»Pass auf, dass du deine zwanzig Guineen erhältst!«, mahnte der Doktor. »Twyman ist ein windiger Geschäftsmann, das kannst du mir glauben!«

Erst jetzt besah sich Rom die kleine Fee auf dem Pferderücken genauer. Sie kam ihm irgendwie bekannt vor. Wo hatte er sie bloß schon mal gesehen? Ihr wildes langes schwarzes Haar wurde von einer Tiara zusammengehalten und flatterte hinter ihr im Wind. Ihre festen jungen Brüste drängten sich gegen den Stoff ihres Mieders, das verlockende Einblicke in die beginnende Fülle bot. Ihr Lächeln war selbstsicher und professionell, sie flirtete nicht nur mit den Männern, sondern ebenso mit den Frauen und Kindern.

»Bravo! Gut gemacht, Mädchen!«, rief Rom laut, um sie auf sich aufmerksam zu machen.

Sobald ihr Blick auf ihn fiel, reckte sie verschmitzt den Daumen hoch und winkte ihm zu, als wollte sie sagen: *Gut gemacht!*

Ach, du liebe Güte! Das ist ja dieser Bengel in der Latzhose mit dem ölverschmierten Gesicht!

»Du scheinst ein Herz erobert zu haben, Junge. Du kennst sie wohl?«, erkundigte sich der Doc.

»Könnte man wohl sagen, ja«, meinte Rom trocken.

Der bunte Zug machte vor dem Diggers' Rest Halt. Die Truppe gab eine kleine Vorstellung für die Zuschauer, einen Vorgeschmack auf das, was später im Zelt kommen sollte: Jonglieren, Handstände, Radschlagen und eine menschliche Pyramide, zu der sich ein Dutzend Akrobaten aufstellten.

Roms Nackenhaare sträubten sich unwillkürlich beim Anblick eines großen südländischen Mannes in einem Ali-Baba-Kostüm, der mit Messern jonglierte und dabei absichtlich immer wieder einen bedrohlichen Schritt auf die Frauen zumachte, die quietschend vor Angst zurückwichen.

Boss Gourlay, eine beeindruckende Erscheinung in schwarzem Zylinder und rotem Seidencape, pries die Vorzüge seines Zirkus und versprach atemberaubende Attraktionen und nie da gewesene Darbietungen. Er gab den Leuten gerade so viel, um ihnen Appetit auf mehr zu machen.

Nachdem die Blaskapelle schmissig den neuesten Hit von Banjo Paterson, »Waltzing Matilda«, zum Besten gegeben hatte, überreichte Gourlay Councillor Twyman feierlich Freikarten für die Eröffnungsvorstellung für sich und seine Familie.

Twyman blieb nichts anderes übrig, als gute Miene zum bösen Spiel zu machen und sie anzunehmen. Was Rom nicht entging, war der geflüsterte Seitenhieb, mit dem er sich an Paul Pius James wandte: »Diesem Quacksalber Hundey werde ich's heimzahlen, der überstimmt mich nicht nochmal.«

An eine Verandasäule gelehnt sonnte sich Rom in den Lobeshymnen der Befürworter des Spektakels. Ihn faszinierte vor allem die spürbare Verbindung zwischen der jungen Artistin auf dem weißen Pferd und der verführerischen Dunkelhaarigen, die auf dem Kutschbock des Wagens mit der Aufschrift *Daring Dolores Hart und Little Clytie* saß. Die Ältere achtete gebannt auf jedes einzelne Kunststück des jungen Mädchens, als wäre sie ihre Lehrerin.

Clytie, was? So heißt du also.

Mit einem unguten Gefühl verfolgte er den arroganten Auftritt des Messerwerfers. Der Mann trug eine weite rote Pluderhose mit einer breiten Schärpe, in der ein juwelenbesetzter gebogener Dolch steckte. Sein Oberkörper war nackt und so behaart wie der Bauch eines Wombats. Mit angespannten Muskeln jonglierte er eine wachsende Anzahl von Messern.

Rom bemerkte, dass er, als er eins fallen ließ, Dolores anfauchte: »Mach die Augen auf, Weib! Das ist dein Stichwort!«

Dolores hob das Messer auf und machte einen anmutigen Knicks, als hätte er es ihr absichtlich vor die Füße geworfen.

Rom applaudierte, um den peinlichen Moment zu überbrücken, und sie nickte ihm dankbar zu. Rom wusste, was die Leute über den Zirkus sagten: dass solche Frauen leicht zu haben wären. Er sah zu, wie Clytie ihr Pferd dazu brachte, die Vorderbeine zu kreuzen und in die Knie zu gehen, um sich vor den Zuschauern gewissermaßen zu verbeugen.

Bevor sie wieder zu Dolores auf den Kutschbock kletterte, drehte sie sich zu Rom um und warf ihm in der bewährten Tradition von Schaustellern auf der ganzen Welt ein kesses Grinsen und eine Kusshand zu.

»Ja, Mädchen, ich weiß, ich hab dich am Haken«, sagte Rom leise zu sich selbst.

Gourlay wollte jetzt aufbrechen. »Würde uns freundlicherweise jemand zeigen, wo wir unser großes Zelt aufschlagen können?«

Twyman, der noch schäumte, weil er eine Niederlage einstecken musste, rührte keinen Finger.

Da nahm Doc Hundey die Sache selbst in die Hand. »Ist mir ein Vergnügen, Mr Gourlay. Der Creek führt Hochwasser, es ist also nicht ganz einfach, ihn zu durchqueren. Ich werde Ihnen die Furt zeigen.«

Der Doc schwang seine Tweedjacke über die Schulter und kletterte mit seiner Arzttasche in der Hand zu Boss Gourlay auf den Kutschbock. Die beiden unterhielten sich schon wenig später wie alte Freunde. Gourlay gab die Order zur Weiterfahrt und ließ ein Publikum zurück, das es kaum abwarten konnte, die erste Vorstellung zu besuchen. Der Doc machte den Zirkusdirektor auf dem Weg zum Kricketfeld auf Sehenswürdigkeiten und sonstiges Interessantes aufmerksam.

Rom schwebte wie auf Wolken. Er hatte es geschafft. Zwei Dinge vor allem wollten ihm nicht mehr aus dem Kopf: die

Belohnung, die bald in seiner Tasche stecken würde. Und Little Clyties neckischer kleiner Handkuss.

Sie ist verdammt hübsch, die Kleine – irgendwie exotisch. Sie ist noch jung, aber nicht so jung, dass ich den Knast riskieren würde.

Er war trunken vor Freude über seinen Erfolg, auch wenn er aus Erfahrung wusste, dass das Glück eine wankelmütige Mätresse sein konnte.

»Die Kleine wird in meinen Armen liegen, ehe der Zirkus wieder weg ist«, schwor er sich.

Aber er war nervöser als sonst. Denn er spürte, wie wichtig es ihm war, dass er sie tatsächlich eroberte.

6

Clytie rauschte das Blut kribbelnd durch die Adern, wie jedes Mal vor einer ersten Vorstellung an einem neuen Ort. Doch diesmal war es irgendwie anders. Diesmal lag noch etwas in der Luft. Clytie hätte allerdings nicht sagen können, was es war.

Die Sonne verschwand feuerrot hinter dem Hügelring, der den Kricketplatz umschloss. Die Helfer hatten ganze Arbeit geleistet: Das große Zelt stand bereits, die runde Manege darin war mit Sägemehl bestreut, Bankreihen aufgebaut, die kleine Tribüne für die Kapelle zusammengezimmert. Bunte Fähnchen und blinkende Lichterketten schmückten von außen das große Zelt und auch die kleineren Zeltbuden der Wahrsagerin, des Feuerschluckers und das fürs Ringwerfen.

Clytie gehorchte für gewöhnlich der obersten Maxime ihrer Mutter, vor einer Vorstellung nichts mehr zu sich zu nehmen, aber als sie an der kleinen Krickettribüne vorbeikam, stiegen ihr die köstlichen Gerüche aus den Essensbuden in die Nase: warme Pies, Würstchen im Schlafrock und die beliebten neuen *Lamington Cakes*, auch *Čupavci* genannt: in Schokolade getauchte saftige Biskuitkuchenwürfel. Am Stand daneben bot das Diggers' Rest »Getränke für Erwachsene« an – zweifellos Bier, wie Clytie vermutete.

Clytie ging weiter. Sie wickelte sich fester in ihr Umhangtuch, unter dem sie ihr Kinderkostüm trug, und wich dabei ganz automatisch den Zeltspannleinen aus, die für Ungeübte zu Stolperfallen werden konnten.

Was war heute so anders? Die junge Zirkusreiterin spürte ein eigenartiges Kribbeln.

Es war uns bestimmt hierherzukommen. Aber warum?

Die jüngeren unter den Helfern – Clyties Schulkameraden – winkten dem jungen Mädchen fröhlich zu, und Clytie winkte zurück. Die Arbeit funktionierte wie am Schnürchen, denn Boss Gourlay kannte in dieser Beziehung keine Gnade und zog jedem Müßiggänger einen Teil des Lohns ab.

Eine Welle der Zuneigung zu diesem Leben, dem einzigen, das sie kannte, und zu diesen Menschen, die ihre Familie waren, erfüllte Clytie. Heute gesellte sich aber noch ein weiteres Gefühl hinzu, etwas zwischen Nostalgie und einer fast schmerzlichen Sehnsucht nach Dingen, die sie nicht kannte.

In den Häusern des Städtchens brannte schon das Licht und fiel verlockend und heimelig zu Clytie herüber – Symbol eines lang gehegten Wunsches, sich irgendwo niederzulassen, nicht ständig weiterreisen zu müssen. Wie es wohl wäre, immer an demselben Ort zu erwachen? Sein ganzes Leben in ein und derselben Stadt zu verbringen? In einem richtigen schönen Haus zu wohnen, mit Küche und Wohnzimmer. Und einem eigenen Schlafzimmer, nur für sich allein. Einen Garten zu haben und dort Blumen und Gemüse zu züchten. Das Kommen und Gehen der Jahreszeiten, geweckt werden vom Keckern des Kookaburras, in der Gewissheit zu erwachen, dass man sich am Ende des Tages wieder in demselben Bett, in demselben Zimmer zur Ruhe legen würde.

Warum können wir nicht wenigstens einmal irgendwo bleiben?

»Ist das egoistisch von mir?«, fragte sie sich laut. »Nein, ist es nicht!«

Die junge Kunstreiterin empfand ein Gefühl der Unruhe. Es würde noch Monate dauern, ehe der Zirkus Wildebrand wieder in sein Winterquartier zurückkehren würde, um dort die kalte Saison über auszuharren. Kulissen, Kostüme und Ausrüstung zu reparieren und neue Kunststücke und Nummern einzuüben. *Aber Mutter braucht* jetzt *Ruhe – egal was Vlad sagt. Ich muss ihr unbedingt irgendwie ein wenig Zeit verschaffen.*

Madame Zaza rief Clytie zu sich und das Mädchen machte am Zelt der Wahrsagerin Halt. Ein prächtiges Bild von einer exotischen Zigeunerin, die ihre ringgeschmückte Hand über eine Glaskugel hielt, war an die Zeltleinwand gemalt. Die Zeichnung war mittlerweile zwanzig Jahre alt, und obwohl sie in jedem Winter ausgebessert wurde, hatten sich Risse in der dicken Farbschicht gebildet, die den Falten auf Madame Zazas Gesicht ähnelten.

»Tiche hat mir erzählt, was letzte Nacht passiert ist. Du kennst die Regel: Man mischt sich nicht in häusliche Angelegenheiten anderer ein. Aber eine Romni lässt ihre Freunde nie im Stich. Wenn deine Mutter Hilfe braucht, werde ich zu ihr stehen. Wenn es mir möglich ist.«

»Ich weiß, Zaza. Aber ich kann Mama nicht zwingen, die Wahrheit zu sehen. Vlad setzt sie dermaßen unter Druck … ich hab fast ein wenig Angst, sie könnte wieder anfangen – du weißt schon …« Clytie knetete nervös die Hände. »Das wird sie doch nicht, oder? Sie hat's mir hoch und heilig versprochen.«

Aussprechen muss ich's nicht. Mutters Problem mit der Flasche ist ein offenes Geheimnis.

Eine solche Schwäche wurde im Zirkus nicht geduldet. Der Beruf brachte genug Gefahren mit sich, man konnte sich jederzeit verletzen – oder gar sterben –, selbst wenn man noch so gewissenhaft trainierte. Da brauchte man nicht noch ein zusätzliches Risiko.

Madame Zaza zupfte an ihrem Ärmel und sagte leise, damit niemand mithören konnte: »Dolores Hart liebt dich mehr als ihr Leben, Kind. Sie würde nie absichtlich ihr Wort brechen. Aber du musst Vlad im Auge behalten, hörst du? Er ist tückisch.« Sie stöhnte tief auf. »Etwas Furchtbares kommt auf uns zu … ich sehe ein Bankhaus – es geht um Geld.«

»Meinst du ein Banküberfall?«, fragte Clytie aufgeregt. »Jemand wie Ned Kellys Gang?«

»Nein! Der arme Ned möge in Frieden ruhen. Aber es wird geschehen, ehe der Mond abnimmt – und es wird alles ändern!«

Clytie konnte nicht anders, es platzte aus ihr hervor: »Zaza, könntest du mir nicht noch einen Hinweis geben? Ich wäre dir wirklich dankbar.«

Zaza tat ihr den Gefallen und spähte in ihre Kugel. Clytie hielt unwillkürlich den Atem an. Dann murmelte die Alte etwas in ihrer Sprache, das sich ominös anhörte.

»Da sind sie wieder! Diese zwei jungen Burschen. Der Vorlaute. Und der Namenlose. Halt dein Herz gut fest, Mädchen – die Liebe ist wie ein Pferd, das mit dir durchgeht.«

»Keine Angst, dafür bin ich noch viel zu jung«, meinte Clytie wegwerfend.

»Du bist über fünfzehn, also im heiratsfähigen Alter. Männer glauben, sie hätten das Recht, über uns Frauen zu herrschen.«

Meint sie damit Vlad und Mutter? Oder mich?

»Aber wie unterscheidet man die guten von den verdorbenen Äpfeln? Mama scheint jedenfalls nie viel Glück mit Männern gehabt zu haben.«

»Ich kenne Dolores, seit sie ganz klein war, jünger als du jetzt. Die Flying Harts sind in den bedeutendsten Zirkussen der Welt aufgetreten, in Europa und Amerika. Astley's, Barnum & Bailey und all die anderen. Sie hat eine ausgezeichnete Ausbildung von ihren Eltern erhalten, aber sie haben sie auch zu sehr verwöhnt. Dolores folgt immer ihrem Herzen, und wenn ein Mann daherkommt und ihr schöntut, wirft sie ihren Verstand über Bord.«

»Ist das auch passiert, als sie meinen richtigen Vater kennengelernt hat? Du weißt, wer er war, oder? Sag's mir bitte, Zaza, ich flehe dich an!«

Zaza schüttelte den Kopf. »Wenn du was über deine Familie erfahren willst, frag deine Mutter.«

»Was ich schon immer wissen wollte: Erzählst du den Leuten eigentlich immer die Wahrheit, wenn du für sie weissagst?«

»Ich bin eine stolze Romni«, verkündete Zaza, »ich lüge nie. Aber manchmal erzähle ich den Leuten das, was sie hören wollen, weil die Wahrheit einfach zu schmerzhaft für sie wäre und ich ihnen nicht die wenige Zeit trüben will, die ihnen noch bleibt.«

»Es muss sehr schwer sein zu entscheiden, was man sagt und was nicht. Und ich? Was verbirgst du vor mir? Sag mir die Wahrheit, Zaza, ich kann's aushalten.«

Die alten Hände flatterten wie zwei zerbrechliche Vögelchen. »Geh, Kind«, verscheuchte sie das Mädchen. »Und möge die Bari Weshen Dai dich beschützen und behüten.«

Der Roma-Name für die Große Mutter des Waldes. Der Segen einer Zigeunerin.

Clytie beugte sich vor und küsste die faltige Wange. »Danke, Zaza.«

Das junge Mädchen wickelte sich fester in ihr Umhangtuch und machte sich auf den Weg zum Hart-Wagen. Dabei wollten ihr die lästigen Gedanken nicht mehr aus dem Kopf, wie Fliegen, die an einer Falle klebten.

Dieser Rom Delaney ist nicht auf den Mund gefallen. Und er sieht auch nicht schlecht aus – wenn auch irgendwie auf eine schelmische Art. Falls er die Absicht hat, mich rumzukriegen, dann sollte er besser auf der Hut sein. Dazu gehören immer zwei – und ich habe Erfahrung mit Schurken. Ich kenne schließlich Vlad.

Der Clown Pedro drückte sich in der Nähe des Hart-Wagens herum, offenbar in der Absicht, Clytie abzufangen. Er war extrem lang und dünn wie eine Bohnenstange und sah selbst dann aus, als würde er auf Stelzen gehen, wenn er sie noch gar nicht angeschnallt hatte. Er trug bereits sein Kostüm und hatte sich sein spezielles Clownsgesicht aufgemalt, das er offiziell hatte registrieren lassen und das nun ihm gehörte. Kein anderer Clown würde es wagen, sich dieses Gesicht aufzumalen. Pedro hatte den zwölfjährigen Tiche unter seine Fittiche genommen, nachdem er von seinen Eltern im Zirkus abgegeben worden war, weil sie sich schämten, einen Zwerg in der Familie zu haben. Pedro, der als Lehrer ungewöhnlich eloquent und flüssig sprach, geriet im Alltag bei Nervosität immer ins Stottern. So auch jetzt.

»Clytie, ich wollte dich warnen! Tiche hat mir das m-mit Dolores erzählt. Ich fürchte, es kommt noch mehr Ärger.«

»Keine Sorge, Pedro, ich werde schon mit Vlad fertig.«

»So einfach ist das leider nicht, Kind. Ich wollte dir bloß sagen, dass … wir stehen hinter dir, Clytie. Ich bin stolz darauf, dass ich dich unterrichten durfte – du bist immer so wissbegierig. Falls sich unsere Wege je trennen sollten – hör bitte nicht mit dem Lernen auf, ja?«

Er wirkte so bekümmert, dass Clytie ihn am Ärmel festhielt, als er gehen wollte.

»Pedro, sag mir die Wahrheit. Es ist von Meuterei die Rede.«

Der Clown zuckte traurig mit den Schultern. In diesem Moment ertönte Boss Gourlays Warnglocke, und er wandte sich hastig zum Gehen.

Clytie merkte gleich beim Betreten des Wagens, dass etwas nicht stimmte.

Vlad stand Nase an Nase vor Dolores und brüllte sie nieder. Clytie zuckte vor Zorn zusammen, als sie das verschmierte Augen-Make-up ihrer Mutter sah – sie hatte geweint! Doch diesmal schien Dolores nicht klein beigeben zu wollen und wehrte sich gegen Vlad.

»Damit war ich nie einverstanden, Vlad! Das werde ich nicht zulassen.«

»Du hast keine Wahl. Entweder du tust es, oder ich schick dich zum Teufel.«

»Mama, was ist los?«, fragte Clytie aufgebracht.

Als das Mädchen die tränennassen blauen Augen ihrer Mutter und den flehenden Unterton in ihrer Stimme hörte, wurde ihr schlagartig etwas klar: Ihre Rollen hatten sich vertauscht. Sie war nun die Erwachsene und musste auf Dolores achtgeben.

»Es war nicht meine Schuld, Clytie. Ich habe mein Versprechen nicht gebrochen. Ich wusste nicht, dass in dieser Flasche Wodka ist …«

Sie wies mit einer hilflosen Geste auf die kleine Flasche. Vlad packte das Behältnis und warf es an die Wand, sodass es in tausend Scherben zerbrach.

»Lüg nicht, Dolores!«, brüllte er. »Du bist eine unverbesserliche Säuferin! Ein hoffnungsloser Fall. Ich war verrückt, es jahrelang mit dir auszuhalten.«

Er schlug Dolores' flehend ausgestreckte Hand weg und

versetzte ihr eine Ohrfeige, so fest, dass sie gegen die Wand prallte, wo sie zu Boden sank und sich schluchzend wie ein Kind in die Ecke drückte.

»Fass meine Mutter nicht an, du Rohling!« Clytie machte einen Satz auf den bulligen Artisten zu und versetzte ihm einen Schubs, der ihn selbst in die Ecke warf. Beide wirkten überrascht, dass sie das geschafft hatte.

Vlad wich mit plakativ erhobenen Händen zurück. »Mach die Augen auf, Mädchen! Sie ist zu betrunken, um sich noch auf den Beinen zu halten, geschweige denn auf einem Pferd. Ist nicht meine Schuld, mir kannst du das nicht in die Schuhe schieben. Ich bin schließlich nicht ihr Aufpasser. Wenn Gourlay das mitkriegt, wirft er uns alle drei raus.«

»Aber du sagst es ihm doch nicht, oder?«, fragte Clytie erschrocken.

»Was bleibt mir anderes übrig? Ich brauche sie in meiner neuen Nummer. Außer natürlich …«

»Nein!«, kreischte Dolores. »Das lasse ich nicht zu. Niemals!« Sie brach weinend zusammen, wehrte Clyties Tröstungsversuche ab.

»Was ist denn?«, fragte Clytie beunruhigt. »Worum geht es?« Ihr Mund war auf einmal ganz trocken, ihre Zunge klebte am Gaumen.

»Zu spät, um sie noch rechtzeitig auszunüchtern. Du musst für sie einspringen. Brauchst mir sowieso nur meine Requisiten zu reichen. Das kriegst du doch wohl hin, oder? Ist ja nicht schwer.«

Vlad warf Clytie mit hartem Gesicht ein Paket zu.

»Macht das untereinander aus.« Er schlug die Tür hinter sich zu.

Clytie öffnete das Päckchen und schnappte nach Luft.

»Das ist ja wunderschön! Schau mal, was Zaza für dich genäht hat!«

Sie hielt das neue Kostüm hoch, das blitzte und funkelte.

Dolores drehte das Gesicht zur Wand. »Nicht für *mich.*«

Clytie fuhr ein eisiger Schauer über den Rücken. Jetzt erst bemerkte sie, dass das Kostüm viel zu klein für Dolores war. In ihr kochte die Wut hoch.

Vlad hat Zaza befohlen, das für mich zu nähen! Sie hat noch versucht, mich zu warnen. Mama ist zu betrunken, um aufzutreten. Ich hab keine Wahl: Ich muss ihren Platz einnehmen.

Dolores war nicht mehr ansprechbar. Clytie schob ihrer Mutter behutsam ein Kissen unter den Kopf. Mit zitternden Händen zog sie ihr Kinderkostüm aus und öffnete die Brustbandagen. Dann schlüpfte sie in das schöne neue Kostüm. Es passte wie angegossen.

Aber das Gesicht, das ihr im Spiegel entgegensah, war das Gesicht einer Fremden. *Hüte dich, Vlad*, schien es zu sagen. *Dieses Mädchen ist fähig, einen Mord zu begehen.*

7

Das Pferd trottete die Quarzstraße entlang und an den Mineralquellen vorbei. Doc Hundey saß auf dem Kutschbock, neben sich seine Arzttasche. Auf einer Seite floss breit und träge der Lerderderg Creek, auf der anderen wölbten sich Schutthügel von alten Schürfplätzen, stumme Zeugen der Vergangenheit. In Crimea Point, diesem fast gänzlich verfallenen Ausläufer der Stadt Hope, war eins der größten Goldnuggets gefunden worden, die es gab.

Von dieser großartigsten Zeit in der Geschichte der Stadt waren nur noch einige schiefe, verfallene Hütten geblieben. Das ausgebleichte Schild der Cobb & Co. Coach Company schwankte an einer Hausecke im Wind. Die ausgedehnten Ställe hatten einst eine vitale Gemeinde versorgt. Jetzt hingen die Türen schief in den Angeln und schlugen melancholisch im Wind, blinde Augen in einem verwitterten Gesicht. Hier hatte es einst elf Shanty-Pubs gegeben und ein Gedränge von Diggern, darunter zwölftausend chinesische Fossicker.

Doc wollte Long Sam einen Besuch abstatten, dem letzten der einst zwanzigtausend »Himmelssöhne«, die während eines einzigen Jahres in Victoria eingetroffen waren, fast ebenso viele Menschen, wie gewöhnlich auf Schiffen und Frachtern aus Großbritannien und Europa hierherkamen.

Einige davon waren später wieder nach China zurückgekehrt, andere in den Kolonien geblieben und erfolgreiche Geschäftsleute geworden.

Doc wollte Long Sams Gesundheitszustand im Auge behalten, auch wenn dieser es ihm nicht gerade leicht machte. Er war viel zu stolz, um den Arzt als Patient aufzusuchen, wenn er ein Wehwehchen hatte. Verarmt und einsam lebte er in einer verfallenen Schürferhütte und versorgte gewissenhaft die Gräber seiner letzten vier Freunde auf dem Friedhof. Um seine karge Kost ein wenig aufzubessern, züchtete er in einem kleinen Gärtchen am Fluss Gemüse und Kräuter.

Doc konnte nicht vergessen, dass Long Sam und seine vier Gefährten einst überall bekannt gewesen waren, für die Früchte ihrer Felder, hauptsächlich Kohlköpfe, aber auch anderes Gemüse, mit dem sie praktisch die ganze Stadt versorgt hatten. Doch dann hatte Councillor Twyman das Land enteignen lassen, das die Chinesen am Lerderderg Creek bewirtschafteten, um dort das Kricketfeld zu errichten. Soviel der Doc wusste, hatte Long Sam nie auch nur einen Penny dafür erhalten, weil ihm das Land ja nie offiziell gehört hatte.

Und so war das einzige Stück, das ihm noch geblieben war und das er zum Schutz vor wilden Hunden, Buschtieren und frechen Schuljungen eingezäunt hatte, Long Sams Gemüsegärtchen. Kurioserweise bestanden einige Zaunpfähle aus den Resten des Tempels, hierzulande auch *Joss House* genannt, in dem Long Sam und seine Landsleute früher ihre Andachten abgehalten hatten; man erkannte es an den leuchtend roten Farbresten.

Docs Pferdewägelchen hielt vor dem ordentlichen Pfad aus Steinen, der zu der Hütte des Chinesen führte. Der Vorgarten war zwar nicht eingezäunt, aber mit einer Kette von weißen Quarzsteinen markiert. Long Sams Kuli-Strohhut tauchte hinter den Kletterpflanzen auf, die er an einem Spalier hochgebunden hatte. Sein faltiges Gesicht verzog sich zu einem freudigen Lächeln.

»Doc Hundey! Wie schön, Sie zu sehen. Hätten Sie Zeit für eine Tasse Tee?«

»Gern, Sam. Das hatte ich mir insgeheim erhofft. Nichts geht über Ihren chinesischen Tee.«

Sam verschwand mit einem vergnügten Kichern in seiner Hütte.

Kurz darauf erschien er mit zwei Tassen, und die beiden Männer setzten sich auf die Gartenbank, die eigentlich nur ein abgesägter Baumstamm war. Doc machte ein paar anerkennende Bemerkungen über Sams Garten, erzählte ihm dann die neuesten Nachrichten aus China (zumindest jene, die hier in Australien aus den Zeitungen zu erfahren waren) und kam dann auf den eigentlichen Grund seines Besuchs zu sprechen.

»Erinnern Sie sich an Herbie Muddlestone, den alten Digger in Barnaby's Ridge? Er hat immer von Ihren Kohlköpfen geschwärmt. Sagte, es wären die Besten auf der Welt.«

Long Sam nickte schmunzelnd. »Er ist ein sehr netter Mann. Geht es ihm gut?«

»Er hat Sie sehr geschätzt, Sam. Ich war letzte Nacht bei ihm. Er ist friedlich entschlafen. Er hatte sich vor seinem Tod noch eine neue Brille bestellt, sie aber nicht mehr tragen können. Er hat sie mir übergeben, damit ich sie an Sie weitergebe, Sam.«

Sam war überrascht und bewegt über das unerwartete Geschenk. Er öffnete behutsam das Etui und setzte die Brille dann feierlich auf. Ein Strahlen breitete sich auf seinem Gesicht aus.

»Sie haben ja graue Augen, Doktor! Und jetzt kann ich die Farbe der Loris sehen – sie sind nicht länger verschwommen. Wie überaus freundlich von Mr Herbie, dass er an mich gedacht hat!«

Doc wandte schmunzelnd den Blick ab. Er hatte im Lauf der Jahre gelernt, dass eine kleine Lüge niemandem wehtut. Die Brillengläser hatte er selbst vor einigen Monaten von einem Optiker in Bitternbird nach seinen eigenen ungefähren Schätzungen von Sams Sehkraft anfertigen lassen.

»Ich kann sie anpassen lassen, falls sie nicht für beide Augen passen.«

»O nein!« Der Chinese drückte das Etui an sich, als ob er fürchtete, man könne ihm die kostbare Brille gleich wieder wegnehmen. »Sie ist einfach perfekt.«

Doc seufzte zufrieden.

»Haben Sie das von heute schon gehört? Sie kennen Rom Delaney, diesen gutaussehenden, schlagfertigen Burschen? Fragen Sie mich nicht, wie, aber es ist ihm gelungen, den Zirkus Wildebrand hierher nach Hope zu locken.«

»Ein richtiger Zirkus?«

»Ja, und der Direktor hat mir zwei Karten für die heutige Vorstellung geschenkt! Leider muss ich einen Hausbesuch machen. Meine Schwester wird sicher gern hingehen. Aber eine Karte habe ich noch übrig. Würden Sie sie vielleicht haben wollen? Es wäre schade, sie verfallen zu lassen.«

Er hielt Sam das Ticket hin. Der war vollkommen sprachlos.

Doc fuhr fort, um die eingetretene Pause zu überbrücken: »Chinesische Akrobaten sollen angeblich die besten sein. Ich weiß nicht, wie gut dieser Zirkus ist, aber ich glaube kaum, dass nochmal einer nach Hope kommen wird, oder, Sam?«

Long Sam nahm die Karte mit zittriger Hand. »Vielen Dank, Doktor. Ich kann mein Glück kaum fassen! Erst heute früh, als ich gerade am Fluss war, um Wasser zu holen, sind ein paar Schuljungen bei mir eingebrochen und haben mir ein paar wertvolle Erinnerungen gestohlen. Und jetzt erhalte ich diese wundervollen Geschenke! Und so endet der Tag doch noch mit etwas Schönem.«

Sam hielt die Brille und die Karte umklammert, als hätte er zwei Goldnuggets gefunden. Er machte eine tiefe, ehrerbietige Verbeugung. »Ich danke Ihnen, Doktor.«

»Ist mir ein Vergnügen, Sam. Und danke für den guten Tee. Aber jetzt muss ich wieder weiter – es war ein langer Tag.«

Long Sam winkte dem Arzt nach, bis dieser mit seinem Gig um die Ecke verschwand.

Die Gedanken des Mediziners kehrten zu seiner schwierigen Schwester zurück. Er hatte Adelaide nicht mehr erlaubt, in der Öffentlichkeit zu erscheinen, seit sie sich ihren Monatsscheck vom Postamt abgeholt hatte, der immer per Einschreiben aus England eintraf, damit der Brief nicht heimlich von Fremden geöffnet werden konnte.

Er musste an seine Kindheit denken, als ihr Vater mit ihnen in den Zirkus gegangen war.

Ich in meinem Matrosenanzug, Adelaide in ihrem hübschen langen Kleid, das üppige rote Haar offen … wie wir uns gefreut haben, als Vater uns erklärte, dass im Zirkus alle gleich seien – die Stars ebenso wie die Clowns, die Zwerge oder die bärtigen Damen. Im Zirkus gibt es keine Außenseiter.

Der Arzt tätschelte die Eintrittskarte in seiner Brusttasche. Er war in Gedanken bei Adelaides Klumpfuß und dem orthopädischen Schuh, den sie ihr Leben lang tragen musste, und bei den Hänseleien, die sie als Kind deswegen hatte erdulden müssen. Er schnalzte mit der Zunge, und das Pferd lief schneller.

Adelaide braucht bestimmt ein wenig Zeit, um sich für den Zirkusbesuch fertig zu machen. Es ist ein Weilchen her, seit sie sich zum letzten Mal hat blicken lassen.

8

Rom Delaney bildete sich etwas darauf ein, dass er nie Geld ausschlug, das ihm angeboten wurde. Trotz seines heutigen Triumphs und der Aussicht auf zwanzig Guineen von der Tribe's Mortgage Bank, war er sich nicht zu schade, Pius James' Angebot eines Gelegenheitsjobs anzunehmen. Er solle sich unverzüglich zum Kohleschaufeln melden, stand in der Nachricht, die der Botenjunge überbracht hatte.

Wozu die Eile? Aber mir soll's egal sein – es ist Geld bar auf die Hand.

Rom war sicher, rechtzeitig vor Beginn der Vorstellung fertig zu sein.

Eine schmissige Dancehall-Melodie vor sich hin summend schaufelte er im Takt den zu einer Pyramide aufgeschichteten Kohleberg durch den Schacht in den Kohlenkeller, der hinter Pius James' Lebensmittelladen und der Schmiede lag. Er hielt inne und wischte sich mit einem Hemdzipfel den Schweiß von der Stirn.

Da Rom noch nie eine Uhr besessen hatte, verstand er sich notwendigerweise darauf, die ungefähre Zeit im Kopf auszurechnen. Er hielt die Ohren gespitzt für das laute Tuten aus dem Bergwerk, mit dem das Ende der Tagschicht eingeläutet wurde, denn er wollte auf keinen Fall den Beginn der Vorstellung versäumen – falls Little Clytie im Eröffnungsakt mit von der Partie sein sollte. Boss Jantzen hatte den Arbeitern den morgigen Tag freigegeben, damit sie mit ihren Familien den Zirkus besuchen konnten – und er sich das Geld für ihren Lohn sparte.

Er war nicht der einzige Geizhals in Hope. Es hieß, dass Pius James sich nur deshalb einen Vollbart stehen ließ, weil er kein Geld für ein Rasiermesser ausgeben wollte. Als tragende Säule seiner Kirchengemeinde tat er gewissenhaft, was von ihm erwartet wurde, und hielt sich strikt an das Gesetz.

Ich wette, der hat mehr als nur einen Sträfling im Stammbaum – wenn jemand einen Gauner auf eine Meile Entfernung erkennt, dann ich.

Rom musste daran denken, dass sein Vater immer behauptet hatte, bei der Eureka Stockade in vorderster Front dabei gewesen zu sein. *Welche Ironie! Ich wette, der ist beim ersten Schuss abgehauen, dass es nur so zischte.* Nein, Paddy Delaney war wohl eher ein entflohener tasmanischer Sträfling als ein politischer Rebell.

Beim Erscheinen von Noni James, die das Kopfsteinpflaster des Hinterhofs überquerte und sich den Blumenbeeten näherte, legte Rom unwillkürlich einen Zahn zu. Pius James war fest entschlossen, seiner Tochter eine »gute Partie« zu verschaffen, sie in »alten Geldadel« einheiraten zu lassen – in Hope ein regelrechtes Kunststück.

Noni war neunzehn und – trotz gegenteiliger Behauptung – keine Jungfrau mehr; es wurde also höchste Zeit für sie, einen Mann zu finden. Dass sie nicht mehr unschuldig war, machte Rom ihr gar nicht zum Vorwurf – was ihn aber an ihr ärgerte, waren ihre Hochnäsigkeit und Arroganz.

Noni trug ein züchtiges weißes Rüschenkleid, das leider nur züchtig wirkte, wenn sie nicht im Gegenlicht stand, so wie jetzt, wo die untergehende Sonne ihre schlanke Silhouette beleuchtete und nichts mehr der Fantasie überließ. Er spürte ihre Blicke und wischte sich erneut mit dem Hemd den Schweiß von der Stirn, wobei er ein Stück ihrer nackten Haut erhaschte. Dann schaufelte er, entschlossen, sich nicht mehr von ihr stören zu lassen, weiter.

Sie marschierte zum Wassertank, entriegelte das Vorhängeschloss, mit dem der kostbare Wasservorrat in Dürrezeiten vor Diebstahl geschützt wurde, und füllte einen Zinnbecher mit Wasser. Mit hocherhobenem Kopf trat sie zu ihm und reichte ihm das kühle Nass.

»Da, trink das, Delaney, du kannst es brauchen.«

»Vielen Dank«, sagte er höflich und leerte den Becher in einem Zug. Als er ihn zurückgab, streifte er versehentlich ihre Hand.

Sie zuckte zurück, als ob sie sich verbrannt hätte. »Pass auf, was du tust, Bursche, wenn du weiter von meinem Vater beschäftigt werden willst! Bilde dir bloß nichts ein, hörst du?«

»Ach? Was soll ich mir denn einbilden, Miss?«, fragte er unschuldig. Die junge Frau wand sich verlegen.

»Vater hat schon eine ganze Reihe von Freiern abgewiesen!«, prahlte sie. »Seiner Meinung nach gibt es nur einen Mann, der es wert wäre, mich zu heiraten.«

»Aha, verstehe. Du hebst dich also für den Richtigen auf, was?« Er sagte es respektvoll, aber das freche Funkeln in seinen Augen verriet seine wahren Gedanken. Die junge Frau lief rosa an.

»Du hältst das vielleicht für einen Witz, Delaney, aber ein anständiges Mädchen muss auf seinen guten Ruf achten! Vater hält immer eine Schrotflinte neben seiner Bibel bereit – damit niemand auf falsche Gedanken kommt.«

»Dein Vater ist ein kluger Mann. Man kann gar nicht vorsichtig genug sein, Miss James. Die Welt ist voll von Burschen wie ich, die nur allzu leicht auf falsche Gedanken kommen.«

Sie schnappte empört nach Luft. Rom konnte sehen, dass sie am liebsten geflohen wäre, das jedoch für würdelos hielt. Sie wollte vor einem wie ihm das Gesicht wahren.

Worauf wartet sie noch? Ich würde sie nicht mal mit der Kneifzange anfassen. Mädchen wie die bringen einen Mann nur in Schwierigkeiten.

Er machte sich wieder ans Kohleschaufeln und bemerkte dabei mit scheinbarer Höflichkeit: »Muss schwer sein, in einem Kaff wie diesem den Richtigen zu finden, Miss James.«

»Geht dich nichts an, Delaney!« Sie warf hochmütig den Kopf zurück. »Du machst dich besser an die Arbeit, wenn du willst, dass Vater dich anständig bezahlt!«

Trotzdem blieb sie und beobachtete ihn weiter. Rom konnte nicht anders, als noch ein wenig nachzulegen.

»Gegen einen wie Sonny Jantzen haben Burschen wie ich wohl keine Chance, was? Er ist immerhin der Erbe einer Goldmine.«

Nonis Erröten bestätigte seinen Verdacht.

Vor Wut schäumend stammelte sie: »Was bildest du dir eigentlich ein, du … du … ein Habenichts wie du! Für wen hältst du dich?«

»Tja, man könnte sagen, ich bin derjenige, der sich das Preisgeld für die Rettung von Hope unter den Nagel gerissen hat«, entgegnete Rom lässig.

Ihre hitzige Retourkutsche wurde von dem lauten Tröten aus der Mine übertönt: Schichtende.

Für Rom war's Musik in den Ohren. *Endlich. Sechs Uhr. Ich habe noch eine halbe Stunde, um mich zu waschen und fertig zu machen.*

Den Blick frech auf Noni gerichtet zog er langsam sein rußiges Hemd aus und warf es sich lässig über die Schulter. Er war gut einen Kopf größer als sie, weshalb sie zu ihm aufsehen musste. Das war aber auch der einzige Vorteil, den er ihr gegenüber hatte.

Noni versuchte, wieder die Oberhand zu gewinnen. »Ich werde Vater rufen, damit er dir deinen Lohn auszahlt. Sonst hast du ja gar kein Geld für den Zirkus.«

»Ach, keine Sorge, ich bin Ehrengast – schließlich hab ich den Zirkus in die Stadt geholt. Ich hoffe, dass du und dein Angebeteter euren Spaß habt.« Er wandte sich zum Gehen, konnte sich aber einen weiteren Seitenhieb nicht verkneifen. »Keine Sorge, Noni, dein Geheimnis ist bei mir gut aufgehoben. Von mir wird es Sonny nicht erfahren.«

Der Wassertank neben der alten Schürferhütte war verrostet und löchrig. Die Löcher waren zwar notdürftig mit Blech geflickt, aber der alte Tank schien mehr Flicken zu besitzen als Oberfläche. Rom machte das nichts aus. Er hatte sich die Hütte kurzfristig als Unterkunft ausgesucht – immer noch besser, als draußen im Busch zu campen. Der junge Mann rannte schnell zum Fluss und sprang hinein. Er keuchte erschrocken auf: Das Wasser war eiskalt, es war Schmelzwasser aus den Bergen. Mit seinem schmutzigen Hemd rieb er sich sauber und spülte es und seine restliche Wäsche anschließend gleich im fließenden Wasser aus.

Nur mit Stiefeln bekleidet rannte er durch den Busch zu seiner Hütte zurück und ließ sich dabei gleich vom Wind trocknen. Er hängte die Sachen über den Draht, den er zwischen zwei Gummibäume gespannt hatte, zog das einzige andere Hemd an, das er besaß, sowie die robuste Twillhose, die er in einem unbeobachteten Augenblick von einer Wäscheleine stibitzt hatte. Dazu das schicke rote Halstuch und die schöne Weste, die er von einer Farmerswitwe, um die er sich »gekümmert« hatte, geschenkt bekommen hatte.

Er schmunzelte bei der Erinnerung. *Frauen sind immer so dankbar, wenn sich ein Bursche ihrer Bedürfnisse annimmt.*

Er war gerade dabei, seine Stiefel oberflächlich zu wienern, als er ein Geräusch hörte, das ihn herumfahren ließ. Ein schwarz gefleckter Kelpie stand knurrend im Eingang der Hütte, zu stolz zum Betteln, aber fest entschlossen, nicht ohne eine milde Gabe zu gehen.

»Du schon wieder, hm? Du bist ja wie ein Schatten, der selbst bei Regenwetter noch an einem klebt.«

Der Kelpie legte den Kopf schief, als wollte er seine Chancen abwägen.

»Hör zu, Mate, ich bin völlig blank. Das wenige, was ich habe, brauche ich für mich und für mein Pferd. Wo bleibt dein Stolz? Kelpies sind Arbeitstiere. Sieh zu, dass du dir dein Futter selbst verdienst! Such dir einen Farmer und halte die Dingos von seinem Vieh fern.«

Der Hund ließ sich mit vorgestreckten Pfoten und hechelnd vor Hitze auf den Bauch sinken, den Blick unverwandt auf Rom gerichtet.

»Na gut, kriegst du halt ein bisschen Wasser. Aber mehr nicht, klar?«

Rom konnte nicht anders und fügte noch ein paar magere Essensreste aus seinen eigentlich kaum vorhandenen Vorräten hinzu.

»Aber damit ist Schicht im Schacht, klar? Pferde dürfen in den Burenkrieg ziehen. Hütehunde nicht.«

Mit einer Grimasse trank er das Fläschchen mit Hustenmedizin, das der Doc ihm geschenkt hatte, halb leer. Er hatte den gutherzigen Mann nur ungern belogen. Er war natürlich nicht zweiundzwanzig, sondern erst neunzehn. *Na und? Ich wäre nicht der Erste, der in Bezug auf sein Alter schwindelt, damit sie ihn nehmen.*

Nach einem letzten prüfenden Blick in die Spiegelscherbe an der Wand ging er nach draußen und rieb Goldie ab. Blieb abzuwarten, ob die Offiziere eine Mähre wie Goldie würden haben wollen – ohne Sattel und Zaumzeug.

Aber mit Tribes Preisgeld und den mageren Kröten von Pius James würde er sich einen anständigen gebrauchten Sattel und Zaumzeug und alles Nötige für den Freiwilligeneinsatz in Südafrika leisten können. Bis dahin musste es eben auch so gehen.

Er ritt sattellos die staubige Straße entlang zum Kricketplatz von Hope und einem hoffentlich märchenhaften Abend im Zirkus.

Wenn ich Glück hab, krieg ich vielleicht einen Kuss von dieser süßen Clytie – dafür ist sie auf jeden Fall alt genug.

Die Flut hatte offenbar ihren Höchststand erreicht – wenn man von der Marke ausging, die sich der Fluss selbst gesetzt hatte mit Treibgut und Haushaltsgegenständen, die von der wilden Strömung mitgerissen worden waren und sich an den Ufern abgelagert hatten. Die wuchtige Holzbrücke, die diesen Seitenarm des Lerderderg Creeks überspannte, ragte nur noch etwa zwei Fuß aus dem Wasser.

Goldie trabte mit klappernden Hufen über die Brücke, und Rom redete dabei freundlich auf sie ein, um sie zu besänftigen. Er besaß zwar weder Zaumzeug noch Sattel, aber er konnte sich dennoch so liebevoll um sie kümmern, als wäre sie ein Rassepferd.

Der junge Hilfsarbeiter, der den Ticketschalter bemannte, winkte Rom sogleich durch, als er ihn sah.

»Ich kenn dich. Du hast freien Eintritt, solange wir hier

sind, sagt der Boss. Kannst auch dein Mädchen mitbringen, wenn du willst.«

Rom verzog keine Miene. »Das wäre keine gute Idee, Mate. Ich hab nämlich gleich zwei, und die sind wie Hund und Katz. Da würden die Fetzen fliegen, das kannst du dir gar nicht vorstellen!« Er zwinkerte dem Knaben schelmisch zu.

Der Junge kicherte.

Im Innern des Zirkuszeltes beendete die Blaskapelle gerade die melancholische Ballade von Banjo Patersons »Waltzing Matilda«. Paterson war derzeit als Kriegsberichterstatter in Südafrika. Der Liedtext klang zwar sehr romantisch, beruhte aber auf einem traurigen Vorfall, dem Schafschererstreik in Queensland im Jahre 1890, als ein rebellischer Schafscherer, der von Gesetzeshütern gejagt wurde, sich lieber in einem Fluss ertränkte, als sich fangen zu lassen. Der Streik war selbst jetzt noch ein wunder Punkt in der jungen Geschichte Australiens.

Die Kapelle stimmte nun eine Art Ouvertüre an, die die Spannung unter den Zuschauern in die Höhe trieb.

Ein Dreikäsehoch führte Rom an seinen Platz ganz vorn in der ersten Reihe und drückte ihm ein Programmheft in die Hand. Mehrere Honoratioren und Bürger nickten Rom grüßend zu, was dieser zufrieden erwiderte.

Na so was! Mein Ansehen hat dank des Zirkus offenbar einen ordentlichen Sprung nach oben gemacht. Hier ist ja Hinz und Kunz mit Familie und Verwandtschaft erschienen.

Tatsächlich war es ein volles Haus. Unter den bekannten Gesichtern befanden sich das des Bankiers George Tribe mit Familie und das des Wirts und Hoteliers Tom Yeoman. Der korpulente bärtige Boss Jantzen saß neben seinem Sohn und Augenstern, Sonny Jantzen, und selbst deren Aborigine-

Dienstmädchen, Alice, hatte einen billigen Platz spendiert bekommen, wie Rom zufrieden feststellte.

In der ersten Reihe ihm gegenüber saßen Noni James und ihr Vater, Erstere prächtig herausgeputzt. Sie verfolgte jede kleinste Bewegung von Sonny Jantzen. Rom erkannte auch einige Farmer, die sich sonst so gut wie nie in der Stadt blicken ließen. Die Münder der Kinder waren von kandierten Äpfeln verschmiert. Der katholische Pfarrer, Father Donnelly, saß in Schnapslaune neben dem abstinenten Captain der Heilsarmee, dessen Uniform mit der roten, mit Goldtressen und Epauletten besetzten Jacke des Zirkusdirektors konkurrierte.

Sergeant Mangles hatte sich im Zelteingang aufgebaut und passte auf, dass kein Rowdy etwa mit seiner Schleuder die Artisten aus dem Konzept brachte.

Zu Roms Überraschung war selbst der scheue Chinese, Long Sam, erschienen. Er saß stolz in der ersten Reihe, fein herausgeputzt mit einem Zelluloidkragen, Schlips und Brille.

Die Beleuchtung wurde bereits gedämpft, als eine letzte Besucherin zur ersten Reihe hinabschritt. Mit stolz erhobenem Haupt, in einen dunklen Schleier gehüllt, stieg sie vorsichtig die Stufen hinab, als wollte sie ein Humpeln verbergen. Auf der letzten Stufe geriet sie ins Stolpern, und Rom erhaschte einen Blick auf ihren plumpen Schuh, ehe Long Sam sie ritterlich auffing und ihr auf ihren Platz half.

Na so was! Sogar Docs scheue Schwester Adelaide lässt sich mal wieder blicken. Sieht gar nicht übel aus. Eine Schande, dass sie diesen Klumpfuß hat.

Das Licht ging aus, und Roms Herz schlug unwillkürlich ein wenig höher. Die Musik schwoll an, und dann schwenkten die Scheinwerfer über die Manege und übers Publikum.

Rom erfreute sich wie ein Kind an den Kapriolen der

Clowns und an den tollkühnen Kunststückchen der Akrobaten. Fast war es, als würden ihm Erinnerungen an eine Kindheit geschenkt, die er nie hatte. Er verdrängte den Gedanken an die trostlosen grauen Kinderheime, in denen er abgeliefert worden war, wann immer sein Vater dem Gin huldigte oder in einer Zelle ausnüchtern musste. Er war als Kind einem Zirkus nie näher gekommen als den bunten Plakaten, die sein Kommen ankündigten.

Das Repertoire der Artisten war beeindruckend – im einen Moment ein tollkühner Kaskadeur, im anderen ein todesmutiger Hochseiltänzer. Laut Programm kam als Nächstes die Kunstreitnummer von Daring Dolores, die, wie es hieß, vor allem für ihren Vorwärtssalto auf dem Pferderücken berühmt sei.

Die Ankündigung des Zirkusdirektors ließ Rom gespannt aufhorchen.

»Meine Damen und Herren, wir freuen uns, Ihnen nun Little Clytie präsentieren zu dürfen, eine Kunstreiterin der fünften Generation! Sie wird zum ersten Mal überhaupt den Rückwärtssalto vorführen, den schon ihre Schwester, Daring Dolores, berühmt gemacht hat!«

Und wo bleibt Dolores selbst? Sie steht doch auf dem Programmzettel, oder?

Zwei herrliche Schimmel galoppierten anmutig in den Ring und wurden mit herzlichem Applaus empfangen. Ihnen folgte ein erstaunlich erwachsen wirkendes Mädchen in einem rosa Glitterkostüm und einem Kranz aus rosa Rosen, der ihre wilde schwarze Mähne bändigte.

Da war sie. *Clytie.* Ihr Lächeln wirkte selbstbewusst, aber Rom verstand sich auf Frauen und merkte schnell, dass sich dahinter ihre Nervosität verbarg. Ihr Blick huschte zum Direktor, der ihr das Stichwort gab.

Sie sprang aus dem Stand auf den Rücken des vorderen Pferdes und nahm sogleich die Pose einer Ballerina ein, hob ein Bein über den Kopf, hielt es mit einer Hand fest und streckte den anderen Arm zur Balance nach vorn. Als sie an Rom vorübergaloppierte, bemerkte er, dass ihre Hand leicht zitterte. Die Zuschauer brachen spontan in Applaus aus.

Mit wachsender Begeisterung beobachteten alle, wie sie eine Reihe unglaublicher Kunststücke vorführte und dabei von einem Pferderücken auf den anderen sprang. Die Spannung nahm sogar noch zu, als der Zirkusdirektor auf ein Podest in der Mitte des Rings stieg und einen großen Reifen hochhielt, der spontan in Flammen ausbrach. Clytie sprang mit einem Satz durch den Reifen und rollte sich dabei im Flug zusammen, dann landete sie sicher wieder auf dem Pferderücken.

Nun bat der Direktor die Zuschauer um absolute Ruhe. Roms Anspannung wuchs.

»Little Clytie wird nun, zum ersten Mal auf dieser Hälfte der Erdhalbkugel, für Sie, liebe Zuschauer, ihren Rückwärtssalto vorführen! Eines der schwierigsten Kunststücke überhaupt.«

Rom warf einen Blick ins Programmheft. *Hier steht Dolores' berühmtestes Kunststück sei ihr Vorwärtssalto. So weit hat es die kleine Clytie wohl noch nicht gebracht.* Rom drückte dem Mädchen fest die Daumen.

Die Zuschauer hielten den Atem an.

Clytie gelang der Salto, aber sie geriet bei der Landung ein wenig aus dem Gleichgewicht und wäre fast vom Pferderücken gestürzt. Sie fing sich wieder und nahm eine anmutige Pose ein. Die Zuschauer applaudierten erleichtert.

Beim zweiten Versuch war es im Zelt mucksmäuschenstill.

Rom bekam feuchte Hände. *Komm schon, Clytie, du schaffst es!*

Der zweite Salto gelang tadellos. Applaus brach aus.

»Bravo!«, brüllte Rom und sprang auf. Die Zuschauer jubelten und pfiffen.

Sie inhaliert den Applaus wie prickelnden Champagner – nicht dass er ihr noch zu Kopf steigt!

Clytie ignorierte die Anweisung des Direktors, sich zu verbeugen und aus der Manege zu verschwinden. Sie schüttelte neckisch den Kopf und bog die ausgestreckte Hand nach vorn und nach unten, eine Art verstecktes Signal. Gourlay schüttelte den Kopf und bedeutete ihr abzuspringen. Clytie tat, als würde sie es nicht bemerken, und trieb das Pferd an, auf dem sie stand.

Rom hörte deutlich, wie sie dem Direktor zurief: »Ich mache das!«

Gourlay blieb nichts anderes übrig, als zu kapitulieren und die große Ankündigung zu machen.

Er bat um absolute Stille.

Rom sah, dass Clyties Blick im Vorbeireiten auf die verschleierte Frau in der ersten Reihe fiel. Anmutig, als wäre es so eingeübt, nahm Clytie den Blumenkranz ab, sprang vom Pferd und überreichte Adelaide Hundey die Rosen mit einem ehrerbietigen Knicks. Rom wunderte sich. *Wieso ausgerechnet Docs Schwester? Wieso nicht Twyman oder der Bankier, falls sie die Honoratioren bezirzen will?*

Miss Hundeys Gesicht unter dem Schleier blieb ausdruckslos, doch sie hielt den Kranz in ihren schwarz behandschuhten Händen, als ob er eine Kostbarkeit wäre.

Clytie sprang mit einem kühnen Satz wieder aufs Pferd und brachte es in die richtige Gangart. Die Spannung im Zuschauerraum wuchs.

Was Gourlay für ein Gesicht macht! Sie hat sich ihm widersetzt.

Es geschah bei der zweiten Umrundung. Clytie katapultierte ihren Körper mit erstaunlicher Geschwindigkeit *vorwärts* durch die Luft, überschlug sich und landete sicher wieder auf dem Pferderücken! Ohrenbetäubender Applaus. Die junge Kunstreiterin sprang anmutig in die mit Sägemehl bestreute Manege, verbeugte sich kokett und lief hinter ihren Pferden, die von Helfern weggeführt wurden, aus dem Zelt.

Rom grinste bewundernd. *Was für einen Mumm sie hat! Die gibt alles, selbst wenn sie sich dabei den Hals bricht. Ich hoffe, ich habe heute Abend genauso viel Glück bei ihr.*

Mit den Gedanken noch ganz bei Clytie und was sich mit ihr anstellen ließe, achtete er kaum auf die nächste Nummer. Lionello, der Löwenbändiger, wirkte auf den ersten Blick jugendlich frisch, doch dann fiel Rom das unnatürlich schwarze Haar und die dicke Schminke auf, die im grellen Scheinwerferlicht anfing zu verlaufen. Der Mann war viel älter als auf dem Programmfoto – und hatte wahrscheinlich bereits seinen Zenit überschritten.

Die Nummer gipfelte in einem Befehl des Bändigers an die Löwin Missy, sich auf dem Boden auszustrecken. Dann legte auch er sich hin und benutzte ihren Körper als Kopfkissen. Seine Kühnheit wurde mit begeistertem Applaus belohnt.

Lionello kehrte der Löwin den Rücken zu und verbeugte sich vor seinem Publikum. In diesem Moment stießen die Zuschauer laute Warnrufe aus. Lionello fuhr herum und erstarrte. Missy hatte sich vom Podest geschlichen und näherte sich ihrem Herrn. Sie duckte sich sprungbereit. Der Bändiger hatte beim Verbeugen die Peitsche fallen lassen, die nun näher bei der Löwin lag als bei ihm. Wehrlos blieb ihm nichts anderes übrig, als laut zu rufen: »Zurück, Schätzchen, zurück!«

Die Löwin riss ihr Maul auf und stieß ein lautes Gebrüll aus. Junge Helfer, nicht älter als Knaben, sprangen herbei und drängten sie auf das Podest. Sie hatten dafür nichts weiter als Klappstühle.

Lionello fing sich wieder und knallte selbstbewusst mit der Peitsche, als wäre nichts geschehen. Er trieb Missy mit vielen guten Worten in ihren Käfig, der sogleich von den Helfern hinausgerollt wurde. Schweißgebadet verbeugte sich der alte Tierbändiger und schenkte seinem Publikum ein von Verzweiflung beherrschtes Lächeln, dann zog er sich unter Applaus zurück.

Nun kam laut Programmheft als letzte Attraktion vor der Schlussparade noch Vlad der Messerwerfer, der »Star des Königlich Russischen Zirkus«. Doch stattdessen liefen erneut die Clowns in die Manege und vollführten zur Freude der Kinder ein paar Streiche und Kapriolen. Was war bloß los?

Rom war unbehaglich zumute. *Clytie hat sich dem Direktor widersetzt und einen Unfall riskiert. Und das mit diesem Löwen war auch kein Witz. Diese Vorstellung gerät mehr und mehr außer Kontrolle. Aber das eigentliche Drama spielt sich wohl hinter den Kulissen ab, vermute ich.*

9

Die ängstlichen Gesichter, die Clytie hinter den Kulissen erwarteten, hätten ihr eigentlich eine Warnung sein müssen. Nur die aufgemalten Clownsgesichter wirkten fröhlich. Sobald sie die Manege verlassen und sich die Zeltklappen hinter ihr geschlossen hatten, wurde sie von Boss Gourlay gepackt und geschüttelt wie eine Lumpenpuppe.

»Mach das nie wieder, du kleine Klugscheißerin!«, wütete er. »Ein Vorwärtssalto, ohne es vorher geprobt zu haben! Herrgott nochmal, du hättest dir deinen verfluchten Hals brechen können!«

Clytie versuchte sich zu verteidigen. »Ich hab Dolores schon oft dabei zugesehen – ich wusste genau, was ich tat. Und geprobt hab ich's sehr wohl, Sie haben es nur nicht gesehen.«

Clytie bemerkte, dass Madame Zaza besorgt im Hintergrund lauerte, um ihr wenn nötig beizuspringen.

Zu spät. Vlad baute sich wütend vor ihr auf. »Was soll das? Versuchst du, mir jetzt die Schau zu stehlen, oder was? Die Hauptattraktion bin ich! Du bist nichts als die Tochter einer abgehalfterten Artistin!«

Abgehalftert. Clytie hätte Vlad für diese Beleidigung ihrer Mutter am liebsten die Augen ausgekratzt, aber sie beherrschte sich.

An Gourlay gewandt sagte sie ruhig: »Ich wollte den Leuten nur das bieten, was wir ihnen versprochen haben! Und das habe ich. Ihr habt den Applaus selbst gehört. Aber gut, es tut mir leid, Boss, wird nicht wieder vorkommen.«

Gourlay besänftigte sich ein wenig. »Du hattest verdammt großes Glück, Kleine. Wenn du nochmal so ein Risiko eingehst, werfe ich euch hochkant raus, dich und deine Mutter. Dolores konnte nicht mal selbst auftreten! Meine Geduld mit ihr ist am Ende. Das ist ihre letzte Chance!«

»Es ist nicht ihre Schuld – sie ist krank«, wehrte sich Clytie erregt.

Vlad, der sich Gourlays Unterstützung sicher war, zog Clytie beiseite.

»Dolores ist k. o. Du wirst für sie einspringen. Du kennst meine Nummer. Du reichst mir das, was ich brauche. Und immer lächeln, hörst du? Und du verbeugst dich nur, wenn ich's dir sage, klar? Keine Mätzchen mehr mit dem Publikum. Und jetzt geh und zieh dich um! Ich bin in ein paar Minuten dran.«

Zaza eilte Clytie nach und half ihr ins neue Kostüm. »Entschuldige, dass ich dich nicht gewarnt habe. Ich wusste, dass dieses Kostüm eine Überraschung sein sollte – aber ich hatte keine Ahnung, was Vlad damit vorhat.«

Das hörte sich ominös an. *Weiß sie, dass er Mama mit dieser Flasche ausgetrickst hat, damit sie wieder zu trinken anfängt? Oder steckt da noch mehr dahinter? Warum sagt mir nie jemand was?*

Aber es blieb keine Zeit mehr für Fragen. Die Blaskapelle stimmte bereits Vlads Melodie an.

Der Zirkusdirektor erzählte den üblichen Schmus über Vlads weltberühmte Zirkusnummer.

Dann kam Vlad in die Manege gesprungen. Er trug seine weite purpurrote Pluderhose und über dem nackten Oberkörper eine perlenbestickte Boleroweste sowie einen großen goldenen Ohrring in einem Ohrläppchen und breite Messingarmreife an den Handgelenken. Die Illusion eines Ali Baba war komplett.

Nun folgte auch Clytie, die seine Requisiten auf einem Rollwagen in die Manege schob. Der Wagen sah aus wie ein stacheliger Igel, er war gespickt mit allen möglichen Waffen – Messern, Knüppeln. Die junge Zirkusreiterin hatte ein starres Lächeln aufgesetzt und folgte nervös jeder Bewegung Vlads, um keins seiner Kommandos, eine hochgezogene Augenbraue, ein unwirsches Fingerschnippen, zu übersehen. Er jonglierte mit einer wachsenden Anzahl von Knüppeln und Messern, zunächst stehend, dann auf den Knien, ohne dabei aus dem Takt zu geraten. Schließlich warf er alles hoch unters Zirkuszelt, ließ sich auf den Rücken sinken und fing die Waffen im Liegen auf, was aussah, als würde er einem gefährlichen Messerhagel trotzen.

Unzufrieden mit der Lautstärke des Applauses forderte er die Zuschauer mit einer barschen Bewegung auf, sich mehr Mühe zu geben, was sie prompt taten.

Arroganter Bastard. Hält sich für ein Gottesgeschenk an den Zirkus.

Auf sein Kommando platzierte Clytie eine große Obstschüssel auf einem Podest. Dann hielt sie ein Tuch hoch und zeigte es dem Publikum. Sie ging zu dem Mann, der, wie man ihr gesagt hatte, Tribe, der Bankdirektor war, und forderte ihn auf, das Tuch zu untersuchen. Er bestätigte, dass es vollkommen dicht sei und er nicht hindurchsehen könne.

Dann verband sie Vlad damit die Augen. Ein Trommelwirbel ertönte, und Vlad maß in dessen Takt zwanzig Schritte ab. Clytie drehte ihn um, sodass er der Obstschale genau gegenüberstand. Sie reichte ihm drei Messer. Der Trommelwirbel wurde schneller – und brach abrupt ab.

Vlad warf in rascher Folge ein Messer nach dem anderen. Das erste fiel kurz vor der Schale ins Sägemehl. Die Zuschauer stöhnten enttäuscht auf. Die anderen beiden trafen genau ins Ziel. Clytie hielt triumphierend zwei Äpfel hoch, in denen zitternd je ein Messer steckte.

Vlad nahm das Tuch ab und verbeugte sich. Donnernder Applaus.

Auf Vlads Kommando erkundigte sich Clytie beim Publikum, ob einer der anwesenden Gentlemen freundlicherweise seine Zeitung entbehren könne. Ein junger Mann meldete sich. Auf Clyties Frage berichtete er, dass er Korrespondent des *Ballarat Star* sei.

Clytie erkundigte sich raffiniert: »Und hätten Sie etwas dagegen, wenn Ihre Zeitung beschädigt werden würde?«

Der junge Mann warf sich in die Brust. »Nichts kann den *Ballarat Star* beschädigen, Miss!« Das Publikum applaudierte zufrieden.

Clytie entfaltete die Zeitung und hielt sie hoch, damit jeder sie sehen konnte.

»Wenn du vergisst, sie aufzufüllen, bist du Geschichte«, zischte Vlad ihr aus dem Mundwinkel zu.

Clytie rollte die Zeitung mit zittrigen Händen zu einem Zylinder und band ihn in der Mitte mit einer roten Schleife zu, dann überreichte sie Vlad auf sein Kommando den Krummdolch und bat die Zuschauer, von zehn rückwärtszuzählen.

Bei der Eins warf Clytie die zusammengerollte Zeitung hoch und Vlad seinen Krummdolch hinterher. Er zerteilte den Zylinder in der Mitte, und ein bunter Konfettischauer regnete auf die Manege herab. Die Zuschauer schnappten begeistert nach Luft – eine schwarz bedruckte Zeitung, aus der buntes Konfetti hervorkam? Das musste doch sicher Zauberei sein!

Vlad verbeugte sich mehrmals, ohne jedoch Clytie in die Würdigung mit einzubeziehen. Sie ließ ihn nicht aus den Augen, immer noch das starre Lächeln auf dem Gesicht.

Das sollte es eigentlich gewesen sein. Was zögert er? Was zum Teufel hat er denn jetzt noch vor?

Ein Trommelwirbel ertönte – und brach abrupt ab. Der Zirkusdirektor trat vor und machte eine grandiose Ankündigung. »Meine Damen und Herren! Heute Abend wird das Städtchen Hope Zeuge einer Weltpremiere! Vlad, der russische Messerwerfer, wird Ihnen eine nie da gewesene Attraktion bieten, etwas, das man auf dem australischen Kontinent noch nicht gesehen hat!«

Ach ja? Und wieso erfahre ich das immer als Letzte?

Die deutsche Blaskapelle stimmte einen Militärmarsch an, und ein paar Helfer schoben einen großen Gegenstand in die Manege, der mit einem Tuch abgedeckt war. Vlad riss es mit einer dramatischen Geste herunter. Hervor kam eine große Drehscheibe aus Holz. Auf die Scheibe aufgemalt waren in scharlachroter Farbe die Umrisse eines Menschen, mit ausgestreckten Armen und gespreizten Beinen.

Vlad würdigte nun zum ersten Mal Clyties Anwesenheit und verkündete: »Diese tapfere junge Dame hat sich bereit erklärt, das Risiko einzugehen und mir zur Verfügung zu stehen.«

Clytie wusste, was das zu bedeuten hatte. Sie zögerte kurz, und ihr Blick huschte instinktiv zu Rom Delaney, der angespannt auf seinem Platz in der ersten Reihe saß.

Dann nahm sie Vlads ritterlich dargebotene Hand und ließ sich von ihm auf das Podest helfen. Er schob sie an die

Scheibe, vor die rote Umrandung, spreizte ihre Arme und Beine.

Dann drehte er sich zum Publikum um und hielt eine Reihe von Ketten und Eisenfesseln hoch, die den meisten Australiern aus ihrer Geschichte als ehemaliger Sträflingskolonie noch allzu gut im Gedächtnis waren. Damit kettete er Clytie ans Rad. Er fesselte ihre Hand- und Fußgelenke, kettete sie am Hals und an der Taille an. Am Ende konnte sie nichts mehr bewegen, nur ihre Augen.

Ist es besser, mit offenen Augen zu sterben oder mit geschlossenen?

Rom, der dicht am Ring saß, fuhr der Schreck in die Glieder. Clyties starres Lächeln konnte ihn nicht täuschen, er hatte das kurze ängstliche Aufblitzen in ihren Augen gesehen. *Mein Gott, sie macht das selbst zum ersten Mal!*

Ihm fiel auf, dass sich auch Adelaide Hundey und Long Sam besorgt vorgebeugt hatten.

Gerade als Vlad das Rad in Drehung versetzen wollte, ertönte aus den Kulissen ein lauter Aufschrei. Eine Frau mit zerzausten Haaren stürzte in einem chinesischen Morgenmantel in die Manege. Sie stolperte auf Vlad zu und warf sich ihm mit einem Schrei vor die Füße.

»Halt! Das ist zu gefährlich! Bitte, tu's nicht, lass *mich* – du darfst nicht das Leben meiner Tochter riskieren!«

So zerzaust die Frau auch aussah, Rom war sicher, dass das Dolores sein musste.

Vlad verbarg, was immer in ihm vorging, und machte lediglich eine herrische Geste in Richtung des Zirkusdirektors. Dieser winkte sogleich die Clowns herbei, die in die Manege sprangen und Dolores ergriffen. Pedro hatte seine Stelzen abgelegt, und Tiche trug einen Zylinder und einen schwarzen Schwalbenschwanz. Er hatte sich eine dicke

Zigarre zwischen die Lippen geklemmt. Zusammen packten sie Dolores an Händen und Füßen und schleppten die weinende Frau wie eine Jagdtrophäe aus der Manege. Das Ganze sah aus, als gehörte es zur Nummer.

Rom sprang unwillkürlich auf. Dolores' Angst war nicht gespielt gewesen, das war ihm vollkommen klar. *Es hätte Dolores' Auftritt werden sollen. Clytie muss außer sich vor Angst sein.*

Der Direktor bat um absolute Ruhe – um das Leben des Mädchens nicht zu gefährden.

Clyties Augen folgten jeder von Vlads Bewegungen. Rom wäre am liebsten in die Manege gesprungen und hätte sie von dem Rad befreit, aber er wusste, dass jede Störung ebenso tödlich hätte sein können wie eins von Vlads Messern.

Vlad setzte das Rad in Bewegung, es drehte sich langsam im Uhrzeigersinn. Das Publikum hielt den Atem an. Vlad maß zwanzig Schritte ab, dann drehte er sich zu seiner Zielscheibe um. Er warf das erste Messer. Es landete zitternd neben Clyties linker Hand. Ihre Augen huschten nach links. Das Messer war nur wenige Zentimeter von ihrem Kopf entfernt. Vlad holte ein zweites Mal aus … Clytie schloss die Augen. Das zweite Messer bohrte sich neben ihrem Kopf ins Holz.

Noch drei …

Clytie rannte aus der Manege, sobald sie von Vlad losgekettet worden war, und überließ ihm den Applaus des Publikums. Hinter dem Vorhang stieß sie mit der Truppe zusammen, die sich dort bereits zum Schlussakt versammelt hatte. Sie wurde stürmisch umarmt und gelobt und für ihren Mut gepriesen und ihre Treue dem Zirkus gegenüber und für die Selbstlosigkeit, mit der sie für ihre Mutter eingesprungen war.

Madame Zaza hielt sie auf Armeslänge von sich. »Du bist ein prächtiges Mädel, Clytie! Dein Vater wäre stolz auf dich gewesen!« Als hätte sie zu viel gesagt, ließ sie Clytie los und wich zurück.

Mein Vater! Sie hat ihn also tatsächlich gekannt!

Die Tür des Hart-Wohnwagens war mit einem Vorhängeschloss versehen. Clytie griff sich sofort einen der jungen Hilfsarbeiter und befahl ihm, den Schlüssel zu holen.

»Aber du wirst noch den Schlussakt verpassen«, jammerte er, »der Boss wird dich rauswerfen, das ist so sicher wie das Amen in der Kirche!«

»Ich komme nach, sobald ich kann«, versprach sie, »aber jetzt muss ich zu Mutter, sie braucht mich.«

Im Wagen roch es stark nach Schnaps. Dolores lag wie betäubt auf dem Boden, Blut auf der Stirn. Wahrscheinlich hatte sie sich voller Verzweiflung gegen die Tür geworfen. Ihr Morgenmantel klaffte auf, und eine nackte Brust war zu sehen.

Doch sie regte sich. Als sie ihre Tochter erblickte, füllten sich ihre schönen veilchenblauen Augen mit Tränen. Clytie wollte bei dem Anblick schier das Herz brechen. Sie nahm ihre Mutter sofort in die Arme, wiegte sie und flüsterte ihr tröstende Worte zu.

»Es ist vorbei, Mama. Vlad wird dir nie wieder wehtun, das verspreche ich dir. Siehst du? Mir ist überhaupt nichts passiert. Ich hab's geschafft. Zwar nicht so gut wie du, aber ich hab mein Bestes gegeben.«

Lallend sagte ihre Mutter: »Wenn Vlad dir auch nur ein Haar gekrümmt hätte, Baby – ich hätte ihn umgebracht!«

Clytie lief ein kalter Schauder über den Rücken. Sie glaubte ihrer Mutter trotz ihrer Trunkenheit jedes Wort.

»Ach, vergiss es, Mama. Stell dir vor, ich habe einen Vorwärtssalto gemacht! Genau so, wie du's mir beigebracht hast.«

Dolores hielt ihre Tochter auf Armeslänge von sich und starrte sie mit aufgerissenem Mund an. »Aber du warst noch nicht so weit! Du hast es noch nie zuvor gemacht!«

»Nicht vor Publikum, Mama. Aber ich hab's oft geübt – wenn niemand hingesehen hat, falls …« Sie stockte. Jetzt hatte sie sich dummerweise verraten.

Dolores stieß einen tiefen Seufzer aus. »Falls ich mein Versprechen brechen sollte«, sagte sie voller Abscheu vor sich selbst.

»Mama, ich glaube nicht, dass du diesen Wodka absichtlich getrunken hast. Ich glaube *dir*, nicht Vlad.«

Dolores sackte zutiefst erleichtert in Clyties Armen zusammen. »Danke, Baby. Ich werde dich nie wieder im Stich lassen, das verspreche ich dir.«

Clytie zog ihre Mutter hoch. »Wir müssen gehen, sonst versäumen wir noch den großen Schlussakt. Und Gourlay zieht es uns von unserem Lohn ab.«

Dolores ließ sich von ihrer Tochter wie ein Kind ins Kostüm einschnüren. Dann rannten sie Hand in Hand zu ihren Pferden und schafften es gerade noch, sich in die Schlussparade einzureihen. Die Blaskapelle stimmte einen Triumphmarsch an, und die Artisten zogen ein letztes Mal an diesem Abend ins Zirkuszelt ein, um sich von ihrem Publikum feiern zu lassen.

Rom wartete, bis sich der Pulk aufgelöst hatte, dann verließ auch er das Zelt. Draußen stiegen die Leute lachend aufs Pferd oder schlenderten untergehakt zu ihren Häusern. Rom kam an kleinen Lagerfeuern vorbei, an denen Artisten saßen, tranken und ihr Abendbrot kochten und sich dabei begeistert über die Vorstellung unterhielten. Als er sich dem Hart-Wagen näherte, hörte er Clyties Stimme, die besänftigend auf Dolores einredete. Er klopfte nervös.

Die Tür flog auf, und Dolores brüllte: »Ich hab doch gesagt, du sollst uns in Frieden lassen, Vlad!«

Als sie Rom dort stehen sah, den Hut höflich in der Hand, machte sie eine perplexe Miene. »Wer sind *Sie* denn, verdammt nochmal?«

»Rom Delaney, zu Diensten, Madam. Sie müssen Clyties schöne Schwester sein. Wie ich höre, haben Sie ihr alles beigebracht. Ob ich wohl einen Augenblick hereinkommen könnte? Ich würde Ihnen gerne persönlich gratulieren. Ihnen beiden.«

»Ach ja, das möchten Sie also?«, meinte Dolores mit zynisch hochgezogener Braue. »Nun, herzlichen Dank für die freundlichen Worte – ich werde es meiner Schwester ausrichten.«

Sie wollte die Tür schließen, da hörte Rom, wie Clytie Dolores etwas zuflüsterte.

»Ist schon in Ordnung, Dolores. Das ist Rom Delaney, verstehst du? Er hat unseren Zirkus in die Stadt geholt. Wir sollten *ihm* danken, nicht umgekehrt.«

»Na gut, wenn das so ist, dann kommen Sie halt kurz rein. Clytie, mach dem Herrn eine Tasse Tee – und mir auch, bitte. Es war ein langer Tag.«

Die Bedeutung dieser Worte verfehlte ihre Wirkung nicht auf Rom. Er nahm auf dem einzigen Stuhl Platz, den es gab, und die beiden Schwestern setzten sich auf Bodenkissen. Nun sollte er sich wohl besser etwas einfallen lassen, denn er hatte nur eine Teetasse lang Zeit, sich bei Dolores beliebt zu machen.

Er erkundigte sich interessiert nach der Zirkusgeschichte der Harts.

Dolores begann zögernd, erwärmte sich jedoch rasch für das Thema. Es machte ihr Freude, von ihren berühmten Vorfahren zu erzählen. Voller Stolz berichtete sie von ihren Großeltern, die eine der Hauptattraktionen des Zirkus Astley gewesen waren, und wies ihn auf das alte Plakat an der Wand hin, auf dem die Vorzüge ihrer Großeltern als Kunstreiter angepriesen wurden.

Clytie verfolgte das Ganze mit einem wissenden Schmunzeln und ließ Rom nicht aus den Augen.

Am Ende einer überaus unterhaltsamen Unterrichtsstunde in Zirkusgeschichte erhob sich Rom. »Vielen Dank für Ihre Gastfreundschaft, meine Damen. Ich freue mich schon auf Ihre morgige Vorstellung, die ich natürlich unter gar keinen Umständen versäumen werde! Dürfte ich Ihnen morgen Vormittag, wenn Sie Zeit hätten, vielleicht ein wenig die Stadt zeigen? Unsere Mineralquellen. Oder die Hope Waterfalls, am Eingang des Lerderderg Valleys.«

»Nett von Ihnen, aber leider müssen wir morgen proben, das verstehen Sie doch sicher?«, lehnte Dolores höflich ab.

»Ja natürlich«, antwortete Rom. Seine Gedanken rasten. Sicher würde ihm noch etwas einfallen. *Es gibt mehr als eine Methode, eine Katze zu häuten.*

»Clytie, begleite unseren Gast doch zum Eingangstor. Wer immer dort heute Nacht Wache hält, sollte wissen, dass Mr Delaney unser Gast ist – und nicht irgendein Pferdedieb.«

Rom ging dicht an Clyties Seite durch die Dunkelheit zwischen den Wohnwagen.

»Was machen Sie denn so, wenn Sie nicht auf der Jagd nach einem Zirkus sind?«, erkundigte sie sich mit einem verhaltenen Schmunzeln und einem neckischen Seitenblick.

Er entschied sich, nur die respektableren unter seinen zahllosen Jobs zu erwähnen. »Ich war Viehtreiber, und ich hab für den Kutschbetrieb Cobb & Co. gearbeitet, hier und in Südaustralien. Ich war Schafscherer in Queensland – da hab ich übrigens Banjo Paterson kennengelernt, Sie wissen schon, der …«

»Der ›Waltzing Matilda‹ geschrieben hat! Ich liebe dieses Lied. Erzählen Sie! Wie ist er darauf gekommen?«

Rom schmückte seine Schwindelgeschichte ungeniert aus. Das Einzige, was stimmte, war, dass er tatsächlich in Winton gewesen war, allerdings erst ein Jahr nachdem Paterson das Lied verfasst hatte. *Wieso eine gute Story ruinieren, indem man sich an die Tatsachen hält? Vor allem wenn man ein hübsches Mädel am Arm hat, das einem jedes Wort von den Lippen abliest …*

Er blieb unter einer ausladenden Kiefer im Schutz der Dunkelheit stehen und betrachtete sie. Der junge Mann hielt sich zugute, nicht vollkommen skrupellos zu sein, wenn's um das schöne Geschlecht ging.

»Sie sehen sehr jung aus in dem Feenkostüm, Clytie. Aber Sie sind bestimmt über fünfzehn, oder? Alt genug, um …«

Ihre Grübchen schienen ebenso zu funkeln wie das schelmische Blitzen in ihren Augen.

»Ja, Mr Delaney. Ich bin alt genug, um mich in den Sattel zu schwingen – von einem Pferd natürlich.«

Rom konnte nicht anders. Er legte einen Finger unter ihr Kinn, beugte sich zu ihr hinab und gab ihr einen sanften Kuss auf die Lippen.

Sie hielt den Atem an und wich stolpernd ein paar Schritte zurück.

»Das war unverschämt! Ihr Städter seid doch alle gleich. Ihr denkt, ein Mädel sei leicht zu haben – bloß weil es beim Zirkus ist! Aber da irren Sie sich!«

»Es tut mir leid«, versicherte er hastig. »Ich hatte keine Ahnung, dass ich das tun würde. Hat mich selbst überrascht.«

»Pah! Von wegen! Das hatten Sie die ganze Zeit geplant!«

Jetzt war nicht die Zeit, um zu schwindeln. »Ja, es stimmt, ich hab den ganzen Tag an Sie denken müssen. Schon seit ich Ihnen auf der Straße begegnet bin. Sie hatten Männersachen an, aber ich wusste gleich, als ich in Ihre samtschwarzen Augen gesehen habe, dass es um mich geschehen ist!«

Eifrig fuhr er fort. »Hören Sie, Miss Hart, es tut mir leid, falls ich Ihnen zu nahe getreten sein sollte. Aber ich hab nur ein paar Tage Zeit, um Ihnen zu beweisen, dass ich ein anständiger Kerl bin – das werden Sie merken, sobald Sie mich ein bisschen besser kennen.«

Ich bin zu weit gegangen, aber es ist noch nicht alles verloren. Sie scheint sich's zu überlegen.

»Bitte, würden Sie mir noch eine Chance geben? Dürfte ich Ihnen morgen bei den Proben zusehen? Und danach führ ich Sie aus, ja? Wir können hingehen, wo immer Sie wollen. Sie brauchen's nur zu sagen.«

Clytie musterte den Burschen mit schmalen Augen. »Wohin ich will? Gut, dann würde ich morgen gerne in die Messe gehen. Egal welche Kirche, da bin ich nicht wählerisch.«

Die ist nicht auf den Kopf gefallen. Das wird nicht leicht werden. Aber ich mag Herausforderungen. Außerdem hab ich bis jetzt noch jede rumgekriegt.

Er machte eine höfliche Verbeugung. »Gut, dann gehen wir eben in die Kirche, Miss Hart. Wie wär's mit der Frühmesse? Dann hätten wir hinterher noch Zeit für ein Picknick und um ein wenig schwimmen zu gehen. Ich kenne da eine besonders gute Stelle. Morgen wird's sicher heiß werden«, fügte er mit vieldeutig vibrierender Stimme hinzu.

Clytie, die nicht so recht wusste, was sie von diesem Ton halten sollte, errötete verlegen. »Also gut. Aber nur, wenn meine Schwester damit einverstanden ist!«

Dolores werde ich schon um den Finger wickeln, Kleine, keine Sorge. Sie wird dich von der Leine lassen – und dann hab ich dich für mich allein.

Roms Antwort war diesmal daher absolut aufrichtig. »Es wird mir ein Vergnügen sein!«

10

Am nächsten Morgen spannte sich ein derart blauer Himmel über Clytie, dass sie unwillkürlich an den Mantel der Jungfrau Maria erinnert wurde, deren Statue in der Kirche stand, in der Clown Pedro die Seiltänzerin Ruby geheiratet hatte.

Clytie war zwar seit Jahren nicht mehr in der Kirche gewesen – nicht mehr, seit sie ein kleines Kind gewesen war –, hatte aber von ihrer Mutter gelernt, dass man zum Schöpfer Aller Dinge beten solle. Clytie vertraute ihrer Mutter, die ihr versicherte, dass der Schöpfer überall sei – nicht nur in Gotteshäusern oder Klöstern, sondern wo immer der Mensch auch hinging –, auch beim Zirkus, der neun Monate im Jahr unterwegs war.

An diesem goldenen Morgen begann sich die Truppe erst allmählich zu regen. Clytie hatte ihre Mutter weiterschlafen lassen, die nach der schlimmen Auseinandersetzung mit Vlad vollkommen erschöpft war. Es überraschte sie nicht, dass der brutale Jongleur sich seitdem nicht mehr bei ihnen hatte blicken lassen. Vlad war nicht der Mann, der sich für etwas entschuldigte. Am allerwenigsten für seine Gewaltausbrüche, an denen er ohnehin Dolores die Schuld gab, da sie ihn regelmäßig »dazu trieb«, wie er sagte.

Clytie versuchte, nicht an die Schreie ihrer Mutter und

an die rohen Geräusche von sexueller Gewalt zu denken, die sich nachts in Vlads Wagen abgespielt hatten und von denen sich ihre Mutter einfach nicht hatte frei machen können.

Wenn Vlad doch bloß gehen und sich einem anderen Zirkus anschließen würde, dem Wirth's Circus oder den FitzGerald Brothers – falls sie ihn nehmen. Und Mutter und mich in Frieden ließe.

Kleine Lagerfeuer wurden entzündet, an denen die Zirkusfamilien ihr Frühstück zubereiteten. Köstliche Gerüche stiegen Clytie in die Nase und ließen ihr das Wasser im Mund zusammenlaufen. Sie kam an den mickrigen Tribünen vorbei, die an einem Ende des Kricketplatzes standen und auf denen bestenfalls zwei Dutzend Zuschauer Platz gehabt hätten. Gestern Abend waren dort warme Fleischpasteten, Sandwichs und aufgepeppte »Softdrinks«, die in Wahrheit Bier enthielten, verkauft worden. Heute standen dort nur noch ein paar leere Kisten herum, in denen ein großer schwarz gefleckter Kelpie herumschnüffelte.

An der Innenseite einer Tribüne klebte der Probenplan, damit er vor Wind und Wetter geschützt war. Da viele Zirkusmitglieder des Lesens und Schreibens nicht mächtig waren, wurde der Plan mit Symbolen beschriftet, für jeden Artisten ein anderes. Dort stand, in welcher Reihenfolge auf Wunsch des Direktors neue Nummern geprobt oder an alten gefeilt werden sollte. Ein Löwe als Symbol für Lionello, den Löwenbändiger, ein Seil für Ruby, die Seiltänzerin, ein Dolch für Vlad, ein Fächer für Dolores und ein Feenstab für Clytie.

Clytie überflog die Liste. Die Proben für Vlads neue Nummer waren für neun Uhr angesetzt. Ihre Kunstreiternummer stand nicht in der Liste. Waren sie von Boss Gourlay rausgeworfen worden? Oder würde sie jetzt weiterhin für Vlad arbeiten müssen?

Clytie bat den Schöpfer Aller Dinge darum, sie von Vlad zu befreien und Dolores vor seinen Gewaltausbrüchen zu bewahren – und vor seinen Messern.

Sie hatte ihrer schlafenden Mutter einen Zettel hinterlassen, auf den sie schrieb, dass sie in Rom Delaneys Begleitung eine Heilige Messe besuchen wolle, aber rechtzeitig zur Nachmittagsvorstellung wieder zurück sein würde. Nachmittags hatten Kinder freien Eintritt – vorausgesetzt, sie waren in Begleitung eines zahlenden Erwachsenen. Man hoffte damit, jedes Kind in einem Zwölf-Kilometer-Radius anzulocken – zu Pferde, in Kutschen oder auch auf Schusters Rappen.

Clytie spürte eine aufkeimende Panik. *Wenn er nun nicht kommt? Wenn ich ihn nie wiedersehe?*

Sie beschloss, sich allein auf den Weg zu machen, sie hatte bei der Ankunft gestern drei Kirchen entdeckt, die auf einem Hügel über der Stadt aufragten. Soll dieser Rom Delaney doch nach mir suchen, ich jage keinem Mann hinterher.

Sie kam unterwegs am Löwenkäfig vorbei. Lionello war bei Missy, die sich nicht regte, und flüsterte ihr Trostworte zu.

Bei Clyties Erscheinen blickte er mit tränenfeuchten Augen durch die Gitterstäbe zu ihr heraus.

»Es geht ihr gar nicht gut – ich weiß nicht, was sie hat. Sie würde mir nie ein Leid tun, ich kann mir nicht erklären, wie das gestern passieren konnte. Missy ist wie meine eigene kleine Tochter.«

Clytie kannte die Geschichte. Lionello hatte Frau und Tochter bei einer Scharlachepidemie verloren und überschüttete seitdem Missy, die als Löwenjunges zu ihm gekommen war, mit all seiner Liebe und Zuneigung.

»Mach dir keine Sorgen, Lionello. Es soll hier in der Stadt einen sehr guten Arzt geben, der sogar Tiere kurieren kann. Soll ich ihn holen?«

»Kein Quacksalber ist mutig genug, um einen Löwen zu untersuchen«, schniefte der Bändiger. »Sie würden mir nicht glauben, wenn ich ihnen versichere, dass Missy sanft wie ein Lämmchen ist.«

Clytie unterdrückte ein Schmunzeln. »Aber vielleicht ist dieser Doktor Hundey ja anders.«

Lionello zuckte skeptisch mit den Schultern. »Nein, sie lässt niemanden an sich ran, außer mich.« Er wandte sich ab und redete weiter liebevoll auf die Löwin ein.

Als Clytie die stabile Holzbrücke erreichte, unter der der Fluss rauschend dahinfloss, blieb sie abrupt stehen. Auf der anderen Seite stand neben einem Pferd eine reglose Gestalt.

Rom Delaney trug die Weste von gestern und darunter ein schlichtes gestreiftes Arbeitshemd. Seine Haare waren dunkler als zuvor, sie schienen nass zu sein, als hätte er gerade gebadet. Er schenkte ihr sein schiefes, freches Grinsen, und ihr Herz setzte einen Schlag aus. Der Blumenstrauß in seiner Hand sah verdächtig teuer aus. Wahrscheinlich aus irgendeinem Garten geklaut.

»He, sag bloß, du wolltest nicht auf mich warten?«, rief er, während sie über die Brücke auf ihn zukam.

»Ich warte nie«, verkündete Clytie stolz, »schon gar nicht auf einen Mann. Haben wir uns gestern nicht noch gesiezt?«

»Vielleicht bin ich ja die Ausnahme von der Regel. Ein Mann, auf den es sich lohnt zu warten.« Er drückte ihr den Blumenstrauß in die Hand. »Was das Siezen betrifft – da warte ich ab, bis ich wieder ins Fettnäpfchen trete.«

Clytie lachte laut auf. »Na, an Selbstbewusstsein fehlt's dir nicht. Du verkaufst offenbar Eintrittskarten für dich selbst.«

Sein durchdringender Blick brachte sie in Verlegenheit, und sie versteckte ihre Nase in den Blumen.

»Aus dem eigenen Garten, was?«, neckte sie ihn.

Er ließ sich nicht von ihr in die Falle locken. »Ich hab weder Haus noch Garten. Die hab ich aus dem Stadtpark requiriert. Die Wahrheit ist, Clytie, dass ich keinen Penny habe. Das heißt, bis Mr Tribe die Bank aufmacht und mir mein Preisgeld auszahlt.«

»Ein Preisgeld? Wofür denn?«

»Na, für die beste Idee, um Hope wiederzubeleben. Euer Zirkus!«

Clytie schnappte bewundernd nach Luft. Das hatte er also damit bezweckt! Er war ein ganz schönes Risiko eingegangen, aber es hatte sich ausgezahlt. *Dieser Bursche ist ein Glücksspieler und ein Scharlatan.*

Rom beruhigte sie. »Keine Sorge, inzwischen werde ich dich mit den Früchten der Natur füttern. Reines Quellwasser! Wilde Äpfel und Brombeeren! Halt dich an mich, Clytie, und du wirst nie hungern müssen.«

Das junge Mädchen musste lachen. Gleichzeitig bewunderte sie seine Ehrlichkeit – und verliebte sich Hals über Kopf. Jetzt gab's kein Zurück mehr.

»Ich hab Goldie für dich mitgebracht. Wenn ein Mädel ohne Sattel reiten kann, dann du!«

Aber Clytie schüttelte den Kopf. »Nein, das ist mir zu sehr wie Arbeit. Ich laufe lieber.« Sie deutete auf ihre Füße.

Seite an Seite gingen sie weiter. Rom hielt Clytie am Ellbogen, damit sie nicht in eins der Schlaglöcher geriet, die den steilen Weg hinauf zur Stadt pflasterten. Die junge Kunstreiterin genoss die Berührung und die Wärme seiner Hand.

Sie unterhielten sich zwanglos. Fragen und Antworten

schwirrten hin und her, die ihren waren ehrlich, aber wachsam, da sie auf der Hut war vor den Vorurteilen, die gewöhnliche Menschen dem Zirkusvolk gegenüber hegten. Rom seinerseits erzählte derart wilde Geschichten, dass Clytie überzeugt war, dass er einige davon nur erfunden hatte, um sie zu beeindrucken.

»Wurdest du hier in Australien geboren oder im alten Mutterland?«

»Was für ein Land soll das sein? Doch nicht bloß England. Die Leute hier kommen aus der ganzen Welt, vor allem während des Goldrauschs. Aus Kalifornien, aus Deutschland, Italien, Frankreich, sogar China!«

»Weiß ich doch. Im Zirkus ist es genauso. Wir stammen auch alle aus unterschiedlichen Ländern. Ich meine *du*. Dich. Delaney ist ein irischer Name, oder?«

Rom warf Clytie einen kurzen Blick zu, als ob er prüfen wollte, wie sie reagieren würde. »Meinen Namen haben sie aus einem Hut gezogen. Ich wurde in einem Körbchen vor einer Klosterschule ausgesetzt. Meine arme Mutter hat wohl angenommen, dass man sich da schon um mich kümmern würde. Oder sie hat mich dem Pfaffen aufgehalst, der sie geschwängert hat, was weiß ich.« Falls er geglaubt hatte, sie damit schockieren zu können, irrte er sich. Aber sie hing an seinen Lippen. »Ich war ungefähr eine Woche alt. Splitternackt, bis auf ein paar Schnürsenkel, die man mir um die Fußgelenke gebunden hatte.«

Clytie blieb abrupt stehen. Entzückt sagte sie: »Madame Zaza hat mir erzählt, dass das unter Zigeunern als Glückssymbol gilt. Vielleicht steht Rom ja für Roma – in jedem von uns steckt ein bisschen Zigeunerblut, das sagt man zumindest.«

»Wer weiß? Ich wurde *Roman* getauft. Musste schuften wie

ein Maultier. Aber die Priester haben mir immerhin Lesen und Schreiben beigebracht. Ich war zwölf, als ich die Schläge und das Beten schließlich satthatte. Bin abgehauen und hab mich einem irischen Wanderarbeiter angeschlossen, der meine tote Mutter gekannt hat. Er behauptete, er könne womöglich mein Vater sein. Aber er betrank sich häufig, und dann geriet er in Schlägereien und musste für ein paar Tage zur Ausnüchterung in den Knast. Da haben wir uns dann immer vorübergehend getrennt.«

Er strich Clytie eine Locke aus dem Gesicht, und sie hielt unwillkürlich den Atem an.

»Genug von mir. Ich würde lieber mehr über das Mädchen erfahren, das ich zu heiraten gedenke!«

»Das hast du sicher schon so oft gesagt, dass es dir zum Hals raushängen muss!«

Ihr Lachen war so ansteckend, dass Rom unwillkürlich mit einstimmte.

»Na gut, du hast gewonnen. Gehen wir erst mal in die Kirche. Und dann gibt's ein Buschpicknick. Ich bringe dich rechtzeitig zur Matinee zurück, versprochen. Vorausgesetzt, wir können heute Abend nach der Vorstellung über unsere Zukunft reden.«

Clytie erlaubte ihm, seinen Arm um ihre Schultern zu legen, schüttelte ihn aber beim Herannahen einer alten Matrone mit einem Jutesack über der Schulter hastig wieder ab. Sie kannte die Bigotterie und Engstirnigkeit von Sesshaften. Und ihre Vorliebe für Klatsch und Tratsch.

Rom zog im Vorbeigehen höflich den Hut. »Guten Morgen, Mrs Mintner. Hab gehört, Ihr Junge hat sich freiwillig für Südafrika gemeldet? Da sollten die Buren besser auf der Hut sein, Ihr Jack ist ein guter Schütze.«

Die Alte machte ein finsteres Gesicht. »Ach, red keinen

Blödsinn, Delaney! Jack ist ein guter Junge, der kennt seine Pflicht.«

»Keine Sorge, in ein paar Monaten ist alles wieder vorbei«, meinte Rom zuversichtlich. Denn das war es, was die Leute hören wollten.

»Hmpf! Das haben sie auch im Krimkrieg behauptet! Was wissen die schon. Hab meinen Bruder im Krimkrieg verloren.« Sie schlurfte grußlos weiter.

Rom rief ihr nach: »Das ist aber ein schwerer Sack. Soll ich Ihnen tragen helfen?«

»Wozu? Ich bin stark wie ein Ochse. Muss ich ja wohl, wenn der eigene Mann ein Invalide ist.«

Clytie blickte ihr nach. »Die ist doch mindestens achtzig.«

»Nein, noch lange nicht. Aber sie hat's nicht leicht gehabt. Hat als Goldschürferin angefangen. Solche wie sie gibt's heute nicht mehr.«

Clytie bemerkte, dass sie vom Weg, der hinauf zu den Kirchen führte, abgewichen waren.

»He, wohin gehen wir?!«

»Wohin du willst. Bis hinauf zum Mond, wenn's sein muss.« Rom deutete zu der blassen weißen Scheibe hinauf, die noch am tagblauen Himmel stand.

Die Alte hat recht, Rom redet wirklich manchmal einen Blödsinn.

»Ich hätte nichts gegen eine Reise zum Mond – vorausgesetzt, du vergisst die Rückfahrkarte nicht. Ich muss rechtzeitig zur Kindervorstellung wieder zurück sein. Ich suche mir dann immer ein Kind aus dem Publikum aus, das sattellos mit mir reiten darf – natürlich sicher aufgehoben in meinen Armen.«

»Beneidenswert«, murmelte Rom. Er blieb stehen und spielte erneut mit der Locke, die Clytie ins Gesicht fiel. »Im

Ernst, Clytie, hab ich eine Chance bei dir, wenn ich verspreche, brav zu sein?«

»Das hängt davon ab, was du unter *brav* verstehst und unter *Chance bei mir.*« Sie versuchte, es streng zu sagen, was ihr aber nicht so recht gelang.

»Ich hab ja leider nicht viel Zeit. Wenn die Dinge anders lägen, würde ich's natürlich langsamer angehen. Aber ich muss dich doch von der Wahrheit überzeugen.«

Sie tappte prompt in seine Falle. »Was meinst du? Welche Wahrheit?«

»Dass ich dein Liebster bin. Jetzt und für immer.«

Diesmal klang es nicht scherzhaft, er schien es ernst zu meinen. Clytie hielt unwillkürlich den Atem an. Sie wollte diesen Moment festhalten, wollte nicht, dass er vorüberging. Bisher war sie im Zirkus geborgen gewesen wie in Abrahams Schoß. Kein Mann hatte ihr je süße Nichtigkeiten ins Ohr geflüstert – dafür hatte Dolores schon gesorgt.

Rom trat einen Schritt näher. »Ich werde nie wieder eine andere ansehen«, flüsterte er, »du brauchst es nur zu sagen.«

Clytie blickte in seine strahlenden blauen Augen auf und musste an sich halten, um nicht darin zu ertrinken. »Du weißt nichts vom Leben in einem Zirkus. Und du weißt nichts über mich, Rom Delaney. Wir sind sehr verschieden, du und ich.«

»Ich weiß alles, was ich wissen muss.«

Nun begannen gleich in zwei Kirchen die Glocken zu läuten. Er bot ihr seinen Arm.

»Komm, ich führ dich ein bisschen in der Main Street herum, ehe wir Gott einen Besuch abstatten.«

Clytie warf einen Blick über die Schulter. »Wir werden verfolgt. Gehört der zu dir?«

Es war derselbe schwarze Hund, der auf den Krickettribünen herumgeschnüffelt hatte.

»Nee, der gehörte einem alten Fossicker, der in einer der verfallenen Schürferhütten gehaust hat. Eines Nachts, als der Mann hohes Fieber hatte, ist Shadow los, um Hilfe zu holen. Doc Hundey ist die ganze Nacht lang an seinem Bett geblieben – fürs Krankenhaus war's eh zu spät. Er ist im Morgengrauen dann sanft entschlafen. Seitdem schläft Shadow draußen vor seiner Hütte. Ich bin vorübergehend da eingezogen – bis sich was Besseres findet. Goldie gehört mir – der Hund nicht.«

Die junge Zirkusreiterin beugte sich vor und tätschelte die kalte Schnauze des Hundes. »Shadow ist da anscheinend anderer Meinung.«

Und wirklich folgte ihnen der Kelpie weiterhin in einigem Abstand.

Rom zeigte Clytie die interessantesten Gebäude. Die Main Street wirkte auf das junge Mädchen ein wenig wie ein zahnlückiges Gebiss. Zwischen den Läden und Geschäftshäusern taten sich immer wieder Lücken auf, in denen Gebäude verfielen oder Grundstücke von Unkraut überwuchert wurden. Die meisten Häuser waren aus Holz, verwittert und von der Sonne ausgebleicht und hatten alte, verstaubte Waren im Schaufenster. Im Grunde war es eine Hauptstraße wie jede andere, doch als Rom ihr die wechselvolle Geschichte einzelner Häuser und deren Bewohner erzählte, bekam das ganze Lebendigkeit.

»Der berühmte Bandit Ned Kelly soll eines Nachts durch die Stadt gekommen sein. Er hat in Hope keinen einzigen Schuss abgegeben, aber es heißt, er habe das Herz eines ansässigen Mädels erobert. Wenige Jahre später wurde er dann im Zuchthaus von Melbourne gehängt. Die Alten behaupten, das Mädchen wäre beim Prozess anwesend gewesen. Sie trug den Rest ihres Lebens Schwarz – und hat nie geheiratet.«

»Wie romantisch. Aber auch traurig.«

Ermuntert fuhr Rom fort: »Siehst du dieses Lagerhaus da? Das war früher mal das Shamrock Hotel, eins von zwölf Hotels und Shantys, die's während des Goldrauschs an der Main Street gegeben hat. Damals gab's hier keine Banken, die Digger haben also alles mit Goldnuggets bezahlt. Sie haben so lange anschreiben lassen, bis es reichte, und dann mit einem Nugget bezahlt.«

»Schön, wenn's noch immer so wäre«, bemerkte Clytie seufzend.

»Dieser schmale Weg da führt zum ehemaligen Chinesen-Camp. Früher gab's hier mal Tausende von Schlitzaugen, die hier nach dem Gold gegraben haben, für das sich die anderen Digger zu schade waren. Jetzt ist nur noch einer übrig, ein Chinese, meine ich, ein alter Bursche namens Long Sam. Die Leute sagen, er hätte sein Gold in seinen Zähnen versteckt. Vielleicht stimmt's ja. Aber der arme Kerl hat gar nichts mehr – nicht mal mehr Zähne. Jedenfalls nicht viele.«

Rom zuckte eher mitfühlend als gleichgültig mit den Schultern. »Er war gestern Abend auch in der Vorstellung. Komisch, wenn man bedenkt, dass der Kricketplatz früher sein Gemüsegarten war.«

»Wie traurig. Ich habe ihn auch bemerkt. Er saß neben dieser eleganten Dame mit dem Klumpfuß. Sie hatte so traurige Augen. Wer war sie?«

»Das war Doc Hundeys Schwester. Man weiß nicht viel über sie. Sie ist so was wie ein Rätsel.«

Die Glocken hörten auf zu läuten. Es wurde Zeit. Rom deutete zu den drei Kirchen hinauf.

»Welche hätten Sie denn gern, Miss Hart?«

»Das ist einfach. Die erstbeste.«

Shadow kannte sich aus. Als sie das Kirchentor erreicht hatten, legte er sich ohne Aufforderung auf die Treppenstufen, um auf sie zu warten.

Sie nahmen in der letzten Reihe Platz. Das Licht fiel in langen Streifen durch die Buntglasfenster, durch deren zentrale Scheiben der leuchtend blaue Himmel zu sehen war. Als eine verhutzelte alte Frau an der Orgel eine Melodie anstimmte, erhob sich Clytie gehorsam mit einem Gesangbuch in der Hand. Die Alte war von Kopf bis Fuß schwarz gekleidet und trug einen zerknitterten Porkpie-Hut, den sie mit einer großen Hutnadel festgesteckt hatte. Ihr Gesicht war runzelig wie eine Pflaume, und an ihrem Kinn sprossen ein paar stachelige graue Haare.

»Das ist Holy Maude«, flüsterte Rom. »Sie ist das Mädchen, von dem ich dir erzählt habe. Ned Kellys Liebste? Kaum zu glauben, was?«

Clytie musste ein Kichern unterdrücken. Die Hymne war kaum fertig, und der Priester hatte mit seiner Predigt angefangen, als plötzlich mit einem Knall die Tür aufflog und ein Mann hereinplatzte.

»Ein Crash! Alles ist verloren! Es ist aus mit uns!«

Die Leute drehten sich konsterniert um, aber der Rufer war bereits wieder verschwunden und konnte nicht näher befragt werden.

Die heilige Messe war geplatzt. Fragen flogen hin und her. Was für ein Crash? War etwa die Brücke eingestürzt? Oder die große Grabschaufel im Bergwerk? Oder gar einer der Tunnel in der Golden-Hope-Mine?

Die Mütter von Freiwilligen befürchteten eine Kriegskatastrophe in Südafrika.

Rom steuerte Clytie resolut zum Ausgang. »Komm, lass uns nachsehen, was da los ist.«

Die Kirche leerte sich innerhalb von Minuten, selbst der Pfarrer raffte seine Röcke und lief nach draußen. Nur Holy Maude blieb wie der Kapitän auf einem sinkenden Schiff und spielte seelenruhig weiter auf ihrer Orgel.

Rom hatte Clytie bei der Hand genommen, aber sie musste doppelt so schnell rennen, um mit seinen langen Beinen mithalten zu können.

Sie rannten zu der Gruppe, die sich vor dem General Store ums Schwarze Brett scharte.

»Ein Unglück im Bergwerk wird's wohl kaum sein. Die Mine hat heute geschlossen, und Boss Jantzen stellt immer eine Wache dort auf, damit keiner einbrechen kann.«

»Vielleicht wurde ja die Brücke von der Flut weggerissen! Was machen wir dann? Müssen wir mit einer Überschwemmung rechnen?«

»I wo. Überschwemmungen haben wir schon viele überstanden. Und was die Brücke betrifft, die von der Sägemühle würden doch sofort eine neue bauen, darauf könnt ihr euch verlassen.«

Die Männer und Frauen standen heftig disputierend und gestikulierend vor dem Nachrichtenbrett. Rom schob sich durch die Menge und hielt dabei schützend seinen Körper vor Clytie. Auch der Kelpie bezog ohne Aufforderung in der Nähe Posten, um die beiden gegebenenfalls zu beschützen, falls es Ärger geben sollte.

Der ließ nicht lange auf sich warten.

Ein Mann wurde auf die breite überdachte Veranda vor dem General Store gezerrt, mehrere Männer hielten ihn an den Armen fest. Es war Tribe, der Bankmanager. Auf dem Schwarzen Brett klebte quer ein Mitteilungsbanner, das jedoch zu weit weg war, um es lesen zu können. Rom und Clytie konnten nur ein fett gedrucktes Wort entziffern: *Bankencrash.*

Councillor Twymans befehlsgewohnte Stimme dröhnte über den Lärm hinweg. »Tribe! Erklären Sie sich! Was soll das alles bedeuten?«

Der Bankdirektor war kreidebleich und zerzaust. Sein Zelluloidkragen war verrutscht, sein Jackett zerknittert. Er schien die ganze Würde seines Amts verloren zu haben.

»Es ist nicht meine Schuld, glaubt mir! Ich wusste ja nicht, dass die Dinge so schlimm stehen. In den letzten Jahren sind viele Banken eingegangen, das wisst ihr doch. Aber ich habe geglaubt, dass unsere den Sturm überstehen würde.«

Clytie schaute erschrocken zu Rom auf. »Eure Bank hat Pleite gemacht!«

»So sieht's aus«, meinte Rom trocken. »Wenn das stimmt, dann ist die Stadt endgültig erledigt.«

»Sperr sofort die Bank auf, du Mistkerl, ich will mein Geld wiederhaben!«, kreischte eine Frau.

Tribes Stimme brach. »Das steht leider nicht in meiner Macht, Madam«, quiekte er ängstlich. »Sämtliche Konten wurden eingefroren – Befehl vom Stammhaus in Melbourne.«

»Und warum haben Sie uns nicht vorgewarnt?«, rief eine heisere Männerstimme. »Ich hab meine ganzen Ersparnisse bei euch liegen! Und meinen Wochenlohn haben Sie am Freitag noch ohne einen Mucks einkassiert! Sie müssen doch gewusst haben, was los ist!«

Die Leute waren so wütend, dass sie Tribes Antwort gar nicht erst abwarteten.

»Ihr Banditen! Raub ist das, ein hundsgemeiner Raub!«

»Mach sofort die verdammte Bank auf und gib uns unser

Geld! Sollen die in Melbourne doch zum Teufel gehen, da müssen wir armen Schürfer doch nicht drunter leiden!«

»In Amerika würden sie dich jetzt aufknüpfen! Teeren und federn würden sie dich, du Halunke!«

Clytie überlief es eiskalt. Sie würden den armen Mann doch nicht etwa lynchen?

In diesem Moment tauchte ein Buggy auf, auf dem ein Mann in Tweedjacke saß, dem der Wind ins hellblonde Haar fegte.

»Da ist Doc Hundey, Gott sei Dank, er ist ein guter Mann«, beruhigte Rom das junge Mädchen.

Vom Kutschbock aus, wo alle ihn sehen konnten, wandte sich der Doc an die Menschen. Er sprach mit ruhiger Stimme, und die erhitzten Gemüter kühlten sich sogleich ein wenig ab.

Clytie blickte hinauf in sein bleiches faltenloses Gesicht und seine müden, gütigen grauen Augen. Sie vertraute ihm instinktiv.

»Lasst uns ruhig bleiben, Leute, und nicht den Kopf verlieren. Es ist nicht Mr Tribes Schuld, dass die Bank Pleite machen muss. Er ist genauso ein Opfer wie wir alle.«

Ein Mann rief herausfordernd: »Ich wette, Tribe hat sich vorher noch schön die Taschen vollgestopft!«

»Das stimmt nicht«, stammelte der Bankdirektor. »Mir gehört nicht mal das Haus, in dem ich wohne. Die Bank besitzt die Hypothek. Ich hab jetzt nicht nur meine Stelle verloren, sondern auch meinen guten Ruf und mein Dach über dem Kopf – ich hab alles verloren. Ich bin ruiniert.«

»Da bist du nicht der Einzige!«, riefen einige Leute höhnisch.

Die Menge teilte sich widerwillig und ließ Sergeant Mangles durch.

»Doc Hundey hat recht, beruhigt euch, Leute. Okay, dieser Crash ist ein Schock für uns alle – für mich auch. Also macht es nicht noch schlimmer, indem ihr das Gesetz in die eigenen Hände nehmt.« Er wandte sich an den Bankdirektor. »Und Sie gehen jetzt besser nach Hause und warten auf Nachricht aus Melbourne. Und falls es einem von euch Burschen einfallen sollte, Hand an Mr Tribe zu legen, findet er sich in einer Zelle wieder, verstanden? Dann könnt ihr wünschen, dass euch eure Mütter nie geboren hätten, klar?«

Die Leute murmelten widerwillig ihre Zustimmung.

»Und jetzt geht wieder an eure Arbeit«, befahl Mangles.

Aber die Menge wollte sich nicht auflösen.

Da sagte Doc Hundey ruhig: »Falls sich jemand von euch auf ein kühles Bier ins Diggers' Rest setzen und die Sache mit Gleichgesinnten besprechen will, dann werde ich Tom Yeoman bitten, ein Fässchen zu öffnen. Ich übernehme die Zeche. Wir sehen uns später.«

»Vielen Dank, Doc«, murmelten die Leute und zerstreuten sich. Die meisten Männer gingen ins Diggers' Rest, die Frauen blieben noch ein Weilchen auf der Straße stehen und redeten. Einige tupften sich die Augen ab, andere schlenderten kameradschaftlich untergehakt davon.

Rom flüsterte Clytie vertraulich ins Ohr: »Das war mal wieder typisch Doc. Er selbst trinkt nie, aber er weiß, dass sich die Männer bei einem Grog wieder beruhigen werden.«

»Sie werden diesen armen Mann also nicht lynchen?«

»Nee, wir sind hier nicht im Wilden Westen. Bellende Hunde beißen nicht, und das trifft auch auf die meisten hier zu. Die schießen mit Worten, nicht mit Kugeln. Wenn sie sich wieder beruhigt haben, wird ihnen einfallen, dass es Tribe war, der ihnen ein Darlehen gegeben hat, wenn keine andere Bank mehr dazu bereit war.«

Er ergriff Clytie beim Arm und wollte sie wegführen, hielt jedoch inne, als er hörte, was eine Frau sagte.

»Ich habe keinen Penny mehr im Geldbeutel, ich kann meinen Kindern nicht mal mehr was zu essen kaufen! Ich hab alles gestern Abend in diesem verflixten Zirkus ausgegeben.«

»Dieser Zirkus ist an allem schuld! Eine Schande, wie sie einfachen Arbeitern das letzte Geld aus der Tasche ziehen! Die haben ihr Geld sicher nicht auf die Bank gebracht, die werden mit vollen Taschen abziehen.«

Das konnte Rom nicht auf sich sitzen lassen. »Das ist Blödsinn, Lady, und das wissen Sie ganz genau!«

Da meldete sich eine hübsche junge Frau in einem leichten zitronengelben Kleid zu Wort. Sie sprach so laut und scharf, dass klar war, auf wen ihre Worte gemünzt waren. Clytie erschrak über den unterschwelligen Hass in ihrer gepflegten Stimme.

»Ist ja wohl klar, dass Delaney so was sagt! Er ist schließlich dafür verantwortlich, dass dieser Zirkus überhaupt in unsere Stadt gekommen ist! Jeder weiß doch, was das für Diebe und Gauner sind, die sind nicht besser als Zigeuner!«

Clytie wollte empört auffahren, aber Rom zog sie mit sich. »Komm, wir gehen. Ist reine Zeitverschwendung, mit denen vernünftig reden zu wollen.«

Die junge Frau rief Rom giftig hinterher: »Und deinen Lohn kannst du dir abschminken, Rom Delaney! Ich hab gesehen, wie du deine Arbeit gemacht hast. Dafür bezahlt dich mein Vater ganz bestimmt nicht!«

Clytie sah, wie Roms Gesicht sich verfinsterte. Er verkniff sich die Antwort und presste seine Lippen zu einem dünnen Strich zusammen.

»Sie hat Glück, dass sie eine Frau ist! Einem Kerl hätte ich jetzt die Zähne eingeschlagen. So was sagt niemand über mich!«

»Aber wer ist das?«, erkundigte sich Clytie, nun doch neugierig geworden.

»Ach, niemand. Sie bildet sich bloß ein, sie wäre jemand.«

»Macht dir denn der Bankencrash gar nichts aus?«

»Nö, ich hab den Banken noch nie getraut.«

Dann warf er plötzlich den Kopf zurück und lachte schallend.

»Was ist so komisch?«

»Mir ist gerade eingefallen, dass ich ja zwanzig Guineen auf der Bank hatte – mehr als ich in einem ganzen Jahr verdiene. Und jetzt krieg ich keinen Penny davon zu sehen. Tragisch, oder?«

Er schüttete sich aus vor Lachen und musste sich an ihr festhalten. Clytie, die seinen Kampfgeist bewunderte, ließ sich von ihm anstecken.

»Und wohin jetzt?«, fragte sie schließlich.

Shadow sprang voraus, zurück zum Kricketplatz, wo der Zirkus sein Lager aufgeschlagen hatte.

Rom schüttelte amüsiert den Kopf. »Komischer Köter. Manchmal glaube ich, dass er sogar meine Gedanken lesen kann. Ich wollte eigentlich ein schönes Picknick im Busch mit dir machen, aber jetzt denke ich, es ist besser, dich wieder zu deinen Leuten zurückzubringen. Wer weiß, was da jetzt los ist.«

»Ja, dieser Crash ändert alles. Jetzt, wo sie ihr ganzes Geld verloren haben, werden die Leute wohl kaum noch in eine weitere Vorstellung kommen.«

Sie sah aus den Augenwinkeln, dass Rom mit hocherhobenem Haupt weiterging. Er bot ihr wortlos seine Hand. Clytie kam es nun ganz natürlich vor, mit einem Burschen zu gehen, der gestern noch ein Fremder für sie gewesen war. Dennoch zögerte sie einen Moment.

Instinktiv drehte sie sich um und sah zu der jungen Frau hin, die Rom beschimpft hatte. Und richtig, sie stand noch immer da und blickte ihnen nach, wobei sie ihren Hut festhielt, der im Wind flatterte.

Das war die Entscheidung. Clytie hakte sich bei Rom ein und schritt dicht neben ihm her, damit ganz Hope sehen konnte, dass er jetzt ihr Freier war.

Die Sonne brannte ihr heiß auf den Nacken, und mit dem Wind wehte ihr der Duft von Jasminblüten um die Nase. Die Zikaden zirpten schrill, ein unsichtbarer Chor, der sie auf ihrem Weg begleitete, Shadow immer wachsam einige Schritte voraus.

Wenn Rom Delaney wirklich ein Scharlatan ist, warum fühle ich mich dann so gut bei ihm aufgehoben? Ich weiß nicht, was jetzt geschieht. Aber so verrückt es auch ist – wenn er wirklich zum Mond will, werde ich ihn begleiten.

11

»Pack deine Sachen, Kind. Wir reisen ab. Keine Zeit für Erklärungen.«

Diese Worte begrüßten Clytie beim Betreten des gemeinsamen Wohnwagens.

»Ist auch nicht nötig, Mama, schlechte Nachrichten verbreiten sich in Windeseile – sogar in der Kirche.«

Auf dem Kricketplatz herrschte reges Treiben. Leute liefen gestikulierend hin und her, zornige Worte schwirrten durch die Luft. Aber einen Unterschied gab es zu den Verhältnissen in der Stadt: Hier herrschte eine fast militärische Ordnung. Ein erfahrenes Team von Zirkusarbeitern hatte die Lage im Griff. Es war ein organisiertes Chaos. Männer in Overalls und Knaben in zerschlissenen kurzen Hosen bauten fachmännisch das große Zelt ab, als ob sie eine Unwetterwarnung erhalten hätten. Was in gewisser Weise sogar stimmte.

»Begreifst du nicht? Eine Bankenpleite ändert alles«, fuhr Dolores ihre Tochter an.

»Für die Stadt, ja. Aber doch nicht für uns. Wir benutzen keine Banken.«

»Keine Widerrede, Kind! Mach dich an die Arbeit.«

Aber Clytie rührte sich nicht vom Fleck. Sie kämpfte ihre aufwallende Panik nieder. Die junge Zirkusreiterin sah Roms Gesicht vor sich, spürte seine schwieligen Hände an ihren

Wangen, seine Lippen auf ihrem Mund. Er hatte versprochen, bei der Brücke auf sie zu warten. Aber wie lange noch?

»Wir können jetzt noch nicht weg! Wir müssen noch die Nachmittagsvorstellung geben – die Leute erwarten das von uns. Du sagst doch selbst immer, dass es schlecht für den Ruf eines Zirkus ist, wenn er nicht hält, was er verspricht. Und was tun wir? Wir rennen davon, ehe wir die kostenlose Kindervorstellung gegeben haben!«

Dolores holte aus, als wollte sie Clytie ohrfeigen. Clytie wich unwillkürlich zurück und drückte sich an die Wand des Wohnwagens. Ihre Mutter hatte gelegentlich Vlad eine verpasst, wenn sie betrunken war, aber gegen ihre Tochter hatte sie bisher noch kein einziges Mal die Hand erhoben.

Diese erhobene Hand geriet jetzt ins Zittern, und dann ließ sich Dolores jäh, als hätte sie jede Kraft verloren, auf eine Kiste sinken.

»Willst du die Wahrheit wissen? Man jagt uns aus der Stadt! Dieser grässliche Gemeinderat, dieser Twyman, gibt uns die Schuld daran, dass die Leute jetzt ohne einen Penny dastehen. Immer die alte Geschichte – wir seien eine Bande von Dieben und Räubern. Ein paar Rabauken haben Zazas Wagen angezündet. Und Lionello hat einen Brocken vergiftetes Fleisch in Missys Käfig gefunden.«

Clytie rang entsetzt nach Luft. »Wie schrecklich! Hat man schon die Polizei gerufen?«

»Wozu soll das gut sein? Hier gibt's doch nur einen Gendarmen, und der hat im Moment wahrscheinlich Besseres zu tun.«

»Dann helfen wir uns eben gegenseitig – so ist das doch im Zirkus, Mama. Im Zirkus sind alle eine einzige große Familie.« Aber dieses alte Mantra ihrer Mutter hörte sich nun seltsam hohl an.

Dolores stieß ein humorloses Lachen aus. »Sag das mal diesem Gourlay. Der hat mich vorhin gefeuert. Er glaubt, was Vlad über mich herumerzählt, dass ich meinen Schwur gebrochen und wieder zur Flasche gegriffen hätte. Vlad will von jetzt ab mit *dir* zusammenarbeiten – ich bin erledigt!« Bitter fügte sie hinzu: »Ich werde dir nicht im Weg stehen.«

Zum ersten Mal in ihrem Leben fühlte Clytie sich hin- und hergerissen zwischen der Liebe zu ihrer Mutter und … und einem neuen Leben mit Rom, einem jungen Mann, den sie kaum kannte. Über Nacht hatte sich eine tiefe Kluft aufgetan, und Clytie war erschrocken darüber, wie groß ihre Sehnsucht danach war, über das Seil, das die Kluft überspannte, zu Rom hinüberzulaufen. Aber sie brächte es nie übers Herz, ihre Mutter im Stich zu lassen.

Sie räusperte sich und sagte: »Zum Teufel mit Vlad! Wer braucht schon einen wie ihn? Du hast doch mich, Mama. Das wirst du immer.«

»Aber begreifst du denn nicht? Wir stehen vor dem Nichts, wenn ich nicht mehr im Zirkus arbeiten kann! Vlad gehört alles, ich habe ihm meinen ganzen Besitz überschrieben. Ohne ihn hab ich nichts mehr – außer diesen Wohnwagen. Und was nutzt mir der Wagen ohne ein einziges Pferd?!«

Dolores war so außer sich, dass sie zu husten anfing, ein Leiden, das Clytie immer größere Sorgen bereitete, auch wenn sie nie darüber redeten.

»Du musst dich ausruhen, Mama. Ist vielleicht gar nicht schlecht, dass wir mal ein bisschen vom Zirkus wegkommen. Da kannst du dich erholen und wieder frische Kräfte sammeln. Und ich suche mir irgendeine Arbeit, ich bin jung und stark.«

»Du? Was willst du denn machen? Du hast doch nichts

gelernt außer Saltos schlagen und seiltanzen! Damit kommst du in Hope nicht weit, Kind.«

»Ich bin kein Kind mehr, Mama. Oder ist dir das noch nicht aufgefallen?!«

Beide sahen sich herausfordernd an. Die Stille dehnte sich, aber Clytie hielt dem Blick ihrer Mutter stand. Unterschwellige Wut brodelte zwischen den beiden Frauen.

Da wurde Dolores plötzlich misstrauisch. »Dein Wunsch zu bleiben hat doch nicht etwa mit diesem jungen Scharlatan zu tun, diesem vorlauten Burschen?«

Das ließ Clytie nicht auf sich sitzen. »Ich habe nichts getan, um dir Schande zu machen, Mutter.«

»Ach nein? Das hört sich nicht wie eine Tochter von mir an«, meinte Dolores trocken.

Beide brachen in Gelächter aus. Die Anspannung löste sich, und sie umarmten einander. Clytie wusste jetzt, dass sich ihre Rollen unwiederbringlich umgekehrt hatten: Sie war jetzt die Mutter, Dolores das Kind.

»Keine Sorge, Mama. Ich rede mit Boss Gourlay. Er kann mir *meinen* Lohn nicht verweigern. Damit kommen wir über die Runden, bis wir was gefunden haben.« Sie hielt an der Tür inne. »Vlad ist ein übler Schurke, uns ohne Pferde und ohne alles sitzen zu lassen. Aber ich weiß, wo ich eins herbekomme, um unseren Wagen von hier wegzubringen.«

Clytie ging, ehe ihre Mutter weitere Fragen stellen konnte. Mittlerweile war Pferdediebstahl zwar kein Kapitalverbrechen mehr, das einen an den Galgen brachte, aber ein Kavaliersdelikt war's deswegen noch lange nicht. Clytie war sich ganz und gar nicht sicher, was Goldie betraf und ob Rom wirklich ihr ordnungsgemäßer Eigentümer war, aber im Moment blieb keine Zeit für solche Skrupel.

Als Erstes suchte sie Boss Gourlay auf. Der konnte einen

Menschen problemlos zur Schnecke machen, aber mit Kindern wusste er nichts anzufangen, die verunsicherten ihn. Das gedachte Clytie auszunutzen. Und tatsächlich wich der imposante Mann Clyties Blick aus, als wollte er eine Konfrontation vermeiden.

»Hat keinen Zweck, Kind, du wirst mich nicht umstimmen. Dolores hat's diesmal zu weit getrieben. Aber du kannst bei Vlad bleiben und ihm bei seiner Nummer assistieren, er selbst hat diesen Wunsch geäußert.«

»Das würde ich gern – wenn Sie mir die Messer geben, damit ich Vlad damit bewerfen kann!«

Gourlay grinste widerwillig. »Bist groß geworden, Mädchen. Du wirst schon durchkommen.«

»Ja, werde ich auch – wenn Sie mir meinen Lohn ausgezahlt haben!«

Er nickte, wandte sich um und machte sich am eisernen Safe zu schaffen.

Das Geld sicher in der Tasche machte sich Clytie auf den Rückweg zum Hart-Wohnwagen. Unterwegs kam sie am Löwenkäfig vorbei. Lionello saß untröstlich an Missys Seite und streichelte die reglos ausgestreckte Löwin. Ihre Brust hob und senkte sich nur noch schwach, und sie hatte Mühe, Luft zu bekommen. Als Lionello Clytie bemerkte, hob er den Kopf und blickte sie mit nassen Augen an. Auf seinen staubigen Wangen zeichneten sich dicke Tränenspuren ab.

»Wie geht's ihr, Lionello?«, erkundigte sich Clytie mit gesenkter Stimme, als wollte sie die arme Patientin nicht stören.

»Frag nicht«, antwortete er verzweifelt. »In diesem Zustand kann sie jedenfalls nicht reisen. Der Zirkus wird ohne uns abziehen müssen. Was soll's, ohne Missy ist mein Leben sowieso nichts mehr wert.«

»Sag das nicht! Warte, Lionello, ich hole Doc Hundey.

Der ist ein richtig guter Doktor, nicht so ein Quacksalber, der behauptet, er könne alles heilen, von Pickeln bis Tuberkulose. Er wird für Missy sicher tun, was er kann.«

Lionellos faltiges Gesicht verzog sich zu einem traurigen Lächeln. Seine Stimme klang schon ein wenig hoffnungsvoller, als er sagte: »Na gut. Bist ein guter Mensch, Little Clytie.«

Die junge Zirkusreiterin lief zum Wohnwagen ihrer Mutter zurück. Vor der Tür blieb sie kurz stehen, um ein paar der Münzen selbst einzustecken, den Rest des Geldes übergab sie ihrer Mutter.

»Ich gehe schnell den Doktor für Missy holen. Wenn er da ist, dann lass dich bitte auch kurz untersuchen, er soll sich diesen Husten ansehen.«

»Das kannst du vergessen. Ärzte kosten Geld. Und damit …«, Dolores schloss ihre Faust um die Scheine, »damit können wir Essen kaufen!«

Als sie zur Brücke zurückrannte, saß Rom noch auf dem Brückengeländer und ließ seine langen Beine übers Wasser baumeln, das ihm fast bis zu den Schuhsohlen reichte, so hoch stand es. Als er sie kommen sah, warf er sogleich seine Kippe weg und sprang auf. Gespannt fragte er: »Wirst du abreisen, oder könnt ihr noch bleiben?«

»Immer eins nach dem anderen. Könntest du mir zeigen, wo ich diesen Doktor finde?«

Rom legte ohne ein weiteres Wort seine Hände um Clyties Taille und hob sie auf sein Pferd. Dann schwang auch er sich auf Goldies Rücken und galoppierte mit dem jungen Mädchen in die Stadt zurück. Clytie hielt ihre paar Münzen umklammert und hoffte, dass das für den Doktor reichen würde.

Sie stiegen vor einem einstöckigen, aber soliden Holzhaus ab. Das Häuschen schien eine gespaltene Persönlichkeit zu besitzen. Der Vorgarten war zwar gepflegt, aber weitgehend kahl. Der eigentliche Garten wurde durch einen Bambuszaun abgetrennt, hinter dem bunte Blumen, Stockrosen und andere Kletterpflanzen hervorschauten. Hier war offensichtlich ein Gartenliebhaber am Werk.

Neben der Eingangstür war ein Messingschild angebracht. Die Fenster zu beiden Seiten der Tür waren mit schlichten, faden Stoffen verhängt, aber das Fenster an der Seite besaß hübsche Spitzenvorhänge. Seltsam war nur, dass es vergittert war – das einzige vergitterte Fenster im ganzen Haus. Um Einbrecher fernzuhalten?

Rom erklärte mit leiser Stimme: »Im hinteren Teil wohnt Doc Hundeys Schwester. Miss Adelaide lebt sehr zurückgezogen, sie lässt sich nur selten blicken. Dass sie in den Zirkus gekommen ist, hat mich überrascht. Ich schätze, sie schämt sich wegen ihres Klumpfußes.«

Clytie schnappte überrascht nach Luft. »Das war also die Schwester vom Doktor! Sie ist mir aufgefallen, als sie zu ihrem Platz in der ersten Reihe humpelte. Ich habe sie gesehen, als ich durch einen Spalt im Vorhang gelugt habe.« Die Frau war ihr aus irgendeinem Grund sofort sympathisch gewesen, weil sie so traurige Augen hatte, und sie hatte spontan beschlossen, die Blumengabe ihr zu überreichen und nicht einem der Honoratioren.

Clytie hatte keine Zeit zu verlieren und rannte zur Tür. Es war unnötig zu klingeln, denn auf einem Zettel an der Tür stand, der Doktor sei außer Haus bei einem Kranken. Nachrichten mögen bitte auf der Tafel hinterlassen werden. Neben der Tür hing eine große Schiefertafel und ein Stück Kreide an einer Schnur.

Clytie schrieb sorgfältig in Druckbuchstaben: *Doc, kommen Sie bitte so schnell wie möglich zum Kricketplatz. Unser Löwe wurde vergiftet und ist schwer krank.* Sie wollte schon mit *Little Clytie* unterschreiben, wischte das *Little* aber wieder weg und fügte stattdessen *Hart* hinzu.

»Glaubst du wirklich, dass der Doktor genug Mut hat, um nach einer Löwin zu sehen?«, fragte sie niedergeschlagen.

Rom zögerte keine Sekunde. »Ach, der Doc hat selbst das Herz eines Löwen, klar kommt er!«

Die hohen Kiefern warfen lange Schatten auf den Kricketplatz. Seit der Nachricht von der Bankenpleite waren nur wenige Stunden vergangen, aber die Zirkusleute wussten, wann es Zeit war, schleunigst die Sachen zu packen und zu verschwinden. Tatsächlich wurde der Zirkus Wildebrand von ein paar Feiglingen, die sich nicht trauten, ihre Gesichter zu zeigen, aus der Stadt vertrieben.

Clytie konnte verstehen, warum sich ihre Mutter im Wohnwagen verbarrikadiert hatte, der nun wie ein einsames Schiff wirkte, das auf dem Rasenmeer des ovalen Sportplatzes auf Grund gelaufen war. Verzweifelt und voller Kummer brachte es die Ältere nicht übers Herz, sich zu ihrer Tochter zu stellen, um den Abzug des Zirkus zu beobachten und den Freunden, die sie ihr ganzes Leben lang gekannt und die ihnen die Familie ersetzt hatten, nachzuwinken. Dolores' abschließende Worte wollten Clytie nicht mehr aus dem Kopf gehen.

»Geh du nur, Clytie, und verabschiede dich von allen. Ich selbst traue mich nicht. Ich hab Angst, dass ich Vlad die Augen auskratze, wenn ich ihn nochmal sehe. Es hat mich Jahre gekostet, diese wunderschönen Pferde für uns abzurichten. Ich würde ihm auch das Herz rausreißen, wenn ich könnte, aber wir wissen beide, dass er keins hat.«

Darauf gab es nichts zu erwidern. Mutter und Tochter umarmten einander wortlos, dann lief Clytie davon.

Clytie stand abseits von den wenigen Neugierigen, die – abgesehen von den Kindern – gekommen waren, um dem Abzug des Zirkus beizuwohnen. Entschlossen, sich ihren Kummer und ihre Verlorenheit nicht anmerken zu lassen, rannte sie zum Ende der Main Street und stellte sich am Straßenrand auf, um ihren Freunden ein letztes Mal zuzuwinken. Der Abzug des Zirkus Wildebrand war das Gegenteil des triumphalen Einzugs – er glich eher einem Trauermarsch.

Einer nach dem anderen zogen die Freunde, die sie seit ihrer Kindheit gekannt und die die einzige Familie waren, die sie je gehabt hatte, auf der Straße nach Melbourne an ihr vorbei, auf dem Weg in eine ungewisse Zukunft ohne sie. Erinnerungen stürmten auf die junge Zirkusreiterin ein.

Der heiß geliebte Lehrer Pedro brauchte kein trauriges Clownsgesicht, denn der Kummer war in tiefen Falten in sein schmales, hageres Gesicht eingegraben. Ruby, seine Frau, hatte schluchzend die Nase in einem Taschentuch vergraben. Tiche trug Schwalbenschwanz und Zylinder. Als er Clytie erblickte, hüpfte er vom Wagen, rannte zu ihr und umarmte sie stürmisch.

»Dass du mich ja nicht vergisst, Clytie!«

»Niemals! Ich werde mich immer an unsere gemeinsamen Schulstunden zurückerinnern, Tiche. Du darfst nie aufhören zu lernen. Denn wenn du groß bist, kannst du werden, was immer du willst!« Die Ironie ihrer Worte wurde ihr erst bewusst, nachdem sie sie ausgesprochen hatte.

Aber der kleinwüchsige Junge kümmerte sich nicht darum. »Eines Tages werde ich ein großer Music-Hall-Star sein!«, versicherte er ihr. »Little Tiche mag zwar nur eins vierzig groß sein, aber das wird ihn nicht davon abhalten, ein Weltstar zu werden!«

Er warf ihr einen Schwarm Handküsse zu und drehte gleich noch ein Rad oder zwei. Dann rannte er zu seinem Wagen zurück und wurde von Pedro auf den Kutschbock gezogen.

»Ich schicke dir aus jeder Stadt, in der wir spielen, eine Karte!«, rief er ihr noch zu.

Madame Zaza war die Einzige, die ihr Kostüm trug, ihre bunten Zigeunerkleider mit zahlreichen Ketten, Ringen, Armreifen und Ohrspangen, die in der untergehenden Sonne funkelten.

»Denk dran, was ich gesagt habe, Schätzchen! Und kümmere dich gut um Dolores.« Sie wies grimmig mit dem Daumen über die Schulter und auf die rauchenden Reste ihres Wagens, die auf dem Kricketplatz zurückblieben. Trotzig rief sie so laut aus, dass es jeder hören konnte: »Wer immer das getan hat, dem wünsche ich das hier!« Und sie fuhr sich mit gefletschten Zähnen und hervorquellenden Augen mit dem Finger über den Hals. Zwei Jungs, die den Abzug vom Straßenrand aus beobachteten, wichen erschrocken zurück.

Clytie sank das Herz. *Sag bloß nicht, es waren Kinder, die ihr den Wagen angezündet und ihr so gut wie alles, was sie hatte, genommen haben.*

Nun tauchte Vlads Wagen auf. Clytie wappnete sich. Er fuhr an ihr vorbei, ohne sie eines Blickes zu würdigen. Aber so leicht ließ ihn die junge Zirkusreiterin nicht davonkommen.

»Ich hab viel von dir gelernt, Vlad. Wenn ich du wäre, ich würde mir nicht in einer dunklen Nacht über den Weg laufen wollen! Schließlich bin ich die Tochter des Messerwerfers, oder hast du das schon vergessen?«

Der Zug war um zwei Wagen ärmer – der Wohnwagen des Löwenbändigers mit dem Käfig und der Wagen von Dolores und Little Clytie.

Ich werde nie wieder Little Clytie sein.

Clytie blieb allein in der Main Street zurück und winkte dem Zug nach, bis der letzte Wagen hinter einer Biegung verschwunden war. Sie hatte ein ganz seltsames Gefühl – mit diesem letzten Wagen hatte sich ihr Leben unwiderruflich gespalten. Ihre Kindheit lag hinter ihr – und eine ungewisse Zukunft vor ihr.

Erinnerungen zogen an ihrem inneren Auge vorbei – schöne Erinnerungen, aber auch traurige und einige, die ihr Angst gemacht hatten: wie sie schon als Kleinkind das Laufen auf einem Seil erlernt hatte; ihr erster Sturz vom Pony und wie Dolores darauf bestand, dass sie sofort wieder aufstieg, um sich ihren Ängsten zu stellen; der Anblick des unglaublichen, fantastischen Aborigine-Akrobaten, Billy Jones, wie er über zwanzig nebeneinander aufgestellte Pferde sprang; all die Jahre in der Manege, unter dem donnernden Applaus des Publikums, der das Dach des großen Zelts erzittern ließ; alberne, zärtliche Momente mit ihrer Mutter, wie sie einander gekitzelt hatten, als sie noch klein war, bis sie nicht mehr konnten vor Lachen.

Clytie hatte plötzlich wieder den Geruch der Galmeilotion in der Nase, mit der ihre Mutter die juckenden und nässenden Pusteln betupft hatte, als sie mit Masern im Bett lag, voller Angst im Dunkeln, um ihre lichtempfindlichen Augen vor der Sonne zu schützen.

Neue Erinnerungen drängten sich dazwischen. Ihr erster Kuss, Roms Kuss.

Eine Stimme erklang in ihrem Kopf, sprach ihren Namen. Clytie fuhr erschrocken zusammen.

Aber es war nur Rom, der ihr etwas ins Ohr flüsterte: »Sei nicht traurig. Ich werde mich um dich kümmern.«

»Und was wird aus Mutter?«

Rom runzelte die Stirn. »Hat sie nicht einen Kerl? Sie ist doch mit diesem Messerwerfer zusammen, oder?«

Clytie wies verächtlich auf die Staubwolke in der Ferne, das Einzige, was noch von ihrem alten Leben zu sehen war.

»Den sind wir los, Gott sei Dank. Was für ein Ungeheuer.« Sie schaute zu Rom auf und spürte instinktiv, dass seine Reaktion auf ihre nächsten Worte entscheidend war, was eine mögliche Zukunft mit ihm betraf.

»Ich brauche deine Hilfe. Vlad hat all unsere Pferde mitgenommen. Wir haben so lange gebraucht, um sie abzurichten. Ohne sie ist unsere Nummer im Eimer. Mutters Wagen steht noch auf dem Kricketplatz, und wir haben ja kein Pferd mehr, um ihn wegzubringen. Könnte Goldie vielleicht …?«

Zu ihrer großen Erleichterung zögerte Rom keine Sekunde. Er rief Goldie mit einem Pfiff herbei und hob Clytie aufs Pferd. Dann sprang er selbst auf und ritt mit ihr davon. Clytie schlang ihre Arme um seine Taille und schmiegte sich an ihn. Sie war so froh, dass ihr nicht einmal die missbilligenden Blicke der wenigen, die noch auf der Straße standen, etwas ausmachten. Die Kinder rissen bei ihrem Anblick verwundert die Münder auf. Clytie lächelte ihnen fröhlich zu.

»Das ist sie! Das Mädchen auf dem Rad, das sie mit Messern beworfen haben!«

Sie schmunzelte sogar, als sie den verblüfft aufgerissenen Mund der jungen Frau sah, die Rom beleidigt hatte.

Das Prinzesschen hat wohl erwartet, dass ich mich zusammen mit dem Zirkus aus dem Staub machen würde.

Rom legte im Vorbeireiten höflich den Finger an den Hut und nickte ihr und der Frau neben ihr zu.

»Schönen guten Morgen, Mrs Mintner, Miss Noni. Ein wundervoller Tag, nicht?«

Die hochnäsige junge Frau tat, als würde sie ihn nicht beachten, und sagte zu ihrer Begleiterin: »Nein, Mrs Mintner, ich glaube nicht, dass Rom Delaney sich freiwillig melden wird, um gegen die Buren zu kämpfen. Der hat nicht das Zeug zu einem Helden.«

»Nein, ganz bestimmt nicht. Nicht so wie mein Jack.«

Sie waren schon vorbei, als sie Noni noch sagen hörten: »Diesem Delaney würde ich nicht über den Weg trauen. Der stammt sicher von Sträflingen ab.«

Clytie sah, dass Roms Lippen schmal wurden, aber er tätschelte beruhigend ihr Knie. »Lass dich bloß nicht von dieser bissigen Gurke reizen. Sie hat's auf den Sohn des Bergwerksbesitzers abgesehen, Sonny Jantzen. Ein guter Bursche. Hat keine Ahnung, in was für eine Falle er tappt. Wenn er klug ist, haut er ab nach Melbourne und meldet sich freiwillig, sobald er kann.«

Clytie verstärkte ihren Griff um seine Taille.

Warum rennen plötzlich alle Männer fort und wollen freiwillig in den Krieg ziehen, als wäre es ein tolles Abenteuer?

Sie musste daran denken, wie oft sie nachts wach gelegen und den Kopf unter dem Kissen vergraben hatte, um die Geräusche aus dem Nachbarwagen nicht mehr hören zu müssen, die spitzen Schreie ihrer Mutter und die rohen, gutturalen Laute von Vlad.

Ich frag mich, was nach dem Küssen geschieht … romantisch klang das jedenfalls nicht. Aber irgendwas muss ja dran sein, oder es würde keine Babys mehr geben, und die Menschheit würde aussterben. Ich wünschte, ich könnte nie aufhören, Rom zu küssen. Mit dem, was danach kommt, will ich nichts zu tun haben. Na ja … wer weiß, vielleicht will ich's ja mit ihm …

Rom gefiel es, während des Ritts Clyties Oberschenkel zu spüren. Er wusste selbst, dass er jetzt nicht mehr den Hauch einer Chance hatte, von Pius James seinen Lohn fürs Kohleschaufeln zu bekommen – dafür würde Noni schon sorgen. Jetzt, wo die Bank Pleite gemacht hatte, würde es auch keine Gelegenheitsjobs mehr geben, so viel war sicher. Die Verdienstmöglichkeiten würden verdampfen wie eine Wasserpfütze in der Mittagssonne.

Ihm kam der Gedanke, dass er vielleicht nach Gold schürfen könnte. Aber er hatte nicht das Geld für eine fünfjährige Schürflizenz. Er hatte zwar im Kamin einer alten Schürferhütte eine gefunden, aber die war schon 1866 abgelaufen. Der alte Digger hatte damals ein Pfund Sterling dafür bezahlen müssen.

Wieso sollte ich mir überhaupt die Mühe machen, nach Gold zu schürfen? In ein paar Wochen haue ich ab und melde mich zum Kriegsdienst. Und lass mich dafür *bezahlen.*

Zurück auf dem Kricketplatz schirrte er Goldie sogleich vor den Wohnwagen. Und sonnte sich in der unverhohlenen Bewunderung der beiden Frauen.

»Gut, meine Damen, das wär's! Aufgestiegen! Wo soll's denn hingehen?«

Clytie und Dolores wechselten einen betretenen Blick.

»So weit hatte ich noch gar nicht gedacht«, stammelte Dolores.

Clytie schlug den Ball zurück in Roms Hälfte. »Wüsstest du vielleicht was? Gibt es irgendwo ein Stück Gemeindeland, auf dem wir uns vorläufig kostenlos niederlassen könnten? Oder müssen wir weit außerhalb der Stadt draußen im Busch campen?«

»Überlasst das ruhig mir«, meinte Rom zuversichtlich.

Das Gebrüll eines Löwen riss sie ins Hier und Jetzt zurück. Sie fuhren herum, und ihr Blick fiel auf den einzigen anderen Wohnwagen, der noch auf dem weiten Rund stand, im Schatten einer hohen Kiefer, am Rand des Ovals.

Die beiden Zirkusartistinnen sprachen abwechselnd und ergänzten dabei ihre Sätze.

»Wir können ihn nicht allein hier zurücklassen …«

»… noch dazu mit einer kranken Löwin …«

»… er gehört doch zur Familie …«

»… so ist das nun mal im Zirkus …«

»… ja, wir halten zusammen.«

Rom nickte, war aber skeptisch, was diesen angeblichen Zusammenhalt betraf. *Komisch, auf Vlad traf der wohl nicht zu. Der hat sich ihre Pferde unter den Nagel gerissen und die beiden einfach auf dem Trockenen sitzen lassen.*

Die drei gingen ohne ein weiteres Wort zu dem alten Löwenbändiger, der noch immer bei seinem Schützling im Käfig saß. Aber er war nicht allein. Doc Hundey kniete neben ihm und streichelte Missys reglosen Leib. Mit der anderen Hand knetete er tröstend Lionellos Schulter. Beide Männer wirkten erschöpft und übernächtigt.

Rom musterte den Doc skeptisch. *Menschenskind, der hat mehr Mumm als ich. Mich brächten keine zehn Pferde in einen Löwenkäfig, egal ob das Tier krank ist oder nicht.*

Docs Stimme war leise, aber kristallklar.

»Ich hab alles getan, was ich für sie tun kann, Sir. Das Fieber hätten wir auskurieren können, aber gegen dieses Gift ist kein Kraut gewachsen. Sie ist nicht mehr zu retten, fürchte ich. Und je länger wir warten, desto mehr muss sie sich quälen. Das wollen Sie doch sicher nicht, oder?« Es war keine Frage, sondern eher ein Trostversuch.

Rom fiel nicht zum ersten Mal auf, was für schöne wohlgeformte und gepflegte Hände der Doc hatte. Die langen schlanken Finger erinnerten ihn an die Hände von Königen oder Edelleuten auf alten Gemälden. Doc sah zwar des Öfteren ziemlich zerknittert aus, wenn er wieder einmal eine Nacht bei einem Patienten gewacht hatte, aber seine Hände waren immer tadellos sauber.

Lionello stieß einen tiefen Seufzer aus, der sich fast ein wenig wie ein letztes Röcheln anhörte. »Sie meinen, sie wird nie wieder gesund? Wir können nie wieder zusammen auftreten?«

Der Doc schüttelte bedauernd den Kopf. »Ich kann ihr was geben, um sie einzuschläfern – es wäre gleich vorbei. Und dann hätte sie ihren Frieden.«

»Nein! Sie begreifen das nicht, Doktor. Missy wird ahnen, dass etwas nicht stimmt – und sie wird denken, ich hätte sie betrogen! Sie wird Angst bekommen.«

»Keine Sorge, ich werde Ihnen beistehen«, versicherte Doc Hundey.

Aber Lionello ließ nicht mit sich reden. »Nein, ich muss es selbst tun. Bitte lassen Sie uns allein.«

Der Doc zögerte kurz, dann erhob er sich und blieb in der offenen Käfigtür stehen.

Lionello beugte sich über die geliebte Löwin und streichelte ihren Kopf. »Wir waren ein verdammt gutes Team, Missy. Wir sind überall aufgetreten und haben die ganze Welt gesehen. Eine bessere Gefährtin als dich hätte ich mir nicht wünschen können. Schlaf gut, meine Kleine.«

Lionello beugte sich tiefer über die Löwin und gab ihr einen Kuss aufs Haupt. Dann holte er unauffällig seine Pistole hervor. Rom hielt unwillkürlich den Atem an. Lionello setzte den Lauf an die Schläfe des Tiers und drückte ab. Ein lauter Knall ertönte, und der alte Löwenbändiger wurde vom Blut seines Tiers bespritzt. Ohne eine Träne in den

Augen erhob er sich und straffte tapfer die Schultern. »Vielen Dank, Doktor. Ich werde sie selbst beerdigen.«

»Und ich werde Sie begleiten«, versprach der Arzt.

Die Stadt stand noch immer unter Schock. Die Leute rannten wie aufgescheuchte Hühner von einem Laden zum anderen. Ein Mann wankte mitten auf der Straße herum und brüllte lallend wüste Beschimpfungen. Niemand schenkte ihrem kleinen Trauerzug auch nur die geringste Beachtung.

Rom und der Doc zogen den rollenden Käfig den steilen Berg zu den drei Kirchen und dem Friedhof hinauf. Clytie schob von hinten. Dolores hatte eine Schaufel unter dem Umhang versteckt. Lionello trug seine prächtige Löwenbändigeruniform und schaute mit leerem Blick starr geradeaus, als würde er nichts mehr um sich herum wahrnehmen.

Es war zwar unwahrscheinlich, dass sich zu dieser späten Stunde noch jemand auf dem Friedhof aufhielt, aber der Doc nahm Rom trotzdem kurz beiseite. »Was wir hier machen, ist nicht ganz legal, Rom. Normalerweise braucht man eine Genehmigung, um jemanden auf einem Friedhof zu begraben. Aber ich möchte Lionello nicht noch mehr das Herz brechen.«

Rom schloss sich widerspruchslos dem Plan des Arztes an. Sie ließen den Käfig am Eingangstor stehen und zerrten und schoben die schwere Kiste mit der Löwin durch den Friedhof zu der Ecke mit den Gräbern der Konfessionslosen. Hier lagen zum Beispiel die vier »Himmelssöhne« begraben, Long Sams letzte Kameraden aus der alten Heimat. Schmale rechteckige Holzplatten zierten die vier Gräber, auf denen Namen und Todestag vermerkt waren. Darüber waren chinesische Schriftzeichen gepinselt. Sie hatten jahrelang zusammen nach Gold geschürft, und als sie zu alt dafür wurden, hatten sie das Stück Land gepachtet, das jetzt das Kricketfeld war, und dort Gemüse angebaut, das sie auf dem Markt verkauften. Hier auf dem Friedhof hatten sie ihre letzte Ruhestätte gefunden.

Jenseits der Mauer befand sich noch ein Grab, auf dem lediglich R.I.P. stand und die Lettern J. Jago. Es war das Grab eines walisischen Schürfers, der Selbstmord begangen hatte und deshalb nicht auf geweihtem Boden hatte begraben werden dürfen.

Rom bückte sich und wollte schon unter dem Zaun hindurchschlüpfen, wurde aber von Lionellos scharfer Stimme aufgehalten.

»Nein! Wir begraben sie hier auf dem Friedhof, innerhalb der Mauer! Sie war eine reine Seele, reiner als viele, die von sich behaupten, Christen zu sein!«

Doc nickte, und Rom machte sich an die Arbeit. Er hob eine Grube aus, während die Sonne langsam auf den Horizont hinabsank. Beim Auffüllen des Grabes wechselten sie einander ab, jeder warf einige Schaufeln voll Erde auf die tote Löwin.

Doc gab ein diskretes Hüsteln von sich. »Ich weiß zwar nicht, welcher Religion Sie angehören, Sir, aber möchten Sie vielleicht ein paar Worte sagen?«

»Ja! Aber ich kann nicht!«, stieß der alte Löwenbändiger mit erstickter Stimme hervor.

Da trat Clytie einen Schritt vor an die mit roter Erde und Quarzsplittern zugeschüttete Grube. Sie legte einen Strauß Löwenzahn, den sie am Eingang gepflückt hatte, auf das Grab und räusperte sich.

»Wir sind sehr traurig darüber, dass wir Missy an den Schöpfer Aller Dinge zurückgeben müssen. Missy hat den Menschen und vor allem den Kindern auf der ganzen

Welt viel Freude gemacht – zusammen mit ihrem guten Herrn und Meister, Lionello. Ich bin sicher, dass du, o Herr, einen schönen Platz für Missy in deinem Himmel finden wirst …«

»Amen!«, sagte der Doc laut und die anderen sprachen es ihm nach.

Lionello bedankte sich bei jedem Anwesenden mit einem innigen Händedruck.

»Dies ist das Ende einer Ära. Ich werde nie wieder in der Manege stehen. Würden Sie mich einen Moment mit Missy allein lassen? Ich komme dann nach.«

Die anderen vier wandten sich wortlos ab und gewährten dem alten Bändiger seinen Wunsch. Sie gingen zum Ausgang und wollten schon den Hügel hinuntersteigen, als plötzlich hinter ihnen ein lauter Knall ertönte.

Rom fuhr erschrocken herum. Auf dem Friedhof war kein Mensch mehr zu sehen. Lionello lag tot über dem Grab seiner geliebten Löwin.

Dolores brach in Tränen aus. Clytie war zwar blass, aber sie weinte nicht. Sogleich nahm sie ihre Mutter in die Arme und tröstete sie.

Dolores' Schock verwandelte sich in Wut. »Ich hätte es wissen müssen! Er hatte nichts mehr, wofür es sich zu leben lohnt«, warf sie sich vor.

Auch der Arzt versuchte, die Zirkusreiterin zu beruhigen. »Sie müssen sich keine Vorwürfe machen, Mrs Hart.«

»Still, Mama. Er hätte es auf jeden Fall gemacht. Wenn nicht heute, dann an einem anderen Tag. Du hättest es nicht verhindern können.«

Rom hätte jetzt einen Schnaps gebrauchen können. »Und was sollen wir jetzt machen, Doc?«, rief er erregt aus. »Lionello hat sich das Leben genommen«, fügte er etwas leiser hinzu, »jetzt werden sie ihn nicht mehr auf geweihtem Boden bestatten wollen.«

»Wer sagt, dass er sich das Leben genommen hat?«, widersprach der Arzt ganz vernünftig. »Ich werde eigenhändig die Obduktion durchführen und den Totenschein ausstellen. Es war ein Unfall. Der Mann wollte vor der Abreise noch den historischen Friedhof besuchen und ist dabei über einen Grabstein gestolpert und hat sich versehentlich mit der Pistole erschossen, die er als Löwenbändiger immer bei sich trägt. Wie gesagt, es war ein tragischer Unfall. Ihr seid Zeugen. Wer wollte also etwas anderes behaupten?«

»Ja, ganz genau«, pflichtete ihm Clytie bei.

»Ich würde es sogar auf die Bibel schwören, wenn ich müsste«, versicherte Rom.

»Gut, dann verständige ich jetzt einen Leichenbestatter und sehe, ob sich einer der drei Geistlichen bereit erklärt, die Beerdigung zu übernehmen. Lionello hatte wohl keine Verwandten mehr, oder?«

»Wir waren seine Familie«, meinte Dolores fest, »kein Artist stirbt je allein.«

»Gut, das wäre also geregelt.«

»Bloß noch eins, Doc«, meinte Rom. »Ich denke, ich sollte besser diesen Löwenkäfig irgendwo unauffällig entsorgen. Sonst könnte noch jemand zwei und zwei zusammenzählen …«

Der Doc schmunzelte müde. »Gut, das überlasse ich dann deinen kompetenten Händen, Rom. Und Ihnen beiden wünsche ich eine Gute Nacht, meine Damen. Ich hoffe, wir sehen uns unter glücklicheren Umständen wieder.«

Rom blickte dem Arzt nach, der mit hängenden Schultern den Berg erklomm, der zu den Kirchen und den Behausungen der drei »Gottesmänner« führte. Er wirkte in der hereinbrechenden Nacht unendlich einsam.

»Kommen Sie, meine Damen, dann wollen wir mal Ihren Wagen vom Kricketplatz schaffen und Ihnen ein hübsches Plätzchen für die Nacht suchen. Morgen ist schließlich Sabbat, und wir wollen die guten Leutchen von Hope doch nicht dadurch schockieren, dass wir an dem Tag einen Umzug durchführen, oder?«

Dolores warf einen Blick auf Clytie, wie um sich zu vergewissern, dann sagte sie: »Ich danke Ihnen, Rom. Bitte seien Sie heute Abend unser Gast. Ich werde uns etwas Gutes zum Abendessen kochen. Sie haben sich als echter Gentleman erwiesen.«

Rom nahm das Kompliment mit einem betretenen Grinsen entgegen.

Wenn du wüsstest, was in meinem Kopf vorgeht, Lady, dann würdest du das nicht sagen.

12

»Sag nicht, ich hätte dich nicht gewarnt, Clytie. Die ersten Wochen hier werden nicht leicht werden. Die Klatschmäuler von Hope stehen sicher schon in den Startlöchern. Die warten nur auf einen Fehltritt von uns.«

Dolores nahm ihrer düsteren Warnung mit einem Schmunzeln die Spitze und hängte den Wasserkessel über dem Lagerfeuer auf – diese Art zu kochen war ihre letzte Verbindung zum alten Zigeunerleben.

»Betrachte es als Abenteuer«, meinte Clytie tapfer.

»Ja, aber vergiss nicht, das wird das Gegenteil von unserem bisherigen unsteten Leben. Du weißt ja nicht, wie es ist, an einem festen Ort zu leben. Und ich auch nicht.«

»Aber jetzt haben wir doch das Beste aus beiden Welten. Wir können endlich Wurzeln schlagen – und dennoch bleibt uns noch unser kleines Heim auf Rädern!«

Das Grundstück, das Rom für sie aufgetrieben hatte, war einst eine kleine Farm gewesen. Jetzt stand nur noch eine alte Scheune. Sie hatten den Wagen ein ganzes Stück weit von der Straße weg aufgestellt, die durch Barnaby's Ridge führte, das jetzt mehr oder weniger einer Geisterstadt glich. Die Straße verzweigte sich außerhalb und führt zu Ortschaften wie Bendigo, Ballarat, Clunes und Castlemaine – und schließlich bis zur Grenze nach Südaustralien.

Clytie saß neben ihrer Mutter am Lagerfeuer und verscheuchte mit dem großen Gummiblattwedel die Fleischfliegen, die sich ebenfalls für das herzhafte Frühstück interessierten, das Dolores aus ihren schwindenden Vorräten zauberte. Beide waren übereingekommen, wieder als Mutter und Tochter aufzutreten, was Clytie sehr erleichterte. Noch mehr freute sie jedoch, dass ihre Mutter sich jetzt endlich mal ausruhen und wieder genesen konnte.

»Rom Delaney sagt, dass die Leute von Hope jeden Neuankömmling als ›Zugereisten‹ bezeichnen und man erst als Einheimischer gilt, wenn man mindestens zwanzig Jahre hier gelebt hat. Glaubst du, bei uns wird es auch so lange dauern, bis uns die Leute akzeptieren, Mama?«

»Wer weiß, Kind, wahrscheinlich eher noch länger. Wir Harts sind schließlich eine Zirkusfamilie. Seit fünf Generationen.«

»Ich bin stolz darauf, zum Zirkusadel zu gehören, Mama. Aber dieses neue Leben wird uns auch neue Chancen bieten. Ich hab noch nie in einem Haus gewohnt, das nicht auf Rädern fuhr. Bin nie lange genug an einem Ort geblieben, um andere Freunde zu haben als die Zirkuskameraden – oder eine ordentliche Bildung.«

Dolores drohte ihrer Tochter vorwurfsvoll mit dem Finger. »Kind, du hast sehr wohl was gelernt, wahrscheinlich mehr als in einer Buschschule. Pedro hat euch eine Menge beigebracht. Du verstehst was von Buchführung und kannst unsere Finanzen verwalten. Und du hast von der Kapelle Musikunterricht bekommen. Von Hans hast du Deutsch gelernt und von diesem französischen Tubaspieler Französisch, auch wenn er dann in Melbourne entlassen worden ist.«

Clytie sagte nichts. *Besser nicht verraten, dass er mir nicht nur die anständigen Lieder wie die* Marseillaise *beigebracht hat, sondern auch die Gassenhauer.*

Dolores wollte nicht auf sich sitzen lassen, sie könnte eine schlechte Mutter gewesen sein. »Und ich hab dafür gesorgt, dass du von klein auf alles lernst, was dir die anderen Artisten beibringen können, Handstandakrobatik, Trapezfliegen, Seiltanzen, Jonglieren, Reiten und …«

»Ja, aber unser Geld und unseren Besitz hat Vlad sich unter den Nagel gerissen. Wir haben nur noch neunzehn Schilling in der Kasse.«

Auf Dolores' Gesicht breitete sich ein geheimnisvolles Schmunzeln aus. Sie fasste mit einer ausholenden, dramatischen Geste in ihre Bluse und zauberte eine Rolle Scheine hervor, die mit einem Gummiband zusammengehalten waren.

»Abrakadabra! Sieben Pfund und zehn Schilling! Hier, zähl selber!«

Clytie war außer sich vor Freude. Sie rechnete alles rasch im Kopf zusammen. »Das ist ja toll! Das reicht, um ein Fohlen zu kaufen und es abzurichten, so wie du unsere Lady Godiva abgerichtet hast. Dann kommen wir wenigstens nicht aus der Übung.«

»Kein Pferd, ein *Haus* werden wir uns kaufen. Dieses Geld hier werden wir für Möbel brauchen.«

»Ein Haus? Im Ernst? Dafür kriegt man doch kein Haus. Höchstens vielleicht eine verfallene Hütte im Busch.«

»Vertrau mir. Du wirst es lieben. Ich hab's bereits bar bezahlt.«

Clytie ließ ihren Zinnteller fallen, warf sich auf ihre Mutter und umarmte sie stürmisch. Sie fiel mit Fragen über sie her, bat, bettelte, schüttelte und kitzelte sie, um mehr aus ihr herauszubekommen.

Da näherte sich polternd und ratternd ein schweres Vehikel. Dolores zeigte triumphierend zur Straße.

»Hab ich's nicht gesagt! Abrakadabra – da ist es schon!«

Clytie konnte es nicht fassen. Das war Zauberei! Auf einem schweren Ochsenkarren kam doch tatsächlich ein kleines Häuschen angefahren! Mit Rom auf dem Kutschbock! Es war ein Bretterhaus mit vier Fenstern und zwei Türen, einer Vorder- und einer Hintertür, sowie einem Kamin aus aneinandergeschweißten Kerosinkanistern, die traditionelle Bauweise der alten Buschpioniere.

»Mama, das ist ja einfach fantastisch! Wo hast du das denn her?«

»Father Donnelly hat's mir verkauft – für eine kleine Spende in seine Kirchenkasse. Er wurde nach Bitternbird versetzt, will aber regelmäßig herkommen, um für seine hiesigen Schäfchen die heilige Messe abzuhalten. Kannst dich ja dann selbst bei ihm bedanken.«

»Oh, das werde ich auch, darauf kannst du dich verlassen! Mein Gott, Zazas Weissagung ist also wahr geworden! Sie hatte mir prophezeit, ich würde mal im Haus eines Pfarrers wohnen. Ich hatte schon Angst, sie meint damit ein Kloster und dass ich womöglich Nonne werden müsste.«

»Hm, wäre vielleicht gar keine so schlechte Idee für unsere nächste Nummer«, überlegte Dolores, »›The Flying Nuns‹, was hältst du davon? Ich kann das Plakat förmlich vor mir sehen. Andererseits – wäre wahrscheinlich doch keine so gute Idee, diese Schwesterngewänder sind ganz schön unbequem, noch dazu mit dem Schleier, da würden wir uns bei den Saltos bloß verheddern. Besser doch bei Minirock und Pailletten bleiben, was, Herzchen?«

Clytie hüpfte aufgeregt wie ein Kind vor dem Ochsenkarren auf und ab. »Rom! Du bist ja der reinste Zauberer. Aber wie wollt ihr das Haus vom Wagen kriegen und wieder aufbauen, ohne es zu beschädigen?«

Rom schob grinsend seinen Hut aus der Stirn und stemmte kopfschüttelnd die Hände in die Seiten. »Oh, ihr Ungläubigen! Das ist ein *Pfarrhaus*. Das fällt doch nicht auseinander! Das würde es nicht wagen.«

Er hielt gefährlich nah am Straßenrand, neben einem Wassergraben, durch den das Regenwasser aus den Bergen abfloss. Der junge Abenteurer steckte zwei Finger in den Mund und stieß einen schrillen Pfiff aus. Daraufhin sprangen drei kräftige Burschen vom Wagen, die hinter dem Häuschen auf der Ladefläche mitgefahren waren. Sie zogen höflich grüßend ihre Kappen. Die drei waren offensichtlich Brüder, sie hatten alle dasselbe karottenrote Haar.

Clytie warf ihrer Mutter einen ängstlichen Blick zu. Die drei jungen Männer hatten grüne Hemden an, und auch Rom trug diesmal ein grünes Halstuch. Für Dolores war Grün eine Unglücksfarbe, deshalb Clyties nervöser Blick. Aber ihre Mutter ließ sich nichts anmerken.

»Wir werden euer Häuschen noch vor Sonnenuntergang aufgestellt haben«, versprach Rom augenzwinkernd. »Das hier sind übrigens die O'Grady-Brüder. Der Transport kostet euch nichts – sie waren mir noch einen Gefallen schuldig. Aber wenn Sie ihnen hinterher vielleicht was Kühles zu trinken anbieten könnten, Mrs Hart …«

»Bier? Da weiß ich noch was Besseres: Ich mache uns zur Einweihung einen schönen Imbiss dazu«, versprach Dolores.

Die Burschen machten sich sogleich an die Arbeit und folgten ächzend Roms Anweisungen.

Dolores bemerkte Clyties Nervosität. »Wegen dem Grün, meinst du? Ach, keine Sorge, Schätzchen. Diese O'Gradys sind offensichtlich Iren, ihr Nationalsymbol ist das Kleeblatt – für die ist Grün eine Glücksfarbe. Ich schätze also, ihr Glück wird auf uns abfärben.«

Rom Delaney schien wild entschlossen, sich den beiden Frauen zu beweisen. Noch vor Sonnenuntergang hatten sie das Holzhäuschen auf ein Fundament aus Baumstümpfen gehievt, die in möglichst exakter Höhe in den Boden gerammt waren, damit die Behausung nicht in Schieflage geriet. Nur eine Ecke war beim Transport lose geworden, und Rom verlor keine Zeit, die Bretter wieder anzunageln. Danach wurde getestet, ob der Kanisterschornstein auch ordentlich Zug hatte. Nur wenn der Abzug funktionierte, ließ sich eine Rauchvergiftung vermeiden. Es war alles in Ordnung – das Häuschen mit den zwei Räumen war bezugsfähig.

»Was ist das denn alles?«, wollte Dolores wissen. »Das kann ich mir nicht leisten!«

»Eine kleine Dreingabe von Father Donnelly. Geschenkt«, beruhigte der junge Herumtreiber die beiden Frauen.

Es war mehr als nur »eine kleine Dreingabe«. Auf dem Wagen befanden sich einige unentbehrliche Möbelstücke, darunter ein gusseisernes Bettgestell mit einer dicken Matratze, eine hübsche Ankleidekommode, ein Esstisch und zwei Stühle – und sogar noch ein Fässchen Bier als Willkommensgeschenk! Die beiden Frauen wussten im ersten Moment gar nicht, was sie sagen sollten.

Dolores schnappte nach Luft. »Dieser Mann ist wahrhaftig ein Engel, den hat uns Gott geschickt!«

Clytie verschwand kurz im Wohnwagen und tauchte wenig später mit einigen bunten Zirkusumhängen auf. Sie bat Rom, sie an die Fensterrahmen zu nageln, damit man ihnen nicht hineinschauen konnte. Jetzt hatten sie also auch Vorhänge, wenn auch ein wenig unkonventionelle.

Clytie stellte sich mit leuchtenden Augen vor das Häuschen und bewunderte die Gesamtwirkung. Ihre Augen füllten sich mit Freudentränen, und sie fiel den vier Männern um den Hals, sie konnte einfach nicht anders. Auch ihrer Mutter gab sie zwei Wangenküsse.

»Du ahnst nicht, wie viel das für mich bedeutet, Mama! Aber was ist mit dir? Kannst du denn in einem festen Haus leben? Du hast immer gesagt, dass du das nicht ertragen könntest.«

Dolores schmunzelte wehmütig. »Ich hab mir immer gewünscht, dass du dieses Leben wenigstens einmal kennenlernst, meine Kleine, ehe du dich aufmachst, um deinen Weg in der weiten Welt zu suchen.«

»*Meinen? Unseren* meinst du wohl. Wir sind Daring Dolores und Little Clytie. Und das werden wir immer bleiben.«

»Ja gewiss«, meinte ihre Mutter. Dann wandte sie sich an Rom. »Könnten Sie mir noch einen letzten Gefallen tun, junger Mann? Seien Sie so gut und stechen Sie Father Donnellys Fässchen an.« Die Ältere bemerkte Clyties besorgte Miene und fügte hastig hinzu: »Ich selbst trinke keinen Alkohol, aber ich möchte doch wenigstens mit euch anstoßen und euch für eure fabelhafte Arbeit danken.«

Die Kunstreiterin tischte Sandwichs, Obst und Kekse und einen großen runden Käse auf. Die Burschen brauchten keine weitere Aufforderung und langten ordentlich zu. Aber als Dolores auch dem jüngsten O'Grady ein zweites Mal nachschenken wollte, hielt der Älteste sie davon ab.

»Er ist noch zu jung für zwei Gläser Bier, Missus. Wir beide werden seinen Anteil für ihn trinken.«

Danach bedankten sie sich mit leicht glasigen Augen bei ihren Gastgebern und verabschiedeten sich.

»Ma hat heute einen Hammel geschlachtet. Sie will ihn

für uns am Spieß rösten – für uns neun und für all unsere Vettern und Neffen und Nichten.«

Sie winkten den dreien nach, bis sie mit ihrem Ochsenkarren um eine Biegung verschwunden waren, den sie – wenn sie nicht gerade ein Haus versetzten – hauptsächlich zum Transport von Nutzholz und Balken aus der Sägemühle verwendeten.

Dolores wunderte sich noch immer über das, was die O'Grady Brüder über ihre Mutter erzählt hatten. »Mrs O'Grady übernimmt sogar das Schlachten? Ein zartes Pflänzchen darf man als Frau hier wohl nicht sein.«

»Allerdings nicht«, bestätigte Rom, »die Frauen hier sind zäh und klug. Das erinnert mich an meine eigene Granny und wie es ihr gelang, den notorischen Buschräuber Captain Moonlite auszutricksen.«

Rom ließ sich nachschenken und begann auf Drängen der beiden Frauen, seine Geschichte zu erzählen: wie seine kluge junge irische Großmutter Captain Moonlite getäuscht hatte. Der berüchtigte Buschräuber hatte ein Doppelleben geführt und hieß in Wirklichkeit Andrew George Scott, ein Name, unter dem er als Wanderprediger durchs Land gezogen war. Schließlich war er aufgeflogen und hatte am Galgen geendet.

Clytie war begeistert von Roms Erzählkunst, auch wenn sie insgeheim am Wahrheitsgehalt der Geschichte zweifelte. Selbst wenn er behauptete, neun Leben zu haben wie eine Katze, klang das alles so, als wollte er vor allem seine Zuhörer unterhalten.

Ob er das macht, weil er seine richtigen Eltern nie gekannt hat? Ich frage mich ja auch ständig, wer wohl mein Vater gewesen sein mag und wie er wohl so war.

Später trug Rom, angestachelt von seinem begeisterten

Publikum, das Gedicht »The Vagabond« von Henry Lawson vor, einem viel bewunderten australischen Dichter.

Als er zu der Stelle kam, an der der Dichter behauptete, er habe von der Vaterseite her einen Tropfen Zigeunerblut im Stammbaum, zwinkerte er Clytie verschwörerisch zu.

Stammt Rom denn etwa auch von Zigeunern ab, oder wünscht er sich nur, es wäre so?

Auch Dolores musterte Rom nun mit schmalen Augen, und Clytie wurde dabei unwillkürlich nervös.

Als Rom dann wenig später damit prahlte, wie gut er sich auf den Umgang mit Pferden verstand, und Dolores scheinbar aufmerksam zuhörte, merkte Clytie an dem, was sie als Nächstes sagte, dass sie in Wahrheit herauszufinden versuchte, ob Rom ein Mensch war, dem man vertrauen konnte.

»Könntest du ein Pferd zum Sprechen bringen? Ich kannte eins, das es konnte.«

Rom grinste skeptisch. »Sie veralbern mich doch.«

»Nein, ich schwör's bei Gott, es ist die Wahrheit. Es hieß Mahomet, das sprechende Pferd, und sein Besitzer war der Amerikaner Probasco. Die beiden sind in den Neunzigerjahren in Australien aufgetreten. Ich gehörte zu einer kleinen Gruppe von Leuten, die in einem Fotostudio anwesend waren, in dem er Werbefotos aufnehmen ließ. Ich wollte herausfinden, wo der Trick dabei war, und habe Probasco aufmerksam beobachtet.«

»Und hast du es herausgefunden?«, wollte Clytie wissen.

»Ich sag euch, was ich sah, ich erzähl's euch haargenau. Probasco hat Mahomet zwei Fragen gestellt, nicht mehr und nicht weniger. Die erste Frage lautete: ›Mahomet, wie viele Frauen halten sich in diesem Raum auf?‹ Und Mahomet klopfte ohne Zögern fünfmal mit dem Huf auf den Boden. Tatsächlich befanden sich genau fünf Frauen unter den Anwesenden. Dann fragte Probasco: ›Und wie viele von diesen Frauen haben einen Hut auf?‹ Daraufhin klopfte Mahomet einmal mit dem Huf.« Dolores hielt inne und ließ den Blick über ihr kleines Publikum schweifen. »Ich war die einzige Anwesende, die einen Hut trug.«

Rom machte eine skeptische Miene. »Der Trainer muss dem Pferd irgendein geheimes Zeichen gegeben haben.«

Dolores schüttelte den Kopf. »Ich habe Probasco genau im Auge behalten, ich hab aufgepasst wie ein Luchs. Er stand fast zwei Meter von Mahomet entfernt und hat keinen Mucks gemacht. Ihr könnt denken, was ihr wollt, aber Mahomet, das sprechende Pferd, war das klügste, das ich je gesehen habe, das klügste, das es je in einem Zirkus gegeben hat.«

Rom beugte sich vor. »Ich wette, Sie könnten jeden Schwindler entlarven.«

Dolores musterte den jungen Mann. »Wenn Sie's wirklich wissen wollen – dann lassen Sie mich Ihre Hand lesen.« Clytie hielt unwillkürlich den Atem an.

Nun war er derjenige, der vielleicht entlarvt werden würde – oder auch nicht. Das war sowohl ihm klar als auch Clytie, die alles beobachtete. Rom zögerte nur kurz, dann reichte er der älteren Kunstreiterin seine Handfläche.

Dolores studierte sie minutenlang schweigend, zeichnete die Linien mit dem Finger nach. Mit ein wenig entrückter Stimme, wie immer während einer Lesung, erklärte sie: »Sie sind ein Mensch, der es nie lange an einem Ort aushält. Ihre Reiselinie reißt immer wieder ab und setzt sich dann wieder fort. Sie scheinen wie eine Katze neun Leben zu besitzen. Einige haben Sie schon hinter sich, und mehr werden folgen. Ein junger Mann wird Ihren Pfad kreuzen, ein Mann ohne Namen. Ich kann nicht genau sagen, wer hier wen betrügt.

Und ich sehe Sie an der Seite eines Mädchens in einem weißen Schleier …«

Clytie stockte der Atem. *Doch nicht etwa ich?*

»Nein, es ist kein Schleier, eher eine Art Haube …«, überlegte Dolores.

»Wie eine Nonne? Eine Braut Christi?«, fragte Rom halb scherzend.

»Wenn Sie das alles so witzig finden, brauche ich ja gar nicht weiterzumachen«, erklärte Dolores beleidigt.

»Es tut mir leid, bitte, lassen Sie sich nicht stören«, versicherte Rom hastig.

Aber Dolores hatte offenbar genug. Sie schloss Roms Finger über der Handfläche und schob sie weg. »Lasst uns essen, ich hab einen Mordshunger.«

Doch Clytie ließ sich nicht täuschen. *Was hat sie sonst noch gesehen?*

Das junge Mädchen nahm den Topf vom Feuer und schälte den Damper, das Buschbrot heraus. Der alte gusseiserne Backofen im Häuschen des Pfarrers musste erst gründlich geschrubbt werden, ehe er einsatzfähig war.

Das rustikale Brot roch himmlisch. Sie schnitten es auf und aßen es mit Himbeermarmelade. Lachend erinnerten sie sich an Roms Geschichte von seiner klugen Großmutter, die den Buschräuber Captain Moonlite vertrieben hatte, als dieser versuchte, ihre Kutsche zu überfallen. Sie hatte sich flugs rote Pünktchen ins Gesicht gemalt und behauptet, sie hätte die Masern.

Zu Clyties Erleichterung rührte Dolores auch weiterhin keinen Tropfen Alkohol an, schenkte Rom allerdings großzügig nach. Sie selbst trank nur Ingwerbier.

Sie stießen auf den neuen König an, Edward VII., dann auf Australiens ersten Generalgouverneur, den Earl of Hopetoun, und dann, auf Dolores' ausdrücklichen Wunsch, noch auf ihren großzügigen Gönner, Father Donnelly. Eben wollten sie auf Rom selbst anstoßen, der schließlich der Held des Tages war, als sie plötzlich Hufgeklapper hörten und das Herannahen eines Gigs.

»Was macht der Doc denn hier?«, wunderte sich Clytie. »Ist doch niemand krank, oder?«

Aber der Arzt kam mit Geschenken – einer großen Kiste voll Obst und Gemüse, dazu ein Blumenstrauß aus Nelken und Stiefmütterchen.

»Ein kleines Einweihungspräsent von meiner Schwester Adelaide«, verkündete er. »Um Sie hier in Hope willkommen zu heißen, Mrs Hart.«

Das »Mrs« war höflich gemeint, und Dolores war ihm dankbar.

»Das ist sehr nett von Ihnen, Herr Doktor. Bitte richten Sie Ihrer Schwester meinen Dank aus. Clytie und ich, wir würden uns sehr freuen, sie kennenlernen zu dürfen.« Schüchtern fügte sie hinzu: »Vielleicht dürften wir ja mal bei Ihnen vorbeischauen? Oder sie würde uns gern besuchen kommen ...?«

Clytie wusste, dass ihre Mutter genauso unsicher war, was die Etikette in einer Stadt betraf, wie sie. Der Arzt zerstreute ihre Zweifel.

»Ja, das werden Sie sicher eines Tages. Adelaide ist ein sehr scheuer Mensch, wissen Sie. Sie lebt äußerst zurückgezogen. Sie zeigt sich nur selten in der Öffentlichkeit, im Grunde nur einmal im Monat, wenn sie ihren Scheck vom Postamt abholt. Ich kann Ihnen versichern, dass sie höchst beeindruckt vom Zirkus Wildebrand war – ich bedaure, dass ich selbst keine Zeit hatte zu kommen. Sie bat mich, Ihnen auszurichten, wie gut ihr die Vorstellung gefallen hat.«

Dolores nickte dankbar. »Es war Clyties großer Abend. Ich selbst war leider unpässlich. Normalerweise versäume ich nie eine Vorstellung.« Sie blickte dem Doktor tief in die Augen. »Dürfte ich Ihnen ein Glas Wein anbieten, Herr Doktor? Es ist ein feiner Claret aus Südaustralien. Glaube ich zumindest, denn ich selbst bin Abstinenzlerin.«

»Danke nein, ich bin selbst abstinent. Es war mir eine Freude, Sie zu besuchen und ein wenig zu schwatzen, aber jetzt muss ich leider wieder weiter. Ich muss noch einen Hausbesuch machen, dort hinten, jenseits der Hügel.« Der Arzt wies auf die Hügelkette, auf der sich ein rotgoldener Sonnenuntergang abzeichnete.

Der schlanke Mann erhob sich lächelnd. »Außerdem hätte ich gute Neuigkeiten für Sie, Mrs Hart. Es wäre Mr Yeoman eine Freude, Ihnen im Diggers' Rest ein Zimmer zur Verfügung zu stellen, in dem Sie Ihren Künsten frönen können, dem Kartenlegen und dem Handlesen. Er glaubt, damit mehr Kundschaft anlocken zu können. Ich selbst empfange dort ab und an Patienten. Ich bin sicher, wir werden uns bald wiedersehen.«

Er zog höflich den Hut, nickte auch Clytie und Rom zu und fuhr davon.

Clytie folgte ihrer Mutter ins Haus und sagte mit gedämpfter Stimme: »Warum hast du mir nicht gesagt, dass du im Hotel arbeiten willst? Mama, das ist keine gute Idee, das weißt du doch.«

»Weil du glaubst, man könnte mir nicht trauen? Keine Angst, ich werde mich von der Schankstube fernhalten. Ich werde Karten legen und aus der Hand lesen, wie ich es von Zaza gelernt habe. Und dafür ein paar Groschen verlangen. Yeoman muss ich erst am Ende des Monats Miete bezahlen, bis dahin habe ich Zeit, genug zu verdienen. Ich werde eine diskrete Anzeige in die Zeitung setzen, und dann werden wir ja sehen. Mach dir keine Sorgen, Clytie, das ist eine gute Chance für uns, ein wenig Geld zu verdienen.«

»Entschuldige, Mama, ich hätte nicht an dir zweifeln dürfen. Überlass mir den Abwasch, du siehst müde aus. Bitte doch den Doc um ein Stärkungstonikum, ja?«

»Unsinn, ich bin fit wie 'ne Fiedel. Bloß ein bisschen müde, das ist alles. Ja, ich glaube, es täte mir gut, heute mal ein bisschen früher ins Bett zu gehen. Bleib nicht zu lange auf, hörst du? Er ist ein gutaussehender Bursche.« Sie wies mit dem Daumen über die Schulter nach draußen zu Rom. »Du bist erst sechzehn, und es ist nicht einfach, bei einem Burschen wie ihm einen kühlen Kopf zu bewahren. Pass auf dich auf! Ich gehe noch kurz raus und wünsche ihm eine Gute Nacht.«

Clytie machte sich an den Abwasch, aber sie spitzte die Ohren, um zu hören, was ihre Mutter und Rom sagten.

Dolores setzte sich neben dem jungen Mann auf die Verandastufen und schenkte sich noch ein Glas Ingwerbier ein.

»Verstehen Sie mich nicht falsch, Rom, Sie haben viel für uns getan.«

»Aber …?«

»Aber ich muss was klarstellen. Sie sind ein Mann. Ich kann Ihnen nicht vorwerfen, dass Sie wollen, was alle Männer wollen. Meine Tochter mag auf den ersten Blick welterfahren erscheinen, aber sie ist in gewisser Hinsicht naiv und vertrauensselig. Ich kann nicht verhindern, dass sie sich verliebt – das wird früher oder später ohnehin geschehen. Aber ich kann und werde sie vor Schwindlern und Blendern bewahren – meiner Erfahrung nach der Großteil der Männer.«

»Sie halten mich für einen Schwindler? Hören Sie, ich übertreibe zwar manchmal ein bisschen, aber …«

»Ich war noch nicht fertig. Ich möchte, dass Sie mir schwören, Clytie nicht mehr zu versprechen, als Sie wirklich zu halten bereit sind. Keine Lügen. Ich kann nicht verhindern, dass die Natur ihren Lauf nimmt – aber ich werde nicht dabei zusehen, wie meine Tochter ihr Herz an einen hängt, der's nicht verdient. Sagen Sie ihr nie, dass Sie sie lieben – außer natürlich, wenn es Ihnen ernst ist.«

Clytie konnte Rom zwar nur von der Seite sehen, doch es war offensichtlich, wie nah ihm die Worte ihrer Mutter gingen. Er nickte zögernd, dann bot er der Älteren seine Hand. »Ich geb Ihnen mein Wort, Mrs Hart.«

Dolores schüttelte ihm feierlich die Hand.

»Ich warne Sie – wenn Sie Ihren Schwur brechen, werde ich Sie heimsuchen.«

Sie stemmte sich mit einem müden Lachen hoch und ging zurück ins Haus. Im Vorbeigehen gab sie ihrer Tochter einen liebevollen Kuss aufs Haar.

»Schlaf gut, Mama.«

Die Schlafzimmertür fiel hinter Dolores zu. Clytie war unbehaglich zumute. Ihre Mutter hatte in letzter Zeit ziemlich abgenommen – aber das könnte natürlich mit dem Ärger, den sie mit Vlad hatte, zusammenhängen. Bei einem solchen Mann würde jedem der Appetit vergehen. Jetzt, wo sie ihn los war, würde sie sich sicher erholen.

Rom saß auf den Verandastufen und sah hinauf zum Mond. Clytie ging neben ihm in die Hocke. Sie hoffte, er würde den Anfang machen. Aber er schwieg.

»Ich weiß gar nicht, wie ich dir für all das danken soll, was du für uns getan hast, Rom«, begann sie schließlich. »Aber es wird spät. Wir sollten besser schlafen gehen.«

»Ihr habt doch nur ein Bett«, wandte er ein. »Morgen werde ich versuchen, noch eins für euch aufzutreiben.«

»Nicht nötig. Wir haben Matratzen im Wohnwagen«, versicherte sie ihm. »Du hast schon viel zu viel für uns getan.«

»Na gut, dann sag ich jetzt wohl besser Gute Nacht.« Er erhob sich und wandte sich zum Gehen. Dann, als wäre ihm ein Gedanke gekommen, drehte er sich nochmal um. »Es wäre wohl besser, ich zeige dir, wo meine Hütte ist, ehe du dich schlafen legst. Falls in der Nacht etwas sein sollte und du Hilfe brauchst. Eine Spinne unter dem Bett oder so was.«

Clytie zögerte, hin- und hergerissen zwischen Nervosität, Neugier und angeborener Vorsicht.

Rom fuhr, scheinbar ohne zu drängen, fort: »Sie liegt nur einen Katzensprung von hier entfernt.« Er bot ihr seine Hand. »Komm, der Mond wird uns den Weg leuchten. Ich bringe dich nachher wieder zurück.«

Clytie legte vertrauensvoll ihre kühle kleine Hand in seine große warme. *Wie lautet nochmal dieses chinesische Sprichwort? Selbst die längste Reise beginnt mit dem ersten Schritt. Und die kürzeste?*

Als Clytie die Umrisse der verwitterten alten Schürferhütte im zauberhaften Mondlicht erblickte, stockte ihr der Atem. *Das ist ja wie im Märchen. Grimms Märchen.*

Der Kelpie, Shadow, lag auf der Türschwelle, als wollte er sie bewachen. Wovor?

»Soll ich dir zeigen, wie's drinnen aussieht? Die Hütte hat nur ein Zimmer, also wird's nicht lange dauern. Aber ich habe neulich ein altes Album oder so was Ähnliches entdeckt. Es muss dem alten Digger gehört haben, der sich diese Behausung gebaut hat. Ich werde selbst nicht ganz schlau draus. Es enthält viele Bilder und Zeitungsausschnitte von einer gewissen Lola, ähm, an den Nachnamen kann ich mich jetzt nicht mehr erinnern. Je von ihr gehört?«

»Du meinst Lola Montez? Sie ist weltberühmt, jeder hat schon mal von ihr gehört.«

»Ja genau, das ist ihr Name, jetzt fällt's mir wieder ein. Hat sie nicht diesen exotischen Spinnentanz aufgeführt, mit dem sie alle Digger verrückt gemacht hat?«

»Man erzählt sich, dass sie nach ihren Auftritten durch Goldnuggets waten musste, um von der Bühne zu kommen.«

Clytie folgte ihm, angelockt von dem Buch, in die Hütte. Die Innenausstattung war mehr als bescheiden. Es gab keine Möbel, nichts worauf man das dicke Album zum Lesen hätte legen können. Der Fußboden bestand aus gestampfter Erde. Rom breitete seine einzige Decke darauf aus und bat Clytie, Platz zu nehmen.

»Will nicht, dass du dir deine Sachen schmutzig machst.«

»Ach, vergiss das Kleid und zeig mir dieses Album. Was für ein Schatz!«

Auf den Knien beugten sie sich darüber und studierten die Zeitungsausschnitte und Tagebucheinträge. Die vergilbten Artikel und Fotos stammten aus der ganzen Welt, alle handelten von Lola Montez, der weltberühmten Kurtisane.

Rom las Clytie den handschriftlichen Brief von Lola an ihren unbekannten Verehrer (und Verfasser des Albums) vor, der ihr eine Hutnadel mit einem walnussgroßen Goldnugget zum Geschenk gemacht hatte.

»Mann, die wäre heutzutage ein kleines Vermögen wert!«

Clytie interessierte sich vor allem für Lolas berüchtigte Affäre mit dem Bayernkönig, Ludwig I., der sie sogar zu einer Gräfin von Landsfeld gemacht hatte, ehe sie von seinen Kritikern, die den König sonst entthront hätten, aus der

Stadt getrieben worden war. Sie musste das Land verlassen und siedelte schließlich nach Amerika über.

»Wo hast du bloß dieses unglaubliche Album her?«, wunderte sich die junge Kunstreiterin.

»Jemand hatte es weggeworfen – der da hat's im Busch gefunden.« Rom wies mit dem Daumen auf Shadow, der wie eine pelzige Fußmatte vor der Tür lag.

Clytie sprang auf und gab dem Hund spontan einen Kuss aufs Haupt. »Kluger Hund, Shadow!«

Rom verzog das Gesicht. »Und ich krieg keinen?«

Clytie gab ihm ein verlegenes Küsschen, dann beugte sie sich sofort wieder über das Album.

Sie deutete auf ein Porträt des bayerischen Königs, dessen Augen geschwärzt worden waren, als wäre er blind. »Der Besitzer dieses Albums war selbst unsterblich in Lola verliebt!«

»Du bist ja richtig romantisch«, neckte Rom. »Und was ist mit mir? Hätte ich keine Chance?«

Der Ausdruck in seinen Augen war unmissverständlich. Clytie beugte sich wieder über das Buch.

»Hier beschreibt er, wie er Lola zum ersten Mal tanzen sah. Und wie sie den Herausgeber der *Ballarat Times*, Henry Seekamp, wegen seiner ätzenden Attacken auf ihren guten Charakter mit der Peitsche durch die Straßen gejagt hat.«

»Was für ein Mädel«, bemerkte Rom mit weicher Stimme. Es war klar, dass er damit nicht Lola meinte.

Das Album endete mit Lolas Tod 1861 in Amerika.

»Glaubst du, dass dieser junge Mann ihr je seine Liebe gestanden hat?«, fragte sie ihn.

»Glaub kaum, dass er überhaupt mit ihr geredet hat. Er hat sie sicher nur aus der Ferne bewundert.«

Clyties Augen füllten sich mit Tränen. »Wie furchtbar traurig!«

»He, so weine doch nicht. Ich halt's nicht aus, eine Frau weinen zu sehen. Das ist alles meine Schuld.«

Rom nahm Clyties Gesicht in die Hände und gab ihr einen behutsamen Kuss. Es war ein ganz anderer Kuss, als der erste unter der ausladenden Kiefer auf dem Kricketplatz, als er noch dachte, sie wäre leicht zu haben, und er müsste sich keine Mühe geben. Dieser Kuss war ein unschuldiger, neugieriger Kuss, der Kuss eines Knaben, der unbekanntes Land erforscht. Er küsste ihren Mund, ihre Wangen, kostete mit der Zungenspitze ihre Tränen, küsste ihren Hals. Er hatte keine Eile, sondern lockte sie ganz sanft und behutsam in seine Welt, die Wärme seines Körpers.

Wie werden diese Küsse enden? Hoffentlich nie ...

Rom versuchte nicht, Clytie auszuziehen, sondern führte ihre Hände an ihr Mieder, als ob es das Natürlichste auf der Welt sei, nackt beieinanderzuliegen. Clytie warf einen Blick durch das glaslose Fenster auf den Mond, der hoch am Himmel stand und zu ihnen hereinschien. Seine Strahlen beleuchteten Roms inzwischen ebenfalls nackten Körper, seine Brust und Schenkel. Ein dünner Strahl fiel auf seinen sinnlichen Mund, mit dem er ihr Koseworte zuflüsterte.

Die junge Zirkusreiterin befand sich auf unbekanntem Terrain, in einer ganz neuen, traumhaften Welt, in der ein Mann ihren Körper zum Leben erweckte, wie er noch nie geweckt worden war – ihre Glieder, ihr langes Haar, das buschige kleine Dreieck zwischen ihren Schenkeln.

Sie hatte bisher noch nie einen nackten Mann gesehen, wusste aber aufgrund der engen Kostüme über die männliche Anatomie Bescheid.

Bewundernd strich sie über Roms muskulöse Brust und zeichnete seine kräftigen Oberschenkel nach. Sie war scheu und kühn zugleich, es fühlte sich wie ein Privileg an, einen Mann so berühren zu dürfen.

»Du bist wunderschön, Rom«, flüsterte sie, »wie ein griechischer Gott.«

»Ach was«, meinte er, »ich bin kein Gott, ich bin hier, ich bin ein Mensch. Das hier ist keine Einbildung. Obwohl es sich irgendwie so anfühlt. Ich kann's nicht erklären. Es ist wie ein Traum – ein zeitloser Traum. Als ob's für mich das erste Mal wäre. Aber es ist nicht das erste Mal, Schätzchen, so leid's mir tut. Verzeih mir, ich wünschte wirklich, es wäre so.«

Sie wollte ihm glauben. »Das klingt fast so, als wäre es dir ernst.«

»Ich beweise es dir – ohne Worte.«

Er begann sie zu streicheln, und schon bald verlor sie sich in seinen Berührungen, bäumte sich auf unter seinen Fingern. Unwillkürlich stieß sie ein freudiges Stöhnen aus, ein Ächzen tief aus dem Innern. Schockiert biss sie sich auf die Lippen. Das war ganz anders als das, was sie aus Vlads Wagen gehört hatte, ja, es war Lichtjahre davon entfernt …

Ist es das, was man Ekstase nennt?

Keuchend tauchten sie wieder auf, sahen einander lächelnd an. Beide waren verblüfft über die soeben gemachte Entdeckung. Rom rollte sich ein wenig zur Seite und musterte Clyties Gesichtszüge.

Mit ungewöhnlich ernster, drängender Stimme sagte er: »Clytie, da ist noch mehr, viel mehr. Darf ich's dir zeigen? Lässt du mich? Gleich hier und jetzt?«

Clytie ahnte, dass es besser gewesen wäre, Nein zu sagen, aber sie zögerte keine Sekunde. »Ja.«

»Du verstehst, was ich sagen will?«

»Das spielt keine Rolle. Ich vertraue dir.«

Er strich ihr mit dem Finger über den Mund. »Was für ein

Geschenk – und zugleich eine schwere Bürde. Ich werde versuchen, ihr gerecht zu werden.«

Und dann führte er sie in die wahren Geheimnisse des Liebesakts ein, durchbrach ihre Schmerzbarriere und trieb sie tiefer, weiter und höher. Dabei murmelte er ihr Koseworte ins Haar, während er seinen Rhythmus beschleunigte. Er hielt kurz inne, gab ihr eine Atempause, und dann gab's kein Zurück mehr, zusammen warfen sie sich über den Rand der Klippe.

Clytie hörte den spitzen Aufschrei, der ihren Lippen entfloh, und hatte eine Eingebung. *Dies ist das größte Geschenk des Schöpfers aller Dinge an uns Menschen. Wie kann etwas so Reines und Natürliches eine Sünde sein?*

Mit dem ersten Licht des Tages hielt die Wirklichkeit wieder Einzug in ihre entrückte Welt. Beide erblickten es gleichzeitig – Blut an der Innenseite von Clyties Schenkeln.

»Hab ich dir wehgetan? Warum hast du nichts gesagt?« Rom sah Clytie entsetzt an. »War das etwa dein erstes Mal? Das hättest du mir sagen müssen. Ich hatte noch nie ein Mädchen, das noch nie …«

»Na, jetzt hast du nun mal«, meinte Clytie und versuchte, sich ihre Enttäuschung nicht anmerken zu lassen. Offenbar war er wie selbstverständlich davon ausgegangen, dass sie bei ihrer Lebensweise bereits Erfahrung haben müsse.

Rom nahm Clytie in die Arme und zog sie an sich. Er sagte nichts, seine Miene war verhalten.

Sobald es hell genug war, schritten sie Hand in Hand durch den Busch zurück zu Clyties Häuschen. Die Vögel zwitscherten, um sie herum erwachte die Natur.

Als sie das Pfarrhäuschen erreicht hatten, blieben sie stehen. Rom streichelte Clyties Wange und gab ihr einen fast keuschen Kuss.

»Sag jetzt bloß nicht, dass es dir leidtut«, warnte ihn Clytie sanft, aber bitter.

Seine Miene war ungewöhnlich ernst. »Ich werde dich nicht enttäuschen.«

Mit Shadow an seiner Seite ging er. Clytie schaute ihm nach.

Wenn er sich nicht mehr umdreht, sehe ich ihn nie wieder.

Kurz bevor er endgültig im Busch verschwand, drehte sich Rom noch einmal zu ihr um und warf ihr eine übertriebene Kusshand zu wie ein französischer Gallant.

Dann waren Mann und Hund verschwunden.

13

»Wer hat behauptet, der Spiegel lügt nicht?«

Clytie drückte ihre Nase an die Spiegelscherbe, die sie an die Wand gehängt hatte, und starrte in die geheimnisvollen Tiefen ihrer Augen. Dann wich sie langsam zurück und begutachtete das Gesamtbild. Sie verzog mit einem zynischen Schmunzeln den Mundwinkel.

»Jetzt bin ich eine Frau und kein Mädchen mehr. Trotzdem sehe ich noch genauso aus wie vorher.«

Sie warf einen Blick zur Tür, hinter der Dolores noch immer schlief. Nicht mal die Angst davor, was ihre Mutter wohl sagen würde, konnte ihre Sehnsucht, Rom wiederzusehen, dämpfen.

»Der Schöpfer Aller Dinge hat genau gewusst, was er tat, als er uns Menschen erschuf.«

Sie war in dem Glauben erzogen worden, dass alle Menschen gleich seien, egal welcher Religion, Rasse oder Herkunft. Ihre Mutter hatte ihr außerdem erklärt, dass sich die Liebe nicht nur auf Mann und Frau beschränke – oder auf die Zeugung von Kindern.

Dieses Thema besaß nun natürlich eine nie gekannte Brisanz. Erst vor Kurzem hatte sie ihre Mutter gefragt: »Warum hast du eigentlich nie Kinder von Vlad gekriegt?«

Dolores hatte ihr direkt in die Augen geblickt. »Man kann

die Zeugung von Kindern vermeiden, wenn man will. Mit den langweiligen Einzelheiten brauchst du dich jetzt noch nicht zu belasten. Frag mich, wenn's so weit ist.«

Clytie war sich sicher, dass nun die Zeit für die »langweiligen Einzelheiten« gekommen war.

Sie beschloss, sogleich zu handeln. Zufälligerweise war heute ein Tag, an dem Doc Hundey im Diggers' Rest Patienten empfing. Sie schrieb ihrer Mutter hastig einen Zettel, sie sei einkaufen gegangen, und machte sich auf den Weg.

Tatsächlich hatte sie zwei Dinge zu erledigen. Jetzt, wo sie zur Frau geworden war, konnte sie die alte Latzhose und das Knabenhemd natürlich nicht mehr anziehen. Und da sie sonst nur ein Kleid besaß, brauchte sie natürlich ein zweites zum Wechseln. Ihre Zirkuskostüme – aus denen sie ohnehin rausgewachsen war – waren ebenfalls nicht alltagstauglich.

Clytie betrat den Kirchenbazar, in dem eine Frau mittleren Alters hinter einer Theke saß und Khakisocken strickte. Die Frau hatte mausbraunes Haar, das am Hinterkopf zu einem Knoten aufgesteckt war, und ein sauber geschrubbtes Gesicht, als wollte sie erst gar keinen Verdacht auf Schminke aufkommen lassen. Aber sie besaß ein warmherziges Lächeln und stellte sich als Mrs Binstead, die Gattin des Methodistenpredigers, vor.

»Herzlich willkommen in Hope, Miss Hart. Sie sind neu hier, deshalb erkläre ich Ihnen besser erst mal, wie das hier funktioniert. Dieser Bazar wird von Freiwilligen aus allen drei Kirchengemeinden geleitet; wir wechseln uns wöchentlich im Laden ab. Der Erlös geht ausschließlich an unsere jungen Männer in Südafrika. Haben Sie gewusst, dass den jungen Soldaten nicht einmal Seife gestellt wird?«

Die Predigersgattin führte Clytie zu den Ständen mit Damenkleidung.

»Wir haben erst kürzlich eine ganze Reihe hübscher Kleider von Noni James gespendet bekommen. Die sollten Ihnen passen – Sie haben eine ähnliche Figur.«

Diese Kleider galt es also unbedingt zu vermeiden! Clytie bedankte sich und achtete beim Stöbern darauf. Ihr kam dabei ein Gedanke: Was immer sie von diesem Ständer kaufen würde – die Vorbesitzerin würde ihr Kleid auf jeden Fall wiedererkennen, wenn sie, Clytie, damit auf der Straße herumlief. Da hätte sie ebenso gut mit einem Megafon herumspazieren und »Mutter und ich sind arm wie Kirchenmäuse« rufen können. Nein, unmöglich. Dolores war eine stolze Frau. *Dann werde ich mir eben was aus meinen alten Kleidern schneidern. Oder ich kaufe einen Ballen ungefärbten Baumwollstoff und färbe ihn so, wie's mir gefällt.*

Clytie, die wusste, wie wichtig es war, sich möglichst gut bei den Einheimischen einzuführen, bedankte sich freundlich bei Mrs Binstead für ihre Hilfe und ging, ohne etwas erworben zu haben.

»Sie sind jederzeit bei unseren Predigten willkommen, Miss Hart, Sie und Ihre Mutter. Selbst wenn Sie nicht unserem Glauben angehören.«

Die junge Kunstreiterin war es nicht gewohnt, ihr Verhältnis zu Gott definieren zu müssen. Sie wusste im ersten Moment nicht, was sie sagen sollte, entschied sich dann für die Wahrheit.

»Danke, das ist sehr nett von Ihnen, aber Mutter und ich, wir gehören zu keiner bestimmten Konfession. Wir beten einfach zum Schöpfer Aller Dinge.«

Die Socken strickende Frau lächelte gütig. »Nun, in diesem Fall sind Sie sicher in jeder unserer Kirchen willkommen.«

Clytie verließ den Laden in der Hoffnung, einen Weg zu

finden, um etwaige religiöse Konflikte zu vermeiden. Sie überquerte die Main Street und klopfte am Seiteneingang des Hotels.

Sie war Doc Hundeys erste Patientin am heutigen Morgen. Als sie seine Praxis betrat, saß er an seinem Schreibtisch und schrieb etwas in ein schmuckes Tagebuch mit Goldschnitt. Bei ihrem Eintreten blickte er lächelnd auf, legte seinen Stift beiseite und verschloss das Büchlein, das er anschließend in seiner Arzttasche verschwinden ließ.

»Ah, guten Morgen, Miss Hart! Haben Sie und Ihre Mutter sich schon ein wenig in Ihrem neuen Zuhause eingelebt? Schön, also, was kann ich für Sie tun?«

Clytie holte tief Luft und platzte damit heraus.

»Mutter hat mir versprochen, alles zu erklären, wenn die Zeit reif ist. Aber sie hat im Moment sehr viel um die Ohren, deshalb dachte ich, ich frag Sie. Es ist so – ich bin letzte Nacht zur Frau geworden.«

»Ah, Sie haben Ihre erste Menstruation bekommen? Wie alt sind Sie? Fünfzehn?«

»Sechzehn. Nein, das meine ich nicht. Ich meine, ich bin letzte Nacht zu einer richtigen Frau geworden.«

Der Doc begriff und nickte. Jetzt besaß sie seine volle Aufmerksamkeit. »Nun, ich hoffe, dass Ihre erste Erfahrung eine schöne war und nicht schmerzhaft wie leider für viele junge Mädchen.«

»O nein, es … es war wundervoll«, stammelte Clytie verunsichert. Ob sie Roms Namen erwähnen sollte?

»Dürfte ich fragen, ob Ihr junger Mann auch *gut aufgepasst* hat?«

Clytie vermutete einen Doppelsinn, verstand jedoch nicht genau, was er damit meinte.

Der Arzt holte ein kleines kreisrundes Tütchen aus seinem Koffer hervor, das aussah, als könnte man sich damit die Brillengläser putzen.

Damit soll ich mich schützen können? Und was meint er mit »gut aufgepasst«?

Die junge Zirkusreiterin schüttelte verwirrt den Kopf.

»Verzeihen Sie die Frage, Miss Hart, aber haben Sie vor zu heiraten?«

»Darüber haben wir gar nicht geredet. Es ist alles so schnell gegangen. Wir haben uns zusammen ein Album angesehen und, ich weiß nicht wie, sind am Ende …«

Die Augen des Arztes funkelten amüsiert. »Ja, so geschieht das für gewöhnlich beim ersten Mal. Gut, dass Sie gleich zu mir gekommen sind. Es könnte ja sein, dass Sie bereits schwanger sind.«

»Nach einer einzigen Nacht?« Clytie war schockiert.

»Empfängnis ist wie eine Lotterie. Es kann Jahre dauern – oder schon beim ersten Geschlechtsverkehr passieren.«

Geschlechtsverkehr. Was für ein hässliches Wort für etwas so Schönes, Magisches.

Der Arzt schien ihre Gedanken zu erraten, denn er fuhr rasch fort: »Verzeihen Sie. Es war nicht meine Absicht, Ihre erste romantische Erfahrung zu verderben. Kinder sind ein wundervolles Geschenk – wenn sie zum richtigen Zeitpunkt kommen.«

Er holte eine dünne Broschüre aus seinem Medizinkoffer. Clytie musste an die alten Ammenmärchen vom Doktor denken, der Müttern in seiner Medizintasche Kinder brachte.

»Wir bilden uns etwas auf unsere Aufgeschlossenheit in diesem brandneuen, aufregenden Jahrhundert ein, aber leider macht sich ein Arzt nach wie vor strafbar, wenn er über Empfängnisverhütung aufklärt. Dieses Pamphlet von Dr.

Allbutt aus Leeds hat schon zahllosen armen Familien auf der ganzen Welt geholfen, doch leider musste der Verfasser einen bitteren Preis dafür zahlen. Er wurde aus der britischen Ärztekammer ausgeschlossen. Aber er kämpft weiterhin für sein Anliegen.«

Clytie fand den Titel ganz schön einschüchternd: *Das Handbuch der Ehefrau.*

Der Doc schmunzelte. »Keine Sorge, es ist leicht zu verstehen. Ich schlage vor, Sie und Ihr Beau widmen sich vor allem Kapitel sieben: Über Empfängnisverhütung.«

Die Untersuchung ergab, dass Clytie in ausgezeichneter gesundheitlicher Verfassung war. Als sie ihn bezahlen wollte, winkte der Arzt ab. »Nur wenn ich eine Rechnung schicke.«

Clytie hielt an der Tür inne. »Das müssen Sie doch nicht Mutter erzählen, oder? Sie hat schon genug Sorgen.«

»Was zwischen Arzt und Patient vorgeht, unterliegt der Schweigepflicht. Nein, keine Sorge, das bleibt unter uns.«

Als Clytie wieder auf die Straße trat, kam sie sich um Jahre älter und reifer vor.

Ich hätte mich nie mit Rom eingelassen, wenn ich ihn nicht lieben würde. Aber liebt er mich auch? Das ist die Frage.

Als würde sich plötzlich ein Sonnenstrahl durch eine Wolkendecke bohren, wurden ihre Zweifel durch die Ankunft eines Reiters zerstreut. Mit seinem Hut winkend galoppierte er auf sie zu.

Rom zügelte sein Pferd und betrachtete sie voller Besitzerstolz.

»Musst du in meine Richtung, Mädel?«

Clytie sprang ohne ein Wort hinter ihm auf den Pferderücken und schlang die Arme um seine Taille. Mit flatternden Röcken ritt sie hinter ihm. Sie war eine so gute Reiterin, dass sie sich eigentlich nicht hätte festhalten müssen, aber es machte ihr Spaß, ihn anzufassen, ihn zu spüren. Auch freute es sie, allen zu zeigen, dass sie zusammengehörten.

Zwei Frauen kamen aus dem General Store, als sie daran vorbeiritten. Die eine, Noni James, trug ein duftiges pfirsichfarbenes Rüschenkleid und ein mit Blumen verziertes Hütchen, das nicht einmal auf einer royalen Gartenparty fehl am Platz gewesen wäre. Sie hatte sich bei einem unscheinbaren Mädchen mit mausbraunem Haar untergehakt, das mit großen bewundernden Augen zu ihr aufsah und offenbar vor Stolz platzte, in ihrem Schatten wandeln zu dürfen.

»Morgen, Miss James, Morgen, Millie.« Rom zog höflich den Hut.

Millie lächelte schüchtern zu ihnen auf und war im Begriff, den Gruß zu erwidern, als sie mit einem spitzen Ellbogen von Noni zum Schweigen gebracht wurde.

Rom war guter Laune und ließ sich nicht davon ärgern. »Wir sind auf dem Weg zum Whipstick Pool. Wir wollen baden und picknicken. Ein schöner Tag zum Schwimmen, findet ihr nicht? Kommt doch mit! Du bist keine schlechte Schwimmerin, Millie, hab ich gehört. Wir könnten ein Wettschwimmen veranstalten. Vielleicht besiegst du mich ja?«

Millie errötete vor Freude über das Kompliment und sah nicht mehr ganz so unscheinbar aus. Abermals wurde ihre Antwort brüsk von Noni abgewürgt.

»Komm, wir gehen! Mit solchen wie denen wollen wir nichts zu tun haben!«

Rom ritt unbeeindruckt weiter. Clytie warf einen Blick zurück und sah, wie die beiden die Straße überquerten, Noni voran und ihre schüchterne Begleiterin einen Schritt hinter ihr, beladen mit Nonis Einkäufen.

»Was hat sie gegen dich? Was hast du angestellt, um sie so zu verärgern?«, fragte Clytie perplex.

»Keine Ahnung! Ich behandle sie nicht anders als alle anderen Mädchen. Was soll's, ist doch egal. Sie ist Sonny Jantzens Problem, nicht meins.«

Clytie fing die wissenden Blicke der Bergwerksarbeiter, die auf dem Weg zur Frühschicht waren, auf. Rom riefen sie ein fröhliches »G'day« zu.

»Die leben von geborgter Zeit«, bemerkte Rom leise.

»Lungenkrankheiten, meinst du?«

»Das natürlich auch. Aber ich meinte, dass jedem von ihnen die Entlassung droht. Die Mine steht kurz vor der Pleite.«

Clytie erschauderte unwillkürlich.

Aber die Sonne schien so hell und warm, dass sie sich nicht lange grämen konnte. Überhaupt fühlte sie sich wie neugeboren, ein neuer Mensch in einem alten und doch irgendwie anderen Körper.

Der Gedanke an Dolores holte sie wieder in die Wirklichkeit zurück. »Ich muss Mutter Bescheid sagen, wo wir hingehen.«

Dolores trat in einem Kimono, den sie hastig übergeworfen hatte, auf die Veranda. Das schwarze Haar fiel ihr in Wellen über Rücken und Schultern.

»Morgen, Rom. Wo wollen Sie mit meiner Tochter hin?«, erkundigte sie sich sachlich.

»Och, wir wollten schwimmen gehen, im Billabong«, antwortete er.

»Weiß nicht, ob mir das gefällt. Clytie hatte nicht oft Gelegenheit, schwimmen zu üben, eigentlich nur am Strand von St. Kilda. Und Salzwasser trägt besser als Süßwasser, hab ich gehört.«

»Das stimmt, Mrs Hart, aber Sie müssen sich keine Sorgen machen. Ich bin ein guter Schwimmer, ich werde auf Clytie aufpassen.«

Rom sprang vom Pferd und stand mit dem Hut in der Hand vor Dolores. Gelassen und selbstsicher erklärte er, wo sich der Schwimmteich befand, aber Clytie war sicher, dass ihre Mutter seiner gewissenhaften Wegbeschreibung nicht hätte folgen können.

»Ich will ihr eins der schönsten Fleckchen am Lerderderg zeigen. Kommen Sie doch mit, wenn Sie möchten.«

»Nein danke. Es wird Sie sicher freuen zu hören, dass ich heute für zwei Lesungen gebucht wurde. Und außerdem«, fügte sie schmunzelnd hinzu, »sind drei nun mal einer zu viel. Bringen Sie sie mir gesund wieder, ja?«

Rom hob die Hand wie zum Schwur.

Auf dem Weg zu Roms Hütte begegneten sie einer langen gebeugten Gestalt. Der einst große und starke Chinese war nun dünn und brüchig wie der Ast eines alten Baumes. Er hatte eine Stange mit zwei Körben an jedem Ende auf den Schultern und stapfte mühsam unter der Last dahin.

»Hallo, Long Sam. Hast du einen Moment Zeit? Ich hätte Arbeit für dich.«

Sams niedergeschlagene Miene hellte sich hoffnungsvoll auf. Rom sprang vom Pferd. Goldie am Zügel haltend schüttelte er mit der freien Hand Long Sams Hand und stellte dann Clytie vor.

»Diese junge Dame und ihre Mutter sind neu hinzugezogen. Sie möchten einen kleinen Garten anlegen und könnten deine Hilfe gebrauchen. Was man wann und wie anbaut. Sie sind beide vom Zirkus – sie haben also noch nie einen festen Wohnsitz gehabt und ein Stück Land bebaut.«

»Ich weiß, ja, ich weiß. Ich habe Little Clytie und Missus Dolores im Zirkus gesehen. Clever, sehr clever.«

»Also gut, abgemacht. Aber deinen Lohn kriegst du von mir, klar? Nicht von Mrs Hart. Ich bin ein Freund der Familie.«

Sams Gesicht verzog sich zu einem faltigen Lächeln. Eifrig versprach er Clytie, zur vereinbarten Zeit zu erscheinen, um mit seiner Arbeit zu beginnen.

Als sie weiterritten, beugte sich Clytie vor und gab Rom einen Kuss auf seinen nass geschwitzten Hemdkragen.

»Das war sehr lieb von dir. Du hast uns beiden einen Gefallen getan, mir und Sam. Aber du musst ihn nicht bezahlen, dafür reicht unser Geld noch.«

»Kommt nicht in Frage! Ich bekomme immer, was ich brauche, und war selten um einen Penny verlegen. Halt dich an mich, Mädel, und es wird dir an nichts fehlen!«

Das ist das erste Mal, dass er in irgendeiner Form unsere Zukunft erwähnt.

Shadows Loyalität stand dagegen außer Frage. Er sprang voraus, als wisse er ganz genau, wo's hinging.

Whipstick Pool war ein Geheimtipp. Er war schwer zu finden, man musste schon ganz genau wissen, wo er lag – oder einen Kompass mitbringen. Sie durchquerten zahlreiche kleine Zuflüsse und Bäche und kämpften sich durch dichtes, unberührtes Buschland, das aussah, als hätte es seit der Besiedlung durch die ersten Aborigines niemand mehr betreten. Von den ursprünglich hier lebenden Stämmen war kein einziger mehr übrig. Außer einigen schmalen Pfaden, die durch den Busch führten, war keine Spur mehr von ihnen zu sehen. Rom wies Clytie auf diese uralten Pfade hin, die es schon Jahrhunderte vor dem Eindringen der

Goldschürfer gegeben hatte. Sie setzten ihren Weg zu Fuß fort.

»Komm, ich will dir was zeigen. Du führst Goldie am Zügel. Schau genau, wo du hintrittst, und halte dich dicht hinter mir! Es gibt hier nämlich Schlangen.«

»Ach, vor denen hab ich keine Angst«, meinte Clytie sorglos, »schließlich hat fast jeder Zirkus einen Schlangenbeschwörer.« Aber sie achtete dennoch genau darauf, wohin sie ihren Fuß setzte.

Mit einem Stecken schlug er einen Pfad durchs dichte Buschwerk. An einer kleinen Lichtung blieb er stehen. Dort befand sich in der Mitte ein kleiner Grabhügel, der mit weißen Quarzsteinen eingefasst war.

»Das ist das Grab von Jarrod Currey, einem jungen Exsträfling, der hier in der Nähe seinen ersten Schacht gegraben hat. Er fand Gold, aber dann hat ihn das Glück verlassen. Er starb am Fieber. Als er schon im Sterben lag, bat er seinen besten Kumpel, Rolly, seiner Verlobten zu schreiben, die versprochen hatte, auf ihn zu warten, bis er sein Glück gemacht hat.«

Clytie schlug die Hand auf den Mund. Sie ahnte, dass diese Geschichte kein Happy End nehmen würde.

»Jarrods letzte Worte lauteten: ›Du darfst nicht zulassen, dass Mary ihr Leben an einen Toten verschwendet.‹«

Clytie sagte mit erstickter Stimme: »Der letzte Liebesakt eines Sterbenden. Sie freizugeben.«

Rom wich ihrem Blick aus. »Das Problem war, dass Rolly weder lesen noch schreiben konnte. Alles, was er wusste, war ihr Name und dass sie irgendwo in England lebte.«

Clytie rang entsetzt nach Luft. »Sie hat nie erfahren, dass Jarrod umgekommen war! Es ist schon fast fünfzig Jahre her, aber vielleicht lebt sie ja noch. Und wartet noch immer auf ihn.«

Rom, beunruhigt von ihren Tränen, zog sie an sich und schloss sie in seine Arme. »He, die Weiber sind praktisch. Sicher hatte sie's irgendwann satt, auf ihn zu warten, und hat einen anderen geheiratet.«

»Wie kannst du nur so zynisch sein!« Clytie riss sich von ihm los. Dann hielt sie inne. »Das ist doch nicht wieder eins von deinen Märchen, oder?«

»He, ich schwör's dir, das hab ich von Rolly selbst, er hat's mir erzählt. Der Alte lebt hier immer noch irgendwo und schürft nach Gold.«

»Warum gibt es keinen Grabstein?«, fragte Clytie aufgebracht.

»Weil das Kreuz bei einem Buschbrand zerstört worden ist.«

»Wir können ihn doch nicht in einem anonymen Grab liegen lassen!«

»Was stellst du dir vor? Soll ich etwa einen neuen Grabstein zimmern? Hier, in dieser Hitze?« Rom konnte es nicht fassen.

»Ich rühre mich jedenfalls nicht eher vom Fleck, bis du's gemacht hast!«

Clytie kniete sich neben das Grab und begann, aus den Blättern eines Gummibaums einen Kranz zu binden.

»Das ist das letzte Mal, dass ich 'nem Mädel eine traurige Liebesgeschichte erzählt hab«, brummelte Rom und stapfte gereizt davon.

Wenig später tauchte er mit einem flachen Stein und ein paar schwarzen und ockerfarbenen Gesteinsbrocken wieder auf. Er zeichnete mehrere Buchstaben und Zahlen auf und begann dann, den Stein zu bearbeiten.

Clytie beugte sich neugierig vor. Sie stützte ihr Kinn auf Roms Schulter und sah ihm zu. »Danke, Rom«, flüsterte sie.

»Glaub ja nicht, dass ich seine ganze Lebensgeschichte da draufschreibe – das würde ewig dauern«, meinte er gereizt. »Ich meißle seinen Namen und sein Todesjahr, 1854, ein, klar?«

Clytie gab ihm einen Kuss aufs Haar und flüsterte ihm ins Ohr: »Und wenn du noch ›geliebt von Mary‹ draufschreibst, dann werde *ich* dich ewig lieben.«

Rom stieß ein schnaubendes Lachen aus. »Weiber! Ihr wisst, wie ihr einen Mann rumkriegt, was?«

Er schrieb die zusätzlichen Worte mit dem Ockerstein dazu und platzierte den Stein dann am Kopf des kleinen Hügels.

Clytie nahm ihn bei der Hand und senkte ehrerbietig den Kopf. »Möge der Schöpfer Aller Dinge Mary trösten und sie eines Tages wieder mit Jarrod Currey vereinen.«

Rom, dessen Laune sich jetzt, wo die Arbeit vollbracht war, wieder hob, schlang den Arm um Clyties Taille und führte sie weg. Sie machten sich weiter auf den Weg zum Whipstick Pool.

Shadow entdeckte ihn als Erster. Sie folgten ihm durchs Buschwerk, das sich plötzlich zu einer großen Lichtung öffnete. Ein hoher Felsen ragte vor ihnen auf wie das Bollwerk einer Burg; er war mit roten, goldenen und anderen metallischen Gesteinsadern durchzogen und nahm die gesamte Längsseite des Teichs ein.

Clytie entdeckte zu ihrer Freude einen verfallenen Halbkreis aus Steinen im Wasser, der früher eine Fischfalle gewesen war. Rom begann sogleich, sie wieder funktionstüchtig zu machen.

»Es wird zwar ein bisschen dauern, aber hier werden wir unsere nächste Mahlzeit finden!«, versprach er.

Große Libellen flogen anmutig über der funkelnden Wasseroberfläche, in der sich die hohen Bäume spiegelten, die den Teich an den anderen Seiten umgaben. Aus dem Busch kam dieses vage Flirren und Zirpen, das die Sinne einlullte.

»Früher haben sie diesen Ort *Scheißegully* genannt«, bemerkte Rom.

Clytie kannte dieses deutsche Schimpfwort. »Aber wieso denn? Es ist hier doch so wunderschön.«

»Ja, ich weiß. Sie gehörten zu den ersten Schürfern aus Deutschland, die hierherkamen. Sie waren einfach enttäuscht, als sie kein Gold fanden, deshalb der Name. Später haben sie dann in Ballarat ihr Glück gemacht, also ist es doch noch gut ausgegangen für sie. Aber die Bezeichnung hat sich irgendwie festgesetzt.«

»Vielleicht gibt's hier ja doch noch irgendwo Gold, das nur darauf wartet, gefunden zu werden«, meinte Clytie träumerisch.

»Sind schon seltsamere Dinge passiert, Schätzchen.«

Die Mittagssonne brannte heiß vom Himmel herab. Clytie zog sich bis auf den Unterrock aus. Sie streckte einen Zeh ins Wasser, musste aber feststellen, dass es sich hier nicht um ein kühles Nass handelte, sondern um ein eiskaltes. Sie wäre lieber am Ufer geblieben, aber Roms feixende Miene veranlasste sie, ihre Skrupel zu überwinden.

Sie band sich trotzig das Haar hoch und ließ sich ins Wasser gleiten. Mit klappernden Zähnen paddelte die junge Kunstreiterin durch die Längsseite des Teichs und kletterte wieder ans Ufer. Ihr war peinlich bewusst, dass ihr die Unterröcke am Körper klebten und ihre Figur sich deutlich abzeichnete.

»Zimperlich bist du nicht, das muss man dir lassen«, rief Rom ihr zu. »Und jetzt schwimm wieder zurück!«

Aber eine Strecke reichte Clytie. Sie ging zu Fuß um den

Teich zu Rom zurück. Die Stille wurde jäh von einem eigenartig lauten, gutturalen Schrei unterbrochen. Clytie blieb erschrocken stehen.

Rom beruhigte sie. »Das war ein Bitternbird, so was Ähnliches wie ein Reiher. Die sind sehr scheu, und man bekommt sie so gut wie nie zu sehen. Sie nisten hier im Schilfgürtel.«

Clytie erschauderte. »Dieser Schrei klang wie ein böses Omen.«

»Sei nicht kindisch. Komm her zu mir, Schätzchen.«

Sein sauber gewaschenes Hemd hing zum Trocknen über einem Busch. Er selbst streckte sich in der Sonne aus und winkte sie schmunzelnd herbei. Sein Lächeln war selbstsicher, denn sein Körper war ihr nun vertraut, und sie wusste, welche Freuden er ihr damit schenken konnte. Er tätschelte auffordernd das moosige Ufer.

»Du hast mir vorhin versprochen, du würdest mich ewig lieben. Wie wär's mit einem kleinen Vorschuss?«, lockte er sie.

Er fütterte sie mit wilden Beeren, deren roten Saft er an ihren sinnlichen Lippen zerdrückte und sie dann küsste wie ein Ertrinkender. Seine Berührungen waren intim, warm und fordernd. Behutsam steigerte er ihre Lust, bis sie so erregt war, dass sie ihre Scheu verlor. Eng umschlungen lagen sie in der Sonne, und Rom wollte gerade aufs Ganze gehen, als Clytie plötzlich von einem kalten Schauder erfasst wurde.

»Wir werden beobachtet«, flüsterte sie.

Shadow strich schnüffelnd durch die Uferzone und erkundete getreu seiner Rasse das Terrain, aufmerksam auf jede Gefahr horchend.

»Unsinn, Shadow hätte uns längst gewarnt.«

Clytie entspannte sich wieder und war schon fast dabei,

sich ganz an Rom zu verlieren, als ihr etwas einfiel. Sie setzte sich jäh auf.

»Das hab ich ganz vergessen; ich wollte dir ja was geben. Ein kleines Präsent.«

»Hat das nicht Zeit?«, fragte Rom ungehalten und begann wieder, ihre Schenkel zu streicheln.

Sie rollte sich zur Seite und griff in die Tasche ihres Kleids.

»Doc Hundey meint, dass wir das lesen sollten.«

Rom sah den Titel und begann zu lachen. Er lachte, bis ihm die Tränen kamen.

»Na, du weißt wirklich, wie man einen Kerl ernüchtert. Bloß gut, dass ich nicht so schnell den Schwanz einziehe.«

Er packte ihre Hand und zog sie an seinen entsprechenden Körperteil. Da wusste Clytie, dass der Moment gekommen war, und auch sie konnte sich nicht länger dagegen wehren.

Er rollte sich auf sie. Sein Atem strich über ihren Hals, als er flüsterte: »Ich werde Docs Büchlein heute Abend lesen, versprochen. Es gibt für alles seine Zeit, wie mal ein weiser Mann gesagt hat. Und jetzt ist die Zeit für das hier.«

Clytie verlor sich in seinen Zärtlichkeiten. Die Erregung schwoll an und schwappte in Wellen über sie hinweg, dazwischen zärtliches Streicheln und Liebesgeflüster, ehe die nächste Welle heranbrandete.

Schließlich nickten sie eng umschlungen ein. Das zarte Schattengitter der Eukalyptusbäume wanderte mit dem Stand der Sonne über sie hinweg, ein lebhafter Kontrast zu der Stärke und Höhe der Bäume. Irgendwann wurde Clytie aus dem Schlummer gerissen und schreckte hoch.

Shadow bellte – und zwei Stimmen riefen um Hilfe.

Rom warf instinktiv sein Hemd über Clyties Blöße und sprang wie ein nackter Wikingerkrieger auf.

»Ihr gottverdammten Bastarde!«, brüllte er. »Los, zeigt euch, ihr Feiglinge!«

Clytie schlüpfte hastig in ihre Kleider. Am ganzen Körper bebend sah sie die Gesichter der beiden Männer, die aus dem Buschwerk linsten.

»Pfeif erst deinen blöden Hund zurück«, winselte einer.

Shadow zerrte den Mann am Hosenbein aus dem Gebüsch zu seinem Herrn, als würde er etwas apportieren.

»Braver Hund«, lobte Rom, »und jetzt hol dir den anderen Mistkerl!«

Shadow verschwand mit einem Satz.

»Ich kenne dich, du Spanner. Dirty Dan, ja? Der Name passt zu dir wie die Faust aufs Auge! Seit wann beobachtet ihr uns?«

Der Mann grinste dreckig und enthüllte dabei seinen zahnlosen Mund. »Lang genug. Kannst 'nem Burschen nich vorwerfen, dass er 'n bisschen Spaß hat.«

»Ich geb dir einen Spaß!«, röhrte Rom. Er packte den Kerl wie einen Sack Kartoffeln und warf ihn ins Wasser.

»Hilfe! Ich kann nicht schwimmen!«

»Keine Sorge, ich komme dann auf deine Beerdigung!«

Shadow zerrte nun auch, wild wie ein Löwe, den anderen Kerl aus dem Gebüsch. Der Mann war offensichtlich ein wenig zurückgeblieben.

»Ich hab noch nie nich gesehn, wenn's zwei treiben«, stammelte er, als ob dies eine Entschuldigung wäre.

Clytie, die sich hastig angezogen hatte, drängte Rom nun, den zappelnden Mann wieder aus dem Wasser zu fischen.

»Na gut, ich hol ihn wieder raus – aber nur dir zuliebe!«

Rom stellte die beiden vor sich auf, die von dem bedrohlich knurrenden Kelpie bewacht wurden.

»Wenn ich euch dabei erwische, wie ihr den guten Ruf

dieser Dame schädigt – dann wird euch mein Hund die Wasserleitung durchbeißen, klar?«

Sie ließen sich nicht lange bitten und flohen blindlings durchs Unterholz.

Rom zitterten die Hände. »Das hast du großartig gemacht, Shadow, einen besseren Kumpel wie dich gibt's gar nicht.«

Auf dem Heimritt versuchte Rom, Clytie zu beruhigen. »Leider kann ich die Sache nicht bei Sergeant Mangles anzeigen, weil ich dich dann mit reinziehen müsste. Aber mach dir keine Sorgen, diese Hunde werden es nicht wagen, ihr Maul aufzureißen.«

Da war sich Clytie nicht so sicher. *Pedro sagte immer, wenn der Grog reinfließt, fließt die Wahrheit raus.*

Roms Laune war nach diesem Vorfall im Keller. »Es tut mir verdammt leid, Clytie. Das sollte ein romantischer Tag für dich werden – und diese Mistkerle haben uns alles kaputt gemacht.«

»Nein! Ich lasse nicht zu, dass uns dieser wunderschöne Tag dadurch verdorben wird! Wir haben sogar den Ruf des scheuen Bitternbird gehört, oder? Es war einfach perfekt – und ich werde nie vergessen, dass du das alles möglich gemacht hast.«

Schweigend ritten sie weiter. Clytie hatte bereits gelernt, dass nur Rom selbst sich aus diesen dunklen Stimmungen befreien konnte und niemand sonst.

Beim Pfarrhäuschen angekommen setzte er sie vor der Veranda ab und ritt, Shadow voran, in Richtung Main Street davon.

»Bist ein tolles Mädel, Clytie«, rief er ihr noch über die Schulter zu.

Clytie konnte nur hoffen, dass dies seine Art war, ihr zu sagen, dass er sie liebte.

Dolores tauchte aus dem Schlafzimmer auf. Sie trug ihr bestes Kleid und hatte sich einen scharlachroten Umhang umgeworfen. Sie war auf dem Weg zum Hotel, für ihre Tarotsitzungen. Clytie fiel der Hauch Rouge auf ihren Wangen auf, der den Glanz ihrer veilchenblauen Augen hervorhob.

»Was ist, Mädchen? Vor mir kannst du nichts verheimlichen.«

»Ach nichts, Mama. Es war ein idealer Tag für ein Picknick. Und ich bin nicht ertrunken, wie du sehen kannst. Wen hast du auf der Liste?«

»Jemanden aus Bitternbird. Und einen von hier, den ich nicht erwartet hätte.«

»Sonny Jantzen, ich weiß. Ich hab die Eintragung in deinem Terminkalender gesehen. Rom sagt, dass Sonny …«

Dolores hielt die Hand hoch. »Du weißt doch, dass ich nie auf den Klatsch der Leute höre. Ich will das gar nicht wissen. Für mich zählt nur, was ich in den Karten lese.«

Sie gab ihrer Tochter ein Küsschen auf die Wange. »Denke daran, wenn sie anfangen über dich zu klatschen – und über mich. Und das werden sie, darauf kannst du dich verlassen.«

14

Die kommenden Spätsommerwochen waren für Clytie die schönsten seit Langem. Ein strahlender Tag löste den anderen ab, Gelächter und verstohlene Küsse und leidenschaftliche Stunden mit Rom. Sie verdrängte die Realität, die einen Schatten auf ihre Idylle zu werfen drohte.

In Hope brodelte die Gerüchteküche. Das Empire befand sich nun im zweiten Kriegsjahr mit den Buren – und das Kriegsglück wandte sich mal in die eine, mal in die andere Richtung, ohne sich irgendwie festzulegen.

In Hope bekam man nicht nur die Zeitungen aus Melbourne zu lesen – den *Age, Herald* und den *Argus* –, sondern auch die kleineren Blätter aus Ballarat, Bendigo, Bacchus Marsh und den anderen Städtchen im Gold Triangle. Sie wurden per Zug nach Ballarat und dann mit der Postkutsche weiter nach Hope gebracht.

Häufig standen widerstreitende Nachrichten auf dem Aushang. Die Namen der Orte, an denen Schlachten oder Belagerungen stattgefunden hatten, erschienen Clytie irgendwie unwirklich – Colenso, Kimberley, Modder River, Ladysmith, Diamond Hill, Johannesburg und Transvaal. Kitcheners Politik der »verbrannten Erde« erregte zunehmend Kritik, ebenso wie die Guerillataktiken der Burenführer wie Botha, Viljoen, De la Rey und De Wet.

Der Krieg in Südafrika, der in Hope Tagesgespräch war, erschien Clytie so fern und unwirklich wie ein böser Traum, mit dem sie nichts zu tun haben wollte.

In ihrem eigenen kleinen Reich dagegen herrschte Sonnenschein. Dolores erholte sich zunehmend und fand ihren Appetit wieder, was Clytie mit großer Freude und Zuversicht zur Kenntnis nahm. Die Jahre mit Vlads Brutalität lagen hinter ihnen. Ermutigt durch diese Erkenntnis fühlte sich Clytie frei, ihre Liebe zu Rom tiefer zu erforschen und die unausgesprochenen Grenzen auszutesten.

Tag für Tag arbeitete sie an ihrem neuen Gemüsegärtchen, unterstützt von Long Sam, der ihr genau erklärte, welche Pflanzen man zu welcher Jahreszeit ziehen sollte und wie man die Ernte rotierte. Doch gegen Ende des Tages wurde sie unruhig und rastlos und sehnte sich nach Rom, der überall in der Gegend unterwegs war, um ein paar Pence zu verdienen. Die Arbeit war knapp geworden, in Hope und Umgebung. Clytie fürchtete jeden Tag, er könnte der Versuchung erliegen und sich als Freiwilliger melden.

Wenn Mutter doch bloß mal eine Ausnahme machen und die Karten nach unserer Zukunft befragen würde.

Die Gelegenheit ergab sich wenige Tage später im Garten. Clytie saß zu Füßen ihrer Mutter im Gras und hatte die Arme um die Knie geschlungen. Eine gemeinsame Mahlzeit mit ihrer Mutter war mittlerweile eine Seltenheit. Sie waren wie zwei Schichtarbeiter, die einander die Klinke in die Hand gaben. Ihre Mutter arbeitete nun hauptsächlich abends und nachts, kam spät heim und schlief dann tagsüber.

»Ich bin froh, dass es so gut bei dir läuft, Mama, aber du musst aufpassen, dass du dich nicht überarbeitest.«

»Keine Sorge, Kind, die Sprache des Tarots ist mittlerweile wie meine Muttersprache. Das Problem ist, dass die meisten Kunden von mir wissen wollen, wann der Krieg endlich zu Ende ist und wer gewinnen wird. Und ob die Golden-Hope-Mine Konkurs machen wird. Aber ich kann nicht sagen, ob sie weiterbestehen oder untergehen wird, das versuche ich, den Leuten ständig begreiflich zu machen.«

Flüsternd fragte Clytie: »Und was weißt du wirklich? Lässt sich Sonny Jantzen deshalb von dir die Karten legen?«

»Du weißt ebenso gut wie ich, dass ich nicht über das reden darf, was ich in den Karten sehe. Das ist vertraulich.«

»Einen Versuch kannst du mir nicht verdenken, Mama. Hopes Schicksal betrifft auch uns.«

»*Dich*, meinst du wohl. Wie ich höre, ist Rom Delaney ein richtiger Mädchenschwarm.«

»Du traust ihm noch immer nicht, oder?«, fragte Clytie betrübt. »Aber er mag dich!«

»Kein Wunder. Er weiß, dass ich meine Tochter nicht mehr aus dem Haus lassen würde, wenn er auch nur einen Fuß falsch aufsetzt!«

Clyties enttäuschter Seufzer erweichte Dolores.

»Nimm's nicht persönlich, Schätzchen. Ich kenne die Männer eben einfach besser als du.«

Dolores aß den letzten Bissen ihres Erdbeerkuchens und leckte sich genüsslich die Finger. Wie beiläufig fragte sie: »Was genau tut Rom drüben in Bitternbird?«

»Er legt einen Garten für Pius James' wohlhabende Tante an. Und bevor du auf falsche Gedanken kommst, Rhoda James ist achtzig.«

»Hm. Wer weiß, vielleicht werde ich selbst noch eine wohlhabende Dame.«

Das war Clyties Stichwort. »Es heißt, du hättest jetzt sogar einen Stammkunden, einen reichen Landbesitzer aus Bitternbird, der jede Woche herfährt, um dich zu besuchen.«

»Glaub nicht alles, was die Leute sagen, die reden doch nur. Also dieser Kuchen war ausgezeichnet. Kann ich noch ein Stück haben?«

Clytie war nur zu gern bereit, ihr noch eins zu holen.

»Die Erdbeeren sind aus unserem Garten. Long Sam ist einfach unglaublich. Er schafft es sogar, Obst und Gemüse außerhalb der Saison zu züchten.«

»Ich weiß, ich hab gesagt, dass ich dir den Haushalt überlasse – aber wie viel bezahlen wir ihm eigentlich?«

Clytie zögerte. »Nichts«, gestand sie. »Rom hat darauf bestanden, seinen Lohn zu übernehmen. Zumindest bis wir richtig Fuß gefasst haben.«

»Das macht kein Mann ohne eine Gegenleistung. Pass bloß auf, Mädchen.«

Clytie beschloss, das ein für alle Mal zu klären. »Verschweigst du mir was? Hast du was in den Karten gesehen?«, drängte sie. »Willst du sagen, ich sollte mit Rom Schluss machen? Nicht dass ich das machen würde, ich will bloß deine Meinung hören.«

Dolores streckte den Arm vor und ergriff Clyties Hand. »Ich will doch nur, dass du von einem Mann geliebt wirst, der eine treue Seele hat. Wer immer er auch sein mag.«

»Das wünsche ich mir doch auch für dich, Mama.«

Mutter und Tochter umarmten einander. Worte waren unnötig. Schließlich sagte Dolores: »Komm, erzähl mir mehr von Long Sam. Er lächelt immer, dabei hat er so traurige Augen.«

Clytie war dankbar für den Themenwechsel. Sie erzählte ihrer Mutter alles darüber, wie schnöde Long Sam von Councillor Twyman betrogen worden war, der dem Chinesen das einzige Stück Land genommen hatte, mit dem er seinen Lebensunterhalt bestritt.

»Kein Wunder, dass er so traurige Augen hat.«

»Ja, aber er ist nicht ohne Freunde, Mama. Doc Hundey hilft ihm, wann immer er kann. Und Sam ist froh um seine Arbeit bei uns – die er Rom zu verdanken hat«, betonte sie.

Dolores schmunzelte.

»Vielleicht hab ich mich ja in Rom geirrt«, räumte die Ältere ein. »Ich werde bei nächster Gelegenheit mal ein Wörtchen mit ihm reden.«

Die Gelegenheit ergab sich wenige Tage später, als Dolores überraschend früh aus dem Diggers' Rest heimkehrte und Clytie und Rom am Kamin sitzen sah, die Köpfe eifrig zusammengesteckt.

»Könnten wir kurz im Garten miteinander reden, Rom?« Es war weniger eine Bitte als ein Befehl.

Clytie kam sich ausgeschlossen vor und musste dem Gespräch aus der Ferne zusehen. Rom wirkte ungewöhnlich ernst. Als ihre Mutter ins Bett gegangen war, versuchte Clytie, aus ihm herauszubekommen, was Dolores zu ihm gesagt hatte. Sie vermutete nicht zu Unrecht, dass es dabei um sie gegangen war.

Aber Rom schüttelte den Kopf. »Bedaure, das ist vertraulich. Denk dran, deine Mutter hat nur dein Wohl im Sinn.«

Was immer die beiden auch besprochen haben mochten, es hatte Roms Laune getrübt. Er war verschlossen und schweigsam. Sie gingen wie üblich zu ihm, aber der Abend endete eher abrupt, mit einer vagen Entschuldigung, er müsse morgen früh aufstehen und ein, zwei Tage in Bitternbird bleiben.

Auch auf dem Rückweg schwieg er. Beim Pfarrhäuschen angekommen schwang er Clytie vom Pferd, gab ihr einen Abschiedskuss auf die Wange und zerzauste ihr das Haar.

»So verabschiedet sich ein Bruder, nicht ein Liebster«, beschwerte sich Clytie schmollend.

»Keine Sorge, das Beste kommt noch«, versprach Rom mit einem frechen Zwinkern. Dann machte er kehrt und ritt davon. Diesmal drehte er sich nicht mehr um.

Am folgenden Tag betrat Clytie den General Store. Sie wollte ein paar Dinge einkaufen, darunter ein Kopfwehpulver für ihre Mutter, die noch schlief.

Aus Johannesburg war die neueste Verlustliste eingetroffen, und Marj Hornery, Postmeisterin und Telefonistin, pinnte sie gerade an die Wand. Es war unklar, wer gefallen und wer nur verwundet worden war, wer aus welchem australischen Bundesstaat stammte, ob aus Victoria, den anderen fünf Staaten oder aus Neuseeland.

Neben der Liste hing ein alter Zeitungsausschnitt, wie Clytie sah, in dem Kitchener den Mut der Queensländer lobte, die als erste Freiwillige zur Unterstützung des Empires im Burenkrieg geschickt hatten; die anderen Staaten waren danach recht schnell gefolgt. Marj hatte die V.M.R., die Victorian Mounted Rifles, mit Rotstift eingekreist.

Die Leute drängten sich vor dem Brett mit den Bekanntmachungen, um die Liste zu studieren. Sonny Jantzens hohe, heroische Gestalt überragte alle anderen. Er zog viele Fragen auf sich.

»Was ist, Sonny, werden Sie sich auch melden und Ihre Pflicht für Ihr Land tun?«, erkundigte sich Mrs Mintner, die kürzlich ihren Enkelsohn im Krieg verloren hatte.

Clytie bemerkte, wie Sonnys gutaussehendes Gesicht rot anlief. Er sprach der Alten sein herzliches Beileid aus und beantwortete dann die Fragen der anderen.

Endlich gelang es ihm, sich frei zu machen. Als er sein

Pferd bestieg, fiel sein Blick auf Clytie, und er zog höflich den Hut. Sie waren sich zwar nie offiziell vorgestellt worden, aber Clytie wusste ja, dass er ein regelmäßiger Kunde von Dolores war. Die junge Zirkusreiterin war beeindruckt von seinen perfekten Manieren.

Was für eine Ironie. Sonny ist ein Mann, zu dem alle aufblicken. Und er behandelt mich wie seinesgleichen. Die anderen Männer dagegen sehen mich an wie ein leichtes Mädchen. Vielleicht hat Rom ja unrecht, und diese Spanner haben nicht ihre Klappe gehalten.

Später am selben Abend saß Clytie gerade vor ihrem Häuschen auf der Veranda, um die kühle Abendbrise zu genießen, als plötzlich Sonny Jantzen auf einem herrlichen Rappen vorbeiritt. Er war formell gekleidet, besaß aber eine militärische Haltung. Ein Gewehr über die Schulter gehängt trug er seinen breitkrempigen schwarzen Hut ein wenig seitlich, wie ein Soldat.

Als er Clytie erblickte, zügelte er kurz sein Pferd. »Wünschen Sie mir Glück, Miss Hart, ich bin unterwegs zum Zug nach Melbourne. Ich will mich bei den Victorian Mounted Rifles bewerben.«

»Sie werden einen schneidigen Offizier abgeben«, meinte Clytie. »Hoffentlich ist der Krieg bis Weihnachten zu Ende.«

»Ja, das will uns die militärische Führung glauben machen – aber Kriege sind unberechenbar. Die halten sich selten an Voraussagen. Wie auch immer, jeder Mann wird gebraucht. Ich will das Meine tun. Bitte richten Sie Mrs Hart einen schönen Gruß von mir aus, ich habe leider keine Zeit, mich persönlich zu verabschieden.« Er zögerte kurz, dann fügte er hinzu: »Ihre Mutter besitzt großes Takt- und Feingefühl.«

»Danke, ich werde es ihr ausrichten.«

Dieses unerwartete Lob überraschte Clytie, noch dazu von einem nahezu Fremden wie ihm. Sie kam zu dem Schluss, dass Sonny Jantzen und Doc Hundey zu jenen Männern gehörten, die geborene Gentlemen waren. Selbst Rom konnte noch einiges von ihnen lernen, wie Clytie sich widerwillig eingestehen musste.

Rom tauchte am nächsten Tag überraschend auf. Er war guter Laune und tat, als ob nichts gewesen wäre. Als Clytie ihm jedoch erzählte, sie habe eine Teilzeitstelle im Diggers' Rest angenommen, verfinsterte sich seine Miene.

»Ich will nicht, dass sich mein Mädchen von den Burschen im Schankraum begaffen lassen muss!«

»Im Schankraum hab ich gar nichts zu tun. Ich helfe in der Küche aus, das ist eine anständige Arbeit. Es wird Zeit, dass ich auch was zu unserem Unterhalt beitrage, Dolores braucht Ruhe.«

»Wenn ich mein Glück gemacht hab, brauchst du dich um nichts mehr zu sorgen, Schätzchen.« Der Abenteurer küsste Clyties Hals und meinte mit rauchiger Stimme: »Und dann gehört deine Zeit ganz mir.« Sein Mund fand den ihren. »Du kommst doch heut Nacht zu mir, ja?«

»Tut mir leid, aber wir haben vereinbart, dass ich schon heute Abend anfange – ich wusste ja nicht, wann du dich wieder blicken lässt.«

Rom ritt müde und zornig davon. »Vielleicht kannst du mich ja irgendwann einschieben, ja?«, rief er ihr gereizt zu.

Am nächsten Morgen war ein Zettel unter ihrer Tür hindurchgeschoben worden, auf dem er sie bat, Shadow ein paar Tage lang durchzufüttern, er müsse überraschend nach Trentham, würde aber bald wieder da sein.

Shadow stand bereits vor dem Haus und schaute die junge Frau erwartungsvoll an.

Das Gerücht verbreitete sich wie ein Lauffeuer im Städtchen. Sonny Jantzen hatte das Aufgebot bestellt. Er würde Noni James heiraten. Ganz Hope war von den Socken, so plötzlich hatte man nicht damit gerechnet. Er hatte sogar eine Sonderlizenz beantragt, damit es besonders schnell ging!

Clytie erfuhr es noch am selben Abend von der Küchenhilfe, Mary Mac. Dolores hatte sich an dem Tag überraschend entschlossen, zuhause zu bleiben und eine Pause einzulegen.

»Das schönste Paar in Hope!«, schwärmte Mary sehnsüchtig. »Die ganze Stadt wird zur Hochzeit kommen. Pius James hat nur deshalb die Kirche gewechselt, damit Noni den Jantzens nahe sein konnte.« Mary zwinkerte Clytie schelmisch zu. »Tja, nun hat's ja geklappt – sie hat ihn sich geangelt. Falls es stimmt, was man sagt.«

Clytie dachte über das Gehörte nach und auch darüber, was Rom von der hochmütigen jungen Frau hielt.

Clytie räumte einige Tische im Biergarten des Hotels ab, als sie spürte, dass sie beobachtet wurde.

Sonny Jantzen stand ganz allein am entfernten Ende der Veranda, ein Glas Bier in der Hand. Die Tür des Schankraums stand offen, und ein fröhlicher Lärm drang nach draußen.

Clytie, die soeben auf einem Tablett Gläser einsammelte, stellte zu ihrer Beunruhigung fest, dass in Sonny Jantzens Augen Tränen standen. Er war kein rührseliger Säufer, genau genommen trank er fast nie, es musste also etwas Ernstes sein.

»Kann ich Ihnen noch etwas bringen, Mr Jantzen?«, rief sie ihm zu. »Wir haben hier einen besonders guten Kaffee aus Jamaika.«

»Danke, nein.« Er hob die Hand, um sie aufzuhalten. »Aber tun könnten Sie doch was für mich – würden Sie sich vielleicht einen Augenblick zu mir setzen?«

Sie nahmen an einem der Gartentische Platz.

»Dürfte ich Ihnen einen Drink spendieren, Miss Hart?«

»Nein danke, das ist nett von Ihnen, aber damit würde ich meine Stelle aufs Spiel setzen. Aber Mr Yeoman hat sicher nichts dagegen, wenn ich mich kurz mit einem Gast unterhalte – noch dazu mit Ihnen. Und nennen Sie mich bitte Clytie, so wie alle meine Freunde«, stammelte sie.

»Freunde? Dann nennen Sie mich bitte Sonny.«

Er hatte es nicht eilig, mit dem Reden anzufangen, also ergriff die ehemalige Zirkusreiterin die Initiative. Ihr war sein Ritt nach Melbourne eingefallen, um sich zum Kriegsdienst zu melden.

»Sie sind gerade wieder aus der rußigen Großstadt zurück, ja?«

Er lächelte zögernd. »Ja, rußig ist sie wirklich. So rußig wie London im Nebel. Sind Sie und Ihre Mutter eigentlich je in England aufgetreten?«

»Wir waren überall in Australien unterwegs – aber nie in Übersee. Melbourne ist meine Lieblingsstadt. Ich habe als Kind immer gern am St. Kilda Beach gebadet.«

»Ach ja, der St. Kilda Beach«, meinte er schwärmerisch, »ein Ort voller lachender Kinder – man kann ihn von unserem Stadthaus an der Esplanade sehen.« Ungewöhnlich ernst fügte er hinzu: »Aber diesmal war ich auf der Suche nach Ruhm in der Stadt – und bin gescheitert.

Die Rifles haben mich nicht genommen. Dienstuntauglich. Ich kann reiten wie ein Teufel – und ebenso gut schießen. Aber meine Scheißlunge …«

Er blickte schockiert auf. »Verzeihen Sie mir, Clytie, dass ich solche Ausdrücke vor einer Dame benutze. Ich bin heute nicht ich selbst.«

»Sie haben jedes Recht, enttäuscht zu sein. Vielleicht, wenn Sie sich wieder erholt haben …«

»In einem Jahr werde ich wahrscheinlich tot sein«, widersprach er mit erschreckender Endgültigkeit. »Der Stabsarzt hat kein Blatt vor den Mund genommen. Tuberkulose. Ich kann bestenfalls auf ein Leben als Invalider hoffen.«

Der vornehme Mann streckte den Arm vor und ergriff Clyties Hand. Sie entzog sie ihm nicht, denn sie hatte das deutliche Gefühl, dass er Trost suchte und nicht etwa einen Annäherungsversuch unternahm.

»Entschuldigen Sie, Clytie, ich bin heute wohl das beste Beispiel dafür, dass Wein redselig macht – und gefühlsduselig. Ich hatte mich nicht nur gemeldet, um dem Empire zu dienen – ich wollte vor allem meinem Vater etwas beweisen. Ich wollte ihm beweisen, dass ich ein Sohn bin, auf den er stolz sein kann. Denn wissen Sie, ich tu mich schwer mit Vaters Vorstellung von Männlichkeit. Ich betrinke mich nicht gern in Kneipen, ich ballere nicht gern auf unschuldige Kängurus, die mir nie ein Leid zugefügt haben. Das Einzige, was jetzt noch bleibt, ist, zu heiraten und für einen Erben zu sorgen.« Er leerte sein Glas, ohne Clyties Hand loszulassen. »Wissen Sie, ich halte es nicht für richtig, eine Frau an mich zu binden. Ich bin nicht für die Ehe geschaffen.«

Clytie suchte nach Worten. *Was ist bloß los mit ihm? Hat er nicht eine Sonderlizenz beantragt, um möglichst schnell heiraten zu können? Wen sonst als Noni?*

»Warum nicht ein Junggeselle bleiben? Das wäre doch

nicht der Weltuntergang. Sie haben Freunde, Bücher, und Sie können reisen.«

»Genau das denke ich auch!«

Er senkte seine Stimme, als wollte er nicht überhört werden, obwohl sie die Einzigen waren, die noch draußen im Biergarten saßen. »Die Sache ist die: Ich hatte eines Abends ein bisschen zu viel getrunken und eine junge Frau, ähm, kompromittiert. Ein nettes Mädel, aber ich liebe sie nicht. Und jetzt erwarten unsere Eltern, dass ich das Richtige tue und sie heirate.« Er wies mit einer verächtlichen Geste zum Schankraum. »Heute Abend feiern wir meinen Junggesellenabschied.«

Er kommt mir vor wie ein Lamm, das zur Schlachtbank geführt wird. Aber was kann ich schon sagen, um ihn aufzuhalten?

»Hören Sie, verzeihen Sie mir, aber ich finde es nicht richtig zu heiraten, wenn man einander nicht liebt.«

Seine Augen verrieten mehr, als Worte sagen konnten.

In diesem Moment streckte ein junger Bursche den Kopf aus der Bar und rief Sonny zu: »Jetzt komm schon rein, du Drückeberger, wir wollen auf dich anstoßen!«

Sonny drückte Clyties Hand. »Ich danke Ihnen, Clytie. Sie haben so wundervoll *geduldige* Augen. Sie können zuhören. So wie Ihre Mutter. Sie verstehen doch, was ich sagen wollte, ohne dass ich's sagen kann?«

Clytie wusste nicht recht, was er meinte, nickte aber, um ihn nicht noch mehr aufzuregen.

An der Tür drehte er sich noch einmal zu ihr um und legte salutierend die Hand an die Stirn. Dann wurde er von den anderen in die Bar hineingezogen, um seinen letzten Abend in Freiheit zu feiern.

Ich könnte nie tun, was Noni James getan hat. Rom wird mich nur dann heiraten, wenn er es wirklich will – und nicht, weil er sich dazu verpflichtet fühlt.

Bei einer Sonderlizenz wurde nicht lange gefackelt – vor allem nicht, wenn man Jantzen hieß.

Clytie war nicht überrascht zu erfahren, dass weder sie noch Dolores zur Hochzeit eingeladen waren – im Gegensatz zur restlichen Bevölkerung von Hope.

Am Tag der Hochzeit wollte Clytie im Postamt vorbeisehen, ob vielleicht ein Brief von Tiche oder Pedro für sie eingetroffen war, doch am Schaltergitter hing zu Clyties Leidwesen ein Zettel mit der Aufschrift: *Bin in zwei Stunden wieder da.*

Shadow schaute zu dem Mädchen auf, als würde er versuchen herauszufinden, wo's jetzt hinging.

»Die ist bestimmt auf der Hochzeit«, sagte Clytie verärgert zu dem Kelpie, »genau wie alle anderen unverheirateten Frauen der Stadt – und alle sind sie scharf darauf, Nonis Brautstrauß aufzufangen.«

Die junge Artistin überquerte mit einem Schulterzucken die Straße, um ihren Korb voll Küchenkräuter in der Küche des Diggers' Rest abzuliefern. Sie hatte kaum Mary Mac zu ihrer Beförderung zur Köchin gratuliert, als eine junge Frau mit flammend rotem Haar hüftschwingend ins Speisezimmer gewackelt kam.

Sie hatte ihr Haar auf dem Kopf aufgetürmt wie ein etwas zerzaustes Gibson-Girl. In ihren haselnussbraunen Augen tanzten goldene Flecken wie im Bernstein oder Tigerauge, und ihre Lippen waren scharlachrot geschminkt. Dazu trug sie eine tief ausgeschnittene Bluse, die ihren üppigen Brustansatz freiließ. Clytie musste unwillkürlich an das denken, was ein paar Männer über »gute Eigenwerbung« gesagt hatten.

Die Frau sog lasziv an ihrer Zigarette und beäugte Clyties Korb voll Kräuter. »Was willst du? Hausierer sind hier unerwünscht.«

Mary Mac sprang der jungen Kunstreiterin sogleich bei. »Clytie Hart ist keine Hausiererin. Mrs Yeoman hat sie als Küchenhilfe für mich angestellt. Also spiel dich gefälligst nicht so auf, Ginger.«

»Meine Güte! Beruhig dich wieder. Mr und Mrs Yeoman haben mir die Leitung überlassen, solang sie weg sind.«

»Ja, im Schankraum! Aber in meiner Küche hast du nichts zu sagen, also verschwinde!«

Ginger musterte Clytie anzüglich. »So wie du aussiehst, Kleine, gehörst du auch in die Küche.«

Ohne eine Antwort abzuwarten, machte sie kehrt und schlenderte hüftschwingend zurück zur Bar.

»Na, die ist mir eine!«, schimpfte Clytie mit zusammengebissenen Zähnen. »Wo kommt die denn auf einmal her?«

»Aus Bendigo. Behauptet sie jedenfalls«, meinte Mary Mac nüchtern. »Ich schätze, Miss Ginger Roy ist eine Erfindung von ihr. Und die Referenzen hat sie sich selbst geschrieben.«

Clytie bemühte sich um Fairness. »Mag sein, aber ich wette, die Burschen werden nur so auf sie fliegen! Viel Kundschaft, das wird den Wirt freuen.«

Mary Mac nahm ihre Schürze ab. »Komm, wenn die Katze weg ist, tanzen die Mäuse auf dem Tisch. Lass uns kurz zur Hochzeit gehen!«

»Aber wir sind doch nicht eingeladen.«

»Macht doch nichts. Ich will ja bloß einen Blick aufs Brautkleid werfen – und sehen, ob man Nonis Bauch schon erkennen kann!« Mary Mac grinste breit.

Clytie ließ sich von der frischgebackenen Köchin den Kirchberg hinaufziehen. Sie bezogen in einiger Entfernung Stellung und warteten darauf, dass die Frischvermählten herauskamen. Es dauerte nicht lange, und Holy Maude stimmte auf ihrer fahrbaren Orgel den *Hochzeitsmarsch* von Wagner an.

Das Kirchentor flog auf, und heraus platzte eine Schar aufgeregt schnatternder Weiber, die sich in einer Reihe aufstellten wie Hühner auf der Stange, um für das Brautpaar eine Gasse zu bilden.

Und da erschienen sie schon, blinzelnd im Sonnenschein. Sie wurden mit Konfettischauern, Rosenblättern und Jubelrufen empfangen.

Ein angeheuerter Fotograf baute seine Kamera auf. Clytie entging nicht, dass die beiden Brautleute zwar auf Kommando lächelten, die glücklichsten Menschen waren jedoch die beiden Väter, Boss Jantzen und Pius James.

Noni trug ein Brautkleid im Empirestil, mit hoch angesetzter Taille und Ärmelschlitzen, durch die das silberne Innenfutter zu sehen war.

»Sie sieht umwerfend aus«, meinte Clytie wehmütig. »Und Sonny ist auch so attraktiv. Was für ein romantisches Paar – wie Romeo und Julia. Wollen wir bloß hoffen, dass es bei ihnen ein besseres Ende nimmt«, fügte sie als Nachgedanke hinzu.

»Romeo und Julia? Wer sind die denn?«, wollte Mary Mac wissen.

Aber ehe Clytie sich eine Antwort zurechtlegen konnte, hatte der Fotograf die Familie zu einem Gruppenfoto aufgestellt. Noni zog eine ältere Dame mit einem ausladenden Hut, auf dem sich ein lebensecht wirkender Paradiesvogel befand, mit zu sich ins Bild.

»Wer ist die denn? Die hab ich ja noch nie gesehen«, meinte Clytie, »das hätte ich mir nämlich gemerkt.«

»Das ist Miss Rhoda James, Nonis Tante. Die reichste Landbesitzerin in Bitternbird.«

»Ach, die ist das. Rom hat ihren Garten umgestaltet.«

Sonny winkte eine andere Frau zu sich.

Die Frau war groß und knochig und besaß ein kantiges, strenges Gesicht. Sie wirkte wie eine alt gewordene Johanna von Orléans. Sonny legte einen Arm um ihre Schultern, und sie blickte voller Bewunderung und Zuneigung zu ihm auf.

»Die seh ich auch zum ersten Mal«, bemerkte Clytie.

»Kein Wunder. Das ist Schwester Bracken. Sie ist Oberschwester in der Buschklinik und lebt praktisch Tag und Nacht dort. Das reinste Schlachtross, aber unentbehrlich. Doc muss sie förmlich zwingen, gelegentlich einen Tag freizunehmen. Siehst du, wie sie Sonny ansieht? Er war ihr erstes Baby – also das erste Kind, dem sie auf die Welt geholfen hat.«

Clytie musterte die Frau mit Unbehagen. *Also der würde ich nur ungern nachts im Dunkeln begegnen wollen.*

Der Kopf des Fotografen kam endlich wieder unter dem schwarzen Tuch hervor. Die Gäste wurden allmählich unruhig.

Marj Hornery erinnerte Noni ans Werfen des Brautstraußes. Dem Brauch zufolge war diejenige, die ihn auffing, die nächste Heiratskandidatin. Alle ledigen Frauen und Mädchen scharten sich hoffnungsvoll um Noni, insbesondere Millie, die verschüchterte kleine Brautjungfer. Aber entweder konnte Noni nicht zielen, oder sie hatte andere Ideen. Ihr Strauß flog über Millies hochgereckten Arme hinweg, entwischte Schwester Brackens haschenden Pranken und fiel dem verblüfften Doc Hundey in den Schoß.

»He, Doc, Sie sind der Nächste!«, rief ein Übermütiger. »Ihnen dürft's ja nich schwerfallen, eine Braut zu finden – die werden vor Ihrer Tür Schlange stehen!«

»Das könnt ihr schön vergessen!«, wehrte sich der Arzt.

»Für solchen Unsinn hab ich keine Zeit.« Er war ganz rot geworden. Nun drängte er sich durch die Menge zu der kleinen Millie durch. »Der war für Sie bestimmt. Sie hätten ihn auch gefangen, wenn Sie nur ein bisschen größer wären.«

Die Gäste fielen in zwei große Gruppen auseinander, und Clytie und Mary Mac machten sich unauffällig wieder aus dem Staub. Die eine Gruppe – enge Freunde und Verwandte – brach zu Pferde oder mit Kutschen zum Anwesen der Jantzens am Stadtrand auf, wo der eigentliche Hochzeitsempfang stattfinden würde. Die Kumpel aus der Jantzen-Mine mit ihren Familien waren dagegen zu einem kalten Buffet im Diggers' Rest eingeladen.

Mary Mac kümmerte sich eilig noch um einige letzte Details. Clytie wartete derweil vor dem General Store auf Mrs Midd und darauf, dass auch das Postamt wieder aufmachte. Sie wollte ein paar leckere Kleinigkeiten für ihre Mutter zum Abendbrot besorgen und zudem ein gutes Abendessen für Rom kochen, der ihr versprochen hatte, heute zu ihr zu kommen.

Dolores bedankte sich bei Clytie für die Aufmerksamkeit und nahm ihr zuliebe ein paar Bissen zu sich. Dann musste sie sich für die Arbeit fertig machen.

»Mein Stammkunde kommt extra etwas früher aus Bitternbird, um mich vor der Tarotlesung noch zum Essen auszuführen. Na, was sagst du dazu? Deine Mutter ist eine richtig große Nummer geworden.«

»Überrascht mich nicht. Was immer du tust, machst du fabelhaft«, meinte Clytie aufrichtig.

Abermals fielen ihr die rougeroten Wangen ihrer Mutter auf, mit denen sie von ihrer Blässe ablenkte und die das Blau ihrer Augen unterstrichen. Sie hüllte sich in ihren Lieblingsumhang, den sie ihren »bunten Josefs-Rock« nannte.

»Du bist wunderschön – wie immer, Mama.«

Dolores warf ihrer Tochter einen Seitenblick zu. »Lass Rom nicht zu lange bleiben, ja? Du weißt, wie gern die Leute reden.« Sie hielt in der Tür inne. »Danke, dass du nichts gesagt hast. Aber nein, ich werde keinen Tropfen anrühren.«

»Ich hab nie an dir gezweifelt, Mama.«

Die Stunden vergingen, und Clytie wurde immer nervöser. Sie war zu unruhig zum Sticken oder Lesen. Musik gab es auch keine. Sie nickte schließlich auf dem alten Sofa ein und erwachte, als die alte Wanduhr Mitternacht schlug. Rom war wohl aufgehalten worden und würde ein andermal kommen. Trotzdem – Clytie war sehr enttäuscht und fühlte sich im Stich gelassen. Sie schlug ihr Nachtlager auf einer Pritsche in der Ecke des Wohnraums auf. Zu müde, um die Vorhänge zuzuziehen, schlummerte sie bei offenem Fenster ein – obwohl die Zigeuner glaubten, es bringe Unglück, wenn einem beim Schlafen der Mond aufs Gesicht fiel.

Irgendwann in der Nacht erwachte sie erneut, dieses Mal, weil jemand sie beim Namen rief. Sie hob verschlafen den Kopf und sah Roms Gestalt durchs Fenster hereinschlüpfen.

»Dummerchen, du dachtest, ich würde nicht mehr kommen, oder? Ich hab dir doch mein Wort gegeben. Und hier bin ich. Ist deine Mutter zuhause?«

Das junge Mädchen schüttelte den Kopf. Rom hatte sich bereits ausgezogen und legte sich zu ihr unter die Decke. Seine Körperwärme entfachte Clyties Lust.

»Ich brauch dich, heut Nacht«, flüsterte er. »Willst du mich? Jetzt gleich?«

Er wartete ihre Antwort nicht ab und bestieg sie. Clytie

spürte sofort, dass diesmal irgendetwas anders war. Sie war nur halb wach und hätte sich gerne mehr am Geschehen beteiligt, aber Rom schien das gar nicht aufzufallen.

Schließlich stieß er einen gutturalen Schrei aus und sank auf ihr zusammen. Er gab ihr einen Kuss aufs feuchte Haar und bedeckte auch ihr Gesicht mit Küssen. »Braves Mädel. Und jetzt lass ich dich schlafen.«

Clytie kuschelte sich an seinen Hals und schlief in seinen Armen ein. Ehe sie abdriftete, stieß sie noch hervor: »Ich werde dich für immer lieben, Rom.«

»Ich verlass mich drauf!«

Dem Mondschein folgte viel zu schnell der Morgen. Clytie erwachte in einem leeren Bett. Die Tür zum Schlafzimmer ihrer Mutter war geschlossen.

Sie machte sich eine Tasse Tee und ging hinaus in den Garten, wo sie sich ins Gras setzte. Shadow hatte reglos wie eine Statue am Zaun Stellung bezogen, kam aber willig herbei, als sie ihn zu sich winkte. Er beugte den Nacken, und da sah sie den Brief, der in seinem behelfsmäßigen Halsband steckte. Mit zitternden Fingern zog sie ihn hervor und öffnete ihn.

Mein geliebtes Mädel,
ich wollte uns den Abschied nicht mit Worten verderben. Du kennst mich ja, ich ertrag's einfach nicht, wenn eine Frau zu heulen anfängt, da knick ich ein wie ein Kartenhaus. Es ist so, ich bin gestern nach Trentham geritten und hab einen gebrauchten Sattel und Zaumzeug für Goldie gekauft. Hab einen günstigen Preis rausgeschunden.
Wenn du das liest, bin ich bereits unterwegs nach Melbourne. Ich will mich bei den Rifles melden. Als Schütze bin ich ein Ass

und obendrein gesund wie ein Pferd. Sie wären verrückt, wenn sie mich nicht nähmen. Aber keine Sorge, ich verpflichte mich ja nur für ein Jahr, und bis dahin ist der Krieg längst zu Ende. Ehe du dich's versiehst, bin ich wieder bei dir, wirst sehen. Bitte hab Verständnis dafür, dass dies meine Chance ist, was aus mir zu machen. Ich mag vielleicht nicht das Zeug zum Helden haben, aber reiten und schießen kann ich wie die Besten. Ich werde es diesen Buren schon zeigen!

Wir kriegen einen festen Sold, fünf Schilling pro Tag. Ist zwar nicht viel, aber Kleinvieh macht auch Mist. Ich werde zusehen, dass ich dir regelmäßig den Lohn für Long Sam schicke. Und ich werde in Johannesburg nach einem Diamantring für dich Ausschau halten.

Denk dran, du hast versprochen, mich für immer zu lieben.

Keine Angst, nur die Guten sterben jung.

Ganz der Deine

Rom

PS: Ich schätze, sie werden Goldie einsetzen können. Hunde darf man nicht mit nach Südafrika nehmen, nicht mal Kelpies. Du wirst gut auf ihn aufpassen und dich um ihn kümmern, solange ich weg bin, ja? Danke. R.

Clytie erschauderte trotz der warmen Morgensonne.

Rom haut ab und lässt mich sitzen. Und hat auch noch die Frechheit, es so hinzustellen, als ob er's mir zuliebe täte.

15

Zwei Monate später traf der erste Brief mit Poststempel Johannesburg ein. Clyties Herz trommelte im Rhythmus mit der Marschkapelle der Heilsarmee, die, wie jeden Freitag, vor dem Diggers' Rest Aufstellung bezogen hatte. Ein hübsches scheues Mädchen sang in der typischen dunkelblauen, mit roter Paspelierung verbrämten Uniform der Heilsarmee schwungvolle Hymnen zu modernen Melodien. Sie brauchte gar nicht um milde Gaben zu bitten, der Blecheimer zu ihren Füßen wurde ganz von selbst von den Gästen gefüllt, die den Hotelgasthof betraten oder verließen.

Roms Brief an ihr Herz gedrückt eilte Clytie über die Straße und setzte sich auf den Sockel des geplanten Kriegerdenkmals, über dessen Statue sich Councillor Twyman noch mit den Seelsorgern der Stadt stritt. Der eine wollte die lebensgroße Figur eines typischen australischen Soldaten oder Diggers, wie sie auch genannt wurden, die anderen einen geflügelten Engel.

Mit zittrigen Fingern öffnete sie den Brief und passte auf, dass sie das dünne, eng auf beiden Seiten beschriebene Papier dabei nicht zerriss.

Mein geliebtes Mädel,
ich befinde mich jetzt an Bord der Southern Cross *auf dem Weg nach Kapstadt. Das Schiff ist voll bis unter die Kiemen – 460 Offiziere und Freiwillige und an die 500 Pferde. Oder besser gesagt 501, denn Goldie ist mit dabei.*
Die Verhältnisse auf dem Schiff sind unaussprechlich, verdorbener Fraß, und wir hängen wie Sardinen nebeneinander in Hängematten. Die armen Pferde haben's sogar noch schlimmer – allein in unserem Schlafquartier drängt sich ein Dutzend davon, ohne Trennwände. Ist nicht mal genug Platz zum Ausmisten. Bei hohem Seegang tun mir die Biester besonders leid, da besteht Lebensgefahr.
Dem XXXXXXX-Kerl, der das geplant hat, würde ich am liebsten den Hals umdrehen! Der hat keine Ahnung! Wahrscheinlich hat er noch nie ein Pferd zu Gesicht bekommen.

Clytie musste über das Ausgestrichene schmunzeln. Sie las weiter.

Doc würde ausrasten, wenn er wüsste, was hier für hygienische Verhältnisse herrschen! Vier Urinale für die gesamte Horde, und wir müssen uns mit demselben Wasser waschen wie die Pferde. Die meisten sind seekrank und kotzen sich die Seele aus dem Leib (die Jungs, nicht die Pferde). Aber Goldie und ich sind okay.
Es gibt ein Dutzend blinder Passagiere an Bord, einige davon noch fast Kinder, andere sind auf der Flucht vor den Gendarmen (nein, Clytie, deshalb bin ich nicht zur Armee gegangen!). Bei den Rifles wollte man sie nicht haben, aber sie sind trotzdem an Bord gegangen. Sie wollen erst mal nach Südafrika und sich dann irgendeinem irregulären Freiwilligenkorps anschließen.

Am schlimmsten sind die Nichtsnutze und Gauner an Bord, professionelle Taschendiebe und Räuber. Die klauen alles, was nicht niet- und nagelfest ist. (Versuch bloß nicht, nachts die Stiefel auszuziehen, oder sie klauen sie dir, mitsamt den Socken!) (Apropos Socken: Bitte sag den tapferen Ladys zuhause, sie sollen fleißig weiter Socken für uns Soldaten stricken!)
Ein paar Tage später: Wir befinden uns jetzt auf dem Indischen Ozean – zum ersten Mal außerhalb australischer Gewässer. Ich musste drei arme Biester über Bord werfen (Pferde, nicht Soldaten).
Wir haben eine Walherde beim Paarungstanz beobachtet! Mein Gott, ich wünschte, ich hätte eine Kamera dabeigehabt.
Die Drill- und Schießübungen machen Spaß. Wir schießen auf eine Scheibe, hinten am Heck. Schütze und Ziel sind dabei in Bewegung – eine gute Übung für später, wenn wir vom Pferderücken aus schießen müssen.
Kapstadt: Endlich da, nach dreißig Tagen auf See. Einige der Jungs haben Typhus, aber Goldie und mir geht's prima. Überall Khakiuniformen, so weit das Auge reicht, das ganze Empire ist hier versammelt, Schotten in Kilts und Inder mit Turbanen. Bin am schicken Hotel Ritz vorbeispaziert, und ich sag dir, fast jeder Brite hatte sich ein Monokel ins Auge geklemmt! Man könnte meinen, die gesamte britische Armee ist auf einem Auge blind!
Ein Trupp verwundeter Schotten aus einem Highland-Regiment hat uns zu seiner Abschiedsfete eingeladen – tolle Kerle und unglaublich tapfer. Hab mir die Artilleriehaubitzen angesehen, die frisch aus England eingetroffen sind. Die werden mit Lyddit-Geschossen befeuert. Absolut tödlich und hinterlässt auf allem einen gelben Feinstaub, wie man hört.
Später: Schlechte Nachrichten. Sie haben unsere australischen

Pferde konfisziert – so ein Empire-Offizier hat sich meine Goldie untern Nagel gerissen. Muss mich mit einer braunen Mähre zufriedengeben. Was soll man machen. Aber ich krieg Goldie zurück, und wenn's mich umbringt.
Was für ein XXXXXX-Dreck! (Bitte entschuldige.) Immerhin haben uns die Einheimischen begeistert gefeiert, als wir und die Pferde zum Bahnhof gezogen sind, um von dort aus ins Kriegsgebiet zu fahren. Die Straßen waren gesäumt von Leuten, die Fähnchen mit dem Union Jack schwenkten.
Die Eisenbahn ist das wichtigste Transportmittel der Armee. Sie wird scharf bewacht, und es gibt alle zwanzig Meilen Wachtposten. Die Landschaft ist weitgehend kahl, es gibt kaum Bäume, ist hier fast wie 'ne Wüste. Wir Freiwilligen sind ein lauter Haufen im Vergleich zu den scharf gedrillten Tommys. Aber das sind ja auch ausgebildete Soldaten – wir dagegen helfen bloß ein Jahr lang aus.
Besonders überrascht hat mich die klare Luft hier – es gibt fast gar keinen Dunst oder Staub. Kein Wunder, dass die Buren so gute Scharfschützen sind: Man kann hier meilenweit sehen, nicht so wie in Australien.
Später: Hab zum ersten Mal Buren gesehen, auf einem durchfahrenden Gefangenentransport. Sind richtig wilde, struppige Burschen in zerlumpten Kleidern und zusammengestöpselten Uniformen. Komisch, aber als ich sie sah, hätte ich fast vergessen können, dass sie DER FEIND sind – sie sehen nicht anders aus als wir Burschen aus dem Outback. Trotzdem würden wir uns wohl über den Haufen knallen, wenn wir einander über den Weg liefen. C'est la guerre, das ist nun mal der Krieg. Vor allem die jüngeren Buren sehen aus wie wir, einfache, ungebildete Bauernburschen, aber so tapfer wie die Besten von uns.
Später, im Feld: Wir schlafen in unseren Uniformen. Können

froh sein, wenn wir uns dreimal pro Woche waschen dürfen. Den Läusen geht's jedenfalls gut bei uns. Bin heute im Modder River baden gegangen, ein seltener Luxus. Man erzählt sich, dass hier Hunderte von Buren mit Steinen um den Hals gefunden wurden (das erfährt man natürlich nicht aus der Zeitung).
4:30 Uhr morgens: Signal zum Aufbruch. Kein Frühstück, kein Wasser für die Pferde. Ziel: unbekannt. Das Los des Soldaten. Hast du mir schon geschrieben? Sorg dafür, dass Shadow mich nicht vergisst! Ich schreib dir wieder, wenn wir zurück im Camp sind. Sei brav, ja? Bist mein Mädel.
Dein Rom

Clytie drückte den Brief an ihre Brust, sie war in Gedanken bei seinen unausgesprochenen Botschaften.

Rom hat also noch keinen einzigen Brief von mir erhalten. Ich muss noch öfter schreiben. Aber was nur? Ich hab ja nichts zu erzählen.

Das änderte sich schon am nächsten Morgen. Clytie schaute in den Spiegel und erstarrte. Der Gedanke, der ihr durch den Kopf schoss, war einfach zu verrückt. Sie wusste dennoch, dass es wahr war.

Ich bin nicht länger allein. Ich teile meinen Körper mit einem anderen Menschen, einem kleinen Wesen.

Und nun saß sie im Wartezimmer von Doc Hundey und wartete, bis der letzte Patient gegangen war. Nein, die Wahrheit ließ sich nicht länger verleugnen.

Doc Hundey winkte sie herein. Sein Gesicht war zwar von Müdigkeit und Erschöpfung gezeichnet, doch seine Augen funkelten vergnügt, während er sie ansah. »Tja, meine Liebe, wenn ich Arzt wäre, dann würde ich sagen, mit dir könnte man Werbung machen! Du strotzt ja geradezu vor weiblicher Schönheit und Gesundheit.«

Clytie erwiderte sein Lächeln und wickelte sich fester in den bunten Umhang ihrer Mutter. Sie nahm auf dem Stuhl vor seinem Schreibtisch Platz.

»Ja, es stimmt, ich hab mich nie besser gefühlt – außer gleich nach dem Aufstehen am Morgen, da ist mir speiübel. Es überrascht Sie sicher nicht, dass ich seit zwei Monaten keine Regelblutung mehr gehabt habe.« Hastig fügte sie hinzu: »Ich weiß, ich sollte mich fürchten oder schämen. Aber ich kann nicht. Ich freue mich wahnsinnig. Ich freue mich so sehr, dass ich es noch niemandem sagen will, nicht einmal Rom. Ich hoffe sehr, dass Sie meine Vermutung bestätigen, Doc.«

»Nun gut, dann wollen wir mal nachsehen.«

Die Untersuchung war behutsam, aber gründlich. Clytie war auf einmal ganz nervös und wartete ängstlich auf das Urteil.

»Alles in Ordnung, Clytie. Es geht alles nach Plan. Du kannst im späten Frühjahr mit der Entbindung rechnen.« Er warf einen abwesenden Blick zum Fenster und sah sie dann ungewöhnlich ernst an. »Aber es ist sehr wichtig, dass du meine Anweisungen ganz genau befolgst, klar? Ist dir in letzter Zeit was an deiner Mutter aufgefallen? Verhält sie sich irgendwie anders?«

Clytie war ganz verdattert. »Meine *Mutter*? Aber die weiß doch gar nichts!«

»Sie ahnte es schon, ehe es dir klar wurde, Clytie. Deshalb hoffe ich auch, dass sie sich strikt an die Anweisungen hält, die ich ihr gab. Dir ist nichts aufgefallen?«

Clytie wurde von einem kalten Schauder erfasst. Natürlich war ihr etwas aufgefallen, aber sie hatte es verdrängt, wollte es nicht wahrnehmen.

»Mutter ist ja kaum zuhause. Und wenn doch, dann schläft sie meistens. Komisch, aber wir küssen uns kaum noch – sie sagt, sie will mich nicht mit ihrem Husten anstecken. Sie ist richtig pingelig geworden. Isst am liebsten allein und benutzt immer ihr eigenes Besteck. Wenn wir doch mal zusammen sind, sitzt sie meistens draußen auf der Veranda. Sie sagt, die frische Luft täte ihr gut.«

Doc Hundey nickte.

Clytie bekam plötzlich ein schlechtes Gewissen. »Ich war so in meine eigene Lage vertieft, in die Nachrichten von der Front und das Warten auf Post von Rom, ich … ich hab nie wirklich über ihr Verhalten nachgedacht. Mir ist allerdings aufgefallen, dass Mama ihre Taschentücher nie wäscht, sondern immer gleich wegwirft und sich neue kauft.«

Erneut erschauderte sie. Sie musste an die *Kameliendame* denken. Waren die Taschentücher ihrer Mutter auch blutbefleckt?

»Ach Doc, bitte sagen Sie nicht, es ist Tuberkulose!«

»Ich wünschte, ich könnte es, meine Liebe.«

Clytie wurde von einem brennenden Schmerz durchzuckt, als würde sie innerlich weinen. Aber ihre Augen blieben vollkommen trocken. »Wie konnte ich nur so dumm sein! Ich hatte es alles vor meiner Nase – aber ich wollte es einfach nicht wahrhaben.«

»Die Geheimnisse von Müttern und Töchtern. Es wird jetzt Zeit, sie miteinander zu teilen, Clytie. Verschiebt es nicht länger. Und macht das Beste aus eurer Zeit.«

Die junge Zirkusreiterin nahm all ihren Mut zusammen und sprach es aus: »Sie wollen sagen, dass Mutters Zeit begrenzt ist?«

»Deine Mutter wird dir das alles selbst erklären. Du musst begreifen, dass es für die Tuberkulose oder Schwindsucht keine Heilung gibt, zumindest nicht im fortgeschrittenen Stadium. Und in Australien gibt es bis jetzt noch keine Lungensanatorien. Wer es sich leisten kann, reist in die Schweiz, das ist oft die letzte Hoffnung. Aber selbst wenn deine Mutter genug Geld hätte, sie würde nicht wegwollen. Sie hat mir selbst gesagt, ihr einziger Wunsch im Leben sei, dass du ein gesundes Kind zur Welt bringst.«

»Wollen Sie damit sagen, dass sie sich darüber freut?«

Der Doc schmunzelte. »Und wie! Man könnte meinen, sie wäre die erste Frau der Welt, die Großmutter wird. Aber ich muss dir ja nicht sagen, wie dickköpfig sie sein kann. Ich hab sie schon oft ermahnt, sie müsse sich dringend schonen, aber sie weigert sich. Sie will noch möglichst viel verdienen, damit du in der ersten Zeit nach der Entbindung gut versorgt bist – jedenfalls, bis Rom wieder da ist.«

Clyties Mundhöhle und Augen waren ganz trocken. »Wieso kann ich nicht weinen, Doc?«

»Das ist der Schock, meine Liebe. Ich werde versuchen sie zu überreden, jetzt ganz mit dem Arbeiten aufzuhören. Viel Schlaf und Ruhe, frische Luft und regelmäßige Mahlzeiten werden ihr helfen, gegen die Krankheit zu kämpfen – und sich noch ein wenig Zeit zu verschaffen.«

Clytie machte sich stolpernd auf den Weg zur Tür. Die abschließenden Worte des Arztes drangen wie durch dicke Watte an ihr Ohr.

»Das beste Geschenk, das du deiner Mutter machen kannst, ist, dass sie sehen kann, wie ihr Enkelkind heranwächst.«

Der treue Shadow wartete bereits vor der Praxis auf sie.

»Ich wette, du weißt das mit dem Baby schon seit Langem«, sagte sie zu ihm. Der ernste Ausdruck, mit dem er sie ansah, bestätigte das. Sie wusste jetzt, dass sie in ihm einen

Verbündeten hatte. »Rom hat wohl doch gewusst, was er tat, als er dich bei mir gelassen hat. Aber es ist andersrum: *Du kümmerst dich um mich* und nicht ich mich um dich.«

Dolores saß auf einer Decke draußen im Garten und bewunderte den rotgoldenen Sonnenuntergang. Sie hatte einen Ausdruck wie ein Kind, das dieses Naturschauspiel zum ersten Mal erblickt.

Clytie setzte ein munteres Lächeln auf. »Eine tolle Idee, Mama! Machen wir ein Picknick im Garten. Ich werde mich gleich um alles kümmern.«

»Nein! Komm, setz dich zu mir und lass uns reden, Kind. Essen können wir später. Die Zeit ist kostbar. Ich weiß, du machst dir Sorgen um Rom.« Sie tippte sich mit dem Finger an die Schläfe. »Aber ich bin sicher, er ist dir treu – und wird aus dem Krieg zu dir heimkehren. Ich wünschte nur, dass du immer jemanden hättest, den du lieben kannst und der dich bedingungslos liebt.«

»Was meinst du damit, Mama?«

»Es gibt ein altes Sprichwort: Eine alte Seele geht, und eine neue kommt. Niemand lebt ewig. Aber es wäre mir ein Trost, wenn du jemanden hättest, ein Kind zum Beispiel, um das du dich kümmern könntest. So wie ich. Du warst mein Leitstern, Schätzchen, mein Sonnenschein.«

Die Geheimnisse von Müttern und Töchtern. Zeit, sie miteinander zu teilen. Das hat der Doc gesagt.

»Ich bin tatsächlich schwanger, Mama. Ich hatte nur etwas Sorge, es dir zu sagen – ich dachte, du wärst enttäuscht von mir.«

»Enttäuscht? Rede keinen Unsinn, Kind! Jetzt hab ich endlich meinen Frieden.«

»Denk doch nicht so was! Der Doc wird dir helfen, du

wirst dich wieder erholen, Mama, du wirst sehen. Wir werden uns zusammen um dieses Baby kümmern. Und Rom wird zu mir zurückkommen und mich heiraten. Das hat er versprochen.«

»Das will ich auch hoffen! Denn wenn er's nicht tut, werde ich ihm als Geist erscheinen, das hab ich ihm bereits angedroht.«

Dolores' Gesicht war vor Freude gerötet. Auf einmal war sie wieder die fröhliche junge Mutter, an die Clytie sich erinnerte.

»Ich werde sofort anfangen, einen Quilt zu nähen, so wie damals für dich.«

»Wunderbar. Aber du darfst dich nicht überanstrengen. Ich muss mich jetzt um dich kümmern. Und du *musst* was essen, Mama.«

»Na gut, wenn du willst. Bring uns Brot und Käse – und die Flasche Wein, die ich für besondere Anlässe aufgehoben habe. Schau nicht so – ich will doch nur dieses eine Mal mit dir anstoßen. Bessere Neuigkeiten gibt's schließlich nicht, oder? Ich werde Oma! Gott segne den Schöpfer Aller Dinge.«

Clytie mummelte ihre Mutter in ein paar Decken und ein warmes Schultertuch. Dolores, trunken vor Glück (und auch ein wenig beschwipst vom Wein), war fest entschlossen, diesen magisch schönen Abend in vollen Zügen zu genießen. Über ihnen stand ein weiter nachtschwarzer Himmel voller funkelnder Sterne.

»Für dich keinen Wein, Liebes, mein Enkelkind trinkt keinen Alkohol!«

Sie lachte so herzhaft, dass Clytie nicht anders konnte, als mit einzustimmen. Die Probleme traten in den Hintergrund, und die junge Artistin überließ sich diesem Moment und der milden Nacht.

»Erzähl mir doch eine von deinen Zirkusgeschichten, Mama. Du hast so viel erlebt, ich hab nie dieselbe Geschichte zweimal gehört.«

»Kein Wunder, wir haben ja fünf Generationen von Zirkusanekdoten. Vermisst du manchmal dein altes Leben, Clytie? Du weißt, du könntest wieder zum Zirkus zurück, falls ...«

»Rom wird ganz bestimmt wiederkommen, Mama. Aber ja, manchmal vermisse ich es schon. Vor allem die ganze bunte Mischpoche: Pedro, Tiche, Ruby, Zaza und all meine Schulkameraden. Der Zirkus liegt mir im Blut. Aber im Moment bin ich ganz zufrieden, dass ich dieses neue Leben hier kennenlernen darf. Dieser Ort ist was ganz Besonderes, Mama, das spüre ich. Ich möchte hier Wurzeln schlagen und über meine Vergangenheit nachdenken. Über meine *ganze* Vergangenheit wohlgemerkt ...«, fügte sie vielsagend hinzu.

Dolores beäugte ihre Tochter mit einem schiefen Blick und meinte dann großzügig: »Na gut, spuck's aus.«

»Mama, du hast versprochen, mir von meinem Vater zu erzählen, wenn ich alt genug bin. Und jetzt werde ich selbst bald Mutter! Das ist doch alt genug, oder?«

Dolores stieß ein gebrochenes Lachen aus. »Dagegen lässt sich schlecht was einwenden.«

Sie legte sich auf den Rücken und blickte hinauf zum samtigen Sternenhimmel. Ihre Stimme nahm einen verträumten, wehmütigen Ton an.

»Ich traf deinen Vater, als die Flying Harts zum Wirth's Circus wechselten. Ich war siebzehn und er dreiundzwanzig. Er war groß, schlank und edel. Ein hervorragender Seiltänzer!« Dolores verlor sich sekundenlang in Gedanken, dann fuhr sie fort. »Dein Vater war meine ganz große

Liebe, das darfst du nie vergessen, Clytie. Mit Vlad habe ich mich nur eingelassen, um meinen Kummer zu überwinden. Einen schlimmeren Fehler hätte ich nicht machen können.«

»War mein Vater Spanier? Oder Grieche? Pedro hat erwähnt, der Name Clytie stammt aus der griechischen Mythologie.«

»Vielleicht war sein Vater ja ein Südländer«, überlegte Dolores. Zögernd gestand sie: »Das Einzige, was ich mit Sicherheit weiß, ist, dass seine Mutter eine Aborigine war.«

»Was, eine Schwarze? Warum hast du mir das nie gesagt? Das bedeutet dann doch, dass ich zu einem Viertel Aborigine bin! Hast du etwa geglaubt, ich würde mich dafür schämen? Du hast mir doch selbst beigebracht, dass im Zirkus nur zählt, wie gut man als Artist ist, und nicht, wo man herkommt.«

»Allerdings! Doch Vlad ist eine Ausnahme. Er hatte was gegen Schwarze und gegen Asiaten. Wenn er gewusst hätte, dass du teilweise Aborigine bist, hätte er das als Waffe gegen dich benutzt.«

»Dieser blöde Vlad! Denken wir nicht mehr an ihn. Ich bin stolz auf das Erbe meines Vaters. Wie hieß er denn? Wo leben seine Leute? Wo kann ich sie finden?«

Dolores winkte lachend ab. »Immer langsam. Ich erzähle dir ja alles. Seinen richtigen Namen hab ich nie gekannt. Seine Mutter ist kurz nach der Geburt gestorben. Er kam im Norden von New South Wales zur Welt und wurde vom Zirkusdirektor und seiner Frau adoptiert. Es ist ja nicht ungewöhnlich, dass illegitime Kinder oder Waisen ein Zuhause beim Zirkus finden – Pedro und Ruby haben Tiche auch adoptiert. Der Direktor und seine Frau haben deinem Vater alles beigebracht. Dadurch gewann er seine Schnelligkeit, Anmut und Balance, und so wurde aus ihm ein Weltklasseseiltänzer. Wenn er nicht schon so früh verstorben wäre, hätte er sogar dem berühmten Blondin den Rang ablaufen können!«

»Der Held der Niagarafälle!«, staunte Clytie.

»Von seinen Pflegeeltern erhielt er seinen Künstlernamen: der Furchtlose Franco. Mehr weiß ich nicht, tut mir leid. Aber du hast deine herrlichen Locken von deinem Vater geerbt und auch diese funkelnden schwarzen Augen – und sein hervorragendes Timing. Das ist einem angeboren, Kind. Lernen kann man das nicht.«

»Und was ist passiert? Hat Franco dich sitzen lassen, so wie Vlad?«

»Nie im Leben! Franco hatte ein unschuldiges, treues Herz. Er hat mich aufrichtig geliebt. Aber ein amerikanischer Zirkus, der in Neuseeland auf Tournee ging, hat ihm ein unwiderstehliches Angebot gemacht. Und wir brauchten das Geld. Franco hat mir regelmäßig etwas für dich geschickt. Doch auf einmal blieben seine Briefe aus, und ich habe nichts mehr von ihm gehört. Wenige Monate später traf dann die Nachricht von dem amerikanischen Zirkus ein, er sei an Lungenentzündung gestorben. Er war erst vierundzwanzig.«

»Und wo ist er begraben?«

»Er starb an Bord des Schiffes. Er bekam ein Seebegräbnis, kurz vor der Küste von Neuseeland.«

Clytie sank das Herz. *Endlich, nach so vielen Jahren, erfahre ich alles – und es nutzt mir gar nichts. Immerhin weiß ich jetzt, dass mein Vater ein großer Artist war – und dass er uns nicht im Stich gelassen hat.* »Dann werde ich also nie Vaters richtigen Aborigine-Namen erfahren«, seufzte die junge Frau.

»Das vielleicht nicht. Aber hast du dich nie gefragt, wo du deinen zweiten Vornamen *Ellin* herhast?« Dolores lächelte wehmütig. »Das ist nicht etwa eine falsche Schreibweise von *Ellen*. Franco hat sich immer eine Tochter gewünscht, und als ihm dieser Wunsch erfüllt wurde, nannten wir dich *Ellin* – das heißt *Wunsch* in der Sprache der Aborigine.«

Clytie beugte sich vor und gab ihrer Mutter, ehe sie es verhindern konnte, einen Kuss.

Dolores hielt Clyties Hand fest. »In der Truhe unter meinem Bett findest du all meine Kostüme. Vielleicht kannst du sie eines Tages ja brauchen. Ganz unten liegt eine Mappe mit alten Zeitungsausschnitten und Programmen über Francos Karriere. Du wirst selbst sehen, wie attraktiv er war. Dort ist auch eine Rolle Geldscheine – ich traue den Banken nicht, die können unversehens zusammenbrechen. Das Geld sollte für die Anfangszeit, wenn mein Enkelsohn geboren ist, reichen.«

»Woher willst du wissen, dass es ein Junge wird?«, fragte Clytie erstaunt. »Du sagst doch immer, es bringt Unglück, wenn man sich selbst die Karten legt.«

Dolores schmunzelte. »Franco ist mir letzte Nacht im Traum erschienen. Er hatte unseren Enkelsohn auf seinem Arm – der Säugling war nackt, also kann kein Zweifel an seinem Geschlecht bestehen!«

Clytie lachte. »Na, dann wird's ja wohl stimmen.« Ihre Augen wurden feucht vor Rührung.

Dolores wechselte rasch das Thema. »Komm, wir gehen rein. Ich will dir einen Brief vorlesen, den ich von Rom erhalten habe. Er schildert da eine ganz erstaunliche Begebenheit mit einem Zirkus.«

Verwundert folgte Clytie ihrer Mutter. Rom hatte also auch ihr geschrieben? Mit dem Weinglas in der Hand machte es sich Dolores auf dem durchgesessenen alten Sofa gemütlich. Clytie brachte es nicht übers Herz, die gute Stimmung zu verderben, indem sie ihre Mutter an ihr Abstinenzversprechen erinnerte.

Dolores reichte ihr den Brief. »Lies du ihn vor – er ist schließlich dein Beau.«

Sehr geehrte Mrs Hart,
ich hätte jede Menge Abenteuergeschichten zu erzählen, aber weil ich gleich raus auf Kundschaft muss, werde ich nur von der erstaunlichen Anekdote berichten, die mir ein junger Kriegsgefangener, ein Bure, erzählt hat. Ein einfacher Bursche vom Land, so wie wir, braun gebrannt und mit weißblonden Haaren, ein richtiger Junge aus dem Outback oder, besser gesagt, aus dem Veld, wie man hier sagt. Ich bot ihm eine Zigarette an und zeigte ihm das Foto von Clytie in ihrem Kostüm. Er war sehr beeindruckt. Dann erzählte er mir diese Sache mit dem Zirkus. In den australischen Zeitungen wurde es jedenfalls nie erwähnt.
Der Wirth's Circus traf kurz vor Kriegsausbruch in Johannesburg ein und mietete dort ein Theater an. Zwei Burenführer, Präsident Krüger und General Cronje, baten den Direktor, ob er ihnen den Saal für einen Abend abtreten könne, da sie eine Wahlveranstaltung abhalten wollten. Der Direktor, der neutral bleiben wollte, lehnte ab. Kurz darauf wurde er von einem britischen Colonel um denselben Gefallen gebeten. Auch diesmal lehnte er ab. Das haben ihm die Buren nie vergessen. Als die Briten im Anmarsch waren und die Buren die Brücke über den Modder River sprengen wollten, um dem Feind die Nachschublinie abzuschneiden, war der Wirth's Circus der letzte Zug, den die Burenführer durchließen. Jeder hat seinen eigenen Ehrenkodex. So ist der Krieg.

Bitte richten Sie Doc Hundey und Long Sam meine herzlichen Grüße aus. Und umarmen Sie Clytie für mich. Ich hab noch immer nichts von ihr gehört – vielleicht hat sie mich ja vergessen?
Hochachtungsvoll, Rom

»Aber ich schreib ihm jede Woche!«, rief Clytie aufgebracht. Sie war ganz gerührt über das »Hochachtungsvoll«.

»Dann hör auch jetzt nicht auf. Irgendwann werden ihn die Briefe schon einholen«, beruhigte Dolores.

Beide waren ganz angetan von der Geschichte über den Zirkus.

»Das war sehr klug und diplomatisch von den Wirths.«

»Ja, Mama, und es sagt eine Menge über die Buren – und ihre Standhaftigkeit und Prinzipientreue.«

Der Abend endete so glücklich, wie es unter den bittersüßen Umständen nur möglich war. Clytie und Dolores schauten sich die Zeitungsausschnitte über den Furchtlosen Franco an, und Clytie wollte jede Einzelheit ihrer kurzen, aber intensiven Liebesaffäre erfahren.

Sie hätte sich gerne zu ihrer Mutter ins Bett gekuschelt, aber diese winkte lachend ab. »Kommt nicht in Frage! Ich brauche meinen Schlaf. Und du trittst aus wie ein Muli, wenn du schläfst. Jetzt wären es gleich zwei deinesgleichen, die mich treten würden.«

Clytie lachte über diese Vorstellung. Wohl oder übel schlüpfte sie wieder auf ihr schmales Pritschenlager im Wohnraum. Zuvor aber legte sie noch Roms Brief in die Schachtel, in der sie gewissenhaft alle Andenken an ihn aufbewahrte.

Irgendwann tauchte Dolores im Zimmer auf, umrahmt von silbernem Mondschein. Clytie war nicht ganz sicher, ob sie wachte oder träumte.

»Lass mich morgen bitte ausschlafen, ja? Ich wollte dir nur sagen, dass du mich nicht bedauern musst. Ich habe die Liebe meines Lebens, Franco, zwar verloren, dafür aber die Sonne meines Lebens geschenkt bekommen – dich.«

»Versprich mir nur eins, Mama: dass du noch bei mir bist, wenn das Kind kommt.«

»Wo sollte ich sonst sein? Ich werde euch auf Schritt und Tritt begleiten, euch beide.«

Die Tür fiel leise hinter ihr zu.

Clytie lag noch lange wach und konnte nicht einschlafen. Winzige Ellbogen und Füßchen kickten sie und erinnerten sie daran, dass sie nicht allein war.

Der Doc hatte recht. Endlich haben Mutter und Tochter ihre Geheimnisse miteinander geteilt.

Früh am nächsten Morgen ließ sie ihre Mutter wie versprochen ausschlafen und machte sich auf den Weg zur Arbeit. Das Baby trat und strampelte den ganzen Vormittag lang, als wollte es sagen: Hier bin ich!

Gegen Mittag betrat Doc Hundey mit traurigem Gesicht die Hotelküche. Als Clytie ihn erblickte, hob sie abwehrend die Hände.

»Bitte sagen Sie es nicht! Ich will's nicht hören.« *Weil es nicht sein darf.*

Der Arzt nickte gütig und kutschierte die junge Frau schweigend heim. Das Pfarrhäuschen war verlassen, das Bett frisch bezogen. Nur noch der Duft des Parfüms ihrer Mutter hing im Schlafzimmer. Neben dem Bett lag eine Liste mit Anweisungen, die Dolores schon vor einiger Zeit geschrieben hatte, um für den Fall vorzubeugen, der nun eingetreten war.

Clyties Augen waren wie blind, sie musste den Zettel zweimal lesen, ehe sie auch nur das Geringste aufnahm.

Nur der letzte Paragraf prägte sich ein: *Vergiss nicht, Little Clytie, ich werde immer für dich da sein, wenn du mich brauchst. Aber wenn mein* letzter Auftritt *kommt, dann verzichte bitte auf Pferde. Denk dran: Pferde sind zur* Unterhaltung *da – nicht um Menschen zu beerdigen!*

16

Der Frost lag glitzernd auf dem Gras, die Sonne stand bleich am wolkengrauen Himmel. Es war eine einsame Prozession, die an diesem Vormittag den windigen Kirchberg hinaufstapfte. Dolores hatte immer gegraut vor einer »viktorianischen Beerdigung«, mit gläsernem Leichenwagen und Rössern mit düsterem Kopfschmuck. Auch wenn eine solche Beerdigung im England der Jahrhundertwende Mode war – Dolores wollte nichts davon wissen. Clytie konnte die Worte ihrer Mutter noch jetzt hören: *Pferde sind zur Unterhaltung da – nicht um Menschen zu beerdigen!*

Die ältere Artistin hatte genaue Anweisungen hinterlassen, was ihren »letzten oberirdischen Tag« betraf, wie sie es ausgedrückt hatte. Clytie blieb keine andere Wahl, als sich ganz genau daran zu halten. Dolores wollte keine unnötigen Ausgaben, das wenige Geld sollte allein Clyties Baby zugutekommen.

Doc Hundey regelte alles. Es sollte keine Messe geben, da Dolores nur den Schöpfer Aller Dinge selbst als Autorität anerkannte. Sargträger waren der Arzt und die drei O'Grady-Brüder, die beim Aufbau des Pfarrhäuschens geholfen hatten. Auf dem Sarg lag ein prächtiger Kranz aus exotischen Blumen, die Adelaide Hundey aus ihrem Garten spendiert hatte.

Shadow führte die kleine Prozession mit ernster Würde an, als wäre er sich seiner Verantwortung als Stellvertreter seines Herrchens bewusst. Clytie redete sich ein, sie mache sich nichts draus, dass sonst keiner aus dem Städtchen gekommen war, um von ihrer Mutter Abschied zu nehmen. Yeoman, der Gastwirt, hatte eine kurze Mitteilung geschickt, er bedaure es, sein Hotel nicht unbeaufsichtigt lassen zu können, und spräche ihr sein herzliches Beileid aus.

Da merkte Clytie plötzlich, dass sie nicht mehr allein waren. Ein großer schlaksiger Mann in Regenpelerine und Südwester, wie ihn Fischer tragen, gesellte sich zu ihr und reichte ihr einen großen schwarzen Regenschirm. Er nickte dem Arzt grüßend zu und senkte respektvoll das Haupt.

Doc wollte schon mit der kleinen Grabrede beginnen, die Clytie abgesegnet hatte, als plötzlich eine lärmende kleine Gesellschaft den Kirchberg hinabkam.

Keuchend und schwitzend schoben sie einen von einem Shetlandpony gezogenen Karren vor sich her und holperten damit durch den Eingangsbogen auf den Friedhof.

Clytie erblickte bekannte Gesichter: Mick und Proddie, die irischen Musiker, Long Sam, Sergeant Mangles, der junge Kanga Smith, ein paar Kinder und die exzentrische Alte, die Clytie nicht sehen konnte, ohne an Roms Geschichte von Ned Kellys letzter tragischer Liebe zu denken.

Verwundert sagte Clytie zu Doc Hundey. »Mein Gott, Holy Maude hat ihre alte Orgel angeschleppt! Dabei wollte Mutter doch gar keine religiöse Feier.«

Des Rätsels Lösung ließ nicht lange auf sich warten. Holy Maude steckte ihren Hut mit einer Furcht einflößenden Hutnadel fest und begann, ihre kleine Kapelle energisch zu dirigieren. Fiedeln, Ziehharmonika, Orgel, Tamburin und

Gummiblattbläser stimmten den Parademarsch an, mit dem im Zirkus Wildebrand immer der große Schlussaufmarsch eingeleitet wurde. In dieser Situation hätte er nicht absurder sein können – und war dennoch genau das Richtige für Dolores' Beerdigung. Clytie war vollkommen verblüfft und musste an sich halten, um nicht laut loszulachen. Sogar das Pony, das einen hufeisenförmigen Blumenkranz um den Hals hängen hatte, stimmte schrill wiehernd mit ein.

Doc Hundey packte Clyties Arm. »Begreifst du, was sie dir damit sagen wollen? Sie wollen sich für das Verhalten einiger Einwohner deinen Leuten gegenüber entschuldigen. Hope ist jedenfalls ein vielfarbiger ökumenischer Ort.«

Der Parademarsch erreichte mit einem Paukenknall seinen Höhepunkt und verstummte, als wäre ihm plötzlich die Luft ausgegangen. Eine betretene Stille trat ein, die Musiker verharrten unschlüssig, ob sie bleiben oder gehen sollten, denn sie waren nicht sicher, ob sie überhaupt erwünscht waren.

Clytie löste das Problem, indem sie Holy Maude spontan um den Hals fiel. Dann drückte sie jedem einzelnen Mitglied der kleinen Kapelle die Hand und bedankte sich.

»Ihr wundervollen Menschen! Das ist der beste Abschied, den sich meine Mutter hätte wünschen können – einfach perfekt für einen Zirkusartisten. Bitte nehmt doch an unserer kleinen Feier teil.«

Das Pony wurde losgeschirrt, der Blumenkranz mitgenommen und aufs Grab gelegt.

Doc Hundey räusperte sich und begann mit seiner kleinen Ansprache.

»Dolores Hart war eine begnadete Zirkusartistin. Als Kunstreiterin der fünften Generation hat sie ihr gesamtes Leben dem Zirkus gewidmet und die Welt bereist. Sie war mit vielen Freunden gesegnet und vor allem mit einer Tochter ganz nach ihrem Herzen. Mrs Hart hat zwar keiner bestimmten Konfession angehört, aber dennoch den Schöpfer Aller Dinge geehrt und geachtet. Ich glaube, sie hat hier in Hope gefunden, was sie suchte.« Doc hielt inne und blickte jedem Anwesenden ins Gesicht. »Denn sie kann im Bewusstsein scheiden, ihre geliebte Tochter unter Freunden zurückzulassen.«

Holy Maude nickte. »Ja und ob!«

»Euer wundervoller Marsch setzt den perfekten Schlusspunkt auf Dolores Harts Leben«, fuhr der Arzt fort. »Denn jetzt wird es Zeit, sie loszulassen. Sie so in Erinnerung zu behalten, wie sie es sich gewünscht hätte. Ich kannte die Dame zwar nur kurz, aber ich bin voller Bewunderung für ihren Mut, ihre Würde – und ihre ungewöhnliche Aufgeschlossenheit und Toleranz. Und natürlich für ihren bissigen Humor, den sie sich bis in ihre letzten Stunden bewahrte.«

»Amen«, riefen die drei O'Gradys im Chor. Clytie blieb das Wort im Hals stecken.

Der Fremde räusperte sich und sagte respektvoll: »Deine Mutter war eine echte Lady, Mädel. Sie war ihr Geld wert.«

»Danke, Sir.«

Der Fremde verabschiedete sich mit einem knappen Nicken von Doc Hundey und schritt dann mit geneigtem Kopf den Kirchberg hinab zur Main Street, wo sein Landauer bereitstand.

Clytie blickte ihm nachdenklich hinterher. *Ist das Mutters reicher Kunde aus Bitternbird? Ich bin jedenfalls froh, dass er gekommen ist, um Mama die letzte Ehre zu erweisen. Und es stimmt, was er sagt. Egal ob in der Manege oder beim Kartenlegen: Mama war immer ihr Geld wert.*

Doc Hundey bot Clytie seinen Arm. »Komm, ich fahre dich nach Hause, Mädchen. Du musst dich ausruhen, deine Mutter würde es so wollen. Denk an das Kind!«

»Danke, Doc, aber ich hab noch was zu erledigen.«

Sie ging allein davon, ohne eine Träne vergossen zu haben. Wind und Regen zerrten an ihrer Kleidung, prasselten ihr ins Gesicht. Die blau gefrorenen Hände in den Taschen vergraben machte sie sich auf den Weg den Berg hinab. Sie hörte noch, wie Doc den Rest der kleinen Schar auf eine Runde ins Diggers' Rest einlud. Die beiden irischen Fiedler ließen sich nicht lange bitten.

Clytie fand die Frau des Gastwirts im Speisesaal und fragte, ob sie einen Moment mit ihrem Mann sprechen dürfe. Mrs Yeomans Augen huschten wiederholt zu Clyties Taille, um zu sehen, ob man schon etwas erkennen konnte.

»Tut mir leid, dass du im Moment so viel Kummer hast, Mädchen. Ich werde meinen Mann rasch holen.«

Was meint sie mit »Kummer«? Mutters Tod? Oder meine »Schande«?

Tom Yeoman knetete unbehaglich seine Hände. »Entschuldige, dass ich nicht zur Beerdigung kommen konnte, aber wir sind momentan unterbesetzt.«

»Ich verstehe vollkommen, Mr Yeoman. Mutter hätte ohnehin kein Aufheben gewollt. Ich bin gekommen, um Sie zu fragen, ob ich eventuell Mutters Lesungen übernehmen könnte. Ich kenne mich gut mit den Karten aus, ich wurde von meiner Mutter und von einer weisen Romni im Tarot unterrichtet. Ich bin ebenso ehrlich wie meine Mutter und würde nie jemanden beschwindeln. Wenn ich nichts Relevantes in den Karten sehe, kriegt der Kunde natürlich sein Geld zurück.«

»Tut mir leid, Mädchen, aber das geht nicht. Ich streiche

das restliche Geld, das mir deine Mutter noch schuldet, aber einspringen lassen kann ich dich nicht. Das würde dem Ruf meines Hotels zu sehr schaden.«

Jetzt war's heraus und ließ sich nicht mehr zurücknehmen.

»Aber wieso das denn?«, fragte Clytie verblüfft. »Etwa weil ich ein Kind erwarte? Rom und ich, wir wollen heiraten, sobald er wieder aus Südafrika zurück ist.«

Das war zwar ein wenig übertrieben, aber sie brauchte die Arbeit und hoffte, dass die Halbwahrheit überzeugend klang.

»Nein, das ist es nicht. Aber ich will nicht schlecht von den Toten reden, verstehst du?«

Clytie blickte dem Gastwirt direkt ins Gesicht. Doch, jetzt verstand sie. Hatte sie es im Grunde nicht längst geahnt? Als plötzlich die weibliche Kundschaft ausblieb, waren Dolores nur noch die Männer geblieben. *Deshalb ist sie abends immer so spät nach Hause gekommen, manchmal erst in den frühen Morgenstunden. Das hat der Fremde also damit gemeint, als er sagte, sie sei »ihr Geld wert«.*

Entschlossen, sich Schock und Verzweiflung nicht anmerken zu lassen, fragte sie forsch: »Wie viel genau schuldet Ihnen denn meine Mutter noch, Mr Yeoman?«

»Ich bin kein Blutsauger, Mädchen. Ich hab's dir doch gesagt – die Schulden deiner Mutter sind gestrichen.«

»Nein, das kann ich nicht zulassen. Ich bestehe darauf, alles bis auf den letzten Penny zu begleichen.«

Sie drängte ihm ihr ganzes Geld auf. »Hier. Jetzt sind wir quitt.«

»Nein, das kann ich nicht annehmen. Du bist arbeitsam und fleißig. Du kannst hinten in der Küche aushelfen, wo man dich nicht sieht. Bis dein Bursche wieder aus dem Krieg zurück ist.«

Clytie wusste nicht, ob sie ihren Stolz hinunterschlucken oder auf dem Absatz kehrtmachen sollte.

Ich muss an mein Kind denken. Aber ganz ungeschoren kommt er mir nicht davon.

Sie warf einen kühlen Blick in Richtung Schankraum. »Wissen Sie, was man sich erzählt? Man sagt, dass Betrunkene im Diggers' verdünnten Schnaps vorgesetzt bekommen, aber trotzdem der volle Preis berechnet wird.«

Tom Yeoman glaubte, sich verhört zu haben. »Das ist eine schändliche Lüge! So etwas gibt es hier nicht! Ich möchte dich doch herzlich bitten herauszufinden, wer solche Lügen in Umlauf bringt. Der kriegt eine Anzeige von mir, die sich gewaschen hat!«

Clytie verließ das Hotel, aber es war ein bitterer Sieg.

Ich und meine große Klappe. Aber das war's wert. Ich hab nur die Wahrheit gesagt. Aber rausfinden, wo ich's herhabe, muss er schon selber, das ist nicht mein Problem. Und hoffentlich macht er dieser unseligen Praxis dann auch ein Ende.

Wieder daheim versuchte sie, nicht länger daran zu denken, dass ihrer Mutter nichts anderes mehr geblieben war, als vorübergehend das älteste Gewerbe der Welt auszuüben. Sie setzte sich vor den Kamin und schrieb einen Brief an Rom. Sie erzählte von der außergewöhnlich fröhlichen Beerdigung ihrer Mutter und musste dabei aufpassen, dass sie das Papier nicht mit ihren Tränen benetzte. Sie erwähnte kurz die Hochzeitsreise der Jantzens nach Tasmanien und dann, in einem Postskript, das Allerwichtigste, das sie sich bis jetzt noch nicht getraut hatte zu erwähnen: *Mutter sagt, unser Baby wird ein Junge werden, Rom. Möchtest du gern einen Namen für ihn vorschlagen?*

Als sie sich hinterher noch einmal Roms Brief an ihre Mutter durchlas und zu der Stelle mit dem jungen Kriegsgefangenen kam, dem Rom ihr Foto gezeigt hatte, wurde ihr plötzlich klar, dass dieses Foto jetzt wichtiger denn je war.

Gut, dass Rom dieses Foto von mir hat, auf dem ich schlank und rank und schön bin. Denn bald werde ich rund sein wie ein Fässchen.

Sie versiegelte ihren Brief. Alles, was sie jetzt noch brauchte, war der Mut, ihn auch abzuschicken.

17

Transvaal, Südafrika, Juni 1901

Rom befand sich seit zwei Tagen auf Kundschaftergang im südafrikanischen Busch, der hier *Veld* genannt wurde. Er ärgerte sich über die argentinischen Maulesel, mit denen man ihn und die anderen Freiwilligen abgespeist hatte. Die besseren Reittiere waren alle für die oberen Ränge bestimmt.

Immer wieder ertönten vereinzelte Schüsse von feindlichen Scharfschützen, die jedoch nicht ernst gemeint zu sein schienen und Rom den Eindruck vermittelten, die Buren wollten lediglich klarmachen, dass er bemerkt worden war. Weiter weg ertönte das leise Knattern einer *Long Tom*, einer britischen Marinekanone, die sich ein Gefecht mit den Mausern der Buren lieferte. Doch auch das erstarb schließlich.

Jetzt saß er vor Kälte bibbernd in die einzelne Decke eingewickelt, die man ihm zugeteilt hatte, und versuchte, die Schwärze der Nacht zu durchdringen. Nichts war mehr von der Hitze und Hektik des Tages übrig, außer dem übelkeiterregenden Geruch des Lyddits, der mit dem Wind herbeigeweht wurde.

Er tätschelte sein Gewehr und warf einen Blick auf das Muli, das er wenige Meter entfernt angebunden hatte. Er aß die letzte magere Ration des Tages und legte sich dann schlafen.

Irgendwann schreckte er hoch. Rundum herrschte absolute Dunkelheit. Doch was war das? Ein Wiehern. War da ein Scharfschütze? Mit wild klopfendem Herzen tastete er nach seiner Flinte. Da war es wieder. Ja, kein Zweifel, das Wiehern eines Pferdes.

Nicht bloß irgendein Pferd. Es ist Goldie! Ihr Wiehern würde ich überall wiedererkennen.

Er spähte in die Dunkelheit, konnte aber nichts erkennen. Doch sie musste ganz nahe sein, da war er sicher. Und da war sie plötzlich. Er konnte sie so deutlich sehen, als ob der Mond auf sie herabschien, goldbraun und erschöpft und staubbedeckt. Die treue Stute scharrte kurz mit dem Huf und nickte ihm zu, als wolle sie ihm klarmachen, dass er sich nicht erschrecken müsse.

»Goldie, du hast zu mir zurückgefunden! Kluges Mädel!«

Wenige Meter von ihm entfernt ging sie in die Knie und legte sich auf die Seite. Ihr Blick war unverwandt auf ihn gerichtet, eine stumme Aufforderung, zu ihr zu kommen.

Dann sah es Rom zum ersten Mal: die tiefe Wunde in ihrer Flanke. Sie war so tief, dass man den Knochen erkennen konnte. *Da gibt's keine Rettung mehr.*

Er ließ seine Flinte liegen und kroch zu ihr, bot ihr Wasser aus seiner Feldflasche, das sie dankbar trank. Er legte den Kopf an ihren Hals und streichelte sie.

Er versuchte, sich das Zittern in seiner Stimme nicht anmerken zu lassen, als er sagte: »Uns kann nichts trennen, was, mein altes Mädchen? Zeit für ein neues Abenteuer. Wir beide, wir halten zusammen wie Pech und Schwefel. Bis zum bitteren Ende.«

Sie stieß einen leisen verständnisvollen Laut aus, als würde sie begreifen, was jetzt getan werden müsse.

Roms Gedanken rasten. *Ich kann nichts mehr für sie tun. Nur noch eine letzte Liebestat – aber sie darf's auf keinen Fall kommen sehen.*

Er griff unbemerkt nach seiner Flinte und zog sie vorsichtig heran. *Herr, gib mir Kraft. Ich darf jetzt nicht danebenschießen.*

»Du bist das beste Pferdchen auf der Welt, Goldie«, wisperte er. Dann drückte er den Abzug. Ihr warmes Blut strömte über seine Hand.

Rom nahm sie widersinnigerweise in die Arme und presste sie an sich, als wollte er sie wärmen. Er musste daran denken, wie sie damals plötzlich im Busch vor ihm aufgetaucht war, wie ein Geschenk des Himmels … die blutigen Sporenwunden an ihren Seiten, ein klares Anzeichen dafür, dass sie schlecht behandelt worden war … wie sie ihn angesehen und sofort als ihren neuen Herrn akzeptiert hatte …

Mit den Erinnerungen kamen auch die Tränen, die er als Kind nie vergossen hatte, egal wie oft er auch in den Heimen von den Aufsehern oder Lehrern verprügelt worden war …

Bei Sonnenaufgang weckte ihn das Gewehrfeuer der Scharfschützen. Der Krieg ging in einen weiteren Tag über.

Es blieb keine Zeit, Goldie ein anständiges Begräbnis zu geben. Die Erde war beinhart und knochentrocken. Weder Baum noch Busch weit und breit. Rom blieb nichts anderes übrig, als Steine zusammenzusammeln und sie damit, so gut es ging, zu bedecken.

Er fühlte sich leer und ausgebrannt. Ein dicker Kloß saß ihm im Hals und ließ sich nicht hinunterschlucken. Er blickte zum unendlich weiten blauen Himmel über Südafrika auf und sagte mit einem Schulterzucken: »Hab nie an dich geglaubt, Gott, aber Goldie hat gegen alle Widrigkeiten zu mir zurückgefunden. Wenn ich's nicht besser wüsste, ich könnte fast glauben, dass das so was wie göttliche Fügung war.«

Er machte sich auf den Rückweg zu seiner Einheit, immer auf der Hut vor den Buren.

Seit zwei Tagen und Nächten war er nun allein unterwegs im öden Veld. Seine Frustration über den erbärmlichen Esel unter seinem Hintern erreichte seinen Siedepunkt.

Der Verlust von Goldie, der klugen Stute, mit der ihn ein fast magisches Band verknüpft hatte, trug noch dazu bei, seine Bitterkeit zu vertiefen.

Der Hunger war selbst in den besseren Zeiten ein ständiger Begleiter. Er hatte nichts mehr außer einer Feldflasche mit Wasser und einen schwindenden Proviantvorrat. Der junge Abenteurer aus dem Outback hatte die Armeeration gründlich satt: Zwieback und Beef Jerky kamen ihm schon zu den Ohren raus. Aber immer noch besser als ein leerer Magen. Seit Tagen hatte er keine Farm mehr zu Gesicht bekommen und konnte daher auch nicht auf bewährte Aussie-Weise seine Lebensmittelvorräte aufpolstern. Aber wo's keine Farmen gab, ließen sich weder Gemüse noch Eier »requirieren«, kein Huhn und erst recht kein Ferkel.

Rom tätschelte zerstreut seine Brusttasche, in der Clyties Foto und ihr letzter munterer Brief steckten, der aus Johannesburg nachgesandt worden war. Er konzentrierte sich wieder auf seine Umgebung. Keine Buren zu sehen. Aber das wollte nicht viel heißen. Ihre teuflisch clevere Guerillataktik erinnerte an den Unabhängigkeitskrieg der Amerikaner gegen die Engländer, Ende des achtzehnten Jahrhunderts.

Rom war froh, seine Einheit los zu sein – oder besser gesagt das Oberkommando unter Beatson. Wie alle Freiwilligen aus dem Fünften Regiment der V.M.R. hatte er erwartet, einem australischen Offizier zugeteilt zu werden, der ihre Fähigkeiten im Umgang mit Pferd und Flinte kannte. Der wusste, wie gut sie sich im Busch zurechtfanden, und der ihren ein wenig gewöhnungsbedürftigen Humor verstand. Australische Offiziere wussten, wie sie das Beste aus ihren Soldaten herausholten.

In seinem neuesten Brief an Clytie nahm er kein Blatt vor den Mund:

Es gibt britische Offiziere, die unseren Mut und unsere Kühnheit bewundern. Andere dagegen sehen nur, wie ungehobelt wir sind und dass es uns an militärischer Disziplin fehlt. Zu meinem größten Leidwesen bin ich bei einem der Letzteren gelandet, einem ehemaligen Offizier der Britisch-Indischen Armee, Generalmajor Beatson. Er hat es richtig auf uns abgesehen. Der Drill ist ihm wichtiger als alles andere. Dabei versteht er weniger vom Buschkrieg als wir. Keine blasse Ahnung, wie er uns Kolonisten anpacken soll – alles muss nach Vorschrift gehen, nach dem sogenannten Red Book, das er uns ständig unter die Nase reibt. Wir haben ihn schon seit Pretoria am Hals und auch während der langen Reise nach Middleburg. Ich will nicht klagen, ich hab's noch gut, weil sie mich auf Kundschaft ins Veld geschickt haben, da hab ich meine Ruhe und kann das tun, was ich eh am besten kann und was jeder Australier schon in die Wiege gelegt bekommt: sich im Busch zurechtfinden, nachts den Sternen folgen und tagsüber der Sonne. Oder dem Blitzen des Heliografen. Ist es zu glauben, dass Kundschafter hier nicht mal Ferngläser kriegen? Die bleiben den Offizieren vorbehalten, die meilenweit weg von der Front sind. Wo ist da die Logik, frag ich dich?

Er überlegte, wie hoch die Wahrscheinlichkeit war, dass Clytie seinen Brief erhielt. Die Buren überfielen oft Züge, um sie auszurauben und sich Proviant und Munition zu verschaffen. Die Postsäcke wurden dann achtlos weggeworfen (jedenfalls, wenn sie kein Geld enthielten). Es kam nicht selten vor, dass den Soldaten Brieffetzen zugeweht wurden, mit Liebesgrüßen nach Australien, England, Kanada oder Neuseeland. Sie würden nie ans Ziel kommen, nie den Lieben daheim, die sehnsüchtig auf Nachricht von der Front hofften, Trost spenden.

Rom musste an Jarrod Curreys einsames Grab denken. Und an seine Verlobte Mary, die vergebens in Großbritannien auf ihn gewartet hatte.

Er beschloss, seine Briefe von nun an zu nummerieren, damit Clytie zumindest Bescheid wusste, dass er womöglich mehr geschrieben hatte, als bei ihr ankamen. Er bildete sich was darauf ein, dass er das hatte halten können, was er Dolores versprochen hatte.

Ich hab Clytie nie gesagt, dass ich sie lieben würde. Ich hab mir nichts vorzuwerfen. Warum also diese Schuldgefühle? Ich bin doch nur ein Mann wie jeder andere, ich wärme mir gern das Bett mit einem weichen Frauenkörper. Aber im Moment würd ich alles für einen Brief von Clytie geben.

Bei Tage war das Veld fast wie Roms Heimat – heiß, trocken und staubig, mit einem grenzenlos weiten, majestätischen blauen Himmel. Es fiel ihm nicht schwer, sich vorzustellen, wie schön dieser Landstrich erst wäre, wenn es den Krieg nicht gäbe, von dem er verwüstet wurde.

Kalte, frostige Nächte wechselten sich mit heißen, windigen und staubigen Tagen ab. Die Tage machten Rom nichts weiter aus, da fühlte er sich daheim, nur in den Nächten fror er wie ein Schneider. Unter die dünne Decke gekuschelt wartete er auf den Sonnenaufgang und verfolgte das Farbenspiel der Lichtsignale und das Vorbeifliegen einzelner Observationsballons. Über seine Entfernung zu seiner alten

Einheit konnte er nur spekulieren. Ebenso wie über die mögliche Nähe von Buren. Vielleicht lagen sie ja nur in wenigen Metern Entfernung auf der Lauer? Sie konnten sich jedenfalls fabelhaft ihrer Umgebung anpassen und wussten jede Höhe und Falte in der Landschaft zu nutzen, vor allem die Kopjes, die Hügel, hinter deren Deckung sie mit ihren Mausern auf die Briten schossen, nur um anschließend wieder spurlos zu verschwinden. Guerillataktiken: das neue Gesicht des Krieges. Kommandeur Ben Viljoens Truppe war besonders geschickt darin und hatte jetzt schon einen legendären Status in diesem Teil Transvaals.

Rom lag zitternd unter seiner Decke und verfluchte die Unfähigkeit und Arroganz der Armeeverwaltung, die dem einfachen Soldaten ein Zelt verweigerte und ihm nur zwei Decken zugestand und, wenn man Glück hatte, eine wasserdichte Unterlage. Rom hatte es nicht, dieses Glück.

Als er sich bei Sonnenaufgang aus seiner Decke schälen wollte, musste er feststellen, dass sie steif vom Frost und mit weißem Raureif bedeckt war. Wenigstens war die andere, auf der er schlief, nicht gefroren. Und auch sein zweites Paar Socken, das zwar aus kratziger, unbehandelter Wolle bestand, war dank der Voraussicht, darauf zu schlafen, nicht froststarr.

Es wäre zu gefährlich gewesen, Feuer zu machen, außerdem gab es ohnehin kein Feuerholz. Rom begnügte sich also damit, das Muli zu versorgen und den letzten Rest seiner Ration zu verzehren. Der junge Australier musste all seine Fantasie aufbieten, um sich vorzustellen, dass es sich dabei um eins der köstlichen Abendmahle handelte, die Dolores ihm und Clytie gekocht hatte. *Bevor ich mich verdrückt hab.*

Weil er sich nach dem Klang einer menschlichen Stimme sehnte, unterhielt er sich mit dem Muli.

»Hilft nichts, Mate, wir müssen wieder zurück zur Truppe, ob wir wollen oder nicht. Besser den Kopf einziehen, ja? Du weißt ja, was die Buren sagen.«

Er ahmte einen holländischen Akzent nach. »Ve shall vin dis war mitt der Help off Gott und der Mauser.«

Rom sattelte das Muli. »Dagegen ist nichts einzuwenden, Kumpel, diese Mausergewehre sind solide Schießeisen. Aber auch wir behaupten ja, Gott auf unserer Seite zu haben. *Faites vos jeux*, Gentlemen, die Wette gilt! Ein Schein auf jede Partei – da kann man gar nicht verlieren.«

Nach Roms Taschenkalender war es der zehnte Juni, als sich sein Kundschaftergang spätnachmittags auszahlte: Er stieß auf eine Einheit von dreihundertfünfzig V.M.R. unter dem Kommando von Major Morris, einem britischen Offizier, der unter Beatson in Indien gedient hatte.

Rom gesellte sich zu einem halben Dutzend Landsleute, die sich um ein kleines Lagerfeuer scharten. Er kannte sie zwar nicht, aber ihre breite Ausdrucksweise war der willkommene Klang der Heimat. Die meisten anderen hatten sich bereits aufs Ohr gelegt.

Fox, ein rothaariger Metzgerssohn aus Geelong, gab Rom etwas aus seinem Tabaksbeutel ab und brachte ihn auf den neuesten Stand der Dinge. Die Truppe hatte heute früh eine Helio-Botschaft von Beatson erhalten.

»Seine Kolonne befindet sich zwölf Meilen von hier, unweit des Vandyke Drifts. Major Morris hat den Befehl weitergegeben, nicht mehr nach Süden vorzurücken. Er hat einen Trupp ausgeschickt, der den Versorgungswaggons entgegengehen soll. Gegen fünf haben wir dann hier unser Lager aufgeschlagen.«

»Irgendwelche Probleme mit gegnerischen Scharfschützen?«, erkundigte sich Rom wie beiläufig. »Hab unterwegs immer mal wieder welche gesehen.«

»Ja, haben sich den ganzen Tag über immer wieder blicken lassen. Kleine Gruppen, ein paar Hundert Meter entfernt. Haben ein paar Schüsse abgegeben, aber nichts getroffen.« Fox zuckte mit den Achseln. »Die wollten sich wohl einfach bemerkbar machen.«

Rom gab es nur ungern zu, fragte aber dennoch: »Und wo genau sind wir hier? Ich hab ehrlich gesagt keinen blassen Schimmer.«

»Auf der Ermelo Road, gut zwanzig Meilen südlich von Middleburg, in der Nähe eines Creeks mit Namen Steenkook Spruit. Es gibt hier eine Farm namens Wilmansrust, oder Williams Rast.«

»Wie weit von Beatsons Trupp?«

»Vielleicht fünfzehn Meilen oder mehr.«

»Wie schade«, bemerkte Rom trocken.

Der andere gluckste vergnügt. »Pass auf, was du dir wünschst, Mate. Morris ist Beatsons Goldjunge, hält sich strikt an die Regeln.«

Rom schnaubte. »Ist ja typisch. So ein Pech aber auch.«

Es wurde rasch klar, wie recht er damit hatte. Rom konnte nicht umhin zu bemerken, dass die Wachen bei Sonnenuntergang vergebens auf die Ablösung warteten. Obwohl diese bereits ungeduldig in den Startlöchern stand, durfte sie nicht ausrücken, weil der Major sie noch zum Flinten- und Sattelpolieren verdonnert hatte. Aus diesem Grund fand der Wachwechsel erst gegen neunzehn Uhr statt.

Rom spürte die Anspannung der Kameraden. Das Lager war nur etwas einhundert Quadratmeter im Ausmaß und befand sich obendrein auf einem flachen Hügel, der weiter hinten von einer etwas höheren Bergkette überschattet wurde.

Von diesen Kopjes aus hatten die Buren freien Schuss, ohne selbst aus der Deckung zu müssen.

In der Mitte des Lagers stand der ganze Stolz der Truppe, zwei Maschinenkanonen, die mit Zelttuch abgedeckt waren, deren Mündungen aber hervorschauten.

Das, was Rom dann sah, raubte ihm förmlich die Sprache. Er konnte nicht mal mehr fluchen.

Morris hatte befohlen, sämtliche Waffen fein säuberlich um die Maschinenkanonen herum aufzustellen – wie es irgendeiner Regel aus dem Red Book entsprach. Rom wusste, dass diese Vorschrift in diesem Stadium des Krieges kaum noch befolgt wurde, weil es einfach zu riskant war. Hatte dieser Morris komplett den Verstand verloren?

Rom war aus einem unbestimmten Grund sehr beunruhigt und fand keine Ruhe. Mit geschärften Sinnen achtete er auf jedes Geräusch, jede Regung. Er versuchte sich einzureden, dass es keinen Grund zur Sorge gab, der Wachwechsel hatte ja endlich stattgefunden, und jeder war auf seinem Posten. Die Männer hatten sich für die Nacht zur Ruhe begeben, die meisten schliefen neben den Pferden, die abgesattelt worden waren, und benutzten die Sättel als Kopfkissen.

Rom saß zusammengekauert an einem der letzten Lagerfeuer, das ebenfalls fast niedergebrannt war. Er war versucht, Clyties letzten Brief hervorzuholen und noch einmal zu lesen. Dieser Gedanke genügte, um ihn augenblicklich nach Hope zurückzuversetzen und zu Clytie, mit der er die Main Street entlangschlenderte. Sie hatte sich bei ihm untergehakt, und er konnte spüren, wo ihn eine ihrer festen Brüste von der Seite streifte, konnte ihr keckes Lachen hören, den süßen Duft ihres Haars riechen, der sich mit dem Duft aus der Bäckerei vermischte und dem Geruch der Eukalyptusbäume.

Ein schriller Pfiff riss ihn aus seiner Träumerei. Und dann brach auf einmal die Hölle los.

Im schwachen Schein der heruntergebrannten Lagerfeuer erblickte er eine Masse von Khakiuniformen, die im Schutz einer Rauchfahne, hinter der sie sich angeschlichen hatten, von allen Seiten über die Truppe herfielen. Die Buren feuerten aus der Hüfte und brüllten dabei wie Berserker. Rom, total konfus, saß in der Falle – einige der Feinde sahen nicht mal aus wie Buren!

Viele seiner Kameraden wurden noch im Schlaf getötet. Einige versuchten davonzukriechen, um zu den Waffen zu gelangen, wurden aber von den Buren niedergemäht. Mehrere Tapfere wagten sich an die Maschinenkanonen, die zwar geladen waren, aber auch sie wurden von Schüssen getroffen und brachen über den Geschützen zusammen, ehe sie sie zum Einsatz bringen konnten.

Von allen Waffen abgeschnitten kroch Rom in der Deckung des Pferdegrabens weiter, in dem sich die erschossenen Tiere häuften, daneben die wehrlosen Soldaten, die von den in Panik geratenen Tieren zu Tode getrampelt worden waren. Überall lagen Tote und Verwundete. Ein australischer Offizier brüllte: »Nicht schießen, Leute, es könnte einen Kameraden treffen!«

Rom wurde von kalter Angst erfasst. Er hatte also richtig gesehen: Einige von diesen Buren trugen australische und englische Uniformen!

Überall Khaki und Blut. Australier und Buren ließen sich in der Dunkelheit, bei all dem Lärm und Rauch und Durcheinander, unmöglich auseinanderhalten.

Rom kam es wie eine Ewigkeit vor, ehe es wieder vorbei war – dabei handelte es sich in Wirklichkeit um nicht mehr als zehn Minuten. Dann war der Kampf vorüber.

Rom sah einige Australier klammheimlich in der Dunkelheit verschwinden. *Gut gemacht, Kumpel. Mich hat leider das Glück verlassen.*

Keuchend blieb er in seiner Deckung liegen. Wartete ab und zählte die Sekunden, ehe ihn die Buren entdeckten. Er zählte mehr als fünfzig Gefangene, dann verlor er den Faden.

Hilflos musste er mit ansehen, wie sie sich alles unter den Nagel rissen, was nicht niet- und nagelfest war, einschließlich der kostbaren Maschinenkanonen, sämtlicher Waffen und mehrerer Hundert Pferde, die das Blutbad überlebt hatten.

Nah genug, um die abfälligen Bemerkungen der Buren mitzubekommen, hörte er zu seiner Überraschung einen Mann auf Englisch, mit nur leichtem holländischem Akzent sagen: »Das ist der erbärmlichste Haufen Klepper, der mir je untergekommen ist.«

Rom wusste, dass er diese Stimme nie vergessen würde. War das vielleicht General Ben Viljoen selbst? Wer wusste das schon.

Der junge Australier konnte dem Mann seine Bemerkung über die Pferde jedenfalls nicht verübeln.

Ich bin am Leben. Aber wie lange noch?

Er schloss sich einer Gefangenenkolonne an, die mit vorgehaltenen Gewehren ein paar Meilen weit übers dunkle Veld geführt wurde.

Rom zitterte am ganzen Körper, versuchte aber, ruhig zu bleiben und sich nicht das Schlimmste auszumalen.

Sie werden uns wohl kaum erschießen. Ist nicht die Art der Buren, mit Gefangenen umzugehen.

Da er wusste, dass man ihn filzen und ihm wahrscheinlich alles wegnehmen würde, ergriff er die Vorsichtsmaßnahme, den Umschlag mit Clyties Brief unauffällig in seiner Unterhose verschwinden zu lassen. Ihm blieb keine Zeit, das Foto ebenfalls in Sicherheit zu bringen, denn er bekam in diesem Moment einen Schubs mit einem Gewehrlauf in den Rücken, damit er nicht aus der Reihe fiel.

Hellwach vor Schreck hörte er das kleinste Geräusch und auch die unterschiedlichen Akzente in der Truppe des Feindes. Nur ein Teil sprach das gutturale Niederländisch, die meisten dagegen Englisch. Er hörte Amerikaner heraus, Iren und andere europäische Akzente. Das waren wahrscheinlich die Irregulären, die von der Armee abgewiesen worden waren und sich einem Freiwilligentrupp angeschlossen hatten. Sie kämpften aus persönlichen oder nationalen Gründen auf der Seite des Feindes und hatten die Ozeane überquert, um sich den Buren anzuschließen statt dem Empire. *Ouitlander* waren wohl kaum darunter, denn diese kämpften meist auf der Seite der Briten, obwohl man ihnen seit Jahren die Staatsbürgerschaft verwehrte und sie auch steuerlich benachteiligt wurden. Ouitlander, das waren Ausländer, die in den südafrikanischen Diamantminen arbeiteten. Aber natürlich hatte jede Regel ihre Ausnahmen.

Einer fiel durch seine Gelassenheit, Höflichkeit und sein gutes Englisch auf. Der Bure wirkte, als wäre er in seiner Freizeit Käpt'n einer Kricketmannschaft. Er war zu anständig, um sich über den Sieg zu brüsten.

Rom trat ihm mit demselben Kameradschaftsgeist gegenüber. »Du gehörst zu Ben Viljoens Kommando, oder?«

Der junge Bure korrigierte Roms Aussprache des Namens. In Roms Ohren klang es so ähnlich wie »Veljern«.

»Der wird heute Abend sicher seinen Sieg feiern. Hatte er selbst das Kommando?«

Der höfliche niederländische Soldat vermied den direkten Augenkontakt mit dem Gefangenen. »Kommandierender General Müller«, lautete die knappe Auskunft.

Rom fragte sich, ob er sich das bloß einbildete, aber er hatte den Eindruck, dass dem Buren dieser Sieg peinlich war.

»Du bist ein Kanadier, yes?«

»Nee, Mate, wir sind Australier – Victorian Mounted Rifles«, erklärte Rom. »Oder besser gesagt, das, was von uns noch übrig ist. Und unseren Pferden.«

»Ist keine Schande. Ihr seid tapfer. Aber was habt ihr hier zu suchen? Das ist doch nicht euer Krieg. Ihr seid doch wie wir. Ihr habt doch auch gegen die Briten gekämpft. In …« – er versuchte den Namen auszusprechen, aber es gelang ihm nicht –, »auf euren Goldfeldern, yes?«

»Meinst du die Eureka Stockade? Nee, da ging's nicht gegen die Briten, Mate. Da haben wir gegen die Bullen gekämpft und gegen ein verflucht ungerechtes Gesetz – eine unfaire Schürfsteuer, ob man nun Gold fand oder nicht. Das war was ganz anderes.«

»Aber ihr habt verloren!«, meinte der Bure achselzuckend.

»An dem Tag schon, aber später, vor Gericht, da haben wir gewonnen«, widersprach Rom. »Sie mussten das Gesetz ändern. Und keine Jury des Landes wollte die Rebellen schuldig sprechen. Peter Lawler, unser Anführer, ist später sogar Sprecher in der gesetzgebenden Versammlung gewesen.«

Der Bure zuckte erneut mit den Achseln, er hatte offenbar das Interesse an der australischen Politik verloren. »Dann geh doch heim, Digger. Du hast hier nichts zu suchen. Das ist *unser* Krieg.«

Er ging weiter, an die Spitze der Kolonne. Rom blickte ihm nach. *Von Angesicht zu Angesicht mit dem Feind.* Der junge Bure sah nicht anders aus als die jungen Burschen auf den Farmen Australiens, trotz seiner waffenstarrenden Uniform.

Das brachte Rom auf seine eigene Situation. *Ich hab mich*

auf ein Jahr verpflichtet. Nur noch ein paar Monate, dann bin ich wieder frei. Bis dahin heißt's, den Kopf einziehen und überleben. Er wurde jäh aus seinen Gedanken gerissen, denn er bekam einen Stoß mit einem Gewehrlauf.

Ein riesiger bärtiger Bursche hatte sich vor ihm aufgebaut und funkelte ihn bedrohlich an. Als Rom seinen lächerlichen holländischen Akzent hörte, hätte er beinahe laut aufgelacht. Aber was der Bulle von ihm wollte, war weniger witzig.

»Vat size? – Welche Größe?«, wollte er von ihm wissen und zeigte auf Roms Stiefel. Rom, der seine Zehen in ihrer Gesamtheit schätzte und nur ungern einen davon verlieren wollte, antwortete wahrheitsgemäß.

»Fünf. Willst du sie mal anprobieren? Kannst du gern machen, aber sie müffeln leider ein bisschen.«

»Fünf? Nicht gut. Ich will sechs!«

Der bullige Kerl ging weiter und suchte die Kolonne ab, bis er schließlich ein armes Schwein mit Stiefeln in seiner Größe fand. Leider war der Mann so trunken von seinem Erfolg, noch am Leben zu sein, dass er sich zunächst weigerte.

»He, das ist unfair! Ihr erwartet doch nicht von mir, zwölf Meilen weit auf Socken zur Truppe zurückzumarschieren? Das ist doch hier ein Krieg zwischen Gentlemen, oder irre ich mich?«

Rom bekam einen Ellbogen von einem Aussie-Kameraden in die Rippen. »Mach keinen Aufstand, du Dummkopf! Gib dem Mann deine Stiefel, wenn du weißt, was gut für dich ist!«

Der auf einen Fuß gerichtete Gewehrlauf des Buren entschied die Auseinandersetzung.

Wenige Stunden später wurde Rom – doch noch ohne Stiefel, aber ansonsten weitgehend intakt – zusammen mit seinen Kameraden freigelassen. Sie liefen in die Richtung, in der sie ihr Kommando unter Generalmajor Beatson vermuteten.

Rom warf einen Blick zurück auf das komplett zerstörte Lager bei Wilmansrust. Ein paar Gestalten mit Laternen – feindliche Buren – liefen noch dort herum und suchten in den Gräben, in denen sie vor wenigen Stunden auf der Lauer gelegen und auf das Signal zum Angriff gewartet hatten, nach gefallenen und verwundeten Kameraden.

Was wird aus unseren Verwundeten? Dr. Palmer gehörte zu den Ersten, die gefallen sind. Es gibt niemanden, der sich um unsere Verwundeten kümmern könnte.

»Kommt weiter, Jungs, nicht trödeln«, forderte Rom seine Kameraden müde auf. »Je eher wir Beatsons Camp erreichen, desto schneller können wir unseren Verwundeten Hilfe holen.«

Ihrer Uniformen und ihres Schuhwerks beraubt, die Pferde tot oder vom Feind requiriert blieb ihnen nichts anderes übrig, als barfuß oder auf Socken durch die Nacht zu marschieren, ohne Rücksicht auf ihr eigenes Leben. Ihr einziges Ziel war, den Kameraden Hilfe zu besorgen. Und so stolperten sie blindlings durchs Veld.

Rom trieb seine Kameraden immer wieder an, schärfte ihnen ein, dass für die Zurückgebliebenen jede Minute zählte. Gegen Mitternacht erreichten sie schließlich Beatsons Lager. Obwohl sie vollkommen erschöpft waren, blutige Blasen und Kratzer an den Füßen hatten und Anzeichen von Ruhr oder enterischem Fieber, das sich zu einer regelrechten Epidemie ausgeweitet hatte, aufwiesen, waren sie bis zum letzten Mann bereit, sogleich nach Wilmansrust zurückzukehren, die Verwundeten zu bergen und den Kampf wieder aufzunehmen.

Zu ihrem Erstaunen befahl Beatson, dass nicht vor Tagesanbruch aufgebrochen werden solle.

Rom notierte sich diese Ungeheuerlichkeit in seinem Tagebuch. Diese Order bedeutete, dass die »schnelle« Eingreiftruppe nicht vor zehn Uhr vormittags am Schlachtfeld eintreffen würde, der Ambulanzwagen sogar noch später.

Rom sicherte sich ein Muli, das schon aus dem letzten Loch pfiff. Er war unter den Ersten, die am nächsten Morgen wieder am Ort des Geschehens eintrafen. Schockiert sah er sich am Ort der Verwüstung um: Überall lagen Leichen, von Menschen und Pferden.

Dreihundertfünfzig von uns gegen einhundertfünfzig von denen. Trotzdem sind wir einfach von ihnen überrannt und abgeschlachtet worden wie Vieh.

Entschlossen verdrängte er für den Moment Wut und Scham und machte sich stumpf wieder an die Arbeit.

Auf Befehl sammelten sie alle Toten ein, darunter die achtzehn, die in den ersten Minuten gefallen waren, und legten sie in eine Reihe nebeneinander. Die Gesichter waren bis zur Unkenntlichkeit geschwollen oder zerstört, und Rom versuchte nicht länger, jemanden identifizieren zu wollen. Andere waren während der Nacht an ihren Wunden gestorben. Immerhin waren sie nicht ganz ohne Beistand gewesen, was Rom ein großer Trost war.

Ein australischer Offizier, Major McKnight, erzählte, er sei eine halbe Stunde nach dem Angriff in Gefangenschaft geraten, von den Buren aber später wieder freigelassen worden. Als diese erfuhren, dass er Arzt sei, hatte er die Erlaubnis erhalten, nach Wilmansrust zurückzukehren, um sich um die Verwundeten aus den eigenen Reihen zu kümmern.

Ihrer Jacken, Uniformhemden und sonstiger Habseligkeiten (einschließlich der Stiefel) beraubt hatte er sich zusammen mit einem Veterinäroffizier namens Captain Samuel Sherlock in Hose, Hut und Socken auf den Rückweg gemacht und, am Camp angekommen, sogleich Lagerfeuer entzündet, um die Verwundeten warm zu halten und sich ihrer während der Nacht so gut wie möglich anzunehmen.

Rom zählte vierundvierzig Verwundete. Vollkommen ausgebrannt und bar jeder Gefühle griff er zur Schaufel und half mechanisch bei der Aushebung des Massengrabs. Achtzehn V.M.R.-Soldaten und Captain Watson von der Royal Artillery wurden zusammen mit einem jungen Kaffer und einem unbekannten Buren in dem Grab beigesetzt.

Als Rom bei der Errichtung eines groben Zauns um das Grab herum half, fiel sein Blick zufällig auf das unscheinbare Farmhaus unweit des Lagers – die Farm von Wilmansrust. Er wurde von heller Wut ergriffen, seine Kehle war einen Moment lang wie zugeschnürt.

Wozu das alles, zum Teufel? Bloß wegen dieser blöden kleinen Farm?

Die Verwundeten wurden mit dem Lazarettzug nach Johannesburg ins Krankenhaus transportiert. Erst als Rom den Zug davonfahren sah, fiel ihm sein eigener bitterer Verlust ein. Seine Jacke mit Clyties Foto! Wenigstens hatte er den Brief retten können. Und die Stiefel ließen sich ersetzen. Aber die Jacke mit dem Foto … Einem Instinkt folgend suchte er dort nach, wo er sich gestern Nacht aufgehalten hatte. Und wie durch ein Wunder fand er seine Jacke wieder! Sie lag unter einem Pferdekadaver, die Buren mussten sie offenbar übersehen haben. Das größte Wunder jedoch war, dass Clyties Foto so gut wie unversehrt in der Brusttasche der Jacke steckte! Rom stieß einen Cowboyjuchzer aus und reckte triumphierend die Faust in den blauen Himmel.

Während der nächsten paar Tage gehörte Rom zu jenen Überlebenden, für die keine Reittiere mehr zur Verfügung standen. Sie bekamen andere Uniformen, um den Verlust der alten zu ersetzen, doch diese passten meist nicht. Kaum besser erging es ihnen mit dem Ersatzschuhwerk. Dennoch mussten sie in Ermangelung eines Reittiers zu Fuß mithalten und durch offenes Terrain marschieren, in dem sie des Öfteren feindlichem Beschuss ausgesetzt waren.

Während einer Rast äußerte Generalmajor Beatson dann unverblümt seine Meinung darüber, was er von den australischen Soldaten hielt.

»Eins sag ich euch: Diese Australier sind ein ungehobelter Haufen von Faulpelzen und Feiglingen.«

Schockiert über diese Äußerung begannen einige der australischen Offiziere sogleich zu protestieren.

Aber Beatson war nicht der Mann, der eine einmal geäußerte Meinung zurücknahm. »Ihr Australier seid doch alle gleich«, verkündete er schroff, »eine Bande feiger Hunde!«

Als er sah, wie sich ein australischer Offizier das notierte, deutete er mit dem Finger auf ihn und fügte hinzu: »Und Halunken obendrein, das können Sie ruhig dazuschreiben, wenn wir schon dabei sind!«

Beatsons Beleidigungen verbreiteten sich in der Truppe wie ein Lauffeuer, bis hinunter zum einfachen Soldaten.

Rom hörte ebenfalls davon und wurde wenig später, am vierten Tag nach dem Debakel in Wilmansrust, selbst Zeuge eines weiteren Vorfalls. Die Kolonne hatte bei einer großen Farm Halt gemacht, und die Soldaten bekamen die Erlaubnis, einige Schweine zu schlachten, um den Proviant aufzubessern.

Rom blickte auf, als Beatson vorbeikam. Der Generalmajor blieb kurz stehen und musterte die Soldaten, die mit

Bajonetten die Schweine schlachteten. Seine Stimme war laut genug, dass jeder Australier hören konnte, was er sagte.

»Ja, für mehr seid ihr auch nicht zu gebrauchen. Als die Holländer angriffen, habt ihr nicht das Bajonett aufgepflanzt und gekämpft. Aber wehrlose Schweine abschlachten, das könnt ihr!«

Rom und die anderen Australier standen da wie vom Donner gerührt, das Bajonett in der Hand. Beatson schlenderte weiter und schwenkte dabei sein Offiziersstöckchen. Rom war wie erstarrt. Er dachte an die Verheerung, an all die Toten. Und an die Flinten, die auf Befehl des regelbesessenen Major Morris fein säuberlich in der Mitte des Lagers aufgestapelt worden waren.

Eine unerträgliche Ungerechtigkeit, wie nicht nur Rom fand. Aber Beatson war so gut wie unangreifbar, geschützt durch seinen Rang und die damit verbundenen Privilegien, den Ruf, den er sich in Indien erworben hatte, und auch seine unverrückbare Loyalität zu Major Morris, seinem »Goldjungen«.

Beatsons ätzende Kommentare zu einem Ereignis, das er nur vom Hörensagen kannte (und das obendrein aus dem Munde von Major Morris), wurden schnell allgemein bekannt. Es gab keinen einzigen Soldaten in den Victorian Mounted Rifles, der Beatson nicht abgrundtief verachtet hätte.

Der Keim der Meuterei war gelegt. Schon bald nachdem er sich Beatsons Kommentare im Tagebuch notiert hatte, wurde Rom, zu seiner großen Erleichterung, wieder zum Kundschaften abkommandiert. Er war froh, von der Anspannung in der Truppe wegzukommen, und genoss, trotz der Gefahren, die Einsamkeit und Weite des südafrikanischen Velds.

Am zweiten Tag seines Kundschaftergangs begann Rom heftig zu schwitzen, obwohl es nicht heißer war als sonst. Er fragte sich, wie gut seine Chancen standen, dem Typhus noch länger zu entgehen, der mittlerweile nicht nur innerhalb der Rifles grassierte, sondern auch in den anderen Kolonialtruppen und bei den britischen Soldaten aus dem Mutterland.

Der Himmel war so blau wie auf einem Heiligenbildchen. Kein Baum weit und breit, daher natürlich auch kein Brennholz. Aber das Wasser musste unbedingt abgekocht werden, ehe man es trinken konnte, um dem Typhus zu entgehen, das war Rom klar. Er schaute sich nach Buschwerk oder *Tumbleweed* um, kleinen, vom Wind zu Bällen zusammengerollten Zweigen, mit denen er sich ein Feuerchen machen konnte, um sich einen Tee in seiner Billy Can zu brauen.

Auf einmal drang der gellende, heisere Schrei eines Vogels an sein Ohr. Der junge Australier schüttelte benommen den Kopf. Diesen Schrei kannte er doch – es war der unverkennbare Ruf des Bitternbird den er und Clytie in den Marschen um Hope herum gehört hatten.

Was zum Teufel hat ein Bitternbird hier *zu suchen? Ich verlier wohl allmählich den Verstand.*

Keiner der Reiher war in Sicht, aber der Schrei hallte weiterhin in seinem Kopf wider.

Plötzlich tauchte wie aus dem Nichts eine kleine Farm vor ihm auf. Wo kam die denn her? *Ist das eine Fata Morgana?* Er drückte seinem erschöpften argentinischen Muli die Fersen in die Weichen und trieb es an. Sobald er nahe genug heran war, stieg er ab, band das Muli fest und schlich erst einmal vorsichtig um die Farm herum, um zu sehen, ob es irgendwelche Anzeichen von Feinden gab. Als er das Farmhaus betrat, erwartete ihn eine große Enttäuschung: Es war bereits geplündert worden. Nichts von Wert – und schon gar keine Essensvorräte – war mehr übrig. Im verwilderten Garten lagen noch einige vertrocknete Kohlköpfe, die aus der rissigen Erde ragten.

Mit dem Gewehr im Anschlag schlich er auf die Scheune zu. Das Tor hing nur noch an einer Angel und ging quietschend auf, als er sich dagegenstemmte. Ein Sonnenstrahl fiel ins staubige, düstere Innere.

Als er ein wenig Stroh für sein Muli einsammeln wollte, bemerkte er eine Bewegung im Heu. Ein Ächzen ertönte. Die Flinte im Anschlag näherte er sich der Stelle. Da sah er, dass der Ärmel einer Khakiuniform hervorschaute. Die australischen Insignien der V.M.R. waren erkennbar. Er zupfte daran – und hatte plötzlich den Ärmel in der Hand. Nur den Ärmel, nicht den Rest der Jacke. Er schob das Heu beiseite und stieß zu seiner Überraschung auf einen nackten jungen Soldaten mit blutüberströmtem Gesicht.

Der junge Bursche riss beim Anblick der Gewehrmündung erschrocken die Augen auf. Er versuchte, Worte zu formen, doch kein Laut entrang sich seinen rissigen Lippen.

Rom kannte die Insignien auf dem Ärmel. Das Wort AUSTRALIEN war erst kürzlich vom Oberkommando hinzugefügt worden. Und das hier – hieß das nicht *New South Wales*?

Er zog seine Feldflasche hervor und hielt sie dem jungen Soldaten an die Lippen.

»Keine Angst, Junge, ich tu dir nichts. Wir gehören zur selben Truppe, du und ich, wir sind beide bei den Rifles.«

Der junge Mann trank durstig und verschluckte sich fast dabei, dann gab er Rom die leere Feldflasche zurück. »Danke, Ewiger Vater«, murmelte er und verlor das Bewusstsein.

Rom musterte ihn skeptisch. Er war hin- und hergerissen.

Wasser und Proviant reichten schon jetzt kaum mehr für zwei, ihn und das Muli, geschweige denn für einen dritten.

Ach, was soll's. Ich kann den armen Bastard doch nicht einfach hier sterben lassen.

Rom hievte sich den langgliedrigen Körper auf die Schulter und warf ihn über den Sattel. Das Maultier war jetzt schon am Ende. Er brachte dem Tier etwas Wasser aus dem Brunnen und trieb es dann zum Weitergehen an.

Der junge Abenteurer musterte den Verwundeten. Er war hochgewachsen und hatte weißblondes Haar, das allerdings blutverkrustet war von einer Kopfwunde. Seine langen Arme hingen herunter und schwangen im Rhythmus der schwerfälligen Gangart des Maultiers. Er deckte den Burschen mit seiner Jacke zu, damit er nicht von der heißen Sonne verbrannt wurde.

Der war entweder auch Kriegsgefangener der Buren so wie ich. Oder er ist ein Deserteur. Wen interessiert's? Er ist kaum noch am Leben. Wenn ich Glück hab, entgehe ich den feindlichen Scharfschützen und schaffe es bis zum nächsten Feldlazarett. Wenn ich nicht versucht hätte, die Farm zu beklauen, wäre er erledigt gewesen.

»Wenn du mich fragst, sollte mir der verfluchte Beatson 'ne Medaille anstecken.«

Rom verfiel zunehmend ins Delirium. Die Hitze flimmerte vor seinen Augen, und er musste sich am Muli festklammern, um nicht umzukippen.

»Du würdest lachen, wenn du uns sehen könntest, Mate«, sagte er zu seinem bewusstlosen Schützling, »der Krüppel führt den Blinden!«

Da hörte Rom plötzlich Schüsse. Er wusste, noch ehe er den Blutfleck sah, der sich langsam auf seiner Khakiuniform ausbreitete, dass es ihn leider doch erwischt hatte.

18

Clytie machte die Tür des Pfarrhäuschens hinter sich zu und schloss resolut ab, auch wenn die Einwohner von Hope sich was darauf einbildeten, nie verriegeln zu müssen, weil es hier angeblich keine Einbrecher gab. Aber die junge Frau wusste es besser: Long Sams Hütte war ausgeraubt worden. Und so unangenehm ihr der Gedanke auch war, sie vermutete, dass bei Goldies Übernahme auch kein Geld den Besitzer gewechselt hatte. Genauso wenig bei den paar guten Kleidungsstücken, die Rom besaß.

Der Gedanke an Goldies Tod ernüchterte Clytie und rief ihr erneut die schreckliche Wirklichkeit des Krieges in Erinnerung, selbst wenn er sich fern von Australien abspielte.

Sie füllte einen Korb mit ein paar Blumen- und Kräutersträußchen und machte sich auf den Weg. Der Garten gedieh, dank Long Sams Hilfe, weiterhin prächtig. Shadow stand schon bereit, um sie zum Postamt zu begleiten. Heute musste sie den allerwichtigsten ihrer Briefe, den mit dem beiläufigen Postskript über ihre Schwangerschaft, abschicken.

Der Hund legte bei ihrem Näherkommen den Kopf schief und spitzte die Ohren.

»Ich glaub allmählich, dass Rom recht hat. Du kannst wohl wirklich Gedanken lesen, Shadow. Du könntest im Zirkus auftreten.«

Die Kette der Ereignisse seit dem Zusammenbruch der Tribe's Mortgage Bank und der Vertreibung des Zirkus aus der Stadt hatte Clytie nahezu überwältigt. Sie klammerte sich an jede Postkarte, die Tiche ihr schickte, und hungerte nach Nachrichten von ihrer Zirkusfamilie. Eine Flut von Karten und Beileidsbezeugungen war nach Dolores' Tod eingetroffen. Seltsamerweise hatte Clytie nicht das Gefühl, dass ihre Mutter sie verlassen hatte, im Gegenteil, sie spürte täglich ihre Anwesenheit, als wäre sie nur nicht in Sichtweite. Bereits mehrmals war sie ihr im Traum erschienen und hatte ihr Botschaften überbracht – sowohl gute wie schlechte.

Auf den Traum der letzten Nacht konnte Clytie sich jedoch keinen Reim machen. Dolores stand in einer weiten, windigen, kahlen Landschaft, deren Felsen gelb überzogen waren, als hätte sie der Wind mit Farbe angepinselt. Ihre Mutter deutete auf eine einsame Farm, die leer und verlassen wirkte. Ihre Lippen bewegten sich, aber Clytie konnte nicht hören, was sie sagte. Dann wurde es plötzlich schwarz, wie in einer der Biografien, die Clytie in Melbourne gesehen hatte – bloß dass hier kein erklärender Text auf der Leinwand erschien.

Clytie kämpfte sich mühsam den Kirchberg zum Friedhof hinauf. Ihr Bauch erschien ihr zentnerschwer, hinzu kamen die lebhaften Tritte und Knuffe, die sie von ihrem ungeborenen Baby bekam, das nie versäumte, sich bemerkbar zu machen. Es war ihr trotz der Schmerzen und Mühen ein großer Trost zu wissen, dass sie nicht allein war.

»Ich weiß nicht, wer du bist, Kleiner, aber du trittst aus wie ein Muli.«

Wie jede Woche legte sie kleine Blumensträuße auf die Gräber von Dolores, Lionello und auch auf das unmarkierte Grab daneben, in dem Missy, die Löwin, ruhte. Auf dem

Weg zum anderen Ende des Friedhofs kam sie immer an der pompösen Statue vorbei, die alle anderen Gräber überragte. Auf einer hohen schlanken Säule thronte ein Engel, der betend die Hände vor der Brust gefaltet hatte und flehend zum Himmel blickte. Auf dem Grabstein stand in großen goldenen Lettern: »Hier ruht Margaret Twyman, geliebte Gattin von Councillor Ernest Twyman, der nun allein die Last schultern muss, die sein Verlust, aber der Gewinn des Himmels ist«. Der Todestag lag zehn Jahre zurück.

Clytie runzelte immer die Stirn, wenn sie das las, denn der Name der Toten war viel kleiner als der Rest der Aufschrift. »Dieses Grabmal muss ihn ein Vermögen gekostet haben, Shadow. Wie schrecklich, dass er seine Frau offenbar *nach* ihrem Tod mehr geliebt hat als davor.«

Aus Achtung vor Long Sam besuchte sie immer auch die Gräber der letzten vier »Himmelssöhne«, Long Sams Freunde, die ihn als einzigen Chinesen in Hope zurückgelassen hatten. Er hatte kürzlich erwähnt, dass es in China der Brauch sei, kleine Geschenke und Essensgaben auf das Grab zu legen, aber das brachte Clytie nicht übers Herz: Lebensmittel waren knapp in Hope. Daher legte sie als Kompromiss kleine Kräutersträußchen, bestehend aus Petersilie, Rosmarin und Thymian, auf die vier Gräber, in deren rechteckige Grabsteine Long Sam selbst die chinesischen Schriftzeichen gemeißelt hatte sowie ihr Todesdatum in arabischen Ziffern.

»Ich schätze, ich hab mehr Freunde auf dem Friedhof als in der Stadt selbst«, sinnierte Clytie. »Du hast mich ja gewarnt, Mama, es würde lange dauern, ehe sie uns hier akzeptieren. Wollen wir hoffen, dass mein Baby nicht für die ›Sünden der Eltern‹ büßen muss. Die geben mir hier jedenfalls das Gefühl, ich wäre ein räudiger Köter, dem man besser aus dem Weg geht.«

Shadow sah die junge Frau vorwurfsvoll an.

»Verzeih, Shadow«, sagte Clytie zerknirscht, »ich sollte mich wirklich nicht in Selbstmitleid wälzen. Einen treueren Gefährten als dich kann man sich gar nicht wünschen. Und wir haben ja auch noch Doc Hundey, Long Sam und die scheue Miss Adelaide auf unserer Seite. Und Rom wird sicher auch bald heimkommen.«

Als Shadow den Namen seines Herrchens hörte, sprang er fröhlich voraus.

Auf dem Gipfel des Hügels angekommen hielt Clytie inne, um wieder zu Atem zu kommen und um sich umzusehen und ihren Garten zu bewundern. Mit Long Sams Hilfe hatten sie daraus ein Farbenmeer gezaubert, ein dramatischer Kontrast zum Dunkelgrün der Eukalyptusbäume. Ihr erster Garten war eine kleine Oase. Mit viel Geduld hatte sie ein paar Kookaburras so weit abgerichtet, dass sie sie vom Verandageländer mit Apfelschnitzen füttern konnte. Clytie hatte sich fest vorgenommen, immer etwas für Vögel und andere Tiere übrig zu haben, egal wie viel oder wenig für sie selbst bleiben würde.

»Guten Morgen, Mrs Mintner.«

Clytie entging nicht, dass die Frau grußlos an ihr vorbeigegangen wäre, wenn sie sie nicht angesprochen hätte. Ihre Lippen wurden schmal.

»Hab dich neulich gesehen«, sagte die Matrone, »ihr Zirkusleute wisst aber auch gar nichts. Man füttert keine Vögel – das macht sie bloß vom Futter abhängig.«

»Danke für Ihren Rat, Mrs Mintner, aber ich kann jeden Freund gebrauchen, den ich habe.«

Die ehemalige Kunstreiterin bereute ihre Worte, kaum dass sie heraus waren. *Das klang ja erbärmlich. Was soll's, wer braucht schon Leute, die über dich die Nase rümpfen?*

Sie setzte ihren Weg zum Postamt fort und musste dabei ein wenig schmunzeln, denn das Baby hatte ihr zum passenden Zeitpunkt einen kleinen Tritt versetzt, wie um ihr zu versichern, dass *es* bestimmt nicht die Nase über sie rümpfte.

Scheint, als ob's in Hope auf einmal überall werdende Mütter gibt, egal aus welcher gesellschaftlichen Schicht.

Clytie, die ihre eigene Schwangerschaft zwar unter den weiten, bunten Kleidern ihrer Mutter verbarg, konnte nicht umhin zu bemerken, dass andere weniger vorsichtig sein mussten. Mrs O'Grady, die Mutter der O'Grady-Brüder, erwartete ihr zehntes. Und die Frau des Methodistenpriesters war nicht länger klapperdürr, sondern prall und rund. Sie strahlte, wann immer man ihr begegnete, denn sie hatte die Hoffnung auf ein Kind schon fast aufgegeben.

Clytie schaute kurz am Kücheneingang des Hotels vorbei, um Mary Mac frische Kräuter für den gigantischen Suppentopf zu bringen. Die junge Köchin konnte es kaum abwarten, Clytie den neuesten Klatsch über Noni Jantzen zu erzählen.

»Jetzt wissen wir, warum sie sich seit der Hochzeitsreise nicht mehr in der Öffentlichkeit hat blicken lassen. Das Prinzesschen war wahrscheinlich schon vor der Hochzeit in anderen Umständen. Die hat ja nichts unversucht gelassen, um sich den Hauptgewinn zu angeln.«

»Mutter hat immer gesagt, dass man sich nicht aussuchen kann, wann ein Baby kommt.« Die junge Artistin errötete; dieses Thema hatte gerade sie eigentlich vermeiden wollen. »Na ja, das betrifft ja jetzt wohl auch mich.«

Die mondgesichtige Köchin tätschelte gutmütig mit ihrer roten rauen Hand Clyties Babybauch. »Keine Sorge, Schätzchen, deins wird bestimmt 'ne Schönheit – kein Wunder bei zwei so gutaussehenden Eltern wie Rom und dir.«

Clytie gab ihr spontan einen Kuss auf die pralle Wange

und eilte gerührt davon. Ein wenig neidisch war sie allerdings schon auf Nonis und Sonnys Glück. Der junge Minenbesitzersohn war als untauglich für den Kriegseinsatz erklärt worden und konnte nun seiner Frau während der Schwangerschaft beistehen und die Freude über das gemeinsame Kind mit ihr teilen. Rom dagegen war weit weg und musste sich mit den Buren herumschlagen, während sie alles allein durchmachte.

Shadow erwartete sie bereits. »Ich bin die Letzte, die Noni Jantzen beurteilen sollte«, vertraute sie dem treuen Vierbeiner an. »Ich hoffe nur, dass sie Sonny glücklich macht.«

In der Main Street herrschte ein Aufruhr wie in einem Hühnerstall, in den der Fuchs geraten war. Frauen liefen in Schürzen auf die Straße und rannten mit flatternden Hüten aufgeregt schwatzend von Gruppe zu Gruppe. Die Männer standen in eigenen Gruppen zusammen und unterhielten sich ohne Unterschied, vom struppigen Minenarbeiter über Farmer in Overalls und Geschäftsleuten in feinen dreiteiligen Anzügen und Bowlerhüten.

»Da ist was im Busch, Shadow. Vielleicht ist der Krieg zu Ende! Das wäre wunderbar. Oder vielleicht haben unsere Jungs ja einen Sieg errungen. Hoffentlich nicht ein Anschlag der Bolschewiken auf unseren guten König Edward!«

Clytie hatte noch die drei fehlgeschlagenen Attentate auf die Mutter des Königs, Queen Victoria, in Erinnerung.

Sie schnappte Wortfetzen auf; es ging auf jeden Fall um den Burenkrieg.

Englands zunehmend kontroverse Rolle hatte einige Verbündete veranlasst, die Seiten zu wechseln. *In was für einem Schlamassel diese Welt steckt.*

Jede Nachricht von der Front rührte an ihre tief sitzenden Ängste um Roms Sicherheit.

Vor Mrs Midds General Store bat sie Shadow, draußen zu warten, und betrat den Laden mit vorgehaltenem Korb, um ihren Bauch vor versehentlichen Stößen zu schützen. Vorsichtig drängte sie sich zur Poststelle durch, die sich in einer Ecke befand und mit einem Gitter abgetrennt war. Sie wurde von einer einzigen Person unterhalten und enthielt zahlreiche Brieffächer für die Stadtbewohner und eine wuchtige silberhelle Kasse, die melodisch klingelte, wenn man auf eine Taste drückte und die Schublade herausschoss.

Das Schaltergitter war massiv; Clytie vermutete, dass es noch aus der Zeit des Goldrauschs stammte, als man immer mit einem Raubüberfall rechnen musste. Hinter dem Gitter thronte das Gesicht von Marj Hornery, einer wahren Schreckschraube mit dubiosem Ruf. Clytie hatte ein paar Gassenjungen nach der Melodie von »Little Jack Horner« singen hören: »Marjory Hornery saß in der Ecke und las die Post anderer Leute …«

Die Poststelle, eigentlich dazu da, um Briefmarken und Briefpapier zu kaufen und Weihnachtspakete in die Heimat oder Versorgungspakete an die Front zu schicken, war darüber hinaus das Zentrum für Klatsch und Tratsch und den Austausch von Neuigkeiten.

Clytie hörte hinter sich die Worte »Südafrika«, »Kitchener« und »eine Schande!«, wollte aber ihren Platz in der Schlange vor dem Schalter nicht aufgeben. Sie musste unbedingt den Brief an Rom verschicken und hoffte, dass bereits einer von ihm auf sie wartete. Die Frau vor ihr erzählte der Schalterbeamtin gerade, dass die Metzgerei derzeit Kängurufleisch im Angebot habe.

Marjs Geflüster war laut genug, dass Clytie es mitbekommen musste. »Zu spät für die Tochter des Messerwerfers, die hat bereits einen Braten in der Röhre.«

Die Frau blickte sich mit einem nervösen Kichern zu Clytie um.

Clytie legte schützend die Hand auf ihren Bauch. *Das ist also der Spitzname, mit dem ich leben muss – vorausgesetzt, ich bleibe hier.*

Als Clytie selbst an den Schalter trat, wollte Marj Hornery ihr das Fenster vor der Nase zuschlagen.

»Bedaure, wir haben für heute geschlossen, *Miss*. Sie müssen schon bis Montag warten.«

Clytie schob rasch ihren Arm in die Öffnung.

»Ich möchte nur, dass dieser Brief hier noch die Postkutsche nach Bitternbird und von dort den Postzug nach Melbourne erreicht«, bat sie.

»Zu spät. Wie gesagt, wir haben geschlossen.« Sie schlug Clytie vor der Nase die Klappe zu.

Als Clytie wieder auf der Straße stand, sah sie, wie Councillor Twyman mit Fragen bestürmt wurde. Sergeant Mangles hängte soeben einen Zettel an den Aushang und wurde dabei von Neugierigen umdrängt. Clytie klopfte das Herz bis zum Hals. Das musste die neueste Verlustliste aus Südafrika sein! Mit Shadows kalter Schnauze an ihrer Seite berührte sie einen Mann in der Kleidung eines Bergarbeiters am Arm.

»Bitte, Sir, was ist passiert? Mein Bursche ist an der Front.«

»Dann möge Gott ihn sicher nach Hause geleiten, Miss. Wir sind außer uns! Und wer könnt's uns vorwerfen?«

Clytie verlor allmählich die Beherrschung. »Ja, aber *warum*?«

»Das werden wir alles heute Abend genauer erfahren. Um sechs findet eine Versammlung im Mechanics Institute statt. Ein Trupp von unseren V.M.R.-Jungs ist in einen Hinterhalt geraten und getötet worden. Und so ein verdammter Tommy-

Offizier hat die Frechheit, sie als ›einen Haufen von Waschlappen und Feiglingen‹ zu bezeichnen! Diesen Mistkerl würde ich zu gern in die Finger kriegen!«

Verwünschungen vor sich hin murmelnd drängte er sich an Twyman vorbei und verschwand in Richtung Mine.

Clytie vergaß ihre Manieren und kämpfte sich mit dem Einsatz ihrer Ellbogen zum Schwarzen Brett durch. Atemlos überflog sie die Liste. Es gab Dutzende von Verwundeten, darunter auch einige Tote, die an einem Ort namens Wilmansrust gefallen waren.

Clytie wagte erst wieder zu atmen, als sie am Ende der Liste angekommen war. Der Name »Delaney« war nicht darunter, weder unter den Gefallenen noch den Verwundeten. Erleichtert kämpfte sie sich wieder zum Rand der Menge hindurch. Da rief eine Frau aus: »O nein! Mein Cousin Jock aus Bitternbird ist gefallen! Er ist tot!«

Clytie hatte Schuldgefühle, als sie das hörte. Ein Mann sprach der Frau sogleich sein Beileid aus. »Ein guter Mann, Jock. Der beste linkshändige Werfer, den ich je gesehen hab. Der hätte sogar eines Tages für Australien antreten können.«

Clytie schaute sich nach Doc Hundey um, aber er war nirgends zu sehen. Er konnte überall sein, auf Hausbesuch im Outback, oder er brachte irgendwo ein Kind zur Welt.

Sie hoffte, dass er heute Abend zu der Versammlung kommen würde. Sein beruhigender Einfluss war vonnöten.

Da fiel ihr eine kleine Ponykutsche ins Auge, die am Rand der Menge stand und die man nur selten in der Stadt zu sehen bekam. Miss Adelaide Hundey saß mit kerzengerade aufgerichtetem Rücken auf dem Kutschbock und hielt die Zügel umklammert. Sie trug schwarze Spitzenhandschuhe und einen breitkrempigen Hut mit Schleier, hinter dem jedoch ihre bleichen hochmütigen Züge gut erkennbar waren.

Clytie eilte sofort zu ihr. »Schön, Sie zu sehen, Miss Hundey. Haben Sie gehört, was dieser britische Offizier über unsere gefallenen Soldaten gesagt hat?«

»Überrascht mich nicht. Die meisten Offiziere des Empires sind anständige Soldaten, aber mein verstorbener Vater, Captain Hundey, wäre der Erste, der zugäbe, was ein verdorbener Apfel alles anrichten kann! Eine Schande für die Uniform des Königs! Außerdem haben diese Engländer dort überhaupt nichts zu suchen!«

Clytie war schockiert über diese Kritik am Mutterland. Um ihren Schrecken zu überspielen, reichte sie automatisch Miss Adelaide die Hand, um ihr von der Kutsche zu helfen. Ihr Blick fiel auf den klobigen Schuh, der unter dem Saum ihres Kleids hervorsah, und sie hoffte, dass die stolze Frau ihre Geste nicht als Beleidigung auffasste.

Miss Adelaides Augen funkelten. »Wenn mir jemand anders seine Hand reichen würde, ich würde ihn zum Teufel schicken. Aber Sie sind anders.«

Miss Hundey band das Pony fest und schritt dann in Clyties Begleitung, ohne nach rechts oder nach links zu schauen, direkt auf das Postamt zu. Sie wollte es offenbar vermeiden, angesprochen zu werden.

Clytie versuchte, sie zu warnen. »Die Postmeisterin hat den Schalter für heute bereits geschlossen.«

»Na, das werden wir ja sehen!«

Miss Hundey klopfte mehrmals energisch ans heruntergelassene Schalterfenster. Clytie verfolgte es ein wenig bange.

Endlich wurde die Klappe hochgezogen. »Wir haben geschlossen«, verkündete Marj Hornery brüsk, »sehen Sie das denn nicht?«

»Nicht vor mir, möchte ich doch bitten! Sie wissen genau, dass ich nur einmal im Monat vorbeikomme, um ein Einschreiben aus England abzuholen. Seien Sie so gut und händigen Sie es sofort aus, oder ich werde Sergeant Mangles verständigen. Wissen Sie nicht, dass es ein schweres Vergehen ist, die königliche Post zu behindern?«

Die Postmeisterin blinzelte erschrocken. Ihr Gesicht war so rot angelaufen, dass man die Sommersprossen kaum noch erkennen konnte. Sie verschwand sogleich und tauchte wenig später wieder mit einem offiziellen Schreiben mit Poststempel aus England auf.

Eingeschüchtert händigte sie Miss Adelaide den Umschlag aus und schob ihr einen Quittungsblock mit Stift hin. »Wenn Sie bitte hier unterschreiben würden.«

»Hier, bitte, wusste ich's doch, dass Sie es finden würden«, meinte die Verschleierte kühl. »Und wo Sie schon dabei sind, sehen Sie bitte auch gleich nach, ob Post für Miss Hart da ist.«

Clytie beschloss, das Eisen zu schmieden, solange es heiß war. »Und dieser Brief soll bitte nach Südafrika.«

Marj Hornery nahm ihn mit schmalen Lippen entgegen, es blieb ihr keine andere Wahl. Sie verschwand und tauchte wenig später mit einem Brief aus Transvaal auf. Clytie fiel ein Stein vom Herzen. Miss Hundey erkundigte sich beiläufig bei der Postmeisterin: »Ist Rom Delaney wohlauf?«

»O ja, er ist jetzt Kundschafter und …« Die untersetzte Frau stockte. Erst jetzt merkte sie, dass sie der Schwester des Arztes in die Falle gegangen war.

»Ja, ich dachte mir schon, wenn es jemand wüsste, dann *Sie*, Marj. Ich wünsche einen Guten Tag!«

Mit diesen Worten machte die große schlanke Frau auf dem Absatz kehrt und humpelte würdevoll auf die Straße hinaus.

Clytie begleitete sie noch bis zu ihrem Gig. »Vielen Dank,

Miss Hundey! Wenn Sie nicht gewesen wären, hätte ich bis Montag warten müssen, ehe ich Roms Brief hätte lesen können. Gut, dass Sie dieser Marj ein wenig Dampf gemacht haben!«

Clytie kicherte, und auch Adelaide Hundeys Mund verzog sich zu einem schiefen Lächeln. Die Frau kletterte auf den Wagen und nahm die Zügel in die Hand. Dann zögerte sie.

»Ich habe mich noch gar nicht für die Blumen bedankt, die Sie mir damals in der Manege überreicht haben. Vielleicht würden Sie nächste Woche ja gern mal auf eine Tasse Tee bei mir vorbeikommen? Ich hätte da nämlich eine Bitte.«

Clytie versuchte, sich ihre Überraschung nicht allzu sehr anmerken zu lassen. »Ja danke, sehr gern sogar.«

»Gut. Dann freue ich mich auf Ihren Besuch.«

»Werden Sie auch zu der Versammlung heute Abend kommen?«, fiel Clytie noch zu fragen ein.

»Nein. Mein Bruder sieht es nicht gern, wenn ich mich in der Öffentlichkeit zeige«, entgegnete sie knapp. »Er fürchtet, ich könnte ihn mit meinen modernen Ansichten und mit meiner Unverblümtheit blamieren. Und das würde ich wahrscheinlich auch – wenn ich nur die kleinste Gelegenheit dazu bekäme.«

Mit einem anmutigen Peitschenknall – ohne den Pferderücken dabei zu berühren – kutschierte die eigenwillige Frau davon. Die Zipfel ihres Schleiers flatterten im Wind.

»Komm, Shadow, wir gehen jetzt auch heim. Ich werde dir Roms Brief vorlesen. Den teile ich mit keinem als mit dir.«

Nichts, nicht einmal das Bewusstsein, dass Marj Hornerys inoffizielles Auge der Zensur den Brief bereits erfasst hatte, konnte ihr diesen Moment verderben. Den kostbaren Schatz an ihr Herz gedrückt eilte Clytie nach Hause.

Sie kuschelte sich auf dem Sofa zusammen. Shadow tat dasselbe ihr zu Füßen auf dem Kaminvorleger. Dann öffnete sie vorsichtig das Schreiben. Der Brief war nummeriert, aber nicht datiert. Er schien hastig geschrieben worden zu sein. Sie überflog ihn rasch, dann berichtete sie Shadow, was darin stand.

»Dein Herr ist wie immer voller Spott über den Armeefraß, die langen buschigen Bärte der Buren und ihre krummen, langstieligen Pfeifen. Er meint, er hätte jetzt dank der Versorgungspakete aus der Heimat so viele Socken und Zigaretten, dass er einen Laden aufmachen könnte. Er möchte, dass wir wissen, wie sehr er uns beide vermisst. Wilmansrust wird nicht erwähnt – also wird er hoffentlich nicht dabei gewesen sein. Das ist schon mal ein echter Segen, was?«

Aber Shadow legte den Kopf schief und sah sie seltsam an.

»Weißt du was, Junge, was ich nicht weiß?«, erkundigte sie sich.

Dann nickte sie vor dem warmen Kaminfeuer ein und wurde rechtzeitig zur Versammlung im Mechanics Institute von Shadow geweckt.

Mit dem Kelpie an ihrer Seite eilte sie den steilen Hügel hinauf, fest in den bunten Umhang ihrer Mutter eingewickelt, den Kragen gegen die Kälte hochgeschlagen, den Hut tief in die Stirn gezogen, um dem scharfen Wind zu trotzen, der um die Ecken fegte. Es hieß, dass es auf dem Mount Macedon jetzt schon geschneit hätte, und das mochte Clytie gerne glauben. Es würde sie nicht wundern, wenn es selbst in Hope bald schneien würde, wenn auch zum ersten Mal in der Geschichte der Stadt.

Durch die hohen Seitenfenster des Mechanics Institute

fiel elektrisches Licht auf die Straße hinaus. Das Holzgebäude stand auf halbem Weg den Kirchberg hinauf und wirkte auf den ersten Blick wie eine vierte Kirche. Clytie würde heute Abend zum ersten Mal in ihrem »Zustand« zu einer gesellschaftlichen Veranstaltung gehen. Sie war zwar ein wenig nervös, aber nichts konnte sie davon abhalten, etwas über das Geschehen in Transvaal zu erfahren und ob es möglicherweise Rom betroffen haben könnte. Früher hatte sie nichts wissen wollen von diesem fernen Krieg, doch nun hungerte sie nach jeder Einzelheit, weil sie eine Verbindung zu ihrem Kindsvater herstellte.

Vor dem Gebäude ging sie in die Hocke und sagte zu Shadow: »Ich weiß, ihr Kelpies seid stolze Hunde. Deshalb hab ich auch nicht gewagt, dir ein Mäntelchen zum Schutz gegen die Kälte zu stricken. Mit reinnehmen kann ich dich leider nicht, aber ich hab dir dafür ein paar Kekse und diesen Knochen mitgebracht, um dir die Wartezeit zu versüßen.«

Das zweiflügelige Eingangstor lief nach oben hin spitz zu, wie es in der Kirchenarchitektur üblich war. Und tatsächlich war das Gebäude ursprünglich ebenfalls als Kirche vorgesehen gewesen, ehe die deutschen Lutheraner, die es erbauten, ihre Kirche dann doch andernorts errichtet hatten. Am entgegengesetzten Ende des lang gestreckten Saals befand sich eine Tribüne und daneben eine Tür, die zu einer Küche im Untergeschoss führte, das den Hohlraum unter dem Podium einnahm.

Es war Clyties erster Besuch in dieser männlichen Domäne, und sie schaute sich interessiert um. Im hohen Eingangsbereich führte eine Treppe zu einer rundum laufenden Galerie hinauf, die die Leihbibliothek des Instituts beherbergte. Doc Hundey, der Clyties Interesse an Büchern fördern wollte, hatte ihr die Sache mit den Mechanics Institutes erklärt, deren erstes in Edinburgh gegründet worden war und die Bildung von einfachen Arbeitern fördern sollte. Mittlerweile hatte sich das Ganze zu einem weltweiten Phänomen ausgeweitet. »Unseres hier wird zwar ausschließlich von Männern benutzt, aber es gibt keine Regel, die es Frauen verbieten würde, es ebenfalls zu besuchen«, hatte ihr der Arzt erklärt. »Denk dran, Clytie: Jeder Mensch hat ein Recht auf Bildung.«

Clytie musste dabei an Pedros Worte denken: »Hör bitte nicht mit dem Lernen auf, ja?«

Sie nahm in einer der letzten Reihen Platz und sah sich um. Offenbar war ganz Hope und Umgebung gekommen, selbst Father Donnelly, der irische Pfarrer, der über Nacht blieb, um morgen die Messe für seine Schäfchen abzuhalten. Bisher gab es noch keine Spur von Doc Hundey, aber Holy Maude war gekommen, ebenso wie die hochschwangere Mrs O'Grady, die fleißig Khakisocken strickte. Die Gattinnen der Seelsorger waren anwesend und auch Pius James und Boss Jantzen, die beiden Oberhäupter der vor Kurzem vereinigten Familien. Clytie bemerkte Mr Bentley, den abgearbeiteten Schullehrer, dem man einen gewissen Hang zur Flasche nachsagte. Tom Yeoman, der Gastwirt, war ebenfalls da. Offenbar hatte er die Leitung der Wirtschaft für den Abend seiner Frau überlassen. Sämtliche Ladenbesitzer waren gekommen – und natürlich auch die Postmeisterin, Marj Hornery.

Clytie schoss die Zornesröte in die Wangen, als sie ein paar Reihen weiter vorn das Duo entdeckte, von dem sie damals am Whipstick Pool beim Liebesakt beobachtet worden waren. Als würde er ihre empörten Blick spüren, drehte sich der Ältere der beiden, Dirty Dan, zu ihr um und grinste sie, seinem Namen entsprechend, dreckig an. Roms Abwesenheit hatte ihn mutig gemacht; er fühlte sich sicher vor der Rache des anderen.

Der Wachtmeister, Sergeant Mangles, hatte wie üblich an der Tür Posten bezogen, um das Geschehen im Auge zu behalten, aber an ihn wollte sich Clytie dann doch nicht wenden – das hätte bloß zu peinlichen Fragen geführt.

Der Saal knisterte vor Anspannung. Die Kinder hüpften aufgeregt auf ihren Sitzen auf und ab, die Erwachsenen schwatzten laut und erregt miteinander.

Das ist hier fast wie auf einer Silvesterparty – bloß ohne Feuerwerk.

In diesem Moment betrat Councillor Twyman die Bühne, und sogleich trat Stille ein. Er hatte zwei Leute mitgebracht, einer davon war Doc Hundey (in seiner üblichen Tweedjacke, ausgebeulten Hosen und schlammverkrusteten Stiefeln, die er offenbar nicht mehr rechtzeitig hatte sauber machen können), den anderen, einen jungen Mann in einem Dreiteiler mit steifem Kragen und gelber Weste, kannte sie nicht. Die beiden nahmen auf Stühlen rechts und links von Twyman Platz.

Der fleischige Councillor setzte zum Reden an und verkündete in seinem üblichen pompösen Stil, warum sich heute Abend alle hier versammelt hatten. Er gratulierte sich und den Anwesenden für die Gewissenhaftigkeit, mit der sie ihren Bürgerpflichten nachkämen, und brüstete sich mit der Überzeugung – die hier allerorts herrschte –, dass Hope eins der ersten Städtchen gewesen sei, das dem Ruf des Empires nach Freiwilligen für den Krieg mit den Buren gefolgt sei, und dass die Stadt »mehr Soldaten pro Kopf der Bevölkerung« in den Krieg geschickt hätte als jeder andere Ort in Victoria (»wenn nicht gar in ganz Australien!«).

Dagegen hatte niemand etwas einzuwenden, aber Twyman hörte danach nicht auf und schwafelte weiter, bis schließlich jemand ausrief:

»Jetzt komm endlich zur Sache, Twyman. Was ist da mit unseren Jungs und den Buren passiert? Wir alle haben Familienangehörige in der Truppe. Wir haben ein Recht zu erfahren, was da vorgefallen ist!«

»Hört, hört!«, ertönte es von allen Seiten.

Da stellte Twyman endlich den jungen Mann vor, einen hellwachen Journalisten namens Joshua Steinham, der die Fakten vortragen würde.

Steinham räusperte sich und begann dann mit lauter Stimme, die bis in den letzten Winkel des Saals zu hören war, zu sprechen.

»Sie werden in den nächsten Wochen alles Mögliche in den Zeitungen lesen. Aber ich kann Ihnen, ohne voreingenommen erscheinen zu wollen, versichern, dass Sie aus dem *Bacchus Marsh Express* immer die Wahrheit erfahren werden!«

Diese Nennung seiner Zeitung wurde mit gutmütigem Applaus quittiert. Der junge Mann nickte ernst und begann mit seinem Bericht.

»Am zehnten Juni dieses Jahres kam es zu einer tragischen Begegnung zwischen den V.M.R. der fünften Division und den Buren unter General Ben Viljoen, unweit einer Farm namens Wilmansrust. Die australischen Soldaten wurden in der Nacht aus dem Hinterhalt überfallen, während die meisten von ihnen schliefen. Die dreihundertfünfzig Freiwilligen, darunter zahlreiche Söhne, Brüder und Freunde aus dem Gold Triangle, mussten an diesem Tag die größten Verluste in den Reihen australischer Soldaten seit Beginn des Krieges einstecken.«

Ein Aufstöhnen ging durch die Reihen der Anwesenden.

»Das war in der Tat eine Tragödie, aber es kommt noch

schlimmer. Das, was in der Folge geschah, lässt sich gut und gerne als nie da gewesene Eskalation in den Beziehungen des neuen Australiens mit seinem Mutterland bezeichnen. Ich meine hier natürlich insbesondere die Geschichte der bewaffneten Beteiligung der australischen Kolonien an Militärkonflikten des Mutterlands.«

Clytie war verwirrt. *Was meint er damit? Die Eureka Stockade? Oder die Beteiligung der Australier am Krimkrieg oder im Sudankonflikt?*

»Ich will Ihnen nichts vormachen«, meinte Steinham, »Wilmansrust war ein Blutbad. Doch die Gründe und Umstände, die dazu geführt haben, sind nach wie vor unklar. Manche machen den Kommandeur der Einheit dafür verantwortlich, einen gewissen Major Morris, der unter dem Befehl von Generalmajor Beatson stand, dessen schnelle Eingreiftruppe zu jenem Zeitpunkt in einigen Meilen Entfernung lagerte.

Wir haben heute telegrafisch den genauen Wortlaut von Generalmajor Beatsons Beschimpfungen erhalten. Er bezeichnete die Soldaten, die bei Wilmansrust gefallen oder verwundet worden waren, als ›eine Bande feiger Hunde‹.«

Schockierte Ausrufe wurden laut, gefolgt von erbittertem Protest. Steinham hob die Arme und bat um Ruhe. »Es wird noch schlimmer«, warnte er.

»Der gehört erschossen, dieser Beatson!«, rief eine heisere Stimme.

Twyman lief rosarot an. »Jetzt lasst den Vertreter des *Bacchus Marsh Express* doch mal reden!«

Schlagartig trat Stille ein.

»Beatsons Kommentare haben sich rasch in der Truppe verbreitet. Ein paar britische Offiziere haben dann später ein Gespräch zwischen drei einfachen Soldaten mitbekommen.

Einer der drei sagte – und ich zitiere wörtlich: ›Es wäre besser, erschossen zu werden, als mit einem Mann ins Feld ziehen zu müssen, der seine Männer als feige Hunde bezeichnet. Ich würde mehr von ihnen halten, wenn sie die Waffen niederlegen und sich weigern würden, ins Feld zu ziehen.‹«

»Verdammt richtig!«, rief jemand.

»Was haben sie mit ihnen gemacht?«, wollten andere wissen.

Steinham wartete, bis wieder Stille eingekehrt war. »Die drei australischen Soldaten wurden festgenommen und vor ein britisches Kriegsgericht gestellt. Sie wurden der Aufhetzung zur Meuterei für schuldig befunden und zum Tode verurteilt.«

Clytie spürte den Tritt ihres Kindes, das offenbar ihren Schrecken mitfühlte.

O Gott, bitte, bloß nicht Rom. Bitte lass nicht Rom darunter sein.

Sie schloss sich den Rufen nach den Namen der Verurteilten an.

Steinham holte einen Zettel hervor und las über den Aufruhr hinweg die Namen der drei Soldaten vor.

»Trooper James Steele, Arthur Richards und Herbert Parry. Wir haben die Mitteilung erhalten, dass General Kitchener das Todesurteil ausgesetzt und in eine Zuchthausstrafe umgewandelt hat. Steele soll zehn Jahre in einem Gefängnis in England absitzen, die anderen beiden je ein Jahr. Genauere Einzelheiten folgen, sowie wir sie haben. Ich danke Ihnen für Ihre Aufmerksamkeit.«

Steinham setzte sich wieder und wischte sich den Schweiß von der Stirn. Doc Hundey beugte sich zu ihm herüber und dankte ihm mit einem Händedruck.

Stimmengewirr brach los, Englisch, das in allen möglichen Dialekten und Akzenten gesprochen wurde, von Ge-

genden aus aller Welt. Männer und Frauen sprangen auf und schüttelten wütend die Fäuste.

Ein Bergarbeiter schwang sich kurzerhand auf die Bühne und brüllte mit ausgebreiteten Armen: »Das ist eine verdammte Ungerechtigkeit! Diese Burschen waren keine ausgebildeten Soldaten – das waren Freiwillige, die bloß dem Empire helfen wollten! Diese verfluchten Briten haben kein Recht, unsere australischen Soldaten vor ihr Kriegsgericht zu stellen!«

»Bitte nicht solche Ausdrücke!«, schimpfte eine Matrone.

Sergeant Mangles machte kurzen Prozess mit dem Kumpel und holte ihn von der Bühne.

Twyman übernahm wieder die Kontrolle. »Ich möchte nun unsere Kirchenoberhäupter um ihre Meinung bitten.«

Teddy Baker, der stille Waliser, dem die Bäckerei gehörte, erhob sich und sagte: »Das nutzt doch nichts. Die Pfaffen sind entweder Pazifisten, oder das Empire kann in ihren Augen nichts falsch machen. Sie sind gute Männer, aber in dieser Situation können sie uns keinen Rat geben.« Er deutete auf Doc Hundey. »Hier dagegen ist ein Mann, der für seine Vernunft und seinen kühlen Kopf bekannt ist. Ich frag Sie, Doc, was können wir tun, um diesen drei Gefangenen Gerechtigkeit zu verschaffen?«

Alle Blicke richteten sich auf den Doc.

Clytie sah, wie er förmlich in sich zusammenschrumpfte, wie unangenehm es ihm war, die Rolle des Sprechers zu übernehmen. Aber Twyman beugte sich zu ihm hin und flüsterte ihm etwas zu. Daraufhin erhob sich der Arzt und trat vor an den Rand der Tribüne. Seine Stimme zitterte leicht, als er begann, gewann aber rasch an Selbstbewusstsein und Stärke.

»Ich bin ebenso schockiert über diese Nachrichten wie

ihr alle. Aber ich möchte euch daran erinnern, dass wir nicht nur die Einwohner von Hope, Victoria, sind, Tausende von Meilen weit vom Kriegsschauplatz entfernt. Wir sind keineswegs hilflos. Wir haben eine Stimme. Australien ist durch die Föderation ein geeintes Land geworden. Wir sind nicht länger sechs einzelne Kolonien, die sich untereinander zanken. Wir haben das Recht, dieses Urteil anzufechten. Ich wage zu behaupten, dass in den kommenden Wochen und Tagen ganz Australien gegen diese himmelschreiende Ungerechtigkeit protestieren wird.

Unser Premierminister, Edmund Barton, vertritt uns alle. Laut der letzten Volkszählung hat Australien nun bereits fast vier Millionen Einwohner – und dabei sind die Aborigines nicht einmal mitgezählt, die unsere Landesväter beschlossen haben, bei ihrer Zählung zu ignorieren.«

Clytie war betroffen von dieser Mitteilung.

Trotz der aufkommenden Unruhe bei den Stadtbewohnern redete der Arzt ruhig weiter: »Ich bezweifle nicht, dass die australische Regierung bereits ihren Protest eingelegt und die Überstellung dieser drei australischen Soldaten von der britischen Regierung verlangt hat. Kitchener hat ihnen die Todesstrafe erspart. Jetzt beginnt der Kampf um die Wiederherstellung ihres guten Rufs – und desjenigen aller anderen tapferen jungen Freiwilligen.«

»Hört, hört!«, riefen begeisterte Stimmen. Über Twymans Gesicht lief ein hasserfülltes Zucken. Er konnte es nicht ertragen, dass der Arzt ihm die Schau stahl.

Doc Hundey fuhr fort: »Vergesst nicht, was unseren Kindern beigebracht wird – was es bedeutet, Australier zu sein. Viele von euch kamen aus weit entfernten Ländern, um hier eine neue Heimat zu finden, so auch ich. Wir sind ein Land, ein Volk, vereint durch unseren Mut und eine gemeinsame

Sprache.« Er machte eine müde Handbewegung. »Und wir stehen zu unseren Kameraden! Der Kampf um die Freilassung von Steele, Richards und Parry hat gerade erst begonnen. Und bis dahin wünsche ich euch erst einmal eine Gute Nacht.«

Der Doc wandte sich ab und verließ unter donnerndem Applaus die Bühne. Selbst Clytie verlor jede Zurückhaltung und steckte zwei Finger in den Mund, wie Tiche es ihr beigebracht hatte. Sie stieß einen schrillen Pfiff aus, der viele der anwesenden Frauen schockierte, die Männer aber zum Lachen brachte. Mehrere reckten sogar anerkennend den Daumen.

Clytie verdrückte sich aus dem Saal und ließ das Gedränge hinter sich. Sie war froh, dass sie auf dem einsamen Heimweg auf den Beistand des Kelpies zählen konnte.

Da hörte sie im Dunkeln hinter sich das Heranrollen einer Kutsche. Sie drehte sich nervös um. Aber es war nur Doc Hundey, der neben ihr anhielt.

»Komm, steig ein, Clytie, und bring auch gleich deinen pelzigen Begleiter mit. Dies ist weder die Zeit noch der Ort für eine alleinstehende junge Frau – selbst wenn sie in Begleitung eines Hütehundes ist.«

Clytie kletterte dankbar neben dem hageren Mann auf den Kutschbock. Shadow legte sich zu ihren Füßen nieder.

»Doc, Sie waren einfach umwerfend! Sie haben das Blatt gewendet und die Stimmung herumgeworfen.«

Der Arzt grinste verlegen. »Ich hab noch nie im Leben einen solchen Schwachsinn geredet. Weiß gar nicht, was ich alles gesagt habe – erinnere mich bloß nicht daran!«

Clytie lachte laut auf. »Unsinn, ich hätte vor Stolz platzen können. Ich wünschte nur, Ihre Schwester hätte dabei sein können, um es zu erleben.«

Der Arzt warf der jungen Frau einen skeptischen Blick zu. »Gott sei Dank war sie's nicht. Adelaide ist eine Radikale. Ich fürchte, wenn sie ein Mann wäre, sie wäre ebenfalls in den Krieg gezogen. Aber auf der Seite der Buren, um für ihr Recht auf Unabhängigkeit zu kämpfen.«

Als Clytie sah, dass er es ernst meinte, blieb ihr das Lachen im Halse stecken.

Der Arzt fügte noch ein Wort der Vernunft an. »Das bleibt aber am besten unter uns, ja? Twyman wartet nur auf einen Vorwand, die Hundeys, Bruder *und* Schwester, aus der Stadt zu vertreiben. Zwei Störenfriede weniger.«

Später stand Clytie am Gartentor und blickte dem Arzt nachdenklich hinterher. *Was hat Twyman bloß gegen die Hundeys? Warum ist er derart auf Rache aus? Was haben der Doc und seine Schwester denn getan, das ihm so gegen den Strich geht?*

In dieser Nacht schlief die junge Artistin mit Roms Brief unter dem Kopfkissen. Sie hoffte, von ihm zu träumen. Und das geschah auch.

Sie stand in einer kahlen, mondähnlichen Landschaft und war wie gelähmt, konnte kein Glied bewegen. Hilflos musste sie zusehen, wie Rom von ihr weglief und stolpernd in der Dunkelheit verschwand. Wohin, hätte sie nicht sagen können.

19

Rom erwachte mit einem Ruck. Um ihn herum herrschte absolute Schwärze. Ächzen und Stöhnen drang an sein Ohr, dazwischen Gelächter und grobe Scherze.

Es roch nach Antiseptika, nach Männerschweiß und Urin, dazwischen – köstlich und schon fast vergessen – nach frisch gebackenem Brot und Kaffee – und, ganz in der Nähe, der unverkennbare Duft einer Frau.

»Wo bin ich?«, murmelte er. Er erkannte die raue, kratzige Stimme kaum als die seine wieder.

In der Hölle. Dieses Wort hatte jetzt eine neue Bedeutung: *Wilmansrust.* Rom sah erneut das Schlachten, die gefallenen Soldaten und Pferde, die Khakiuniformen.

Unter Aufbietung all seines Willens schüttelte er die Schreckensbilder ab und kehrte in die Schwärze der Gegenwart zurück. Er lag in einem Bett, und es roch nach frisch gewaschenem Linnen.

Sein Kopf hämmerte und tat fürchterlich weh. Er versuchte, ihn zu heben, ließ es aber gleich wieder. Sank auf ein weiches Kissen zurück – noch so ein vergessener Luxus. Er hob die Hand und tastete instinktiv nach seinen Augen. Da spürte er die dicke Bandage, mit der sein Kopf umwickelt war. Jetzt wusste er, warum alles schwarz war.

Eine Frauenstimme sagte: »Ruhig liegen bleiben. Wir

werden die Binde abnehmen, sobald es der Doktor erlaubt hat. Geben Sie mir Ihre Hand. Ich muss Ihren Puls messen.«

Rom genoss die Berührung der kühlen, weichen Finger, die beruhigend professionell seinen Puls fühlten. Er wünschte, sie würden ihn nicht mehr loslassen. Die Frau sprach einen Dialekt, den er nicht sogleich einordnen konnte.

Er wollte sie nicht gehen lassen, doch ausnahmsweise fiel ihm nichts ein, was er hätte sagen können.

Ein Mann rief wie ein ängstliches Kind aus: »Schwester!« Rom packte die Frau beim Arm und wollte sie festhalten.

»He, Schwester, verlassen Sie mich nicht! Wir haben uns doch gerade erst kennengelernt.«

Mit einem Schmunzeln in der Stimme erwiderte sie: »Mund auf, Delaney.«

Er gehorchte und bekam für seine Mühen ein Thermometer in den Rachen.

Als sie es wieder herausnahm, sagte er schnell: »Muss ich jetzt sterben?«

»Nicht doch, Ihre Temperatur ist inzwischen fast normal. Schön, dass Sie wieder bei uns sind.«

»Wo war ich denn? Wenn ich das gewusst hätte! *Sie* hätte ich bestimmt nicht verlassen, Schwester.«

»Sie wurden vor über einer Woche eingeliefert. Sie hatten ein heftiges Fieber. Enterisches Fieber oder auch typhoides Fieber genannt – so wie Hunderte von Ihren Kameraden.«

»Ich hab Typhus?«, fragte der junge Abenteurer erschrocken.

»Keine Angst, Sie werden's schon schaffen. Sie werden sich ein paar Wochen lang zwar schwach wie ein neugeborenes Kätzchen fühlen, aber das vergeht wieder. Dann können Sie zu Ihrem Mädchen heimkehren, das auf Sie wartet.«

Sogleich tauchte Clyties Gesicht vor seinem inneren Auge auf.

»Woher wollen Sie wissen, dass ich ein Mädel habe?«

»Wir haben einen Brief in Ihrer Unterwäsche gefunden, adressiert an Trooper Roman Delaney. Ich habe ihn natürlich nicht gelesen, mir aber sicherheitshalber die Adresse notiert.«

»Falls ich ins Gras beiße, was? Keine Sorge, nur die Besten sterben jung. Sie haben mich nochmal durchgebracht, Schwester. He, jetzt fällt mir allmählich wieder alles ein. Ich war mit meinem Muli unterwegs und hatte einen Kameraden aufgelesen, den ich halb tot in einer Scheune gefunden hatte.«

»Das stimmt leider nur halb. Es war umgekehrt. Sie wurden von der Kugel eines Scharfschützen an der Schläfe gestreift. Der Halbtote, das waren Sie. Der andere Soldat ist meilenweit barfuß durch den Busch gewandert und hat es bis zu einem Feldlazarett geschafft. Jetzt sind Sie beide hier bei uns gelandet.«

»Mann, der hat mir die Schau gestohlen. Ich dachte, *ich* wäre der Held und Retter.«

Erst jetzt wurde Rom klar, was der Verband um seine Augen bedeuten mochte. Mit wild klopfendem Herzen, aber äußerlich ruhig erkundigte er sich: »Diese Kugel, heißt das jetzt, dass ich blind sein könnte?«

»Nein, das glauben wir nicht. Sie werden eine Zeit lang einen gewaltigen Brummschädel haben, aber Ihr Augenlicht dürfte Ihnen erhalten bleiben. Der Verband ist nur eine Vorsichtsmaßnahme.«

Beträchtlich ermuntert sagte er neckend: »Das ist unfair, Schwester. Sie kennen meinen Namen, aber ich nicht den Ihren. Wie heißen Sie denn?«

»McQueen«, antwortete sie schüchtern, »Heather.«

»Heather, also. Kein Wunder, dass Sie so gut riechen.«

»Na, Ihnen scheint's ja wieder ganz gut zu gehen!«, lachte die Schwester und schüttelte ihm das Kissen auf.

Rom stieg dabei ihr Parfüm in die Nase. Es war nicht das billige Zeug, das von den Huren in Kapstadt benutzt wurde, sondern ein frischer, sauberer Geruch nach Seife. Pears' Seife.

Er war nur zu willig, sich von ihr beim Aufsetzen helfen zu lassen. Sie schob einen Arm unter seinen Rücken und half ihm hoch.

»Sie sollten was essen. Aber freuen Sie sich nicht zu früh: Es ist nur eine Fleischbrühe. Wir müssen Sie erst wieder an feste Nahrung gewöhnen.«

Er hätte sie gerne noch ein wenig mehr geneckt, folgte aber brav ihrem Befehl – »Mund auf!« – und bekam einen Löffel Brühe verabreicht.

»Ja, so ist's brav.«

Jetzt wusste er, wo er diesen ganz bestimmten Dialekt schon mal gehört hatte. »Sie kommen aus Schottland, stimmt's? Oder aus Neuseeland? Eine Kiwi, ja?«

Abermals dieses Schmunzeln in ihrer Stimme. »Ein bisschen was von beidem. Ich stamme aus den Highlands, bin aber in Neuseeland aufgewachsen. Man hört's mir also an, ja? Sie sind nicht der Erste, der mir das sagt. Und wo kommen Sie her, Delaney?«

»Nennen Sie mich Rom, Schwester. Ich bin ein unruhiger Geist, mich hält's nie lange an einem Ort. Zuletzt war ich in Victoria unterwegs. Ein kleines Städtchen, von dem Sie bestimmt noch nichts gehört haben: Hope. Ursprünglich hieß es allerdings *Hoffnung*.«

»Ah, das ist ein deutsches Wort, ja? Es bedeutet dasselbe wie *Hope*.«

»Ja, das stimmt! Woher wissen Sie das denn?«

»Ich bin hier schon seit dem Ersten Burenkrieg als Krankenschwester tätig. Ich habe eine Menge Holländisch, Deutsch und auch das relativ neue Afrikaans aufgeschnappt. Von meinen Patienten natürlich.«

»Von den Soldaten, die Sie umworben haben?«

Sie vermied eine direkte Antwort. »Einfach erstaunlich, was anständige Männer so von sich geben, wenn sie aus der Narkose erwachen.« Mit einem vertraulichen Flüstern fuhr sie fort: »Verraten Sie's keinem, aber ich könnte jetzt in vier Sprachen fluchen.«

Rom riss den Mund auf, um zu lachen, bekam jedoch prompt einen Metalllöffel in die Öffnung geschoben. Da er essen kaum noch gewohnt war, fiel es ihm schwer, die ganze Fleischbrühe aufzuessen. Schließlich ließ er sich erschöpft in die Kissen zurücksinken. Vom Schlaf übermannt schaffte er noch eine letzte Frage.

»Der Bursche, der mich hergebracht hat, der hatte auch ein Fieber. Hat er's geschafft?«

»Er liegt dort hinten in der Ecke.«

»Was hat er? Hat er auch 'ne Kugel abgekriegt?«

»Das ist ja das Problem, wir wissen es nicht. Er ist vollkommen unverletzt, aber er leidet unter Amnesie. Hat sein Gedächtnis verloren. Kennt nicht mal mehr seinen Namen ...«

Rom driftete ab und hörte nichts mehr.

Als ihm am nächsten Vormittag der Verband abgenommen und sein Sehvermögen als unbeschädigt eingestuft wurde, hielt es Rom kaum noch im Bett aus – eine mentale Energie, mit der sein Körper allerdings nicht mithalten konnte. Das Problem war, dass er jetzt keine Lust mehr verspürte, wieder an die Front zurückzukehren – dieser Meinungswandel war durch zwei Briefe aus der Heimat herbeigeführt worden.

Den einen hatte er bereits aufgerissen. Er trug den Poststempel von Melbourne, und die Adresse war in Druckbuchstaben geschrieben, wahrscheinlich um die Handschrift zu maskieren, denn es fehlte ein Absender. Der Brief enthielt einen kurzen Artikel über Nonis Hochzeit mit George »Sonny« Jantzen, darunter eine Warnung, ebenfalls in Druckbuchstaben: »Wagen Sie es nicht, nach Hause zurückzukehren.« Rom hielt das Ganze zunächst für einen schlechten Scherz. Aber der Gedanke an den anonymen Schreiber ließ ihn nicht mehr los. Wer sollte ihm so einen Brief senden, wo er doch himmelweit unter Noni stand? (Wie sie selbst es sich zumindest einbildete.) War da jemand neidisch? Oder auf Rache aus? Er hätte den Brief beinahe weggeworfen, steckte ihn dann aber doch ein.

Jetzt riss er auch den zweiten Brief auf, er war von Clytie. Bewegt las er ihre Schilderung von Dolores' Beerdigung, doch dann fiel sein Blick auf den Nachsatz. Er erstarrte.

Mein Gott! Ich werde also Vater.

Diese Nachricht brachte ihn in eine Zwickmühle. Wie sollte er sich von hier aus, in über sechstausend Meilen Entfernung, um sie kümmern? Er brachte es nicht über sich zu antworten, ehe er eine Lösung gefunden hatte.

Er blickte auf und bemerkte die in Leichentücher eingenähten Toten, die von Pflegern auf Tragen hinausgebracht wurden, um in der Gummibaumplantage unter der wachsenden Anzahl von Grabhügeln ihre letzte Ruhe zu finden.

Mit Typhus war nicht zu spaßen; der konnte einen von einem Tag auf den anderen dahinraffen. Es war besser, wenn er jetzt gleich mal nach dem anderen Soldaten schaute, der ihm das Leben gerettet hatte – oder umgekehrt, was in ihrer jetzigen Situation eigentlich keine Rolle mehr spielte.

Er hasste es, auf Krücken angewiesen zu sein, aber bis er

wieder zu Kräften gekommen war, brauchte er sie nun mal. Er humpelte durch den Korridor zurück zum Krankensaal. In der Tür blieb er kurz stehen und lehnte sich an den Türstock, um ein wenig zu verschnaufen.

Er musterte den Patienten, der ganz hinten in einer Ecke lag und wehmütig einen bunten afrikanischen Finken beobachtete, der auf dem Fensterbrett saß und in einer Schale pickte.

Schwer zu glauben, dass das derselbe Bursche war, den er nackt, blut- und dreckverschmiert in der Scheune gefunden hatte.

Der junge Mann saß jetzt aufrecht im Bett und hatte ein Flügelhemd an. Er war sauber geschrubbt wie ein Baby. Rom konnte sehen, dass sein Haar hellblond war wie Schnee, auf den die Sonne fällt. Er war braun gebrannt und hatte kräftige Gesichtszüge – hohe Wangenknochen und ein ausgeprägtes Kinn, dazu einen breiten, aber sanften Mund und eine leicht krumme Nase.

Man konnte selbst von dort, wo Rom stand, sehen, dass der Unbekannte leuchtend blaue Augen hatte, wie man sie oft bei geborenen Seeleuten findet. Er konnte anglokeltischer Abstammung sein oder, wie so viele Australier, aus Europa stammen, mit einem starken germanischen oder nordischen Einschlag.

Fasziniert von dem Rätsel des Mannes, der sein Gedächtnis verloren hatte, hoppelte Rom durch den Mittelgang zu ihm ans Bett. Der weißhaarige Patient beobachtete seine Annäherung ohne merkliche Regung. Er schien ihn nicht wiederzuerkennen. Rom zog einen Stuhl heran, ließ sich mit einem dankbaren Ächzen darauf niedersinken und lehnte seine Krücken ans Bett.

»G'day, Mate. Wie geht's dir heute?«

»Gar nicht gut. Ich weiß nicht, wer ich bin. Du scheinst mich zu kennen?«

»Ich will's mal so sagen: Wir haben eine gemeinsame Vergangenheit, du und ich, ein Stück zumindest. Ich heiße Rom – Roman Delaney. Ich war Kundschafter bei den Rifles und hab dich in einer verlassenen Scheune unter einem Heuberg gefunden. Du warst nackt wie 'n neugeborenes Baby, und du hattest starkes Fieber. Hast meine Feldflasche ausgesoffen, und ich hab dich auf mein Muli geworfen und mitgenommen. Das ist alles, woran ich mich noch erinnere. Und du?«

»Hast du nicht zugehört? Ich bin der Mann ohne Namen, hat man dir das noch nicht erzählt? Ich weiß gar nichts mehr.«

Rom nickte. »Brich dir deswegen bloß nichts ab, Mate, das wird schon wieder. Ich wollte bloß mal Hallo sagen und mich bei dir bedanken.«

»Wofür denn? Du hast mir doch das Leben gerettet, wie's scheint.«

Rom tippte sich an die Schläfe. »Hab 'ne Maxim-Henry von einem Scharfschützen erwischt. Sie sagen, du hättest das Bewusstsein wiedererlangt und stattdessen mich auf das Muli geworfen und über Meilen von Buschland bis zu einem Feldlazarett gebracht. Und da sind wir nun, beide in einem Stück.«

»Bis auf das Allerwichtigste: mein Gedächtnis – das hab ich nämlich verloren.«

»Das wird schon wieder – die Zeit wird's richten, da musst du einfach Geduld haben. Also, wie soll ich dich nennen?«

Der Unbekannte deutete auf den Finken, der auf dem Fensterbrett saß. »Als die Schwester mich bei der Einlieferung gefragt hat, hab ich wohl irgendwas gemurmelt, das wie ›French‹ klang. Vielleicht hat sie dabei ja den Finken angeschaut, aber sie hat ›Finch‹ eingetragen. Und so heiß ich – bis mir mein richtiger Name wieder einfällt.« Er stieß einen tiefen Seufzer aus. »Falls überhaupt.«

»Die müssen doch was über dich in den Armeeakten haben, Mann. Wir Aussies sind auseinandergerissen und überallhin verteilt worden, vor allem zu den Tommy-Offizieren. Das reinste Chaos, sag ich dir. Aber irgendwas sollte doch über dich in den *Imperial Records* stehen, oder nicht?«

Finch schüttelte skeptisch den Kopf. »Wie man hört, werden Hunderte von Soldaten vermisst. In der Schlacht gefallen oder in irgendeinem anonymen Massengrab begraben.«

Rom musste unwillkürlich an den jungen Buren denken, der zusammen mit den gefallenen Australiern in Wilmansrust bestattet worden war.

Der sah aus wie ich. Hätte mein Bruder sein können.

Rom entschied sich für eine ausweichende Antwort. »Der Tod macht uns alle wieder zu Brüdern, Mate.«

Finch musterte Rom forschend, als wollte er ihn prüfen. »Vielleicht bin ich ja ein Deserteur. Was würdest du dazu sagen? Dafür wird man erschossen, oder nicht?«

Rom hoffte, dass es überzeugend klang, als er sagte: »I wo, Mate, die haben genug damit zu tun, die Buren zu erschießen. Mir wär's ehrlich gesagt egal, ob du ein Deserteur wärst oder nicht. Wäre selbst fast desertiert – wenn sie mich gelassen hätten. Nach diesem Blutbad in Wilmansrust bin ich weggerannt wie der Teufel. Bis mich die Buren erwischt und gefangen genommen haben.«

»Erschießen die ihre Kriegsgefangenen?«, erkundigte sich Finch nervös.

»Ist nicht ihr Stil. Die haben uns die Waffen und Uniformen weggenommen und auch sämtliche Gäule, die noch zu was brauchbar waren. Wir mussten meilenweit übers Veld marschieren, und dann haben sie uns freigelassen – ohne Schuhwerk. Wir durften uns barfuß auf die Socken machen. Guerillatruppen haben nicht die Ressourcen für Gefangenenlager und dergleichen. Als Feinde sind diese Buren ein anständiger Haufen, würde ich sagen.«

»Wenn du meinst. Ich könnte dir sowieso nicht widersprechen.«

Rom sagte mit gespielter Munterkeit, um die eingetretene Stille zu überbrücken: »War denn nichts in deiner Jacke, das einen Hinweis geben könnte?«

Finch öffnete eine Schublade und holte einen Umschlag hervor, den er Rom reichte. »Das beweist zumindest, dass mich wenigstens eine Person kennt.«

Rom holte ein Foto aus dem Umschlag. Sein Herz setzte einen Schlag aus und klopfte dann heftig. Er schaute unversehens Clytie ins Gesicht. Sie wirkte so real, dass er fast glaubte, sie anfassen zu können.

»He, Mann! Das ist ja 'ne Schönheit, Finch. Steht irgendwas dabei?« Er wusste genau, dass es nicht so war, das Foto hatte keine Inschrift, weder darunter noch auf der Rückseite.

»Kannst selbst schauen, da steht nur der Name des Fotografen.«

»*G. Johnson and Sons.* Wer hätte das gedacht? Die findest du in Bitternbird, einer kleinen Stadt nicht weit von da, wo ich herkomme – aus Hope.«

»*Hoffnung*«, seufzte Finch, »du gibst mir Hoffnung. Jetzt hab ich den ersten Hinweis auf ihre Identität – und meine.«

»Klar!«, sagte Rom zuversichtlich. »Und jetzt versuch, ein bisschen zu schlafen. Ich besorg uns nur rasch ein paar Zigaretten. Dann können wir uns auf die Veranda raussetzen und in Ruhe eine rauchen.«

»Danke, aber ich rauche nicht«, meinte Finch. »So viel

weiß ich zumindest über mich. Der Kanadier, Billy, hat mir neulich eine angeboten – Mann, ich hab gehustet wie ein Verrückter – ich hasse den Geschmack von Tabak.«

»Na, in dem Fall besorg ich dir eben Schokolade.«

Zum ersten Mal zeichnete sich ein Lächeln auf Finchs Gesicht ab. »Na, das wär doch schon mal was, Rom. Danke, Kumpel.«

Rom drehte sich in der Tür noch einmal um und reckte den Daumen hoch, in der altbewährten Art der Aussies: *Wird schon.*

Kaum war er jedoch außer Sichtweite, erlosch Roms Grinsen. Ein Plan begann vor seinem geistigen Auge Gestalt anzunehmen – ein Plan, bei dem der gedächtnislose Finch eine entscheidende Rolle übernehmen sollte.

Rom stand draußen auf der Veranda vor dem offenen Fenster der Station und rauchte eine Zigarette. Der junge Herumtreiber konnte zu Finchs Bett hineinsehen.

In diesem Moment tauchte Schwester McQueen mit flatternder weißer Schwesternhaube auf, durchmaß den Mittelgang und blieb bei Finch stehen. Rom wich ein wenig zur Seite, um nicht gesehen zu werden, und lauschte.

»Der Doktor wird in wenigen Minuten zu Ihnen kommen und Sie gründlich untersuchen, Finch. Erzählen Sie ihm alles, was Ihnen in den Sinn kommt, jede Kleinigkeit, und wenn Sie Ihnen noch so unwichtig erscheint. Auch Träume sind von Bedeutung.«

Finch hatte rote Wangen vor Aufregung. »Ich hab sogar noch was Besseres, Schwester. Ein kleiner Durchbruch, wenn Sie so wollen. Rom kennt die Stadt, aus der das Foto des Mädchens stammt. Vielleicht wohnt sie dort und wartet auf mich. Vielleicht ist sie meine Verlobte – oder sogar meine

Frau. Ich werde nicht eher ruhen, bis ich sie gefunden habe …«

»Beruhigen Sie sich, Finch. Das sind tolle Neuigkeiten, aber Sie dürfen sich jetzt noch nicht überanstrengen. Erst müssen Sie wieder zu Kräften kommen.«

Sie hielt ihm ein Glas Wasser an die Lippen, mit dem er seine Tabletten hinunterspülen konnte. Finch trank gehorsam, stellte dann aber noch eine letzte Frage.

»Ist es denn möglich, dass man die Frau, die man liebt, einfach vergisst, Schwester?«

Die Antwort darauf blieb der Schwester erspart, denn Finch fielen bereits die Lider zu.

Rom, der alles beobachtet hatte, bekam ein schlechtes Gewissen. *Dasselbe sollte ich mich vielleicht selbst fragen.*

Der australische Arzt nahm sich überraschend geduldig Zeit für den unter Amnesie leidenden Patienten – obwohl das Krankenhaus überfüllt war und Tag für Tag immer neue Soldaten von der Front eingeliefert wurden. Finch wurde gründlich untersucht, abgeklopft und auf Herz und Nieren geprüft. Schwester McQueen stand dabei und machte sich gewissenhaft auf einem Klemmbrett Notizen.

Rom, der auf der Veranda stand und eine nach der anderen rauchte, versuchte vergebens, die gedämpften Kommentare mitzubekommen. *Die ahnen bestimmt nicht, was ich vermute: dass er ein Deserteur ist.*

Schließlich hielt Finch es nicht länger aus und rief erregt aus: »Herr Doktor, ich kann mich an nichts erinnern, was mich persönlich angeht. Aber ich kann hören und sehen, ich kann gehen und sprechen, und mein Appetit ist sogar *zu gut.* Ich kann schreiben und lesen, ich weiß, wie man Klavier spielt – und wie man ein Gebet spricht. Das ist doch sicher ein gutes Zeichen, oder?«

»Ja, und es kommt gerade zur rechten Zeit«, meinte der Arzt müde. »Denn wir erwarten eine frische Ladung Verwundeter und werden Ihr Bett möglicherweise brauchen. Sie werden vielleicht woandershin verlegt.«

»Könnte Schwester McQueen mich nicht begleiten?«

Der Arzt ging nicht auf den romantischen Eifer des Patienten ein. »Die Schwester wird Ihnen bei der Heilung Ihrer Amnesie behilflich sein – *falls* sie die Zeit dazu hat.«

Eine andere Schwester war aufgetaucht und wippte nervös auf den Zehen. »Der Zug mit den Schwerverletzten ist gerade eingetroffen, Doktor. Sie werden in der Chirurgie gebraucht.«

Er wandte sich ohne ein weiteres Wort ab und eilte davon.

Rom sah zu, wie die Träger die Verwundeten zu den freien Betten brachten. Viele von ihnen waren schmutzig und blutverschmiert. Alle möglichen Dialekte schwirrten im Saal umher. Die meisten der jungen Soldaten sahen aus, als hätten sie kaum die Schule hinter sich. *Wahrscheinlich haben sie auch über ihr Alter gelogen, um angenommen zu werden. Finch vielleicht auch. Er scheint ja nicht zu wissen, wie alt er ist.*

Rom stöberte Schwester McQueen in dem Kabäuschen auf, in dem sich die Schwestern ihren Tee zubereiteten und den Schreibkram erledigten. Aus der Nähe kam er nicht umhin, ihre weiße Haut zu bewundern, auf der sich zarte orangebeige Sommersprossen abzeichneten. Das Haar, das unter ihrer Haube hervorschaute, hatte eine ähnliche karottenrote Farbe. Er blickte in ihre Augen – sie waren blau wie ein Osterei und wurden von langen sandfarbenen Wimpern überschattet. Sie war keine konventionelle Schönheit, aber dennoch ausgesprochen hübsch. Und wenn sie lächelte, war es, als ob die Sonne aufging.

Er musste an das Grübchen neben Clyties Mundwinkel

denken und spürte, wie ihm unwillkürlich der Schritt ein wenig eng wurde. *Was ich nicht alles täte für einen Kuss, der die ganze Nacht lang dauert.*

Schwester McQueen hatte seinen intensiven Blick bemerkt und räusperte sich. »Was haben Sie denn hier zu suchen, Delaney? Das ist hier das Refugium der Schwestern.«

»Ich mach mir Sorgen um Finch, Schwester. Wie gut stehen seine Chancen, sein Gedächtnis wiederzufinden?«

»Ich bin keine Ärztin. Aber soweit ich weiß, könnte das von einem Tag auf den anderen passieren. Gleich oder erst in ein paar Jahren, das weiß man nie. Es könnte alles auf einen Schlag zurückkommen oder scheibchenweise über Jahre hinweg.«

»Wie kann ich ihm helfen?«

»Reden Sie mit ihm. Unterhalten Sie sich, bringen Sie ihn zum Lachen, muntern Sie ihn ein wenig auf. Er bräuchte eigentlich fachmännische Hilfe, aber die können wir ihm hier leider nicht bieten. Wir sind ohnehin unterbesetzt. Wir müssen uns ganz darauf konzentrieren, Leben zu retten. Nicht Amnesie zu heilen.«

»Aber in Australien könnte Finch richtige Hilfe kriegen, oder? Er bräuchte nur die entsprechenden Papiere.«

»Wir können ihn erst entlassen, wenn wir wissen, wer er ist. Bis jetzt kennen wir ja noch nicht mal seine Nationalität – ob er Australier ist oder Engländer oder gar ein Kiwi. Seine Sprechweise ist neutral, daraus lässt sich nichts schließen.«

»Okay, Schwester, daran hängt es also, ja? Na gut, Sie können auf mich zählen. Ich werde mein Bestes versuchen.«

Rom verlor keine Zeit und hoppelte auf Krücken zur Bahnhofsstation, wo er für je einen Schilling zwei kleine Laibe Brot erstand sowie drei Äpfel für drei Schilling das

Dutzend und ein paar Rippchen Schokolade für Threepence pro Stück. Jetzt hatte er noch zwei Halfpenny übrig.

Zurück im Krankenhaus tauschte er das Brot und die Äpfel mit einem Nichtraucher. Er bekam eine Packung Zigaretten und eine kubanische Zigarre dafür.

Als er wieder bei Finch auftauchte, schnauzte er ihn an wie ein Feldwebel: »Auf die Füße, Soldat! Kehrt marsch, auf die Veranda. Das ist ein Befehl!« Etwas leiser fügte er hinzu: »Die Schwester erschießt mich, wenn ich hier drin rauche, aber draußen auf der Veranda ist die neutrale Zone, also komm!«

Sie ließen sich auf Rohrsesseln nieder, mit einem Tischchen zwischen sich. Rom kam sogleich zum Thema.

»Sehen wir mal, was du weißt. Wo genau sind wir hier?«

»In einem britischen Militärhospital am Stadtrand von Johannesburg, und du setzt mir die Daumenschrauben an. Aber über die versprochene Schokolade würde ich mich freuen«, fügte er hoffnungsvoll hinzu.

Rom grinste und schob die Schokorippchen über den Tisch.

»Du könntest an keinem besseren Ort gelandet sein, Mate. Aber das ist kein britisches Militärhospital, sondern ein australisches – das beste in der Gegend. Sogar die Briten lassen sich lieber hier behandeln als in ihren eigenen Lazaretten. Hier ist's eng wie in einer Sardinendose – und alle kommen aus den unterschiedlichsten Ländern und sprechen auf ihre Weise Englisch: Australier, Londoner Cockneys, Kiwis, Schotten, Iren, Kanadier und Inder. Wo gehörst du dazu? Eins kann ich dir jetzt schon sagen, Mate: Ein Australier bist du nicht.«

»Wie kommst du denn darauf?«, erkundigte sich Finch verblüfft.

»Wir haben uns jetzt schon ein paarmal unterhalten. Und du hast noch kein einziges Mal geflucht, Mann. Ein waschechter Aussie könnte keine zwei Sätze rauskriegen, ohne dabei zu fluchen.«

Finch machte ein ganz verdattertes Gesicht, dann lachte er auf. »Na, du vielleicht nicht, Mate, aber ich schon!«

»Ich bin in einer Klosterschule erzogen worden. Die Schwestern haben mir immer mit Seife den Mund ausgewaschen, wenn ich geflucht hab. Du verstehst sicher, dass ich was aufzuholen habe. Erinnerst du dich an deine Kindheit?«

»Vollkommen blank. Ich will dich was fragen. Du sagst, du warst bei den Rifles, den V.M.R., richtig? Müssten wir uns dann nicht kennen?«

»Nein, nicht unbedingt. Es gibt Hunderte von uns. Und sie haben uns, seit wir hier sind, von einer Einheit zur anderen geschoben, von einem Tommy-Offizier zum nächsten. Wir sind verstreut wie Staub im Wind.«

Rom zündete sich am Stummel seiner Zigarette eine neue an.

»Dann bist du also kein regulärer Soldat?«, erkundigte sich Finch.

»Ich wollte einfach die Welt sehen. Deshalb hab ich mich freiwillig gemeldet. Hab bis dahin noch nie erlebt, wie jemand im Zorn einen Schuss abgibt, erst als ich als Kundschafter ins Veld geschickt wurde. Einige von den britischen Offizieren wissen uns Digger zu schätzen. Andere verachten uns. Aber die meisten müssen zugeben, dass wir ganz passable Kundschafter sind und uns gut in offenem Gelände zurechtfinden. Die meisten von uns sind einfache Bauernburschen, wir sind im Outback aufgewachsen, wir wissen, wie man ein Feuer macht und wie man sich durch Jagen ernährt. Die armen Cockneyschweine aus London dagegen haben keinen blassen Schimmer. Die sind aufgeschmissen ohne eine Dose Corned Beef.«

Finch hörte aufmerksam zu.

Rom erwärmte sich zusehends für das Thema. »Unsere eigenen Offiziere dagegen wissen genau, was wir leisten können. Die lassen uns nicht nur im Kasernenhof exerzieren oder Waffen putzen, als ob ein Besuch von der Queen höchstpersönlich bevorstünde.« Er schwieg kurz. »Wie heißt sie übrigens, weißt du das?«

»Queen Victoria. Aber sie ist verstorben. Ihr Sohn, Edward VII., sitzt jetzt auf dem Thron – mit seiner Gemahlin Alexandra.«

Das hörte Rom gern. »He, das ist doch gar nicht schlecht, Mate! Das war nämlich eine Trickfrage. Du weißt also noch, was in der Welt so läuft – du hast nur dein eigenes Leben verlegt, wie's scheint.«

»Na ja, immerhin etwas«, musste Finch widerwillig einräumen.

Rom schob Block und Bleistift über den Tisch. »Das hab ich aus Heathers Büro geklaut. Schreib mal was. Keine Sorge, ich hab selbst eine schreckliche Klaue. Mal sehen, was du kannst.«

Finch zögerte kurz, dann begann er flüssig zu schreiben und hörte nicht eher auf, bis die Seite voll war.

Rom war beeindruckt. »Mist! Das ist ja länger als die Bibel.«

»Aber was beweist das schon? Ich hab offensichtlich eine Schule besucht. Ich hab jedes Wort parat – außer meinen eigenen Namen.«

»Das ist noch deine geringste Sorge.«

»Was zum Teufel soll das heißen?«

»Dass du wieder an der Front landest, wenn du nicht aufpasst – und gegen die Buren kämpfen musst. Ja, dachte mir schon, dass dir das nicht gefallen würde. Mir auch nicht.«

»Du bist in Wilmansrust mit einem Burenkommando zusammengestoßen, nicht?«, erkundigte sich Finch zu Roms Überraschung. »Wer hat gewonnen?«

Rom Delaney blickte sinnend in die Ferne, ehe er weitersprach.

»Ich will's mal so ausdrücken: Die Buren feiern immer noch. Wilmansrust war nicht gerade eine Sternstunde für uns Aussies. Wir haben in zehn Minuten mehr Männer verloren als an jedem anderen Tag in diesem Krieg. Frag mich bloß nicht, wer dafür verantwortlich war, damit will ich gar nicht erst anfangen. Diese Buren sind wie aus dem Nichts aufgetaucht und haben herumgeballert wie die Irren. Wir hatten nicht mal Zeit, um nach unseren verdammten Waffen zu greifen, Mann. Wir hatten nur eine Wahl: uns erschießen lassen oder Fersengeld geben.«

»Und du?«

Rom zuckte die Achseln. »Ich bin kein Held. Hab die Beine in die Hand genommen und mich aus dem Staub gemacht.«

Finch holte tief Luft und sagte dann: »Du hältst mich für einen Deserteur, stimmt's?«

Rom fuhr sich nervös mit den Fingern durch sein fettiges Haar. Er stieß ein trockenes, humorloses Lachen aus. »Keine Ahnung. Ist mir auch egal, Mate. Wir sind beide noch am Leben, das ist alles, was zählt.«

»Verzeih, ich hätte das nicht sagen sollen. Ich möchte nur so gerne wissen, wer und was ich war – im Guten wie im Schlechten. Es kommt mir vor, als ob mein Leben mit meinem Aufwachen hier im Krankenhaus begonnen hat, den Kopf in Verbände eingewickelt wie eine Mumie. Alles, was ich weiß, ist, dass der Arzt mich auf dreiundzwanzig schätzt – das hätte ihm mein Gebiss verraten, meint er. Hat mich untersucht wie ein Rosstäuscher.«

»Kannst du denn reiten?«, erkundigte sich Rom.

»O ja, das könnte ich dir jederzeit beweisen. Ich weiß nicht, wieso ich das weiß, aber ich kann reiten wie der Teufel.«

»Na, das beweist, dass du doch Australier bist«, meinte Rom munter. »Vielleicht haben sie deshalb keine Unterlagen über dich, weil viele Australier nach dem Ersten Burenkrieg hiergeblieben und sich in den Diamantminen verdingt haben. Die haben sich dann hier anwerben lassen. Kein Wunder, dass die Imperial Army den Überblick über uns verliert.«

»Willst du damit sagen, dass sie vielleicht nie feststellen werden, wo ich herkomme?«, fragte Finch verzweifelt.

»Ich sag dir eins, Kumpel.« Rom legte eine Kunstpause ein, ehe er fortfuhr. »Ich weiß, wo du *hingehst.* Das heißt, falls du mir zutraust, dich hier rauszuholen.«

Finch erwog diesen Vorschlag. »Aber wie? Ich muss unbedingt dieses Mädchen finden. Das würdest du verstehen, wenn du selbst eine hättest, die dir Briefe von zuhause schickt.«

Rom tätschelte seine Brusttasche mit Clyties Briefen. »Hier sind einige davon.«

»Einige Briefe? Oder einige Mädchen?«

Rom verzog die Lippen zu einem süffisanten Grinsen. »Bist gar nicht so dumm, wie du aussiehst, was?« Er drückte seine Zigarette in den Geranien am Verandageländer aus. »Ich will ja nicht angeben, aber ich hab mehr Weiber gehabt, als gut für einen Mann ist. Also konzentrieren wir uns erst mal darauf, dein Mädel wiederzufinden, ja? Sieh dir doch das Foto an – die ist es auf jeden Fall wert! Komm schon, Kumpel, sieh sie dir nochmal an!«

Finch gehorchte nur zögernd. Offenbar wollte er dieses kostbare, zerbrechliche Band mit der Vergangenheit nur ungern mit anderen teilen.

»Die ist doch was ganz Besonderes, findest du nicht?«, drängte Rom.

Finch musterte das Foto. »Der Fotograf ist jedenfalls ein Amateur. Sieh dir diesen räudigen Klepper an, der wurde wahrscheinlich schon vor Jahrzehnten ausgestopft. Sieht ein Blinder, dass das kein echtes Pferd ist.«

»Bist du jetzt ein Kunstkritiker, oder was?«, fragte Rom erbost. »Jetzt mach mal halblang. Du kannst doch nicht erwarten, dass eine Kunstreiterin ihr Pferd mit ins Fotostudio bringt, oder? Schau dir ihr Gesicht an. Ist sie nicht eine Schönheit?«

»Sie ist ganz okay.«

»Ganz okay?! Spinnst du jetzt, oder was? Das ist ein Mädel, für das jeder Mann sein Leben geben würde. Wir müssen sie finden.«

»*Wir*? Was soll das denn heißen?«

Rom machte eine beleidigte Miene. »He, ich versuch, dir doch bloß zu helfen, Mann. Ich bin nicht der Feind.«

Finch entschuldigte sich. Rom drängte: »Wirst sehen, sobald du ihr gegenüberstehst, werden deine Erinnerungen schlagartig zurückkehren.«

»Aber wir haben Krieg, oder hast du das schon vergessen? Wir können uns nicht beurlauben lassen, um eben mal nach Victoria rüberzuschippern.«

Rom legte den Kopf schief und musterte kühl sein Gegenüber. »Man möchte fast glauben, dass du dein Gedächtnis gar nicht mehr wiederfinden willst.«

Das war zu viel. Finch verlor die Beherrschung. »Du würdest dich nicht so aufspielen, wenn man *dein* Leben ausradiert hätte! Begreifst du denn nicht, wie schlimm das ist? Ich könnte wer weiß wer sein. Eine Art *Jack the Ripper*. Wer kann das schon sagen.«

Rom beugte sich vor und packte den blonden Mann bei der Schulter. »Keine Chance, Mate. Ich kann Menschen beurteilen. Deine Mum, wer immer sie auch gewesen sein mag, hat dich anständig erzogen. Du bist kein Mann, der sein Mädel im Stich lässt.«

Die Ironie seiner Worte entging Rom keineswegs. Er ließ den Satz dennoch einige Augenblicke in der Luft hängen, um ihn einsickern zu lassen, dann erst fuhr er fort. »Überlass das mir, Finch. Ich werde uns auf ein Schiff nach Melbourne verfrachten, egal was ich dafür anstellen muss.«

»Immer langsam. Erst muss ich mal mit Schwester McQueen reden.«

Rom musterte Finch wissend. »Hast wohl ein Auge auf die süße Heather geworfen, was? Sorry, Mate, ich war zuerst da.«

Finch war nicht sicher, ob das Angeberei, Wunschdenken oder die Wahrheit war. »Schwester McQueen ist ein lieber Mensch. Sie verdient das Beste«, sagte er steif.

»Das Mädel auf dem Foto aber auch.«

Roms Antwort traf ins Schwarze. *Schachmatt*.

Rom nutzte seinen Vorteil. »Dann also abgemacht. Wir gehen jetzt besser wieder rein, ehe die Nachtschwester das Zepter übernimmt. Mit der ist nicht zu spaßen. Bis dann. Ich kümmere mich um alles.«

»Und das wäre?«, erkundigte sich Finch resigniert.

»Na, um Transitdokumente für einen namenlosen australischen Soldaten, den's offiziell gar nicht gibt. Und ich muss sehen, wie ich einen gewissen Roman Delaney auf die Vermisstenliste kriege.«

Finch schleppte sich müde zu seinem Bett zurück. »Ich merke schon, du bist einer, der Schwierigkeiten anzieht, seit er zur Welt gekommen ist.«

»Da liegst du nicht ganz falsch. Aber ich bin auch dafür bekannt, dass ich das Unmögliche möglich mache.«

Rom stand schon in der Tür, als er sich nochmal umdrehte und sah, wie Finch Clyties Foto unters Kopfkissen schob. Unwillkürlich schoss Eifersucht in ihm hoch.

Ich frage mich, was der Namenslose wohl sagen würde, wenn er wüsste, dass ich ihn nur benutze, um meine eigenen Ziele zu erreichen.

20

Clytie stand schon im Morgengrauen vor dem Postamt, ihrer ersten Station an diesem Tag. Danach hatte sie einen Untersuchungstermin bei Doc Hundey. Das Diggers' Rest hatte noch geschlossen, aber sowohl der General Store als auch die Schmiede waren bereits geöffnet.

Wieder einmal war keine Post für die junge Zirkusreiterin gekommen. Marj Hornery konnte sich eine Bemerkung nicht verkneifen. Clytie stand bereits an der Tür, bekam sie aber noch mit, was zweifellos beabsichtigt war.

»Seit Monaten kein einziger Brief mehr. Dieser Rom Delaney ist wahrscheinlich vermisst. Oder er hat die Flucht ergriffen, als er erfahren hat, dass die Tochter des Messerwerfers behauptet, von ihm schwanger zu sein.«

»Woher wollen Sie wissen, dass sie's ihm überhaupt mitgeteilt hat, Marj?«, erkundigte sich Mrs Midd augenzwinkernd.

Marj tippte sich mit dem Finger an den Nasenflügel.

Clytie verließ schäumend vor Wut den Laden.

»Keiner von denen hat den Mut, mir ins Gesicht zu sagen, was sie von mir halten!«, schimpfte sie. Shadow schaute verständnisvoll zu ihr auf. »Alle reden sie nur hinter meinem Rücken. Diese ganze Stadt ist ein Klatsch-und-Tratsch-Nest und die Bewohner ein hinterhältiger Haufen!«

Wie immer schaute sie an der Bekanntmachungstafel vorbei, um zu sehen, ob es Neuigkeiten aus Südafrika gab. Ein neuer Zettel hing daran. Ein alter Digger mit einem schütteren Bart, der ihm bis zum Hosenbund reichte, und in altmodischen Beinkleidern mit einem rechteckigen herunterklappbaren Hosenlatz, wie ihn die Schürfer früher getragen hatten, las sich das Schreiben stockend selbst vor.

»Sehr geehrte Bewohner von Hope – seid gewarnt, ihr werdet hereingelegt. Zwei Personen, die seit mehreren Jahren hier in unserer Stadt leben, sind nicht das, was sie zu sein scheinen. Sie geben sich als respektable Individuen aus, aber das sind sie nicht! Sie sind eine Schande für diese anständige Stadt. Die eine lebt von einer Versehrtenrente und lässt sich auf Staatskosten durchfüttern: Englands Schande, abgeschoben in die Kolonien. Der andere ist ein eingefleischter Lügner und eine Gefahr für jeden, der medizinische Hilfe sucht.« Der Bärtige wandte sich Clytie zu und erklärte: »Unterzeichnet: *Ein Freund.*«

»Das richtet sich gegen Doc Hundey und seine Schwester, das ist nicht zu übersehen!«, stammelte Clytie schockiert. »Wer schreibt nur solch einen Schmutz?«

»Das is ganz einfach, Mädel: Der Doc hat nur einen Feind – Bruiser Twyman. Aber keine Sorge, die Leute kümmern sich nich um diesen Unsinn.«

»Ja, aber warum unternimmt niemand etwas dagegen? Der Doc und seine Schwester haben so etwas nicht verdient!«

Der alte Fossicker seufzte resigniert. »Sie ist Docs Problem. Der Arme kann einem leidtun. Aber er is der verdammt beste Arzt, den die Stadt je hatte, seit …«

»Seit dem Goldrausch«, ergänzte Clytie gereizt. Sie konnte es schon nicht mehr hören. »Also, ich finde, man sollte solche anonymen Briefe unterbinden – es wird höchste Zeit, dass sich mal jemand diesen Twyman vorknöpft!«

Sie riss zornig den Zettel vom Brett und zerriss ihn in kleine Fetzen.

Dann ging sie weiter und dachte dabei über das nach, was Twyman den beiden vorwarf.

Was ist dagegen einzuwenden, dass Docs Schwester jeden Monat ihren Scheck erhält? Das heißt doch noch lange nicht, dass Miss Adelaide und der Doc etwas Ungehöriges tun. Sein Leben liegt offen zutage – er geht vollkommen in seinem Beruf auf, verbringt jede Minute bei seinen Patienten und rettet Leben.

Clytie war klar, dass wohl die meisten Bewohner von Hope Adelaide Hundey mehr oder weniger bemitleideten. Und genau das war wahrscheinlich das Problem: Es verletzte den Stolz der eigenwilligen Frau. Clytie wusste, dass Adelaide seit Jahren jede Annäherung abwies. Sie spendete allen drei Kirchen zwar jedes Jahr einen kleinen Betrag, ließ sich selbst jedoch nie bei einer Messe blicken. Die Frauen hatten sie mittlerweile aufgegeben – außer natürlich als Klatschobjekt.

Alle akzeptierten, dass Bruder und Schwester auf Gedeih und Verderb aufeinander angewiesen waren und weder mit dem anderen noch ohne ihn leben konnten. Daher hatte Doc Hundey wohl auch das Haus in zwei Hälften getrennt – damit jeder seinen eigenen Bereich hatte und der Hausfrieden gewahrt blieb.

Clytie musste an den seltsamen Vorfall gestern Abend denken. Sie hatte kurz beim Haus der Hundeys vorbeigeschaut, um dem Doc eine Botschaft auf die Schiefertafel zu schreiben, dass sie am nächsten Morgen zu ihm zur Untersuchung kommen wolle. Als sie vor der Tür stand, hatte sie von drinnen die laute, aufgebrachte Stimme Adelaides gehört. Sie war sich wie ein Eindringling vorgekommen und hatte sich schuldbewusst zum Gehen gewandt, als plötzlich der Doc aus dem Haus platzte und an ihr vorbeirennen wollte. Als er sie sah, war er stehen geblieben und hatte Clyties Botschaft gelesen.

»Nichts Besonderes, hoffe ich?«, hatte er gesagt. »Nun gut, Clytie, dann sehen wir uns morgen.«

Er war in Eile davongefahren. Drinnen plärrte das Grammofon, eine Arie der australischen Opernsängerin Nellie Melba. Wahrscheinlich um die aufgebrachte Adelaide wieder zu besänftigen.

Als sie jetzt die Praxis betrat, beschloss sie, dem Arzt nichts von dem anonymen Brief zu erzählen, den sie zerrissen hatte. Man konnte ja ohnehin nicht wissen, wie viele davon bereits in der Stadt kursierten.

Doc untersuchte die junge Artistin gründlich und versicherte ihr, dass es keinerlei Anzeichen von Tuberkulose gab. »Ich bin sehr zufrieden mit dir, Clytie. Dein Kind scheint gesund und kräftig zu sein.«

»Wenn's nach mir geht, kann er gar nicht schnell genug kommen, Doc.«

»Er? Ich hoffe, du bist nicht zu enttäuscht, wenn dich später ein Mädchen erwartet?«

Clytie musste kichern. »Das wäre das erste Mal, dass Mama sich bei einer Prognose geirrt hätte.«

»Rom wird sich so oder so freuen, denke ich, ob Mädchen oder Junge.«

Bei der Erwähnung seines Namens trübte sich Clyties Stimmung. »Die Leute sagen, dass er wahrscheinlich vermisst ist. Oder gefallen.«

»*Vermisst* kann alles bedeuten, Clytie. Das heißt noch lange nicht, dass er tot ist. Die Behörden haben's schwer genug, den Überblick über die australischen Freiwilligen zu behalten – sie werden ja wie Schachfiguren von einer Truppe zur anderen versetzt. Du solltest dir erst Sorgen machen, wenn du einen handfesten Grund dazu hast. Nicht wegen irgendwelchem Geschwätz.«

Clytie lächelte zittrig. Sie sammelte ihre Sachen zusammen, wurde von dem Arzt aber noch einen Moment aufgehalten.

»Ich weiß, es ist sehr kurzfristig, aber meine Schwester wollte dich bitten, ob du vielleicht heute zum Afternoon Tea zu ihr kommen möchtest? Würde dir drei Uhr passen? Es ist eine Premiere. Adelaide mag die Frauen hier nicht. Sie sagt, bei denen fließt Klatsch in den Adern und kein Blut.«

Clytie errötete vor Scham. »Ich schnappe den Klatsch selbst manchmal auf – aber ich erzähle nie irgendetwas davon weiter.«

»Das ist nun mal die menschliche Natur, Clytie. Aber du brauchst nicht nervös zu sein. Adelaide ist eine große Bewunderin von dir.«

Clytie fragte ihn um Rat, was sie zu dem Besuch mitbringen könne.

Die Antwort des Arztes ließ nicht auf sich warten. »Nur dich selbst. Du bist das beste Heilmittel gegen Adelaides feuriges Temperament.« Mit einem kurzen Auflachen fügte er hinzu: »Kein Grund, schockiert zu sein, ich weiß, wovon ich rede, schließlich habe ich schon mein ganzes Leben lang mit ihr zu kämpfen.«

Die Sonne bohrte sich tapfer durch die Sturmwolken, die sich über der Bergkette in der Ferne zusammenbrauten. Clytie traf mit einem Korb *Puffaloons* bei den Hundeys ein, ein Rezept ihrer Mutter. Puffaloons waren Schmalzküchlein, die ihre Mutter immer in einer Pfanne über dem offenen Feuer zubereitet hatte. Clytie hatte zwei Anläufe gebraucht, ehe sie ihr gelungen waren.

Niemand reagierte auf ihr Klopfen. Der Wagen des Arztes war nicht zu sehen, offenbar war er wieder einmal bei einem Patienten, irgendwo draußen im Outback. Als auch ihr zweites Klopfen ergebnislos blieb, ging sie ums Haus herum nach hinten. Hier waren die Fenster vergittert, immerhin mit hübsch gedrechselten Stangen.

Die junge Frau klopfte an die Hintertür und wartete. Dabei bewunderte sie die Abgeschiedenheit und Fülle des Gartens, in dem ein Meer von Blumen wuchs, sowie Obstbäume und Gemüsespaliere, darunter ein Spalierbogen, der sich unter einer Last von Passionsfruchtranken bog.

»Sie haben sich verspätet, es ist bereits nach drei«, rief eine scharfe Stimme. »Ich fürchtete schon, Sie hätten es sich anders überlegt. Ich sitze schon seit über einer Stunde im Garten. Und schmelze in der Sonne.«

Das erschien Clytie stark übertrieben angesichts des auffrischenden Windes. Aber sie sagte nichts.

»Es tut mir sehr leid, Miss Hundey. Ich habe die erste Ladung Puffaloons verbrannt und musste noch eine machen, weil ich nicht mit leeren Händen erscheinen wollte.«

»Ich brauche keine Almosen.«

»Nein, natürlich … wie kommen Sie denn darauf?«, stammelte Clytie schockiert.

»Jetzt kommen Sie schon rein, Kind, es pfeift hier draußen ja wie verrückt. Ich hab Blaubeerkuchen gemacht, den kann ich am besten. Und der Wein ist auch schon gut gekühlt.«

»Wein? Zum Afternoon Tea?«, rutschte es Clytie heraus.

»Wieso denn nicht? Sie sind doch hoffentlich kein Abstinenzler wie mein Bruder?«

»Nein. Das heißt, ich trinke nur selten Alkohol – wahrscheinlich weil ich im Diggers' Rest arbeite.« An die Probleme ihrer Mutter mit dem Alkohol wollte Clytie lieber gar nicht denken.

Die Gastgeberin schenkte der jungen Frau eine Tasse Tee ein. »Das ist für mich ein ganz besonderer Tag. Sie sind die erste Frau, die es wagt, mich in meinem privaten Boudoir aufzusuchen. Die erste seit zehn Jahren.«

»Es ist mir eine Ehre, Miss Hundey. Was für ein hübsches Zimmer. Interessante Bilder haben Sie hier.«

Clytie besah sich die Sammlung klassischer Aktzeichnungen von Frauenkörpern und heroischen griechischen Helden. Einige erinnerten sie an die Artisten in ihren hautengen Kostümen. Seltsam, dass Miss Hundey ausgerechnet die Perfektion des menschlichen Körpers zu verherrlichen schien – doch dann fiel Clytie wieder ein, dass die Arme ja verkrüppelt war.

Ja natürlich. Sie muss als Kind schrecklich gelitten haben. Sicher ist sie fürchterlich gehänselt worden. Kinder können so grausam sein – ein Spiegelbild ihrer Eltern.

Die junge Frau bewunderte die vielen Blumensträuße und Gestecke, die Marmorbüste von Beethoven, die zarten Spitzenvorhänge und die verglasten Bücherregale, die Bücher in allen möglichen Sprachen enthielten. Dies war eindeutig das Refugium einer intelligenten, kultivierten Frau, die sich hier eine private Oase abseits der Welt geschaffen hatte.

Clytie überreichte ihr Mitbringsel. Die Gastgeberin probierte eins der Schmalzküchlein und fand sie »einfach köstlich«. Dann nahm Clytie auf dem angewiesenen Stuhl vor einem Gedeck aus feinstem chinesischem Porzellan mit Goldrand Platz und wartete darauf, dass ihre Gastgeberin das Gespräch eröffnete.

Adelaide Hundey thronte – es ließ sich nicht anders ausdrücken – in einem hochlehnigen elisabethanischen Stuhl, der mit aufwendigen Schnitzereien verziert war. Jetzt, wo sie keinen Schleier trug, konnte man ihre Gesichtszüge deutlich erkennen. Sie sah ihrem Bruder sehr ähnlich, doch während er sandblondes Haar hatte, türmte sich auf ihrem Haupt eine Fülle rotbrauner Locken.

Ihr Gesicht war stark gepudert, wahrscheinlich um Hautunreinheiten zu verdecken, die möglicherweise auf das abgeschiedene Leben innerhalb der eigenen vier Wände und den Mangel an frischer Luft und Bewegung zurückzuführen waren.

Clytie musterte das altmodische, bis zum Halskragen hochgeschlossene dunkelblaue Kleid, das noch einer vergangenen, formaleren Ära entstammte. Für ein wenig Glanz und Farbe sorgten Schmuck sowie eine Halskette mit einem goldenen Amulett. Die Schwester des Arztes trug schwarze Samthandschuhe mit zahlreichen Ringen an den Fingern. Nur der Finger, der traditionell dem Ehering vorbehalten war, blieb ungeschmückt.

Clyties Blick huschte zu den Gittern vor den Fenstern. *Ein Schutz vor der Außenwelt? Oder ein Gefängnis?*

Den angebotenen Wein lehnte Clytie höflich ab. Sie sei »in anderen Umständen«, wie sie beschämt gestand.

»Ach ja, das hatte ich ganz vergessen«, meinte Miss Hundey unaufgeregt. »Man sieht es Ihnen kaum an. Sie sehen frisch aus wie eine blühende Rose.«

Sie wies auf die Bilder an der Wand. »Kann ich davon ausgehen, dass Sie als Kind des Zirkus sich nicht von der Schönheit und Ästhetik des menschlichen Körpers abgestoßen fühlen?«

Das war ein willkommenes Thema für die junge Artistin,

und sie ging freudig darauf ein. »Nein, keineswegs. Wir müssen ja auch in ziemlich knappen Kostümen auftreten. Bei uns ist es allerdings ebenso eine Sache der Sicherheit wie der Ästhetik. Es wäre lebensgefährlich, mit einem langen Rock Saltos auf einem Pferderücken schlagen zu wollen. Oder gar auf einem Trapez.«

»Ich liebe den Zirkus! Bitte erzählen Sie mir doch ein wenig von Ihrer Kindheit.«

Clytie ließ sich nicht lange bitten und berichtete, wie Zirkuskinder zunächst in allen Disziplinen ausgebildet wurden, ehe sie eine bestimmte Karriere wählten. Wehmütig fügte sie hinzu: »Ich wünschte bloß, meine Mutter hätte meinen letzten Auftritt erleben können.«

»Ich habe sie sehr bewundert. Sie hat mir einmal die Karten gelegt, wussten Sie das?«

Clytie schüttelte den Kopf. »Mama hat nie ein Wort über ihre Sitzungen verloren. Sie sagte immer, sie sei wie eine Auster. Einer Auster könne man alles anvertrauen – sie wird nie etwas preisgeben.«

Adelaide Hundeys Augen wurden schmal. »Und Sie? Sind *Sie* auch eine Auster?«

Clytie hatte das dumpfe Gefühl, dass sie auf die Probe gestellt wurde. »Ein Geheimnis muss immer gewahrt werden – außer, wenn es ein böses Geheimnis ist.«

»Aber das Böse liegt – ebenso wie das Gute – im Auge des Betrachters.« Das Gesicht der rothaarigen Frau bekam einen verstörten Ausdruck, als würde sie sich an etwas Unangenehmes erinnern. Dann kehrte sie in die Gegenwart zurück und schenkte Clytie Tee nach und sich selbst Wein.

Mit einem übertriebenen Flüstern vertraute sie ihr an: »Ich trinke nur dann manchmal ein Schlückchen, wenn Robert aus dem Haus ist.«

Clytie fiel auf, dass ihre Gastgeberin trotz des beengenden Korsetts zunehmend lockerer wurde. Ihr Petticoat rutschte ein wenig hoch, und ihr orthopädischer Schuh schaute darunter hervor.

»Die Menschen sind oft ganz anders, als ihr Äußeres es vermuten lässt. Nehmen Sie zum Beispiel meinen Bruder. Jeder hält ihn für eine Art Helden. Sie bestimmt auch.«

Clytie hatte das Gefühl, auf einem schmalen Grat zu wandeln, dicht neben sich ein Abgrund an Informationen. Würde sie sicher zur anderen Seite gelangen? Oder abstürzen?

In seltsam vertraulichem Ton gestand Miss Hundey: »Mein Bruder möchte Leben retten. Ich will Leben *nehmen.*«

Clytie war so fassungslos, dass ihr nichts zu sagen einfiel.

»Keine Sorge, meine Liebe, ich würde natürlich nur schlechte Menschen töten.«

Clytie versuchte, logisch zu denken. *Macht sie Witze? Will sie meine Loyalität ihrem Bruder gegenüber testen? Oder ist sie verrückt oder betrunken? Oder meint sie's gar ernst?*

»Weiß denn Ihr Bruder, dass Sie gern den Racheengel spielen würden?«, erkundigte sie sich und hoffte, dass man ihr das Zittern in der Stimme nicht anhörte.

»Ha! Ich bin die Letzte, die weiß, was in seinem Schädel vorgeht. Da drin sind wahrscheinlich bloß medizinische Theorien, Diagnosen und Heilmittel. Er ignoriert mich manchmal tagelang. Bis ich schließlich so gelangweilt bin, dass ich einen Streit vom Zaun breche, bloß damit er mich wieder zur Kenntnis nimmt. Kennen Sie sich in der Bibel aus?«

Überrascht über diese jähe Wendung stammelte Clytie: »Äh, nein, eigentlich nicht. Dolores hat mir immer nur vom Schöpfer Aller Dinge erzählt.«

»Eine weise Frau. In der Bibel steht die Geschichte von Jakob und Esau, zwei Brüdern, die sich bereits im Mutterleib bekämpft haben. Robert und ich sind genauso. Bis dass der Tod uns scheidet.«

Clytie wollte den Doc verteidigen, aber Miss Hundey ließ sie gar nicht erst zu Wort kommen. »Das können Sie mir ruhig glauben, Kind. Sie kennen nur Roberts Fassade. Aber er hat auch eine dunkle Seite. Er würde mich zu gerne loswerden – für immer.«

»Wie bitte? Sie *umbringen*?! Also jetzt weiß ich, dass Sie mich bloß veralbern.«

»Es sollte Sie nicht überraschen, wenn ich eines Tages still und heimlich verschwunden wäre, Clytie.«

Clytie wusste sich nicht anders zu helfen, als die Ältere mit einem Puffaloon abzulenken. Dabei warf sie immer wieder nervöse Blicke zur Wanduhr und zu dem schwindenden Inhalt der Weinkaraffe. *Wann kann ich gehen, ohne sie zu beleidigen?*

Miss Hundeys Miene war sowohl traurig als auch belustigt. »Ach, du meine Güte! Jetzt hab ich Sie wohl schockiert. Das Bild vom Helden der Stadt angekratzt. Jetzt wissen Sie selbst, dass es stimmt, was die Leute sagen: Ich hab nicht mehr alle Tassen im Schrank.«

»Nein, Sie sind nicht verrückt. Bloß verzweifelt«, entfuhr es Clytie, ehe sie es verhindern konnte.

»Und ich hab Sie für anders gehalten als die anderen! Wagen Sie es ja nicht, mich zu bemitleiden.«

Clytie fuhr zurück: »Ich bemitleide Sie nicht. Ich beneide Sie. Sie haben wenigstens einen Bruder, mit dem Sie sich streiten können. Ich habe niemanden! Ich möchte Ihnen ja nicht zu nahe treten, aber ich weigere mich zu glauben, dass Ihr Bruder fähig wäre, Ihnen auch nur ein Haar zu krümmen!«

Adelaide Hundey lachte zustimmend. »Schön, ein Mädchen, das Mumm hat! Aber ich kenne ihn besser als jeder andere. Robert ist ein schwacher Charakter. Ich wäre eine viel bessere Ärztin als er. Er rettet Leben – selbst jene, die's nicht verdient haben.«

Clytie war schockiert. »Was bleibt ihm denn übrig? Er ist Arzt, er hat einen Eid geschworen, niemandem einen Schaden zuzufügen.«

Adelaides Antwort war leise und beunruhigend. »Ja, das hat er wohl. Aber ich hab ihn ebenso gezwungen, einen Eid abzulegen. Stillschweigen zu bewahren. Über mich.«

Clytie wusste nicht mehr, was sie sagen, was sie von alldem halten sollte. Sie kam sich vor wie ein Insekt unter der Lupe.

»Mein Bruder hält Sie für absolut vertrauenswürdig. Was reden die Leute über uns? Sie können's mir ruhig sagen.« Adelaide zwinkerte Clytie zu. »Wie gesagt, ich töte nur böse Menschen.«

Clytie lachte erleichtert. Sie war jetzt sicher, dass das Ganze nur ein makabrer Scherz gewesen war, ein Test ihrer Vertrauenswürdigkeit.

»Nun ja, die Leute halten Sie für ein wenig exzentrisch. Um ehrlich zu sein, viele sind der Meinung, dass Ihr Bruder längst geheiratet hätte, wenn Sie nicht wären.«

»Ganz unrecht haben sie damit nicht. Aber das ist nur die halbe Wahrheit. Mein Bruder will nicht heiraten. Er hat kein Interesse daran.« Sie beugte sich vor und musterte Clytie forschend. »Ich hoffe, Sie haben nicht ein Auge auf ihn geworfen, meine Liebe. Er mag Sie sehr, aber das ist auch schon alles. Keiner von uns kann je heiraten. Es ist unmöglich – wir dürfen keine Kinder haben.« Sie hielt inne und fügte mit kalter Stimme hinzu: »Die Familie muss mit uns aussterben.«

Clytie war ganz konfus. »Sie meinen, es ist erblich?«

»Irrsinn? Nein, Unsinn. Robert ist vollkommen normal. Aber ich warne Sie, Clytie, keine Frau sollte ihr Herz an ihn hängen.«

»Sie irren sich, Miss Hundey. Ich habe keineswegs Ambitionen in Bezug auf Ihren Bruder. Mein Verlobter, Rom Delaney, wird sicher bald aus dem Krieg zurückkehren. Und dann wollen wir heiraten.«

»Ja, das wird er ganz bestimmt, meine Liebe«, meinte Adelaide mit überraschend sanfter Stimme. »Aber nun reicht es für heute mit den Geständnissen. Ich brauche meinen Schönheitsschlaf. Nicht dass er viel nutzen würde: Ich kann es selbst sehen, wenn ich in den Spiegel schaue. Kein Wunder, dass ich noch nie von einem Mann geküsst wurde. Nicht mal meine Mutter mochte mich genug, um mich zu küssen.«

Clytie empfand auf einmal tiefes Mitgefühl mit dieser rebellischen Frau, deren Kummer fast greifbar war. »Dann sind sie Dummköpfe. Ich wünschte, die Leute könnten Sie so sehen, wie Sie sind.«

Dann beugte sie sich spontan vor und gab der Älteren einen Kuss auf die gepuderte Wange. Miss Hundey zuckte überrascht zurück und berührte verdattert die Stelle, auf die sie geküsst worden war.

Clytie bedankte sich für ihre Gastfreundschaft und fügte hinzu: »Wollten Sie mich nicht um einen Gefallen bitten?«

Die Antwort sprudelte aus Miss Hundey hervor. »Ach ja, richtig. Wissen Sie, ich bin eine glühende Anhängerin der Suffragettenbewegung. Miss Vida Goldstein wird eine Versammlung in Bitternbird abhalten. Ich habe bereits ein Transportmittel organisiert, aber Robert möchte nicht, dass ich hingehe. Er fürchtet, ich könnte ein Spektakel machen. Und vielleicht hat er nicht so unrecht.« Sie hob bittend die

Hände. »Clytie, wären Sie vielleicht so nett, an meiner Stelle hinzufahren und mir in allen Einzelheiten davon zu berichten?«

»Es wäre mir eine Ehre!«

»Vielen Dank, meine Liebe. Es ist ein großer Trost für mich, dass es wenigstens *eine* Frau in dieser Stadt gibt, der ich vertrauen kann.«

Shadow fing Clytie an der Hausecke ab und begleitete sie durch den Vorgarten. Die junge Frau war froh, ihre Gastgeberin mit ihrem Besuch offenbar ein wenig aufgeheitert zu haben.

»Stell dir nur vor, Shadow: Die Einzigen in dieser Stadt, die für das Frauenwahlrecht kämpfen wollen, sind eine exzentrische Einsiedlerin und ein gefallenes Mädchen – ich!«

Clytie fing an zu kichern und lachte dann laut los. Shadow freute sich so darüber, dass er mit dem Schwanz wedelte.

Sie hüpfte trotz ihres Umfangs den Plattenweg entlang. Die junge Kunstreiterin war froh, der erstickenden Atmosphäre des Raums entkommen zu sein, in dem ein betäubender Blumenduft gehangen hatte wie in einer Leichenhalle. Der Geruch schien sich in ihrem Haar und in ihrer Kleidung festgesetzt zu haben, und sie war dankbar für die frische Luft.

Auf einmal wieder jung im Herzen beeilte sich Clytie mit Shadows Tempo mitzuhalten, der's ebenfalls kaum erwarten konnte, von hier wegzukommen. Dabei kam ihr ein verstörender Gedanke.

Angenommen, Adelaide bringt wirklich jemanden um. Dann würde Doc Hundey die Tat sicher vertuschen wollen. Und sich dadurch zum Komplizen machen.

Shadow blieb stehen und musterte Clytie mit schiefem Kopf.

Es stimmt: Sie ist eine schreckliche Bürde für ihren Bruder.

Clytie blieb bei diesem Gedanken unwillkürlich stehen. Sie bekam eine Gänsehaut, als wäre sie auf ein Grab getreten. Um die unheimliche Stimmung zu vertreiben, sagte sie laut: »Wenn ich nicht wüsste, dass die beiden Geschwister sind, könnte ich glauben, sie seien ein Ehepaar, das in einer Art Hassliebe aneinandergefesselt ist.«

An der Abzweigung, die zu ihrem Häuschen führte, blieb Clytie erneut stehen und kraulte Shadow das Ohr, so wie Rom es immer gemacht hatte.

»Hör zu, Shadow. Die Leute sagen, dass Rom vermisst wird. Aber sie irren sich. Mama ist mir gestern im Traum erschienen, und sie würde uns nie anlügen. Dein Herr wird bald heimkommen.«

Shadow legte den Kopf schief und blickte die Quarzstraße hinauf und hinab. Beide Richtungen verloren sich im Outback. Die eine Richtung, südöstlich, führte zur Küste nach Melbourne. Die andere nach Westen bis zur Grenze nach Südaustralien, durch die Weite der Nullarbor-Ebene und durch den halben Kontinent bis Westaustralien und endlich zum Indischen Ozean.

»Ich weiß zwar nicht, auf welcher Seite Australiens er wieder an Land kommen wird, aber eins kann ich dir versprechen, Shadow: Du wirst deinen Herrn eines Tages diese Straße entlangkommen sehen!«

21

Es war kurz vor dem Morgengrauen. Clytie hatte ein paar Kerzen angezündet, die einen flackernden Schatten auf die Wände ihrer kleinen Hütte warfen.

Sie warf einen Blick in den Spiegel über dem Kaminsims und verzog das Gesicht. Ihr Bauch war jetzt unübersehbar. Sie passte nicht mehr in ihre Kleider und musste sich mit den breiten Schultertüchern ihrer Mutter behelfen, um ihre Fülle zu verstecken. Die Geburt des Kindes stand in wenigen Wochen bevor. Aber heute Abend wollte sie dennoch so gut wie möglich aussehen. Sie ging zu einer wichtigen Veranstaltung: der Suffragettenversammlung in Bitternbird.

»Was denkst du, Shadow? Wenn ich noch dicker werde, muss ich mich in ein Zelt hüllen. Rom würde mich nicht wiedererkennen.«

Shadow spitzte bei der Erwähnung seines Herrchens die Ohren. Clytie konnte nicht anders und warf einen bekümmerten Blick auf die Schachtel mit Roms Briefen. Seit Wochen keine Nachricht von ihm. Nicht mehr, seit sie ihm mitgeteilt hatte, dass er Vater wurde.

Trotz ihres Entschlusses, sich nicht entmutigen zu lassen, konnte sie nicht aufhören, an die Worte ihrer Mutter zu denken: »Irgendwann erfüllen sich alle Wünsche … aber eben manchmal zu spät.«

Zu spät. Clytie wurde von einem Angstschauer erfasst. Sie war wieder ein Kind und stand zum ersten Mal auf einem Trapez. Die Schaukel kam auf sie zugeflogen, aber sie hatte Angst zu springen, so hoch oben unter dem Zirkuszelt, und ins Netz zu stürzen. Dolores hatte ihr zugeflüstert: »Es gibt nichts zu fürchten als die Furcht selbst, Liebes.« Und da war Clytie beherzt über den Abgrund gesprungen und hatte die Trapezstange erwischt und sich durchs Zeltdach geschwungen … Und die anderen Artisten und die Arbeiter hatten alle zu ihr hochgesehen und geklatscht und gejubelt.

Als sie bemerkte, dass der Kelpie sie besorgt ansah, gab sie ihm rasch eine Umarmung. »Mama hat recht, es gibt nichts zu fürchten als die Furcht selbst.« Sie hörte eine Pferdekutsche vorfahren und sagte hastig zu Shadow: »Ich hab dir genug Futter und Wasser hingestellt. Sei ein braver Junge und bewache das Haus für mich, bis ich morgen wiederkomme, ja?«

Der Fahrer der Postkutsche war ein ältlicher Junggeselle mit einem für Hope typischen Spitznamen: Curly, Lockenkopf – weil er kahl war wie eine Billardkugel. Er schien nervös zu sein, eine Frau »in diesem Zustand« mitnehmen zu müssen, und das bei all den Schlaglöchern in der Straße. Auch gab es die ganze Strecke bis nach Bitternbird so gut wie keine Ansiedlungen außer ein paar verlassenen Geisterstädten.

Er half ihr vorsichtig auf den Vordersitz. Auf der Rückbank häuften sich Postsäcke und Pakete für Südafrika.

»Wie rücksichtsvoll von Ihnen, Curly, dass Sie an eine Decke und an Kissen für mich gedacht haben. Da kann ja nichts schiefgehen.«

»Dafür müssen Sie nich mir danken, Lady. Das war Miss Hundey. Sie hat Ihnen auch einen Picknickkorb dazugepackt, damit Sie unterwegs nicht verhungern oder verdursten.«

Clytie, die auf einem Kissen saß, federte bei jedem Schlagloch hoch wie ein Gummiball.

»Davon gibt's hier 'ne Menge – und obendrein zwei Flüsse, die Hochwasser haben und über die wir rübermüssen. Sagen Sie nich, ich hätt Sie nicht gewarnt«, sagte Curly finster.

»Ach, ich fürchte mich nicht so leicht. Ich komme vom Zirkus, da habe ich alle möglichen gefährlichen Nummern gemacht. So gut wie alles – außer Feuerschlucken.«

»Aber wenn das Baby nun zu früh kommt?«

»Ach, das kommt erst in sechs Wochen. Außerdem wäre es nicht das erste Kind, das es ohne Arzt oder Hebamme auf die Welt schafft.«

Das beruhigte Curly keineswegs.

Clytie spielte ihre Trumpfkarte aus. »Nehmen Sie doch zum Beispiel das Jesuskind. Das ist auch allein in einer Scheune zur Welt gekommen.«

Curly bekreuzigte sich entsetzt. Für ihn war Clyties Äußerung Blasphemie.

»Das war was ganz anderes! Das mit dem Jesuskind, das war 'ne *unbefleckte Empfängnis*!« Finster fügte er hinzu: »Und Sie sind sicher nich mal verheiratet, wette ich.«

»War die heilige Maria doch auch nicht, wenn's stimmt, was in der Bibel steht.«

Curly schwang erregt die Peitsche. »Hüten Sie Ihre Zunge, Miss! Der liebe Gott hört alles.«

Clytie musste sich auf die Lippen beißen, um nicht zu kichern. Sie schwieg, damit er Zeit hatte, sich wieder zu beruhigen. *Jetzt hab ich's mir mit ihm vermasselt. Er hält mich nun obendrein für eine Heidin.*

Sie betrachtete eine Zeit lang die vorbeiziehenden Wolken und den Regenbogen, der den weiten Himmel überspannte, ehe sie es für halbwegs sicher hielt, den knurrigen Kutscher wieder anzusprechen. Sie erkundigte sich nach seiner Jugend als Digger.

»Unter dieser Halde da hat man den berühmten Shamrock Nugget gefunden«, erklärte er mit einer Handbewegung zum Straßenrand. »Ich hab zu der Zeit in Ballarat geschürft, bin dann aber hierher zurückgekommen, um mein Glück zu versuchen – hat allerdings nichts genutzt.«

Clytie merkte auf.

»Ballarat, sagen Sie? Waren Sie damals in der Anfangszeit dort? Haben Sie je von einer schönen Tänzerin namens Lola Montez gehört, die vor den Diggern auftrat?«

Als Curly diesen Namen hörte, spuckte er verächtlich aus. »Erwähnen Sie bloß nich dieses Flittchen! Das war eine Jezebel!«

Clytie, die merkte, dass sie schon wieder ins Fettnäpfchen getreten war, wechselte rasch das Thema und erkundigte sich nach Curlys Familie.

Wenn sich der Kutscher einmal für ein Thema erwärmte, war er nicht mehr zu bremsen. »Auf den Schürffeldern geboren, der Jüngste von sieben Geschwistern. Die Schwestern sind alle unter der Haube, ein Bruder ist Pfarrer geworden. Ein anderer stand schon kurz davor, das letzte Gelübde abzulegen, als er von der Tochter eines Kneipenwirts verführt worden ist.« Curly spuckte auf die Straße, als hinterließe die Erinnerung einen schlechten Geschmack.

»Ma hat ihn aus der Familienbibel gestrichen – für uns ist der gestorben. Pa hat sich aus dem Staub gemacht, zu den Coolgardie Diggings und is nie wiedergekommen. Keiner, der die Farm bearbeitet, außer Mum. Deshalb hab ich mir diesen Job als Postkutscher gesucht, um uns über Wasser zu halten. Bin jetzt schon vierzig Jahre dabei und hab noch keinen einzigen Tag gefehlt.«

Clytie, die verzweifelt nach einem Hauch von Romantik in dieser kargen Familiengeschichte suchte, erkundigte sich: »Und wollten Sie denn nie heiraten?«

Der Kutscher war verblüfft. »Wozu denn? Ich hab doch alles, was ich brauche. Ma kocht für mich und wäscht und flickt meine Sachen. Wenn man heiratet, hat man bloß Scherereien – 'nen Haufen Kinder und Rechnungen und ein Weib, das glaubt, sie kann an einem rumnörgeln, bloß weil man mit ihr verheiratet ist.«

Clytie sehnte sich nach ein wenig Licht am Ende dieses Tunnels, der Curlys Leben zu sein schien. »Aber was ist mit der Zukunft, Curly? Was würden Sie davon halten, wenn Frauen, wie Ihre Schwestern zum Beispiel, das Wahlrecht bekämen?«

Er dachte darüber nach. »Das wär schon in Ordnung, schätze ich. Vorausgesetzt, die Weiber wählen so, wie's ihnen der Mann befielt.«

Da beschloss die junge Frau, dass es wohl besser sei, sich auf die Sehenswürdigkeiten am Wegesrand zu konzentrieren. Was der brummige Kutscher dann sagte, traf Clytie vollkommen unvorbereitet.

»Als ich vor einiger Zeit mal nachts hier lang bin, da lief mir so ein Bursche über den Weg, er kam von Bitternbird. Mir blieb nichts anderes übrig, als ihn mitzunehmen. Er war splitternackt, hatte nicht mal Stiefel an.«

»Ach, du liebe Güte! Was ist aus ihm geworden?«

»Fragen Sie lieber nich, Miss«, meinte der Kutscher düster. »Dieser Bursche hat keinen guten Ruf. Ist später zur Armee gegangen, wie ich gehört hab. Jetzt kann sich Lord Kitchener mit ihm rumschlagen.«

Clytie wurde von einem schaudernden Ahnen erfasst. »Wissen Sie, wie der Mann hieß?«

»Delaney oder so ähnlich«, lautete die Auskunft.

Das Kind zappelte in ihrem Bauch, es spürte die Erregung seiner Mutter.

Clytie schwieg den Rest der Fahrt über.

Eingehüllt in ihr buntes Schultertuch saß Clytie hinten im Saal und bewunderte die herrliche Ausstattung. Über ihr wölbte sich eine Buntglaskuppel mit wunderschönen Mustern. Fenster- und Türstöcke waren mit Friesen verziert und in hübschen Pastelltönen gestrichen. Das Rathaus von Bitternbird war ein beeindruckendes Gebäude. Clytie wünschte bloß, es wäre schon zu Lolas Zeiten da gewesen, dann hätte die verruchte Tänzerin in diesem prächtigen Saal, in dem die Suffragettenversammlung stattfand, auftreten können.

Die junge Artistin stellte es sich bildlich vor: die Tumulte und Begeisterungsstürme, die die anrüchige Tänzerin mit der magischen Ausstrahlung unter den einfachen Fossickern auslöste.

Heute jedoch bestand ein eigenartiger Kontrast zwischen der Opulenz des Saals und dem Erscheinungsbild der Anwesenden. Die Stühle waren erst zu zwei Dritteln besetzt, obwohl die Veranstaltung eigentlich längst hätte beginnen sollen. Die anwesenden Damen waren seltsam schlicht gekleidet, in nüchternen dunklen Kleidern mit Hüten oder Kopftüchern, unter denen sie ihr Haar verbargen. Als ließe sich langes sinnliches Haupthaar nicht mit der Ernsthaftigkeit des Anliegens vereinbaren.

Es waren nur einige wenige Männer anwesend, mehrere trugen den Halskragen eines Geistlichen. Der Rest saß mit

Schirm und Hut in der Hand da, als wollte er bei der ersten Gelegenheit wieder gehen.

Die fünf Frauen, die oben auf der Bühne saßen, waren reife Matronen, doch auch einige jüngere waren darunter, die aussahen, als wären sie es noch nicht gewohnt, sich das Haar hochzustecken. Neben ihnen stand auf einer Staffelei ein großes Porträt von Vida Goldstein, der Wortführerin der australischen Suffragettenbewegung. Keines der eher unscheinbaren Gesichter auf der Tribüne konnte sich mit ihrem edlen Profil messen. Clyties Blick fiel auf einen ausladenden bunten Hut weiter vorn im Saal, und sie riss überrascht den Mund auf. Diesen Hut mit dem Paradiesvogel hatte sie doch schon mal gesehen … Als würde die Frau ihre Blicke spüren, drehte sie sich zu Clytie um und sah sie mit ihren himmelblauen Augen an. Sie nickte der jungen Frau zu, als wollte sie das Neumitglied in ihrem Zirkel willkommen heißen.

Das ist doch Noni Jantzens Tante Rhoda!

Eine Gruppe von Angetrunkenen kam lärmend herein und drängte sich an Clytie vorbei zu den Sitzen. Die waren bestimmt gekommen, um Ärger zu machen! Die Jüngeren unter ihnen warfen Clytie im Vorbeigehen anzügliche Blicke zu.

Die würden mich nicht so ansehen, wenn sie wüssten, dass ich kurz davor stehe, ein Kälbchen zu werfen!

Clytie konzentrierte sich auf die Reden der Frauen und versuchte, sich alles so gut wie möglich zu merken, um Miss Hundey davon erzählen zu können.

Zunächst fiel es ihr nicht leicht, der Rhetorik zu folgen, doch dann spürte sie, wie ihr die kühnen Ideen der Frauen wie Champagner zu Kopf stiegen, wie sie ihren Horizont in nie gekannte Weiten dehnten. Einige der Ideen waren unausgegoren und verworren, doch die meisten waren ansteckend und mitreißend und wurden mit großem Engagement vorgetragen.

Clytie hing förmlich an den Lippen einer jungen Verkäuferin, die von den untragbaren Zuständen in den Kaufhäusern berichtete, wo die weiblichen Angestellten für einen Hungerlohn acht Stunden lang, sechs Tage die Woche, stehen mussten und sich nicht einmal hinsetzen durften, wenn gerade nichts los war.

Eine schlaksige Rothaarige mit einem Gesicht wie Johanna von Orléans hielt eine leidenschaftliche Rede über die Zustände von Bediensteten auf entlegenen Gehöften und Farmen, wo sie von der Herrschaft oft wie Sklaven gehalten wurden.

Clytie schwirrte der Kopf von all den Phrasen.

»Warum lassen es die männlichen Politiker zu, dass Frauen auf so schändliche Weise ausgebeutet werden ...?«

»Allein sind wir schwach, aber vereint sind wir stark ...«

»Es wird sich erst etwas ändern, wenn wir den Männern vor dem Gesetz gleichgestellt sind ...!«

Die Rothaarige reckte die Hand nach oben, aber nicht etwa, um sie zur Faust zu ballen, sondern in einer geradezu flehenden Geste. »Jetzt kommt schon! Warum sollten wir warten, bis sie in England und Amerika das Wahlrecht für Frauen durchgesetzt haben? Warum die Hände in den Schoß legen und zusehen, wie andere *auch für uns* kämpfen? Wir müssen hier in Australien mit gutem Beispiel vorangehen und nicht hinterherlaufen!

Neuseeland war das erste Land, in dem Frauen das Wahlrecht durchgesetzt haben! Südaustralien ist kurz darauf seinem Beispiel gefolgt. Ich frage Sie, warum hinkt das endlich vereinte Australien hinterher? Worauf warten wir noch? Es liegt in unseren Händen. Nichts wird sich ändern, ehe wir Frauen, *hier in Victoria*, nicht das Stimmrecht erzwingen!«

Clytie hörte sich in Jubel ausbrechen, wurde einfach mitgerissen.

Eine Frau mit mausbraunen Haaren warf ihren Hut beiseite, trat vor und las eine flammende Rede von Vida Goldstein vor, die mit starkem Applaus quittiert wurde.

Dann brach das Chaos aus. Die Betrunkenen stießen wüste Beschimpfungen auf die Frauen aus und begannen zu randalieren. Die Veranstaltung drohte auseinanderzufallen. Da wurde um Freiwillige gebeten, die mit den Petitionen herumgingen, um Unterschriften zu sammeln. Clytie meldete sich sogleich und boxte sich mit den Ellbogen durch die pöbelnden Männer nach vorn.

Die Erste, zu der sie mit ihrer Petition ging, war die ältere Frau mit dem Paradiesvogelhut. Sie sah mit amüsiert funkelnden Augen zu Clytie auf und unterzeichnete ohne Zögern. »Ihre Tochter wird stolz auf ihre Mutter sein«, bemerkte sie mit einem Blick auf Clyties Bauch. Clytie musterte die Unterschrift: *Miss Rhoda James.*

Die junge Zirkusreiterin wurde mit jeder Unterschrift zuversichtlicher. Der Abend nahm eine surreale Qualität an, sie kam sich vor wie in einem Traum. Als die Veranstaltung vorbei war, schwebte sie wie auf Wolken nach draußen. Eine goldene Zukunft erstreckte sich vor ihrem inneren Auge, wie sie es sich noch wenige Stunden zuvor nie hätte vorstellen können.

Das Kind in ihrem Bauch schlug ein paar Purzelbäume, als würde es ihre Freude spüren. Clytie lachte verblüfft auf.

Kein Zweifel, der geborene kleine Artist.

Eine schroffe Männerstimme holte Clytie wieder in die Wirklichkeit zurück.

»Ihr Weiber wollt also die Welt verändern, was?« Curly bot Clytie die Hand, um ihr auf die Postkutsche zu helfen.

»Heute Abend nicht mehr. Aber morgen ist ein neuer Tag, Curly.«

Der Kutscher hatte ihr hinten auf der Ladefläche ein Lager hergerichtet, und Clytie kuschelte sich dankbar darauf zusammen. Gewiegt von der schaukelnden Kutsche sah sie zum Sternenhimmel auf, der immer wieder hinter den fedrigen Zweigen und Blättern der Eukalyptusbäume verschwand, die die Landstraße säumten, nur um sich dann wieder in ganzer Pracht zu enthüllen, wie funkelnder Sand, der auf dem samtigen nachtblauen Hintergrund ausgestreut worden war.

Wo immer du auch sein magst, Rom, diese Sterne sollen dir meine Liebe bringen. Ich werde nie glauben, dass du verschollen bist – du wirst schon wieder bei mir auftauchen.

In diesem Moment spürte sie, wie sich eine warme Flüssigkeit in ihren Schoß ergoss – ihre Fruchtblase war geplatzt! Dolores' Enkelkind konnte es offenbar nicht erwarten, als Erstes der sechsten Generation die Linie der Harts fortzusetzen!

»Curly«, rief Clytie nach vorn zu dem Kutscher, »kleine Planänderung. Könnten Sie so schnell fahren, wie es einigermaßen sicher möglich ist?«

Curly schwang die Peitsche, und die Pferde rasten los.

Der Morgen brach herein, als Curly durch die Main Street preschte. Das Gespann war schweißgebadet.

Clytie war erleichtert, aber nicht überrascht, Long Sam zu sehen, der auf dem Weg zu ihrem Häuschen war, um im Garten zu helfen.

»Hallo, Sam, ich kann Ihnen heute leider nicht zur Seite stehen. Ich glaube, der Kleine will jetzt schon raus.«

Ganz gelassen, als würde sie jede Woche ein Baby bekommen, bedankte sie sich bei Curly.

»Jetzt geht es schon, Curly. Mein Freund Sam wird Doc Hundey holen.«

»Viel Glück, Miss Hart«, sagte Curly grimmig und tippte sich an den Hut. Erleichtert, die Last und die Verantwortung los zu sein, fuhr er davon.

Long Sam warf nur einen Blick auf Clytie und wusste Bescheid.

»Wir fahren sofort zu Krankenhaus, Miss Clytie.«

»Nein, ich warte hier auf den Doc. Wenn Sie ihn einfach nur benachrichtigen würden?«

»Nicht gut. Baby will nicht warten. Wir fahren zu Krankenhaus, jetzt gleich, ja?«

Long Sam wartete gar nicht erst auf eine Antwort, sondern rannte den Hügel hinauf zum nächsten Nachbarn.

Die Kontraktionen nahmen an Stärke und Häufigkeit zu. Clytie ließ sich auf die Gartenbank sinken und atmete tief und langsam durch, wenn sie wieder von einer Schmerzwelle überrollt wurde. Sie hörte ein sanftes Rascheln in den Zweigen und drehte sich um. Halb erwartete sie, Dolores unter den Bäumen stehen zu sehen.

»Ich weiß, dass du da bist, Mama. Erinnerst du dich, was du zu mir gesagt hast? Sei glücklich, und du bringst ein glückliches Baby zur Welt … O nein, da kommt schon die nächste …«

Diese Wehe war so heftig, dass Clytie fast von der Bank kippte. Sobald sie abgeklungen war, hievte sich die junge Frau hoch und watschelte durch den Garten zu Sam hinaus, der mit einem Karren erschien.

Ein Hundekarren! Aber ich kann im Moment ja wohl kaum wählerisch sein.

Shadow hätte sie nicht ziehen können, da sie zu schwer war, also lehnte sich kurzerhand Long Sam selbst ins Geschirr. Er streifte sich die Riemen über die Schultern und lief mit erstaunlicher Geschwindigkeit los. Clytie hörte die Rufe und Pfiffe der Gassenjungen, die Long Sam ein Stück durch die Main Street verfolgten, dann aber rasch in der Ferne verklangen.

Wie aus dem Nichts tauchte die Fassade des Buschhospitals neben Clyties Karren auf. Sam ließ die Riemen fallen und rannte hinein. Wenig später kehrte er mit einer Schwester in weißer Tracht und einem schulterlangen Schwesternschleier, der im Wind flatterte, wieder zurück.

Schwester Bracken beäugte Clytie missmutig.

»Ich bin Clytie Hart. Das Kind sollte eigentlich erst in sechs Wochen …«

»Na, es hat offensichtlich andere Vorstellungen«, unterbrach sie die junge Frau. »Los, kommen Sie rein«, meinte die Oberschwester ungnädig. Dann brüllte sie den Chinesen an, als ob er taub und obendrein geistig behindert wäre. »Du da! Hol Doktor! Lauf! Verstanden?«

Sam machte sich auf die Socken. Oben auf dem Hügel drehte er sich noch einmal um und rief Clytie zu: »Keine Sorge, Miss Clytie, ich finde Doktor!«

Schwester Bracken zog Clytie hinein. »Ist mir ein Rätsel, warum dieses Schlitzauge nicht wieder nach Hause, nach China geht, wo es hingehört.«

Der nächste Krampf war so stark, dass Clytie ohne viel Federlesens die Kleidung abstreifte und das Nachthemd anzog, das ihr von der Schwester ausgehändigt wurde. Dankbar ließ sie sich auf ein Pritschenbett in einem Alkoven unter der Treppe sinken – und wartete auf den Doc.

In dem kleinen Buschkrankenhaus erwachte gerade der

frische Morgen. Geschirrgeklapper, Geschwätz und das laute Zwitschern der Kookaburras vor den Fenstern, die sich über Schwester Brackens ordentlichen Betrieb lustig zu machen schienen, erfüllten das Gebäude. Clytie war froh um die relative Ruhe und Abgeschiedenheit in ihrem kleinen Alkoven.

Clytie begann, ihren Bauch zu streicheln, und die Kontraktionen ließen prompt nach. »Geduld, mein Kind! Der Doc wird bald da sein. Es ist besser, wir beide warten noch auf ihn, ja?«

Vom Wind erfasst flog ein blühender Eukalyptuszweig ans Fenster, ein leises Tappen wie von freundlichen Fingern. Die fedrigen korallenroten Blüten waren wunderschön, und die rundlichen Samenkapseln sahen aus wie Feenhäubchen. Durch einen Spalt zwischen den Bäumen konnte Clytie zur Straße sehen und nach dem Doc Ausschau halten.

»Doc Hundey wird kommen, wenn er kann, aber ich würde mich nicht drauf verlassen«, warnte die Schwester. »Er wird in der Golden Hope gebraucht. Ein Schacht ist teilweise eingestürzt. Wundert mich nicht, diese Mine ist marode, das musste ja eines Tages passieren.«

Die Schwester nahm die Zeit zwischen den Kontraktionen. »Ihr Kind ist faul geworden.«

»Das ist doch nicht seine Schuld!«, protestierte Clytie und kam sich dann doof vor.

»Wessen Schuld ist es dann? Die der Mutter?«, bemerkte Schwester Bracken sarkastisch.

Clytie, die wusste, dass sie momentan ganz von dieser Frau abhängig war, schluckte ihren Zorn hinunter. »Sie haben sicher schon viele Babys zur Welt gebracht.«

»Vierhundertzwölf«, erklärte die Schwester stolz.

Weiter hinten im Gebäude konnte man ein Baby gurgeln

hören und dazu die zärtliche Stimme seiner Mutter. Schwester Bracken wies mit dem Kopf in diese Richtung.

»Das ist das Baby der Jantzens – vor ein paar Tagen hier zur Welt gekommen. Sonny, sein Vater, war das erste Baby, das ich zur Welt gebracht habe, als ich vor fünfundzwanzig Jahren hierherkam. Sonny Jantzen ist ein echter Gentleman – der beste Mann, den diese Stadt je hervorgebracht hat.«

Ihr mütterlicher Stolz war unüberhörbar. Clytie benutzte es als Ablenkung von den Wehen.

Na und? Noni Jantzen hat also ein Privatzimmer und darf nach Herzenslust Besucher empfangen. Für Noni gelten die eisernen Regeln wohl nicht. Mir würde dieses Schlachtross von Schwester das nicht durchgehen lassen. Tja, so ist das Leben – die Reichen und Privilegierten haben's in jeder Beziehung leichter als unsereins.

Die nächste Wehe fiel über Clytie her. Ihr Schmerzensschrei verwandelte sich jedoch in einen Triumphschrei, denn sie sah Doc Hundey die Auffahrt entlangkommen. Er hatte sich die Tweedjacke über die Schulter geworfen und die Hemdsärmel bereits aufgekrempelt. Mit der Arzttasche in der Hand eilte er auf das Gebäude zu. In der Eingangshalle schob er sich mit einem knappen Gruß an Schwester Bracken vorbei und trat strahlend zu Clytie ans Bett.

»Danke, dass Sie auf mich gewartet haben. Das hätte ich mir um nichts in der Welt entgehen lassen mögen: die Geburt einer neuen kleinen Kunstreiterin! Fünfte Generation, nicht?«

»Schon die sechste!«, stieß Clytie unter Schmerzen lachend hervor. »Und es wird ein Junge werden, das hab ich Ihnen doch schon gesagt. Dolores irrt sich nie.«

»Gut, ich würde es auch nicht wagen, die Intuition einer Großmutter in Frage zu stellen!« Doc Hundey trat an den

Waschstand und schrubbte sich die Hände, dabei erkundigte er sich bei Clytie nach der Häufigkeit und Stärke ihrer Wehen.

»Danke, Schwester, ich werde mich jetzt um Miss Hart kümmern. Die anderen Patienten sind ja bei Ihnen in den besten Händen.«

Clytie sah dem Arzt in die Augen, und ihre Angst löste sich in Luft auf. Seine Miene war eindeutig: Dieses Abenteuer werden wir gemeinsam durchstehen.

»Sie können sich bei Ihrer Mutter dafür bedanken, dass dies eine leichte Geburt wird«, bemerkte er.

»Wieso denn Mama?«

»Sie sind ausgezeichnet durchtrainiert und haben eine sehr gute Kondition. Das jahrelange Training hat nicht geschadet – Sie sind in ausgezeichneter körperlicher und mentaler Verfassung, junge Frau.«

Clytie folgte seinen Anweisungen aufs Wort. Sie ritt die immer höher werdenden Wellen ihrer Wehen tapfer sozusagen bis zum Strand – wo ja ihr Kind auf sie wartete.

Im eigentlichen Moment der Geburt schnappte die junge Artistin verblüfft nach Luft. Es war ein einzigartiges Gefühl, dieses lebende Wesen, das sich von innen in ihre Intimzone schob und dann durch den Geburtskanal aus ihrem Körper gedrückt wurde. Sie hatte keine Zeit, Angst zu haben oder in Panik zu geraten, das Ganze war wie eine Naturgewalt, für die es kein Halten gab. Mit einem fast ehrfürchtigen Gefühl verfolgte sie das Geschehen, wurde von einem jähen Glücksgefühl, ja beinahe einem erotischen Taumel erfasst. Unwillkürlich wurde sie an ihr erstes Mal erinnert, als Rom es mit ihr gemacht und sie ihren ersten sexuellen Höhepunkt erfahren hatte. Sie stieß einen Freudenschrei aus. *Mein Gott – die Geburt ist ja auch eine Art Liebesakt!*

Wie seltsam es doch ist, diesen unglaublich intimen Moment zusammen mit einem relativ Fremden zu erleben. Gott sei Dank, dass es der Doc ist und nicht diese fürchterliche Schwester Bracken.

Als sich der Arzt zwischen ihre Schenkel beugte, um dem Kind auf die Welt zu helfen, setzten sich eigenartige Details in Clyties Erinnerung fest: Docs helles zerzaustes Haar, das noch keinerlei Lücken aufwies … seine kühlen Hände … die sanfte Art, mit der er das ungeborene Kind ermunterte. »Braver Junge! Gleich haben wir dich draußen.«

Der Säugling gab keinen Laut von sich. Clytie bekam Angst.

»Was ist? Stimmt was nicht? Er schreit ja gar nicht.«

»Keine Sorge, es war nicht nötig, ihm einen Klaps zu versetzen, er hat ganz von allein zu atmen angefangen. Nicht mal gewimmert hat er.«

Doc Hundey hielt lächelnd den Daumen hoch und legte der erschöpften jungen Mutter den blutigen Säugling, den er zuvor in ein sauberes Tuch einschlug, in die Arme.

»Gut gemacht, Clytie. Er sieht Rom zum Verwechseln ähnlich. Er wird stolz auf dich sein.«

»Er ist einfach perfekt!«

»Was sollte er wohl sonst sein? Ihr beide habt ihn schließlich gemacht, du und Rom.«

Clytie sagte leise zu dem Kleinen: »Danke, dass du zu mir gekommen bist, süßer Bursche.«

Der Arzt war sehr zufrieden. »Die Nachgeburt ist auch in einem Stück rausgekommen, ein gutes Zeichen.«

Er schrubbte sich die Hände in der Schüssel mit heißem Wasser, die von der Schwester hereingebracht worden war. Schwester Bracken machte ein finsteres Gesicht; die Rolle des Handlangers passte ihr offenbar nicht.

»Habt ihr schon einen Namen für ihn?«, erkundigte sich der Arzt.

Clytie wollte in Anwesenheit der Schwester nicht zugeben, dass sie seit Wochen keinen Brief mehr von Rom erhalten hatte.

»Ich finde, man sollte einem Sohn nicht einfach den Vornamen des Vaters geben. Da muss er sich doch ein Leben lang mit der Bezeichnung ›Junior‹ oder ›Sonny‹ herumschlagen.« Clytie überlegte. »Würde es Ihnen was ausmachen, wenn ich ihn Robert nennen würde? Ich weiß, wie gern die Leute tratschen, und würde es verstehen, wenn Sie nicht …«

Aber der Arzt strahlte über das ganze Gesicht. Er sah auf einmal zehn Jahre jünger aus.

»Es wäre mir eine Ehre, Clytie. Ich kann dir gar nicht sagen, wie sehr mich das freuen würde.«

Er blieb, solange es ging, dann schaute er noch kurz bei den anderen Patienten vorbei und musste auch schon wieder weg, um zu sehen, wie es in der Mine gelaufen war.

Für Clytie war dies eine überdeutliche Erinnerung daran, dass Doc Hundey kein Privatleben hatte. Ihr kam ein eigenartiger Gedanke, wie eine Eingebung. *Das ist das Leben, das er sich immer gewünscht hat. Er will gar kein anderes. Er will nur Arzt sein.*

Schwester Bracken badete den Säugling und wickelte ihn. Dann zeigte sie Clytie, wie sie dem Kind am besten die Brust gab, damit es möglichst bequem lag.

»Sie werden erst in ein, zwei Tagen Milch haben, inzwischen kann das Kind mit dem Kolostrum, einer wasserklaren Flüssigkeit aus Ihren Brüsten, klarkommen. Baby Hart scheint's schon kapiert zu haben.«

»Sie können sich den Namen Robert für seine Geburtsurkunde notieren, Schwester.«

»Ach ja? Wenigstens etwas, das anständig ist in diesem ganzen Schlamassel. Armes Würmchen.«

Clytie wollte sie anfahren und ihr das Schimpfwort an den Kopf werfen, das Artisten benutzten, wenn sie mal danebengriffen, aber die Fregatte war bereits abgesegelt.

Dieser Drachen lässt doch keine Gelegenheit aus.

Ihr Ärger löste sich beim Anblick ihres kleinen Söhnchens allerdings schnell in Luft auf. Der Kleine nuckelte eifrig an ihrer Brust. Er war rot und fleckig und winzig und sah dennoch aus, als wäre er dazu geboren, sich in der Welt zurechtzufinden.

»Kein Zweifel, du bist der Sohn deines Vaters. Aber ich war noch nie Mutter, für mich ist das eine ganz neue Erfahrung. Du dagegen siehst aus, als ob du das alles schon mal erlebt hättest.«

Wie zur Bestätigung packte der Kleine Clyties Finger und hielt ihn fest. Clytie kam es vor wie ein Pakt.

Als er genug hatte und ihm die klare Flüssigkeit aus dem Mündchen quoll, untersuchte Clytie ihn sorgfältig. Sie schaute sich alles ganz genau an, jede Falte und jeden Winkel, bewunderte die perfekten kleinen Ellbogen mit ihren Grübchen, den winzigen Nabel, die perfekt geformten kleinen Füßchen und Zehen.

»Du wirst mal ein berühmter Seiltänzer, so wie dein Opa, der Furchtlose Franco.«

Sein Haar war zart wie der Flaum eines Pfirsichs. Mit großen Augen blickte er sie an, ohne auch nur ein einziges Mal zu blinzeln, als wollte er prüfen, ob sie überhaupt zur Mutter taugte.

»Du lässt dir nicht so leicht was vormachen, was, Robert Hart?« Da fiel ihr Blick auf seinen Nacken. Drei winzig kleine Büschel Haare wuchsen dort, die zusammen aussahen wie die Bourbonen-Lilie der französischen Kaiser. Clytie lachte entzückt auf und küsste die Stelle.

22

Rom beobachtete die Szene vom Eingang aus. Finch stand neben seinem bereits gemachten Bett und packte die wenigen Habseligkeiten ein, die ihm geblieben waren. Schwester Heather McQueen schaute ihm fürsorglich dabei zu.

Es war das erste Mal, dass Rom den anderen in Uniform sah – zumindest in einer vollständigen. Der Khakistoff bildete einen starken Kontrast zu seinem weißblonden Haar, das während seines Krankenhausaufenthalts beinahe schulterlang geworden war.

Finch, der Roms Blick spürte, hob den Kopf und sah den anderen an. Die leuchtend blauen Augen erinnerten Rom an den Himmel über Australien – keine Wolke weit und breit.

Finch neigte seinen Kopf zur Schwester hinab und besprach etwas mit ihr. Rom war irritiert, fühlte sich ausgeschlossen.

Ich muss zugeben, der Bursche sieht nicht schlecht aus – auf eine erdige, kantige Weise. Kein Wunder, dass er meiner kleinen Kiwi-Schwester gefällt. Sie wird schon darüber hinwegkommen. Ich brauche ihn mehr als sie.

»Ihr redet wohl wieder mal hinter meinem Rücken, was?«, fragte er und drängte sich dazwischen.

Finch stammelte, ein deutliches Schuldeingeständnis.

»Ich hatte der Schwester gerade erzählt, dass wir nach Bitternbird reisen wollen, um die Unbekannte auf meinem Foto zu suchen.«

Schwester McQueen schmunzelte. »Vielleicht ist sie ja Ihre Braut, Finch«, neckte sie ihn.

Rom lächelte tolerant. Er wusste es besser. *Mein Foto ist das, Mate. Und* mein *Mädel. Aber das wirst du hoffentlich erst rauskriegen, wenn ich wieder daheim bin.*

Die Atmosphäre zwischen den dreien knisterte, Rom spürte deutlich, dass etwas in der Luft lag. Die Schwester, die darauf achtete, niemanden zu bevorzugen, hatte nicht umhingekonnt, dem Patienten, der unter Amnesie litt, ein wenig mehr Aufmerksamkeit zu schenken als den anderen. Aber Rom war nicht allzu besorgt, er hatte auch die Blicke aufgefangen, die Heather *ihm* dann und wann heimlich zuwarf.

»Wie wär's, wenn wir drei uns auf einen Abschiedstrunk treffen würden, ehe es aufs Schiff geht, was meinst du, Finch?«

Rom legte wie beiläufig seine Hand auf die Schulter der Schwester, um seinen Besitzanspruch geltend zu machen. »Sie haben um drei Uhr frei, ja? Treffen wir uns doch zum Tee in dieser gemütlichen kleinen Kantine, die uns die Damen aus der englischen Oberschicht eingerichtet haben, damit wir einen Raum haben, wo wir in Ruhe Briefe an die Lieben daheim schreiben können. Ich war selbst noch nie dort. Sagen Sie Ja, Kiwi.«

»Komisch, ich hatte die Schwester gerade selbst in dieses Café eingeladen«, sagte Finch betreten. »Du kannst uns natürlich gern begleiten, wenn du willst, Rom.«

Die Schwester sah die beiden wissend an. »Gut, um drei Uhr also. Ich sehe euch dann *alle beide*, ja?«

Finch und Rom blickten der Schwester nach, bis sie außer Sicht war.

»Bist ein ganz schön raffinierter Hund«, bemerkte Rom beiläufig. »Du könntest verheiratet sein und das Haus voller Kinder haben.«

Aber so leicht ließ Finch sich nicht entmutigen. »Ich werde der Schwester aus Australien schreiben, sobald ich was rausgefunden habe. Nicht dass es dich was anginge.«

Rom lachte zynisch. »Herzlichen Dank! Muss ich dich erst daran erinnern, dass du's mir zu verdanken hast, dass wir jetzt bald auf einem Schiff nach Australien unterwegs sind? Ich musste all meine Beziehungen spielen lassen. Du schuldest mir was, Kumpel.«

Finch war ganz zerknirscht. »Entschuldige. Du hast zu mir gehalten wie ein Bruder.«

»Komm, gehen wir kurz raus. Ich muss dich unter vier Augen sprechen.«

Finch war beunruhigt. »Aber du fährst doch mit mir, oder? Deine Transitpapiere wurden abgestempelt, stimmt's?«

»Darauf kannst du einen lassen! Aber wir werden auf diesem Kahn zusammengepfercht sein wie Sardinen. Könnte sein, dass einige auf ein späteres Schiff umgebucht werden. Damit wir uns nicht aus den Augen verlieren, erklär ich dir jetzt ganz genau, wo wir uns treffen werden, wenn wir im Hafen von Melbourne ankommen. Los, raus hier, da kriegt man ja keine Luft bei der Hitze. Ich schwitze wie ein Ochse.«

Schweigend schlenderten sie über das Krankenhausgelände und zu dem Soldatenfriedhof, der sich an das Grundstück anschloss. Zwei Träger und eine Krankenschwester kamen mit einer zugedeckten Leiche vorbei, und die beiden nahmen automatisch Haltung an.

»Weißt du, wer das ist?«, erkundigte sich Rom.

»Ja, das ist Billy, der nette junge Kanadier, der seinen Tabak immer so großzügig mit anderen geteilt hat. Ich hab ihm versprochen, ich würde seiner Mutter schreiben, falls er's nicht schaffen sollte. Ironisch, oder? Ich kann einen seitenlangen Brief schreiben, aber mit meinem echten Namen unterzeichnen kann ich nicht.«

Rom war unruhig. Sein Hemd war vollkommen durchgeschwitzt, und er hatte Angst, dass es nicht nur am schwülen Wetter liegen könnte.

»Hör zu, Finch, tut mir leid, dass ich mich so aufspiele. Ich bin im Moment nicht ganz ich selbst. Ich habe Angst, ich könnte Typhus haben. Ein Riesenpech wäre das, wenn ich so kurz vor der Abfahrt nach Hause noch abkratzen würde.«

»Das wirst du nicht! Sieh einfach zu, dass du an Bord kommst, Mate. Dann kümmere ich mich schon um dich.« Finch meinte es aufrichtig. »Ich brauche dich schließlich. So wie ein Blinder einen Blindenhund braucht.«

Rom klopfte ihm auf die Schulter und ließ seine Hand gleich dort liegen, denn er brauchte etwas, woran er sich festhalten konnte. Ihm war ganz schwindelig. »Wir werden dir ein neues Leben in Victoria suchen, Mate, wirst sehen.«

»Ja, vielleicht. Aber eins begreife ich nicht. Warum bist du so wild darauf, dass ich dieses Mädchen wiederfinde? Du hast doch sicher selbst Familie und Freunde, die auf dich warten.«

»I wo. Ich bin ein Wandervogel, ich setz kein Moos an. Ich kann mein Leben noch ein bisschen auf die lange Bank schieben. Zuerst müssen wir deins wieder in Ordnung bringen.«

Rom hatte Angst, dass ihm die Zeit knapp wurde. »Wenn wir in Port Melbourne eintreffen und getrennt werden sollten, treffen wir uns an der Bar im Young and Jackson's, klar? Das ist ein schickes Hotel an der Ecke Flinders und Swanston Street. Es heißt, dort hört die Kasse gar nicht auf zu klingeln.«

»Okay, abgemacht. Aber da ist doch noch was, stimmt's? Du verschweigst mir was.«

»Keine Spur.« Rom schwieg kurz. »Außer dass ich dir noch einen kleinen Rat von Mann zu Mann mitgeben möchte. Und glaub mir, ich hab mehr Weiber gehabt als du warme Mahlzeiten.«

Finch machte ein skeptisches Gesicht. »Gut, dann raus damit.«

»Wenn du das hübsche Mädel von dem Foto triffst, dann sag ihr bitte, dass sie eine ist, auf die jeder Mann warten würde. Sag ihr das, selbst wenn du dich nicht an sie erinnern solltest.«

»Ich versteh dich einfach nicht, Rom«, meinte Finch ratlos. »Manchmal denke ich, du bist ein eiskalter Weiberheld, dem keine Frau trauen sollte. Und dann wieder sagst du so was Romantisches, dass man nicht weiß, was man von dir halten soll.«

»Vielleicht bin ich ja beides – ein romantischer Weiberheld!«, meinte Rom grinsend. Er machte sich auf den Weg zurück ins Krankenhaus.

Als er sich noch einmal umdrehte, sah er Finch mit gesenktem Haupt am frischen Grab des jungen Kanadiers stehen. Der Wind fuhr ihm in seine wilde weißblonde Mähne.

Das Leben ist schon seltsam. Finch weiß nicht, wer er ist, aber er weiß, dass er an Gott glaubt. Bei mir ist's genau umgekehrt.

Er schlenderte davon und pfiff dabei die Melodie von »The Girl I Left Behind Me« vor sich hin.

Dicht über ihm schwebte das Gesicht eines Engels, von einer weißen Wolke umrahmt, alles weiß, bis auf ein paar Sommersprossen und die hellblauen Augen.

Rom kämpfte sich durch den Nebel, der sein Bewusstsein

einhüllte, und stieß zwischen rissigen Lippen krächzend hervor: »He, ich kenn dich, du bist gar kein Engel! Du bist meine Kiwi.«

»Das stimmt, Rom. Aber du musst dich ausruhen.«

Rom. Sie hat mich Rom genannt.

Eine kalte Kompresse wurde auf seine Stirn gedrückt. Er erschrak beim Anblick von Finchs leerem Bett und versuchte, sich aufzusetzen. »Mist! Er ist doch nicht etwa tot?«

»Nein. Bleib ruhig, Rom. Finch ist entlassen worden, weißt du nicht mehr? Dein Kamerad ist längst auf dem Schiff. Er wird nach Hause fahren, so wie du's für ihn gewollt hast.«

»Ja, aber doch nicht ohne mich, Teufel nochmal! Ich muss sofort hier raus!«

Er wurde von kühlen, aber überraschend starken Händen festgehalten.

»Noch nicht, Bursche. Zuerst müssen wir dein Fieber runterbekommen. Keine Sorge, die Abfahrt ist wegen des schlechten Wetters verschoben worden.«

»Ich muss unbedingt auf dieses Schiff, Schwester! Und nach Hause, um alles wiedergutzumachen. Finch ist wie ein hilfloses Kind, ohne mich ist er verloren.«

Rom spürte, wie ihm ein Thermometer in den Mund geschoben wurde. Er hielt die Schwester mit seinen Augen fest, kämpfte entschlossen gegen die Müdigkeit an. Er hatte Angst, dass das Schiff ohne ihn abfahren würde, wenn er einschlief.

»Heather … verlass mich nicht!«

Die junge Schwester ergriff seine Hand. »Ich werde da sein, wenn du aufwachst, Rom.«

»Nein! Bleib bei mir!« Er konnte kaum noch sprechen. »Versprich es mir! Du musst es mir schwören, hörst du?«

»Ich verspreche es.«

Sie begreift das nicht. Finch kennt nicht die Wahrheit … Ich hab Clytie im Stich gelassen … Ich hab nie auf ihren Brief geantwortet, dass ich Vater werde. Ich muss das wieder hinbiegen. Das ist meine letzte Chance.

»Schwester, hören Sie! Ich musste Dolores versprechen, erst dann ›Ich liebe dich‹ zu sagen, wenn ich's wirklich ernst meine …«

Die sanfte Stimme mit dem neuseeländischen Dialekt drang wie aus der Ferne an sein Ohr. »Es ist nie zu spät, Rom …«

Er packte ihre weiße Hand und versuchte, sie festzuhalten – klammerte sich an sie wie an einen Rettungsring.

Er merkte, dass er Unsinn redete. Die Zeit wurde knapp. Die Zeiger der Uhr rasten mit ungeheurer Geschwindigkeit ums Ziffernblatt. Dann verschwanden die römischen Zahlen, und auf einmal war da Clyties Gesicht … Er versuchte, sie zu berühren. »Ich hab nie den Mumm gehabt, es dir zu sagen. Ich liebe dich – ich hab dich vom ersten Moment an geliebt. Lass uns heiraten, ehe es zu spät ist …«

Ein Pfleger trat zur Schwester und flüsterte ihr zu: »Schwester, gerade ist ein neuer Zug mit Verwundeten eingetroffen. Der Arzt will operieren, Sie werden im OP gebraucht …«

Rom spürte, wie der Engel in Weiß seine Hand drückte. »Wir sehen uns morgen früh, wenn du aufwachst, Rom.« Ihre Stimme versank in Dunkelheit.

Nein, wirst du nicht. Denn morgen bin ich schon weit weg von hier. Ich muss auf dieses Schiff, komme, was wolle.

23

In den ersten Tagen nach der Geburt von Robert Hart wurde Clytie zu ihrer großen Überraschung, Freude und Dankbarkeit mit Geschenken überhäuft. Hope hatte zwar tief sitzende Vorurteile gegen illegitime Kinder (und ihre Mütter), aber Clytie erhielt nichtsdestotrotz zahlreiche Glückwünsche. Das Geschenk, das die junge Zirkusreiterin am meisten überraschte, war ein Strauß wunderschöner Gewächshausblumen, die ihr von keinem anderem als Sonny Jantzen geschickt wurden! Auf der beiliegenden Karte stand:

Der Zeitpunkt ist perfekt gewählt, wie clever von Ihnen! Jetzt können unsere beiden Jungs gleichzeitig aufwachsen und auf dieselbe Schule gehen. Wir haben unseren Maximilian George Peter genannt (Nonis Entscheidung). Bitte richten Sie Rom meine besten Grüße nach Südafrika aus. Wir können stolz auf unsere Victorian Mounted Rifles sein. Keine Sorge, er wird sicher bald heimkommen. Wenn ich Ihnen bis dahin in irgendeiner Weise behilflich sein kann, zögern Sie bitte nicht, sich bei mir zu melden. Ihr Freund Sonny Jantzen.

Perfekter Zeitpunkt, sagt er. Ein Kind, das zur Welt kommt, bevor seine Eltern geheiratet haben. Aber das übersieht er vollkommen. Sonny ist wirklich der geborene Gentleman.

Schwester Bracken schwang ein strenges Zepter. Auf ihre Anweisung durfte Clytie keinen Besuch empfangen. Sie rechtfertigte dieses Verbot mit der Frühgeburt des Kindes. Die Geschenke waren ein echter Trost für Clytie. Sie staunte über eine elegante Korbwiege, die ihr Miss Adelaide Hundey mit einer beiliegenden Karte schickte, die an *Master Robert Hart* adressiert war.

Willkommen auf der Welt, junger Robert. Du hast dir wunderbare Eltern ausgesucht. Stets deine Freundin
Adelaide Hundey

Clytie flüsterte dem Kleinen zu: »Für die meisten ist sie nur Docs exzentrische Schwester. Aber wir wissen es besser, nicht wahr?«

Später an jenem Tag brach in der Eingangshalle ein Aufruhr aus. Clytie hörte Schwester Brackens unverkennbare Stimme und dazu eine andere, sehr energische Frauenstimme, die sich partout nicht abwimmeln lassen wollte.

»Sie widersetzen sich also meinen Anweisungen?!«, fragte Schwester Bracken drohend.

»Ach, glaub bloß nicht, du könntest mich rumkommandieren, Bracken. Du hältst dich für eine Gottesgabe an die Kranken der Welt, aber du bist nicht besser als der Rest von uns. Ich kannte dich schon, als du noch ein rotznäsiges Schulmädchen warst. Wenn du es wagst, mich aufzuhalten, werde ich mich bei Doc Hundey über dich beschweren!«

Zu Clyties Entzücken war die »Bulldogge« Bracken gezwungen, den Rückzug anzutreten. »Aber nur, wenn Sie versprechen, nicht zu lange zu bleiben!«, versuchte die Matrone noch, ihr Gesicht zu wahren. »Stillende Mütter brauchen viel Ruhe und Erholung.«

Clytie war davon ausgegangen, dass die Besucherin zu Noni Jantzen wollte. Ihre Freude war umso größer, als dann das breite Grinsen der alten Maude im Türrahmen auftauchte.

»Siehst prima aus, Mädel.«

Die exzentrische Alte überreichte Clytie eine Pappschachtel, in der sich eine komplette Erstausstattung für Babys befand!

Clytie war ausnahmsweise sprachlos.

»Die Frauen vom Kirchenbazar haben sich zusammengetan und dir was gehäkelt. Das meiste davon ist natürlich für das Baby, aber es ist auch was für dich dabei – ein Bettjäckchen. Die Priester aller drei Kirchen haben angeboten, dein Kind zu taufen, wann immer du dazu bereit sein solltest. Dafür kannst du Rom danken. Er gehört zwar nicht zu einer bestimmten Konfession, aber er ist hier in der Stadt mittlerweile so was wie ein Held. Sein Name stand in der Zeitung. Er hat eine Belobigung bekommen, weil er einen verwundeten Tommy aus der Gefechtszone gerettet hat.«

Clytie war überrascht, das zu hören. Sie wollte nicht zugeben, dass sie seit Monaten keine Nachricht mehr von ihm erhalten hatte. Wusste er, dass sie schwanger gewesen war? Hatte er ihren Brief überhaupt erhalten?

»Das hat er gar nicht erwähnt«, meinte sie zaghaft. Sie hoffte, dass man ihr die Lüge nicht anmerkte.

»Wahrscheinlich zu beschäftigt, um diese Buren abzuwehren, Mädchen. Sie schicken unsere Jungs ja von einer Truppe zur anderen. Aber mittlerweile werden die Briefe der Soldaten in den Zeitungen gedruckt. Da erfährt man, was wirklich in diesem Krieg läuft! Und nicht das, was uns diese Politiker glauben machen wollen!«

»Held oder nicht, ich bin froh, dass es Rom gut geht«,

meinte Clytie. Holy Maudes Nachrichten von der Front mochten unzuverlässig sein, aber sie waren eine Mahnung, wie riskant das Leben in einer Kriegszone war.

Um ihre Tränen zu verbergen, beschäftigte sich Clytie mit den Babysachen.

»Die sind einfach entzückend. Ich dachte, die Leute würden mich verachten.«

»Sieh's mal so, Mädel. Du hast ein uneheliches Kind, und das werden die Leute hier nie vergessen. Das ist nun mal so. In ihren Augen wird diese Schmach auf immer an dir haften, wenn du hier wohnen bleibst – und auch an deinem Söhnchen. Aber die Leute hier bewundern auch deine Courage. Und bald wird Rom ja wieder da sein, und dann wird er alles in Ordnung bringen.«

Clytie drückte die faltige Hand der anderen. »Sie sind eine sehr weise Lady, Miss Maude.«

»Pah! Weder weise noch eine Lady. Ich bin einfach nur schon so lange auf dieser Welt, dass ich das, was über mich gesagt wird, überlebt habe. Jeder Mensch hat eine Vergangenheit. Manche verbergen ihre Spuren nur besser als andere. Diese Stadt hat mehr Geheimnisse als Bewohner! Eines Tages werde ich dir ein paar davon erzählen. Da werden dir die Haare zu Berge stehen, meine Liebe!«

Clytie wurde es leichter ums Herz. »Kann's kaum erwarten.«

Holy Maude beugte sich vertraulich näher. »Den Klatsch über mich hast du bestimmt schon gehört. Ich war als junges Mädchen zu derselben Zeit in Melbourne, als sie Ned Kelly geschnappt haben. Ich saß während der Verhandlung auf den Zuschauerrängen – und habe in der Nacht vor seiner Hinrichtung vor dem Gefängnis Totenwache gehalten. Als ich später wieder nach Hope zurück bin, ging ich ein Jahr lang in Trauerkleidung. Da fingen sie an, über mich zu reden, und es verbreitete sich das Gerücht, ich sei Ned Kellys Geliebte gewesen.«

Die Alte drückte Clyties Hand. »Hab dadurch einen gewissen Status erlangt. Hab's nie abgestritten. Ich werde die Wahrheit mit ins Grab nehmen, darauf kannst du dich verlassen.«

»Ihr Geheimnis ist gut bei mir aufgehoben, Miss Maude«, flüsterte Clytie.

Danach unterhielten sie sich noch eine Weile wie zwei alte Bekannte, aber irgendwann hielt es Schwester Bracken nicht mehr aus und trieb die Besucherin aus Clyties Zimmer.

»Hab dich schon lange nicht mehr in der Kirche gesehen, Bracken«, rief die Alte noch, »wird mal wieder höchste Zeit, dass du zur Beichte gehst, nicht?«

Schwester Bracken knallte die Tür hinter der unerwünschten Besucherin zu und machte sich wutschäumend über die Krankenzimmer her. Sie putzte alles noch ein zweites Mal, um ihre Frustration loszuwerden. Denn in ihren Augen war Göttlichkeit in der Tat gleichzusetzen mit Sauberkeit.

Clytie wurde durch ein Klopfen an der Fensterscheibe aus ihrem Mittagsschläfchen geweckt. Auf dem Fensterbrett stand eine Schachtel, und Long Sam rannte die Auffahrt entlang davon. Die junge Zirkusreiterin machte die Schachtel gespannt auf und schnappte entzückt nach Luft: Darin lagen ein Paar winziger roter, aufwendig bestickter chinesischer Babyschühchen und daneben eine Babyrassel in Form einer goldenen Winkekatze. Auf einem Zettel stand in Long Sams ordentlichen Druckbuchstaben, dass die goldene Katze in China ein Glückssymbol sei und böse Geister von dem Kindchen fernhalten solle.

Schwester Bracken explodierte, als sie die Sachen sah. »Ich hab diesen schmutzigen Chinesen schon heute früh davongejagt, als er reinzukommen versuchte! Dieses Zeug hat nichts in meinem Krankenhaus verloren! Wer weiß, wo das gewesen ist. Es könnte ansteckend sein. Diese Schlitzaugen und ihre Opiumhöhlen – das kennt man ja aus Melbourne. Ein dreckiges Pack.«

So zornig Clytie auch bei diesen Worten war, mit einer Sache hatte die Schwester nicht unrecht: In den Zeitungen stand ständig etwas über das wachsende Opiumproblem in Melbourne – sogar Kinder seien schon davon betroffen. In Melbourne blühte der Opiumhandel – weil er dort legal war.

Clytie sprang ihrem Freund bei. »Sam verkauft Kohlköpfe, nicht Opium! Und er ist auch nicht schmutzig, sondern arm, aber sauber. Er lebt hier, seit er sechzehn ist, das ist seine Heimat. Und er ist mein Freund! Wagen Sie es ja nicht, diese Geschenke wegzuwerfen! Wenn sie Sie so stören, dann schließe ich sie eben in meinen Koffer.«

Die ersten fünf Tage vergingen wie im Traum – doch dann zogen jäh dunkle Wolken im Paradies auf.

Schwester Bracken maß Clyties Morgentemperatur.

»Ist über Nacht stark angestiegen. Und Ihre Brust ist rot und geschwollen. Sie leiden unter Brustdrüsenentzündung, auch Milchfieber genannt. Ihre Milchdrüse ist blockiert.«

Schwester Bracken nahm den kleinen Robert aus seinem Körbchen und wollte ihn wegbringen.

»Nein! Lassen Sie ihn hier bei mir! Ich möchte ihn unbedingt weiter stillen – die Schmerzen sind mir egal. Er braucht dringend Nahrung, weil er ja so früh gekommen ist.«

»Bedaure, ein solches Risiko kann ich nicht eingehen. Sie könnten ja auch etwas anderes haben, möglicherweise sogar etwas Ansteckendes. Zurzeit grassieren wieder das enterische Fieber und der Typhus, den vor allem die heimkehrenden Soldaten mitbringen. Sie könnten auch das Kindbettfieber haben.«

Clytie, die heiß und verwirrt war, fragte: »Kindbettfieber? Was ist das?«

»Es ist die Haupttodesursache von Müttern nach der Geburt. Ich muss tun, was ich für richtig halte. Ihr Säugling ist schließlich nicht der einzige hier.«

»Nein, bitte nehmen Sie ihn mir nicht weg«, bettelte Clytie mit schwacher Stimme.

»Keine Sorge. Sie kriegen ihn wieder, sobald ich das Fieber unter Kontrolle habe. Was Sie jetzt brauchen, ist absolute Bettruhe. Das ist das Beste, was Sie für Ihr Baby tun können.«

Die Schwester brachte das Kind trotz Clyties Protest fort. Clytie war furchtbar heiß, gleichzeitig wurde sie von einem Schüttelfrost gepackt. Ihr Bauch war hart und aufgebläht, als ob sie noch immer schwanger wäre. Irgendetwas stimmte nicht …

… Das Zirkuspublikum bestand aus bekannten und unbekannten Gesichtern. Clytie stand in der Arena und schaute sich konfus um. Es herrschte ein heilloses Durcheinander, nichts war am richtigen Platz, nichts lief, wie es sollte. Die Clowns waren irgendwie aufs Trapez geraten und klammerten sich zitternd dort fest. Immer wieder stürzte einer von ihnen mit einem lauten Aufschrei in die Tiefe – in der es kein Netz gab, um ihn aufzufangen. Clytie war in Schweiß gebadet, das lange Haar klebte ihr am Kopf, und auch ihr Kostüm war vollkommen durchgeschwitzt … Flehend sah sie zum Direktor hin. Der hatte sich in seiner prächtigen Uniform vor ihr aufgebaut. Doch dann verzerrte sich Gourlays Gesicht und verschwamm. Und aus seinen

Zügen tauchten die von Schwester Bracken auf. Sie knallte mit der Peitsche und trieb den armen Shadow an, er solle in den aufgerissenen Rachen des Löwen springen … Rom war mit gespreizten Gliedmaßen ans Rad gefesselt, das sich immer schneller und schneller drehte. In einiger Entfernung davor stand Vlad in einer Burenuniform und feuerte mit zwei Pistolen auf Rom. Dabei brüllte er: »Diesmal krieg ich dich, du Bastard!«

Da brach auf einmal ein lautes, schrilles Heulen los, das alles übertönte …

Clytie fuhr hoch. Sie war in Schweiß gebadet, ihr langes Haar war nass geschwitzt. Das Heulen kam von einer Sirene – ein unirdisches, aber nichtsdestotrotz reales Geräusch. Clytie hatte so etwas noch nie gehört. Es kam vom Bergwerk, und es war das Signal, das alle Bewohner fürchteten. In der Golden-Hope-Mine war ein Unglück geschehen.

Schwester Bracken drückte Clytie wieder aufs Bett zurück. »Jetzt hab ich hier das Kommando. Der Doktor kann nicht mehr kommen. Er muss im Bergwerk bleiben und den verschütteten Bergarbeitern helfen. Schacht zwei ist eingestürzt.«

Clytie fiel in die Kissen zurück. Ihr Körper loderte, als ob er in Flammen stünde. Hin- und hergerissen zwischen ihren Albträumen und der realen Gefahr, in der diese Menschen schwebten, war sie sich nur einer Tatsache vollkommen sicher:

Rom ist in schrecklicher Gefahr.

Clytie versank erneut im Fieberwahn.

Die Zeit war bedeutungslos. Clytie schlug die Augen auf und sah, dass sie in Dolores' kleinem Schlafzimmer lag. Die Sonne schien durchs Fenster und auf die kleine Patchworkdecke mit den Zootieren, die ihre Mutter noch angefangen hatte für ihren künftigen Enkelsohn zu nähen, aber nicht mehr ganz fertig bekommen hatte.

Long Sam stand draußen im Garten und arbeitete pfeifend im Gemüsebeet. Als Clytie das hörte, fühlte sie sich unwillkürlich ein wenig getröstet. Eine andere Stimme ertönte, die allerdings nicht hierhergehörte. Mary Mac ließ den Doc herein, der soeben in seinem kleinen Pferdewagen eingetroffen war.

»Es geht ihr allmählich ein bisschen besser, Doc. Gut, dass Sie kommen, ich weiß nämlich nicht, was ich ihr sagen soll. Sie stellt mir andauernd Fragen.«

Der Doc tauchte im Türrahmen auf und schaute Clytie mit müden, traurigen Augen an. Clyties Herz klopfte unwillkürlich schneller. Er zog sich einen Stuhl heran und ergriff ihre Hand.

»Es ist doch nichts mit Rom, Doc? Ist Rom etwas zugestoßen?«

»Nein, nein. Es ist ein Brief von ihm gekommen. Er ist zwar einige Wochen alt, aber es hat wohl so lange gedauert, ehe er aus Transvaal seinen Weg hierherfand.« Doc Hundey zögerte. »Du warst einige Tage im Fieber, meine Liebe. Woran erinnerst du dich?«

Clytie begann am ganzen Leib zu zittern. »Wo ist das Körbchen mit meinem kleinen Robert? Schwester Bracken hat ihn mir weggenommen – aber ich wollte ihn doch stillen …«

Die junge Frau sah, wie sich die Lippen des Arztes bewegten, wollte aber nicht glauben, was sie hörte. Seine Worte drangen in Fetzen und Bruchstücken zu ihr durch. Er war tagelang im Bergwerk aufgehalten worden, und Schwester Bracken hatte allein im Krankenhaus zurechtkommen müssen. Eines Morgens hatte sie den kleinen Robert in seinem Bettchen vorgefunden … kalt … tot …

»Die Schwester war außer sich. Sie hat sich stundenlang bemüht, den Kleinen wiederzubeleben, aber es war zu spät. Es ist niemandes Schuld, Clytie. Ein tragischer, unerklärlicher Zufall, der leider manchmal vorkommt. Man nennt das den plötzlichen Kindstod. Es gibt keine Erklärung dafür.«

Clytie hörte wie betäubt zu, stellte zusammenhanglose Fragen.

Sonny hatte sein und Nonis Baby wegen des Fiebers sicherheitshalber mit nach Hause genommen. Der Arzt hatte vier der eingeschlossenen Bergarbeiter retten können. Zwei waren verschüttet worden und später ihren Verletzungen erlegen.

Doc hatte dunkle Schatten unter den Augen. »Clytie, ich kann dir gar nicht sagen, wie leid es mir tut, dass ich nicht für dich da sein konnte, als du mich gebraucht hast. Ich glaube nicht, dass ich deinen Jungen hätte retten können – das hätte wohl niemand. Aber ich habe trotzdem ein schlechtes Gewissen. Ich hätte an deiner Seite sein müssen.«

Clytie konnte nichts sagen. Willenlos nahm sie den Brief an, den er ihr auf den Schoß legte.

»Du und Rom, ihr müsst jetzt zusammenhalten. Rom braucht dich jetzt. Und du brauchst ihn. Mary Mac wird sich eine Zeit lang um dich kümmern. Der Wirt hat ihr dafür freigegeben. Ich komme dann morgen wieder vorbei. Aber lass mich holen, wann immer du mich brauchst, ob Tag oder Nacht. Wenn du reden willst – ich bin für dich da.«

Clytie war so müde, dass sie nicht mal weinen konnte. Sie hatte jede Hoffnung verloren. Ihr Baby, dieses kostbare Geschenk, war ihr wieder entrissen worden. *Das ist nicht fair – ich durfte ihn bloß fünf Tage lang behalten. Ein unerklärlicher Zufall?* Sie hätte schreien können, wollte den Schöpfer Aller Dinge verfluchen.

Sie wartete, bis es im Haus wieder ruhig geworden war. Shadow schaute vom Fußende des Bettes zu ihr auf.

Docs Worte wollten ihr nicht mehr aus dem Kopf gehen. *Rom braucht dich jetzt … und du brauchst ihn.*

Sie riss den Brief auf. Was er schrieb, war zeitlos, ein Bericht von einem Krieg, der ebenso gut auf einem anderen Planeten hätte stattfinden können, so entrückt war er für Clytie. Er begann auf die übliche zynische Art, voller Soldatenhumor. Rom beschrieb das ganze Durcheinander, den starken Kontrast zwischen den disziplinierten regulären Soldaten und dem wilden Haufen Freiwilliger, den Mischmasch von Soldaten und Offizieren aus allen Ecken und Winkeln des britischen Empires.

Zwischen den humorvolleren Geschichten fanden sich herzzerreißende Einblicke in die Realität des Guerillakriegs der Buren: »Sag's nicht weiter, aber ich halte die Buren für die besten Schützen der Welt – ihre Sehschärfe ist phänomenal.«

Er schrieb nichts über den Tommy, den er laut Holy Maude gerettet haben sollte, wie es in einigen britischen Depeschen erwähnt worden war. Aber einen kurzen Bericht gab es, der ausgesprochen plastisch war.

Da lag ich also, in diesem Schützengraben, und unterhielt mich mit einem Knaben aus Queensland über Kricket. Er hat mich was gefragt, und ich hab ihm den Kopf zugedreht, um zu antworten, und da hatte er plötzlich ein sauberes Loch in der Stirn. Hat überhaupt nichts gespürt, war einfach weg. Wenn sie deine Nummer ziehen, kannst du nichts dagegen machen. Ich hab von da an den Kopf schön eingezogen, das kannst du mir glauben!

Schreib mir bald wieder, ja? Ich bin ganz wild auf deine fröhlichen, munteren Briefe – das ist wie ein frischer Wind in dieser gnadenlosen Hitze. Hitze bei Tag und Knochenkälte bei Nacht.

Immer der Deine, Rom

Clytie wiederholte es laut wie ein Mantra: »Immer der Deine, Rom.«

Sie lag stundenlang wach und schaute hinaus zu den Sternen, ließ die verlorenen Tage der letzten Zeit an sich vorbeiziehen. Die Schmerzen der Geburt, die in einer jähen Freude über das Kind gipfelten. Wie Robert ihren Finger gepackt und sie angesehen hatte. Sein herrlicher Babygeruch. Das ergab alles keinen Sinn.

Das einzig Reale, das einzig Greifbare war Roms Brief, daher beschloss sie, sich daran festzuhalten. Sie las ihn erneut durch, konnte fast seine Stimme hören, als sie las: »*Ich bin ganz wild auf deine fröhlichen, munteren Briefe ...*«

Stunden vergingen. Bei Tagesanbruch waren ihre Augen noch immer trocken. Keine einzige Träne benetzte ihre Wangen, ihr ganzer Schmerz war in ihr gefangen, wie ein riesiger Kloß, der ihren ganzen Körper einnahm. Innerlich weinte sie, war untröstlich. Der Kummer drohte sie zu überwältigen. Es gab nur eins, was sie jetzt noch tun konnte: Sie konnte Rom schreiben.

Er hatte nie etwas dazu gesagt, dass sie schwanger geworden war. Aber vielleicht hatte er diesen Brief ja nie bekommen. Vielleicht war er verloren gegangen wie so viele Briefe in diesem Krieg. Verloren in einem der Züge, die entgleist waren, weil die Buren die Schienen herausrissen hatten, um den Briten die Versorgungswege abzuschneiden.

Der Tod ist überall um ihn herum. Da braucht er nicht auch noch zu erfahren, dass unser Kind gestorben ist. Was er braucht, ist etwas, worauf er hoffen kann.

Clytie tunkte die Feder ins Tintenfässchen und überlegte. Aber die Tinte trocknete, denn ihr wollte nichts einfallen.

Erst als sie ihm von all den Geschenken und der Fürsorge der Leute von Hope berichtete – in dem fröhlichen, munteren Ton, den er so liebte – und von Holy Maudes Geheimnis und der Schönheit des anbrechenden Frühlings, begannen ihre Tränen zu fließen. Denn ihr war wieder dieses Haarbüschel im Nacken des kleinen Robert eingefallen, das geformt war wie eine bourbonische Lilie, eine *Fleur-de-Lys*.

Es fühlte sich an wie ein verzweifelter Brückenschlag in eine graue freudlose Zukunft. Sie unterzeichnete ebenso wie er: *Immer die Deine, Clytie.*

Erschöpft von der Anstrengung, fröhlich und munter zu erscheinen, händigte sie Mary Mac den Brief aus, die ihn zur Post bringen würde. Dann drehte sie sich mit dem Gesicht zur Wand und fiel in einen tiefen Schlaf.

Zweiter Teil
1901 – 1902

Nun, da unsere Reise sich dem Ende zuneigt,
wen bemitleidest du am meisten von uns dreien?
Meinen Freund, die Mätresse meines Freundes
mit ihren lüsternen Augen oder mich?

Robert Browning, 1812 – 1889

24

Ein trüber Himmel hing über der Port Phillip Bay, ein Himmel aus rostbraunem Stahl. Finch hatte sich inzwischen an das Stampfen und Rollen des Schiffes gewöhnt, aber der Wind, der ihm aus der tückischen Bass Strait ins Gesicht blies, war kalt wie ein arktischer Winter.

Das Passagierschiff war vollgepackt mit heimkehrenden Soldaten, einigen Hunderten Freiwilligen, die meisten vom Typhus geschwächt, der der Grund dafür war, warum sie nicht mehr an die Front hatten zurückgeschickt werden können. Finch war den größten Teil der Reise für sich geblieben, da er unangenehmen Fragen über seinen Status als einziger »Gesunder« unter all den Kranken aus dem Weg gehen wollte. Die zwei australischen Krankenschwestern, die sie auf der Reise begleiteten, würden gleich wieder nach Südafrika zurückkehren, um dort weiter Verwundete zu pflegen.

Der Regen peitschte Finch ins Gesicht, und er spähte mit schmalen Augenschlitzen zur Skyline von Melbourne.

»*Home Sweet Home*, was? Genau wie Madame Melba es besungen hat.«

Finch zuckte zusammen und drehte sich um. Neben ihm an der Reling stand ein junger Krankenpfleger, der seine Arbeit kurz verlassen hatte, um eine zu rauchen. Er zog an einem Stummel, den er mit nikotingelben Fingerspitzen festhielt. Dann bot er Finch eine aus seinem Päckchen an, was dieser höflich ablehnte.

»'s gibt keine bessere Stadt als Melbourne«, behauptete der junge Mann. »Die beste Stadt der Welt.«

»Ich werde es dir wohl glauben müssen«, meinte Finch.

»Ich bin Mick. Hab mein Jahr fürs Empire abgedient. Und du? Warst du ein Regulärer oder ein Freiwilliger? Wo kommst du her?«

Finch wich der Fragenkanonade aus, indem er auf etwas zurückgriff, was Rom immer gesagt hatte: »Ich bin ein rollender Stein, ich setz kein Moos an.«

Mick musterte ihn besorgt. »Alles in Ordnung, Mate? Du siehst so bleich aus wie ein Gespenst.«

»Es ging mir schon mal besser. Aber auch schlechter. Bin ein paarmal seekrank geworden.« Finch verstand sich inzwischen darauf, Fragen auszuweichen. Er hatte selbst genug davon. Genug, auf die er noch immer keine Antwort wusste.

Mick war offenbar in gesprächiger Stimmung. »Wir haben heute noch so einen armen Burschen verloren. Blinddarmentzündung, ist das zu fassen? So ein Pech. Da ist er schon auf dem Weg nach Hause, doch statt ihn abzuholen, kriegen seine Leute jetzt nur noch seine Leiche. Statt einer Willkommensfeier eine Beerdigung. Jetzt müssen sie auf sein Gedenken anstoßen. Der Krieg ist schon verdammt seltsam, wenn du mich fragst.«

Finch nutzte die Gelegenheit und erkundigte sich nach etwas, das ihm schon seit der Abfahrt auf der Seele brannte. »An dem Tag, als wir Südafrika verlassen haben, da hab ich einen Kumpel von mir, Rom Delaney, an der Reling stehen sehen. Aber seitdem konnte ich ihn nicht mehr finden. Kennst du ihn vielleicht?«

»Nö. Aber vielleicht ist er zum Kombüsendienst eingeteilt worden, dann wär's kein Wunder, dass du ihn nicht mehr zu Gesicht bekommen hast. Ihr werdet euch spätestens im Hafen wieder über den Weg laufen, keine Sorge. Oder in den Victorian Barracks, wenn ihr euren Abschied nehmt. Vergiss nicht, deinen ausstehenden Sold abzuholen, Mate!«

Mick salutierte zum Spaß vor Finch, warf seinen Zigarettenstummel über Bord und machte sich wieder auf den Weg zur Krankenstation.

Finch lehnte sich erschöpft an die Reling. Sein Blick hing an der Skyline der Stadt, an den vielen Kirchturmspitzen und hohen Gebäuden, an den Fabrikschornsteinen, die ihre Rußwolken in den Himmel spien. Die grauen Sturmwolken lösten sich ein wenig auf, hier und da war ein Stück blauer Himmel zu sehen. Das Meer in der Bucht war aufgewühlt, und die Stadt spiegelte sich zitternd und zuckend darin. Melbourne – die Hauptstadt von Victoria, die ihren Reichtum den Goldfunden zu verdanken hatte.

Irgendwo weit im Inland lag das Gold Triangle. Laut Rom würde dort ein neues Leben auf ihn warten. Aber stimmte das auch? Nur eine mochte vielleicht die Antwort darauf kennen: ein junges Mädchen aus dem Zirkus.

Er holte das Foto hervor und studierte das unbekannte Gesicht. »Wer bist du?«, fragte er laut. »Freundin? Geliebte? Schwester? Wieso empfinde ich nichts, wenn ich dich ansehe?«

Rom war auch im Hafen nirgends zu entdecken. Finch wurde jedoch von einem jungen Offizier der Heilsarmee angesprochen und bekam einen Handzettel, auf dem die Adresse der Wohltätigkeitsorganisation stand. Der Mann versicherte Finch, dass er dort immer willkommen sei und eine warme

Mahlzeit und ein wenig seelischen Beistand bekommen könne. Der weißblonde Mann bemerkte die eigenartige Ankündigung unter dem Namen des Vereins: eine *Biorama-Vorstellung* – was immer das auch sein mochte.

Die Soldaten marschierten in loser Formation zur Ausmusterung in den Victorian Barracks, der örtlichen Kaserne. Zu Finchs Schrecken musste sich jeder zunächst einer letzten ärztlichen Untersuchung unterziehen, ehe er grünes Licht bekam. Finch absolvierte sie mit fliegenden Fahnen. Er wurde für gesund und fit erklärt und bekam seine Papiere abgestempelt.

Danach ging es noch kurz in die Verwaltung, wo ein Beamter, der müde hinter seinem Schreibtisch saß, jedem der Entlassenen dieselben Fragen stellen musste. Finch hatte die Wahl, ob er seine Uniform behalten oder sie gegen eine kleine Entschädigung abgeben wolle. Der hochgewachsene Mann entschied sich spontan, das Khaki zu behalten. Ob sein Gewehr vom australischen Militär ausgegeben worden sei oder vom britischen? Finch musterte seine Martini-Henry und geriet in Panik. Doch der Beamte zuckte nur mit den Achseln.

»Die ist so veraltet, dass Sie sie gern behalten können – sie ist das Geld für die Rücksendung nach England nicht wert. Könnte nützlich sein, zur Kaninchenjagd. So, dann unterschreiben Sie jetzt noch hier, und Sie bekommen Ihren ausstehenden Sold: fünf Schilling pro Tag, für fünf Wochen. Und mit diesem Bahnpass können Sie umsonst zu Ihrem Heimatort zurückfahren.« Der Mann bot Finch seine Hand. »So, das wär's, jetzt sind Sie wieder auf sich allein gestellt. Viel Glück, Kamerad!«

Finch ließ die Münzen und Banknoten rasch in den Taschen seines Armeemantels verschwinden, ergriff Gewehr und Ranzen und machte sich aus dem Staub. Als er die Kaserne hinter sich ließ, kam er sich vor, als wäre er gerade noch einer Zuchthausstrafe entronnen. Er fühlte sich wie ein Hochstapler.

Die Wolken hatten sich währenddessen ganz aufgelöst, und über Finch breitete sich ein strahlend blauer Himmel aus, der so hell war, dass es ihm in den Augen wehtat. Die Menschen, an denen er vorbeikam, wirkten ordentlich und gut genährt. Er dagegen kam sich in seiner schäbigen Uniform vor wie ein Herumtreiber. Bei einem Mann mit Bowler und feinem Nadelstreifenanzug erkundigte er sich nach dem Young and Jackson's Hotel.

Er kam an einem Zeitungsjungen vorbei, der an einer Ecke stand und die neuesten Nachrichten ausrief. Er hatte ein Plakat neben sich aufgestellt, auf das die neuesten Schlagzeilen geschrieben waren: »Plötzlicher Tod des Melbourne Cup Favoriten schockt Australier.« Und darunter, in viel kleinerer Schrift stand: »V.M.R.-Verlustlisten«.

Als er das sah, musste er laut auflachen.

»Na, jetzt weiß ich, dass ich wieder daheim in Australien bin. Wenn ein totes Rennpferd wichtiger ist als die Gefallenen des Krieges.«

Nach kurzer Überlegung investierte er ein paar Münzen in eine Zeitung und in eine Landkarte von Victoria. Spontan legte er noch eine Postkarte dazu. Darauf prangte ein Bild von *Clean Sweep (gezeugt von Zalinsi)* mit dem Untertitel, »das erste Pferd, das je im selben Jahr den Moonee Valley Cup und den renommierten Melbourne Cup gewann – November 1900«. Vor etwa einem Jahr also.

Ironisch, dass er der einzigen Frau, die er aus seinem kurzen »neuen« Leben kannte – und die er verehrte –, ausgerechnet eine Postkarte mit einem Rennpferd darauf schickte.

Egal. Er adressierte sie an Schwester Heather McQueen, Armeekrankenhaus, Johannesburg. Und schrieb:

> *Bin gesund und wohlbehalten in Melbourne eingetroffen – dank Ihrer ausgezeichneten Pflege. Rom Delaney und ich werden uns jetzt auf den Weg ins Gold Triangle machen. Ich werde Sie nie vergessen, Schwester. Sie sind die Allerbeste! Unterzeichnet: Finch (bis mir mein richtiger Name wieder einfällt)*

Die hübsche Kiwi-Schwester nahm in seiner recht kurzen Erinnerungsspanne eine tragende Rolle ein. *Ich hätte mich ihr gerne erklärt, aber das kann ich ja nicht, ehe ich nicht weiß, ob ich nicht bereits versprochen bin. »Sie sind die Allerbeste!« Was hab ich mir bloß dabei gedacht? Die beste Krankenschwester? Der beste Kamerad? Oder ist sie »The Girl I Left Behind Me«?*

Er warf die Karte in die rote Mailbox, ehe er es sich noch einmal anders überlegen konnte. Beim Gedanken an das Lied, das Rom immer vor sich hin sang, wurde Finch von unerklärlichen Schuldgefühlen gepackt. Er berührte die Brusttasche mit dem Foto der hübschen kleinen Kunstreiterin. Was stimmte nun? War sie wirklich der Schlüssel zu seiner Vergangenheit?

Finch kam ein jäher Gedanke. Er blieb unwillkürlich stehen. Wenn das nun die Jacke eines anderen australischen Soldaten gewesen war? Und wenn dieses Mädchen auf *ihn* wartete? Was würde sie sagen, wenn er, Finch, plötzlich mit diesem Foto bei ihr auftauchte?

Als Finch das prächtige Foyer des Young and Jackson's Hotel betrat, stockte ihm unwillkürlich der Atem. Kristalllüster, goldgerahmte Spiegel, quadratmeterweise dicker, flauschiger Teppichboden, gepolsterte Sofas und Sessel und überall Blumenvasen mit aufwendigen Gestecken. Eine Welt der Reichen und Schönen, die hier in teuren Gewändern umherflanierten. Finch schämte sich in seiner schäbigen Khakiuniform und dem Ranzen.

Er kam sich vor wie Treibgut, das an einen sauberen exotischen Strand gespült worden war, und machte sich tapfer auf den Weg zur Hotelbar. Der große weißblonde Mann bestellte sich ein Bier und suchte sich ein stilles Plätzchen. Dann machte er erst mal Kassensturz. Er musste vorsichtig mit seinem Geld umgehen. Wer wusste schon, wann er wieder Arbeit finden würde. Im Geiste überschlug er, wie viele Schulden ein Mann ohne Namen wohl machen konnte, ehe es auffiel – und man ihn möglicherweise als Deserteur entlarven würde.

Keine Referenzen. Keine Erinnerungen an Kindheit, Beziehungen oder den Kriegseinsatz. Nichts, bevor ich im Krankenhaus zu mir gekommen bin. Aber ich kann gut lesen und schreiben.

Er musste an Schwester McQueens Worte denken: dass ihm die Amnesie zwar seine persönlichen Erinnerungen, aber nicht seine Begabungen oder das Erlernte genommen habe. Dinge wie Schwimmen, Reiten oder Fremdsprachen.

Als Schwester McQueen und die Oberschwester den Soldaten kleine Geschenke überreichten – ein Päckchen Zigaretten, Taschentücher, einen Kamm und eine Postkarte vom Tafelberg –, war ihm sogleich der Anlass eingefallen: der Geburtstag des Königs.

Billy, der Kanadier, der immer alles, was er hatte, mit Finch teilte, hatte diesem einmal kurzerhand sein Banjo in die Hand gedrückt, damit er die Hände zum Aufstehen frei hatte. Rom hatte wieder einmal »The Girl I Left Behind

Me« gepfiffen, und Finch hatte, ohne zu überlegen, angefangen, die Melodie auf dem Banjo zu zupfen.

Schwester McQueen war außer sich vor Freude gewesen. Strahlend hatte sie ausgerufen: »Finch! Sie sind ja ein Naturtalent! Sie könnten in einer Band spielen.«

Aber Finch wusste instinktiv, dass er lediglich ein begabter Amateur war, und hatte bescheiden abgewinkt.

Jetzt, wo er in dieser eleganten Bar saß, musste er daran denken, wie viel Freude es der kleinen Kiwi-Schwester gemacht hatte, ein »verlorenes Talent« bei ihm zu entdecken. Leise wiederholte er für sich die Worte, die er damals zu ihr gesagt hatte.

»Selbst wenn mir mein Name nie wieder einfallen sollte, *Sie* werde ich niemals vergessen …«

»Das will ich auch hoffen, Mate! Aber siezen musste mich deswegen nicht.«

Diese tiefe, kräftige Stimme kannte er doch! Finch zuckte zusammen.

Rom Delaney tauchte an seiner Schulter auf und stellte seinem Kameraden ein frisches, schäumend kaltes Bier hin. Zwinkernd erklärte er: »Das hat sich einsam gefühlt …«

»Rom! Wo zum Teufel hast du nur gesteckt? Ich hab dich bei der Abfahrt an der Reling stehen sehen, aber danach warst du wie vom Erdboden verschluckt.«

Rom tippte sich vielsagend an den Nasenflügel.

»Hab mich als blinder Passagier an Deck geschmuggelt. Anstatt mich in Ketten zu legen, dachten sie, ich könnte mich ebenso gut nützlich machen, und haben mich zum Kombüsendienst eingeteilt. Aber keine Sorge, ich hab dich immer im Auge behalten, Kumpel.«

»Das ist doch ein starkes Stück! Du bist ein richtig krummer Hund, weißt du?«

»Soll das etwa heißen, dass du mich für einen Schwindler hältst?«, erkundigte sich Rom freundlich.

Finchs Antwort fiel ebenso locker aus: »Darauf kannst du einen lassen.«

Rom zupfte seinen Kameraden am Ärmel. »Komm, wir gehen. Hier wimmelt's von Snobs. Und die Weiber hier sind sich zu schade, einen armen Burschen auch nur anzusehen. Ich hab unten im Hafen einen Soldaten von einem *Etablissement* schwärmen hören – anständige Preise und warmherzige Mädel, die einen armen Soldaten, der von der Front heimkehrt, gern willkommen heißen.«

Aber Finch schüttelte resolut den Kopf. »Geh nur, wenn du willst, aber auf mich musst du verzichten.«

»Jetzt sag bloß nicht, du bist noch Jungfrau!«, lachte Rom. »Egal, darum kümmern wir uns.«

»He, das geht dich nichts an! Und falls du's wirklich wissen willst: Nein, ich glaube nicht, dass ich's noch bin.«

»Woher willst du das wissen?«

»Ach, halt die Klappe, ja? Du hast ja keine Ahnung. Ich könnte mit dieser Kunstreiterin verheiratet sein.«

»Es zählt nicht als Fremdgehen, wenn man sich an das Mädel, mit dem man verheiratet ist, nicht mehr erinnern kann. Dafür kann Gott dich nicht zur Rechenschaft ziehen.«

»Seit wann bist du eine Autorität in Sachen Gott?«

»Ich kenn mich aus – gehe ihm schon mein ganzes Leben lang aus dem Weg. Ihm und allen Weibern mit Heiratsabsichten.«

Aber Roms Miene passte nicht zu seinen sorglosen Worten, er wirkte bedrückt, wie Finch bemerkte.

In diesem Moment trat ein untersetzter Mann zu ihnen. Er hatte zwei Gläser mit schäumendem Bier in den Händen, die er feierlich vor sie hinstellte.

»Hier bitte, mein Junge. Willkommen daheim! Wir sind stolz auf euch Helden! Ihr habt Victoria alle Ehre gemacht.« Er bot Finch seine schinkenförmige Pranke. »Burt. Komme aus Bacchus Marsh.«

Als Burt sich wenig später abwandte, um sich mit einem Bekannten zu unterhalten, beugte sich Rom verschwörerisch zu Finch hin und flüsterte: »Er mag dich, Mann. Mich beachtet er nicht, als wäre ich ein Herumtreiber, dem man nicht trauen kann. Deshalb frag du ihn, ob er uns eventuell mitnehmen könnte. Bacchus Marsh liegt auf halbem Weg nach Bitternbird! Worauf wartest du noch? Du bist ein *Kriegsheld*, das hat er selbst gesagt. Also frag ihn, ob wir mit ihm mitfahren dürfen, mach schon, verdammt nochmal!«

Finch blieb nichts anderes übrig, als nachzugeben. Burt lehnte bedauernd ab. Er würde noch ein paar Tage in Melbourne bleiben und die Rennen auf der Flemington verfolgen. Dann tippte er sich höflich an den Hut und wandte sich wieder seinem Bekannten zu.

Rom hatte schon einen Plan in Reserve. »Den Eisenbahnpass hebst du dir vorerst schön auf. Blinde Passagiere wie ich kriegen natürlich keinen ausgestellt. Morgen früh machen wir uns auf den Weg zur Landstraße und sehen, ob wir nicht jemanden finden, der uns ein Stück mitfahren lässt. Heute Nacht können wir im Park schlafen, in den Fitzroy Gardens, die kenne ich. Aber wir brauchen unbedingt noch was zum Aufwärmen – das machst du. Wie viel Geld hast du? Wie lange wird das für uns beide reichen?«

»Was soll das heißen, *für uns beide*? Was ist mit deinem eigenen Sold?«

Geduldig antwortete Rom. »Hast du das vergessen? Ich stehe doch auf der Vermisstenliste. Tote oder Vermisste kriegen keinen Sold mehr, kapiert?«

Aber Finch hatte andere Vorstellungen. »Wir gehen zur Heilsarmee. Digger wie wir und Menschen in Not sind da immer gut aufgehoben. Und auf uns trifft schließlich beides zu.«

Rom seufzte resigniert. »Jesus, sag bloß nicht, ich hab mich mit einem Betbruder eingelassen. Na gut, mir nach.«

Was Finch auch getreulich tat. Aber das, was sie bei ihrer Ankunft im nationalen Hauptquartier der Heilsarmee erwartete, war mehr, als er erhofft hatte.

Rom verdrückte sich und tat, als würde er eine Ausgabe von *The War Cry* lesen, und überließ Finch das Reden. Finch wurde willkommen geheißen und bekam Tee und Sandwiches angeboten. Ein junger Mann in einer etwas aufgepeppten Version einer Khakiuniform verteilte Flugblätter. Auf seinem Uniformkragen war das Zeichen der Heilsarmee eingestickt, aber auf seiner Schirmmütze prangte in goldenen Lettern die Aufschrift *Biorama.*

Sobald sich der junge Mann abgewandt hatte, um sich um andere Ankömmlinge zu kümmern, flüsterte Rom Finch zu: »Biorama? Was soll das denn schon wieder heißen? Ist das eine neue Religion, oder was? Wo sind wir denn hier gelandet? Ich dachte, wir wären bei den Salvos.«

Finch stammelte eine Entschuldigung, denn der hilfsbereite junge Offizier hatte sich wieder zu ihnen umgedreht. »Salvos – das sollte keine Beleidigung sein. Wir meinen natürlich die Salvationists von der Heilsarmee.«

Der junge Heilsarmist schmunzelte nachsichtig. »Tatsächlich tragen wir beide Namen voller Stolz. Biorama ist der Name einer eingetragenen Firma der Heilsarmee, der Australian Kinematographic Company.« Er bot Finch seine Hand. »Brigadier Joseph Perry ist der Leiter unseres Limelight Departments. Wir engagieren uns seit Kurzem intensiv in den neuen Techniken der Kinematografie, Fotografie, Laterna magica und des Diaprojizierens. Ich möchte nicht unbescheiden erscheinen, aber wir sind dabei, Geschichte zu schreiben – in der neuen Industrie der bewegten Bilder. Es ist ein ganz neuer Weg, die Botschaft des Herrn unter die Leute zu bringen.«

Rom machte ein skeptisches Gesicht, aber Finch war hellauf begeistert.

»Wir sind gerade erst mit dem Schiff aus Südafrika eingetroffen, für uns ist das alles vollkommen neu. Wäre es möglich, eine derartige Vorführung einmal ansehen zu dürfen? Mein Kamerad und ich wären wirklich sehr daran interessiert. Ich bin zwar kein Heilsarmist, aber ich glaube an Gott«, versicherte Finch treuherzig.

»Oh, aber gerne, seien Sie herzlich willkommen. Sie kommen gerade zur rechten Zeit.« Der junge Mann überreichte Finch lächelnd eine Eintrittskarte. »Die Vorführung wird heute Abend um zwanzig Uhr im Hinterhof in der Little Bourke Street stattfinden. Sie entschuldigen mich bitte, ich muss bei den Vorbereitungen helfen.«

Rom musterte Finch skeptisch. »Ich weiß nicht, in was du uns da reingezogen hast. Für mich hört sich das an, als würden sie uns jeden Moment schnappen und in einen Fluss tunken, ehe wir ›Ich will gar nicht getauft werden‹ sagen können.«

»Ach, das hier ist die Heilsarmee, das sind nicht die Baptisten. Wovor hast du Angst? Wir werden etwas noch nie Dagewesenes zu sehen bekommen – Diaprojektionen und Filme mit laufenden Bildern!«

Finch zeigte Rom die Eintrittskarte. *Die Heilsarmee lädt ein*, stand dort als Überschrift, darunter in kleineren Druckbuchstaben: *Kinematografische Vorführung und Diaprojektion. Beginn zwanzig Uhr. Eintritt gegen Entgelt. Inhaber der Karte erhält Zutritt.*

»Da steht nicht, wie viel Entgelt«, maulte Rom.

»Eine Spende, nichts weiter. Ich werde ein paar Münzen in die Sammelbüchse tun.«

»Du scheinst dich ja gut auszukennen mit Religion«, meinte Rom mit schmalen Augen. »Ich hab dich im Krankenhaus auch immer irgendwelche Psalmen murmeln hören, während du im Bett lagst.«

»Das stimmt. Ich erinnere mich. Aber leider erinnere ich mich an nichts, was mein früheres Leben angeht. Komm, trink deinen Tee aus. Ich möchte noch einen guten Platz ergattern.«

Finch war so elektrisiert, dass er nicht darauf achtete, ob Rom ihm folgte. Gespannt und voller Vorfreude eilte er in die Little Bourke Street. In dem Hinterhof hatte sich bereits eine Menschenmenge eingefunden. Ein heller Scheinwerfer war auf die glatte Seitenwand eines dreistöckigen Hauses gerichtet und beleuchtete eine riesige Aufschrift: *Wolf's Schnapps*. Das war bestimmt nur eine Werbung und hatte nichts mit der eigentlichen Vorführung zu tun.

Finch folgte dem Lichtstrahl zur Quelle, einer großen Laterna magica, die auf einem Podest am anderen Ende des Hofs aufgebaut worden war. Männer im Biorama-Khaki wuselten herum und trafen letzte Vorbereitungen. Finchs Blick fiel auf einen seltsamen großen kastenförmigen Apparat. Das musste die Kamera beziehungsweise der Vorführapparat für die bewegten Bilder sein!

Unter den Männern fiel Finch vor allem ein großer Mann mit einem buschigen Seehundsbart auf, der die Schirmmütze eines Offiziers trug. Das musste Brigadier Joseph Perry sein, der Pionier der neuen Filmindustrie. Seine Gehilfen trugen alle weiche Stoffkappen mit hochgeklappten Ohrenschützern, wie es bei den Diggern der Brauch war.

Finch war vom ersten bis zum letzten Moment der zweieinhalbstündigen Vorstellung hingerissen. *Soldiers of the Cross* war eine geniale Kombination von sechzehn dramatischen neunzigsekündigen Filmsequenzen und zweihundert Dias mit klassischer Musik untermalt. Finch ersah aus dem Programmheft, dass es sich bei der Musik um die *Große Messe in c-Moll* von Mozart handelte.

Finch war zutiefst beeindruckt von der Großartigkeit und der Dramatik dieser neuen Technik. Ihm fiel das beinahe ehrfürchtige Staunen auf den Gesichtern der Zuschauer auf, als Jesus Lazarus von den Toten erweckte; ihre Angst um eine Frau mit Kind, die von einem römischen Soldaten verfolgt wurde. Die Leute reagierten, als würden sie Bilder von tatsächlichen Ereignissen sehen.

Finch war davon überzeugt, dass dies der Beginn einer neuen Kunstform war, die die Welt im Sturm erobern würde. Am Ende war die Begeisterung so groß, dass die Leute in laute Halleluja-Rufe ausbrachen.

Vollkommen überwältigt drängte er sich durch die Zuschauer nach draußen. Er nahm kaum etwas um sich herum wahr, hatte immer noch die bewegten Bilder der Vorführung vor Augen.

Rom lehnte an einer Telegrafenstange und rauchte eine Zigarette.

»Und, haben sie dich bekehrt?«

»Was ist los mit dir, Rom? Begreifst du nicht, was das heute Abend war? Hier wird Geschichte geschrieben – und wir waren Zeugen!«

»Ich hab's durchaus gesehen. Einige von den Orten kamen

mir verdächtig bekannt vor. Der Tiber, zum Beispiel. Der sah aus wie die Richmond Baths. Und ich könnt schwören, dass sie ein paar von den beweglichen Bildern im Mädchenheim in Murrumbeena gedreht haben.«

Finch ging in die Luft. »Was hast du denn erwartet, Teufel nochmal? Dass die Biorama-Mannschaft nach Jerusalem reisen und alles dort aufnehmen würde? Du bist ein Banause, Rom, ein richtiger Banause!«

Finch stellte zu seinem Schrecken fest, dass er gute Lust hatte, Rom eine reinzuhauen. Er ballte schon die Faust, da hielt er sich im letzten Moment zurück. Entsetzt über seine Gefühlsaufwallungen und seinen Mangel an Selbstkontrolle wandte er sich ab und ging.

Rom ließ ihm Zeit, sich wieder ein wenig abzukühlen, ehe er ihn einholte.

»Hast einen guten Orientierungssinn, Mate. Das ist die richtige Richtung zu den Fitzroy Gardens. Ich hab ein bisschen was für uns besorgt.« Der Abenteurer tätschelte seinen Ranzen.

»Ja, kann mir vorstellen, was du damit meinst«, sagte Finch missbilligend.

»Die Akquise liegt mir im Blut. Das hab ich von Robin Hood: Nimm's von den Reichen und gib's den Armen. Und arm sind wir ja wohl.«

Finch lag ein wenig benebelt neben Rom im Gras und blickte hinauf zu den Sternen. Der von Rom requirierte Rotwein war ihm rasch zu Kopf gestiegen. Die Sterne erschienen ihm wie ein blitzendes, blinkendes Feuerwerk. Er hätte diesen romantischen Anblick lieber mit einem ganz besonderen Mädel geteilt, musste aber stattdessen mit Rom vorliebnehmen. Er fühlte sich genötigt, die Wahrheit zu gestehen.

»Wenn ich dir nicht mein Wort gegeben hätte, dich auf diese verrückte Suche zu begleiten, hätte ich vielleicht bei Schwester McQueen eine Chance gehabt. Ich weiß, sie mochte mich.«

»Heather mag jeden, den sie pflegt, Finch. Und alle verlieben sich in sie. Das ist nun mal typisch für eine gute Krankenschwester. Sie bevorzugen niemanden. Aber wenn die kleine Kiwi nicht mehr im Dienst war … Mann, das war was ganz anderes.« Rom lachte wissend, als gäbe es da Geschichten, die er erzählen könnte.

Der Alkohol hatte Finch mutig gemacht, und so wagte er die Frage zu stellen, die ihn beunruhigte.

»Hattet ihr beiden was miteinander? Du hast sie hoffentlich nicht bloß ausgenutzt und dann sitzen lassen?«

»Bloß eine kleine Kriegsromanze«, entgegnete Rom locker. »Ein Bursche kann schließlich nicht jedes Mal heiraten.«

Finch kam plötzlich ein Gedanke. Er drehte sich Rom zu. »Wartet in deiner Heimatstadt – wo immer das sein mag – etwa auch ein Mädel auf dich?«

»Ist 'ne lange Geschichte, Finch. Ich erzähl's dir ein andermal. Jetzt schlaf.«

Aber Finch war – dank des Weins – in philosophischer Stimmung.

»Hast du schon jemals einen Geist gesehen, Rom?«

»Herrgott nochmal, wie kommst du jetzt darauf?«, fragte Rom, der schon am Einschlafen gewesen war, gereizt. »Sag bloß nicht, du glaubst an all den Unsinn. Das sind doch bloß Ammenmärchen, um den Kindern Angst einzujagen. Wenn man tot ist, dann ist man *tot.* Und jetzt schlaf endlich, verdammt nochmal.«

»Woher willst du wissen, dass es keine gibt? Bloß weil du noch keinem begegnet bist? Das heißt noch lange nicht, dass es keine Menschen gibt, die sie sehen können. Ich selbst bin noch nie einem afrikanischen Pygmäen begegnet, aber ich glaube den Forschern und Experten, wenn sie sagen, dass solche Stämme tatsächlich existieren.«

»Ach, verflucht. Na, jetzt bin ich wieder wach. Also erst mal: Diese Geschichten dienen doch bloß dazu, um den Leuten Angst einzujagen – weil sich die Geister vor deinen Augen in Luft auflösen.«

»Vielleicht. Vielleicht aber auch nicht. Glaubst du, ein Geist vergisst seine Vergangenheit?«

»Wie oft denn noch: Es gibt keine Geister! Was willst du denn beweisen, sag mal?«

»Moment. Was ich sagen will: wenn man beispielsweise im Moment des Todes sein Gedächtnis verliert. Woher willst du wissen, dass *ich* nicht ein Geist bin? Und dass ich nur noch nicht gemerkt habe, dass ich eigentlich tot bin?«

»Herrgott im Himmel!«, brummelte Rom. »Du hast sie wirklich nicht mehr alle. Du *kannst* gar kein Geist sein. Du bist so solide wie ein Mallee-Ochse. Hier, gib mir deinen Arm.«

Finch war überrascht, gehorchte aber. Rom packte sein Handgelenk, so wie Schwester McQueen es immer getan hatte.

»Und was soll das beweisen?«, wollte Finch wissen.

»Bedaure, dass ich deine verrückte Theorie über den Haufen werfen muss, aber ich kann deinen Puls fühlen. Er ist ruhig und kräftig. Deine Haut ist so warm wie meine. Tut mir leid, aber du bist quicklebendig. Und jetzt halt endlich die Klappe und lass mich schlafen, okay?«

Rom drehte sich mit einer leisen Verwünschung zur Seite.

Aber Finch konnte nicht anders: Ihm brannte noch eine letzte Frage auf der Seele. »Angenommen, ich hab bloß deshalb Amnesie, weil ich mich nicht an etwas Schreckliches erinnern will, das ich verbrochen habe …? He, bist du noch wach?«

Die einzige Antwort war Roms Schnarchen.

Finch schob die noch nicht ganz leere Weinflasche von sich. Er schwor sich, von jetzt an keinen Tropfen mehr anzurühren. Wenn er seine Erinnerungen je wieder zurückhaben wollte, brauchte er einen klaren Kopf.

Das Letzte, woran er dachte, ehe er einschlief, war nicht etwa eine Szene aus *Soldiers of the Cross.*

Er sah eine Fotokamera auf einem Dreibein vor sich … Ein Mann war unter dem schwarzen Tuch abgetaucht und machte eine Fotografie. Er machte eine Fotografie von einem kleinen Jungen in einem Matrosenanzug. Aber dieser Junge … *Dieser Junge sieht ja aus wie ich*, stellte Finch verblüfft fest.

25

Finch wurde von einer Stiefelspitze angestupst und schreckte aus dem Schlaf. Verkatert schlug er die Augen auf und sah einen Mann in einer dunkelblauen Uniform vor sich stehen, mit einem hohen Helm auf dem Kopf und einem Schlagstock in der Hand.

Mein Gott! Sie haben mich geschnappt! Ich bin verloren.

»Aufwachen, Soldat! Ich könnte Sie aus zwei Gründen festnehmen: Es ist verboten, im Park Alkohol zu trinken. Und es ist verboten, in öffentlichen Parks zu übernachten. Für das eine wäre eine saftige Geldstrafe fällig. Für das andere ein paar Nächte im Gefängnis.«

Wo bleibt Rom, wenn man ihn braucht? Typisch für ihn, dass er sich verdrückt, sobald Gefahr im Anzug ist, und mich alles allein ausbaden lässt.

»Bitte entschuldigen Sie, Wachtmeister. Wir sind erst gestern mit dem Schiff aus Südafrika eingetroffen, und ich hatte ganz vergessen, wie stark das Bier in Melbourne ist. Das beste Bier der Welt!«, fügte er diplomatisch hinzu.

»Nun gut, da Sie ein Rückkehrer sind, lass ich Sie nochmal mit einer Verwarnung davonkommen.«

Bevor der Wachtmeister ging, wandte er sich noch einmal um und sagte: »Ich wünschte, ich hätte mich auch melden können. Ein ruhmreiches Abenteuer, nicht?«

Finch blieb fast die Antwort im Hals stecken. »Könnte man so sagen, Sir.«

Von wegen ruhmreich! Der sollte mal einen Soldaten mit Bauchschuss sehen, wie der sich die Seele aus dem Leib schreit.

Der Wachtmeister verschwand mit schwingendem Stock.

Kaum dass er weg war, kam Rom hinter einem Baum hervor, dessen Stamm so breit war wie eine Kutsche.

»Siehst du? Hast schon was von mir gelernt. Jetzt verstehst du dich auch schon darauf, dich aus unangenehmen Situationen rauszureden.«

»Gelernt, ja. Aber eher eine schlechte Angewohnheit als eine Tugend. Komm, wir gehen. Du voran, das ist deine Stadt, nicht meine. Jedenfalls fühlt es sich nicht so an. Ich hab einen Blick auf die Landkarte geworfen, Mate. Das da ist unsere Route nach Bitternbird.«

Rom warf dem großen Blonden einen seltsamen Seitenblick zu. »Warum nicht einen kleinen Schlenker nach Hope machen? Es liegt fast auf dem Weg, ist nur ein paar Meilen von Bitternbird entfernt. In Hope gibt's eine Goldmine, die Golden Hope. Freundliche Leute – vor allem die Mädel, wenn du verstehst, was ich meine. Die haben da einen ausgezeichneten Doktor, den besten in ganz Victoria. Das beste Pub und die beste Mineralquelle.«

Finch wurde sogleich misstrauisch. »Wieso sollten wir den Plan ändern?«

»Ach, vertrau mir«, meinte Rom wegwerfend, »es würde dir dort ganz bestimmt gefallen.«

Aber Finch war schrecklich verkatert und in ungnädiger Stimmung.

»Ich bin doch nicht den ganzen weiten Weg aus Südafrika hergekommen, um eine Besichtigungstour zu machen! Ich muss unbedingt dieses Mädel finden! Aber du kannst tun, was du willst. Ich halte mich an die Straße nach Bitternbird – komme, was wolle.«

»Jetzt mach dir nicht gleich ins Hemd, Mann. War doch bloß so eine Idee. Kein Grund, sich gleich zu trennen. Jetzt sind wir schon so weit gekommen, da werden wir das letzte Stück auch noch zusammen bewältigen.«

»Na gut, dann also abgemacht!«

Finch machte sich nervös und unruhig auf den Weg. Er konnte es kaum erwarten, Melbourne hinter sich zu lassen, und pfiff, ohne es zu merken, eine Melodie vor sich hin. Er war überrascht, als Rom sie als »Sarie Marais« identifizierte.

»Du meinst, das ist ein Burenlied?«, fragte Finch erschrocken. »Klingt wie ein Liebeslied.«

»Es ist beides. Die Melodie stammt von einem alten amerikanischen Folksong. Ein Afrikander hat dazu eine neue Melodie verfasst, zu Ehren seiner Frau. Die englische Übersetzung ist äußerst populär. Du hast sie entweder unsere Jungs singen hören oder ein paar von den Kriegsgefangenen. Für die Buren ist es zu einer Art Nationalhymne geworden.«

Finch schlug das Herz bis zum Hals. *Ist dieses Liebeslied der Schlüssel zu meinen Erinnerungen?*

Auf einmal verdunkelte sich der Himmel, und das Wetter ließ die beiden Reisenden jäh im Stich. Der Regen prasselte Finch aufs Haupt, und seine langen hellen Haare klebten an seinem Schädel. Sie schlugen ihre Mantelkragen hoch, schulterten ihre Ranzen und suchten Deckung. Beide hatten kaum Kleidung zum Wechseln. Finch tastete automatisch nach seiner Brusttasche, um sich davon zu überzeugen, dass das Foto des unbekannten Mädchens in Sicherheit war.

Die Sonne kam und ging auf dem Weg der beiden, die sich auf einer Zickzackroute gen Nordwesten bewegten, immer wieder vorangeholfen durch diverse Verkehrsmittel, meist Bauernfahrzeuge.

Finch war schwach vor Hunger, und das besserte seine Stimmung auch nicht gerade.

»Ich weiß wirklich nicht, warum ich mich von dir zu dieser blöden Reise hab überreden lassen! Das Mädchen auf dem Foto bedeutet dir doch nichts! Meine Amnesie ist mein Problem, nicht deins.«

Die Stille zwischen ihnen wog ungewöhnlich schwer und war so vollkommen, dass sie Finch beinahe unnatürlich vorkam. Er bohrte weiter. »Hast du denn kein eigenes Leben?«

Roms Gesicht war vollkommen ausdruckslos. »Du bist mir was schuldig, Mate.«

»Das sagst du andauernd. Aber was hast du denn für mich getan, verdammt nochmal? Ich will keinem was schuldig bleiben.«

»Ich biete dir den Schlüssel zu einem neuen Leben.«

»Aber ich will kein *neues* Leben, kriegst du das nicht in deinen Schädel? Ich will mein altes wiederhaben.«

»Doch, du willst, vertrau mir.«

»Eher vertraue ich einer Kreuzspinne!«

Rom hatte kein Glück – keine Kutsche wollte auf sein Winken anhalten. »Bestimmt weil ich so heruntergekommen aussehe; versuch du's mal. Ich geh derweil in Deckung.«

Finch zog seine Soldatenjacke an und streckte den Daumen raus. Bereits das nächste Vehikel, der Pferdewagen eines Farmers mit Kohlköpfen auf der Ladefläche, hielt an.

Finch lächelte und zeigte auf seine Landkarte. »Sie kommen nicht zufällig in die Nähe von Bitternbird?«

»Glück gehabt, Soldat, das ist ungefähr meine Richtung. Ich kann dich an der Abzweigung absetzen, von da ist es nicht mehr weit. Ist zwar ein kleiner Umweg für mich, aber ich schätze, wir müssen euch Burschen unterstützen, schließlich habt ihr für uns gegen die Buren gekämpft.«

Der Farmer war ein großer breiter Mann mit einem enormen Schmerbauch. Es war klar, dass neben ihm auf dem Kutschbock höchstens eine Person Platz hatte.

»Darf ich meine Sachen hinten drauflegen? Und ich hab noch einen Kameraden dabei.«

Der Farmer riss überrascht die Augen auf. »Na klar, hinten ist ja genug Platz.«

Rom sprang zwischen den Büschen hervor und schwang sich hinten auf die Ladefläche, machte es sich zwischen ihren Bündeln gemütlich.

»Was hab ich dir gesagt, Finch? Halt dich an mich, und dir wird's nie schlecht gehen!«

Finch beachtete ihn nicht.

Auf dem Weg zur Abzweigung erfuhr er alles über den bevorstehenden Melbourne Cup (und welches Pferd favorisiert wurde), welcher Boxer die Weltmeisterschaft im Schwergewicht für sich entscheiden würde und welcher Sprinter das Stawell-Rennen – »Den größten Preis, den ein Sprinter in Victoria gewinnen kann – wenn nicht sogar auf der ganzen Welt«, wie der Farmer prahlte.

»Der erste Bursche, der das *Stawell Gift* gewonnen hat, hat mit Kängurus trainiert, das muss man sich mal vorstellen! Als er sicher war, sie überholen zu können, dachte er sich, versuch's mal mit einem echten Rennen!«

Der Bauch des Farmers hüpfte vor Lachen. Dann bot er Finch seine Pranke.

»Viel Glück, Digger. Ich hoffe, du findest einen Haufen Gold und ein gutes Weib. Wenn du ein schlechtes finden solltest, dann achte auf dein Gold, denn das wäre dann im Nu wieder futsch!«

»Danke fürs Mitnehmen, Mate. Bist 'ne Wucht.«

Finch stand neben Rom und schaute dem Karren nach, der über eine Anhöhe rumpelte und dann in einer Staubwolke verschwand.

Der Wegweiser nach Bitternbird zeigte wie ein einsamer Finger in die richtige Richtung. Die Straße war menschenleer, ein Schwarm krächzender Kakadus flog über den weiten blauen Himmel und verlor sich in der Ferne.

Die beiden marschierten schweigend weiter.

Finch wünschte, er wäre gar nicht erst hergekommen. *Mir wäre es lieber, ich hätte mein altes Leben wieder. Bevor dieser unselige Krieg alles auf den Kopf gestellt hat.*

Als sie den Stadtrand von Bitternbird erreichten, brach Finch das Schweigen. »Hör zu, Rom, die Wahrheit ist, dass wir uns allmählich auf die Nerven gehen. Wie wär's, wenn wir uns eine Weile trennen? Zwei getrennte Augenpaare sehen vielleicht mehr als vier zusammen. Du schaust dich um, und ich suche inzwischen dieses Fotostudio.«

»Wie du willst. Wenn du dort kein Glück haben solltest, dann wende dich an die holde Weiblichkeit. Auch wenn das Gold allmählich knapp wird, die Weiber sind und bleiben ein Hort der Information. Treffen wir uns in zwei Stunden wieder?«

Keiner von beiden besaß eine Uhr. Sie warfen einen Blick zur Rathausuhr, die soeben die volle Stunde schlug.

Rom warf sich den Ranzen über die Schulter und schlenderte davon, ohne auf Finchs Zustimmung zu warten.

Es dauerte nicht lange, und Finch stieß auf das Fotostudio von G. Johnson. Der anwesende Fotograf war sehr freundlich und betrachtete die Fotografie sorgfältig.

»Bedaure, Soldat, aber ich habe den Laden erst vor wenigen Monaten von Johnson übernommen. Er hat das Handtuch geworfen und wollte sein Glück in der Gegend von Kalgoorlie versuchen, wo sie auf eine neue Ader gestoßen sind. Er hat die Brücken hinter sich abgebrochen – hat all seine Unterlagen verbrannt.«

Finch sank das Herz. »Ich muss dieses Mädel unbedingt finden.« *Und herausfinden, ob ich ihr was schuldig bin oder nicht.*

Dafür hatte der Fotograf durchaus Verständnis. »Wie heißt denn die Dame?«

»Weiß ich nicht, Mate. Ich hab mein Gedächtnis verloren.«

»O weh, das ist wirklich ein Problem. Das Einzige, was ich Ihnen raten kann, ist, das Foto überall herumzuzeigen, auch bei der Polizei. Vielleicht können die Ihnen ja weiterhelfen.«

Finch entschied, dass es ratsam wäre, einen großen Bogen ums Wachhaus zu machen. Als er das Ende der Main Street erreichte, wurde ihm ganz schwindelig vor Hitze und vor Hunger. Er zog seine Jacke aus und stopfte sie in seinen Ranzen. Der große weißblonde Mann stand gerade vor einem Laden mit der Aufschrift *Bitternbird Charity Shop. Est. 1873.* Im Schaufenster befand sich eine Gipsbüste mit einem kuriosen Hut, der mit einem Paradiesvogel und bunten Federn geschmückt war.

Im Innern war es herrlich kühl. Der Verkaufsraum war abgedunkelt, die Läden halb heruntergelassen, um die Sonne abzuwehren. Finch war so entkräftet und hungrig, dass er es gerade noch bis zu dem zierlichen kleinen Stühlchen, das für die Kundschaft reserviert war, schaffte und sich erschöpft darauf niederließ.

Die Verkäuferin war eine ungewöhnlich gepflegte ältere Dame, die es eigentlich nicht nötig zu haben schien, Gebrauchtkleidung zu verhökern. Finch ließ seine Augen zufallen. Plötzlich wurde ihm ein großes Glas kaltes Wasser in die Hand gedrückt. Er riss überrascht die Augen auf.

»Hier, mein Junge. Sie sehen ja vollkommen fertig aus. Trinken Sie.«

Finch trank das Glas in einem Zug aus.

»Das ist sehr nett von Ihnen. Aber ich will Ihnen nichts vormachen – ich bin nicht hereingekommen, um etwas zu kaufen.«

»Ich auch nicht. Ich habe nur meine alte Kleidung und meine alten Hüte vorbeigebracht. Ich bin eine freiwillige Helferin – so wie Sie. Sie sind wohl eben erst aus dem Krieg zurückgekehrt?«

»Mein Name ist Finch.«

»Miss Rhoda James«, erwiderte die alte Dame höflich. »Kann ich Ihnen irgendwie helfen?«

Finch zog das Foto hervor. »Ich bin auf der Suche nach diesem Mädchen hier. Das Problem ist, ich habe ihren Namen vergessen. Aber ich muss sie unbedingt finden.«

Miss James beäugte das Foto skeptisch, dann gab sie es wieder zurück.

»Eine Kunstreiterin aus dem Zirkus, na so was! Nein, in solchen Kreisen verkehre ich nicht, tut mir leid.«

»Bitte schauen Sie noch einmal genauer hin. Sie hat ein recht einprägsames Gesicht.«

Die Dame musterte die Fotografie mit ihrer Lorgnette. »Ah ja, jetzt erinnere ich mich! Doch, ich habe die junge Frau schon einmal gesehen, das war auf einer Suffragettenveranstaltung hier im Rathaus. Das ist aber schon ein paar Monate her.«

Finch fiel ein Stein vom Herzen, er wusste selbst nicht, warum. »Sie sind sicher, dass es dasselbe Mädchen war?«

»O ja, ganz sicher. Sie bat mich, die Petition zu unterschreiben – was ich auch getan habe.«

»Wissen Sie vielleicht, wie sie heißt?«

»Leider nein. Aber ich konnte sehen, wie sie mit der Postkutsche abfuhr – also wird sie wohl irgendwo an der Postroute zwischen hier und Hope wohnen.«

»Haben Sie sie seitdem noch einmal gesehen?«

»Nein, aber ich nehme an, dass sie mittlerweile entbunden hat. Wie gesagt, es ist einige Monate her.«

»Entbunden?!«, fragte Finch vollkommen perplex.

»Nun ja, die junge Dame war hochschwanger.« Miss James musterte den Soldaten scharf. »Sie sind doch nicht etwa dafür verantwortlich, junger Mann?!«

»Nein! Aber ich muss sie unbedingt finden.«

Finch zog hastig den Hut und verkrümelte sich mit einem gemurmelten Dankeschön.

Sie hat also ein Kind erwartet! Das wird ja immer komplizierter.

Er fand Rom ausgestreckt auf einer Parkbank vor dem neuen Kriegerdenkmal. Der Herumtreiber rauchte gemächlich ein Zigarillo.

Ein paar junge Gouvernanten kamen mit wuchtigen Kinderwagen aus Rohrgeflecht vorbei. Rom rief ihnen munter ein »Guten Morgen, meine Damen!« zu, aber sie beachteten ihn nicht.

»Wanderarbeiter sind offenbar Luft, Mate.«

»Vielleicht haben die Leute ja Angst, wir würden sie um ein Almosen bitten«, vermutete Finch.

Rom deutete auf das Denkmal mit den Namen der Gefallenen in frischer Goldschrift. »Da steht auch ein Kumpel von mir drauf – der hat's jetzt hinter sich.« Rom zuckte mit den Achseln. »Und? Glück gehabt mit der Fotografie?«

Finch entschied, seine Karten noch nicht aufzudecken, zumindest nicht ganz. »Könnte man so sagen, ja. Eine Dame hat sie wiedererkannt. Sie hat offenbar vor ein paar Monaten eine Suffragettenversammlung hier in Bitternbird besucht.«

»Ach, du Scheiße! Eine verdammte Suffragette! Von denen sollte sich ein Mann tunlichst fernhalten!« Er meinte es nur halb scherzhaft.

Finch hatte auf leeren Magen noch nie richtig denken können – und seiner röhrte geradezu. »Was jetzt? Ich könnte ein Pferd verschlingen, du nicht? Hast du denn nie Hunger?«

»Doch, schon«, meinte Rom gerissen. »Aber mehr nach einem warmen Frauenkörper, wenn du verstehst, was ich meine. Du weißt doch hoffentlich noch, wie das ist, oder?«

»Das geht dich nichts an!«, meinte Finch eisig. Er schwang seinen Ranzen über die Schulter und machte sich auf den Weg.

»He, warte auf mich! Weißt du denn überhaupt, wo's langgeht?«

»Ich hab doch eine Karte. Und die kann ich durchaus lesen, auch wenn ich mein Gedächtnis verloren habe. Das Mädel wohnt höchstwahrscheinlich irgendwo an der Poststrecke nach Hope.«

»Na prima. Also, gehen wir. Zu Fuß wird's ein Weilchen dauern, aber halt dich nur an mich, Mate, und auf dich wartet ein schönes Leben!«

Finch schnaubte verächtlich. »Na, darauf verlass ich mich lieber nicht!«

26

Weihnachten und Neujahr gingen vollkommen an Clytie vorüber.

Heute Abend würde sie zum ersten Mal wieder unter die Leute gehen und eine Veranstaltung aufsuchen – falls sie die Kraft und den Mut dazu aufbrachte. Sie wurde seit Monaten von einer tiefen Melancholie heimgesucht, einem langen dunklen Tunnel der Verzweiflung, aus dem sie nur dank der nimmermüden Unterstützung durch einen kleinen, aber hingebungsvollen Freundeskreis allmählich herausfand.

Doc Hundey hatte seine eher passive Rolle als Zuhörer und Berater aufgegeben und half ihr nun aktiv bei der Genesung. Kopfschüttelnd hatte er sich den tiefen Schnitt an ihrem Handgelenk angesehen, den Clytie damit erklärte, dass ihr das Küchenmesser ausgerutscht sei. Der Arzt sagte nichts, aber seine Miene sprach Bände.

Seitdem nahm er die junge Kunstreiterin öfter zu Krankenbesuchen in den Busch mit. Er behauptete, er brauche ihre Hilfe beim Halten einer Lampe, wenn er eine Wunde versorgte und nicht die Zeit war, zu Schwester Brackens Buschhospital zu fahren oder gar in das größere Krankenhaus in Bitternbird.

Er ermunterte Clytie auch, ihre Arbeit im Gasthof wiederaufzunehmen. Die junge Frau wehrte sich noch dagegen, obwohl selbst Mrs Yeoman ihr ein kleines Briefchen geschickt hatte, in dem sie schrieb, dass sie jederzeit wieder zu ihrer Stelle als Küchengehilfin zurückkehren könne. Clytie wusste, was man im Städtchen über sie redete, über sie und ihr Baby und Rom, der nun offiziell als vermisst galt. Sie hatte keine Briefe mehr von ihm bekommen, die das Gegenteil bewiesen hätten.

Inzwischen war auch die Antwort auf ihre Anfrage ans Kriegsministerium nach mehr Informationen eingetroffen. Die Auskunft war knapp und brutal: Sie müsse erst einen schriftlichen Nachweis einer legalen Verbindung zum Vermissten nachweisen oder einen Grad der Verwandtschaft, ehe man Auskünfte erteilen könne. Unterzeichnet war das Ganze von irgendeinem kleinen Rädchen im Getriebe.

Clytie war so zornig, dass sie den Brief in kleine Fetzen riss und ins Kaminfeuer warf, aufmerksam beobachtet von dem treuen Shadow.

»Wieder eine Sackgasse, Shadow. Vor dem Gesetz bin ich eine gefallene Frau mit einem unehelichen Kind, das obendrein verstorben ist – und ich hab nicht mal einen Brief, in dem Rom seine Vaterschaft anerkennt!«

Shadow senkte den Kopf, als würde er die Schande seines Herrn persönlich spüren.

Clytie war froh um Holy Maudes Begleitung, auf der die Alte bestand, wenn die junge Kunstreiterin einmal pro Woche die Gräber ihrer Lieben aufsuchte: Roberts, Dolores', Lionellos und Missys – und die vier Gräber der »Himmelssöhne«, auf die sie wie immer statt Blumen Kräutersträußchen legte.

Miss Adelaide Hundey schickte regelmäßig durch den Doc Blumen und selbst gemachte Marmelade aus den Brombeeren, die in Hülle und Fülle hinter ihrem Garten wucherten. Auch versorgte sie Clytie gewissenhaft mit Suffragettenlektüre, mit Louisa Lawsons Zeitschrift *The Dawn* sowie Nachrichten über den neuesten politischen Coup von Miss Vida Goldstein.

Es war die Schwester von Doc Hundey, die Clytie gebeten hatte, doch an ihrer Stelle die Suffragettenversammlung im Mechanics Institute zu besuchen, die sie organisiert hatte. Der Brief wurde per Hand überbracht, damit Marj Hornery nicht ihre Nase reinstecken konnte. *Mein Bruder wünscht nicht, dass ich selbst daran teilnehme, da man mich hier ohnehin für eine Verrückte hält, die ins Irrenhaus gehört.* Es folgte ein fast trauriger Nachsatz, den Clytie eigenartig fand: *Vielleicht hat er ja recht.*

Clytie erklärte sich Adelaide zuliebe bereit, es zumindest in Erwägung zu ziehen. Ursprünglich hatte sie nicht die Absicht gehabt, noch einmal eine solche Versammlung zu besuchen (und schon gar nicht hier in Hope), aber die Zeitschrift *The Dawn* las sie mit großem Interesse.

Sie bekam Besuch von Father Donnelly, dem die ganze »Halskragenbrigade«, wie der Doc es ausdrückte, folgte. Aber Clytie fand keinen Trost in den Bemühungen der Seelsorger, die ihr versicherten, dass ihr Robert jetzt »bei den Engeln im Himmel« sei.

Zum Teufel mit dem Himmel. Ich brauche mein Baby hier und jetzt.

Sie hasste es, das Postamt aufsuchen zu müssen und sich Marj Hornerys gehässigen Bemerkungen auszusetzen. Briefe von Rom trafen ohnehin nicht mehr ein. Vor allem jedoch wollte sie einer Begegnung mit Noni aus dem Weg gehen. Sie hätte es nicht ertragen können, sie mit ihrem gesunden Baby zu sehen. Überhaupt ertrug sie den Anblick von Babys nicht mehr – und am allerwenigsten den von Maxi Jantzen.

Als sie an diesem Morgen aus dem General Store herauskam (wieder einmal kein Brief von Rom, weder ein gewöhnlicher noch einer, in dem er seine Vaterschaft anerkannte), kam Sonny Jantzen mit seiner hübschen Kutsche angefahren. Sie hatte keine Zeit mehr, in Deckung zu gehen.

Clytie hatte ihn seit ihrer Begegnung im Diggers' Rest kaum gesehen und hatte auch nie über das gesprochen, was er ihr anvertraut beziehungsweise angedeutet hatte.

Beim Näherkommen bemerkte sie die kleine rundliche Gestalt auf seinem Schoß, und ihr fuhr ein heftiger Stich ins Herz. Der kleine Maximilian Jantzen winkte fröhlich jedem Menschen und jedem Tier zu, dem sie begegneten.

Sonny hielt an, als er sie erreichte. »Sie sehen wohlauf aus, Clytie. Dürfte ich Ihnen anbieten, Sie nach Hause zu fahren? Ich möchte nur kurz sehen, ob Post für uns eingetroffen ist.«

»Vielen Dank, Sonny, aber ich bin auf dem Weg zur Arbeit.« Das war eine unfreiwillige Lüge. Sie zwang sich hinzuzufügen: »Ihr Söhnchen scheint ja prächtig zu gedeihen.«

»O ja und ob! Maxi hat meinem Leben einen neuen Sinn gegeben.« Zögernd fügte er hinzu: »Sie bekommen sicher bald gute Nachrichten aus Südafrika.«

»Danke. Rom Delaney ist wohlauf und wird bald heimkommen. Das schrieb er mir in seinem letzten Brief«, log sie. »Achten Sie gut auf sich, Sonny. Man kann sehen, dass Sie ein sehr guter Vater sind.«

Er zog den Hut vor ihr und fuhr die letzten Meter zum General Store. Dann trug er seinen Sohn in der Armbeuge stolz hinein in den Laden, um ihn von den Anwesenden bewundern zu lassen.

Clytie stolperte blindlings die Straße entlang. Sie konnte

vor Tränen kaum etwas sehen. Vergebens versuchte sie, das runde kleine Gesichtchen des Knaben zu vergessen, der im selben Alter war wie ihr armer kleiner Sohn.

Zornig stieß sie ein leises Stoßgebet aus. »Komm heim, Rom, verdammt nochmal. Und halte einmal in deinem Leben ein Versprechen, du Bastard.«

Als Clytie unter Shadows Führung wieder zuhause bei ihrem Häuschen eintraf, arbeitete Long Sam bereits gewissenhaft im Garten. Der hochgewachsene Chinese hatte während der schlimmsten Zeit ihres Kummers sanft, aber unnachgiebig darauf bestanden, dass sie an seiner Seite im Garten mithalf – zumindest, wenn das Wetter schön war. Jetzt, wo kein Geld mehr von Rom eintraf, weigerte er sich, eine Bezahlung von Clytie anzunehmen, erlaubte ihr aber, Mittagessen für sie beide zu machen – das war ihm sein Stolz und auch der ihre schuldig.

Der Sommer war da und mit ihm eine Fülle von Obst und Gemüse. Der Gemüsegarten trug Früchte, ebenso wie das Passionsfruchtspalier. Clytie wollte sich heute besonders Mühe geben und Sam ein schönes Essen zaubern. Als alles bereit war, bat sie ihn ins Haus.

Er bestand immer drauf, seine Mahlzeiten draußen im Garten einzunehmen, aber das ließ sie diesmal nicht gelten.

»Sam, heute ist der erste Tag, an dem ich mich einigermaßen gut und heiter fühle – und das hab ich Ihrer Freundschaft zu verdanken und den chinesischen Kräutertees, mit denen Sie mich versorgen. Ich habe heute etwas ganz Besonderes für Sie gekocht, ein Gericht, das in Ihrer Heimat sehr beliebt ist, wie ich gehört habe. Bitte kommen Sie doch rein und essen Sie mit mir.«

Sam strahlte beim Anblick des hübsch gedeckten Tischs.

Clytie hatte eine rote Tischdecke aufgezogen und rote Servietten neben die Gedecke gelegt.

»Rot ist in China traditionell eine Glücksfarbe, stimmt's?« Die junge Kunstreiterin wurde mit einem Lächeln belohnt. Sie schenkte Tee aus einer bauchigen Porzellankanne ein, die sie auf dem Kirchenbazar gebraucht gekauft hatte und die auf der Unterseite einen Stempel *Made in China* aufwies. Außerdem hatte sie eine Wand mit einem von Dolores' bunten chinesischen Kimonos geschmückt.

Sam aß schweigend, doch sein Blick huschte immer wieder nervös zur Zimmerecke.

»Schmeckt es nicht, Sam? Seien Sie bitte ehrlich. Ich habe das Gericht zum ersten Mal gekocht.«

Sam nickte und drückte ihr mit einem zerstreuten Murmeln seinen Dank aus, aber sein Blick huschte dennoch immer wieder in diese bestimmte Zimmerecke. Clytie bemerkte, wie sich seine Augen mit Tränen füllten. Er erhob sich betreten und wollte gehen.

»So warten Sie doch, Sam! Was ist denn mit Ihnen?« Clytie trat in die Ecke, die ihn offenbar störte, und berührte nacheinander die Gegenstände, die dort auf einer Kommode aufgebaut waren, um zu sehen, was genau es war. »Ist es das da? Oder das?«

Als sie den Ordner mit den Lola-Montez-Memorabilien berührte, sah sie zu ihrem Schrecken, wie er unwillkürlich den Arm ausstreckte, ihn aber sofort wieder sinken ließ und den Blick abwandte.

Clytie eilte sogleich zu ihm. »Sam, Shadow hat dieses kostbare Buch eines Tages im Busch gefunden und es Rom gebracht. Wer immer diese Mappe zusammengestellt hat, muss Lola Montez aufrichtig bewundert und verehrt haben. Sam, wissen Sie, wer das war?«

Clytie las die Wahrheit in seinem Gesicht. Sie reichte ihm die Mappe. »Sam, wer immer es auch gewesen sein mag, ich möchte, dass Sie die Mappe bekommen.«

»Nein, Miss Clytie«, wehrte er mit trockener, zugeschnürter Stimme ab. »Jungen haben mir gestohlen. Ich dachte, Buch für immer verloren. Bitte behalten Sie und passen gut auf.«

»Aber Sam, könnten Sie mir dann wenigstens etwas über Lola erzählen? Falls es nicht zu schmerzlich für Sie ist? Sie war eine so tolle Frau, eine große Künstlerin und Tänzerin. Ich würde unheimlich gern mehr über sie erfahren. Und Sie sind der Einzige, der sie noch erlebt hat, Sam!«

Sam ließ sich auf einen Hocker sinken, und beide steckten über der Mappe die Köpfe zusammen. Zunächst scheu und stockend, dann mit zunehmender Begeisterung und immer blumigerer Rede erzählte Sam von seiner großen Liebe.

Clytie bedankte sich am Ende aus ganzem Herzen bei ihm. »Jetzt werde ich Lola nie mehr vergessen. Bitte versprechen Sie mir, dass Sie jederzeit herkommen, wenn Sie sich die Mappe ansehen wollen. Sie gehört ja nicht mir – sie gehört Ihnen. Aber ich werde sie gut für Sie aufbewahren, verlassen Sie sich drauf.«

Sam wandte sich in der Tür noch einmal um und lächelte Clytie zu. Da konnte sie für den Bruchteil eines Augenblicks den begeisterten Siebzehnjährigen in ihm erkennen, der so glühend für die große Tänzerin geschwärmt hatte.

Nachdem er gegangen war, saß Clytie noch lange nachdenklich am Feuer, Shadow an ihrer Seite, und dachte über die Liebe nach und darüber, dass sie nie verging, solange ein Mensch sie im Herzen und im Gedächtnis bewahrte.

»Ich hatte meinen kleinen Robert nur fünf kostbare Tage lang. Aber die kann mir keiner mehr nehmen.«

So schmerzlich die Vorstellung auch war, sie erkannte jetzt, dass sie es ihrem kleinen Sohn schuldig war weiterzuleben, wenn sie sein Andenken wirklich ehren wollte.

Clytie holte den letzten eselsohrigen Brief hervor, den sie von Rom erhalten hatte, ehe jede Nachricht von ihm ausblieb. Sie kannte ihn fast auswendig, aber es war vor allem ein Satz, den sie sich immer wieder gern durchlas, fast wie eine Art Ritual, um ihm nahe zu sein. Sie zeichnete den Satz mit ihrem Finger nach, als könnte sie Rom damit selbst berühren.

Laut wiederholte sie seine Worte: »Wenn es mir vergönnt sein sollte, auch nur ein einziges Versprechen zu halten, dann das, dich eines Tages wiederzusehen, Clytie.«

Sie legte den Brief behutsam in die Schatulle zu den anderen zurück und verschloss sie mit dem kleinen Schlüssel.

Mit frischer Entschlossenheit füllte sie eine kleine Wanne mit heißem Wasser und begann, sich gründlich abzuschrubben und das Haar zu waschen. Dann nähte sie die Bluse aus dem feinen weißen Musselinstoff fertig, den sie von der Frau des Methodistenpredigers geschenkt bekommen hatte, die ja selbst erst spät noch Mutter geworden war.

Sie hielt die Bluse hoch, damit Shadow sie begutachten konnte. »Was denkst du? Ich finde, es kann nicht schaden, heute doch zu dieser Versammlung zu gehen, oder? Ich kann mich ja ganz hinten hinsetzen und jederzeit gehen, wenn ich mich unwohl fühlen sollte.«

Shadow, der offenbar froh war, wieder ihr Vertrauter zu sein, spitzte aufmerksam die Ohren.

27

Finch wurde am Morgen aus der Zelle im Wachhaus entlassen. Er wusste nicht einmal, wie das Kaff hieß, in das er geraten war. Er hatte seine Landkarte verloren und sich verirrt. Und jetzt hatte er nicht mal mehr genug Geld für Essen – und von Rom natürlich wieder mal weit und breit keine Spur. Hinzu kam, dass er gestern Abend in dieser Kneipe auf nüchternen Magen ein Bier getrunken hatte, das ihm prompt zu Kopf gestiegen war und ihm nun einen grässlichen Brummschädel bescherte – und ein blaues Auge, das von einer ungewollten Rauferei stammte.

Der bärtige Wachmann drohte Finch streng mit dem Finger.

»Ich lass dich nur gehen, weil du Soldat warst«, erklärte er. »Und jetzt mach dich aus dem Staub und benimm dich, wenn du da bist, wo immer du hängen bleibst.«

Finch ließ sich nicht zweimal bitten und schnürte seinen Ranzen. So rasch er konnte, ließ er den Ort hinter sich. Er fühlte sich wie ein streunender Köter, der überall unerwünscht war. Aber als er Rom auf einer Parkbank schnarchen sah, fiel ihm ein Stein vom Herzen, er konnte es selbst kaum glauben.

»Danke, dass du mich aus dem Polizeigewahrsam geholt hast«, sagte der große weißblonde Mann sarkastisch.

»Hab ich ja gar nicht«, meinte Rom unschuldig. »Das hast du einem Alten zu verdanken, der seinen Sohn im Burenkrieg verloren hat. Er hat die Kaution berappt, wollte aber anonym bleiben.«

»Verdammt anständig von ihm«, meinte Finch überrascht und gerührt. »Frag mich bloß, was aus diesem Iren geworden ist, der mir eine verpasst hat, weil er selbst Pazifist ist.«

»Keine Ahnung. Man kann schließlich nicht die ganze Welt retten, Mate. Aber die Copper haben dich wahrscheinlich aus genau dem gegenteiligen Grund wieder laufen lassen: weil du Buren erledigt hast. Hast nochmal Glück gehabt, Mann.«

Dann fuhr Rom hoch und fragte besorgt: »He, wo hast du deine Flinte gelassen?«

Finch zuckte mit den Schultern. »Die haben sie auf der Wache einkassiert. Ist doch egal.«

Finch fiel auf, dass Rom irgendwie verstimmt war. Er wirkte seltsam gereizt, war unrasiert und zerzaust. Sein Gefährte wechselte unruhig das Thema.

»Hab keine Ahnung, wie's von hier aus weiter nach Hope geht, Mann. Dich brauch ich wohl kaum zu fragen.«

Aber Finch deutete auf den Wegweiser, der ein ganzes Stück weit weg neben der Landstraße stand. *Barnaby's Ridge: 4 Meilen. Hope: 6 Meilen.*

»He, wer hätte das gedacht? Du hast ja eine perfekte Fernsicht, Kumpel. Hättest einen guten Burenscharfschützen abgegeben. Ich wette, die haben sich vor dir verstecken müssen!«

Finch seufzte schwer. »Ich will nie wieder einen Schuss abfeuern, solange ich lebe.«

»Kann ich dir nachfühlen, Mate«, meinte Rom aufrichtig. »Ich hab so viele Tote gesehen, dass es mir für den Rest meines Lebens reicht. Den Gestank von all den Pferdekadavern, die nach dem Massaker von Wilmansrust überall herumlagen, hab ich immer noch in der Nase.«

Finchs Hände zitterten. »Pferde erklären niemandem den Krieg. Aber wir zerren sie trotzdem auf die Schlachtfelder und in den Tod.«

»Das hört sich ja fast so an, als würden ein paar Erinnerungen zurückkehren.«

»Ja, aber nur Ausschnitte – Schlaglichter, wenn du so willst, wie Fotografien. Nichts, woraus sich was machen ließe.«

Sie schlurften Seite an Seite die staubige, löchrige Landstraße entlang, jeder in seine eigenen Gedanken versunken.

Gegen Mittag erreichten sie eine scharfe Biegung und stießen – ja, es ließ sich nicht anders nennen – auf eine Geisterstadt. Sicher war das ein altes Goldgräberstädtchen gewesen. Jetzt stand jedoch nur noch eine Hütte mehr oder weniger aufrecht. Sie hatte ein undichtes Schieferdach und befand sich in einem kleinen Obsthain mit alten, verwitterten Bäumen, deren Früchte bestimmt holzig geworden waren. Alle anderen Häuser und Hütten waren inzwischen ganz oder teilweise eingestürzt. Die meisten besaßen weder Türen noch Fenster, waren längst von Gelegenheitsdieben geplündert worden. Ihre Öffnungen gähnten den Betrachter wie schwarze Löcher an.

Dicht neben dem letzten Haus stand eine wackelige Scheune, deren Torflügel laut im Wind knarrten und schief in den Angeln hingen. Es klang wie ein Vorwurf, verlassen worden zu sein. In dem alten Obstgarten dahinter wuchsen ein paar krumme Apfelbäume, die längst beschnitten gehört hätten. Ein paar schrumpelige kleine Äpfel hingen noch an den Zweigen. Wahrscheinlich ungenießbar.

Rom hatte seine schlechte Laune offenbar überwunden und wirkte wieder ganz munter.

»He, herzlich willkommen in Barnaby's Ridge! Pass auf, wo du hintrittst, im hohen Gras verstecken sich offene Minenschächte, da kann man reinfallen und sich den Hals brechen. Hier gab's mal eine ergiebige Goldader und ein halbes Dutzend Kneipen für die Fossicker. Und natürlich eine nette, entgegenkommende Frau, die einen armen Schürfer gern in ihr Bett gelassen hat – wenn er sich's leisten konnte.«

»Du meinst, das war eine …?«

»Ja klar. Ein Freudenmädchen.« Rom musterte Finch aus schmalen Augen. »Du hast doch nicht etwa vor, ins Kloster zu gehen und ein Keuschheitsgelübde abzulegen, oder?« Als Finch ihn daraufhin vernichtend anblickte, meinte Rom: »Schon gut, schon gut. Geht mich schließlich nichts an.«

Der Herumtreiber schlenderte umher, als würde ihm der Ort gehören. Er pflückte sich einen Apfel. »Die schmecken besser, als sie aussehen, Kumpel. Probier mal, ganz süß.«

»Ich bin nicht wählerisch. Wenn ich's zerkauen kann, schluck ich's auch. Immer noch besser als ein leerer Magen.«

»He, wir haben Glück«, rief Rom. »Da ist Wasser im Brunnen. Und ein Eimer, mit dem wir's raufholen können.«

»Wird uns die Eigentümerin des Hauses das nicht übel nehmen?«

»Ach, die ist bestimmt irgendwo unterwegs und singt Kirchenlieder.«

»Wie bitte? Hier in dieser Gegend? Du machst Witze.«

»Nein, nicht hier. In Hope. Holy Maude schlägt das Tamburin für die Heilsarmee, aber sie ist nicht wählerisch. Sie tut's für jede Konfession – ob Katholiken, Anglikaner, Presbyterianer oder Methodisten. Sie hat eine fahrbare Orgel, mit der sie durch die Gegend zieht und die Kirchen abklappert. Aber keine Sorge, sie hätte nichts dagegen, wenn wir uns ein wenig an ihren Vorräten vergreifen. Wenn sie hier wäre, würde sie uns sicher eine Mahlzeit kochen. Also pflück dir ruhig ein paar von den Äpfeln. Und nachher schauen wir mal in ihre Speisekammer, ob wir Tee finden.«

Finchs Interesse war geweckt. »Hast du sie denn gut gekannt?«

»Ich habe früher bei Cobb & Co., dem Transportunternehmen, gearbeitet und bin diese Strecke regelmäßig abgefahren. Sie hat mir immer ein Tässchen und ein paar warme Scones angeboten. Ich schwör dir, sie hat nichts dagegen, wenn wir uns ein bisschen bedienen.«

Finch folgte Rom in die kleine Küche des Häuschens. Er war neugierig auf diese Frau, die ganz allein hier lebte. Fasziniert betrachtete er die beiden Sepiafotografien auf dem Kaminsims. Auf dem einen war Holy Maude als junge Frau abgebildet.

»Die lächeln nie auf den alten Fotografien«, bemerkte Rom. »Wahrscheinlich weil sie kaum noch Zähne hatten.«

»Die mussten eine ganze Zeit lang vollkommen stillhalten, damit das Foto was wurde. Könntest du minutenlang ein Lächeln halten? Da würdest selbst du wie ein Wasserspeier aussehen.«

Finch sah sich jetzt auch das andere Porträt an. Darauf war ein gutaussehender Mann mit einem schmalen Gesicht, traurigen dunklen Augen und einem buschigen Vollbart abgebildet. Der Rahmen war in einen Trauerflor gehüllt.

»Wer ist das? Ihr verstorbener Mann?«

»Verstorben ist er, aber nicht ihr Mann. Das ist Ned Kelly, unser berühmtester Buschräuber. Von dem musst du doch bestimmt gehört haben? Holy Maude ist mittlerweile zwar potthässlich, aber die Leute glauben, dass sie in ihrer Jugend mal Ned Kellys Geliebte gewesen ist.«

Finch betrachtete das Jugendporträt noch einmal genauer. »Vielleicht stimmt es ja – sie war ein hübsches Mädel.«

Rom wandte sich zu ihm um. »Worauf wartest du? Auf eine goldgerahmte Einladung? Los, nun schau dich schon in der Speisekammer um. Wir brauchen Zucker für den Tee.«

Finch entdeckte ihn auf einem der Regale zwischen den Einweckgläsern, alle hübsch säuberlich beschriftet.

Ein gelbes Schildchen fiel ihm besonders ins Auge. Darauf stand in dicken Lettern *DANGER – Gefahr*.

Finch bekam eine Gänsehaut, auf einmal klopfte ihm das Herz bis zum Hals. Was war bloß los mit ihm? Sollte er das Wort als Warnung auffassen? Er wich stolpernd zurück und verließ hastig mit dem Zucker die Speisekammer.

»Ich hoffe nur, dass sie gute Augen hat. Denn das Rattengift steht im selben Regal wie der Zucker.«

Rom zuckte wegwerfend mit den Achseln. »Ach, keine Sorge um Holy Maude. Der macht so leicht keiner was vor. Sie ist mit allen gut Freund – außer mit Ratten. Und mit den Buren, natürlich.«

»Kann's kaum erwarten, sie mal kennenzulernen«, meinte Finch leichthin.

Im Garten hinter dem Häuschen gab es eine verkohlte Feuerstelle, an der sie ein warmes Feuerchen entzündeten.

Rom ließ sich nie eine Gelegenheit entgehen, die Vorzüge der Aussie-Soldaten zu rühmen. »Deshalb hat unsere Meute auch besser überlebt als die Briten! Wir kommen auch dann zurecht, wenn die Rationen nicht ausreichen und Feuerholz so rar ist wie Zähne in den Schnäbeln von Hühnern. Ich hab immer das eine oder andere herrenlose Geflügel auf verlassenen Farmen aufgetrieben, das ist für mich fast zur zweiten

Natur geworden. Aber die Tommys kommen zumeist aus den Großstädten. Ohne Dosenfutter muss ein Cockney verhungern – keine Ahnung davon, wie man sich vom Veld ernährt.«

Rom zeigte seinen Hut vor, der voller Hühnereier war. »Wie magst du deine Eier?«

Finch fuhr ihn an. »Die hast du doch gestohlen! Aus dem Veld stammen die jedenfalls nicht!«

»Jetzt reg dich ab, Maude sperrt ihr Haus niemals ab. Es gäbe ja auch nichts zu stehlen.«

»Woher willst du das wissen?«

»In dieser Gegend sperrt *niemand* ab – außer wenn er Gold gefunden hat.«

Rom warf eine Handvoll Teeblätter in Finchs Zinnbecher. »Maude lehnt Alkohol ab, hat aber immer den besten Tee aus China im Haus.«

Finch war zu durstig, um den Tee zurückzuweisen. Aber als sein Becher leer war, entschloss er sich, diese Sache ein für alle Mal zu klären – die Spannungen zwischen ihnen waren in letzter Zeit immer stärker geworden.

»Ich bin zu dem Schluss gekommen, dass diese ganze Fahrt ein Betrug ist. Du hast das alles geplant. Das mit Bitternbird war doch bloß ein kleiner Abstecher, um mich in Sicherheit zu wiegen, stimmt's?«

Finch tippte auf das Foto in seiner Brusttasche.

Rom machte große Unschuldsaugen. »Wovon redest du da? Dieses Foto war in *deiner* Jackentasche.«

Finch hielt ihm das Foto mit zornbebenden Händen vor die Nase. »Willst du behaupten, du hättest dieses Mädchen noch nie gesehen?«

»Doch, aber du hast ja nie gefragt«, meinte Rom achselzuckend. »Ihr Name ist Clytie Hart.«

Finch explodierte. »Du verdammter Schuft! Wie soll ich je wieder ein Wort von dir glauben?«

»Ich weiß doch auch nicht alles, Mate. Ich muss auch erst einige Dinge klären. Wir stecken da beide drin.«

»Wo stecken *wir* drin? Was hab ich mit dieser Sache zu tun?«

»Jetzt reg dich ab! Ich schätze, du bist mir was schuldig. Ich brauchte jemanden, dem ich trauen kann.«

Finch hechtete übers Feuer und warf sich auf Rom, legte die Hände um seinen Hals. »Du sagst mir jetzt sofort, *warum*, oder ich erwürg dich, ich schwör's!«

Finch sah rot, ein Zornnebel legte sich auf ihn und entfachte eine regelrechte Blutrünstigkeit – er verlor vollkommen die Kontrolle. Eine surreale Situation.

Sie rollten im Staub umher, hustend, spuckend und mit den Fäusten aufeinander einschlagend. Finch bemerkte das Blut an seinen Händen und zuckte zusammen. Nichts zählte mehr, außer seiner hellen Wut, der tiefen Frustration über seine Situation, Hass und Scham über seine Hilflosigkeit. Er war von dem einzigen Freund, den er auf der ganzen Welt hatte, hereingelegt und angelogen worden. Schließlich war er so entkräftet, dass er den anderen loslassen musste und sich zur Seite rollte.

Rom hustete und würgte. »Jetzt … mach … mal … halblang. Ich brauche einfach einen Vermittler.«

»Einen Vermittler?! Was soll das denn schon wieder heißen?«

Rom rang keuchend nach Luft. »Brief. Seitentasche.«

Finch fasste in die angezeigte Tasche von Roms Jacke und entfaltete einen knittrigen Zettel, der offensichtlich zahllose Male gelesen worden war. Er überflog ihn hastig. Er war mit den Worten unterzeichnet: *Immer die Deine, Clytie.*.

Finch stotterte vor Wut. Jetzt wurde ihm alles klar, die Puzzleteile fügten sich zu einem Ganzen. »Sie schreibt da, *unser Baby wird ein Junge werden, Rom. Möchtest du gern einen Namen für ihn vorschlagen?* Herrgott nochmal, Rom, das bedeutet doch, dass dieses Mädel ein Kind von dir erwartet!«

»Ja, sagt sie. Aber das ist jetzt schon Monate her. Wahrscheinlich ist es inzwischen längst zur Welt gekommen.«

»Monate? Worauf wartest du dann noch, zum Teufel? Warum gehst du nicht zu ihr und stellst dich deiner Verantwortung? Oder bist du nicht sicher, ob das Kind von dir ist?«

Aber das ließ Rom nicht auf Clytie sitzen. »Unmöglich, Clytie würde mich nie anlügen. Sie ist grundehrlich. Ist verrückt nach mir. Das sieht man in ihren Augen, die sind ganz warm und zärtlich. Aber sie würde bestimmt heiraten wollen. Und ich bin ein rollender Stein, ich setz kein Moos an. Oder zumindest war das mal so.«

»Und wieso drückst du dich dann vor ihr?«

»Ich hab sie im Stich gelassen. Bin abgehauen und zur Armee gegangen.«

»Dann wird's höchste Zeit, dass du das wiedergutmachst! Trete ihr gegenüber wie ein Mann – wenn sie dich wirklich liebt, wird sie dir verzeihen. Sie wird froh sein, dass du noch am Leben bist.«

Rom beäugte Finch nachdenklich, als wäre er sich nicht sicher, ob er's darauf beruhen lassen oder besser mit der ganzen Wahrheit herausrücken sollte. »So einfach ist es leider nicht. Da gibt's noch ein Problem.«

Als Finch Rom erneut an die Gurgel wollte, wich dieser tänzelnd seinen haschenden Pranken aus. »Da ist noch ein Brief. In der anderen Brusttasche«, sagte er hastig.

Finch öffnete auch diesen Umschlag und holte einen Zeitungsausschnitt hervor, in dem von Nonis Hochzeit mit George »Sonny« Jantzen berichtet wurde.

»Schau, was hinten draufsteht«, meinte Rom seufzend.

Auf der Rückseite stand in Druckbuchstaben: *Wagen Sie es nicht, nach Hause zurückzukehren.*

Finch schüttelte verwirrt den Kopf. »Du meine Güte, soll das heißen ...?«

Rom seufzte schwer. »Ja, wahrscheinlich. Pech aber auch. Sicher bin ich nicht, aber es scheint, als hätte ich beide Damen geschwängert. Mir liegt nur an der einen – an Clytie. Das mit der anderen war bloß ein kleiner Zeitvertreib. He, es ist nicht so, wie du denkst. Ich wollte Clytie treu sein, das hatte ich mir fest vorgenommen. Das Problem ist nur, ich kann einfach nicht mit ansehen, wenn ein Mädel weint. Dann versuch ich, sie auf die einzige Art zu trösten, die ich kenne.«

Finch war nicht die Spur beeindruckt. »Und schwängerst sie am Ende alle beide!«

»Teufel, nein, das war nicht meine Absicht. Ist eben einfach passiert. Als ich mich zum Kriegsdienst gemeldet hab, wusste ich das noch gar nicht. Aber wenn ich ein Mädel mit Heiratsabsichten sehe, dann krieg ich das Grauen und nehm Reißaus.«

»Das hab ich schon kapiert, glaub mir. Und jetzt hast du nicht den Mumm, deine Suppe allein auszulöffeln, und schiebst mich vor.«

Rom wirkte ungewöhnlich nervös. Seine Hände zuckten.

»Nein! Ich will doch bloß, dass du erst mal die Lage erkundest, siehst, wie's Clytie so geht. Noni interessiert mich nicht, die hat inzwischen gekriegt, was sie immer wollte: Sonny Jantzen. Ich will nur das mit Clytie wieder in Ordnung bringen. Ich will eine zweite Chance. Der Krieg – der hat uns alle verändert, oder?«

»Und wieso musstest du mich da überhaupt mit reinziehen?«

»Ich brauche jemanden, dem ich vertrauen kann. Der diskret rausfindet, was los ist. Sei ehrlich – wenn ich dir nicht vorgemacht hätte, dass das Foto dir gehört – wärst du dann wirklich siebentausend Meilen weit hierhergekommen, bloß um für mich zu vermitteln?«

Darauf gab es nur eine Antwort: Nein. Finch ließ sich das Ganze durch den Kopf gehen. *Was für eine Wahl habe ich im Moment überhaupt? Ich habe weder Arbeit noch Geld. Und wenn sich herausstellt, dass ich ein Deserteur bin, werde ich obendrein gelyncht.*

»Deshalb wolltest du wohl auch unbedingt auf die Vermisstenliste – damit du in Ruhe rausfinden kannst, wie's um Clytie steht?«

Rom seufzte erleichtert. »Danke, Mate. Ich wusste, du würdest das verstehen.«

Stumm tranken sie die Reste des Tees aus und saßen dabei überraschend brüderlich beieinander.

Rom tat sein Bestes, um den Kameraden zu beschwichtigen. »Hope ist nur noch zwei Meilen von hier. Du gehst besser erst mal allein hin, dich kennt man nicht. Keine Sorge, ich finde dich schon. Es gibt da eine alte Schürferhütte, in die wir uns einquartieren können. Ich bleibe vorläufig lieber in Deckung. Aber vergiss nicht, ich behalte dich im Auge. Wenn du Hilfe brauchst, wird mir schon was einfallen.«

Finch winkte überdrüssig ab. »Danke«, sagte er sarkastisch, »herzlichen Dank, Kumpel. Reizend von dir.«

Er sah Rom nach, der mit schleppenden Schritten im Unterholz verschwand. Die fedrigen Blätter der Gummibäume verschwommen allmählich im Abendlicht.

Finch fühlte sich zutiefst einsam und verlassen. Er wusste,

dass das hauptsächlich seine eigene Schuld war, aber das half nicht gerade. Er hockte trübsinnig am Feuer und beäugte Roms Blut an dessen zerkratzten Händen.

Er hatte wenig Lust, die Nacht in dieser unheimlichen Geisterstadt zu verbringen, selbst wenn Holy Maude eine freundliche Frau zu sein schien. Und so schwang er kurzerhand seinen Ranzen über die Schulter und machte sich im hereinbrechenden Abend auf den Weg. Nachdem er eine Meile auf der Landstraße zurückgelegt hatte, lief vor ihm wackelnd ein Wombat über die Straße, was Finch unwillkürlich ein wenig aufmunterte. Nach einer weiteren Meile sah er am Straßenrand die Statue eines Hundes, die ihm reglos entgegenblickte. Zumindest hielt er ihn für eine Statue, bis er nahe genug herangekommen war und sah, wie seine Ohren zuckten.

Als Finch ihn erreichte, schloss der Kelpie sich dem hochgewachsenen Mann an.

»Hallo, mein Bursche, willst du auch da lang?«, sagte Finch überrascht. Der Hund übernahm die Führung.

Als Finch eine Abzweigung erreichte und den linken Weg einschlagen wollte, strich er ihm um die Beine, als wäre dieser ein Schaf, das auf den rechten Weg gebracht werden musste. Finch gehorchte und nahm den anderen. Schon bald erkannte er, dass das der richtige war. Er überquerte eine flache Holzbrücke und sah, dass der linke Weg hinunter zum Fluss führte, wo ein einsamer Brückenpfeiler aus den Fluten ragte. Offenbar war hier kürzlich eine Brücke weggespült worden. Auf einem verblassten gelben Blechschild stand in dicken schwarzen Lettern das Wort *DANGER*. Abermals bekam Finch eine Gänsehaut, und sein Schädel pochte schmerzhaft. Er warf beunruhigt einen Blick zurück.

»Kluger Hund!«, lobte er den Kelpie.

Er kraulte ihm den Kopf, dann sprang das Tier voran eine Anhöhe hinauf. Oben stand eine einsame kleine Hütte, die offenbar im Außengürtel des kleinen Städtchens errichtet worden war. Die untergehende Sonne ließ die Fenster golden aufblitzen. Ein Mädchen trat heraus und schwenkte ein Taschentuch. Winkte sie ihm zu? Oder dem Hund?

Dieser Kelpie scheint genau zu wissen, wo ich hinwill – dabei weiß ich das nicht mal selbst. Vielleicht sollte ich ihm *ja mal das Foto des Mädchens zeigen.*

Bei diesem Gedanken musste er lächeln. Er war mittlerweile so erschöpft, dass er wahrscheinlich sogar auf einer Beerdigung in hysterisches Gelächter ausgebrochen wäre und nicht mehr hätte aufhören können.

Das Erste, was ihm auffiel, als er die Main Street von Hope erreichte, war ein lang gestrecktes prächtiges Gebäude an einer Straßenecke. Die tief stehende Sonne schien auf das verwitterte Schild, das über der Vorderveranda hing, und Finch las: *Diggers' Rest Hotel.*

»Genau das, was ich brauche. Aber leider kann ich mir weder ein Bett noch eine anständige Mahlzeit leisten.«

Der Hund sprang freudig bellend voraus, als hätte er etwas Besonderes anzukündigen.

»He, nicht so aufgeregt, Bursche. Ich bin doch bloß ein abgebrannter Landstreicher, der nicht mal seinen Namen kennt. Aber vielleicht ist's ja ein Name, den ich mir gar nicht leisten könnte.«

In diesem Moment fiel sein Blick auf eine Bekanntmachung am Mechanics Institute: *Heute großer Vortragsabend. Gastsprecherin aus Melbourne – Mrs Enid Mayfield. Jedermann willkommen. Eintritt frei. Kostenlose Verpflegung.*

Finch ließ sich nicht lange bitten.

Er betrat eine eindrucksvolle Halle, die ein wenig an

einen Kirchenraum erinnerte, bloß dass es hier rechts und links vom Mittelgang einfache Bänke gab anstelle von Kirchgestühl. Die Halle füllte sich innerhalb von Minuten mit Besuchern, die meisten davon Frauen, aber auch eine überraschend große Anzahl an Männern, teilweise glatt rasiert, teilweise mit buschigen Backenbärten oder schaufelförmigen Vollbärten, die ihnen bis zur Brust hingen.

Einige der Gesichter waren faltig und wiesen die Spuren eines langen, anstrengenden Lebens auf wie eine Landkarte des Schicksals, mit schmalen Lippen oder verbitterten Mienen. Es gab jedoch auch ein paar junge Leute, die entschlossen wirkten oder einfach bloß neugierig. Finch glaubte zu erkennen, wer angetrunken war und nur ein wenig lästern wollte.

Der Vorhang ging auf, und eine geräumige Bühne wurde sichtbar, mit einem für Australien recht ungewöhnlichen Hintergrundgemälde: die Kulisse eines englischen Fachwerkdörfchens mit Reetdächern und Erkern. Über einem Steinbogen hing ein Porträt des neuen Königs, Edward VII., daneben ein Bild von Florence Nightingale, die aussah, als erwartete sie jeden Moment, heiliggesprochen zu werden.

Wir haben es wohl ihr zu verdanken, dass Rom und ich nicht dem enterischen Fieber zum Opfer gefallen sind. Ihr und all den Krankenschwestern, wie Heather McQueen, die in der Nightingale-Methode geschult wurden.

Eine ältere Frau hakte sich bei Finch unter und führte ihn in eine Ecke des Saals, wo auf einem aufgebockten Tisch Tee und Kekse angeboten wurden. Sie zapfte dem jungen Soldaten aus einem großen Pott eine Tasse heißen Tee.

»Hier, mein Junge, Sie sehen aus, als könnten Sie's gebrauchen. Die Marmeladentörtchen hab ich selbst gemacht.

Sie sind neu in der Stadt, ja? Gerade erst aus Südafrika zurückgekehrt?«

Zwitschernd wie ein Vögelchen lud sie Finch einen Teller mit Cupcakes und Biskuits voll und erkundigte sich fürsorglich, ob er seinen Tee mit Zucker und Milch trinke. Schwatzend führte sie ihn anschließend zu einer Bank an der Wand, wo er sich hinsetzen und den müden Rücken anlehnen konnte. Finch bedankte sich lächelnd bei ihr und konnte dabei kaum den Blick von der gigantischen Hutnadel abwenden oder der braunen Warze an ihrem Kinn, aus der ein borstiges Haar wuchs.

»Ich bin übrigens Holy Maude. Aber lassen Sie sich nicht durch das ›Holy‹ ängstigen, junger Mann. Ich war zu meiner Zeit eine recht flotte Biene.« Sie sagte es voller Stolz. »Bleiben Sie ruhig hier sitzen.«

Finch murmelte hastig ein Dankgebet und schlang das Gebäck hinunter. *Das ist also Ned Kellys letzte Liebe.*

Er hatte ein schlechtes Gewissen, wusste nicht, ob er sich bei der Alten für ihre »Gastfreundschaft in Abwesenheit« bedanken sollte oder nicht.

Sie kehrte mit einem Teller Marmeladentörtchen zurück, den sie ihm ebenfalls aufdrängte. Er bemerkte, dass sie keinen Ehering trug, dafür aber ein schwarzes Traueramulett.

»Wie heißen Sie, mein Junge? Und woher kommen Sie?«

Finch gab der Alten die Hand. »Man nennt mich Finch, Miss Maude. Aber an meinen richtigen Namen kann ich mich nicht mehr erinnern. Auch nicht, woher ich komme. Ich bin im Armeekrankenhaus von Johannesburg aufgewacht und hatte mein Gedächtnis verloren. Amnesie, wissen Sie.«

»Ach, du liebe Güte! Ist das ansteckend?«

Finch grinste erleichtert. »O nein, keine Sorge, es besteht keine Gefahr für Sie. Aber die Ärzte können nicht sagen, ob mein Gedächtnis je wieder zurückkehren wird. Ich kann nur hoffen, dass mich eines Tages irgendjemand wiedererkennt.«

Das wird sich bis morgen Abend in der ganzen Stadt verbreitet haben – darauf würde ich wetten.

Den Hunger, wenn nicht ganz gestillt, so doch wenigstens gezähmt, lehnte sich der blonde Soldat zurück und schaute sich zufrieden um. Die Alte war ganz bestimmt eine Klatschbase, und sie hatte seine Geschichte offensichtlich geschluckt. Fürs Erste war er hier im Warmen und in Sicherheit.

Holy Maude wurde überraschend weggerufen, eine Art Notfall. Sie trippelte davon. Finch bemerkte erst jetzt, dass ein Mann neben ihm saß. Er hatte sandblondes Haar und trug eine maßgeschneiderte Tweedjacke, die allerdings schon bessere Tage gesehen hatte. Wahrscheinlich stammte sie ursprünglich von einem teuren Londoner Schneider. Der Mann besaß dieselben gütigen, traurig-wissenden Augen wie die Ärzte im Lazarett, die Tag für Tag (und oft vergebens) um das Leben der verwundeten jungen Soldaten kämpften.

Der Mann lächelte beruhigend. »Keine Sorge, mein Junge. Diese Stadt ist stolz auf ihre Soldaten. Die werden Sie gut behandeln.« Er bot dem jungen Mann seine Hand. »Ich bin übrigens Robert Hundey, aber hier nennt man mich meist nur den Doc. Ich bin der einzige Arzt in der Stadt. Wenn ich Ihnen irgendwie behilflich sein kann, schauen Sie einfach bei mir in der Praxis vorbei.«

»Vielen Dank, Doktor, das ist sehr freundlich von Ihnen. Aber ich werde wohl nicht allzu lange bleiben.«

Finch musste feststellen, dass dieser gütige Blick aus den grauen Augen fast hypnotisch auf ihn wirkte und ihn in seinen Bann schlug. »Ich bin nur auf der Durchreise. Aber ich suche dieses Mädchen – ihren Namen weiß ich nicht mehr, aber ihr Gesicht würde ich nie vergessen.«

Er war drauf und dran, das Foto hervorzuziehen, doch da senkte sich plötzlich erwartungsvolle Stille über den Saal. Die Veranstaltung begann.

Auf der Bühne erschien ein untersetzter Mann in einem Dreiteiler mit einer dicken Goldkette, die offenbar eine Amtskette darstellen sollte, und warf sich in Pose. Ihm folgten drei ernst dreinblickende Frauen in dunklen hochgeschlossenen Kleidern, mit festem Schuhwerk und schlichten Hüten. Eine hatte eine Staffelei dabei, die sie an einer Seite der Bühne aufstellte und ein Plakat darauf platzierte. Auf dem Plakat stand deutlich lesbar: *Stimmen Sie mit 1 für das Frauenwahlrecht.*

Nach dem wenigen, was Finch bis jetzt über Clytie Hart herausgefunden hatte, war dies ein vielversprechender Anfang. Es konnte gut sein, dass sie heute Abend auch hier war. Es erschienen noch einige, ebenfalls recht nüchtern gekleidete Frauen, meist in Gruppen von zwei oder drei, und nahmen hastig Platz. Aber sosehr Finch auch den Hals reckte, er konnte die Zirkusreiterin nirgends erspähen.

Als es immer noch nicht losgehen wollte, breitete sich Unruhe unter den Anwesenden aus. Ein Mann rief dröhnend, dass es förmlich von den Wänden widerhallte: »He, Twyman, wo hast du die Suffragette versteckt? Hol sie raus, wir beißen schon nicht!«

Twyman fingerte nervös an seiner Goldkette und beugte sich zu den Frauen hin, um sich mit ihnen zu besprechen.

Plötzlich platzte ein Mann in den Saal. Er warf einen besorgten Blick auf den Wachtmeister, der ihn durchwinkte. Die Zuschauer spürten, dass etwas Interessantes im Anmarsch war, und verfolgten gespannt, wie der kleine Mann durch den Mittelgang zur Bühne und zu Twyman hineilte, dem er eilig eine Nachricht zuflüsterte.

Der Councillor trat an den Rand der Tribüne und räusperte sich wichtigtuerisch.

»Meine sehr verehrten Damen und Herren, liebe Anwesende, ich muss Ihnen zu meinem Bedauern mitteilen, dass der Lerderderg eine gefährlich hohe Wassermarke erreicht hat und das Überqueren der Brücke momentan zu gefährlich wäre. Daher wird sich unsere Gastrednerin, Mrs Enid Mayfield, leider noch ein wenig verspäten. Ich kann Ihnen jedoch versichern, dass sich das Warten lohnt, denn die Dame hat wichtige Dinge zum Frauenwahlrecht in Victoria mitzuteilen …«

Seine Worte gingen in einem enttäuschten Stöhnen unter. Die Leute erhoben sich von ihren Sitzen und wandten sich dem Ausgang zu. Die meisten wollten offenbar das sinkende Schiff verlassen.

Da sprang eine junge Frau auf und eilte den Gang entlang zur Bühne. Finch zuckte heftig zusammen. War sie das? Sie hielt beim Laufen ihren Strohhut fest, damit er ihr nicht vom Kopf wehte. Twyman beugte sich zu ihr hinunter, und die beiden besprachen etwas. Die meisten jener, die sich bereits zum Gehen gewandt hatten, blieben stehen und warteten unschlüssig.

»Meine Damen und Herren«, verkündete Twyman, »ich habe eine äußerst ungewöhnliche Ankündigung zu machen. Eine Bewohnerin dieser Stadt hat sich bereit erklärt, uns die Zeit zu vertreiben, während wir auf die Ankunft von Mrs Mayfield warten. Sie möchte uns einen *höchst ungewöhnlichen* Aspekt weiblicher Expertise nahebringen – nun, wie auch immer.« Der untersetzte Politiker winkte ab, als wollte er sagen: *Macht nicht mich dafür verantwortlich* …

Das Mädchen kletterte auf die Bühne. Finch erhob sich unwillkürlich ein wenig aus seinem Sitz. Sie trug eine weiße hochgeschlossene Gibson-Girl-Bluse mit Puffärmeln, die an den Unterarmen eng zuliefen, dazu eine schwarze Krawatte – ein Hinweis auf die Gleichheit der Geschlechter? Ihr Rock endete ein Stückchen über den Fußgelenken und enthüllte hübsche Stiefeletten und ein zierliches Paar Füße.

Finch konnte den Blick nicht von ihrem Gesicht abwenden. Der für die Jahreszeit unpassende Strohhut saß auf einem Berg schwarzer Locken. Eine davon hatte sich gelöst und umrahmte ein herzförmiges Gesichtchen mit großen schwarzen Mandelaugen und vollen, sinnlichen Lippen. Finch fiel auf, dass Clyties Hände zitterten, aber ihrer Stimme merkte man die Nervosität nicht an.

»Meine Damen und Herren, die meisten von Ihnen kennen mich als Küchenmädchen aus dem Diggers' Rest …«

»Mir kannst du jederzeit was servieren, Kleine!«, grölte ein Betrunkener. »Wie wär's mit einem Hausbesuch?«

Die Kumpane des Mannes lachten schallend, aber die Antwort der jungen Frau ließ nicht lange auf sich warten. »Ich glaube kaum, dass das deiner Frau gefallen würde, Jerry O'Brien.«

Anerkennendes Gelächter. Finch war sich jetzt sicher. *Ja, sie ist das Mädel von der Fotografie. Ihre Stimme ist genauso, wie Rom sagt: wie warmer Honig. Aber wo steckt er nur? Nie ist er da, wenn man ihn braucht.*

»Einige von euch sind heute hierhergekommen, um das Stimmrecht für Frauen zu unterstützen, einige sind dagegen, andere noch unentschieden. Wie auch immer, ich bin kein Ersatz für Mrs Mayfield. Ich bin Clytie Hart, eine unverheiratete junge Frau, die davon überzeugt ist, dass Frauen das Stimmrecht besitzen sollten, weil …«

»Sie dann als alte Jungfern sterben können, da sie keiner mehr haben will«, pöbelte ein anderer.

»Besser eine alte Jungfer, als mit einem Kerl verheiratet zu sein, der Frauen misshandelt!«

Die Worte trafen ins Schwarze, denn es breitete sich zustimmendes Gemurmel aus, und nicht wenige nickten mit den Köpfen.

Der Exodus war erfolgreich abgewendet worden. Finch konnte nur bewundern, wie Clytie ihr Publikum im Griff hatte.

»Wie gesagt, ich bin hier, um Sie zu unterhalten. Als Erstes brauche ich zwei tapfere Gentlemen, die so gütig wären, mir ihre Hüte zu borgen.«

Sie suchte sich einen Knaben aus, der sich sogleich bereit erklärte, die angebotenen Bowlerhüte einzusammeln und zu ihr zu bringen.

Clytie nahm auch ihren eigenen Strohhut ab, und ihr Haar fiel in dicken Locken über Schultern und Rücken. Dann begann sie zunächst mit nur einem Bowler zu jonglieren, dann mit beiden. Dabei schritt sie entspannt auf der Bühne auf und ab, als ob sie dafür geboren wäre. Die junge Artistin machte es spannend, indem sie ein paarmal andeutete, die Hüte beinahe fallen zu lassen, und einmal, als beide hoch in der Luft waren, tat sie, als ob sie stolpern würde, und machte eine volle Drehung, ehe sie beide sicher wieder auffing.

Der Ablauf war perfekt, ihre Bewegungen anmutig, ihre Figur schlank und geschmeidig. Um den Leuten eine Freude zu machen, stolperte sie in Richtung Twyman, der erschrocken zurückzuckte, und ließ die Hüte hoch über seinem Kopf kreiseln. Was immer sie auch tat, die Hüte kehrten in ihre Hände zurück wie Bumerangs.

Schließlich verbeugte sie sich vor dem applaudierenden Publikum und ließ die Bowler mit einer dankbaren Geste an die beiden Herren im Publikum zurückgeben.

»Und jetzt bräuchte ich ein Messer. Hat einer der anwesenden Herren zufällig eins dabei? Wie wäre es mit Ihnen, Soldat, hinten in der letzten Reihe?«

Finch erschrak, als sich auf einmal sämtliche Köpfe zu ihm umdrehten. *Jetzt sitz ich in der Falle! Aber sie versucht nur, die Leute am Gehen zu hindern, da kann ich sie doch nicht enttäuschen.*

Ihre amüsiert funkelnden Augen waren direkt auf ihn gerichtet, und er war hilflos, ihnen zu widerstehen. Wie betäubt griff er in seinen Ranzen und holte sein Bowiemesser hervor, das er dem Knaben überreichte, der es wiederum zu Clytie nach vorn brachte.

Die junge Künstlerin strich mit dem Finger über die Schneide, um sie zu testen. Finch konnte nicht anders und rief erschrocken aus: »Vorsicht, das ist scharf!«

»Keine Sorge, Soldat, das bin ich auch«, entgegnete sie mit einem kessen Schmunzeln. Dann hielt sie das große Messer hoch, damit alle es sehen konnten. »Wenn ich mich nicht irre, gehört das einem unserer braven Burschen von den Victorian Mounted Rifles. Wie heißen Sie, Soldat?«

Finch wäre am liebsten im Boden versunken. *Ich bin bloß wegen des Tees und der Kekse gekommen, und jetzt muss sie mich da mit reinziehen.*

Widerwillig rief er seinen Namen, und Clytie bat um einen Applaus für den freiwilligen Helfer. Dann nahm sie das Plakat von der Staffelei, die an der linken Seite der Bühne stand, und hängte stattdessen ihren Strohhut dran. Sie schritt zur anderen Seite. Twyman und die drei Damen suchten hastig in den Kulissen Zuflucht.

Clytie bat um vollkommene Ruhe, und die Anwesenden gehorchten atemlos. Finch sah, wie sie sich auf ihr Ziel konzentrierte, wie sie ausholte und … Das Publikum schnappte nervös nach Luft und verfolgte die Flugbahn des Messers. Es landete zitternd genau in der Mitte des runden Hutes.

Die Zuschauer brachen in frenetischen Applaus aus, sie trampelten und pfiffen. Clytie zog das Messer aus dem Holz der Staffelei und schob einen Finger durch das Loch im Hut, um zu zeigen, dass das Ganze kein Trick war.

Sie verbeugte sich und rief laut: »Sehen Sie? Frauen können alles, wenn sie nur wollen. Wären Sie jetzt bitte so freundlich und würden Sie vortreten, um die Petition zu unterschreiben? Und wenn wir Glück haben, kriegen Frauen das Stimmrecht, ehe das Jahr um ist!«

Finch sah die Katastrophe kommen, konnte sie aber nicht verhindern. Entsetzt verfolgte er die Flugbahn einer großen fauligen Tomate – eines scharlachroten Balles, der Clytie im Gesicht und an der Brust traf und sie über und über mit dem Saft der verdorbenen Frucht besudelte.

Empörte Schreie folgten dieser hinterlistigen Tat. Der Übeltäter wurde sogleich von Sergeant Mangles gepackt und hinausbefördert.

Clytie verbeugte sich mit einem starren Lächeln und ging würdevoll von der Bühne.

Finch drängte sich aufgebracht durch die Menge, er wollte zu ihr gelangen. Da vertrat ihm ein Mann mit einem groben, rot angelaufenen Gesicht den Weg und tippte dem Soldaten seinen fleischigen Finger an die Brust.

»Ihr haltet euch wohl alle für verdammte Helden, was? Mir macht ihr nichts vor! Wieso kämpft ihr überhaupt fürs Empire? Diese Buren sind doch alle Farmer wie wir!«

Finch versuchte sich an ihm vorbeizudrängen. »Ich hab jetzt keine Zeit, mich mit Ihnen über den Krieg zu streiten. Ich muss der Dame zu Hilfe eilen.«

»Was? Dieser Hure?«

In diesem Moment sah Finch Rom in einer Ecke stehen. Er verlor die Beherrschung und ließ seine Faust ins Gesicht des Mannes krachen.

Die Frauen kreischten auf, Finch geriet ins Stolpern und ging zu Boden. Sogleich fielen einige Männer über ihn her und prügelten auf ihn ein. Andere schlossen sich an, wild auf eine Rauferei, egal aus welchem Anlass.

Die Raufenden drängten sich nach draußen ins Freie und kämpften da weiter. Finch und sein Gegner hatten einander umklammert und rollten die schlammige Straße und den Abhang hinunter zur Main Street. Finch keuchte, er pfiff aus dem letzten Loch. Unwillkürlich fiel ihm die Devise der Buren ein: *Wir werden uns nie ergeben, wir kämpfen bis zum bitteren Ende.* Diese kleine Ablenkung war sein Verhängnis: Er wurde von einer fleischigen Faust am Kinn getroffen und fiel bewusstlos in den Matsch. Er sah noch ein Paar schlammige Stiefel und einen Mann, der sich zu ihm hinunterbeugte und ihn auf den Rücken drehte. Seine Hände waren stark und gleichzeitig behutsam.

Sein letzter Gedanke, ehe er ganz das Bewusstsein verlor, war: *Jetzt wird Clytie Hart wieder weg sein …*

28

Clytie war hin- und hergerissen zwischen Wut und Schock. Mit hocherhobenem Kopf verließ sie die Bühne, ließ sich ihre Demütigung aber nicht anmerken. Tomatensaft tropfte ihr vom Gesicht und von der Bluse. In einer letzten trotzigen Geste verbeugte sie sich sarkastisch vor ihrem Publikum und schwenkte ihren Strohhut. Ihr Blick richtete sich dabei auf den Mann, der sie aufs Korn genommen hatte. Sie kannte dieses Gesicht – er war einer der beiden Lüstlinge, die Rom und sie beim Liebesspiel am Billabong beobachtet hatten.

Sie zitterte vor Wut und merkte zu spät, dass sie das Messer des Soldaten umklammert hielt wie eine Waffe. Sie schob es in ihr Täschchen und nahm sich abwesend vor, es dem Soldaten wieder zurückzugeben.

Niemand hielt sie davon ab, den Saal durch den Hinterausgang zu verlassen. Die Rauferei hatte sich inzwischen vor das Gebäude ins Freie verlagert. Fäuste flogen in alle Richtungen – aber der Soldat war nirgends zu sehen. Dass er abgehauen war, konnte sie sich kaum vorstellen. Ein Kriegsveteran wie er? Unwahrscheinlich.

Beunruhigender war, dass Shadow nirgends zu entdecken war. Das passte nicht zu dem treuen Kelpie. Er hatte sie bis jetzt noch nie im Stich gelassen. Clytie eilte direkt zum Seiteneingang des Diggers' Rest, wurde dabei jedoch von einem der Stammgäste, Moggy Mick, durchs Fenster erspäht. Er machte seine Saufkumpanen mit lauter, spöttischer Stimme auf die junge Frau aufmerksam.

»He, Jungs, hat jemand Lust auf verrottete Tomaten? Und auf das Mädel, das sich damit eingerieben hat?«

Die Reaktionen der anderen fielen gemischt aus: Einige grölten vergnügt, andere lachten eher betreten. Clytie beachtete sie nicht.

Mary Mac musste beim Anblick der tropfenden Clytie ihr Lachen abwürgen und sprang ihr sofort hilfreich bei. Sie schälte sie aus ihrer nassen Bluse und wickelte sie in einen Schürzenkittel, der die junge Artistin vom Hals bis zu den Füßen bedeckte – nur die Ärmel fehlten.

»Warum fühlen sich so viele Männer durch das Frauenwahlrecht bedroht?«, beklagte sich Clytie bei ihrer Freundin. »Wieso müssen sie sich bei unseren Veranstaltungen wie Raufbolde und Rowdies aufführen?«

»Ach, die sind doch erst zufrieden, wenn sie voll wie Haubitzen sind«, meinte die Ältere vernünftig, »denen jucken doch immer die Fäuste. Und ein hübsches Mädel wie du ist eine verlockende Zielscheibe.«

»Hübsch? Schau mich doch an – ich sehe aus wie eine Vogelscheuche!«, rief Clytie aufgebracht.

»Ich wäre froh, wenn ich so aussähe«, meinte Mary Mac betrübt. »Na gut, jetzt, wo du hier bist, kannst du dir ja gleich ein bisschen Geld verdienen, indem du mir hilfst.«

»Aber was sagt Mrs Yeoman dazu?«

»Ich bin jetzt hier die Köchin. Und wenn ich sag, dass ich eine Helferin brauche, kann sie schlecht was dagegen einwenden. Keine Sorge, die sagt bestimmt nichts.«

Clytie machte sich an die Arbeit und räumte auf Mary

Macs Bitte die Speisekammer auf. Als sie fertig war, kletterte sie auf die Leiter und stellte vorsichtig Mrs Yeomans kostbaren Glaskrug aufs oberste Regal, wo er am besten aufgehoben war.

Da zupfte plötzlich jemand an ihrem Rocksaum. Clytie fuhr erbost herum, sie befürchtete, dass sich einer von Moggy Micks unseligen Kumpanen hereingeschlichen hatte, um sich »Freiheiten herauszunehmen«. Für Clytie wäre es nicht das erste Mal, dass sie einem von ihnen eins auf die Finger geben musste. Aber als sie hinuntersah, merkte sie, dass ihr nicht etwa eine Männerpranke unter den Rock griff, sondern eine kalte Hundeschnauze, und dass es scharfe Zähne waren, die an ihren Röcken zerrten.

»Shadow! Du bist's!«

Der Kelpie ließ sofort los. Er hatte sorgfältig darauf geachtet, den Stoff nicht einzureißen. Ein tiefes Knurren drang aus seiner Kehle, aber seine Augen waren dabei flehentlich auf sie gerichtet. Clytie kannte diesen Ausdruck und wusste inzwischen, was er bedeutete.

»Was ist los, Junge? Irgendwas stimmt nicht, oder? Komm, zeig's mir!«

Er sprang sogleich zur Tür. Clytie blieb keine Wahl, als ihm zu folgen. Sie streckte den Kopf in die Küche und gab Mary Mac Bescheid. Die stand vor dem Waschbecken und wusch den Tomatensaft aus der weißen Bluse; das Spülwasser hatte sich rot gefärbt wie von Blut.

»Es gibt Schwierigkeiten, ich muss weg. Richte Mrs Yeoman bitte aus, dass es mir leidtut. Ich komme wieder, sobald ich kann.«

Dann rannte sie davon, ohne zu merken, dass sie den Schürzenkittel noch anhatte.

Die Main Street war aufgeweicht und matschig. Clytie

musste den Saum der voluminösen Schürze anheben, damit er nicht schmutzig wurde.

»Langsam, Shadow, ich kann nicht so schnell.«

Als sie merkte, wohin es ging, hielt sie abrupt an. Shadow führte sie zum Haus von Doc Hundey! Aber der Hund ließ sich durch ihr Zögern nicht von seinem Weg abbringen.

Als sie ihr Ziel erreichten, befahl Clytie dem Hund, auf der Veranda sitzen zu bleiben und sich nicht vom Fleck zu rühren.

»Ich hoffe, du hast mich nicht zum Narren gehalten, mein Junge. Ich hab keine Ahnung, was ich hier soll.«

Auf ihr zögerndes Klopfen wurde sogleich aufgemacht, und Doc Hundey bat sie ohne Umschweife herein. »Ah, Clytie, gut dass du da bist. Ich kann deine Hilfe brauchen.«

Die junge Frau folgte dem Doc in eins der Vorderzimmer, wo auf einem provisorischen Operationstisch ein junger Mann ausgestreckt unter einem Laken lag. Die Tatsache, dass das weiße Laken nicht sein Gesicht bedeckte, überzeugte Clytie davon, dass er noch am Leben war. Seine Züge konnte sie momentan nicht erkennen, da sich der Lichtschein hauptsächlich auf seine Wunde konzentrierte. Sie konnte immerhin sehen, dass er auf ein Stück Holz biss, das zur Polsterung mit Stoff umwickelt war.

Ruhig und autoritär befahl Doc Hundey: »Krempel dir die Ärmel hoch und zieh diesen Kittel hier über, um deine Kleidung zu schützen. Wasch dir die Hände. Ich muss sofort operieren, keine Zeit, um ihn in ein Krankenhaus zu bringen. Ich fand ihn bewusstlos auf der Main Street liegen. Er hat viel Blut verloren – er könnte jeden Moment in einen Schockzustand geraten.«

Es roch stark nach Desinfektionsmitteln und nach Alkohol.

Der Mann blutete aus einer Kopfwunde, die das Laken verfärbt hatte. Aber jetzt war keine Zeit für Zimperlichkeit.

»Ich darf dir kein Chloroform geben, Junge, verstehst du?«

Der Soldat blinzelte: Er hatte verstanden. »Brauch ich nicht«, nuschelte er.

Aber den Schluck Whiskey, den ihm der Doc anbot, nahm er ohne Zögern.

Clytie folgte den Anweisungen des Arztes rasch und aufs Wort. Aber ihr Blick wanderte immer wieder zu der Jacke des Soldaten mit den Insignien der Victorian Mounted Rifles.

Der Patient drehte sein Gesicht ins Licht. Seine fiebrig glänzenden Augen hefteten sich auf Clytie, als wollte er sich an ihr festhalten. Sie erkannte ihn trotz des Knebels, der seine Gesichtszüge ein wenig verzerrte – dieses hellblonde schulterlange Haar war unverwechselbar.

»Ich kenne ihn, Doc«, flüsterte sie.

Doc Hundey warf der Kunstreiterin einen kurzen Blick zu. »Ein Bekannter von dir?«

»Ich habe seinen Namen wieder vergessen. Er war auch auf dieser Suffragettenversammlung – er saß ganz hinten an der Wand. Ich … ach, das ist eine lange Geschichte. Ich hatte mir sein Buschmesser ausgeliehen.«

Der Arzt nähte die Wunde rasch zu und legte Nadel und Faden beiseite. Er schmunzelte. »Meine Schwester wird sich jedenfalls sehr freuen, ihn kennenzulernen. Es gibt nicht viele Männer, die sich für das Wahlrecht der Frauen einsetzen.«

»Ich bezweifle, dass das seine Absicht war – ich glaube, er ist bloß wegen des Tees und des kostenlosen Essens in den Saal gekommen. Er sah jedenfalls schrecklich hungrig aus.«

Der Arzt entfernte sanft den Knebel und tätschelte den Patienten an der Schulter.

»Du hast's überstanden, mein Junge. Und jetzt ruh dich aus, morgen geht's dir bestimmt besser.«

Der Soldat blinzelte einmal, als wollte er sagen, er habe verstanden. Sein Blick richtete sich auf Clytie, und er versuchte, ein Lächeln zustande zu bringen – doch dann fielen ihm die Augen zu, und er schlief ein.

Clytie warf einen Blick auf seinen zerkratzten Ranzen und auf seinen Armeemantel. Sie bemerkte das kleine runde Loch im Ärmel.

Der Arzt folgte ihrem Blick. »Ja, das ist wahrscheinlich ein Schussloch. Er hat bestimmt einiges hinter sich. Mehr vielleicht als andere. Er hat bereits eine andere dicke Narbe auf dem Schädel.«

»Wahrscheinlich war er auf dem Weg nach Hause.«

»Irgendwelche Hinweise dürften doch zu finden sein«, meinte der Arzt und durchsuchte die Kleidung des Soldaten.

Clytie steckte das Messer wieder in den Ranzen des Mannes zurück. In der Tasche befand sich nichts, was Aufschluss über ihn gegeben hätte, nur eine zerknitterte Landkarte und ein Briefumschlag, der sorgfältig in ein Taschentuch eingewickelt worden war. Auf dem Umschlag standen weder Absender noch Adresse.

Der Arzt zögerte kurz, ehe er den Umschlag aufmachte. »Es könnte etwas Privates sein. Andererseits würde seine Familie sicher erfahren wollen, dass er sich verletzt hat.«

Er nahm die Fotografie heraus und betrachtete sie mit hochgezogenen Brauen.

»Bist du dir sicher, dass du ihn nicht kennst? Er scheint *dich* jedenfalls zu kennen.«

Er reichte Clytie das Foto. Diese schnappte überrascht nach Luft.

»Dieses Foto hat Rom von mir bekommen! Mein Gott, ich

hoffe, er ist nicht hier, um mir mitzuteilen, dass Rom gefallen ist!«

Sie streckte instinktiv die Hand vor, um den Mann zu wecken, wurde von dem Arzt aber davon abgehalten und sanft weggezogen.

»Ich verstehe ja, dass du dringend wissen willst, was los ist, aber der Bursche ist momentan nicht in der Verfassung, um Fragen zu beantworten. Sobald es ihm gut genug geht, werde ich dich benachrichtigen, versprochen! Aber im Moment kannst du nichts tun. Danke für deine Hilfe! Ich habe keine Ahnung, woher du gewusst hast, dass ich dich brauche, aber wie hat es Shakespeare in *Hamlet* ausgedrückt: ›Es gibt mehr Ding im Himmel und auf Erden …‹«

»… als Eure Schulweisheit sich träumt, Horatio.«

Beide drehten sich überrascht um, denn diese Ergänzung hatte doch tatsächlich der Patient gemurmelt!

»Tja, Clytie, das verspricht, interessant zu werden. Wir haben es hier wohl kaum mit einem gewöhnlichen Soldaten zu tun.«

Clytie gab die Fotografie nur widerwillig zurück. Die war für Rom gewesen – ein Fremder hatte kein Recht darauf.

»Ich wünsch ihm jedenfalls gute Besserung. Aber nicht nur um seinet-, sondern auch um meinetwillen. Er hat mir Frage und Antwort zu stehen. Ich muss wissen, was mit Rom ist.«

Doc Hundey brachte Clytie zur Tür. Er berührte sie behutsam an der Schulter.

»Falls es dir ein Trost sein sollte: Ich werde mir gewissenhaft alles notieren, was er im Schlaf von sich gibt. Ich verletze damit zwar vielleicht das Arztgeheimnis, aber für dich mach ich eine Ausnahme. Wir haben es hier ja auch mit außergewöhnlichen Umständen zu tun.«

Clytie nickte dankbar und verabschiedete sich. Dann eilte

sie zurück zum Hotelgasthof und bat Shadow, der sie jetzt wieder treu begleitete, kurz vor der Hintertür zu warten. Wenig später erschien sie wieder mit einem Knochen für ihn. Sie rubbelte ihm den pelzigen Kopf.

»Braver Junge. Du dienst deinem Herrn wirklich gut. Dieser Soldat, wer immer er auch sein mag, besitzt den Schlüssel zu Rom. So Gott will, ist er am Leben und wohlauf. Ich spüre in meinem Herzen, dass er ganz nahe ist. Du sagst es mir doch sofort, wenn du ihn siehst, oder, Shadow?«

Shadow legte seinen Knochen ab und blickte ihr tief und ernst in die Augen.

»Ach, wenn Hunde reden könnten! Du könntest ein Buch schreiben so dick wie die Bibel, da wette ich, was, Junge?«

Clytie hakte die nächsten paar Tage ungeduldig auf ihrem Kalender ab und zählte die Stunden. Aber sie respektierte die Anweisung des Docs, ihren Patienten nicht zu belästigen, ehe er wieder einigermaßen auf den Beinen war.

Wie immer stattete sie dem Grab ihres Söhnchens einen Besuch ab und legte einen Strauß wilder Blumen auf die Erde. Mit gesenktem Kopf und gefalteten Händen stand sie da, war aber wie immer außerstande, sich mit dem Schöpfer Aller Dinge zu verständigen.

Du hörst doch nur auf die Gebete anderer Menschen. Jetzt bin ich mal dran.

Sie bekam eine Gänsehaut und blickte auf. Am anderen Ende des Friedhofs, unter dem Baum, der die Gräber der Konfessionslosen überschattete, stand eine Gestalt, die ihr bekannt vorkam: War das Rom? In diesem Moment kam ein heftiger Windstoß und warf Clytie beinahe um. Als sie wieder zu dem Baum hinsah, war dort nichts mehr zu sehen. Sie musste sich getäuscht haben.

Am folgenden Tag, es war der Freitag, tauchte Doc Hundey frühmorgens im Diggers' Rest auf, um dort seine Praxis aufzumachen. Clytie war in der Küche, als er hereinkam. Der sandblonde Mann strahlte, brachte also offensichtlich gute Neuigkeiten.

»Unser Unbekannter ist heute zum ersten Mal aufgestanden und hat alles verputzt, was ich … oder besser gesagt, was meine Schwester für ihn gekocht hat. Er hat gesagt, dass er Finch heißt und unter Amnesie leidet – er hat offenbar sein Gedächtnis verloren, und zwar in dieser unseligen Schlacht in Wilmansrust, du erinnerst dich?«

Clytie verzog das Gesicht. Sie wusste natürlich von dem Streit, der um diesen Vorfall entbrannt war. Sie wusste von der Verurteilung der »Aufrührer« durch das imperiale Kriegsgericht der Briten. Einer der drei Soldaten, die man der Meuterei bezichtigt hatte, war sogar zum Tode verurteilt worden, ein Urteil, das später allerdings wieder aufgehoben worden war.

»Rom war doch nicht etwa unter den Gefallenen, oder?«, rief Clytie erschrocken aus. »Ich habe sämtliche Listen durchgesehen – er stand auf keiner!«

»Nein, aber viele sind in Kriegsgefangenschaft geraten oder möglicherweise desertiert. Vielleicht hat man deshalb noch nichts von Rom gehört.«

»Sie meinen, er wurde als ›vermisst, möglicherweise gefallen‹ registriert? Nein, ich weigere mich, das zu glauben! Dieser Finch mag ja vielleicht sein Gedächtnis verloren haben, aber er wird doch wenigstens noch wissen, wo er mein Foto herhat!«

Der Arzt nickte mitfühlend. »Finch hat mir gesagt, dass er dich heute aufsuchen will. Aber versuche, dich bitte zurückzuhalten, Clytie. Er ist noch nicht wieder ganz auf dem Damm.«

»Ich werde schon nicht explodieren«, meinte Clytie missmutig. »Vorausgesetzt, er sagt mir die Wahrheit – wie immer die auch ausfallen mag.« Ihre Lippen zitterten.

Doc Hundey nickte und verschwand in seiner Praxis.

Clytie stürzte sich in die Arbeit, wienerte alles, was in Reichweite kam, egal ob es nötig war oder nicht. Normalerweise hätte sie heute nur einen halben Tag arbeiten müssen, aber sie wollte erst gehen, wenn sie mit diesem Finch geredet hatte.

Rastlos und ungeduldig streckte sie immer wieder den Kopf aus der Tür und hielt nach ihm Ausschau. Schließlich lief sie ganz hinaus zur Straßenecke und schaute die Main Street entlang. Aber es gab nichts zu sehen außer dem alten Holzwagen der O'Gradys, der, voll beladen mit Brettern, vor deren Haus stand.

In diesem Moment sah Clytie im Gegenlicht eine hochgewachsene Gestalt in einer khakifarbenen Soldatenuniform auftauchen, den Hut ins Gesicht gezogen, den Ranzen über der Schulter. Ihr Herz setzte einen Schlag lang aus.

Du bist es – Rom!

Doch plötzlich verfinsterte sich der Himmel, und jäh prasselte Regen hernieder. Der Zauber war vorbei: Clytie konnte deutlich sehen, dass es *nicht* Rom war, sondern nur der hellblonde Mann ohne einen richtigen Namen.

Die ehemalige Kunstreiterin biss sich auf die Lippe. Auf einmal hatte sie keine Lust mehr, ihn zu treffen und zu hören, was er über Rom zu sagen hatte. Dennoch harrte sie aus, blickte ihm im strömenden Regen unverwandt entgegen.

Finch sah Clytie Hart im Regen stehen. Sein Magen krampfte sich unwillkürlich zusammen. Sie blickte ihn an, doch dann machte sie plötzlich kehrt und verschwand im Gasthof. Finch atmete unwillkürlich auf.

Früher oder später muss ich mit ihr reden. Aber das wäre Roms Aufgabe, nicht meine.

Er blieb vor dem Messingschild mit der Aufschrift *Dr. Robert A. Hundey, Praktischer Arzt und Chirurg* stehen und ging dann hinein. Das Wartezimmer war so gut wie leer. Nur noch eine Person saß, klein wie ein runzeliger Kobold, auf einem Stuhl: Holy Maude. Sie war so winzig, dass ihre Füße nicht bis zum Boden reichten.

»Guten Tag, Finch. Ich bin die letzte Patientin vom Doc. Aber ich will nur meine Hustenmedizin abholen. Was haben Sie hier zu tun? Haben Sie sich bei der Rauferei verletzt?«

»Ja. Nein. Das heißt, ich wollte mich nur bei Doc Hundey bedanken.«

Die Alte sagte mit vertraulich gesenkter Stimme: »Machen Sie sich keine Sorgen wegen Ihres verlorenen Namens. Wenn Sie 'ne Weile in Hope bleiben, wird man Ihnen sowieso einen Spitznamen geben. Wenn nicht – dann heißt das, dass man Sie nicht mag. Sagen Sie, kennen Sie meinen Freund Rom Delaney?«

Aber in diesem Moment ging die Tür zur Praxis auf, und der Arzt führte einen alten Mann mit einem krummen Rückgrat und schäbiger Kleidung heraus. Finch blieben weitere Erklärungen glücklicherweise erspart.

Holy Maude krächzte: »Ich hab keine Eile, Doc. Kümmern Sie sich erst mal um diesen braven Burschen hier.«

Aber Finch blieb fest. »Nein danke, Sie kommen als Nächste dran – ich bestehe darauf.«

Holy Maude brauchte nicht lange und tauchte schon wenige Minuten später wieder mit ihrer Medizin auf. Sie tätschelte im Hinausgehen Finchs Arm.

»Ich wünsche Ihnen gute Besserung und Gottes Segen, junger Mann. Möge der Herr Ihnen helfen, Ihr Gedächtnis zurückzuerlangen.«

Finch erhob sich. »Amen! Danke, Miss Maude.«

Drinnen kam Finch sogleich zur Sache.

»Ich will Sie nicht aufhalten, Doktor. Ich wollte mich nur kurz bei Ihnen bedanken, dass Sie mich wieder zusammengeflickt und auf die Beine gebracht haben. Ich steh in Ihrer Schuld. Es tut mir nur leid, dass ich Sie momentan nicht bezahlen kann. Aber ich bin ein kräftiger Mann und nicht dumm, ich werde meine Schulden begleichen, sobald ich Arbeit gefunden habe ...«

Doc Hundey legte eine Hand auf die Schulter des jungen Soldaten und führte ihn sanft zu einem Stuhl.

»Bitte, machen Sie sich wegen der Bezahlung keine Sorgen – ich stelle nie eine Rechnung aus. Die Leute bezahlen mich, wann und wie sie können. Oft mit einer Kiste Gemüse aus dem Garten oder einer Lammhaxe oder einem Bündel Feuerholz. Es ist ein System, das gut funktioniert. Mir fehlt es an nichts.«

»Nun gut, in diesem Fall werde ich eben sehen, wie ich es wiedergutmachen kann, Doktor.«

»Immer mit der Ruhe. Erst mal müssen Sie wieder zu Kräften kommen – und zusehen, dass Sie Ihre Erinnerungen zurückerlangen. Inzwischen sollten Sie allerdings vielleicht Heather McQueen schreiben.«

»Woher kennen Sie diesen Namen?«, fragte Finch überrascht.

»Sie haben ihn mehrmals im Schlaf vor sich hin gemurmelt. Sie haben ausgerufen: ›Ich erinnere mich an gar nichts mehr, aber *Sie* werde ich nie vergessen, Heather McQueen.‹ Sie haben eine Menge geredet.«

»Schwester McQueen ist Krankenschwester in einem Armeehospital in Johannesburg. Sie hat mir den Namen Finch gegeben und ihn in die Papiere eingetragen – bis die Behörden meinen richtigen Namen herausgefunden haben.« Finch erhob sich. »Aber ich will Sie jetzt nicht länger aufhalten.«

»Nur noch einen Augenblick, Finch. Hier kennt Sie niemand. Ich könnte Ihnen ein kurzes Leumundszeugnis ausstellen. Mein Name hat hier in der Gegend ein wenig Gewicht. Es könnte bei der Arbeitssuche nützlich sein.«

»Das ist sehr anständig von Ihnen, Doktor, aber Sie kennen mich doch gar nicht.«

»Ich kenne Sie gut genug. Sie haben mir während des Fiebers eine Menge über Ihren Charakter enthüllt. Wenn Sie von Schwester McQueen sprachen, dann immer nur sehr respektvoll. Ich habe die ganze Nacht an Ihrem Bett gesessen. Australische Soldaten sind berüchtigt für ihre allzu farbige Ausdrucksweise. Aber Sie haben nie geflucht, kein einziges Mal, egal wie stark Ihre Schmerzen waren. Sie haben sogar aus *Romeo und Julia* zitiert. Sie scheinen gebildet zu sein, Finch – und Sie haben gute Manieren. Das genügt für ein Leumundszeugnis.«

Finch sah zu, wie der Arzt einen Bogen Papier zur Hand nahm und ihn sorgfältig beschrieb, wobei er darauf achtete, dass er mit seiner linken Schreibhand nicht die Tinte verwischte. Am Ende fuhr er mit einem Löschpapierroller darüber und faltete das Blatt zu einem Umschlag zusammen, den er mit *Leumundszeugnis* betitelte. Er überreichte ihn dem jungen Soldaten.

»Ich weiß nicht, ob das Ihrem Gedächtnis auf die Sprünge helfen könnte, aber mir ist aufgefallen, dass Sie im Fieber in mehreren Sprachen gesprochen haben, vor allem Französisch und Englisch, aber auch einige Sätze Deutsch. Sie haben beispielsweise den dreiundzwanzigsten Psalm auf Französisch zitiert. Wissen Sie noch, wie er lautet?«

Finch, der fürchtete, dass ihm eine Falle gestellt wurde, zögerte, ehe er antwortete: »L'Eternale est berger … Der Herr ist mein Hirte …«

Der Arzt nickte. »Ich kann selbst ein wenig Französisch und weiß deshalb, dass Sie oft eine veraltete Form von Französisch benutzt haben, vor allem bei den Gebeten. Als Ihr Fieber seinen Höhepunkt erreicht hatte, sagten Sie vor allem immer wieder einen Satz. Ich kann ihn leider nicht auf Französisch wiederholen, aber er lautete folgendermaßen …« Der Arzt ließ den jungen Mann nicht aus den Augen, als er zitierte: »›Und ob ich schon wanderte im finstern Tal, fürchte ich kein Unglück; denn du bist bei mir …‹«

Finch war zutiefst erschüttert. Er sah sich auf einmal als Kind wieder, er stand vor einem jungen Mann, der ihn ernst den französischen Wortlaut dieses Psalms lehrte. *Mein Vater?!*

Die sanfte Stimme des Arztes rief Finch wieder in die Wirklichkeit zurück. »›Und ob ich schon wanderte im finstern Tal, fürchte ich kein Unglück; denn du bist bei mir …‹ Was für zeitlos schöne, tröstliche Worte.«

Finch nickte. Er konnte nichts sagen.

»Bitte lassen Sie sich gelegentlich mal wieder bei mir blicken, Finch. Falls Sie jemanden zum Reden brauchen – ob Freund oder Arzt.«

Finch war überwältigt von der Güte und Freundlichkeit des Arztes – ja, er hatte deswegen beinahe ein schlechtes Gewissen. In seinem derzeitigen prekären Zustand wollten ihm die Tränen kommen, und er blinzelte sie rasch weg.

»Danke«, murmelte er und wandte sich hastig zum Gehen.

Draußen auf der Straße merkte er plötzlich, wie ungeheuer durstig er war. Seine Kehle war regelrecht ausgedörrt. Zu seiner Überraschung stellte er fest, dass er ein paar Münzen in der Tasche hatte. *Wie kommen die denn da rein? Ich dachte, ich wäre total abgebrannt, als ich in Hope eintraf. Wer hat mir die geschenkt?*

Finch überlegte gerade, ob er sich damit ein Bier oder doch lieber eine Tasse Tee kaufen sollte, als er von einem alten Digger in einem schäbigen Overall angesprochen wurde. Das Gesicht des Alten, das aus einem kragenlosen, schmierigen Unterhemd hervorsah, glänzte vor Schweiß. Er sprach mit krächzender Stimme und drückte dem jungen Soldaten freundlich die Hand.

»Gut, dass du wieder auf den Beinen bist, Soldat. Mein Name ist Lucky Jack – weil ich in meinen dreißig Jahren als Fossicker noch nie auch nur ’ne Unze Gold gefunden habe. Bist wohl auf der Durchreise, was, Junge?«

»Nein, ich suche Arbeit. Irgendeinen Tipp?«

»Das kannst du vergessen, mein Sohn. Hier wird’s bald jede Menge Arbeitssuchende geben, denn unsere einzige Mine, die Golden Hope, steht kurz vor der Schließung. Der alte Boss Jantzen schafft es nicht mehr. Und der junge Jantzen, Sonny, ist zwar ein echter Gentleman, aber er hat’s auf der Brust, weißt du – die Schwindsucht. Die kriegt am Ende jeden klein, das sag ich dir.«

Finch hatte allmählich das Gefühl, dass er noch schneller eingehen würde als die Stadt.

»Ich würde alles nehmen, ich bin nicht wählerisch.«

»Du hättest vielleicht mehr Glück in Bendigo, Ballarat oder in Clunes.«

»Na gut, ich werde es mir merken. Aber jetzt muss ich los, ich habe etwas Geschäftliches zu erledigen. Ich bin auf der

Suche nach einer jungen Dame. Miss Clytie Hart. Wissen Sie, wo ich sie finden kann?«

Lucky Jack lachte meckernd. »Was *Geschäftliches*, also? Klar, jeder hier kennt sie.« Der Alte wies mit dem Daumen über die Schulter auf das Hotel. »Du findest die *Dame* in der Hotelküche. Du bist neu hier, mal sehen, vielleicht hast du ja Chancen bei ihr.«

Lucky Jack schaukelte davon und verschwand in der Bar. Finch blickte ihm mit zornig zusammengepressten Lippen nach. Das hatte Rom Delaney angerichtet: Er hatte dieses Mädchen verführt und dann schwanger sitzen lassen – ein Stigma, das sie nie wieder loswerden würde. Jetzt hielt sie jeder für eine liederliche Person.

»Darauf würde ich mich an Ihrer Stelle nicht verlassen«, meinte eine rauchige Frauenstimme. »Dass Sie Chancen bei mir hätten, Finch.«

Finch fuhr herum und sagte: »Einer Frau, die so mit einem Buschmesser umgehen kann wie Sie, würde ich auch nie widersprechen.«

»Sehr klug von Ihnen.« Clytie lächelte, und dabei bildeten sich an ihren Mundwinkeln reizende kleine Grübchen.

»So sieht man sich wieder, Miss Hart.« Um die schmutzige Andeutung des Diggers auszugleichen, zog Finch höflich den Hut vor ihr. »Mein Name ist Finch – aber das ist schon alles, was ich über mich weiß. Doc Hundey hat mich auf der Straße …«

»Ich weiß. Ich hab ihm geholfen, Sie festzuhalten, während er die Platzwunde an Ihrer Stirn vernäht hat.« Sie legte den Kopf schief und musterte den betreffenden Körperteil. »Hm, saubere Arbeit.«

»Dann stehe ich wohl offenbar auch in Ihrer Schuld«, meinte Finch, der auf einmal schwankte, weil ihm ganz schwindelig war. »Bitte entschuldigen Sie, ich muss mich setzen.«

Clytie führte ihn rasch zu einer Bank auf der Seitenveranda des Hotelgasthofs und kehrte kurze Zeit später mit einem großen Glas Orangensaft zurück, das sie ihm behutsam in die Hand drückte.

»Sie sind ja weiß wie die Wand«, sagte sie. »Geht es Ihnen nicht gut?«

»Doch, es geht schon – ich wüsste nur einfach gern, wer ich bin.«

Das hatte er schon so oft gesagt, dass er es beinahe überdrüssig war. Er hatte es satt, sich erklären zu müssen. Er hasste das Netz aus Lügen, in das Rom ihn verstrickt hatte. Und er hasste das Versprechen, das ihn an Rom band. Er hasste es, Roms Mädel anlügen zu müssen.

»Vielleicht ist es ja sogar ein Segen – all die schlimmen Sachen vergessen zu haben«, meinte Clytie aufmunternd.

»Das wäre es auch – aber ich kann mich ja nicht mal an die guten Dinge erinnern.« Finch schwenkte seine Hand vor den Augen. »Nichts! Alles weg! Das Gute wie das Schlechte. Blut und Kot und Eingeweide.« Er sprang erschrocken auf. »Bitte entschuldigen Sie meine Ausdrucksweise, Miss. Ich habe mich zu lange unter Soldaten aufgehalten. Ich weiß gar nicht mehr, wie man sich in Anwesenheit einer Dame benimmt.«

Ihr Lachen war sinnlich und kehlig. »Hier gibt's weit und breit keine Damen, Soldat. Entspannen Sie sich.«

Er wusste nicht, was er darauf sagen sollte. *Ich wünschte nur, Rom wäre hier. Der könnte mir wenigstens einen Rat geben. Wie um alles in der Welt soll ich es anstellen, sie nach dem Baby zu fragen?*

»Bleiben Sie, wo Sie sind, ich bin gleich wieder da«, sagte Clytie und verschwand.

Finch sah, wie sie leichtfüßig die Verandastufen hinuntersprang und um die Ecke zur Küche eilte. Er bewunderte dabei ihre zierliche Wespentaille, die wilden schwarzen Locken, die hoch auf ihrem Kopf aufgetürmt waren und sich durch keine Haarspange zähmen ließen, und die zierlichen Füße, die unter ihrem Rock hervorblitzten. Er war ein wenig erleichtert darüber, dass er Aufschub bekommen hatte. Gleichzeitig war er wütend auf Rom, wütend auf die Ungerechtigkeit, dass es immer das Mädchen war, das den Fehltritt ausbaden musste, niemals der Mann. Dass sie es war, die für immer ihren guten Namen verlor, nicht er.

Sie erschien mit einem vollbeladenen Tablett: ein Teller voller dampfender Würste, Kartoffelpüree, grüne Erbsen mit Pfefferminzsoße und ein Porzellankrug mit Tomatensaft. Dazu Servietten, Besteck und ein Stück Apfelkuchen mit Vanillesoße, extra in einem kleinen Schälchen.

Ihm lief das Wasser im Mund zusammen. »Hören Sie, das kann ich nicht bezahlen.«

»Nicht nötig. Zufälligerweise hab ich heute die Küche unter mir.« Sie zwinkerte verschwörerisch, und ihr Lächeln war richtig ansteckend. »Ich lass Sie dann mal in Ruhe. Aber könnten wir später vielleicht reden, Finch? Über meinen Freund Rom? Rom Delaney.«

Sie sah ihn mit einem flehenden Blick an.

Er nickte und schaute ihr nach, wie sie verschwand. Da kam ihm plötzlich ein Gedanke. Das Foto steckte nach wie vor in seiner Tasche. *Aber sie wird inzwischen wissen, dass ich es habe. Sie wird wissen wollen, wie ich dazu gekommen bin!*

Zu hungrig, um sich weiter Gedanken darüber zu machen, wie er die unliebsame Rolle als Vermittler wieder loswerden sollte, sprach er hastig ein französisches Tischgebet (diese Sprache fiel ihm wirklich leicht) und griff dann mit Feuereifer zum Besteck.

Als sein Hunger gestillt war, musste er erneut an die junge Frau denken und an die Freundlichkeit, mit der sie sich um ihn gekümmert hatte. Die Rom liebte und sehnsüchtig auf seine Rückkehr wartete, gestrandet in diesem engstirnigen Kaff, Zielscheibe von Klatsch und Häme.

Sie ist eine richtige Kämpferin, diese Clytie Hart. Kein Wunder, dass sie auf den Suffragettenzug aufgesprungen ist. Nicht mal eine faule Tomate konnte sie entmutigen.

Da sah er plötzlich Rom auf der anderen Straßenseite unter einer ausladenden Eiche stehen. Er winkte Finch ungeduldig zu sich. Finch stellte seufzend sein Tablett auf den Boden und überquerte die Straße.

»Gott sei Dank, da bist du ja endlich. Sie hat die Fotografie gesehen, die sie dir geschickt hat. Was soll ich ihr jetzt sagen?«

»Das kann warten. Komm mit!«, befahl Rom grimmig.

Finch blieb keine Wahl, und er folgte Rom durch die Main Street und den Kirchberg hinauf. Keuchend konnte er kaum Anschluss halten.

Wir sind auf dem Weg zum Friedhof. Wozu diese Eile? Die sind doch schon alle tot. Finch traf nach Luft ringend am überdachten Eingang des Friedhofs ein.

Rom stand etwas weiter hinten an einem Grab. Er hatte den Hut in der Hand und den Kopf gesenkt. Seine Miene war ernst und aufgewühlt. Finch stellte sich neben ihn und las die Worte auf dem Grabstein.

Zum Gedenken an Robert Hart – geliebt und von Herzen vermisst von seiner Mutter Clytie Ellin Hart, verstorben im Alter von fünf Tagen. Darunter ein Todesdatum, das nur wenige Monate zurücklag.

Finch legte verlegen den Arm um Roms Schultern. »Großer Gott, es tut mir sehr leid, Kumpel. Was für ein Schock für dich.«

»Ach ja? Eins von vier Kindern stirbt, ehe es fünf Jahre alt ist. Meins ist nicht mal eine Woche alt geworden.« Rom fuhr herum und trat Finch entgegen. »Weißt du, was am schlimmsten ist? Dass Clytie meinem Sohn nicht mal den Namen Delaney gegeben hat! Als ob ich nie existiert hätte!«

»Und das willst du *ihr* vorwerfen? Wie hätte sie's anders machen sollen? Sie hatte ja nicht mal ein Stück Papier, das deine Vaterschaft belegt hätte!«

»Ja, ich Trottel hab ihr nicht mal auf ihren Brief geantwortet! Und jetzt ist's zu spät.« Rom schüttelte Finchs Arm ab. »Und du? Bist du jetzt eine Art Rechtsverdreher? Was weißt du schon davon.«

»Was weiß irgendwer? Ich kann dir nur eins mit Sicherheit sagen: Clytie ist ein anständiges Mädchen, egal was die Leute hier auch von ihr halten mögen. Sie hat genug durchgemacht, Rom. Bitte geh endlich zu ihr und rede mit ihr!«

»Das werde ich schon noch. Aber auf meine Weise, und wenn ich so weit bin. Ich muss das hier erst mal verdauen. Mein Sohn ist tot. Das ändert alles. Aber jetzt brauchen wir beide erst mal eine Bleibe. Ich habe in der Zeit, bevor ich Soldat wurde, in einer alten Schürferhütte gehaust. Wenn wir Glück haben, ist sie noch frei.«

Finch rupfte einen Strauß Löwenzahn von der Wiese und legte sie neben das Sträußchen, das bereits in einem Glas Wasser auf dem Grab stand. Er ahnte, was in Rom vorging. *Ein Kind der Liebe ist ihm schon weggestorben. Das andere Mädchen ist verheiratet. Lebte dieses Kind wenigstens noch?*

Finch erkannte an Roms bedrückter Haltung und den hängenden Schultern, dass er zutiefst bekümmert war und seine Trauer hinter einer Maske aus Zorn versteckte. Er folgte ihm wortlos, und die beiden verließen den Friedhof und schlugen einen schmalen Pfad ein, der tief in den Busch hineinführte. Sie blieben dabei immer wieder an Zweigen hängen und mussten sich vorwärtskämpfen.

Der Kamin der kleinen Steinhütte war längst abgebröckelt, die Tür gestohlen worden, aber das Dach war noch relativ intakt. Roms Stimmung schlug um wie Quecksilber.

»Ist noch genauso armselig wie vorher«, meinte er philosophisch. »Aber es wird uns trocken halten, bis sich was Besseres ergibt.«

»Doc Hundey hat mir ein gutes Leumundszeugnis ausgestellt, ich schätze, ich werde sicher bald was finden. Wir werden uns schon über Wasser halten, keine Sorge.«

»Na, umso besser. Der Doc ist wirklich ein ganz besonderer Mann. Arbeitet Tag und Nacht, hält sich ansonsten aber von den Leuten fern. Liegt wahrscheinlich an seiner Schwester – die ist ein ganz komischer Vogel. Sie regt sich immer fürchterlich auf, wenn ihre monatliche Überweisung aus England mal nicht pünktlich eintrifft – du solltest sehen, was sie dann für einen Aufstand im Postamt macht. Die Leute glauben, dass der Doc sie bei Vollmond einsperrt.«

Finch war schockiert. »Du meinst, wie eine Geisteskranke?«

Rom zuckte mit den Schultern. »Vielleicht ist's ja bloß Klatsch und Gerede.« Er warf seinen Ranzen zu Boden. »Ich besorge uns frisches Stroh als Unterlage.«

»Wo willst du das denn herkriegen? Wir haben kein Geld, weder du noch ich.«

»Ich war bei den Rifles, schon vergessen?«, erklärte Rom seinem Gefährten so geduldig wie ein Vater seinem begriffsstutzigen Kind. »Ich war tagelang ohne ausreichende Ration kundschaften. Ich treibe immer was auf, und wenn ich aus dem letzten Loch pfeife. Ruh du dich nur aus. Ich mache den Rest.«

Rom verschwand, ehe Finch etwas sagen konnte. Dem großen blonden Mann blieb nichts anderes übrig, als seine Armeedecke auszupacken und seinen Ranzen als Kopfkissen zu benutzen. Er hatte ein schlechtes Gewissen, weil er Clytie ohne Dankeschön stehen gelassen hatte. Er nahm sich fest vor, sie morgen aufzusuchen und so gut wie möglich alle Fragen zu beantworten, die sie an ihn hatte – das hieß, natürlich nur, wenn er Rom nicht dazu überreden konnte, sich endlich wie ein Mann zu benehmen und ihr gegenüberzutreten. Aber im Moment hatte Finch keinen Kampfgeist mehr. Er wehrte sich nicht länger gegen seine überwältigende Müdigkeit und ergab sich dem Schlaf. Auch wenn er wahrscheinlich wieder Albträume haben würde …

Die Hotelveranda war verlassen. Clytie stemmte die Hände in die Hüften und beäugte das Tablett am Boden. Er hatte alles bis auf den letzten Krümel aufgegessen. *Der Vogel ist aus dem Nest geflohen. Kein Wunder, bei einem Namen wie* Finch. *Hätte ich mir ja denken können, dass er die Beine in die Hand nimmt, sobald er sich bedrängt fühlt.*

»Er kann ja nicht weit gekommen sein!«, sagte sie laut. »Den erwische ich schon, und wenn's das Letzte ist, was ich tue!«

»Hat dich schon wieder einer sitzen lassen, Schätzchen?«, fragte die neue Kellnerin aus Bendigo süffisant.

»Ach, verpiss dich, Ginger! Du weißt nicht, was du redest.«

Clytie schnürte sich die Schürze ab, wusch sich die Hände und nahm ihren Strohhut, auf dem sie einen Schal festgesteckt hatte, um das Loch, das die Messerspitze hinterlassen hatte, zu bedecken. Sie suchte Mrs Yeoman und ließ sich ihre Stunden gutschreiben. Dann machte sie sich energisch auf den Heimweg.

Sicherheitshalber schaute sie im Postamt vorbei, falls doch noch ein verspäteter Brief von Rom eingetroffen war – auch wenn sie diesbezüglich kaum noch Hoffnung hatte. Es wartete jedoch nur ein Informationsblatt der Suffragetten auf sie.

Ballarat. Dort werden sie bestimmt ein größeres Publikum finden. Mir ist's leider ein bisschen zu weit weg.

»Sie ist eine von diesen Suffragetten«, höhnte Marj Hornery. An die Nächste in der Schlange gewandt sagte sie laut genug, dass Clytie es mitbekommen musste: »Die haben was gegen Männer, wissen Sie.«

Clytie, die schon im Gehen war, wandte sich wieder um und musterte die Postmeisterin kühl. »Na, Sie müssen's ja wissen. Dieser Brief ist heimlich über Dampf geöffnet worden.«

Marj Hornery wurde knallrot. »Was fällt Ihnen ein? Wie können Sie es wagen …«

»Wer sollte es denn sonst gewesen sein? Jeder in der Stadt weiß doch, dass Sie die Post öffnen. Woher hätten Sie sonst Ihre Informationen, um den Klatsch zu füttern?«

Die junge Zirkusreiterin machte auf dem Absatz kehrt und ging. Marj Hornery schnappte nach Luft wie ein Fisch auf dem Trockenen.

Clytie nickte den Bekannten im Vorbeigehen zu, gab aber keinem die Gelegenheit, sie auf Soldat Finch anzusprechen.

Als die junge Frau zuhause eintraf, war sie nicht überrascht, Shadow vor der Gartentür warten zu sehen. Sie ging in die Hocke und rubbelte ihm zärtlich die Ohren, wie es Rom immer gemacht hatte.

»Wo hast du denn gesteckt, mein Junge? Weißt du was? Hier geht was vor. Ich hab ständig das Gefühl, deinen Herrn zu sehen. Ich glaube, Rom ist irgendwo in der Nähe und versteckt sich.«

Der Kelpie spitzte bei der Nennung dieses Namens die Ohren.

»Na gut, ich werde dir was zu fressen bringen. Aber versprich mir, Bescheid zu geben, wenn du Rom siehst, okay?«

Shadow stieß ein kurzes zustimmendes Bellen aus.

»Du würdest einen guten Gedankenleser abgeben, Mate. Wir könnten zusammen im Zirkus auftreten.«

Clytie brachte einen vollen Napf an die Hintertür, und der Hund fraß brav und anständig. Sie war gerade dabei, heißes Wasser in einen Topf zu gießen, als sie zufällig aus dem Fenster sah. Stand da nicht jemand hinten unter dem blühenden Gummibaum? Clyties Puls beschleunigte sich.

Nur die Ruhe. Auf dem Friedhof hast du auch gedacht, dass du ihn gesehen hättest – dabei war's bloß eine Täuschung.

Aber diesmal war sie sich sicher.

Rom lehnte am Baumstamm und rauchte eine Zigarette. Er trug eine schäbige Khakiuniform, und sein schwarzes Haar war länger und schmutziger, als sie es in Erinnerung hatte. Aber der durchdringende Blick, mit dem er sie ansah, war unverwechselbar.

»Rom! Du bist es wirklich! Du hast dein Versprechen gehalten!« Clyties Kehle war auf einmal wie zugeschnürt. Sie setzte vorsichtig den Topf mit dem kochenden Wasser auf dem Herd ab.

Dann knöpfte sie die Schürze ab und warf sie beiseite. Stolpernd vor Hast lief sie die Stufen der hinteren Veranda hinunter und rief dabei wieder und wieder seinen Namen.

Doch als sie den Gummibaum erreichte, sah sie sich verwirrt um. Keine Spur mehr von ihm! Weder auf der benachbarten Kuhweide noch in dem nahen Wäldchen noch bei den

Weißdornhecken. Es gab hier kaum Deckung. Wohin konnte er so schnell verschwunden sein?

Clytie stieß einen Schrei aus, eine Mischung aus Zorn und Verzweiflung, sank auf die Knie und trommelte auf den steinigen Boden ein. Die Schmerzen betäubten vorübergehend ihre Seelenqualen.

»Rom! Hör auf damit! Warum tust du mir das an?«

Shadow wurde durch ihr untröstliches Schluchzen herbeigerufen und blieb besorgt ein paar Schritte von ihr entfernt stehen.

Sie deutete mit zitterndem Finger auf den Kelpie. »Du gehst jetzt und holst diesen *Bastard* wieder zurück, hörst du? Er soll gefälligst aufhören, sich hier rumzudrücken, und mir gegenübertreten wie ein Mann!«

Shadow gab mit einem Knurren seine Zustimmung kund und verschwand mit wenigen Sätzen hinter der Weißdornhecke, die Rom offenbar als Deckung benutzt hatte, um abzutauchen.

Clytie war zutiefst aufgewühlt. Jetzt, wenige Augenblicke später, erschien ihr das Ganze bereits wieder irreal, es war zu unwahrscheinlich. Hatte sie Roms Anblick vielleicht nur selbst heraufbeschworen, weil sie sich so danach sehnte, dass er endlich zu ihr heimkehrte?

Die junge Kunstreiterin wurde von einer Woge von Gefühlen erfasst. Wie der Zeiger eines Metronoms schwankte sie zwischen tiefer Sehnsucht und loderndem Zorn hin und her. Zorn darüber, dass sie ihn wieder einmal nicht in die Arme hatte schließen, ihn an sich drücken, ihn hatte anfassen können. Hatte er sich etwa erneut aus dem Staub gemacht?

Clytie schaute wie gelähmt zu der Stelle unter dem Gummibaum, wo er noch vor wenigen Augenblicken gestanden und zu ihr hergesehen hatte. Sie rannte dorthin und warf sich auf die Knie, suchte verzweifelt nach irgendeiner Spur, einem greifbaren Beweis, dass er tatsächlich hier, dass es diesmal keine Einbildung gewesen war. Aber sie fand nichts, keinen Fußabdruck, nichts.

Als Shadow wieder auftauchte, musterte er seine Herrin ein wenig nervös. Clytie packte ihn beim Halsband und schrie ihn an.

»Du hast ihn auch gesehen! Gib's zu! Das war Rom!«

Shadow senkte beinahe beschämt den Kopf. Er hatte ihren Befehl, Rom zurückzuholen, nicht ausführen können.

»Sicher weiß dieser Soldat, wo Rom sich versteckt hält. Ich werde ihn schon dazu bringen, dass er's mir verrät!«

In diesem Moment fiel ihr zum ersten Mal wieder Madame Zazas Prophezeiung ein, damals an dem Tag, als der Zirkus für einen Tag in Hope Halt gemacht hatte. Laut wiederholte sie die Worte und konnte sich dabei eines Anflugs von Bitterkeit und Zynismus nicht erwehren. »*Hüte dich vor einem Mann ohne Namen* … Tja, Shadow, das überrascht mich nicht. Zeig mir mal einen Mann, dem man vertrauen kann.«

Als wollte Shadow ihr seine Vertrauenswürdigkeit beweisen, lief er um sie herum wie ein Schäferhund, der seinen Schützling auf den rechten Weg zurückführen wollte.

»Schon gut, Shadow, ich hab schon verstanden – gehen wir heim. Aber morgen früh werde ich diesen Burschen suchen, der behauptet, Roms Freund zu sein! Der Himmel möge ihm beistehen, wenn er's wagen sollte mich anzulügen!«

Rom lief geduckt davon, immer wieder hinter Hecken oder in kleinen Wäldchen Deckung suchend. Sein Magen krampfte sich zusammen. Beschämt dachte er an Clytie, wie sie sich schluchzend zu Boden geworfen und nach ihm gerufen, wie sie den Erdboden verzweifelt nach Spuren von ihm abgesucht hatte. Er kämpfte noch mit seinen Eindrücken, sie nach all dieser Zeit endlich wieder aus der Nähe zu sehen.

Ich hab ganz vergessen, wie verdammt schön sie ist. Die Geburt des Kindes hat sie verändert. Aus dem hübschen jungen Mädel ist eine umwerfende Frau geworden.

Voller Unbehagen musste er an den verzweifelten, heiseren Klang ihres Schluchzens denken. Als sie zwischen Steinchen und Blättern nach Spuren von ihm suchte, hatte er sich vorgebeugt und die Hand ausgestreckt, um den dicken Zopf zu streicheln, der ihr über den Rücken fast bis zum Po fiel. Sinnliche Erinnerungen wurden in ihm wach und der Gedanke daran, wie gern er abends vor dem Schlafengehen ihr Haar aufgeflochten und ihren nackten Körper darin eingehüllt hatte, ein Vorspiel zum Liebesakt, das unweigerlich seine Erregung anschürte, aber auch ein ganz neues Gefühl der Zärtlichkeit, ja Ehrfurcht vor ihrer Lieblichkeit entfachte. Diese drei Stränge – Zärtlichkeit, Respekt und Lust – hatten sich zu einem neuen Zopf zusammengefügt. So etwas hatte Rom bisher noch nie für eine Frau empfunden.

Aber warum war er dann im letzten Moment vor der Berührung zurückgeschreckt? Warum hatte er voller Panik die Flucht ergriffen wie ein Deserteur vom Schlachtfeld?

Wieso zum Teufel bin ich abgehauen? Clytie will mich. Und ich will sie. Ich hab Finch dazu gekriegt, den Vermittler zu spielen, um seinet- und um meinetwillen. Aber bisher hab ich mir nie eine Chance entgehen lassen, Clytie ins Bett zu kriegen. Ich begreife das nicht, das macht einfach keinen Sinn. Vielleicht war's einfach nur der falsche Zeitpunkt.

Vielleicht muss ich ja erst mal den Schlamassel wiedergutmachen, den ich angerichtet hab. Ich werde ihr erst gegenübertreten, wenn ich was vorweisen kann und nicht wie ein runtergekommener, bettelarmer Landstreicher vor ihr steh.

Rom hatte das Flusstal erreicht und hielt an dem Creek an, der Hochwasser hatte und wild schäumend dahinströmte und über die Ufer trat, als hätte er noch eine Rechnung offen. Hinüberzuschwimmen wäre zu gefährlich gewesen, selbst für einen guten Schwimmer wie ihn.

In diesem Moment tauchte Shadow hinter ihm auf und kam bedrohlich knurrend näher, als wollte er ihn jeden Moment anspringen wie einen dahergelaufenen Eindringling, der Clytie bedrohte.

»He, Shadow, ich bin's, siehst du das nicht? Herrgott, sag bloß nicht, du hast mich vergessen!«

Shadow kam misstrauisch näher, beschnüffelte Rom und rieb dann seinen pelzigen Kopf an seinem Hosenbein.

»Braver Junge, so ist's schon besser.«

Rom ging in die Hocke und rubbelte Shadow wie früher zärtlich die Ohren.

»Ich sehe schon, dass du gut auf Clytie achtgibst, genau wie ich's dir befohlen habe. Braver Junge.« Rom überlegte. »Das Problem ist, ich kann im Moment noch nicht zu ihr zurückkommen. Ich muss erst ein paar Dinge klären. Ganz schön knifflige Dinge. Sei so gut und verrate mich nicht, ja? Keine Sorge, ich werde alles wieder in Ordnung bringen – kennst mich ja. Ich habe mehr Leben als eine Katze. Ich werde Clytie sehen, sobald die Zeit reif dafür ist.«

Shadow wedelte bei der Erwähnung von Clyties Namen mit dem Schwanz. Seine Augen waren aufmerksam auf seinen Herrn gerichtet – bereit, seine Befehle entgegenzunehmen.

»Lauf wieder zurück zu Clytie, Mate. Pass gut auf sie auf, ja? Das ist ein Befehl!«

Shadow beäugte seinen Herrn kurz, dann machte er kehrt und sprang davon. Bevor er im Unterholz verschwand, warf er noch einen letzten Blick zurück.

Vorerst zufrieden mit dieser Erklärung und einem halb geformten Plan machte sich Rom auf den Weg in den Busch. Im Zickzack lief er durchs Unterholz und fand schließlich eine Stelle, an der ein umgestürzter Baumstamm das Überqueren des Flusses ermöglichte. Es dauerte nicht lange, und er hatte den verfallenen kleinen Weiler gefunden, den er suchte. Die Wildnis drohte, die verlassenen Schürferhütten zu verschlingen. Im Bewusstsein seiner Aufgabe als Versorger und Beschützer – eine seiner stärksten Motivationen in seiner Zeit in Südafrika – suchte er in den Hütten und einsam gelegenen Farmen nach etwas Brauchbarem für sich und seinen Kameraden. Die Bewohner waren ausgeflogen, besuchten einen der Gottesdienste auf dem Kirchberg.

»Wer's findet, darf's behalten«, murmelte er zufrieden vor sich hin und sammelte ein, was Finch gebrauchen konnte.

Nur einmal zögerte er kurz. Er stand in der Scheune eines geizigen Bauern, der ihn einmal um einen Teil des abgemachten Lohns geprellt hatte. Sein Blick war auf zwei Flinten gefallen, die an der Wand hingen.

»Dieser Mistkerl braucht nicht zwei Flinten. Der kann selbst mit einer kaum sein Ziel treffen. Der würde sogar an einem Elefanten vorbeischießen.«

Er nahm sich eine und hängte sie über seine Schulter. Dann riss er sich noch eine alte Schaufel unter den Nagel – wo er schon mal hier war.

»Denn wer arbeitet, hat ein Recht auf seinen Unterhalt – so steht's sogar in der Bibel! Falls man an solchen Kram glaubt.«

»The Girl I Left Behind Me« vor sich hin pfeifend machte er sich auf den Rückweg zu der kleinen Schürferhütte, die er sich jetzt mit Finch teilte. Er genoss die laue Nacht und das Insektengezirpe, über ihm ein samtiger Sternenhimmel.

29

Der Sonnenaufgang ist nach wie vor der beste Wecker, den es gibt. Finch blinzelte, als ihn ein Sonnenstrahl an der Nase berührte, und schlug die Augen auf. Er schaute sich verblüfft um. War das noch dieselbe stinkende alte Hütte, in der er sich gestern Abend schlafen gelegt hatte? Überall war frisches, duftendes Stroh verstreut und das alte, faulige entfernt worden.

Zu seiner Überraschung lehnte eine Flinte an der Wand. Finch wandte instinktiv den Blick von der Waffe ab.

Da keine Tür vorhanden war, konnte er direkt aus der Hütte hinausschauen und bemerkte, dass seine spärliche Wechselwäsche – Hemd, Unterhose und Socken – auf einer Schnur hing, die jemand zwischen zwei Bäumchen gespannt hatte. Die dunkleren Stellen auf dem Hemd zeigten, dass es während der Nacht aufgehängt worden und bereits halb trocken war.

Noch besser: Auf einem flachen Baumstumpf, den ein vorheriger Besitzer der Hütte als Picknicktisch und Bank benutzt hatte, stand eine Billy Can mit frischer Milch. Daneben lagen säuberlich aufgeschichtet einige Buschfrüchte und eine Streichholzschachtel, mit der man Feuer unter einer zweiten rußigen Billy Can machen konnte, in der sich bereits Wasser befand. Am meisten freute er sich jedoch über ein zerknittertes Päckchen mit der Aufschrift *Billy Tea*, das noch halb voll war!

Finch rollte sich lachend zur Seite. »Egal was du sonst in deinem Leben verbrochen haben magst, Rom, dafür kommst du in den Himmel!«

»Tu mir den Gefallen und gib mir das schriftlich, ja?« Rom lehnte mit verschränkten Armen an einem Baumstamm und grinste schief.

»Man sollte dir das *Victoria-Kreuz* verleihen – du hast einem armen verwundeten Soldaten das Leben gerettet.«

Rom musterte den anderen mit einem gerissenen Blick. »Tja, für so einen Orden bekämen wir bestimmt ein paar Kröten. Aber die Sache hat einen Haken: Ich stehe leider noch immer auf der Vermisstenliste.«

Sie hockten sich kameradschaftlich ans Lagerfeuer und frühstückten geruhsam.

»Hab mich gestern wie ein Esel benommen«, gestand Rom schließlich. »Der Anblick von Roberts Grab hat mir einen echten Schlag versetzt.«

»Ach, das verstehe ich doch, Mann. Muss ein schlimmer Schock für dich sein.«

Finch wartete, bis er sich eine zweite Tasse Tee eingeschenkt hatte, ehe er das heikle Thema aufgriff, das ihn beschäftigte. »Was machen wir mit Clytie, Rom? Wir können das arme Mädel nicht länger im Ungewissen lassen. Sie weiß jetzt, dass ich der Schlüssel zu dir bin – was ja auch stimmt.«

»Bitte, spiel noch ein bisschen länger den Vermittler, ja? Ich brauche noch etwas Zeit, bis ich mir überlegt habe, was zu tun ist.« Mit seltsam heiserer, betretener Stimme gestand Rom: »Mir liegt mehr an Clytie, als ich ihr je eingestanden habe. Aber ich fühle mich irgendwie verloren – als ob ich nicht mehr hierhergehörte. Kannst du das verstehen? Der Krieg hat uns wohl alle verändert.«

»Da kann ich dir nicht widersprechen.«

»Manchmal beneide ich dich, Finch, dass du dich an nichts mehr erinnern kannst.«

Finchs Antwort war sachlich: »Das würdest du nicht sagen, wenn du unter meinen Albträumen leiden würdest.« *Oder meinen Ängsten.*

Beide starrten wortlos ins Feuer, als wären dort Antworten zu finden.

Finch hakte behutsam nach: »Dein Mädel – Clytie – ist selbst fast noch ein Kind. Sie muss durch die Hölle gegangen sein. Diese Warterei auf dich, die Ungewissheit. Und dann auch noch das Baby zu verlieren. Sie hat einen Burschen verdient, der zu ihr steht.«

Rom fühlte sich durch diesen Vorwurf in seiner Ehre gekränkt.

»Glaubst du denn, ich würde nicht das Vergangene ändern wollen, wenn ich nur könnte?«, brüllte er. Er goss den Rest aus seiner Tasse ins Feuer. »Ich versuche rauszufinden, was das Beste für sie ist. Aber ich stecke fest! Ich kann weder vorwärts noch zurück. Als würde ich im Treibsand versinken. Ich verlass mich auf dich! Du bist mir was schuldig!«

Finch wurde unbehaglich. Er bekam eine Gänsehaut. Roms Augen wirkten seltsam traurig und schuldbeladen.

»Immer mit der Ruhe, Mann. Aber du musst mir sagen, was ich tun soll – ich tappe nämlich vollkommen im Dunkeln.«

»Ich doch auch. Es gibt da Dinge, die einfach keinen Sinn machen. Ich muss das alles erst mal für mich klären. Ich sag's dir schon, wenn sich der Staub gelegt hat.«

Finch war neugierig. »Aber wie willst du's schaffen, unbemerkt zu bleiben? Du bist doch hier so was wie ein Held.«

»Ein bekannter Gauner schon eher.«

»Wie auch immer, jemand wird dich erkennen. Und das würde alles nur noch schlimmer machen – der Beweis für Clytie, dass du ihr aus dem Weg gehst.«

»Hör zu, Mate. Ich bin ein echt guter Kundschafter. Ich hab mich an die *Laager* der Buren rangeschlichen, ohne dass ich bemerkt wurde. Ich bin ein Meister in der Kunst des Verschwindens. Außerdem – es ist ja nur noch für ein paar Tage. Dann lass ich dich vom Haken, okay? Und du kannst wieder … ja, was eigentlich, sein?«

»Der unbekannte Soldat«, ergänzte Finch trocken.

Beide lachten und stießen kameradschaftlich miteinander an.

»Auf den unbekannten Soldaten!«

Clytie ging in die Hocke und blickte Shadow tief in die Augen.

»Ihr Kelpies seid angeblich die klügsten Hunde, die es gibt. Wollen mal sehen, ob das stimmt.«

Die junge Kunstreiterin hatte aus ihrer Zeit im Zirkus Erfahrung mit Tieren und wusste, wie klug sie sein konnten. Sie wusste auch, dass es Wege gab, wie man sich mit ihnen verständigen konnte. Also dachte sie ganz fest an Finch, stellte sich den hochgewachsenen Soldaten vor, mit seinen schulterlangen weißblonden Haaren, der Khakiuniform und den eisblauen Augen.

Shadow gab ein zustimmendes Knurren von sich und sprang davon, achtete aber darauf, nicht zu schnell zu sein, damit Clytie ihm folgen konnte.

Erschrocken erkannte sie, dass er sie zu der alten Schürferhütte führte, in der Rom gehaust hatte! Zwischen zwei Bäumen war ein Zaundraht gespannt, und daran hing die

Wäsche eines Soldaten. Clyties Hals war auf einmal wie zugeschnürt. Sie wurde von sinnlichen Erinnerungen an ihre Nächte mit Rom bestürmt, den Mann, der sie sowohl behutsam als auch leidenschaftlich in die Kunst des Liebens eingeführt hatte.

Was hat dieser Finch hier zu suchen? Es ärgerte sie, dass sich ein Fremder ausgerechnet hier, in Roms und ihrem »Liebesnest« niedergelassen hatte.

Sie fand ihn auf dem Hüttenboden. Er schlief unruhig und murmelte Unverständliches vor sich hin. Erneut kochte die Wut in ihr hoch. *Wie kann er es wagen, mitten am Tag zu schlafen, unschuldig wie ein Kind?*

Clytie erblickte die Flinte, die drinnen neben dem Eingang lehnte, und nahm sie. Ein Blick überzeugte sie davon, dass sie geladen war. Sie stupste den Schlafenden mit dem Kolben an, dann ließ sie sich unweit von ihm im Schneidersitz nieder und legte die Flinte auf ihren Schoß, den Finger schussbereit am Abzug.

Finch fuhr erschrocken aus dem Schlaf. Als er sie – mit dem Gewehr – sah, riss er verblüfft die Augen auf, fing sich aber gleich wieder. Er saß mit nacktem Oberkörper vor ihr, den Rest unter der Decke verborgen.

»Guten Morgen, Miss Hart. Sie müssen keine Angst vor mir haben. Ich bin ein guter Freund von Rom Delaney.«

»Das möchte ich lieber selbst entscheiden, ja? Sie wissen, warum ich hier bin. Sie sind mir ausgewichen. Wir müssen reden. Sagen Sie mir die Wahrheit, bitte keine Ausflüchte mehr! Ist Rom noch am Leben? Oder nicht?«

»Wir haben gerade zusammen gefrühstückt, er und ich«, antwortete Finch lässig. »Er sagt, er müsse für ein paar Tage weg, werde aber bald wieder da sein.«

Clytie stockte unwillkürlich der Atem. *Gott sei Dank, er ist also noch am Leben. Dann war's also doch keine Einbildung, als ich ihn gesehen habe.*

Sie zwang sich zu fragen: »Und wo steckt er dann? Sie und er scheinen ja ziemlich gut miteinander vertraut zu sein. Wann lässt er sich endlich bei mir blicken?«

»Ich weiß es selbst nicht so genau. Er sagt, er müsse erst noch ein paar Dinge klären. Er hat mich gebeten, dass ich mich bis zu seiner Rückkehr um Sie kümmere.«

Clytie war sowohl erleichtert als auch zornig. Sie versuchte, sich ihre Verletzlichkeit nicht anmerken zu lassen, und sagte grimmig: »Ich brauche keinen Mann, der auf mich aufpasst! Ich komme sehr gut allein zurecht. Es blieb mir ja nichts anderes übrig. Hören Sie, ich traue Ihnen nicht, Finch. Gute Manieren sind ja schön und gut, aber einen Schurken kann ich meilenweit riechen.«

»Vielleicht haben Sie ja recht«, meinte er mit einem Achselzucken. »Alles, was ich weiß, ist, dass ich kein Verbrechen mehr begangen habe, seit ich mit Amnesie im Armeekrankenhaus in Johannesburg zu mir gekommen bin. Hören Sie, Miss Hart, ich verstehe ja, dass Sie vorsichtig sein wollen. Aber müssen Sie unbedingt mit dieser Flinte auf mich zielen? Die ist geladen, falls Sie's nicht gemerkt haben. Wahrscheinlich ganz nützlich zur Kaninchenjagd. Ich hab gehört, die sollen eine ganz anständige Mahlzeit abgeben.«

»Ja – wenn man hungrig genug ist.«

Clytie war noch nicht bereit, die Flinte wegzulegen, und behielt Finch sorgfältig im Auge. Sie versuchte, in seiner Miene zu lesen, wie sie's beim Kartenlegen gelernt hatte. »Erzählen Sie mir alles über Rom, was Sie wissen. Jedes Gespräch, das Sie mit ihm geführt haben. Aber ich warne Sie, Finch. Versuchen Sie nicht, mich zu belügen oder einzuwickeln. Ich merke es immer, wenn man mich anschwindelt.«

»Das wird aber lange dauern. Ich war die meiste Zeit mit Rom zusammen, eigentlich seit ich im Krankenhaus zu mir gekommen bin. Wie wär's, wenn ich uns erst mal einen schönen Tee mache? Da lässt es sich besser reden.«

Clytie nickte misstrauisch.

Finch holte langsam seine Hand unter der Decke hervor, als wollte er beweisen, dass er nichts zu verbergen hatte. »Könnten Sie sich vielleicht kurz umdrehen, damit ich mich anziehen kann? Meine Sachen hängen noch draußen auf der Leine.«

»Nein, tut mir leid, ich traue Ihnen nicht.«

»Kluges Kind«, sagte er, »traue nie einem Mann, der wild darauf ist, mit einem Mädel ins Bett zu gehen. In so einer Situation werden wir alle zu Lügnern.«

Er erhob sich mit langsamen Bewegungen, um sie nicht nervös zu machen. Dann stand er splitternackt vor ihr. Er hatte einen langen, schlanken, geschmeidigen Körper und war von der Sonne gebräunt – bis auf den breiten weißen Streifen um seine Lenden. Clytie stellte zu ihrer Überraschung fest, dass er tatsächlich gewissermaßen einsatzfähig war.

»Ich habe Sie gewarnt«, meinte er schmunzelnd.

Clytie war fest entschlossen, sich ihren Schock nicht anmerken zu lassen, nicht zu erröten. »Sie wollen mich doch nicht etwa auf plumpe Weise verführen?«

»Denken Sie, was Sie wollen. Hier ist Ihre Chance. Erzählen Sie den Geschworenen, dass ich versucht hätte, Sie zu vergewaltigen.«

Er hob den Zeigefinger an die Schläfe und tat, als würde er sich erschießen. »Keine Jury auf der Welt würde Sie des Mordes für schuldig erklären. Na los, drücken Sie ab, ich habe es satt, eine leere Hülse ohne Vergangenheit zu sein – und ohne Zukunft. Sie täten mir vielleicht sogar einen Gefallen.«

Clytie wurde nervös. »Ich könnte nicht mal ein Känguru kaltblütig erschießen.«

Die junge Frau wandte widerwillig den Blick ab, behielt aber die Flinte im Griff. Der blonde Soldat ging nach draußen, nahm seine Sachen von der Leine und zog sich geschwind an.

»Schon gut, Miss Hart, Sie können jetzt wieder herschauen.«

Clytie sah zu, wie er geschickt das Feuer entfachte. Er besaß einen edlen, geschmeidigen, kräftigen Körper. Er hatte geschickte Hände, mit langen, schlanken Fingern, die eher an einen Künstler oder Intellektuellen denken ließen als an einen Arbeiter.

Mit ruhiger Stimme begann er zu erzählen, beschrieb Orte und Personen. Wenn er Rom wörtlich zitierte, entdeckte Clytie darin den typischen trockenen Humor ihres Geliebten.

Finch wirkte jetzt ganz entspannt, obwohl Clytie die Flinte noch immer nicht aus der Hand gelegt hatte. Seine Version der Ereignisse schien der Wahrheit zu entsprechen. Man merkte ihm an, dass er Rom halbwegs bewunderte, sich aber auch über seine jähen Stimmungsumschwünge, seine Launen ärgerte. Auch das klang nach der Wahrheit.

Clytie, hungrig auf jede Einzelheit, fand es dennoch ein wenig seltsam, Rom mit den Augen dieses Fremden zu betrachten.

Das klingt, als stünden sich die beiden ziemlich nahe. Aber wieso? Sie könnten doch unterschiedlicher nicht sein.

»Ich bin sicher, dass ich Rom zweimal gesehen habe – aber er ist immer verschwunden, ehe ich ihn ansprechen konnte. Wieso glauben Sie, dass er wieder zurückkommen wird?«

»Wie könnte er nicht, nach allem, was ich Ihnen gerade

erzählt habe? Rom hat mich hereingelegt. Er hat mich dazu gebracht, mit ihm hierherzukommen. Und wieso? Weil er sich um Sie sorgt. Ich hab selbst nicht alle Antworten. Und Rom auch nicht, glaube ich. Aber er hat hier irgendwas Wichtiges zu erledigen. Eins weiß ich ganz genau, Clytie: Ihm liegt sehr viel an Ihnen. Das glauben Sie mir doch hoffentlich, oder?«

Clytie wurde ganz unbehaglich unter dem stetigen Blick dieser eisblauen Augen. Man konnte fast glauben, es läge ihm etwas an ihrer Antwort. Er hatte sie mit dem Vornamen angeredet. War das ein Trick, um ihr Vertrauen zu gewinnen?

»Ich möchte Ihnen gern glauben«, seufzte sie. »Die Zeit wird es erweisen. Ich hatte ihm einen sehr, sehr wichtigen Brief geschickt. Und nie eine Antwort darauf erhalten.«

Finch wich ihrem Blick aus. »Rom hat mir zwar nie gesagt, was drinstand, aber ich vermute, dass dieser Brief der Grund war, warum er auf einmal nicht mehr an die Front zurückwollte. Die Kugel eines Buren hat ihm eine Pause verschafft.«

»Wurde er denn schwer verletzt?«

»Er hat eine Narbe an der Stirn. Er ist kein Feigling – aber irgendwas hat ihn verändert. Er wollte nicht mehr sein ganzes Jahr abdienen. Er wollte so schnell wie möglich nach Hause zu Ihnen.«

»Wollen Sie damit sagen, dass er vorhatte zu desertieren?«, fragte Clytie erschrocken.

Finch blickte die junge Frau unverwandt an. »So würde ich es nicht nennen.«

»Ich habe ihm nur die guten Nachrichten mitgeteilt.« Ihre Stimme brach. »Er weiß noch nicht, dass ich das Kind verloren habe.«

Finch streckte den Arm aus, als wollte er sie trösten, aber

sie zuckte instinktiv zurück. Da ließ er ihn wieder sinken. »Doch, jetzt weiß er's.«

»Wie hat er das rausgefunden?«

»Keine Ahnung, ehrlich. Er hat mir das Grab des kleinen Robert gezeigt. Er war aufgebracht, dass das Kind nicht seinen Nachnamen trägt.«

»*Er* war aufgebracht?«, rief Clytie bitter. »Ja, das kann ich mir durchaus vorstellen! Es ist der erste wahre Satz, den ich von Ihnen höre. Was hätte ich denn machen sollen? Er hat mir doch keine Wahl gelassen!«

»Hören Sie, Clytie Hart, ich habe Rom mein Wort gegeben, und das werde ich auch halten. Ich werde bis zu seiner Rückkehr für Sie sorgen. Ich werde Holz für Sie hacken, und ich werde reparieren, was immer anfällt. Wenn ich eins über mich weiß, dann das: Ich bin nicht der schlechteste Schreiner. Ich werde mich nicht in Ihr Leben drängen, keine Sorge. Aber ich werde jeden Tag nach Ihnen sehen – weil ich's Rom versprochen habe.«

Clytie stieß ein harsches Lachen aus. »Na, das wäre ja wirklich mal was ganz Neues. Sonst bin immer ich diejenige, die Versprechen hält. Nehmen Sie's mir nicht übel, aber ich warte lieber, bis Rom bereit ist, *seine* Versprechen zu halten. Vielen Dank, aber ich brauche keine Hilfe von einem Fremden.«

Sie erhob sich, um zu gehen.

»Verzeihen Sie, aber es würde mich schon interessieren, wie Sie mich hier gefunden haben«, erkundigte sich Finch neugierig. »Diese Hütte ist ziemlich gut versteckt.«

»Der Kelpie war Roms Schatten. Rom und ich, wir haben uns immer hier getroffen«, antwortete sie widerwillig. Was ging diesen Fremden das eigentlich an?

»Oh, das tut mir leid. Jetzt komme ich mir vor wie ein

Eindringling. Sie haben sicher viele kostbare Erinnerungen an diesen Ort.«

Clytie war überrascht von seiner Sensibilität. Unwillkürlich musste sie an Rom denken und daran, wie sie sich geliebt hatten. Gleichzeitig machte Finchs Einfühlungsvermögen sie noch misstrauischer. So offen und ehrlich er auch wirkte, so direkt sein Blick und so einfühlsam seine Worte – es gab etwas an Finch, das sie dazu veranlasste, vorsichtig zu sein. Und ihm nicht zu trauen.

Shadow musterte den entlassenen Soldaten ebenfalls mit einer gewissen Reserviertheit.

Ich bin also nicht die Einzige, die misstrauisch ist.

Finch machte sich daran, seine wenigen Habseligkeiten zu packen. »Keine Sorge, Clytie, dieser Ort gehört Ihnen und Rom. Ich werde nicht länger hierbleiben.«

»Machen Sie, was Sie wollen«, sagte Clytie mürrisch. Es gefiel ihr nicht, dass er sie durchschaute, als könnte er ihre Gedanken lesen. »Die Hütte gehört niemandem. Meinetwegen müssen Sie nicht ausziehen. Es kann hier manchmal schütten wie aus Kannen, selbst im Sommer.«

Sie machte sich auf den Weg, blieb aber noch einmal stehen und fügte wie beiläufig hinzu: »Sie haben auch bei den Rifles gedient, Sie haben den Krieg mit den Buren überlebt. Ich möchte nicht, dass Sie jetzt an einer Lungenentzündung sterben, bloß weil Sie keine Bleibe haben.«

Unter Shadows Führung machte sich Clytie auf den Heimweg. Aber ehe sie im Unterholz verschwand, drehte sie sich noch einmal um und sah zur Hütte zurück.

Finch stand wachsam da, die Flinte in der Hand, und blickte ihr nach.

Er ist vor irgendetwas auf der Hut. Aber wovor?

30

Die alte Landstraße, die jetzt zur Golden-Hope-Mine führte, war einst nur ein Trampelpfad durch den Busch gewesen, den die Digger benutzt hatten, um zur neuen Goldader zu gelangen, die sich später als Bonanza für einige erwies. Die Straße lag nun ebenso verlassen da wie die Diggings. Das Einzige, was zu hören war, war das Knirschen von Roms Schritten.

Die typischen Laute des australischen Buschs klangen dem abgerissenen Wanderer in den Ohren, ein pelziges, fedriges Schwirren und Säuseln und Zirpen, täuschend fern und doch nah, eine Mischung aus Vogelgesang, Wind und dem Rascheln von Blättern, dem Rauschen von Wasserfällen und dem Plätschern von Bächen – eine geheimnisvolle Geräuschkulisse, die ebenso zu diesem Land gehörte wie seine Tiere und seine menschlichen Bewohner.

Rom wollte nicht hier sein. Er fürchtete sich vor dem, was ihn am Ende des Weges erwarten mochte. Aber er hatte keine Wahl mehr. Es musste getan werden.

Früher war ich versessen auf neue Abenteuer, neue Orte. Jetzt erscheint nichts mehr wirklich real. Ich weiß nur eins: Ich muss das in Ordnung bringen. Mein Problem sind die Weiber – das waren sie schon immer. Ich kann einfach nicht die Finger von ihnen lassen. Clytie war die Einzige, die mich vielleicht hätte zähmen können. Ist es jetzt zu spät dafür?

Er sah hinauf zum Himmel und glaubte, Clyties spitzbübisches Gesicht lächelnd auf sich herabschauen zu sehen. Ein Windstoß zerstreute die Illusion.

Ich hab dir ein Versprechen gegeben, Mädchen. Ich werde verdammt nochmal alles, was in meiner Macht steht, tun, um es zu halten. Aber vielleicht nicht ganz so, wie du's dir gewünscht hättest.

Er kam an vereinzelten Villen und Herrenhäusern vorbei, dem Viertel der Reichen und Wohlhabenden – obwohl es davon vor allem seit der Bankenpleite kaum noch welche gab. Das auffälligste, aber auch geschmackloseste Haus war eine Mischung aus nachgemachter Tudorarchitektur und dem klassizistischen Stil der neuen australischen Föderationsregierung, vermischt mit den farbenfrohen Insignien der australischen Flora und Fauna.

Rom schnaubte verächtlich, als er es erblickte. Auf einem großen blitzenden Messingschild stand *Twyman Manor*. Hier in diesem Anwesen war Twymans Frau »versehentlich« die Treppe hinuntergefallen und hatte sich das Genick gebrochen.

Der Reichste unter den Reichen war Boss Jantzen, von dem man sich erzählte, er habe sein Vermögen klug angelegt und in verschiedene Unternehmungen investiert. Er würde selbst dann noch reich sein, wenn die Golden Hope Konkurs machte – wobei er dann wahrscheinlich der einzige reiche Mann wäre, den es in Hope noch gab.

Sonny Jantzen ist der Erbe eines großen Vermögens, warum sollte ich mir also wegen Noni Gedanken machen? Selbst wenn ich der Vater ihres Kindes bin – in einer solchen Familie wird es alles haben, was es sich nur wünschen kann.

Er hatte seitdem keinen Gedanken mehr an die Nacht verschwendet, in der es passiert war, hatte nie den Mut gehabt, es irgendjemandem zu erzählen. Miss Rhoda James, eine sehr anständige und großzügige Dame, hatte ihm den Auftrag erteilt, ihren großen Garten neu zu gestalten. Sie sparte nicht mit Lob über seine innovativen und kreativen Ideen und versprach ihm die Auszahlung seines Lohns, wenn sie in ein, zwei Tagen wieder aus Bitternbird zurück sei. Es wäre mehr Geld gewesen, als er seit Jahren verdient hatte.

Sie hat mir vertraut – und ich hab sie enttäuscht. So ist das immer bei mir – der Fluch meines Lebens. »Zu Fall gebracht durch die Tränen einer Frau« – das sollten sie in meinen Grabstein meißeln.

Es war ein schwüler, heißer Tag gewesen, und der orangerote Feuerball, der hinter dem Horizont versank, versprach für den morgigen Tag eine ebensolche Hitze. Rom genoss das Gefühl, Haus und Grundstück ganz für sich zu haben. Es lag gut geschützt vor neugierigen Blicken. Rom zögerte nicht lange, warf seine Kleidung ab und wusch sich mit dem Gartenschlauch den Schmutz und Schweiß des Tages ab.

Zufrieden besah er sich die verschiedenen Pflanzeninseln, die er kreiert hatte – sie reichten von japanischen Themen bis zur einheimischen Botanik, die sich im Moment großer Beliebtheit bei den europäischen Einwanderern erfreute.

Rom, dem ein leer stehendes Dienstbotenzimmer zugeteilt worden war und der sich in Abwesenheit seiner Arbeitgeberin frei im Haus bewegen durfte, schlenderte mit dem Hemd über der Schulter in die Küche und machte den Eisschrank auf, um sich ein kaltes Bier zu holen, das die Hausherrin freundlicherweise immer in ausreichender Zahl für ihn bereithielt. Er schnitt sich ein paar Scheiben von einem kalten Lammbraten ab, der noch übrig war, und machte sich daraus ein dickes Sandwich.

Mit dem zweiten Bier in der Hand schritt er wieder hinaus auf die breite schattige Veranda und ließ sich genüsslich in eine Hängematte sinken. Zufrieden beobachtete er den herrlichen Sonnenuntergang und tat, als wäre er der Herr des Hauses.

»Das ist das wahre Leben!«, rief er und prostete den beiden Kanarienvögeln zu, die in einem Käfig miteinander turtelten.

Doch dann wurde der laue Abend von einem untröstlichen Schluchzen erschüttert. Es kam aus dem Innern des Hauses. Wer mochte das sein? Es war doch außer ihm niemand hier? Rom wusste, dass Miss James eine leidenschaftliche Spiritistin war und des Öfteren Séancen in ihrer guten Stube abhielt. War das etwa der Geist einer Verstorbenen, der hier sein Unwesen trieb?

»Es gibt keine Geister, das ist doch alles Humbug«, versicherte sich Rom. Er erhob sich und streifte seine Hose über, dann machte er sich auf die Suche nach der Quelle dieser beunruhigenden Laute. Im Haus war es kühl und dunkel, die Fenster durch Jalousien geschützt. Er folgte dem Schluchzen nach oben in den ersten Stock. Eine Tür stand einen Spalt weit offen. Er stieß sie auf und stand in einem eleganten Schlafzimmer mit einer Möblierung, die er nur aus Zeitschriften kannte.

»Teufel, was machst *du* denn hier?!«

»Dasselbe könnte ich dich fragen, Rom Delaney«, antwortete Noni James.

Ihrer üblichen Arroganz beraubt klang sie eher wie ein verlorenes kleines Mädchen. Sie lag in einem wuchtigen Himmelbett und war mit einem dünnen Laken zugedeckt, das ihre Blöße eher unterstrich als verbarg. Ihr honigblondes Haar ergoss sich offen über die Kissen, und ihre Augen waren groß und feucht schimmernd auf ihn gerichtet.

»Ich hab dich weinen gehört. Was ist denn?«

Das Laken vor die Brüste haltend setzte sie sich auf und stammelte schluchzend einige Sätze.

»Ich versteh schon«, meinte Rom, »du willst Sonny heiraten, aber der will sich nicht das Geschirr überstreifen lassen.«

»Wie ordinär du doch bist!«, rief sie kindlich aus. Ihre überraschende Verletzlichkeit zog Rom unwiderstehlich an, und er trat zu ihr ans Bett. »Ich weiß, dass er mich liebt, aber er glaubt, es wäre unfair, eine Frau an sich zu binden, denn er ist kein gesunder Mann. Aber das ist mir vollkommen egal! Ich will mich doch bloß um ihn kümmern.«

Und die Bienenkönigin von Hope spielen, was? Rom wusste, wie zynisch das war – selbst wenn er mit dieser Vermutung wahrscheinlich ins Schwarze traf.

»Ich weiß, du magst mich nicht, Rom«, meinte Noni bekümmert, »aber ich würde alles tun, um einen Mann glücklich zu machen – wenn ich bloß wüsste, was es ist, das Männer wollen.«

Rom blieben ausnahmsweise die Worte im Hals stecken, aber sie wären ohnehin unnötig gewesen, denn nun schlüpfte Noni aus dem Bett, ließ das Laken fallen und drängte sich nackt an ihn, küsste ihn hungrig auf den Mund, strich mit den Lippen über seine nackte Brust und ging vor ihm auf die Knie, nestelte ungeduldig an seinem Hosenstall. Dann liebkoste sie ihn dort, wo er am empfindsamsten war.

Überrascht hörte er sich sagen: »He, das meinst du doch gar nicht ernst. Das machst du bloß aus Kummer über Sonny. Und deine Tante könnte jeden Moment wieder hier sein.«

»Sie besucht eine Séance in Clunes. Sie kommt frühestens morgen Abend wieder zurück.«

Noni biss ihn, versuchte stürmisch, ihn zu erregen. »Komm, mach's mir!«, bettelte sie. »Ich tue alles, was du willst.«

Rom wurde misstrauisch und riss sich von ihr los, wich zur Tür zurück. Noni warf sich mit gezückten Krallen auf ihn, hinterließ blutige Kratzer an seinem Arm.

»Was stimmt nicht mit mir? Sonny will mich nicht. Nicht mal *du* willst mich. Bin ich … bin ich denn so schlecht im Bett?« Ihre Verzweiflung und ihre Tränen gingen Rom ans Herz, weichten seinen Widerstand auf.

Noni war zu allem bereit, ja spornte ihn sogar noch an, trieb ihn zu immer größeren Anstrengungen. Erfahren, wie er war, nahm er sie am Zügel und brachte ihr die richtigen Bewegungen bei. Sie fanden zu einem Rhythmus, der beide befriedigte.

Danach legte er eine Pause ein, damit sie wieder zu Atem kommen konnte. »Du machst das wohl nicht zum ersten Mal, was, Schätzchen? Wer hätte gedacht, dass du derart willig sein würdest?« Er lachte sanft, neckend, aber sie nahm es ihm übel und biss ihn in die Schulter. Das war für ihn der Freischein, so grob mit ihr umzugehen, wie sie es beide wollten.

In der dunklen Stunde vor dem Morgengrauen machte er sich zum Gehen bereit. Sie lag mit halb geschlossenen Lidern und schlaffem Kiefer unter ihm, und er gab ihren porzellanweißen Brüsten noch ein paar Abschiedsküsse.

»Ich verzieh mich jetzt lieber wieder in mein Zimmer. Ist mit dir alles in Ordnung?«, erkundigte er sich sanft.

Sie setzte sogleich ihre arrogante Maske auf und sagte hochmütig: »Ja, ich bin fertig mit dir, Rom Delaney. Raus hier – raus aus diesem Haus. Ich werde dafür sorgen, dass du keinen Penny von Tante Rhoda bekommst!«

Er hätte beinahe gelacht. Da war er ihr ja schön in die Falle getappt! »He, Moment mal, das Ganze war doch deine Idee.«

»Kein Gentleman würde tun, was du mit mir gemacht hast. Es war widerwärtig.«

»Dann solltest du den nächsten Burschen vielleicht nicht anflehen, es ›dir zu machen‹.«

Sie gab ihm eine schallende Ohrfeige. Er blutete am Mundwinkel.

Rom grinste, um sie noch mehr zu ärgern. »Hab schon verstanden. Du kopulierst gern im Dunkeln mit mir, aber wenn wir uns bei Tag auf der Straße begegnen, rümpfst du das Näschen. Keine Sorge, Noni, ich werde deinen *guten Ruf* nicht in den Schmutz ziehen. Du kannst weiterhin Sonnys jungfräuliche Braut spielen – falls er dich überhaupt nimmt.«

Zu stolz, um herumzukriechen und seine Kleider zusammenzusuchen, schnappte er sich lediglich Hose und Stiefel und lief die Treppe hinunter. Noni folgte ihm, keifend wie ein Fischweib. Sobald er draußen war, verriegelte sie die Tür.

Rom machte sich zu Fuß auf den weiten Rückweg nach Hope. Er hatte Glück: Die Postkutsche kam zufällig vorbei und hielt neben ihm an.

Curly Grogden verdrehte die Augen. »Spring auf, mein Junge. Hast wohl beim Pokern dein letztes Hemd verloren, was?«

»So was Ähnliches.«

Rom wollte nie mehr an diese Nacht denken und verbannte sie aus seinen Erinnerungen. Seine ganze Arbeit im Garten war vergebens gewesen. Er konnte ja wohl kaum hingehen und Miss James jetzt noch um seinen Lohn bitten. Er musste sich etwas einfallen lassen …

Und jetzt, wo er nur noch eine halbe Meile vom Anwesen der Jantzens entfernt war, wappnete er sich mit den unangenehmen Erinnerungen an jene Nacht und an seinen demütigenden Abgang, um den Mut für das aufzubringen, was er tun musste.

Er rief sich den Zeitungsausschnitt in Erinnerung, der ihm anonym zugesandt worden war, von der Hochzeit der Jantzens.

Rom fragte sich, ob Sonny wohl Zweifel an seiner Vaterschaft hatte. *Ich hoffe nur, der Junge sieht Noni ähnlich und nicht mir.*

Als er den Kamm des nächsten Hügels erreichte, tauchte vor ihm das Anwesen des Bergwerksbesitzers auf. Das weitläufige einstöckige Gebäude aus Blaustein war zu einem späteren Zeitpunkt ausgebaut und ein zweites Stockwerk hinzugefügt worden. Der Stein dafür stammte aus einem anderen Steinbruch und hatte sich noch nicht ganz der Tönung des Erdgeschosses angepasst. Dennoch war dies das schönste Anwesen in der Gegend. Und auch das größte: Es besaß ein eigenes Gestüt, ein Kutschenhaus, Scheunen, Obsthaine und gepflegte Rasenflächen.

Vor dem Haus lag eine große Pferdekoppel, auf der saftig grüne Luzerne wuchs. Ein Shetlandpony, das in einer Ecke graste, hob bei seinem Auftauchen den Kopf und wieherte warnend. Oder vielleicht wollte es den Streuner auch einfach nur willkommen heißen.

Die Zufahrt brach vor dem Haus abrupt ab. Rom stellte sich unter den Schutz einer golden blühenden australischen Akazie. Er brauchte Zeit, um seine Gedanken zu ordnen und zu entscheiden, wie er am besten vorgehen sollte.

Er versuchte sich einzureden, er sei nur neugierig auf Nonis Kind – seinen einzigen noch lebenden Sohn. Aber stimmte das? Da war noch etwas, eine Ahnung, die er nicht abschütteln konnte.

Die Tore des Kutschenhauses standen weit offen, und man konnte sehen, dass es leer war. Die Kutsche der Jantzens war ganz bestimmt die beste in der Stadt. Frustriert überlegte Rom, was er machen sollte, wenn Noni überhaupt nicht da sein sollte. Sollte er bei Sonny vorstellig werden, einem freundlichen, liebenswürdigen Mann, der nie auf ihn herabsah? Aber was sollte er als Grund für seinen Besuch angeben?

Delaney, du Idiot, du hast dir das Ganze überhaupt nicht richtig überlegt.

Rom wollte sich schon zum Gehen wenden, als er sah, dass hinten im Garten eine Dienstmagd Wäsche aufhängte. Die könnte er doch zumindest fragen, wann die Jantzens zurückerwartet wurden.

Aber er hatte Glück. Die beeindruckende, mit Bleiglasscheiben eingefasste Eingangstür ging auf, und Noni Jantzen trat heraus. Sie trug ein weißes Spitzenkleid, wie es von reichen Engländerinnen in Südafrika getragen wurde, wie Rom bemerkt hatte. Es überraschte ihn nicht, dass Noni die neueste Mode aus England imitierte. Das hatte sie schon immer.

Ich schätze, die hat sich noch nie die Hände mit Hausarbeit schmutzig gemacht – zumindest nicht mehr, seit sie Sonny vor den Altar gezerrt hat.

Rom wusste, dass er unfair war, aber er war nicht in der Stimmung, den Gentleman zu spielen.

Die junge Frau trug einen breitkrempigen Strohhut, der ihre perlweiße Haut schützte – die Rom gut kannte, denn er hatte jeden Zentimeter davon erforscht.

Ich hoffe, du bist wenigstens anständig zu Sonny, er ist ein guter Bursche. Und zweifellos ein ebenso guter Vater.

Ein zweischneidiger Gedanke – sowohl Trost als auch Anlass zu Neid.

Rom erkannte die hübsche Aborigine, die Noni folgte. Es

war Alice, die Dienstmagd, die er im Zirkus auf den billigen Plätzen hatte sitzen sehen und die ihm scheu zugelächelt hatte, als er sie mit ihrem Namen grüßte.

Sie trug eine gestärkte weiße Schürze und hatte ein schweres Tablett mit Teegeschirr auf den Armen, das sie auf einem kleinen gusseisernen Tischchen im Garten abstellte. Sie deckte den Tisch, verabschiedete sich mit einem Knicks von ihrer Herrin und eilte ins Haus zurück.

Zu Roms Überraschung zögerte Noni keine Sekunde. Sie raffte ihre Röcke und schritt sogleich auf die Akazien zu, unter denen Rom stand.

Sie hat mich gesehen. Jetzt gibt's kein Zurück mehr.

Noni machte eine nervöse, ja beinahe ängstliche Miene.

»Was hast du hier zu suchen, Delaney?«, fuhr sie ihn an. »Mein Mann wird jeden Moment wieder hier sein. Ich würde dir nicht raten, dich hier von ihm erwischen zu lassen.«

»Was soll er denn tun? Mich erschießen?«, fragte Rom sarkastisch.

»Mr Jantzen würde sich nie auf dein Niveau herablassen.«

Sie nennt ihren Mann Mr Jantzen*? Was soll das werden? Führt sich auf wie eine Figur aus einem Jane-Austen-Roman.*

Noni warf einen nervösen Blick zur Landstraße. »Antworte mir! Was hast du hier zu suchen? Du musst mich vergessen. Ich bin glücklich verheiratet.«

»Dich *vergessen*?« Rom johlte. »Was bildest du dir ein, Mädel? Ich hab seit jener Nacht keinen Gedanken mehr an dich verschwendet.«

Zufrieden bemerkte er, wie sie rot anlief.

»Hast du's nicht gehört?«, fuhr er fort. »Ich hab's selbst sehr gut getroffen. Ich hab mich mit einem *wirklich* anständigen Mädchen verlobt. Mit Clytie Hart.«

»Ja – und sie mit deinem Bastard sitzen lassen.«

Rom schlug zurück. »Ja, du kannst von Glück reden«, höhnte er, »dein Kind ist ja noch am Leben. *Mrs* Jantzen.«

Noni wandte den Blick ab. »Ja, das habe ich gehört. Keine Frau hat das verdient, ob sie nun verheiratet ist oder nicht.«

Rom brachte den Grund seines Kommens zur Sprache. »Wieso hast du mir dann anonym diesen Zeitungsausschnitt über eure Hochzeit nach Südafrika geschickt? Was wolltest du damit bezwecken?«

»Wie kannst du es wagen! Es würde mir nicht im Traum einfallen, dir einen Brief zu schicken oder in irgendeiner Weise mit dir Verbindung aufzunehmen!«

»Dann hat Sonny die Ausschnitte geschickt?«

»Mr Jantzen ist ein Gentleman. Er würde nie anonyme Briefe schicken.«

»Weiß er's denn?«

»Weiß was?«

»Dass das Kind von mir ist.«

Ein verletzter Ausdruck huschte über Nonis Gesicht. Erst in diesem Moment war Rom hundertprozentig sicher, dass das Kind wirklich von ihm war.

»Dann bist du also gekommen, um mich zu erpressen, was? Nein, ich werde nicht ein zweites Mal deinen Gelüsten nachgeben.«

»Übernimm dich bloß nicht! Ich würde dich nicht mal mit der Kneifzange anfassen. Ich bin nur hier, weil ich meinen Jungen sehen will. Ich will sichergehen, dass es ihm hier gut geht und dass er gesund und wohlauf ist. Wie habt ihr ihn genannt?«

»Maximilian George Peter *Jantzen.*«

»Das ist ja ein Schwanz! Wann kann ich ihn sehen?«

»Überhaupt nicht!«

»Du hast keine Wahl, Mrs Jantzen. Wenn ich ihn nicht

sehen darf, dann sag ich Sonny die Wahrheit. Aber er ist ein echter Gentleman, wie du weißt. Er würde dich nie für deine kleine Indiskretion mit einem einfachen Arbeiterburschen verurteilen, oder?«

»Zum Teufel mit dir! Warte dort bei der Koppel.« Die blonde Frau warf einen nervösen Blick zurück zum Haus. »Wenn dich die Dienstboten sehen, wird bald ganz Hope erfahren, dass du hier warst.«

Sie kehrte wenig später mit dem Kleinkind auf den Armen zurück. Roms Hals war wie zugeschnürt, als er den kleinen Wonneproppen erblickte. Er krähte fröhlich und winkte dem Pony mit seinen Patschhändchen zu. Der Kleine trug ein weißes Rüschenkleid und weiße Strümpfchen, wie es für die Kinder aus besserem Hause üblich war. Aber der kleine Maximilian hatte, im Gegensatz zu seinen blonden Eltern, dunkelbraune Haare.

Noni setzte das Kind auf das Pony und stützte es fürsorglich, während sie es zu Rom an den Zaun führte.

Rom ließ die beiden keine Sekunde aus den Augen. *Ich muss zugeben, sie scheint eine ganz anständige Mutter zu sein.*

Der kleine Maximilian winkte Rom ohne Aufforderung zu. Dann tätschelte er die Mähne des Ponys.

»Kluger Junge!«, lobte Rom. »Wirst bald ein genauso guter Reiter sein wie dein Papa.«

Noni, die natürlich wusste, dass damit nicht Sonny gemeint war, zuckte zusammen. Sie zeigte grimmig auf Rom. »Dieser Mann hat früher für deinen Opa Kohlen geschaufelt. Aber jetzt muss er wieder gehen! Mach winke, winke, sei ein braver Junge.«

Der Kleine gehorchte gutwillig, und dann führte Noni ihn und das Pony wieder zurück zum Haus. Ein Kindermädchen erschien, und sie verschwanden zu dritt im Innern.

Rom, der die Frauen kannte, wartete ab. Er wusste, dass Noni noch einmal herauskommen würde, um das letzte Wort zu behalten. Was sie auch tat.

»Und bist du jetzt zufrieden, Delaney? Wie du siehst, er ist gesund, gut genährt und gut gekleidet. Er bekommt alles, was man mit Geld kaufen kann. Wenn er älter ist, wird er die besten Schulen von Melbourne besuchen. Mein Mann liebt ihn über alles, er sagt, er hätte ihm ein zweites Leben geschenkt.«

War da etwa ein flehender Unterton in ihrer Stimme? Es war allgemein bekannt, dass Sonny eine schwache Lunge hatte und wohl nicht sehr alt werden würde. Hatte die Mutterschaft Noni etwa weich gemacht?

Widerwillig stieß Rom hervor: »Freut mich zu hören. Jeder Junge braucht einen liebevollen Vater, zu dem er aufsehen kann. Aber was ist mit seiner Mutter? Habt ihr vor, noch mehr Kinder zu kriegen? Ein Brüderchen oder ein Schwesterchen für Max? Falls es wieder *Schwierigkeiten* geben sollte, ich stehe gerne zur Verfügung.«

Er bereute seine Bemerkung, sobald sie heraus war, aber sie traf ins Schwarze, was immerhin zufriedenstellend war.

»Sonny ist kein gesunder Mann. Wir haben Glück, dass wir dieses eine Kind bekommen konnten«, bemerkte Noni würdevoll. Rom kam sich schäbig vor.

»Verzeih, ich hab kein Recht, dich zu verurteilen. Ich bin ja selbst abgehauen und zur Armee gegangen. Du tust für den kleinen Max das Beste, was du kannst. Danke, dass ich ihn sehen durfte. Ich werde dich von jetzt an in Ruhe lassen – dich und Sonny. Ich gebe dir mein Wort darauf.«

»Und was soll *dein* Wort schon wert sein?!

»Ich hab dir gegenüber noch nie ein Versprechen gebrochen – weil ich dir noch nie etwas versprochen habe. Aber ich leg sogar noch eins drauf – du hast mein Wort als V.M.R.-Soldat, als Digger.«

Er salutierte spöttisch, dann wandte er sich zum Gehen. Er hatte erst wenige Schritte gemacht, als ihm noch etwas einfiel.

»Was ist eigentlich Max' genaues Geburtsdatum?«

»Maximilian«, korrigierte sie ihn. »Und das geht dich nichts an, da wir nichts mehr miteinander zu tun haben werden.«

Rom schlenderte pfeifend davon. Aber nicht einmal »The Girl I Left Behind Me« konnte ihn aufheitern. Er fühlte sich aus irgendeinem unerfindlichen Grund betrogen.

Schwefelgelb gemusterte Kakadus flatterten laut kreischend zwischen den Bäumen umher und schlugen Loopings. Rom überlegte, was noch zu erledigen war, ehe er in die verfallene kleine Schürferhütte zurückkehrte, die er sich mit Finch teilte – das einzige Zuhause, das er je sein Eigen nennen konnte.

Vor ihm tauchte ein Buggy auf. Rom blieben nur Minuten, um sich eine Ausrede für sein Hiersein einfallen zu lassen – diese Straße führte schließlich nur an ein Ziel: das Anwesen der Jantzens. Als Sonny Rom erblickte, ging ein Strahlen über sein Gesicht. Er hielt sogleich neben dem abgerissenen jungen Mann an und bot ihm seine Hand. Rom fielen die feinen Falten auf seinem Gesicht auf – Spuren, die eine chronische Krankheit auf seiner jungen Haut hinterlassen hatte.

»Was für eine wundervolle Überraschung! Herzlich willkommen daheim, Rom. Freut mich, Sie gesund und munter wiederzusehen. Sie sind hier ja inzwischen so was wie ein Held.«

Rom drückte dem anderen voller Zuneigung die Hand.

»Ach, i wo, ich bin kein Held, ich hab einfach nur meine Pflicht erledigt, wie alle anderen Kameraden bei den Rifles.« Rasch fügte er hinzu: »Ich wollte bei Ihnen vorbeischauen, weil ich Sie bitten wollte, ob Sie was für einen Freund von mir tun könnten. Er ist gerade erst von der Front heimgekehrt und sucht Arbeit. Stark wie ein Ochse und gebildet obendrein – er spricht mehrere Sprachen. Ich hab mich gefragt, ob Sie ihm vielleicht einen Rat geben könnten. Er heißt Finch – er hat mir das Leben gerettet. Er ist wie ein Bruder für mich.«

»Es wäre mir eine Ehre, ihm behilflich sein zu können. Aber ich bin nur selten in der Mine. Am besten wäre es, er würde mich zuhause aufsuchen. Aber was ist mit Ihnen, Rom? Ich … mein aufrichtiges Beileid zu Ihrem Verlust …«

Rom schnitt ihm das Wort ab. »Machen Sie sich keine Sorgen um mich, Sonny. Ich hab mehrere Eisen im Feuer.« Er wollte nicht mit dem Mann, der seinen anderen Sohn aufzog, über den Tod des kleinen Robert reden. Sonnys Gesicht hatte einen seltsamen Ausdruck, den Rom noch nie an ihm gesehen hatte – traurig und wehmütig –, als würde er sich nach etwas sehnen, das er nie haben konnte.

»Ach, übrigens«, sagte Rom beiläufig, »ich hab mich noch nicht bei Clytie vorgestellt – ich will sie überraschen. Wenn Sie also für sich behalten könnten, dass Sie mich gesehen haben …?«

»Meine Lippen sind versiegelt«, versprach Sonny lächelnd und machte ein Kreuz über seinem Herzen. »Viel Glück, Rom. Aber bitte melden Sie sich, wenn ich was für Sie tun kann.« Zögernd fügte er hinzu: »Sie sind ein guter Mann.«

Dann fuhr der Minenerbe davon. Rom blickte ihm mit gemischten Gefühlen nach.

Das war knapp. Bloß gut, dass mir diese Ausrede eingefallen ist. Hab mein Händchen zum Glück nicht ganz verloren.

Er konnte es kaum abwarten, Doc Hundey aufzusuchen. Aber dieser Besuch war nur mit großer Vorsicht möglich – er durfte ja nicht gesehen werden. Daher konnte er den Arzt nicht bei Tage aufsuchen – weder zuhause noch in seiner Praxis im Diggers' Rest.

Aber zunächst galt es ohnehin, noch etwas anderes zu erledigen. Er musste in die Höhle einer Löwin vordringen.

Das kleine Buschkrankenhaus war vollkommen unverändert. Rom hatte zwar nie selbst als Patient hier gelegen, aber der Ruf des Schlachtrosses, das dieses Hospital leitete, war allgemein verbreitet. Die Gerüche katapultierten Rom sogleich in das Krankenhaus in Johannesburg zurück: Desinfektionsmittel, Chloroform, Jod, Schweiß und Urin. Wie viele Soldaten waren dort an Typhus gestorben – mehr noch als unter den Kugeln der Buren.

Für einen Moment konnte er das liebe sommersprossige Gesicht der kleinen Kiwi McQueen vor sich sehen, die ihn mit einem Schmunzeln ermahnte, einer Berufskollegin den gebührenden Respekt zu erweisen.

Aber in der Liebe und im Krieg ist alles erlaubt, meine süße Heather.

Die Nacht brach herein, als er sich unbemerkt ins Krankenhaus hineinschlich. Nur wenige Betten waren belegt, und die dort Liegenden schliefen. Schwester Bracken war nirgendwo zu sehen.

Es würde nicht leicht werden, diese Nuss zu knacken, das wusste er. Aber er war wild entschlossen, nicht zu gehen, bis er alles über die letzten Stunden im Leben seines Sohnes erfahren hatte. Er betrat ihr Büro und bemerkte die aufgeschlagenen Krankenakten auf dem Schreibtisch. Er blieb stocksteif stehen.

Ganz sicher bin ich mir ja nicht, aber diese Schrift kommt mir verdammt bekannt vor – ich würde darauf wetten, dass ich recht habe. Aber wieso sollte mir diese alte Fregatte einen anonymen Drohbrief schicken?

Er setzte sich aufs Fensterbrett und wartete.

Schwester Brackens Umrisse zeichneten sich im Türrahmen ab. Sie blieb bei Roms Anblick erschrocken stehen und stolperte ein paar Schritte rückwärts.

»Rom Delaney! Ich dachte, Sie seien tot!«

Der dunkelhaarige Mann zuckte mit den Schultern. »Tut mir leid, Sie enttäuschen zu müssen, Schwester, aber die Nachrichten über mein Ableben sind stark übertrieben. Ich bin wie der sprichwörtliche falsche Penny – ich tauche immer wieder auf.«

Er ließ sich ohne Aufforderung auf dem Stuhl vor ihrem Schreibtisch nieder. Dann wies er auf die Akten mit ihrer Handschrift und deutete anschließend anklagend auf sie.

Sie überspielte ihre Nervosität mit einer Zurschaustellung rechtschaffener Empörung. »Was wollen Sie von mir? Warum sind Sie hergekommen? Ich habe ein Krankenhaus zu leiten!«

Die hat vielleicht Nerven! Für wen hält sie sich eigentlich?

»Der Doc hält viel von Ihnen – ich würde ihm nur ungern seine Illusionen rauben.«

Rom verschränkte die Arme und wartete ab. Er wusste, dass er mehr erreichte, wenn er möglichst wenig sagte. Und er spürte, dass ihr sein Besuch gehörig an die Nieren ging.

»Wenn Sie etwas über den Tod von Miss Harts Sohn erfahren wollen, dann sollten Sie sie selbst fragen.«

Rom beugte sich bedrohlich vor. Seine Finger zuckten.

Die untersetzte Schwester fuhr in ihrem Stuhl zurück. »Sie wollen sicher von mir erfahren, wie der Hart-Säugling gestorben ist.«

Der Hart-Säugling. Rom musste all seine Geduld aufbieten, um ihrer Erklärung zuzuhören, ohne sie zu unterbrechen. Er fasste sie dabei scharf ins Auge. Sein Schweigen beunruhigte sie mehr, als Worte es je könnten.

Sie sprudelte alles in einem Schwall hervor: »Er war fünf Tage alt – eine Frühgeburt, wissen Sie, er kam ein paar Wochen zu früh –, aber gesund und stark. Es geschah in der Nacht während des Bergwerksunfalls. Fünf Männer waren in einem überfluteten Schacht eingeschlossen. Doktor Hundey kämpfte zwei Tage und zwei Nächte lang um ihr Leben. Sie wurden befreit, und er hat vor Ort und ohne Hilfe operiert. Er konnte vier Männer retten. Aber er konnte natürlich nicht an zwei Orten zugleich sein.«

Sie redet, als ob sie eine gerichtliche Aussage machen würde.

»Fahren Sie fort.«

»Miss Harts Säugling war vollkommen gesund, als ich um drei Uhr morgens nach ihm sah. Aber als es Zeit für seine Sechs-Uhr-Fütterung wurde, fand ich ihn tot in seinem Bettchen liegen. Blau angelaufen und kalt. Ich sag Ihnen, ich habe alles versucht, um ihn wiederzubeleben, wirklich alles – Mund-zu-Mund-Beatmung, Herzmassage und so weiter. Ich *hasse* es zu versagen. Aber es war zu spät. Er ist still im Schlaf gestorben.«

Blau angelaufen. Kalt. Rom versuchte, nicht daran zu denken.

»Der Doktor kam von der Mine sofort hierher. Es war ein Fall von plötzlichem Kindstod – das kommt vor. Die Gründe dafür sind unbekannt, das kann Ihnen der Doktor bestätigen. Es kann auch vollkommen gesunde Säuglinge treffen, vor allem Jungen in den ersten Lebensmonaten. Die Gründe dafür sind unbekannt«, wiederholte sie wie ein Mantra. Ihre Stimme brach.

Rom schreckte vor der nächsten Frage zurück, aber Schwester Bracken, in die Defensive gedrängt, beantwortete sie von allein.

»Ich nehme an, Sie möchten wissen, ob eine Autopsie durchgeführt wurde. Nein, das war nicht nötig. Die Todesursache war weder Fahrlässigkeit – noch Mord. Miss Hart war außer sich vor Kummer. Sie litt unter starkem Kindbettfieber. Der Doktor hat sie gegen meinen Rat aus dem Krankenhaus geholt und nach Hause gebracht und sie dort eigenhändig gepflegt. Ein ausgesprochen selbstloser Mann«, stieß sie abschließend fast verzweifelt hervor.

Rom bemerkte die Schweißperlen auf ihrer Stirn.

»Der Doktor hat sich auch um die ganzen Beerdigungsformalitäten gekümmert«, fuhr sie fort, »mit Hilfe von Holy Maude. Die Alte lässt sich ja keine Beerdigung entgehen.«

Rom starrte die Schwester an. Die wichtigste Frage wollte ihm nicht über die Lippen, die Frage, die er Clytie nicht zu stellen wagte: ob sie das Kind nach seinem Tod noch einmal gesehen hatte. Er zwang sich, die Frage an Schwester Bracken zu richten.

»Ich hielt es für das Beste, Miss Hart das zu ersparen. Tote Säuglinge sehen aus wie Wachspuppen, ein Trauma für jede Mutter. Ich habe ihr einen Gefallen damit getan.«

»Einen Gefallen«, wiederholte Rom hohl.

Schwester Brackens Fassade bekam Risse, sie verlor nun doch die Beherrschung. »Was wollen Sie damit andeuten? Dass ich mit meinem Urteil falschlag? Ich schwöre auf die Bibel, dass ich alles Menschenmögliche getan habe, um dieses Kind zu retten. Die junge Frau hat mir leidgetan. Sie hatten sie ja sitzen lassen. Sie war vollkommen mittellos und sollte obendrein ein Kind, das das Stigma der Illegitimität trug, allein aufziehen. Im Grunde war das doch eine Erlösung für sie.« Die Schwester erhob sich und hielt sich zittrig an der Schreibtischkante fest. »Das ist alles, was ich Ihnen sagen kann – und jetzt gehen Sie bitte. *Und lassen Sie mich gefälligst in Ruhe!*«

Roms Blick bohrte sich in den ihren. Er erhob sich ganz langsam. Ihre Miene verriet deutlich, dass sie wusste, dass er ihren Versicherungen keinen Glauben schenkte. Dass sie sogar Angst vor ihm hatte.

Als er schon in der Tür stand, brachte sie den Mut für eine letzte giftige Bemerkung auf.

»Manche halten Sie für einen Helden, Delaney, aber ich nicht! Wir hatten nicht das Recht, gegen die Buren zu kämpfen. Es erforderte echten Mut, sich *nicht* freiwillig zu melden. Sonny Jantzen war das erste Kind, dem ich je auf die Welt geholfen habe. Er ist ein viel besserer Vater für *seinen* Sohn, als Sie es je für das arme Würmchen, das gestorben ist, hätten sein können!«

»Ich würde keinem trauen, der auf die Bibel schwört! Aber wenn Ihr Wort gut genug für den Doc ist – dann muss ich das wohl akzeptieren.«

Er wandte sich noch einmal zu ihr um. Die Schwester schlug entsetzt die Hände vor den Mund, als müsse sie einen lauten Schrei unterdrücken. Rom stolperte davon, die staubige Landstraße entlang, zurück zum Städtchen.

Er war so verstört, dass er sich entschloss, sich noch ein letztes Bier im Diggers' Rest zu genehmigen – er wusste aus Erfahrung, dass man auch nach der Sperrstunde noch etwas an der Hintertür bekommen konnte. Sergeant Mangles wusste ebenfalls davon, drückte aber traditionell ein Auge zu.

Rom schlich zum Hintereingang und betrat den Schankraum – selbst auf das Risiko hin, dass man ihn erkennen könnte. Er lehnte sich an das eine Ende der Bar und winkte der rothaarigen Kellnerin zu, die dahinterstand und gehen wollte. Er ließ seinen Charme spielen. »Bloß noch ein Bier, Schätzchen, dann bist du mich los.«

Ginger warf einen Blick dorthin, wo er stand, beachtete ihn aber nicht. Sie knipste das Licht aus und ließ ihn im Dunkeln zurück.

Rom war platt. *Na so was! Ich dachte, ich sei ein Held … So schnell wird man also wieder vergessen.*

Entschlossen, sich von seinen konfusen Gedanken und Gefühlen zu befreien, schlich er im Ort umher und requirierte alles, was Finch gebrauchen könnte. Dann kehrte er mit seiner Beute durch den nächtlichen Busch zur Schürferhütte zurück.

Finch lag schlafend auf dem Boden und wälzte sich unruhig hin und her, murmelte Unverständliches in einer anderen Sprache vor sich hin.

Armer Bastard. Ich hab ihn in einen noch größeren Schlamassel verwickelt, als mir zunächst klar war.

Er berührte Finch an der Schulter. Dieser fuhr hoch und warf sich sogleich auf ihn, hob die Faust, um Rom niederzuschlagen.

»He, immer mit der Ruhe, Mate! Ich bin's nur, Rom! Ich wollte dich bloß bitten, die Stellung noch ein wenig länger zu halten. Ich brauche noch ein bisschen Zeit, um zu überlegen, wie ich als Nächstes vorgehe. Ich muss eine wichtige Entscheidung treffen.«

»Du hast doch nicht etwa vor, Clytie allein und mittellos sitzen zu lassen? Du wirst auch ganz bestimmt zu ihr zurückkehren?«

»Klar, kannst dich drauf verlassen. Aber jetzt wird's Zeit, die Soldatenuniform abzulegen, Mann. Wenn du mein Mädel schön drum bittest, wird sie dir ein paar Klamotten von mir borgen. Ich habe bei Sonny Jantzen die Werbetrommel für dich gerührt. Er hat gesagt, du sollst zu ihm kommen – er wird dir helfen, Arbeit zu finden.«

»Ich hab deine Hilfe nicht verdient«, meinte Finch betreten. »Da ist was, das ich dir noch sagen muss, Rom. Über Clytie …«

»Heb dir das für ein andermal auf. Aber denk dran: Clytie wird immer nur mich lieben.«

Finch nickte und hob den Daumen zum Zeichen, dass er kapiert hatte.

Doc Hundeys Haus lag im Dunkeln, nur in einem der vorderen Zimmer brannte eine Kerosinlampe. Der Arzt saß am Schreibtisch und arbeitete an seinem Tagebuch. Er blickte auf und erschauderte trotz der Wärme, die in dem kleinen stickigen Raum herrschte, denn Rom saß in einer Zimmerecke, und der hagere Mediziner schien sich nicht sicher zu sein, ob ihn seine müden Augen trogen.

»Schön, dich zu sehen, Rom. Wir glaubten schon, du seist womöglich gefallen. Freut mich, dass das nicht der Fall zu sein scheint.«

»Na ja, Doc, ich schätze, ein Teil von mir ist in Wilmansrust gestorben. Was Sie hier sehen, ist nur mein Schatten.« Er lachte wenig überzeugend.

Doc Hundey musterte den jungen Mann, dann erhob er sich, ging zu einem Medizinschränkchen und nahm eine Flasche Brandy heraus. Mit leicht zitternden Händen schenkte er seinem Besucher ein Glas ein.

»Danke, Doc«, bemerkte Rom, als der Arzt ihm das Glas

hinstellte. »Zu einem guten Schnaps sag ich nicht Nein, Sie kennen mich ja. Sie sind der Einzige, der mich nie belügen würde, das weiß ich. Ich hab keine Ahnung, was ich tun soll, mir geht so viel im Kopf herum.«

»Hast du schon mit Clytie geredet? Sie wartet sehnsüchtig auf deine Rückkehr. Das war das Einzige, was ihr über die schwere Zeit hinweggeholfen hat.«

»Ich weiß. Aber ich kann noch nicht zu ihr, Doc. Ich bin weggelaufen, hab sie im Stich gelassen. Wie soll ich das wiedergutmachen? Ich kenne mich selbst nicht mehr – muss wohl am Krieg liegen.«

»Sprich mit mir, mein Junge. Ich werde versuchen, dir zu helfen.«

»Es gibt Sachen, die ich unbedingt rauskriegen muss – aber Clytie kann ich nicht fragen. Es wäre zu schmerzhaft für sie, das alles nochmal zu durchleben. Ich bin bei Schwester Bracken gewesen und hab versucht, sie auszuquetschen, aber da bin ich gegen eine Wand gerannt.«

Der Doc runzelte die Stirn. »Sie ist kein schlechter Mensch, wenn auch vielleicht ein wenig undiplomatisch.«

Roms Blick war durchdringend auf das hagere Gesicht des Doktors gerichtet. »Die Bracken hat mir gesagt, unser Baby sei in der Nacht, als der Schacht im Bergwerk eingestürzt ist, gestorben.«

»Ich werde mir nie verzeihen, dass ich Clytie damals nicht beistehen konnte. Aber was genau stört dich, mein Sohn?«

»Ich glaube, dass die Bracken lügt. Sie versucht, irgendwas zu vertuschen. Sie hat Schiss davor, Ihnen die Wahrheit zu sagen, Doc.«

»Willst du damit sagen, das Kind starb aufgrund von Schwester Brackens Fahrlässigkeit? Das ist eine schwere Anschuldigung, mein Junge. Du erzählst mir am besten ganz genau, was die Schwester zu dir gesagt hat. Wort für Wort, wenn möglich.«

Rom fing an, das Gespräch wiederzugeben, doch er hatte kaum begonnen, als heftig an die Haustür geklopft wurde.

Der Arzt entriegelte das Schloss und öffnete. Paddy O'Grady stand auf der Türschwelle und knetete nervös seinen Hut. Das Nachthemd hing ihm aus der Hose.

»Es ist Mum, Doc! Die Wehen haben eingesetzt«, stammelte er voller Angst. »Sie blutet fürchterlich, Doc. Und es ist noch ein bisschen zu früh, das Kind sollte noch nicht kommen.«

»Verstanden. Warte, ich hole rasch meine Tasche, dann sattle ich das Pferd und …«

»Nicht nötig, Doc. Ich hab unseren Karren draußen.«

Paddy rannte ohne ein weiteres Wort durch den Vorgarten zurück zur Straße.

Der Arzt eilte ins benachbarte Zimmer, holte seine Tasche und steckte dann den Kopf ins Wohnzimmer.

»Wir reden später weiter, Junge, versprochen.«

Aber Roms Sessel war leer.

Der Arzt kletterte auf den Wagen, Paddy knallte mit der Peitsche, und sie holperten geschwind davon.

Der hagere Arzt schaute sich noch einmal zum Haus und zur Straße um.

Von Rom keine Spur.

Vom Gebüsch hinter dem Pfarrhäuschen aus spähte Rom zu Clyties Fenster. Im Wohnzimmer brannte noch Licht. Er brachte es nicht über sich, Clytie auf das Kind anzusprechen. Sie hatte schon viel zu viel gelitten.

Und wenn ich mich, was die Bracken betrifft, nun irre? Würde das einen Unterschied machen? Wir würden den Kleinen so oder so nicht zurückbekommen.

Wenn er Clytie doch nur irgendwie trösten könnte!

Er sah, wie die Kerosinlampe ausging und wie sein Mädchen mit einer Kerze im Schlafzimmer verschwand. Er folgte dem Weg der kleinen Flamme, die schließlich ausgeblasen wurde. Das Haus lag im Dunkeln.

Rom wartete noch einige Augenblicke ab, dann näherte er sich der Hintertür. Shadow knurrte bei seinem Herannahen, aber er gebot dem Hund mit einem knappen Befehl Schweigen. Er blieb in der Tür zum Schlafzimmer stehen und betrachtete die schlafende Clytie. Lust und Mitgefühl fochten in seinem Innern um die Oberhand.

Ihr dunkles lockiges Haar ergoss sich über die Kissen. Sie atmete tief und langsam. Auf dem Nachtkästchen neben dem Bett stand ein Fläschchen mit der Aufschrift *Baldrian.* Ein natürliches Schlafmittel, wie er wusste.

Clytie hatte ihre Hände auf der Brust gefaltet wie ein Engel. Ihr Nachthemd war alt und abgetragen, aber in seinen Augen hatte sie nie lieblicher ausgesehen – vertrauensvoll und unschuldig.

Als er ihre tränenfeuchten Wimpern bemerkte, wollte ihm schier das Herz brechen. *Ich hab mein Versprechen gehalten, mein Mädchen. Aber ich kann mich jetzt noch nicht zeigen.*

Vorsichtig, damit er sie nicht aufweckte, legte er sich zu ihr. Er nahm sie in die Arme, sodass ihr Kopf auf seiner Schulter lag. Die Ironie der Situation entging ihm nicht.

Das ist das erste Mal, dass ich bei einer Frau liege, ohne sie zu nehmen. Ich werde wohl alt.

Doch er war sich dessen bewusst, dass er mit der Ironie nur seine wahren Gefühle verdeckte. Er war traurig darüber, dass ihm beide Söhne genommen worden waren, aber jetzt, wo er bei Clytie lag, empfand er auch ein tiefes Glücksgefühl und Trost bei dem Gedanken, dass er zumindest über ihren Schlaf wachen konnte.

Rom ging vor Sonnenaufgang, während Clytie noch tief und fest schlief. Er schlüpfte geräuschlos durch den Busch, begleitet vom heiseren Morgenkonzert der Kookaburras.

Ich kenne den Busch wie meine Westentasche – aber ich hab mich nie so verloren gefühlt wie jetzt.

31

Der Mann, dem die Rolle des Vermittlers aufgezwungen worden war, erlebte dieselbe Nacht, allerdings mit ganz anderem Ausgang.

Es war eine schwarze mondlose Nacht. Finch stolperte blindlings durch den Busch. Er hatte es nicht länger in der Schürferhütte ausgehalten, heimgesucht von erotischen Vorstellungen von Clytie und ihrem Liebhaber, Rom.

Jäh tauchte die Hütte des Pfarrers vor ihm im Dunkeln auf. Finch versuchte sich einzureden, dass er nicht beabsichtigt hatte, dorthin zu gehen.

In einem Zimmer brannte Licht, eine Kerosinlampe. Finch wusste, dass dies Clyties Schlafzimmer war. Seine Kehle war auf einmal wie zugeschnürt. Er wurde von der Sehnsucht gepackt, anzuklopfen und zu ihr zu gehen, was widersinnig war. Aber er ertrug es nicht länger, diese Lüge zu leben, die Rolle des integren Vermittlers zu spielen. Er akzeptierte, dass sie Rom liebte. Aber für ihn wurde es jetzt Zeit, Hope zu verlassen – sollten die beiden ihre Schwierigkeiten allein ausfechten. Bald würde er Clyties süßes Gesicht nie wiedersehen. Ob er das ertragen könnte?

Sie hob die Arme und öffnete ihr Haar, dabei zeichneten sich die sanften Umrisse ihres Busens ab. Er kam sich vor wie ein Voyeur, und sein Herz schlug schneller.

Geh heim. Du hast hier nichts verloren.

Er hatte sich bereits abgewandt, um doch wieder zu Roms kleiner Hütte zurückzukehren, als er plötzlich Stiefelschritte knirschend die Quarzstraße zu Clyties Häuschen entlangkommen hörte. Er wich instinktiv in den Schutz des Gebüschs zurück.

Der Ankömmling war Rom.

Finch verwünschte sich. Jetzt saß er schön in der Falle! Zu spät, er durfte sich nicht mehr blicken lassen.

Möglichst leise atmend beobachtete er, wie Rom an genau derselben Stelle innehielt, an der er noch Sekunden zuvor selbst gestanden hatte. Er war Rom so nahe, dass er ihn berühren könnte, wenn er den Arm ausstrecken würde. Rom beobachtete nun selbst Clyties Fenster.

Die Lampe ging aus. Eine kleine flackernde Kerze bewegte sich zum Schlafzimmer. Dann wurde es dunkel. Rom wartete ab, dann schlich er sich zur Hintertür. Shadow knurrte, aber Rom befahl ihm zu schweigen.

Finch war sowohl erleichtert als auch verzweifelt. Jetzt wurde er die Vorstellungen und Bilder erst recht nicht mehr los. Stolpernd machte er sich auf den Rückweg zu der kleinen Hütte am Ufer des Creeks.

Er konnte lange nicht einschlafen, und als der Schlaf endlich kam, war es eine Art Dämmerzustand, in dem er von einem Traum in den anderen stolperte. Er stand wie festgewachsen in einem Raum und musste mit ansehen, wie Rom und Clytie sich leidenschaftlich liebten. Rom bestieg die junge Frau, und diese rief erregt aus: »Ja, nimm mich!«

Finch schreckte schweißgebadet aus dem Schlaf und stellte betreten fest, dass sein Glied stark erigiert war, bereit für den Geschlechtsakt. Aber er wollte nicht irgendeine. Er wollte Clytie!

Beschämt über diesen ungewollten Verrat an Rom warf er die Decke zurück und erhob sich. Er wurde von einem für ihn unbekannten Gefühl heimgesucht: heftigem Neid.

Die bittere Wahrheit war, dass sich das Machtgleichgewicht innerhalb des Trios endgültig verschoben hatte. Und er konnte sogar den Finger auf den genauen Zeitpunkt legen: als Clytie ihn in der Hütte aufgesucht und mit der Flinte auf ihn gezielt hatte. Als er's drauf hatte ankommen lassen, die Decke zurückgeschlagen und ihr seine Erektion gezeigt hatte, die sowohl durch Angst als auch durch Lust hervorgerufen worden war. Als er sie aufgefordert hatte, ihn doch zu erschießen, wenn sie ihm nicht vertraute.

Finch konnte sich nicht länger selbst belügen. *Ich bin verrückt nach diesem Mädchen, seit ich sie zum ersten Mal auf Roms Fotografie gesehen habe. Aber Rom ist letzte Nacht endlich zu ihr gegangen und hat bei ihr gelegen. Ich bin jetzt überflüssig. Meine Arbeit ist getan. Zeit zu gehen und die beiden ihrem – hoffentlich glücklichen – Schicksal zu überlassen.*

Er schrieb Rom einen Zettel und beschwerte ihn mit einem Stein. Auf dem Zettel stand:

Bravo, Mate. Du hast endlich den Mut aufgebracht, zu
Clytie zu gehen. Für mich wird's Zeit, wieder aufzubrechen.
Danke für all deine Hilfe und Gastfreundschaft. Finch

Da er nicht wusste, wann er wieder die Gelegenheit dazu erhalten würde, wusch er sich im Creek und rasierte sich sorgfältig mit dem alten Rasiermesser aus der Hütte. Das Gesicht, das ihm hohläugig aus der Spiegelscherbe entgegenblickte, kam ihm fremd vor.

Finch stopfte seine wenigen Habseligkeiten in seinen Ranzen und zog das an, was noch am saubersten war – er wollte nicht zu abgerissen aussehen, wenn er zur Straße ging und den Daumen rausstreckte. Er stellte sich vor, wie er von dem Fahrer irgendeines Karrens gefragt wurde, wo er denn hinwolle und wie er darauf antwortete: »Egal, irgendwohin.«

Finch war in diesem Moment fest davon überzeugt, dass sein neues Leben bereits zu Ende war.

Um Clyties Häuschen aus dem Weg zu gehen, nahm er den direkten Weg durch den Busch zur Straße. Er kaufte sich beim Bäcker einen billigen Brotlaib von gestern, dann machte er kurz an der Schmiede Halt und bat den Schmied, sein Bowiemesser zu schärfen. Black Jack tat es, ohne zu zögern, lehnte aber eine Bezahlung ab.

»Nicht nötig. Viel Glück, Mate. Ich hoffe, du findest bald Arbeit.«

Finch kam an einem Juwelierladen vorbei und blieb unwillkürlich stehen. Über dem Laden stand in großen Lettern *Uhrmacher und Juwelier. Inh. Sol. Levi.* Sein Blick wurde von einer hübschen Pendeluhr angezogen, die hinter der makellos sauberen Schaufensterscheibe stand, in der sich die Sonne nur so spiegelte. Ihm fiel ein, dass Clytie ihre Uhr einmal aus Wut über Roms unerklärliches Fernbleiben an die Wand geworfen hatte.

Kein Wunder, dass ihr endlich die Geduld ausgegangen ist. Kann ich ihr nicht vorwerfen.

Finch betrat, einer spontanen Eingebung folgend, den Laden. Der Inhaber, Solomon Levi, stand hinter der Theke und befestigte an einem Schmuckstück ein Preisschildchen. Er blickte bei Finchs Eintreten auf und lächelte dem großen blonden Mann über seine Halbmondbrille freundlich zu. Ein trauriger Ausdruck hatte sich in seinen Augen eingenistet, den er wohl mit ins Grab nehmen würde.

»Wie kann ich Ihnen behilflich sein, junger Mann? Mr Finch, stimmt doch?«

»Ja, so werde ich genannt, Mr Levi. Ich hätte nur eine Frage. Mir ist diese wunderschöne alte Uhr im Schaufenster aufgefallen. Es steht kein Preis darauf. Ist sie vielleicht zu verkaufen?«

»Sie steht jetzt schon seit Monaten im Schaufenster. Ich habe sie für einen schottischen Bergarbeiter repariert. Der arme Niven gehörte zu den Verschütteten. Vielleicht haben Sie von dem Bergwerksunglück letztes Jahr in der Golden Hope gehört? Aber das war, bevor Sie nach Hope gekommen sind.«

»Wäre es möglich, eine Anzahlung auf die Uhr zu leisten?«, fragte Finch scheu. »Ich werde Hope leider verlassen, aber ich kann Ihnen versprechen, dass ich regelmäßig jeden Monat Geld schicken werde, bis die Uhr abbezahlt ist.«

»Sie haben mich ja noch gar nicht nach dem Preis gefragt, Mr Finch«, meinte der Juwelier sanft. »Sie müssen die Uhr wirklich unbedingt haben wollen.«

»Ja, Sie haben recht. Was kostet sie denn?«

»Sie gehört gar nicht mir. Die Uhr gehört rechtmäßig den Erben von Donald Niven. Aber es scheint, dass er keine Angehörigen hinterlassen hat. Deshalb verwahre ich die Uhr jetzt bei mir.« Der alte jüdische Geschäftsmann zögerte. »Verstehe ich Sie richtig, dass es ein Geschenk sein soll?«

»Ja, das stimmt. Für Miss Clytie Hart. Ich bin ein guter Freund ihres Verlobten, Rom Delaney. Ich würde ihr gerne ein Geschenk machen, als Dank für ihre Gastfreundschaft.«

»Ich verstehe. Eine höchst anständige Geste.« Levi wackelte nachdenklich mit dem Kopf. »Wissen Sie was? Machen wir doch ein kleines Geschäft.«

»Wie meinen Sie das?«

»Ich werde Ihnen die Uhr unter einer Bedingung überlassen. Wir haben schwierige Zeiten. Ich möchte nicht, dass die Leute hier glauben, ich sei so wohlhabend, dass ich es mir leisten kann, meine Waren zu verschenken – die jüdische Rasse wurde schon immer fälschlicherweise des Reichtums bezichtigt. Ich bin zwar nicht gerade arm – aber reich bin ich deshalb noch lange nicht. Ich überlasse Ihnen die Uhr also unter folgender Bedingung: dass Sie nie verraten, dass ich sie Ihnen geschenkt habe!«

»Das geht doch nicht. Lassen Sie mich zumindest die Reparaturkosten übernehmen. Ich bin arbeitsam und fleißig. Ich werde sicher bald wieder zu etwas mehr Geld kommen.«

»Ja, das glaube ich gern. Aber das ist nun mal meine Bedingung – ist es wirklich so schwer für Sie, das zu akzeptieren? Lassen Sie es mich so ausdrücken: Es ist ein kleines Dankeschön an einen Soldaten – zum Gedenken an meinen Sohn Alexander, einen Arzt aus Melbourne, der einer der Ersten war, die sich zum Einsatz in Südafrika gemeldet haben. Er war Sanitätsoffizier beim Medical Corps, wissen Sie.«

Der alte jüdische Juwelier deutete auf ein gerahmtes Foto an der Wand. Darauf war ein ernster junger Mann mit dunklen Augen abgebildet, der die Uniform eines australischen Offiziers trug und einen stolzen Ausdruck auf dem Gesicht hatte.

»Ihr Sohn?«

Levi nickte. »Ja, Alex hat für seinen Einsatz in Ladysmith die Tapferkeitsmedaille bekommen, aber leider auch sein Leben verloren. Ich versuche, Councillor Twyman dazu zu überreden, mir zu gestatten, neben seinem Namen auf dem Kriegerdenkmal einen kleinen goldenen Davidsstern zu platzieren, aber er ist abgeneigt. Nun, ich werde es weiter versuchen, und wir werden sehen.«

Finch spürte den Schmerz des Alten fast körperlich, aber ihm fehlten die Worte, um ihn zu trösten.

»Ich weiß gar nicht, was ich sagen …«

»Das müssen Sie auch nicht. Ihre Augen sprechen für Sie. Bitte entschuldigen Sie, dass ich Sie erschreckt habe. Sie sind ja ganz blass. Sicher haben Sie schon viel zu viel erlebt.«

Der alte Juwelier nahm die Pendeluhr aus dem Schaufenster. »Soll ich sie an Miss Hart liefern lassen? Harry, mein Enkelsohn, erledigt Botengänge für mich. Ist gut für einen Jungen, sich sein eigenes Taschengeld zu verdienen, nicht wahr?«

»Ja, bestimmt. Vielen Dank für Ihre Freundlichkeit und Großzügigkeit, Mr Levi. Miss Hart wird sich sicher riesig über die schöne Uhr freuen.«

Solomon Levi legte schmunzelnd den Finger an die Lippen. »Aber kein Wort, ja?«

»Ihr Geheimnis ist gut bei mir aufgehoben, Sir.«

Etwas zurückhaltender bemerkte Levi: »Ich hoffe, dass Miss Harts Verlobter, Mr Delaney, bald gesund und wohlauf aus dem Krieg heimkehrt. Ein wilder Bursche, wie ich höre. Aber ich denke, Miss Hart ist genau das richtige Mädchen, um einen guten Ehemann aus ihm zu machen.«

Finch stammelte ein Dankeschön und verließ den Laden.

Er wollte so schnell wie möglich weg von hier. Aber etwas ließ ihm keine Ruhe. *Clytie verdient es nicht, dass ihr noch ein Kerl ohne Abschied davonläuft.*

Wie um seine Worte zu bekräftigen, kam der Kelpie, Shadow, bellend auf Finch zugesprungen.

»Na, was gibt's, Junge?«

Der Hund machte kehrt und sprang den Kirchberg hinauf. Finch folgte ihm mit dem Blick und sah auf halber Höhe etwas Rosarotes zwischen den olivgrünen Blättern der Eukalyptusbäume auf dem Friedhof aufblitzen. *Clytie! Wer schickt denn einen Kelpie? Oder ist der Hund selbst auf diese Idee gekommen? Auf jeden Fall ein Wink, dem ich folgen werde.*

Finch trat mit einem Gefühl des Unbehagens durch den überdachten Zugang zum Friedhof. Irgendetwas stimmte nicht. Die Sonne stand strahlend am Himmel, aber Finch erschauderte unwillkürlich. Clytie kniete am Grab des kleinen Robert und steckte frische Blumen in das Marmeladenglas. Dann riss sie ein Büschel Unkraut aus, das zwischen den Grabplatten hervorwuchs und die Schrift zu überwuchern drohte.

Sie blickte bei seinem Näherkommen auf und musterte ihn abweisend. »Dürfte ich fragen, wo Sie auf einmal hinwollen, Finch? Und wann gedenkt mein sauberer Verlobter, sich endlich mal bei mir blicken zu lassen?! Wenn Sie ihn das nächste Mal sehen, Finch, dann richten Sie ihm das bitte aus!«

Finch konnte sie nur fassungslos anstarren.

Clytie, die den blonden Mann jetzt erst richtig ansah, runzelte besorgt die Stirn. »Was ist mit Ihnen, Finch? Geht es Ihnen nicht gut? Sie sind ja weiß wie eine Wand. Sie sollten Doc Hundey aufsuchen. Vielleicht bekommen Sie ja Fieber.«

»Ah … es ist nichts. Ich muss weg.«

Er stolperte blindlings den Berg hinab.

Wo soll ich bloß hin? Wem kann ich es sagen? Dem Doc … dem Doc …

Der letzte Patient des Tages war gegangen, und der Arzt wollte schon seine Sachen packen, als Finch in seiner Praxis im Diggers' Rest anklopfte. Der Arzt warf nur einen Blick auf den ehemaligen Soldaten und schob ihm einen Stuhl unters Hinterteil und nahm ihm den Ranzen ab.

Er hielt Finch ein Glas Brandy an die Lippen. »Los, trinken, mein Junge. Sie haben wohl gerade so was wie einen Schock erlitten, vermute ich?«

Finch brauchte eine Weile, ehe er überhaupt Worte fand. »Glauben Sie, ich könnte verrückt sein, Doktor? Ich weiß nicht, ob ich in der Lage bin, noch zwischen Wirklichkeit und Einbildung zu unterscheiden! Bin ich wach, oder träume ich? Bin ich in einer Art Albtraum gefangen?«

»Sie sind geistig so gesund wie ich – wenn man das als Empfehlung nehmen kann«, meinte der Arzt schmunzelnd. »Warum fragen Sie?«

»Weil ich glaube, dass ich die Welt anders sehe als andere Menschen. Ich sehe Dinge, die andere nicht sehen. Vielleicht liegt es am Krieg.«

»Wir können den Krieg für vieles verantwortlich machen, mein Junge. Kommen Sie, nun reden Sie schon, ich höre.«

»Ich frag mich, ob einige von uns vielleicht im Moment des Todes hier auf der Erde hängen bleiben – und nicht *weiterziehen* können.«

»Wie kommen Sie darauf?«

Finch konnte nicht antworten. Der Arzt musterte ihn schweigend und fragte dann diskret: »Kommt das aus einem Ihrer Albträume?«

»Nein. Den Gedanken habe ich schon seit einiger Zeit.«

Er musste an all die Dinge denken, die ihm von Anfang an komisch vorgekommen waren, die er aber noch nie zusammengenommen betrachtet hatte … Rom, der ihm vom Schiffsbug aus zuwinkte … in der Bar des Young and Jackson's Hotel … die Kindermädchen im Bitternbird Park, die Rom einfach ignoriert hatten … der freundliche Farmer, der ihn, Finch, auf seinem Karren mitgenommen, Rom aber überhaupt nicht beachtet hatte …

»Ich war lange mit Rom unterwegs, Doc. Bin mit ihm auf eine Sauftour gegangen, hab mich mit ihm gestritten – ja, wir hatten einmal sogar eine Rauferei, sind mit den Fäusten aufeinander losgegangen! Aber mir ist aufgefallen, dass einige Menschen ihn vollständig ignoriert haben, als ob sie ihn gar nicht sehen würden. Rom hat immer nur gelacht und mit den Schultern gezuckt. Hat gesagt: ›An einem Tag ist man ein Held, und am anderen haben sie einen schon wieder vergessen.‹ Ich gab dem Krieg die Schuld, ich dachte, ich würde mir das nur einbilden. Aber dann sah ich ihn gestern Nacht Clyties Haus betreten. Und vorhin bin ich Clytie dann auf dem Friedhof begegnet.«

Der Arzt wartete geduldig ab.

»Sie kniete am Grab ihres Söhnchens. Sagte so was wie: ›Sagen Sie meinem sauberen Verlobten, er soll sich endlich mal bei mir blicken lassen!‹« Finch presste die Lippen zusammen. Er war kreideweiß. »Dabei stand Rom die ganze Zeit neben ihr! Und sie konnte ihn nicht sehen!«

Finch begann am ganzen Körper zu zittern. Er schlang die Arme um den Oberkörper, um sich wieder in den Griff zu bekommen, weil er sich für seine Schwäche schämte.

Er zwang sich zu sagen: »Habe ich den Verstand verloren, Doktor? Ich glaube … ja, ich glaube, dass Rom gar nicht merkt, dass er nicht *wirklich* nach Hause zurückgekehrt ist. Nicht richtig, meine ich.«

Stille.

»Finch, wenn Sie den Verstand verloren haben, dann sind Sie bei mir in guter Gesellschaft. Ich habe Rom nämlich selbst vor Kurzem gesehen. Er kam zu mir und wollte reden. Er war sehr aufgewühlt. Es ging um den Tod seines Sohnes.«

Finch beugte sich eifrig und auch ein wenig erleichtert

vor. »Sie sind Arzt, Doc – wie kam er Ihnen vor? Wirkte er solide? Vollkommen lebendig?«

»Ja, ganz normal, bis auf eins, das fand ich seltsam. Ich trinke, wie Sie vielleicht wissen, selbst keinen Alkohol, habe Rom aber an dem Abend ein Glas Brandy angeboten. Er hat selbst gesagt, dass er zu einem guten Schnaps nie Nein sagen würde. Aber als ich später, nachdem er gegangen war, nochmal ins Arbeitszimmer schaute, stand das Glas noch unberührt da.«

Finch nickte erleichtert. »Und was sollen wir jetzt machen? Ich bringe es einfach nicht übers Herz, es Clytie zu sagen.«

»Nein, auf gar keinen Fall! Die junge Frau glaubt, sie käme zurecht, sie hätte ihr Leben unter Kontrolle. Aber das ist ein Irrtum. Sie trauert noch immer zutiefst um ihr verlorenes Baby und klammert sich mit aller Kraft an die Hoffnung, dass Rom zu ihr zurückkehren wird.«

»Ja, ich weiß. Sie ist sauer auf ihn, aber sie wird ihn nie aufgeben.«

Die beiden saßen eine Zeit lang beunruhigt beieinander und schwiegen, jeder in seine eigenen Gedanken versunken. Der Arzt brach das Schweigen.

»Ich entsinne mich einiger klassischer Philosophen, die behaupten, dass ein Geist eine verlorene Seele ist, die unfähig ist, ihr vergangenes Leben hinter sich zu lassen und aus einem ganz bestimmten Grund noch hierbleibt. Wenn man an Gott glaubt, Finch, dann hat Rom vielleicht einen kleinen Aufschub erhalten, um etwas in Ordnung zu bringen.«

Finch nickte zustimmend. »Ja, das glaube ich auch. Rom sagt ständig, er müsse den Schlamassel wieder in Ordnung bringen, den er angerichtet hat, er müsste es für Clytie wiedergutmachen.«

»Wenn das stimmt, Finch, dann lebt Rom von geliehener Zeit. Dann müssen wir beide, Sie und ich, ihm helfen herauszufinden, was es ist, das ihn noch hier hält.«

»Keine Chance, Doktor. Er bestreitet die Existenz von Gott und glaubt weder an ein Leben nach dem Tod noch an so was wie Geister oder Seelen. Er glaubt an gar nichts – außer daran, dass er neun Leben hat wie eine Katze.«

Der Arzt seufzte tief auf. »Dabei muss ich an Oscar Wilde denken und an seine ›Ballade vom Zuchthaus zu Reading‹: Denn wer mehr Leben als eins gelebt, mehr Tode als einen starb.«

Erneut schwiegen sie. Der Arzt war auch diesmal wieder derjenige, der als Erster das Wort ergriff.

»Wir sind beide Roms Freunde. Wir müssen herausfinden, was ihm den Frieden raubt – und damit den Schlüssel zu seinem Leben finden. Oder seinem Tod.«

Finch meinte mit brüchiger Stimme: »Vielen Dank, Doktor. Ich habe schon geglaubt, dass ich außer meinem Gedächtnis auch noch meinen Verstand verloren hätte.«

Der Arzt schüttelte seinem Besucher die Hand. »Sie sind nicht allein, Finch. Wir stehen das zusammen durch – egal was wir am Ende auch herausfinden werden.«

32

Der Weg zwischen Roms Hütte und dem Pfarrhäuschen erschien Finch mit jedem Schritt länger zu werden. Seit seinem ungewöhnlichen Geständnis letzte Woche in der Praxis des Arztes ging es mit ihm aufwärts. Er hatte mehrmals ungestört schlafen können und war nicht von Albträumen und wilden Fantasien heimgesucht worden – zum ersten Mal, seit er in dem Krankenhaus in Johannesburg zu sich gekommen war.

Heute sah er den Busch mit neuen Augen. Er war grün und fruchtbar und voller Leben. Und dennoch fühlte er sich fremd hier. Erinnerungsfetzen – die mit zunehmender Häufigkeit auftauchten wie in einem winterlichen See, dessen Eisdecke allmählich Risse bekommt – verrieten ihm, dass er in einer ganz anderen Umgebung, einem ganz anderen Klima aufgewachsen sein musste. Er war sich zwar ziemlich sicher, dass Englisch seine Muttersprache war, doch auch seine Deutsch- und Französischkenntnisse waren so gut, dass sie über reines Schulwissen deutlich hinausreichten.

Immer wieder glaubte er, die gütige Stimme eines Mannes zu hören, und hoffte, dass es die Stimme seines Vaters war, die zu ihm sprach. »Mein Sohn, wir müssen die Sprachen jener Länder ehren, deren Menschen uns in den Zeiten der Verfolgung Zuflucht gewährt haben.«

Zeiten der Verfolgung – war das wörtlich zu nehmen? Er sah sich plötzlich als Kind, wie er auf einer Landkarte die Route nachzeichnete, die sein Volk auf der Flucht vor der Verfolgung von einem Land zum anderen genommen hatte. Er machte die Augen zu und konzentrierte sich auf Einzelheiten. Er sah eine Karte von Frankreich vor sich, sah die Normandie, das blaue Band des Loiretals … Er sah sich mit kindlicher Schrift das Wort »Danger« schreiben.

Danger – dieses Wort, bei dem mir jedes Mal der Atem stockt. Aber wieso? Ich bin doch kein Feigling. Es muss einen anderen Grund geben.

Er haschte der flüchtigen Erinnerung nach, folgte den gestrichelten Linien auf der Landkarte zu anderen Orten: zum Languedoc, nach Flandern, zu den Ausläufern des großen Paris. Dann ein geografischer Sprung nach Deutschland, Hannover und Hamburg. Er sah sich einen bestimmten Ort einkreisen: *Altona.* Daneben das Symbol eines Webstuhls. Jahrhunderte später ging der Exodus weiter nach Holland und schließlich über den Ärmelkanal nach England. Den Londoner Stadtteil Spitalfields sah er vor sich, daneben das Symbol des Seidenwebers. Ein naiv gemaltes Schiff symbolisierte die Reise nach Australien. Über der Karte stand in kindlichen Druckbuchstaben *Der Danger-Baum.*

Finch brach der Schweiß aus vor Konzentration. Er hörte die gütige Männerstimme sagen: »Ja, sehr gut, mein Junge. Aber du hast den Apostroph und das S vergessen.«

Ein Apostroph? Was soll das nun wieder bedeuten?

Und da wusste er auf einmal, wer seine Vorfahren waren – wenn auch noch nicht, wer er selbst war. Er stieß einen Freudenschrei aus.

»Ich hab's! Sie waren Hugenotten!«

Auf einmal fügten sich die Puzzleteile zusammen. Finch

blieb stehen und ratterte erregt alles herunter, was ihm sein Vater eingetrichtert hatte.

»1523, der erste französische Protestant wird auf dem Scheiterhaufen verbrannt. 1534, John Calvin und unsere Leute werden aus Frankreich vertrieben. 1562, Beginn der Hugenottenkriege. Dreiundzwanzigster August 1572, Bartholomäusnacht, Protestantenmassaker in den Straßen von Paris. Ein Blutbad wird angerichtet … Die Verfolgungen breiten sich in ganz Frankreich aus … Beginn der ›Notzeiten‹. Vertreibung der französischen Protestanten … Flucht in von Protestanten dominierte Länder und Landstriche, wo die freie Religionsausübung gestattet war …«

Finch reckte triumphierend die Faust.

»Jetzt weiß ich's wieder! Wir haben an jedem ersten Sonntag im September der Verfolgungen gedacht. Egal in welchem Land wir uns gerade aufhielten, Vater ist mit mir hinaus aus der Stadt gefahren und hat mit mir in unserer alten französischen Sprache gebetet!«

Der ehemalige Soldat freute sich riesig über diesen Durchbruch. Schwindelig vor Freude fielen ihm all die Länder ein, die den calvinistischen Protestanten Aufnahme gewährt hatten: die Niederlande, die Schweiz, die deutschen Fürstentümer Brandenburg-Preußen und Hessen-Kassel. Die Neubürger arbeiteten fleißig und wurden allseits respektiert. Tausende waren in andere europäische Länder, nach England und Amerika geflohen, als Napoleon Bonaparte schließlich das Recht der Hugenotten auf freie Religionsausübung wiederherstellte, ebenso wie die Rechte der französischen Juden.

Und schließlich sind wir dann in Australien gelandet. Finch sah das südaustralische Städtchen Hahndorf vor Augen, wo der Weinanbau praktiziert wurde und wo neben Englisch auch gleichberechtigt das Deutsche gesprochen wurde.

Südafrika! Aber hier wollte sich der Schleier nicht lüften. Alles, was in dieser Zeit geschehen war, blieb unter Verschluss. So frustrierend das auch sein mochte, Finch war froh, zumindest die Ecksteine seines Lebens und seiner Identität wiederentdeckt zu haben. Er hatte zwar noch immer keinen Namen – aber immerhin einen Einblick in das bewegte Leben seiner Vorfahren erhalten!

Schmunzelnd erinnerte er sich an das Motto der Hugenotten: »Je stärker man auf mich einhaut, desto mehr Hämmer werden an mir stumpf!«

Wie durch Zauberhand erschien ihm der Busch nun wie ein freundlicher magischer Ort, erfüllt von einer fast greifbaren Vitalität und einer sanften Palette von Grün- und Goldtönen, durchsetzt von Ocker an den Blattspitzen. Auffallend waren vor allem der Gegensatz und das gleichzeitige Harmonieren von feminin und maskulin: die zarten Wildblumen, die ihre Köpfe aus dem Boden reckten und sich an der harten, rissigen Rinde von Bäumen in allen möglichen Farbschattierungen von silbern über schwarz bis gescheckt emporrankten. Nicht ein Baum glich dem anderen.

Dieser Winkel des Gold Triangle besaß eine ganz eigene Schönheit. Vom Marschland her drang der kehlige Ruf eines Bitternbird an sein Ohr und erinnerte ihn an den kleinen südafrikanischen Finken, dem er seinen momentanen Namen zu verdanken hatte. Schwester McQueen hatte das von ihm genuschelte Wort als »Finch« interpretiert und entsprechend in der Krankenakte notiert – ein Name, der seinen Träger zunehmend beunruhigte, weil er mehr und mehr die Vermutung hatte, er könnte möglicherweise ein Deserteur sein – selbst Rom hatte dies wiederholt angedeutet. Vielleicht war er deshalb immer so vorsichtig – Gedächtnisverlust hin oder her –, denn er wusste sehr wohl, was einen Deserteur erwartete: das Kriegsgefangenenlager oder vielleicht sogar das Erschießungskommando. Doch im Moment wollte er nicht mehr an den Krieg in Südafrika denken. Mit den wiedergewonnenen Erinnerungen hatte auch sein Selbstbewusstsein einen enormen Sprung nach vorn gemacht. Das Wissen um seine mutigen Vorfahren war ein Fundament, auf dem er sicher stehen konnte.

Zu Finchs Erleichterung war Clytie ausgeflogen, und das Pfarrhäuschen lag verlassen da. Wahrscheinlich war sie mit ihrem treuen Shadow unterwegs. Perfekt für sein Vorhaben.

Er holte die Axt aus dem kleinen Werkzeugschuppen, den er für Clytie gezimmert hatte, zog sein Khakihemd aus und machte sich auf den Weg in den Busch. Schon bald hörte man das Wäldchen von seinen Axtschlägen widerhallen. Die biegsamen jungen Bäume würden gutes Feuerholz für Clyties kleines Backöfchen abgeben.

Ich hab Rom versprochen, mich um sie zu kümmern. Aber wenn ich hierbleiben will, brauche ich eine Arbeit. Vielleicht sollte ich doch diesen Sonny Jantzen aufsuchen – und hoffen, dass mir das Leumundszeugnis von Doc Hundey gute Dienste leistet. Es ist Kriegsende, da gibt es wenig Arbeit für heimkehrende Helden.

Nachdem er mehrere Klafter Holz wie eine Trockensteinmauer auf der Rückseite von Clyties Häuschen aufgeschichtet hatte, machte er sich erneut auf den Weg in den Busch. Er wollte die junge Zirkusreiterin möglichst mit einem Holzvorrat für mehrere Wochen versorgen. Das Gebell eines Hundes rief ihn scharf in die Wirklichkeit zurück. Durch die olivgrünen filigranen Blätter des Eukalyptus konnte er die beiden auf der Straße auftauchen sehen, Shadow sprang seiner Herrin fröhlich bellend voran.

Finch, der sich in dem Wäldchen sicher und unbemerkt fühlte, nutzte die Gelegenheit, die beiden zu beobachten.

Auf die Axt gestützt spähte er zwischen dem Blattwerk hindurch zum Häuschen.

Er bewunderte Clyties schwungvollen, anmutigen Gang, die Art, wie der Saum ihres Rocks ihre schlanken Fesseln umspielte, die züchtige weiße Gibson-Girl-Bluse, die die sanfte Schwellung ihres Busens nicht verbergen konnte, das Strohhütchen mit dem Seidenschal, der das Loch verdeckte, das sein Messer dort hinterlassen hatte.

Bei der Erinnerung daran lief ein Schmunzeln über sein Gesicht. Sie wirkte an dem Abend so unabhängig, so kess und selbstbewusst – und erst ihre Stimme! In der einen Minute süß wie Honig, in der anderen scharf und schlagfertig gegen Angreifer. Die junge Frau reizte und irritierte ihn gleichermaßen. Wenn sie ein Beispiel für die neue emanzipierte australische Frau war – dann freute er sich darauf, mit ihr die Klingen zu kreuzen.

Unwillkürlich tauchten ein paar Gesichter vor seinem inneren Auge auf – hübsche blonde Frauen und eine südafrikanische Inderin mit seelenvollen schwarzen Mandelaugen, die plötzlich verdrängt wurde von dem lieben Gesicht der keltischen rothaarigen sommersprossigen Schwester McQueen … und dennoch …

Die Hintertür des Häuschens ging auf, und Clytie erschien mit einem vollen Fressnapf für Shadow. Sie platzierte ihn auf der Veranda und sah den Hund mit in die Hüften gestemmten Händen an. Er regte sich nicht, blickte aufmerksam zu ihr hoch. Dann klatschte sie plötzlich in die Hände – das Signal zum Fressen.

»Braver Junge! Gut gemacht. Und jetzt lass es dir schmecken!«

Sie hockte sich mit geschürzten Röcken auf die Verandastufen, unschuldig wie ein Kind, das sich unbeobachtet fühlt.

Sie las ihre Post und warf dem treuen Kelpie dabei gelegentlich einen liebevollen Blick zu.

»Du lernst wirklich schnell, Shadow. Ich könnte dir beibringen, durch einen brennenden Reifen zu springen. Wir könnten zum Zirkus gehen, falls uns das Geld ausgehen sollte.« Sie hob die Hände und formte ein Banner. »Ich seh's vor mir: *Little Clytie und ihr treuer Schatten – der klügste Kelpie der Welt.* Na, was hältst du davon, mein Junge?«

Sie kicherte, und auch Finch konnte sich ein Schmunzeln nicht verkneifen.

Sie las einen weiteren Brief und stieß plötzlich einen Freudenschrei aus. Sie sprang auf und schlug mit flatternden Unterröcken mehrere perfekte Räder, was aussah wie eine vom Wind herumgeblasene schwarz-weiße Rose.

Das dunkle Haar löste sich dabei natürlich und fiel ihr nun in einem wilden Durcheinander über Rücken und Schultern. Plötzlich nahm sie wieder auf den Verandastufen Platz und schlang ernüchtert die Arme um die Knie.

Mit einer Miene, als ob sie ein schlechtes Gewissen hätte, vertraute sie ihrem vierbeinigen Gefährten an: »Ich sollte mich wirklich nicht über das Unglück eines anderen freuen, aber Vlad war so gemein zu Mutter und außerdem ein miserabler Stiefvater. Pedros Nachricht ist doppelt willkommen. Er schreibt, dass Vlad vor einem seiner Auftritte betrunken war und aus dem Zirkus rausgeworfen worden ist. Ha! So was nenne ich späte Gerechtigkeit! Obwohl ich es natürlich keinem Menschen wünschen würde, die Gicht zu kriegen. Er kann offenbar kaum noch ein Messer halten, geschweige denn gezielt werfen. Er hat Mama alles weggenommen. Das Einzige, was uns vom Zirkusleben geblieben ist, ist das da!«

Sie deutete ironisch auf den Zigeunerwagen mit der abblätternden Zeichnung von Daring Dolores und Little

Clytie an der Seite, dessen Räder allmählich im Schlamm versanken.

In diesem Moment fiel Clyties Blick auf den Holzstapel an der Hauswand, und sie erhob sich überrascht.

»Scheint, als ob dieser Betrüger Finch hinter meinem Rücken hier war, Shadow. Dabei habe ich ihm doch klargemacht, dass ich auf die Hilfe eines Mannes verzichten kann! Na gut, er behauptet, Rom versprochen zu haben, sich um mich zu kümmern. Und ich kann die Holzscheite ja wohl kaum wieder in Bäume zurückverwandeln, oder? Einem geschenkten Gaul schaut man nicht ins Maul.«

Sie lud sich die Arme mit Scheiten voll und verschwand im Haus. Auf ihre Aufforderung hin folgte ihr der Hund nach drinnen.

Finch nickte anerkennend und machte sich auf den Rückweg zu Roms Hütte. Dabei musste er immer wieder an Clyties anmutige Kapriolen und die fliegenden Röcke denken …

Die Zeit wird es erweisen, ob ich wirklich ein Schurke und Betrüger bin. Aber wenigstens weiß ich jetzt, dass meine Vorfahren mutige Leute waren. Das ist doch schon was. Wer immer ich auch sein mag, eins ist sicher: Ich werde von jetzt an alles tun, um Clytie Harts Vertrauen zu gewinnen.

Er wusch sich im Creek und zog sein anderes Hemd an. Dann ging er zum Mechanics Institute, wo es Schreibpapier gab, und entwarf ein Stellengesuch. Zunächst wusste er nicht, wie er sich selbst beschreiben sollte, entschied sich am Ende dann für folgende Formulierung:

Kriegsheimkehrer und ehemaliger V.M.R.-Soldat sucht Arbeit.
Gesund und kräftig und des Lesens und Schreibens mächtig.
Exzellenter Reiter. Jede Arbeit. Auf Wunsch Referenzen.

Er unterzeichnete und machte sich dann auf den Weg zur Post. Das Problem war die Kontaktadresse. Er wollte damit weder den Doc noch Clytie behelligen.

Ich kann ja wohl kaum angeben: »c/o verfallene Schürferhütte im Busch.«

Er zeigte der Postmeisterin sein Gesuch und bat um die Erlaubnis, es am Aushang befestigen zu dürfen.

Marj Hornery las sich den Text sorgfältig durch. »Sie können das Postamt als Adresse angeben, wenn Sie möchten.«

»Ah, das ist eine gute Idee! Ja, danke, das mache ich.«

Die Frau schenkte ihm ihr gewinnendstes Lächeln. »Sieht fast so aus, als wollten Sie hier bei uns in Hope Wurzeln schlagen. Dies ist eine freundliche Stadt – für die richtigen Leute.«

»Ich gehe dorthin, wo immer ich Arbeit finde«, entgegnete Finch höflich. Er lüpfte den Hut, verließ den Laden und pinnte sein Stellengesuch an die Anschlagtafel.

Es zog sogleich ein paar Neugierige an.

Hoffentlich kann Sonny Jantzen mir etwas anbieten. Ich kann mich nicht auf Dauer mit Damper-Brot und Gelegenheitsjobs über Wasser halten.

33

Einmal entschlossen zögerte Clytie nicht lange. Nach einem stärkenden Imbiss machte sie sich auf den Weg in die Höhle des Löwen: das Mechanics Institute, die männliche Domäne des Städtchens. Es war Frauen zwar nicht ausdrücklich untersagt, es aufzusuchen, aber sie hielten sich tunlichst fern, wenn sie ihren guten Ruf bewahren wollten. Keine »anständige Frau« würde sich unter Männer mischen, um Zeitung zu lesen oder die Fachzeitschriften der verschiedenen Handwerksberufe zu studieren.

Clytie setzte sich vorsichtshalber an einen der langen Tische oben auf der Galerie und ignorierte geflissentlich die männlichen Anwesenden, die sich über die Tageszeitungen, die in dem Institut auslagen, beugten, darunter die Melbourner Zeitungen *The Age*, *The Argus* und *The Herald* und außerdem angesehene Lokalblätter wie den *Ballarat Star*, den *Bendigo Advertiser* und den *Bacchus Marsh Express.* Clytie erkannte an der Form der Druckspalten, dass einige Männer die Golderträge der profitableren Goldminen in Ballarat, Castlemaine und Bendigo studierten und mit dem Ertrag aus der eigenen Mine, der Golden Hope, verglichen, die Boss Jantzen jedoch seit einiger Zeit unter Verschluss hielt.

Ein Mann las aufmerksam die Ergebnisse der Pferderennen in Melbourne und Sydney sowie der Hindernisrennen in Adelaide. Ein anderer fuhr mit einem kurzen dicken Finger die Gebrauchtwarenanzeigen ab. Clytie stieß unwillkürlich einen Seufzer aus – es waren harte Zeiten.

Nur noch eine Zeitung war übrig. Clytie studierte nervös die neuesten Gefallenen- und Vermisstenlisten aus dem Kriegsgebiet. Deren Zahlen waren in letzter Zeit merklich gesunken – und damit auch die Hoffnungen jener, die auf eine glückliche Heimkehr der Verschollenen hofften.

Warum mache ich das überhaupt? Ich weiß doch, dass Rom noch am Leben ist. Ich könnte schwören, dass ich neulich nachts in seinen Armen lag! Wozu brauche ich noch mehr Beweise? Ich weiß, dass er zu mir zurückkommen wird. Dolores hat ihm angedroht, dass sie ihm keine Ruhe lassen würde, wenn er sein Versprechen brechen sollte.

Clytie fiel auf einmal die jähe Stille im Saal auf, und sie hob erschrocken den Kopf. Offenbar hatte sie sich durch ihr lautes Atmen verraten. Drei Männer sahen zu ihr hoch.

»Hoffentlich keine schlechten Nachrichten, Miss?«, erkundigte sich ein Alter besorgt. »Niemand gefallen, hoffe ich?«

»Nein, danke, Sir. Mein Verlobter Rom Delaney ist wohlauf.«

Die Männer beugten sich wieder über ihre Zeitungen – bis auf einen. Wie sie jetzt erst bemerkte, saß am anderen Ende des Saals, einen Filzhut tief in die Stirn gezogen, Finch, der »gute Freund« von Rom. Er warf ihr ein schüchternes Lächeln zu. Sie sah, dass er die Stellenanzeigen aufgeschlagen hatte und sich Arbeitsangebote notierte.

Ich habe jedes Recht, hier zu sein. Ich werde nicht vor ihm davonlaufen wie ein verschrecktes Kaninchen.

Die Männer verließen nach und nach den Lesesaal, und Clytie erbte ihre Zeitungen. Sie suchte nach den sehr verstreut abgedruckten Nachrichten von der Front und las Kriegsberichte von Lord Kitchener, dem Oberkommandierenden der britischen Streitkräfte in Südafrika; es gab darüber hinaus Artikel über den Boxeraufstand in China und natürlich über das neue australische Parlament unter dem Premierminister Alexander Peacock. Am meisten interessierten sie jedoch die Veranstaltungsanzeigen, die Auftritte von Opernsängern im Königlichen Theater von Melbourne und die Tourneen von Varietéshows in Victoria.

Als sie auf die Modeseiten stieß, nahm sie heimlich einen Stift zur Hand, um sich Notizen zu machen. Besonders interessant war eine Schritt-für-Schritt-Anleitung für die neueste Frisurenmode – einen aufgebauschten, weichen, fülligen Dutt, den die »Gibson-Girls« in Mode gebracht hatten, vor allem Colleen Clifford, die neue und von allen Gesellschaftsschichten bewunderte Stilikone und Muse von Charles Dana Gibson, der sie mit seinen Reklamefotos berühmt gemacht hatte.

Clyties Geld reichte weder für Pond's Cold Cream noch für Vanishing Cream – nicht dass sie es nötig gehabt hätte, Wasser und Seife genügten. Eine neue Frisur konnte sie sich jedoch selbst machen, die kostete nichts.

Sie versuchte, die Kleider ihrer Mutter der neuesten Mode anzupassen, wollte sich jedoch nicht auf einen bestimmten Stil festlegen: weder auf den kargen, nüchternen Stil der Suffragetten noch den aufwendigeren Stil der herkömmlichen Mode. Die Gibson-Girls mit ihren Wespentaillen und der ätherischen, anmutigen Figur wurden sowohl von Adligen als auch von einfachen Arbeitern auf der ganzen Welt bewundert.

Clytie begriff, dass diese Mädchen das weibliche Ideal dieser Zeit verkörperten – sowohl der Belle Époque des alten Europa als auch des Gilded Age in den Vereinigten Staaten.

Ich sehe nicht ein, wieso wir uns von den Männern – oder vom Gesetz – in eine bestimmte Schublade stecken lassen sollten. Ich möchte mich für die Frauenrechte einsetzen – und gleichzeitig feminin und begehrenswert aussehen. Wieso also nicht eine Gibson-Girl-Frisur ausprobieren?

Als ihr Notizbuch voll war, hob sie den Kopf und bemerkte, dass nur noch ein Mann anwesend war – der Mann am anderen Ende des langen Saals. Finch. Sie hatte nicht den Wunsch, mit ihm allein zu sein, wollte ihm aber auch nicht aus dem Weg gehen. Sie erhob sich und hüllte sich in ihren Umhang.

»Den Holzstapel hab ich wohl Ihnen zu verdanken«, sagte sie laut. »Das war sicher gut gemeint, Finch, aber ich dachte, ich hätte klargemacht, dass ich die Hilfe eines Mannes ablehne! Ich wäre Ihnen dankbar, wenn Sie meine Wünsche künftig respektieren würden.«

Finch blickte verwirrt blinzelnd von der Zeitung auf, in der er las.

»Ich will Sie nicht beleidigen, Miss Hart, aber ich habe Rom mein Wort gegeben, mich um Sie zu kümmern. Ich kann Ihnen versichern, dass ich Sie nicht belästigen werde. Sie müssen mich gar nicht sehen – außer natürlich, wenn Sie es wollen.«

Er deutete hinauf zu den Deckenlampen. »Ich fürchte, das Licht wird in fünf Minuten abgedreht. Dürfte ich Sie nach Hause geleiten? Natürlich in gebührlichem Abstand?«

»Nein danke. Ich habe bereits einen Begleiter: Shadow.«

»Ach ja, natürlich. Mit dem Schutz eines Kelpies kann ich natürlich nicht konkurrieren«, bemerkte Finch trocken.

Er tippte sich an den Hut und ging.

Clytie bemerkte, dass er einen Zettel verloren hatte. Sie hob ihn auf. Das Wort DANGER stand dort in unterschiedlichen Formen und Größen. *Seltsam. Wovor fürchtet er sich?*

Clytie lief mit heißen Wangen die Wendeltreppe der Galerie hinunter und trat hinaus in die kühle Nacht.

Ich traue diesem Finch nicht über den Weg. Aber Rom hat das offenbar schon. Ich werde ihn eben im Auge behalten müssen.

Als Clytie sich am Ende der Woche auf den Weg zum General Store machte, umklammerte sie die letzten Münzen in ihrer Tasche. Bald würde sie von Mr Yeoman ihren Wochenlohn erhalten, der allerdings geringer ausfallen würde als erhofft. Die junge Zirkusreiterin bekam nur noch unregelmäßig Arbeit im Hotelgasthof, wurde von der Wirtin eigentlich nur zu besonderen Anlässen engagiert, wie den festlichen Diners, die Councillor Twyman für das Shire Council, die Grafschaftsvertretung, gab oder für die immer seltener werdenden Familienfeiern von Stadtbewohnern.

Jedes Mal, wenn sie durch die Main Street kam, schienen mehr Läden dichtgemacht zu haben. Gerüchte schwirrten herum vom bevorstehenden Konkurs der Goldmine. Mary Mac erzählte, dass zwei Kerle Wetten darüber abgeschlossen hätten, wie lange Sonny Jantzen die Golden Hope noch am Laufen halten könne. Es war ein offenes Geheimnis, dass das Verhalten seines Vaters immer unberechenbarer wurde – himmelhoch jauchzend am einen Tag, zu Tode betrübt am nächsten. Und natürlich litten seine geschäftlichen Entscheidungen darunter.

Sie hoffte wenigstens auf einen oder zwei Briefe, selbst wenn es nur eine Mitteilung der Suffragettenbewegung war, aber es gelang ihr nicht, ungeschoren vom Postschalter zu entkommen. Die neugierige Postmeisterin verkündete auf

Clyties höfliche Anfrage voller Genugtuung, dass »keine Post für sie da sei«.

»Aber es scheint, als ob Ihre feine Freundin, Miss Hundey, was ausheckt«, fügte sie gehässig hinzu.

Clytie nestelte an ihrem Täschchen herum und tat, als würde sie das nur am Rande interessieren.

»Die Frau hat doch tatsächlich diesen Chinesen, diesen Long Sam, damit beauftragt, Schwester Bracken einen Brief zu überbringen – die traut der Royal Mail offenbar nicht.«

Wohl eher dir nicht. Aber Clytie hütete ihre Zunge.

»Sam ist sehr zuverlässig. Wahrscheinlich war es was Dringendes«, meinte Clytie diplomatisch.

»Die Schwester vom Doc führt was im Schilde, das sag ich Ihnen! Der Doktor ist ein Juwel. Er hat's nicht verdient, einen Mühlstein wie sie um den Hals zu tragen. Es heißt, sie sei nicht mehr ganz richtig im Kopf.«

Clytie blieb die Antwort erspart, denn in diesem Moment erkundigte sich Mrs Baker nach ihrer Post.

Die junge Kunstreiterin eilte auf die Straße hinaus. Sie machte sich auf einmal Sorgen um Adelaide und dachte mit einem schlechten Gewissen daran, dass sie sie seit Wochen nicht mehr besucht hatte. Aber der Doc war zurzeit besonders beschäftigt, er schien Tag und Nacht unterwegs zu sein. Clytie beschloss, ihm einen kleinen Brief zu schreiben und sich diskret nach dem Befinden seiner Schwester zu erkundigen.

Was sollte Adelaide von Schwester Bracken wollen? Sie verabscheut die »Bulldogge« Bracken genauso wie ich. Sie behauptet, der Doc würde nicht merken, dass das Schlachtross Heiratsabsichten hat.

Sie warf unwillkürlich einen Blick zum blauen Himmel, auf dem sich die helle Scheibe des zunehmenden Mondes abzeichnete. Es war beinahe Vollmond – die Zeit, in der psychisch labile Menschen am anfälligsten waren.

Sie kaufte drei Pfund Kartoffeln, das einzige Gemüse, das selbst unter Sams Pflege nicht in ihrem Gärtchen gedeihen wollte, und warf sich den Jutesack über die Schulter.

Sie musste über den Kirchberg und kam am Friedhof vorbei. In der katholischen Kirche läuteten die Glocken, und ein Leichenzug tauchte auf. Der gläserne Leichenwagen war mit roten und schwarzen Kreppbändern geschmückt und wurde von Männern in schäbigen Traueranzügen begleitet.

Zu Clyties Schrecken befand sich in dem Wagen kein Sarg, nur Blumenkränze lagen darin. Der junge Soldat, der hier bestattet wurde, war auf dem Schlachtfeld in Südafrika zurückgeblieben. Clytie wurde beim Anblick der neuen australischen Flagge von Stolz und Wehmut erfasst – wie passend für den jungen Burschen, der sich sowohl seiner englischen Abstammung als auch seiner Identität als Australier gerühmt hatte und erzählte, sein Großvater sei bei den Aufständen an der Eureka Stockade gefallen – wo zum ersten Mal die Fahne mit den Sternen des Südkreuzes gehisst worden war, das sich nun, nach einem Entwurf von Graham Pitt, mit dem Union Jack vereinte: in einer Ecke das rote Kreuz der Briten und dazu die Sternkonstellation der Südhalbkugel auf nachtblauem Grund.

Als die Trauernden in der Kirche verschwunden waren, schlüpfte Clytie rasch an dem Gebäude vorbei. Ihr war unwohl bei dem Gedanken, einem Trauerzug begegnet zu sein. Ein schlechtes Omen?

Clytie stellte den Kartoffelsack keuchend auf der hinteren Veranda ab und stemmte die Hände in den Rücken. Aus dem Busch kamen wieder einmal laute Axtschläge. Finch winkte ihr von jenseits der Koppel kurz zu und widmete sich dann gleich wieder seiner Arbeit.

Clytie konnte ihn ungestört beobachten. Das Hemd klebte ihm feucht am muskulösen Oberkörper, er hatte die Ärmel aufgekrempelt und zeigte seine sehnigen Unterarme, die frei von Tätowierungen waren. Mit gespreizten Beinen, um einen sicheren Stand zu haben, hackte er das Holz in Stücke. Er besaß lange, schlanke und muskulöse Beine wie ein Sprinter. Sein dichtes weißblondes Haar war für einen Mann eigentlich ein wenig zu lang, es reichte ihm über Ohren und Nacken. Was Clytie am meisten anzog, waren seine Hände, die zwar schwielig von der körperlichen Arbeit waren, aber eher die Hände eines Lehrers, eines Musikers oder gar eines Priesters hätten sein können.

Finch, der ihre Blicke zu spüren schien, hielt es irgendwann nicht länger aus und hob den Kopf. Sein junges Gesicht war sonnenverbrannt und wies feine Fältchen auf, der Ausdruck in seinen Augen war überschattet, als hätte er in seinem jungen Leben schon zu viel gesehen. Clytie fühlte sich gegen ihren Willen von diesem Ausdruck angezogen. *Kommt es vom Krieg? Oder trägt er eine private Schuld mit sich herum?*

Er versenkte die Axtschneide im Hackblock, damit sie nicht stumpf wurde, und wischte sich mit dem Hemdsärmel den Schweiß von der Stirn.

»Reicht das für einen Tag, Miss Hart?«, erkundigte er sich.

»Damit könnte ich eine Pyramide bauen. Na gut, ich denke, Sie haben sich eine Tasse Kaffee verdient.«

»Kaffee?!«, fragte er überrascht. »Haben Sie etwa eine Erbschaft gemacht?«

»Doc hat von einem Schürfer aus dem Reef ein Säckchen Kaffee geschenkt bekommen – anstelle einer Bezahlung. Aber er selbst trinkt nichts als das gute Quellwasser aus den

Mineralquellen von Hope, deshalb hat er mir den Kaffee geschenkt. Ich schätze, er hat dabei an Sie gedacht. Er scheint Sie aus irgendeinem Grund zu mögen.«

»Tja, die Geschmäcker sind nun mal verschieden, fürchte ich.«

Sie bückte sich, um den Kartoffelsack anzuheben, aber Finch war mit zwei Schritten bei ihr. Er löste ihre Finger und brachte den Sack selbst ins Haus, hievte ihn auf den Tisch, dann ging er sogleich wieder hinaus. Er ließ sich auf einem Baumstamm im Schatten eines Gummibaums nieder und streichelte Shadow, den anderen Arm auf den Oberschenkel gestützt.

Der Hund lag hechelnd im Gras und warf immer wieder einen auffordernden Blick auf seinen Napf, dann wieder auf Finch. Clytie hörte Finch sanft sagen: »Glaub mir, mein Junge, sie ist kein Mädel, das einen Mann hungern lässt.«

Clytie verstand den Wink und heizte den Backofen ein. Dann setzte sie den Wasserkessel auf. Durchs Fenster sah sie, dass Finch sich mit Shadow unterhielt, als wären sie alte Bekannte.

Falls er glaubt, er könnte bei mir im Bett landen, wenn er meinen Hund um den Finger wickelt, dann täuscht er sich aber.

Trotzdem richtete sie die frisch gebackenen Brötchen auf einer Kuchenplatte an und legte eine Tischdecke auf.

Die junge Frau wollte Finch zwar keineswegs ermutigen, aber er war immerhin Roms Freund. Beim Gedanken an ihren Geliebten war ihre Kehle auf einmal wie zugeschnürt. Sie war sehr beunruhigt, trotz allem, was Finch erzählt hatte. *Versuche ich, Rom um jeden Preis am Leben zu erhalten? Weil ich es nicht ertragen könnte, ihn gehen zu lassen?*

Tief in Gedanken versunken verbrannte sie sich aus Versehen am heißen Kessel. Sie hielt rasch den Handrücken unters kalte Wasser, das sie umsichtig in einer Schüssel auffing, um nichts von dem kostbaren Nass zu verschwenden. Sie band provisorisch ein Taschentuch um die Brandwunde und rief Finch herein.

»Essen ist fertig!«

Die verbrannte Hand tat weh, aber sie freute sich trotzdem, als sie bemerkte, wie Finch sich bewundernd in ihrem kleinen Heim umsah.

Neben dem Spiegel hing eingerahmt das Plakat von Daring Dolores, die auf einem Pferd saß, während die fünfjährige Clytie auf ihren Schultern stand. Auf dem Kaminsims stand ein Krug mit einem Strauß frischer Blumen. Die Kissenbezüge bestanden aus den bunten Resten ihrer Zirkuskostüme, und auf einem Wandbord waren, sich überlappend, eine Reihe von schönen, bunt bemalten Tellern aufgestellt, alles Einzelstücke. Der Eingang zum Schlafzimmer war mit einem glitzernden Fransenvorhang verhängt, der an einen fernöstlichen Bazar erinnerte.

Ich hoffe, er fühlt sich hier nicht wie in einem exotischen Bordell oder so etwas.

Finchs Blick blieb kurz an dem Sepiafoto von Rom in Soldatenuniform hängen. Der andere schaute den Betrachter direkt an und hatte dieses gewisse Zwinkern in den Augen.

Finch mied die Fotografie und sah sich den Rest des Zimmers an.

»Einfach perfekt«, lautete sein Urteil.

»Was ist so besonders daran? Es ist doch nur ein Häuschen im Busch.«

»Für Sie vielleicht. Aber für mich ist es die erste Einladung in ein richtiges Heim, seit … ja, ich weiß nicht, seit wie langer Zeit?«

»Setzen Sie sich. Und nehmen Sie sich ein Brötchen. Ich

hoffe, Sie mögen Ihren Kaffee auch schwarz? Ich hatte leider keine Zeit, zum Milchladen zu gehen und frische Milch zu holen.«

Das war eine glatte Lüge, aber Finch widersprach nicht. Sie sah jedoch, dass sein Blick zu der Billy Can in der Ecke ging – und er bemerkte sicher auch das Loch darin.

Clytie wurde rot vor Scham. *Verflixt, ich möchte nicht, dass er erfährt, dass ich nicht mal genug Geld für eine neue Milchkanne habe.*

»Ich würde an Ihrer Stelle keine neue kaufen«, bemerkte der blonde Soldat beiläufig, »das wäre reine Geldverschwendung. Das lässt sich leicht wieder flicken. Überlassen Sie das ruhig mir.«

»Wie? Können Sie etwa auch Kessel flicken?«

»Ich nicht, aber der Schmied. Ich verstehe mich gut mit ihm, der macht mir das, keine Sorge. Außerdem ist er diskret. Frauen tratschen gern, Schmiede kümmern sich um ihre eigenen Angelegenheiten.«

»Sie scheinen ja eine ganze Menge über solche Dinge zu wissen, wie?«

»Für jemanden, der sich nicht mal mehr an seinen eigenen Namen erinnert, meinen Sie?«, fragte er mit einem harschen Lachen.

»So hab ich das nicht gemeint …«, stotterte Clytie. Um ihre Verwirrung zu überspielen, schenkte sie ihm Kaffee ein.

»Ich finde jeden Tag ein bisschen mehr über mich heraus«, gestand er. »Lieder, Wissen, das ich mir irgendwo, irgendwie erworben haben muss – wenn ich nur wüsste, wo.«

»Das wird schon wieder, Sie müssen nur Geduld haben.« Clytie bot ihm versöhnlich ein weiteres Brötchen an.

Er ließ sich nicht zweimal bitten und biss genüsslich hinein.

»Aber wenn es nie wieder richtig werden sollte? Was dann? Ich kann erst ein neues Leben anfangen, wenn ich das alte guten Gewissens hinter mir lassen kann.«

»Das können Sie doch, bis zu einem gewissen Punkt. Sie können neue Freunde finden, sich an Musik und Liedern erfreuen, Ausflüge in den Busch machen, im Fluss schwimmen gehen. Ihr Körper ist stark und gesund – selbst wenn Sie Ihr Gedächtnis noch nicht wiedergefunden haben.«

Clytie fürchtete, er könne ihre Anspielung auf seinen »starken, gesunden Körper« missverstehen und fügte hastig hinzu: »Ich bin es gewohnt, Männer in engen Gymnastikanzügen zu sehen – die Anatomie des menschlichen Körpers ist kein Geheimnis für mich.«

Finch nickte. »Ich mache mir mehr Sorgen um meinen Kopf – und um wichtige Erinnerungen.«

Er nippte am Kaffee und nickte anerkennend. »Das ist eine gute Röstung. Aus Jamaika, oder? Richten Sie Doc Hundey einen schönen Dank von mir aus.« Schmunzelnd fügte er hinzu: »Aber jetzt sollte ich vielleicht besser wieder gehen. Wie heißt es noch in diesem Lied …?«

Er sagte die erste Zeile von »Waltzing Matilda« auf: »›An einem Wasserloch campierte einst ein froher Wandersmann …‹« Nüchtern fügte er hinzu: »Es würde allerdings Ihrem Ruf schaden, wenn Sie einen frohen Wandersmann zu lange bei sich beherbergen würden …«

Clytie konnte sich eines Anflugs von Bitterkeit nicht erwehren, als sie antwortete: »Der könnte gar nicht noch schlechter werden. Und daran bin ich ganz allein schuld. Ein herrlicher Sommer mit Rom – und mein guter Ruf ist für immer zum Teufel.«

Finch betrachtete die junge Frau schweigend, als ränge er mit einer Entscheidung.

»Hören Sie, Miss Hart, ich habe nachgedacht. Und ich möchte Ihnen ein Angebot machen. Nein, sagen Sie nichts und hören Sie mich erst einmal an! Und dann entscheiden Sie.«

»Nun gut, ich höre.«

»Ich möchte einen Neuanfang wagen, will aber keine Almosen. Ich könnte weiterhin im Busch leben, habe allerdings gehört, dass es hier im Winter, so nahe bei den Bergen, ganz schön kalt werden kann, vor allem nachts. Roms Hütte ist keine Dauerlösung. Außerdem möchte ich dort nicht länger bleiben. Es wäre einfach nicht richtig.«

Clytie schlug die Augen nieder. Sie wollte nicht, dass er sah, wie empfindlich sie in Bezug auf ihre Vergangenheit war.

»Doc Hundey war so nett, mir ein Leumundszeugnis auszustellen. Und Sonny Jantzen hat angeboten, sich mit mir zu treffen und über Beschäftigungsmöglichkeiten zu reden. Das bedeutet, dass ich einen trockenen Platz zum Schlafen brauche, wo ich meine Kleidung waschen und bügeln kann. Und wo ich mir eine Mahlzeit kochen kann.« Er schaute Clytie hoffnungsvoll an. »Vielleicht in einer Ecke Ihrer großen alten Scheune?«

Sie machte den Mund auf, um etwas zu sagen, aber er hob die Hand. »Ich weiß, ich weiß. Sie sind eine moderne junge Frau und kommen auch allein zurecht. Trotzdem könnten Sie doch bestimmt ein bisschen Unterstützung gebrauchen – zumindest bei den schwereren Sachen. Long Sam ist nicht mehr der Jüngste – ich könnte ihm das abnehmen, womit er Probleme hätte. Ich könnte Holz hacken, mehr Erde umgraben und Ihren Garten erweitern, Ihre Obstbäume beschneiden, den Zaun reparieren und gebrochene Fensterscheiben auswechseln. Gleichzeitig werde ich jede Arbeit annehmen, die sich bietet. Ich will nicht umsonst hier wohnen, Miss

Hart, wie gesagt, ich will keine Almosen. Ich würde natürlich für die Unterkunft bezahlen. Ich brauche einfach nur ein Plätzchen, um irgendwo neu anzufangen.«

»Ich will Ihnen nichts vormachen, Finch. Sie sind für mich wie ein offenes Buch – ich durchschaue Sie. Ich muss akzeptieren, dass Sie Roms Kamerad gewesen sind, aber ehrlich gesagt würde ich Ihnen als Frau keinen Millimeter über den Weg trauen. Ich liebe Rom – und ich werde ihn immer lieben.«

»Ja, ich weiß. So viel ist mir klar.«

»Und Shadow traut Ihnen auch nicht.«

»Ich *weiß*«, sagte er trocken. »Und der Instinkt eines Hundes ist schließlich unfehlbar, stimmt's?«

Clytie wollte sich nicht von seiner entwaffnenden Ehrlichkeit einwickeln lassen. »Sie kennen meinen Ruf«, gestand sie gegen ihren Willen, »als ehemalige Zirkusreiterin gehöre ich hier ohnehin auf die unterste Sprosse der sozialen Leiter. Und dann habe ich auch noch sämtliche Regeln gebrochen – indem ich mich mit Rom eingelassen habe. Ich war so verliebt, dass es mir egal war. Ich habe ihn verloren, ich habe meine Mutter verloren, und …« – sie zögerte – »ich habe auch noch mein Kind verloren. Wenn Doc Hundey, Long Sam und Adelaide Hundey nicht gewesen wären – ich glaube, ich hätte einfach aufgegeben. Der Tod erschien mir verlockend – wie eine offen stehende Tür, eine Einladung, diese Welt hinter mir zu lassen.«

Finchs Blick huschte unwillkürlich zu der Narbe an Clyties Handgelenk. Clytie fuhr nervös fort: »Was ich meine, ist: Es hat eine Weile gedauert, ehe ich wieder auf die Beine gekommen bin. Aber das bin ich jetzt! Also machen Sie sich bitte nichts vor, Finch – ich werde nie mit Ihnen ins Bett gehen!«

Der große Blonde beugte sich vor und schaute Clytie tief in die Augen. »Ich nehme es Ihnen nicht übel, dass Sie einem Mann ohne Namen, ohne Vergangenheit, ohne Angehörige nicht vertrauen wollen. Aber ich schwöre Ihnen bei Gott, dass ich Ihnen nie zu nahe treten würde. Wie könnte ich mich mit einer Frau einlassen – egal welcher –, solange ich nicht weiß, ob irgendwo eine Ehefrau oder eine Verlobte auf mich wartet und darauf hofft, dass ich mich endlich wieder an sie erinnere!«

Dies war so aufrichtig, wie man nur sein konnte. Clyties Brust war auf einmal wie zugeschnürt. Ja, es musste schrecklich sein, wenn man selbst jene vergaß, die man liebte!

Er schlug die Augen nieder und spielte seine Trumpfkarte aus.

»Außerdem hab ich gehört, dass Zirkusleute unvoreingenommen sind – für die zählt weder Herkunft noch Rasse, sondern nur der Mensch selbst und seine Fähigkeiten.«

Damit hatte er sie. Gespielt ernst frage sie: »Könnten Sie denn eine Kuh melken?«

»Fragen Sie mich nicht, wie, aber ja, ich glaube, ich könnt's.« Er musste schmunzeln. »He, das ist eine Trickfrage, oder? Sie haben ja gar keine Kuh.«

»Nein, denn ich könnte es nicht ertragen, dem armen Vieh wehzutun, indem ich an seinen Zitzen zerre. Aber wenn Sie wirklich melken können, dann lege ich mir vielleicht eine zu.«

Finch strahlte, sein Gesicht verwandelte sich vollkommen. Er wirkte auf einmal viel jünger, vor allem der Ausdruck in seinen Augen. Er bot ihr seine Hand. »Also gut, abgemacht. Und ich fange am besten mit Ihrem Zaun an. Hinten im Garten ist eine Lücke, durch die ein Elefant hereinkommen und Ihre Kohlköpfe zertrampeln könnte.«

Und schon war er aus der Tür. Aber Clytie rief ihn noch einmal zurück.

»Wenn Sie sich mit Sonny Jantzen treffen wollen, sollten Sie die Uniform ablegen. Ich habe noch ein paar Sachen von Rom, die müssten Ihnen eigentlich passen.«

Finch lächelte. »Danke, Miss Hart.«

»Nennen Sie mich Clytie«, bemerkte sie wie beiläufig, »aber bitte nur hier im Haus. Wenn wir uns in der Stadt begegnen, sollten Sie mich besser Miss Hart nennen. Ich kann nicht noch mehr Klatsch gebrauchen.«

Finch nickte und ging. Clytie selbst machte sich an den Abwasch und konnte den ehemaligen Soldaten draußen pfeifen hören. Sie ging so sparsam wie möglich mit dem Wasser um und benutzte den Rest zur Bewässerung ihrer Kräuter, die sie in einer alten Kerosindose zog.

Sie warf einen Blick auf das Foto über dem Kaminsims. Rom erwiderte ihren Blick, aber seine Augen waren voller Geheimnisse.

Laut und mit widerwilliger Zärtlichkeit sagte sie: »Du hast mein Wort, Rom. Wenn Finch auch nur eine falsche Bewegung macht, kriegt er von mir einen Tritt und fliegt hochkant raus. Komm bald zu mir zurück, mein Geliebter, du fehlst mir so schrecklich.«

34

Clytie eilte hinter Shadow her zum Haus des Doktors. Sie hatte einen Kuchen im Korb, dazu einen kleinen Brief, in dem sie ihrer Sorge um Adelaide Ausdruck verlieh, die in diesem Monat noch nicht einmal im Postamt gewesen war, um ihren Scheck abzuholen.

Als sie ankam, bemerkte sie, dass das Kutschenhaus leer stand – nicht ungewöhnlich, da der Doc oft unterwegs war. Überraschend war vielmehr, dass das kleine Gig, das für Miss Adelaides persönlichen Bedarf zur Verfügung stand, auf dem Vorhof stand und Miss Hundey soeben dabei war, in den Wagen zu klettern.

Noch überraschender war, dass Adelaide heute ein feines burgunderrotes Gewand mit einem feschen dunkelroten Hütchen trug, dessen Schleier wie immer ihr Gesicht verhüllte. Sogar ihr orthopädischer Schuh war auf Hochglanz poliert, wie Clytie beim Einsteigen der exzentrischen Frau bemerkte. Dabei fiel ihr auch auf, wie ihre Hände zitterten, als sie zu den Zügeln griff.

Als sie Clytie bemerkte, rief sie verblüfft aus: »Ach, du meine Güte, was machen Sie denn hier? Ich dachte, wir hätten uns erst für nächste Woche zum Tee verabredet?«

Clytie versicherte rasch, dass dies der Fall sei, und stand dann verlegen mit ihrem Korb in der Auffahrt herum.

»Ich will Sie nicht aufhalten, Adelaide, ich wollte mich nur davon überzeugen, dass es Ihnen gut geht. Ich habe selbst gebackenen Blaubeerkuchen dabei – den mögen Sie doch so gern. Ist allerdings mein erster Versuch, ich bin sicher, an Ihren reicht er nicht heran. Nun ja, es ist gut gemeint.«

Adelaides Miene besänftigte sich. »Das ist wirklich lieb von Ihnen, Clytie. Ich werde ihn später mit Genuss verspeisen. Doc ist irgendwo unterwegs beim Krankenheilen. Bestimmt kriegen wir später wieder kistenweise Kohl und Kartoffeln als Bezahlung.« Ihre Nervosität war unübersehbar. »Aber jetzt habe ich erst einmal eine wichtige Erledigung zu machen. Höchst unangenehm – aber es lässt sich nicht länger aufschieben. Doc ist zu feige, um etwas zu unternehmen – also muss ich es wohl oder übel tun. Kommen Sie, hüpfen Sie rein. Dann können Sie mir erzählen, was die guten Leutchen von Hope neuerdings so über mich tratschen.«

Clytie kletterte flink zu Adelaide auf den kleinen Wagen, und dann ging's auch schon los, so schnell, wie das alte walisische Pony noch konnte. Shadow hüpfte fröhlich nebendrein. Die Schwester des Arztes horchte Clytie über den Stand der Dinge in Bezug auf das Kriegerdenkmal aus und erkundigte sich, ob Clytie schon gehört habe, was bei dem Treffen zwischen Vida Goldstein und dem neuen Premierminister von Victoria herausgekommen sei.

Clytie merkte rasch, dass Adelaide mit den Gedanken woanders war – höchstwahrscheinlich bei dem, was sie so Wichtiges zu erledigen hatte und was sie so ausgesprochen nervös machte. Sie kamen um eine Biegung, und da sah die ehemalige Artistin, wo's hinging: zum Buschhospital der schrecklichen Schwester Bracken! Clyties Magen krampfte sich zusammen. Ungewollt tauchte eine herzzerreißende Erinnerung vor ihrem geistigen Auge auf: wie sie ihr Söhnchen stillte und er dabei ihren Finger fest umklammert hielt.

Adelaide, die aus ihrer Versunkenheit aufschreckte, merkte sogleich, was mit Clytie los war. Sie legte ihre behandschuhte Hand auf die geballten Fäuste ihrer Freundin.

»Es war ein Fehler, Sie hierher mitzunehmen, meine Liebe. Verzeihen Sie, ich hätte es besser wissen sollen. Könnten Sie kurz draußen auf mich warten? Es dürfte nicht allzu lange dauern. Diese Schwester Bracken! Sie hält sich für die zweite Florence Nightingale! Na, der werde ich's zeigen!«

Clytie sah zu, wie die große schlanke Frau ihre Handtasche an sich nahm, die Röcke schürzte und vorsichtig vom Wagen herabkletterte. Dann ging sie mit langsamen, bedachten Schritten, um ihre Behinderung möglichst zu verbergen, zur Eingangstür, die sie ohne Anklopfen einfach aufstieß.

Clytie biss sich auf die Lippe und zählte unruhig die Minuten. Wenn sie gewusst hätte, wo Adelaide hinwollte, wäre sie nie mitgekommen. Von diesem Ort konnte nichts Gutes kommen.

Immerhin hatte die junge Zirkusreiterin die Genugtuung, durchs Fenster zu sehen, wie es Adelaide Hundey gelang, das Schlachtross zur Schnecke zu machen. Schwester Bracken kauerte förmlich hinter ihrem Schreibtisch, während Adelaide Hundey sich drohend vor ihr aufpflanzte. Die hochgewachsene Adelaide schlug wiederholt mit der Faust auf den Tisch. Für Clytie war das Ganze wie eine Pantomime, sie konnte die Unterhaltung der beiden nicht hören.

Neugierig geworden kletterte sie von dem Wägelchen und schlich ein wenig näher an die Streithähne heran. Jetzt bekam sie den Großteil der Auseinandersetzung mit.

Adelaide zeigte streng auf das Tintenfass, das auf dem Schreibtisch stand.

»Sie setzen jetzt sofort ein Geständnis auf!«

»Ich habe nichts zu gestehen! Ich habe nur meine Pflicht getan – ich habe im besten Interesse meiner Patienten gehandelt und …«

»Unsinn! Verdammter Unsinn! Sie haben Gott gespielt und sich angemaßt, über das Schicksal von Menschen entscheiden zu dürfen. Aber es ist noch nicht zu spät. Gestehen Sie, und das alles lässt sich vielleicht wiedergutmachen!«

Schwester Bracken presste die Handballen an die Schläfen und schaute mit einem Ausdruck von Hass und Verzweiflung zu ihrer Anklägerin auf. »Ich kann nicht! Ich will nicht! Das würde mir der Doktor nie verzeihen – ich würde seine Achtung verlieren. Und das ist alles, was mir jetzt noch wichtig ist, begreifen Sie denn nicht?!«

Clytie hörte die inneren Qualen einer Frau, deren Liebe für immer unerwidert bleiben würde. Aber Adelaide Hundey war unbarmherzig.

»Ich kann nicht den ganzen Tag mit Ihnen diskutieren. Schreiben Sie jetzt sofort dieses Geständnis, dann können Sie vielleicht sogar noch Ihre Stellung retten. Und Ihren *guten Namen* – soweit davon noch die Rede sein kann. Wenn ich der Doktor wäre, ich würde Sie hochkant rauswerfen, aber er ist nun mal ein gutmütiger Narr.«

»Lassen Sie mir noch ein wenig Zeit – ich werde darüber nachdenken«, flehte die Krankenschwester in einem Tonfall, den Clytie noch nie von ihr gehört hatte.

»Nein, Ihre Zeit ist abgelaufen! Je länger diese unhaltbare Situation andauert, desto mehr müssen Unschuldige darunter leiden. Wenn ich dieses elende Geständnis nicht sofort bekomme, dann werde ich dafür sorgen, dass Doc Sie bei der

Ärztekammer anzeigt! Dann wird Sie kein Krankenhaus weit und breit mehr nehmen!«

Clytie hielt den Atem an. Schwester Bracken knickte ein und griff zur Feder. Adelaide stellte sich hinter sie und passte auf, dass auch die richtigen Worte aufs Papier kamen.

Die junge Artistin musste unwillkürlich an eine ihrer ersten Begegnungen mit Adelaide Hundey denken und wie die Frau sich damals selbst als eine Art »Racheengel« bezeichnet hatte. Genau so kam sie Clytie jetzt vor. Als sie merkte, dass die beiden fertig waren, eilte sie hastig zum Wagen zurück und schaffte es gerade noch, wieder hineinzuklettern und auf ihrem Sitz Platz zu nehmen, als die beiden auch schon herauskamen. Miss Hundey humpelte triumphierend die Verandastufen hinab. Schwester Brackens Gesicht war rotfleckig vor Angst und Wut. Verzweifelt versuchte sie, ihre Autorität wiederherzustellen.

»Sie haben ja keine Ahnung, was Sie jetzt angerichtet haben, Adelaide Hundey!«, stammelte die Oberschwester. »*Ich* habe jedenfalls ein reines Gewissen. *Ich* bin schließlich nicht diejenige, die eigentlich in ein Irrenhaus gehört! Ich bin wenigstens noch ganz bei Verstand.«

Die Anklägerin erstarrte eine Sekunde lang, dann ging sie scheinbar ungerührt weiter. »Es ist besser, nicht ganz bei Verstand zu sein, als so verlogen und bösartig wie Sie! Nun gut, ich habe, was ich wollte. Jetzt muss die Gerechtigkeit ihren Lauf nehmen.«

Adelaide rief Brackens Botenjungen zu sich. Der einfältige Mann kam so schnell herangehinkt, wie er konnte.

Sie drückte ihm den Brief in die Hand und dazu eine Münze für seine Mühe. »Donald, bringen Sie das bitte so rasch wie möglich zur angegebenen Adresse. Danke. Ich nehme an, dass ich mich auf Sie verlassen kann?«

Der Mann nickte eifrig und verschwand.

Als Clytie Adelaide die Zügel überreichte, bemerkte sie, dass deren Hände stark zitterten. Doch die stolze Frau schwang geschickt die Peitsche, und das Pony trabte sogleich los. Schwester Bracken, die ihnen ängstlich nachschaute, wirkte förmlich geschrumpft.

Mit einem grimmigen Lächeln trieb Adelaide das Pony an. Clytie wagte es nicht, sie anzusprechen, und verhielt sich still. Erst als der Wagen vor dem Pfarrhäuschen Halt machte, wandte sich Adelaide, nun wieder ganz sie selber, ruhig an Clytie.

»Danke für den wunderbaren Kuchen, meine Liebe. Und vor allem danke dafür, dass Sie solche Geduld mit ihrer zänkischen Freundin hatten.« Mit ein wenig zittriger Stimme gestand sie: »Diese Bracken ist eine fürchterliche Kreatur, aber mit einem hat sie recht: Ich war tatsächlich schon einmal in einem Irrenhaus, im Kew Lunatic Asylum, um genau zu sein.«

Sie beäugte Clytie durch ihren Schleier, als wäre sie auf eine Zurückweisung gefasst. Clytie beugte sich, ohne zu zögern, vor und gab der eigenwilligen Frau einen Kuss auf die verschleierte Wange.

»Es ist mir eine Ehre, Ihre Freundin sein zu dürfen, Adelaide Hundey«, sagte sie, und dann kletterte sie aus dem Wagen.

Miss Hundey holperte davon, sämtliche Schlaglöcher mitnehmend, die auf dem Weg lagen – wie es ihre Art war.

Clytie fragte sich, warum genau Adelaide die Bulldogge Bracken herausgefordert hatte. Noch mehr beschäftigte sic jedoch das seltsame Geständnis der Freundin, ganz zuletzt, als sie sich voneinander verabschiedet hatten.

»Ich kann nur ahnen, wie schwer es ihr gefallen sein muss,

mir dieses dunkle Geheimnis aus ihrer Vergangenheit anzuvertrauen, Shadow«, gestand sie dem klugen Vierbeiner.

Clytie ging an der Seite des Hauses vorbei, wo sie ihren Gemüsegarten angelegt hatte, um zum Hintereingang zu gelangen. Dabei fiel ihr Blick auf zwei hochgewachsene Gestalten am Zaun unweit vom Flussufer, Long Sam und Finch, die mit der Reparatur der Umfriedung beschäftigt waren – oder doch nicht? Finch saß eigenartigerweise rittlings auf einem Baumstamm und tat so, als würde er auf einem Pferd reiten, das er mit einer imaginären Peitsche antrieb. Dabei erzählte er dem Chinesen, der sich vor Lachen ausschüttete, eine Kriegsanekdote, wie Clytie vermutete. Er griff sich einen Stock, legte ihn an wie ein Gewehr und »schoss«. Dann rollte er sich vom »Pferd« und ging hinter einem Felsen in Deckung wie ein Scharfschütze, der den Feind aufs Korn nimmt. Sams Lachen war so ansteckend, dass Clytie unwillkürlich einstimmte.

Das ist das erste Mal, dass ich Sam lachen höre.

Ist schon ironisch. Finch spielt Sam was vor – von einem Krieg, an den er sich nicht mehr erinnern kann.

Sie gab sich diesmal besonders viel Mühe mit dem Abendessen, das sich die beiden Männer redlich verdient hatten. Als Gastgeberin freute es sie, wie ungezwungen Finch sich mit ihrem chinesischen Freund unterhielt. Mit ehrlichem Interesse lauschte er Long Sams Beschreibung des buddhistischen Tempels in Bendigo, den der alte Asiate jedes Jahr zum chinesischen Neujahrsfest besuchte. Er interessierte sich auch für den kleineren Tempel, den Sam mit seinen vier Gefährten selbst zusammengezimmert hatte für die zahlreichen chinesischen Fossicker, die während des Goldrauschs am Lerderderg nach Gold geschürft hatten.

Finch hat eine echte Begabung, sich mit Menschen aus allen Gesellschaftsschichten zu unterhalten. Ich frage mich, wo er seine verlorenen Jahre verbracht hat.

Als Clytie an diesem Abend im Bett lag, ließ sie die Ereignisse des Tages Revue passieren, vor allem dieses eigenartige »Geständnis«, das Adelaide der Bulldogge abgetrotzt hatte. Sie konnte sich einfach keinen Reim darauf machen und war schon fast eingeschlafen, als plötzlich laute Rufe aus der Scheune drangen, etwas in einer fremden Sprache, dann auf Englisch der Satz: »Duck dich, Idiot, oder sie pusten dir den Kopf weg!«

Dann wurde es wieder still.

Clytie lag noch eine ganze Weile wach und dachte über die Eigenarten der Männer nach und wie sie mit ihren schlimmen Erfahrungen fertigwerden mussten. Ein ernüchternder Gedanke.

Tagsüber unterhält Finch Long Sam mit Kriegsgeschichten, und nachts wird er von Albträumen geplagt und muss den Krieg wieder und wieder durchleiden.

35

Den heutigen Tag hätte Finch rot eingekreist, wenn er einen Kalender besitzen würde. Er war wild entschlossen, sich den erhofften Erfolg nicht nehmen zu lassen. Nein, heute würde nichts dazwischenkommen. Monatelang hatte er das Gefühl gehabt, sich an einer eingefetteten Stange hinaufarbeiten zu müssen und immer gerade dann wieder herunterzurutschen, wenn das Ersehnte in Reichweite war.

Nein, der heutige Tag sollte ein Wendepunkt in seinem Leben werden, in seinem kurzen, bruchstückhaften Leben, das noch immer die zentralen Aspekte seiner Vergangenheit vor ihm verbarg. Sobald er das Gekreisch der Kookaburras hörte, warf er die Decke zurück und erhob sich von seinem provisorischen Lager in der Scheune. Mit sicherer Hand führte er das Rasiermesser über Wangen und Kinn.

Heute will ich wie ein Mann aussehen, zu dem alle aufblicken – sogar Clytie. Ich kann meinen Stammbaum bis ins sechzehnte Jahrhundert zurückverfolgen – das ist mehr, als die meisten es können. Ich weiß, dass meine Vorfahren tapfere, prinzipientreue Menschen waren.

Sein Stammbaum – und wenn er nun zu den paar verdorbenen Früchten gehörte?

Er erstarrte jäh, das Rasiermesser an der Kehle. *Sein Stammbaum.* Abermals sah er sich als Knabe, wie er die Karte zeichnete und die Worte *Danger-Baum* in kindlicher Handschrift darüberschrieb. Mit »Baum« war natürlich Stammbaum gemeint! Er probierte das Wort »Danger« in allen Sprachen, die er kannte, auf Deutsch, Englisch, Französisch. Welche *Gefahren* waren gemeint? Er schloss die Augen und hörte die Stimme seines Vaters: »*Très bien, mon fils* – aber du hast den Apostroph und das S vergessen – die Schlüssel zu unserer Herkunft.«

Der Apostroph! Das war der Schlüssel. Er sprach das Wort auf französische Weise aus, mit einem weicheren G. »Das ist mein Name!«, rief er aus. »So heiße ich: *D'Angers!* Und jetzt weiß ich auch, woher wir ursprünglich kamen: aus der Normandie! Aus der alten Hauptstadt Anger. *De Anger*, das ist es, aus Anger! Wir haben den alten Namen nie abgelegt: als Beweis für unser Überleben.«

Finch traten die Tränen in die Augen. Er lachte verlegen und wischte sich den restlichen Schaum vom Gesicht. Als spräche er Generationen von Vorfahren an, sagte er feierlich zu der Spiegelscherbe: »Was immer ich in der Vergangenheit auch getan haben mag, um euch Schande zu bereiten – von jetzt an werde ich alles tun, um euch Ehre zu erweisen, das schwöre ich bei *L'Eternale*!«

Gott war sein Zeuge. Das Versprechen war bindend.

Eine alte französische Melodie vor sich hin summend, deren Worte in der grauen Vorzeit verschwanden, wusch er sich am Wassertank und genoss das erfrischend kalte Nass. Nie war ihm ein Morgen verlockender erschienen. Die Sonnenstrahlen fielen schräg durch die gefiederten Blätter der Bäume – wie Engelsflügel.

Heute würde er endlich die Khakiuniform ablegen, die seinen Blick auf die Vergangenheit verschleiert hatte. Dankbar schlüpfte er in Roms Kleidung, die Clytie für ihn frisch gewaschen und gebügelt hatte, damit alles für den »großen Tag« bereit war.

Ungeschickt versuchte er, sich die Krawatte zu binden, gab auf und wienerte seine Stiefel. Mit der Krawatte in der Hand machte er sich auf den Weg zum Häuschen. Durchs Fenster an der Rückseite des Hauses konnte er Clytie am Herd stehen und sein Frühstück zubereiten sehen. *Mein Frühstück.* Die Vorstellung gefiel ihm. Er hatte noch nie in ihrem Bett gelegen, aber sie wusch ja bereits seine Sachen, und sie kochte ihm Mahlzeiten. *Das mit dem Bett wird früher oder später auch noch kommen.*

Voller Vorfreude musste er schmunzeln. Einige Dinge verlernt man nicht. Er wusste ganz genau, was er mit ihr tun würde, wenn es so weit war.

Clytie trug ihre züchtige weiße Gibson-Girl-Bluse und den kecken Rock, der ein paar Zentimeter über den Fußgelenken endete, dazu dunkelblaue, sauber geflickte Strümpfe. Sie hatte sich das Haar noch nicht hochgesteckt und wirkte weich und ein wenig zerzaust, als hätte sie sich gerade erst aus den Armen eines Geliebten gelöst – der Schlafzimmerblick klebte noch an ihr.

Die junge Artistin beäugte den blonden Hugenotten kritisch. Ihr Urteil fiel offenbar günstig aus, denn sie sagte: »Die stehen Ihnen ganz gut, die Sachen von Rom.« Sie winkte ihn an den Tisch.

»Ah – Eier *und* Schinken, ja?«, staunte er. »Wie haben Sie das angestellt? Ich dachte, wir wären pleite.«

»Nicht *wir* – ich. Und ich bin nicht pleite, ich bin nur sparsam. Ich kriege am Ende der Woche meinen Lohn. Aber dieses Frühstück habe ich heute früh auf meiner Schwelle gefunden – in einer Pappschachtel.«

»Ich sollte mich bei Shadow bedanken, dass er's mir nicht weggefressen hat.«

»Das würde er nicht wagen!«, sagte Clytie. »Ich habe ihn so abgerichtet, dass er Futter nur aus meinen Händen annimmt. Es gibt zu viele Menschen, die Hunde hassen – egal ob Dingos oder Schäferhunde oder was auch immer.«

»Essen Sie denn nicht mit? Ich fühle mich nicht wohl, wenn ich allein essen muss.«

»Ich frühstücke später in der Hotelküche.« Clytie musterte Finch ernst. »Sie sollten nie hungrig zu einem Vorstellungsgespräch erscheinen, Finch. Das macht einen erbärmlichen Eindruck.«

»Jawohl, Ma'am. Ich werde es mir merken.« Finch musste sich ein Schmunzeln verkneifen.

Clytie trank eine Tasse Tee und schaute ihrem Gast beim Essen zu. »Sie sehen heute irgendwie anders aus«, bemerkte sie, »wie die Katze, die sich am Sahnetopf vergriffen hat.«

Finch erschrak. Sie hatte doch nicht etwa seine Gedanken erraten – die Sache mit dem Bett, das früher oder später auch noch kommen würde?

»Mir ist mein Name eingefallen«, sagte er. *Eine gute Ausrede.* »Der Nachname zumindest. Ich heiße D'Angers.«

»Hm, Finch D'Angers, das klingt nicht schlecht. Es passt zu Ihnen.«

Finch wechselte das Thema. »Ich hab vergessen, wie man eine Krawatte bindet. Sie könnten mir nicht vielleicht helfen?«

Er hielt ihr seine Krawatte hin. Sie zögerte, als wäre dies etwas Intimes, das sie für Rom tun würde, aber nicht für einen Fremden.

»Ich kann es nur, wenn ich so tue, als würde ich sie für mich selbst binden«, erklärte sie, stand auf und trat hinter Finchs Stuhl.

Sie griff von hinten nach vorn und begann geschickt, die beiden Krawattenenden zu binden. Finchs Kopf verschwand unter dem Schleier ihres Haars. Ihr Duft überwältigte ihn beinahe.

»Keine Sorge, ich mache schon noch einen Mann aus Ihnen«, scherzte sie.

Finch musste all seine Willenskraft aufbieten, um sie nicht auf seinen Schoß zu ziehen und ihr das freche Grinsen wegzuküssen.

»Danke«, zwang er sich zu sagen, »immerhin ein Mann – wenn auch kein Gentleman.«

»Ach, ich denke, Sie sind beides«, meinte sie großzügig.

Finch nahm es als Hoffnungsschimmer. Er bedankte sich bei ihr für das gute Frühstück und für die frische Kleidung. Dann nahm er all seinen Mut zusammen und brachte sein heimliches Anliegen vor.

»Ich weiß nicht, was Sonny mir anbieten wird – falls überhaupt etwas. Wie auch immer, ich werde heute Abend jedenfalls frei sein. Sie wissen vielleicht, dass heute ein Wohltätigkeitstanz stattfindet, um Geld für die Versorgungspakete unserer Soldaten zu sammeln. Wussten Sie, dass sich die großartige Imperial Army der Briten nicht mal Seife leisten kann?«

Himmel! Wieso hab ich das jetzt gesagt?

So hatte er seine Einladung nicht formulieren wollen. Er verfluchte sich für seine Ungeschicklichkeit.

»Möchten Sie mich vielleicht begleiten? Es ist schließlich für eine gute Sache.«

Clyties Antwort kam ohne Zögern. »Danke, Finch, aber ich habe es hier schon schwer genug – als ›Tochter des Messerwerfers‹. Und als das Mädel, das von Rom Delaney am Altar stehen gelassen worden ist. Ich will den Leuten nicht noch mehr Munition liefern.«

»Wen kümmert's, was die Leute denken? Es ist doch für einen guten Zweck. Sie sammeln auch für das neue Kriegerdenkmal.«

Das hätte er lieber nicht sagen sollen. Jetzt dachte sie sicher an Rom und dass er vermisst wurde und möglicherweise gefallen war.

»Es geht nicht bloß um mich, Finch. Keine der Frauen, die im Diggers' Rest arbeiten, sind heute Abend willkommen. Marj Hornery ist die Vorsitzende des Komitees, und sie hat sich klar ausgedrückt. Die anständigen Damen würden nicht kommen wollen, wenn sie wüssten, dass Frauen wie wir auch da wären und dem Ganzen einen liederlichen Anstrich gäben!«

Finch, der seine Chance schon den Bach runtergehen sah, fluchte innerlich.

»Ich sag Ihnen was, ich werde am Eingang eine Eintrittskarte für Sie hinterlegen – falls Sie Ihre Meinung noch ändern sollten. Das ist schließlich das Vorrecht einer Frau, oder?«

Aber Clyties Entschluss stand fest. »Sie werden ohnehin eine gute Arbeit bekommen und Ihr Glück feiern wollen, da bin ich sicher. Aber ich muss Sie warnen: Auf den hiesigen Tänzen gilt normalerweise Alkoholverbot. Das wissen die Männer, und deshalb sorgen sie meist vor, ehe sie auf einem Fest erscheinen.«

»Ich trinke sowieso nur sehr selten.«

»Und können Sie tanzen?«

»Weiß nicht, das werde ich dann wohl herausfinden.«

»Sie müssen nichts weiter tun, als sich bereitwillig zeigen. Und wenn Damenwahl ist, wird sich die Weiblichkeit auf Sie stürzen, Sie werden sehen. Viel Konkurrenz werden Sie nicht haben. Die meisten Männer schauen nur herein, um die Mädchen zu beäugen, die aus Männermangel miteinander tanzen müssen.«

»Könnten Sie mir vielleicht ein paar Tipps geben?«

Zu seiner Überraschung ließ sich Clytie nicht lange bitten und wies ihn in die Kunst des Walzertanzens und auch des Ländlers ein, der hier üblich war.

Er folgte ihren Anweisungen, wurde allerdings vom Duft ihres frisch gewaschenen Haars und ihres süßen Atems auf seiner Brust verwirrt.

Wieso ein schlechtes Gewissen haben? Es muss doch wenigstens einen Vorteil haben, den Liebesboten für Rom spielen zu müssen!

Er ließ sie los. »Danke, Miss Hart. Jetzt werde ich wenigstens keinem armen Mädchen auf die Zehen treten. Ich gehe jetzt besser. Ich möchte den Doc nicht warten lassen.«

»Viel Glück, Finch D'Angers«, rief sie ihm nach.

Finch musste unwillkürlich an einen nackten Frauenkörper denken, der sich unter seinen Liebkosungen aufbäumte und zuckend zum Höhepunkt kam. Mit einem Ruck wurde ihm klar, wie lange es her sein musste, seit er zum letzten Mal mit einer Frau zusammen gewesen war.

Die Glocken von St. Xavier's läuteten zum Gottesdienst. Eine Schlange treuer Kirchenbesucher schleppte sich den Berg hinauf, Männer in Bergwerkskleidung, die anschließend gleich zu ihrer Schicht mussten, Frauen mit Kopftüchern, die widerwillige Kinder hinter sich herzerrten, denen es offenbar vor der Beichte graute.

Finch bezog vor dem Diggers' Rest Posten und kam sich ein wenig dumm dabei vor, denn es sah aus, als könnte er es nicht abwarten, dass die Wirtschaft endlich aufmachte. Normalerweise stand immer Frankie, The Fly, dort, Hopes stadtbekannter Säufer, der morgens immer als Erster wieder in der Schankstube auftauchte und abends als Letzter ging. Auch wurde ihm unangenehm bewusst, dass er in seinen feinen Klamotten bei den Damen für Aufsehen sorgte. Bald würde sich der Klatsch im Städtchen verbreiten, und Spekulationen würden darüber angestellt werden.

Einige Frauen waren sogar so kühn, dass sie sich in Hörweite über ihn unterhielten.

»Seht euch mal diesen Finch an, der ist ja rausgeputzt wie ein Gockel«, bemerkte die Bäckersgattin zu Marj, die soeben den Postschalter aufmachen wollte.

»Mir ist er in Uniform lieber«, entgegnete diese, »aber er sieht nicht schlecht aus, wie ein Landedelmann, finde ich.«

»Er soll wohl ein Franzose sein, wissen Sie? Armer Kerl, muss schlimm sein, wenn man nicht mal weiß, wer man ist. Wie ein Säugling, den man auf einer Türschwelle ausgesetzt hat.«

Schwatzend verschwanden sie im Laden.

Ginger, die rassige rothaarige Bardame mit den kholumrandeten Augen, zwinkerte Finch im Vorbeigehen anzüglich zu.

»Achte nicht auf die, Süßer. Die würden einen echten Mann nicht mal erkennen, wenn sie nach einer Liebesnacht in seinen Armen aufwachen würden.«

Finch überlegte noch, was er antworten sollte (und was nicht anzüglich klang), als sie auch schon im Hotelgasthof verschwand.

»Machen Sie sich nicht zu rar, Finch«, fügte sie noch hinzu, »wir brauchen mehr Gentlemen wie Sie – das hebt unser Niveau.«

Finch wurde an Clyties Worte erinnert, dass »Frauen wie wir« das Niveau einer Tanzveranstaltung senken würden.

Die gute Maude war wie immer sehr direkt. Sie ging

stracks auf Finch zu und tippte ihm mit einem dürren Finger an die Brust. »Und wo wollen Sie hin, so aufgeputzt wie ein feiner Herr? Ich hab Sie bis jetzt vergebens in einer unserer Kirchen gesucht.«

»Ich bete im Privaten«, erwiderte Finch freundlich, »ich bevorzuge keine Kirche vor einer anderen.«

»Kluger Junge«, meinte Holy Maude, »wir haben hier schon genug Querelen zwischen Katholiken und Protestanten.«

Finch mochte die exzentrische Alte, hatte aber keine Lust, ihr von seinem bevorstehenden Vorstellungsgespräch bei Sonny Jantzen zu erzählen – noch dazu, wo geringe Aussichten auf Erfolg bestanden.

»Ich hab mich nur Ihretwegen so in Schale geworfen, Miss Maude«, scherzte er. »Ich hoffe, ich hab Sie beeindruckt.«

»Na, Sie sind mir vielleicht einer!«, kicherte die Alte hinter vorgehaltener Hand. »Kein Wunder, dass Sie sich hier schon einen gewissen Ruf erworben haben.«

»Wer, ich?«, fragte Finch unschuldig. »Aber ich kenne hier doch so gut wie keinen – außer Ihnen, den Doc und Rom Delaneys Verlobte, Miss Hart. Sie hat mir freundlicherweise Roms Kleidung geliehen – bis er wieder hier ist. Meine Uniform ist inzwischen ziemlich schäbig, wissen Sie.«

Na, hoffentlich überzeugt sie das. Ich will Clyties Ruf wirklich nicht noch mehr Schaden zufügen.

Holy Maude berührte Finch vertraulich am Ärmel und sagte leise: »Hier geht was Seltsames vor. Rom Delaney gilt offiziell als vermisst – und wir wissen, was das in Wirklichkeit bedeutet. Aber ich könnte schwören, dass ich ihn vor zwei Nächten mit eigenen Augen gesehen habe – er schlenderte auf der Landstraße durch Barnaby's Ridge und an meinem Häuschen vorbei.«

»Wirklich?« Finch versuchte, sich sein Interesse nicht zu sehr anmerken zu lassen. »Hat er was gesagt?«

»Nein, gar nichts. Ich bin gleich zu ihm hinausgerannt, aber ich kam zu spät – er war bereits über den Hügelkamm verschwunden, Richtung Brücke und Hope.«

»Sind Sie sicher, dass es Rom war? Ich glaube mich zu erinnern, dass es vor zwei Nächten so gut wie keinen Mond gegeben hat.«

»O doch, das war er, kein Zweifel. Wir kennen uns gut, er und ich, noch aus seiner Zeit, als er bei dem Transportunternehmen Cobb & Co. angestellt war. Außerdem hat er dieses Lied gepfiffen, das er immer singt. Wie heißt es noch gleich?«

Sie sang ein paar Noten mit ihrer alten Krächzstimme, aber Finch erkannte die Melodie sofort.

»›The Girl I Left Behind Me‹ – das hat er im Krankenhaus in Johannesburg auch immer gesungen. Hat uns schier damit in den Wahnsinn getrieben.«

»Komisch, dass er sich noch nicht bei Clytie hat blicken lassen. Sie sehnt sich doch so nach seiner Rückkehr.«

Offene Worte, aber ohne jede Böswilligkeit. Maude klang eher enttäuscht von Rom. Auch sie schien eine glückliche Wiedervereinigung der beiden Liebenden herbeizuwünschen.

»Miss Maude, Sie erzählen Clytie besser nichts davon, ja? Das würde sie nur verstören.«

»Gute Idee, Finch.«

Finch war froh, als Holy Maude in diesem Moment von Mrs Binstead, der Gattin des Methodistenpredigers mitgenommen wurde.

Er zog seinen Hut, und die beiden Frauen gingen untergehakt davon und besprachen mit zusammengesteckten Köpfen die nächste ökumenische Veranstaltung. Finch blieb nachdenklich und besorgt zurück.

Was soll ich jetzt machen? Ich kann dieses doppelte Spiel nicht länger treiben.

In diesem Moment tauchte endlich der Doktor auf, und Finch schaute dem heransausenden Gefährt aufatmend entgegen. Doch der Arzt hüpfte vom Kutschbock und raste mit einem »Warten Sie einen Moment!« in den Postladen. Er erschien schon kurz darauf wieder und bedeutete dem entlassenen Soldaten mit einem Wink, zu ihm auf den Wagen zu klettern.

»Danke für die Mitfahrgelegenheit zum Jantzen-Anwesen, Doc«, sagte der große blonde Mann.

»Verzeihen Sie, dass ich Sie warten ließ, Finch, aber mir ist etwas dazwischengekommen. Schwester Bracken hat ganz überraschend ihre Kündigung eingereicht – sie wird in vier Wochen in Kraft treten. Ich hoffe, dass sich die Sache bis dahin klären lässt, aber falls nicht, habe ich sicherheitshalber eine Stellenanzeige aufgegeben. Ich habe beunruhigende Nachrichten über ein schweres Vergehen von ihr erhalten. Ich kann es kaum glauben, das wäre vollkommen untypisch für diese Frau – sie ist mit dem Krankenhaus verwachsen wie eine Äbtissin mit ihrem Kloster.«

»Sie soll Ihnen sehr zugetan sein, Doc, wie man hört.«

»Mag sein«, entgegnete der Arzt sichtlich unbehaglich, »aber das hat nichts mit diesem Vorwurf zu tun, der wohl höchst ernst ist. Sie weigert sich jedoch, mit mir darüber zu sprechen. In ihrem Kündigungsschreiben macht sie nur eine vage Andeutung auf eine medizinische Fehlentscheidung ihrerseits. Da ich nicht weiß, worum es sich handelt, kann ich auch nichts unternehmen, um es wieder in Ordnung zu bringen. Ach, bitte verzeihen Sie mir, Finch, ich sollte Sie nicht mit alldem belasten. Sie müssen sich den Kopf frei halten für Ihr Gespräch mit Jantzen.«

Docs Beunruhigung war offensichtlich. Finch erwähnte deshalb nicht, was er in Bezug auf Clytie hatte fragen wollen – aber der Arzt schien seine Gedanken zu erraten.

»Heute ist mein wöchentlicher Termin bei Sonny. Ich untersuche ihn regelmäßig. Ich hatte eigentlich vor, ein kniffliges Thema mit ihm zu bereden, aber dem hat Schwester Bracken mit ihrer Kündigung vorerst Einhalt geboten.« Er musterte Finch, als wollte er gerne mehr sagen, dürfte aber nicht die ärztliche Schweigepflicht verletzen. »Aber ich kann Ihnen versichern, dass ich Sie Sonny gegenüber bereits gebührlich gerühmt habe.«

»Es ist sehr nett von Ihnen, dass Sie sich so für jemanden einsetzen, den Sie kaum kennen und der keinerlei Zeugnisse vorzuweisen hat.«

»Keine Ursache. In Clytie haben Sie offenbar ebenfalls eine Unterstützerin gefunden. Sonst hätte sie Ihnen niemals Rom Delaneys Kleidung ausgeliehen.«

Finchs Schuldgefühle wuchsen. Er wechselte rasch das Thema.

»Ich weiß, wie schnell sich in Hope der Klatsch ausbreitet – aber manchmal enthält er auch ein Körnchen Wahrheit. Ich habe es aus erfahrenem Munde von Holy Maude selbst, dass Rom kürzlich auf Barnaby's Ridge gesichtet wurde.«

Doc Hundey brachte seine Kutsche zum Stehen und schaute Finch aufmerksam an. Er ließ sich mit seiner Antwort ein wenig Zeit.

»Wenn unsere Theorie korrekt ist, Finch, dann lässt sich Rom offenbar nur von bestimmten Leuten ›sehen‹. Ich fürchte, dass in diesem Wahnsinn Methode steckt, und wir werden wohl bald genug herausfinden, welche – vielleicht früher als erwartet.«

Finch nickte. Er war sicher, dass der Arzt viel mehr wusste, als er zugab, dass ihm jedoch die Hände gebunden waren.

Es war die Aborigine-Zofe Alice, die sie an der Eingangstür empfing. Sie bat Finch, auf der Veranda Platz zu nehmen, und führte den Arzt dann sogleich in Sonny Jantzens Räume. Anschließend brachte sie dem Hugenotten ein Glas kalte Limonade.

Aus dem Innern des Hauses drangen eine Frauenstimme und das fröhliche Glucksen eines kleinen Kindes.

Finch dachte traurig an jenes andere Baby, dessen Grabstein den Friedhof von Hope zierte. Ob Docs »kniffliges Thema« wohl die wahre Vaterschaft von Sonny Jantzens Söhnchen Maximilian betraf? Finch bezweifelte nicht, dass Clytie sich mit aller Kraft an die Hoffnung klammerte, dass Rom zu ihr heimkehren und alles wieder irgendwie ins Lot bringen würde.

Sie wird nie wieder einen Mann so lieben, wie sie Rom geliebt hat.

Der große Hugenotte lief nervös auf der Veranda auf und ab und geriet bei einer dieser Runden zufällig in die Nähe eines offen stehenden Fensters. Stimmen drangen heraus, die Stimme des Arztes und die gepflegte, aber ein wenig kränklich klingende Stimme eines jungen Mannes sowie eine Frauenstimme, die etwas Nörglerisch-Trotziges besaß.

Er wusste selbst nicht, was der Grund war, vielleicht der tief verwurzelte Instinkt des Soldaten, den Feind auszukundschaften, ehe es zur Schlacht kam, doch er setzte sich auf eine Bank unweit des offenen Fensters, wo er nicht gesehen werden konnte, und belauschte, was die drei Personen besprachen.

Die Ausdrucksweise der jungen Frau hatte etwas Gekünsteltes, als hätte sie sich in die Privilegien ihrer Stellung gehüllt wie in eine Verkleidung – stammte aber ursprünglich aus anderen Verhältnissen und versuchte, dies nun durch vorgetäuschte Vornehmheit wieder wettzumachen.

»Verstehe ich Sie richtig, Doktor – wollen Sie damit sagen, dass die Krankheit meines Mannes Ihre medizinischen Kenntnisse übersteigt?«

»Mrs Jantzen, ich versichere Ihnen, ich hätte nichts dagegen, wenn Ihr Mann einen Lungenfacharzt in Melbourne aufsuchen wollte – im Gegenteil, ich würde es sogar begrüßen!«

Da meldete sich der Patient selbst mit überraschender Vehemenz zu Wort. Für Finch war es sozusagen die erste Begegnung mit Sonny Jantzen und daher doppelt interessant.

»Du missverstehst die Situation vollkommen, Noni. Bitte verzeihen Sie, Doktor Hundey, falls Sie den Eindruck hatten, wir würden auch nur im Geringsten an Ihren Fähigkeiten zweifeln. Es gibt Dutzende von Medizinern in Melbourne, mit allen möglichen Titeln, aber ich würde keinem von ihnen mehr vertrauen als Ihrem Urteil, Doktor.«

»Vielen Dank, Ihr Vertrauen bedeutet mir sehr viel. Aber vielleicht sollten wir doch, um des inneren Friedens Ihrer Frau willen …«

»Ganz genau! Wir werden sofort nach Melbourne abreisen. Ich werde Anweisung geben, die Koffer zu packen. Dürfte ich Sie noch zur Tür bringen, Doktor Hundey?«, sagte Noni schroff.

»Nein! Bitte geh jetzt, Noni. Ich möchte noch unter vier Augen mit dem Doktor reden.«

Eine Tür wurde zugeknallt. Sonny lachte verlegen.

»Meine Frau meint es gut, Doc, aber sie kämpft nun leider gegen Windmühlen. Ich halte mich ganz genau an Ihre Anweisungen. Gesunde, wenn auch langweilige Kost, jede Menge frischer Luft und sich möglichst keine Sorgen machen.

Letzteres fällt mir derzeit, offen gestanden, am schwersten. Ich habe zwei Hauptsorgen, die ich so gut wie nie abschütteln kann. Zunächst mein Sohn, Max, der mir die Welt bedeutet. Aber ich würde liebend gern auf seine Gesellschaft verzichten, wenn ich damit seine Gesundheit gefährden würde.«

»Ich sehe keinen Anlass dazu, Sonny. Spielen Sie ruhig mit ihm, vor allem natürlich draußen, an der frischen Luft. Helfen Sie ihm bei seinen ersten Gehversuchen und beim Ponyreiten. Sie können ihm unbesorgt eine Gutenachtgeschichte vorlesen oder ein Lied vorsingen. Wie ich höre, hat Ihre Frau das Personal angewiesen, Ihre Wäsche und Ihre Essutensilien streng von den anderen Mitgliedern des Haushalts zu trennen. Auch sollten Sie sich stets erst die Hände waschen, ehe Sie mit Ihrem Sohn spielen.«

»Das alles befolge ich aufs Gewissenhafteste, Doktor.«

Der Arzt fuhr fort: »Und Sie sollten Ihren Sohn besser nicht küssen – ebenso wenig wie, verzeihen Sie mir, Ihre Frau. Sie müssen Ihre Zuneigung eben auf andere Weise zeigen. Wenn man Sie und Max zusammen sieht, ist offensichtlich, wie viel Ihnen der Junge bedeutet. Ein Kind spürt instinktiv, ob es geliebt wird oder nicht. Max sonnt sich in der Liebe seines Vaters – er lacht und ist immer fröhlich, wenn er mit Ihnen zusammen ist.«

»Danke, Doc«, würgte Sonny sichtlich bewegt hervor. Finch wurde selbst ein wenig der Hals eng.

»Dürfte ich Ihnen vielleicht noch in Bezug auf Ihre andere Sorge raten?«

»Ja, es geht um die Golden Hope, Doktor. Vater hat sie bis vor Kurzem vollkommen im Alleingang geleitet. Ich habe lediglich, so gut ich konnte, seine Anweisungen ausgeführt. Ich bin nie richtig auf die Übernahme der Mine vorbereitet worden, sozusagen nie dafür in die Lehre gegangen. Ich muss zugeben, ich hatte auch nie sonderlich Interesse am Goldabbau. Ich habe deswegen ein schlechtes Gewissen, da ich diesem Gold meinen privilegierten Lebensstil verdanke – Auslandsreisen nach Europa, der Kauf von Gemälden und allen Büchern, die mein Herz begehrte. Und nicht zu vergessen natürlich unser Stadthaus in Melbourne, am Strand von St. Kilda.«

Er wurde von einem schweren Hustenanfall erfasst, und es dauerte ein Weilchen, ehe er fortfahren konnte.

»Aber das Problem ist nicht nur mein prekärer Gesundheitszustand – ich mache mir zunehmend Sorgen um die geistige Verfassung meines Vaters. Seine Stimmungsschwankungen werden immer heftiger, an einem Tag ist er begeistert und zuversichtlich, was die Zukunft des Geschäfts betrifft, am anderen schimpft er auf alles und jeden, einschließlich auf mich, dass wir nicht das leisten würden, was wir sollen. Er ist hin- und hergerissen zwischen irrationalem Geiz und unvernünftiger Verschwendungssucht.«

»Möchten Sie, dass ich einmal mit ihm rede?«

»Ja, aber Sie sollten darauf gefasst sein, dass er grob werden könnte. Ich glaube, er spürt selbst, dass ihm die Dinge entgleiten – und seine Angst äußert sich in Wutanfällen.«

»Ich werde bedenken, was Sie mir anvertraut haben, Sonny. Aber vielleicht werden Sie ja in dem jungen Finch einen unerwarteten Helfer finden. Ich habe ihn heute mitgebracht, damit Sie ihn sich einmal ansehen können. Er ist ein Mann mit vielen Talenten und, wie Sie wissen, ein sehr guter Freund und Kamerad von Rom Delaney …«

»Ist Rom denn inzwischen nicht aus Südafrika zurückgekehrt?«, unterbrach Sonny eifrig. »Ich würde mich zu gern mit ihm über seine Erlebnisse und Erfahrungen unterhalten. Falls Sie ihn sehen …«

Finch war überrascht über Sonnys plötzlichen Eifer. Er wich vom Fenster zurück, denn er ahnte, dass die Unterhaltung bald beendet sein und man nach ihm suchen würde. Er wollte unter allen Umständen einen guten Eindruck auf den Mann machen, der ihm möglicherweise eine Stelle anbieten würde.

Der Arzt fuhr davon, zu einem anderen Patienten. Finch ging rasch noch einmal im Geiste seine Fähigkeiten durch. Wie er die erklären sollte, da er doch unter Amnesie litt, war ihm allerdings schleierhaft. Es galt, sich eben den Gegebenheiten der jeweiligen Situation anzupassen.

Zu seiner Überraschung stand er kurz darauf einem Mann gegenüber, der kaum den Vorstellungen entsprach, die er sich aus dem Klang seiner Stimme gemacht hatte.

Sonny Jantzen war hochgewachsen und schlank und trug einen feinen dreiteiligen Anzug mit einer goldenen Uhrkette an der Nadelstreifenweste. Am auffallendsten war jedoch sein skandinavisches Aussehen, die strahlend blauen Augen und das hellblonde Haar. In sein schmales hellhäutiges Gesicht hatten sich die feinen Linien einer langen chronischen Krankheit eingegraben. Er kam Finch mit einem strahlenden Lächeln und der ausgestreckten Hand entgegen und führte den Hugenotten in den Garten, wo sie ein gedeckter Tisch erwartete – Tee und Gebäck. Finch brauchte gar nichts zu sagen, sein Gastgeber sprach sogleich mit jungenhaft-naiver Begeisterung auf ihn ein.

»Ich kann Ihnen gar nicht sagen, wie sehr ich mich freue, einen guten Freund von Rom Delaney, den ich sehr schätze, kennenzulernen! Doc Hundey hat mir schon so viel von Ihnen erzählt – Sie sprechen mehrere Fremdsprachen, verstehen etwas von Buchhaltung und auch vom Goldabbau. Und er hat mir versichert, Sie seien außerdem sehr diskret.«

Finch wollte gerade sagen, dass er vom Goldabbau leider nichts verstünde, doch der andere ließ ihm keine Gelegenheit dazu.

»Sie würden mir sehr helfen, wenn Sie an zwei Tagen pro Woche für mich arbeiten könnten. Am wichtigsten wäre, die Buchhaltung der letzten Monate zu überprüfen und mir – und nur mir! – das Ergebnis mitzuteilen. Mein Vater ist ein brillanter Geschäftsmann, aber er wird leider nicht jünger und … nun, ich bin sicher, Sie verstehen mich. Nehmen Sie sich ruhig Zeit und überlegen Sie sich, ob Ihnen mein Angebot zusagt und wann Sie bei mir anfangen könnten …«

Der Goldminenerbe nannte beiläufig ein Gehalt, das Finch förmlich den Atem raubte. Das war mehr, als er in jedem anderen Job bei sechs Arbeitstagen pro Woche in einem Monat verdient hätte! Die Teetasse in der Hand wurde er von seinem Gastgeber gedrängt, sich doch ein Törtchen zu nehmen. Finch war perplex, denn er wurde mehr wie ein geschätzter Gast behandelt als ein künftiger Angestellter.

Von einem Ohr zum anderen grinsend nahm der Hugenotte das Angebot seines neuen Chefs an. Angesichts des schrumpfenden Arbeitsangebots in Hope war diese fabelhaft bezahlte Teilzeitstelle wirklich ein Riesenglück.

Sonny Jantzens Abschiedsworte rissen Finch wieder ein wenig in die Wirklichkeit zurück.

»Bitte, vergessen Sie nicht, Finch, Sie sind allein mir Rechenschaft schuldig. Meinen Vater wollen wir aus dieser Sache heraushalten, verstanden? Ich verlasse mich auf Ihre Diskretion. Es dürfen keine Gerüchte über eine mögliche Schließung der Mine an die Öffentlichkeit dringen. Sie wissen inzwischen vielleicht selbst, wie hier getratscht wird.«

»Ich verstehe vollkommen, Sir«, entgegnete Finch.

Die beiden Männer besiegelten ihre Vereinbarung mit einem kräftigen Händedruck.

In diesem Moment tauchte Noni Jantzen mit schwingenden Röcken im Garten auf. Der Seidenstoff strich raschelnd über den Rasen, während sie auf die beiden Männer zuging. Sie ließ Finch dabei keinen Augenblick aus den Augen, und es war offensichtlich, dass sie ihm misstraute.

Sonny stellte Finch höflich seiner Frau vor und erwähnte dabei, dass er ein Kriegskamerad von Rom Delaney gewesen sei. Finch fiel sofort auf, wie sie sich bei der Erwähnung dieses Namens versteifte und unwillkürlich seinen Blick mied.

»Mein Mann braucht jetzt Ruhe. Es ist meine Aufgabe, dafür zu sorgen, dass er sich nicht überanstrengt.«

Sonny zuckte charmant mit den Schultern wie ein Kind, das sich darin fügt, ins Bett geschickt zu werden. »Wir werden nächste Woche anfangen, Finch. Ich freue mich schon darauf.«

Die Frau hakte sich bei ihrem Mann unter, und die beiden gingen langsam zurück ins Haus. Bevor sie die Veranda betrat, schaute sich Noni noch einmal zu Finch um.

Die spielt auch ein doppeltes Spiel.

Leichten Herzens schritt Finch über die gewundene Landstraße zurück nach Hope. Rechts und links türmten sich alte Grabungsschutthalden wie gigantische Ameisenhügel auf.

Sein Blick fiel auf den verfallenen Eingang zu einem Schacht, der in einen Hügel gegraben worden war. Man hatte ihn mit Brettern verbarrikadiert, und ein schiefes ausgebleichtes Schild hing daran mit der Aufschrift *DANGER*. Doch jetzt bekam er bei diesem Anblick nicht länger pochende Kopfschmerzen, jetzt wusste er, woran es ihn erinnerte, es gab ihm ein Gefühl von Sicherheit und Zugehörigkeit.

Der Mann aus Angers, das bin ich. Nicht länger namenlos, nein.

In diesem Moment geschah es, dass auch die letzten Barrieren zusammenstürzten und er sich auf einmal wieder an alles erinnern konnte. Finch war so betroffen, dass ihm die Knie weich wurden und er sich wackelig auf den nächsten Felsblock sinken ließ.

Die Zeit verlor jede Bedeutung. Er erinnerte sich an alles – das Gute wie das Schlechte. Jetzt musste er der Wahrheit ins Auge blicken, jetzt gab es kein Entrinnen mehr.

Ich kann es zwar vor der Welt verbergen – aber nicht mehr vor mir selbst. Jetzt weiß ich, was ich getan habe. Das ändert alles.

Finch kam um eine Biegung, etwa eine Meile von jeder Ansiedlung entfernt, und sah plötzlich eine Gestalt am Straßenrand sitzen. Sie trug eine Khakiuniform und paffte genüsslich eine Zigarre. Der Mann wirkte so quicklebendig wie jeder andere Mensch und so solide wie der Baumstamm, auf dem er saß.

»Wo bleibst du so lange? Ich warte schon seit Stunden auf dich«, bemerkte Rom spöttisch und zeigte sein typisches schiefes Grinsen.

Finch hielt es für das Beste, so zu tun, als merkte er nichts. Er wollte Zeit gewinnen, um sich den alten Kameraden genauer anzusehen.

»Versuch jetzt bloß nicht, von dir abzulenken«, rief Finch zurück. Er nahm ihr altes Gezänk wieder auf, als ob nichts geschehen wäre. »Wo warst du denn so lange, Teufel nochmal?«

Finch machte sich mit einem gereizten Schubs auf dem Baumstamm Platz und setzte sich neben Rom.

Rom blies einen Rauchring in die Luft, um Finch noch mehr zu ärgern.

»Ist mir ein Rätsel, wie du diese Stinkstängel rauchen kannst, Mann. Und wo nimmst du überhaupt das Geld dafür her?«

»Sind mir vor die Füße gefallen«, entgegnete Rom achselzuckend. Er musterte Finch. »Hast keine Zeit verschwendet, Mate, und dir meine Klamotten unter den Nagel gerissen, wie ich sehe.«

»He! Das war doch deine Idee! Clytie hat sie mir freundlicherweise angeboten. Und sie haben mir dabei geholfen, eine gute Stellung bei Sonny Jantzen zu bekommen!«

»Schön für dich. Ich hab's doch gesagt: Halte dich an mich, und du wirst auf den Füßen landen!«

Roms Gesicht verfinsterte sich jäh, einer seiner plötzlichen Stimmungsumschwünge.

»Und jetzt mal raus mit der Sprache, Finch. Was macht ihr, du und Clytie? Dir würde ich bei keiner Frau über den Weg trauen.«

»He, das sagt gerade der Richtige! Du bist doch selbst der schlimmste Weiberheld. Aber was Clytie betrifft, kannst du beruhigt sein. Alles, wonach sie sich sehnt, ist deine Rückkehr. Also, lass dich endlich mal bei ihr blicken! Ich hab mich um sie gekümmert, so wie du's wolltest. Also lass mich endlich gehen und gib mich von meinem Versprechen frei.«

Rom legte seine Hand auf Finchs Schulter und sagte geduldig wie zu einem Kind: »Hast du's noch immer nicht kapiert, Mate? Wir beide hängen zusammen, ob wir wollen oder nicht. Ich meine, nicht so wie diese siamesischen Zwillinge, Chang und Eng Bunker, bis dass der Tod uns scheidet. Aber wir sind nun mal aneinandergekettet, unsere *Leben* sind miteinander verbunden. Und ich bin derjenige mit dem Schlüssel.«

Finch hielt den Atem an. Ob der andere endlich etwas gemerkt hatte? Ob er endlich die Wahrheit über sich ahnte?

Gespielt beiläufig sagte Finch: »An dich gekettet? Wenn das stimmt, kann ich mir gleich die Kugel geben. Auf so was hab ich mich nie eingelassen! Vielleicht sollten wir beide jetzt endlich unsere eigenen Wege gehen.«

Rom musterte Finch misstrauisch. »Nein, erst wenn alles erledigt ist, wenn sich alles aufgeklärt hat. Ich muss Clytie beweisen, dass ich meine Versprechen auch halte.«

»Aber wie lange wird das noch dauern? Ich habe eigene Pläne.«

Rom zuckte die Achseln. »Wie lang ist ein Faden?«

Finch verlor die Beherrschung. »Das ist kein Spiel, Rom! Das ist Clyties *Leben.* Du verdienst sie nicht!«

»Und du schon?!«

»Wenn du sie nicht willst, warum lässt du sie dann nicht gehen?«, stammelte Finch. »Clytie hat einen Besseren verdient als uns, einen, der zu ihr steht, komme, was wolle.«

»Glaubst du denn, das wüsste ich nicht?!«, meinte Rom mit wild lodernden Augen.

Finch verstummte angesichts Roms Wut und Verzweiflung. Er riss sich von Roms Griff los.

Schweigend machten sie sich auf den Weg. Als die Landstraße in die Main Street von Hope einmündete, blieb Rom stehen. Seine Stimmung war erneut umgeschlagen.

»Nimm's nicht so schwer, Finch«, meinte er gelassen, »ich werde schon auf dich aufpassen. Ich bin für dich da, falls du meine Hilfe brauchst.«

»Danke für gar nichts!«, fauchte Finch. Er hätte seinen Triumph so gerne mit Clytie gefeiert, aber sie hatte ja abgelehnt. Enttäuscht blickte er Rom nach, der im Busch verschwand und die Richtung zur Schürferhütte einschlug.

Der Kamerad drehte sich noch einmal um und rief Finch zu: »Noch was – hör auf, dich bei meinem Hund einzuschmeicheln. Der ist nur einem Herrn treu: Und das bin ich!«

Finch nickte resigniert. »Ja, und Clytie ist auch nur einem treu – und das bist du! Ich weiß, ich weiß.«

Überwältigt von Frustration und einem Gefühl der Unwirklichkeit beschloss Finch, seine Regel für diesmal zu brechen und sich im Diggers' Rest einen Drink zu genehmigen.

36

Dies sollte eigentlich ein ganz besonderer Tag für Finch sein. Er hatte von Sonny Jantzen eine prestigeträchtige, hervorragend bezahlte Stelle bekommen. Doch es gab niemanden, mit dem er seinen Erfolg hätte feiern können. Seine Stimmung war auf dem Nullpunkt.

Er musste an Clytie denken und wie er sie heute früh betont beiläufig zum abendlichen Tanz eingeladen hatte – und abgewiesen worden war. Während er sich nun dem Gasthof näherte, dachte er an Roms Worte. Er ärgerte sich jetzt darüber, dass er dessen Kleidung trug. *Wir sind aneinandergekettet, hat er gesagt. Stimmt das?*

Die Vorstellung, dass sein Leben untrennbar mit Roms verbunden sein sollte, machte Finch wütend. Reichte es nicht, dass er sein Gedächtnis wiedergefunden hatte, dass er jetzt wieder alles über sich wusste? Das war mehr als genug für einen Tag.

Da Clytie ihn über die Gewohnheiten der Leute hier aufgeklärt hatte, überraschte es ihn nicht, dass der Schankraum gerammelt voll war mit jungen und weniger jungen Männern, die sich alle vor dem Tanz noch ein wenig Mut antranken. Sie kamen aus allen Richtungen – Bitternbird, Mizpah und Grannys Ruin.

Finch war selbst geneigt, sich einmal so richtig gehen zu

lassen. So lange war er vorsichtig gewesen, hatte darauf geachtet, keinen Fuß falsch aufzusetzen, weil er ja keine Ahnung gehabt hatte, was er in seiner Vergangenheit verbrochen hatte. Jetzt, wo er's endlich wusste, hatte er das Gefühl, nichts mehr zu verlieren zu haben. *Schlimmer kann's kaum werden.*

Ginger war wie immer hinter der Bar und lief nach dem langen, anstrengenden Arbeitstag barfuß hin und her, um die Wünsche der Männer zu erfüllen. Sie war zu jedem freundlich – zu den schüchternen und zu den dreisten, zu den Säufern und zu den Gentlemen. Finch fand, dass sie heute besonders kess aussah in ihrer tief ausgeschnittenen gelben Bluse mit dem Spitzeneinsatz, der den Blick eher mehr auf ihr Dekolleté lenkte als weniger. Eine einzelne geringelte Locke fiel ihr wie ein Fragezeichen über eine gerötete Wange. Sie pflanzte ihren Busen auf den Tresen und erkundigte sich bei Finch nach seinen Wünschen.

»Tag, Fremder, welches Gift soll's denn sein?«

»Einen Shandy, Miss, danke.«

»Meinen Sie, halb Bier, halb Limo? Kommt sofort, Süßer. Ich hätte allerdings gedacht, dass Sie auch was Stärkeres vertragen, ein kerniger Bursche wie Sie …«

Finch zog eine Augenbraue hoch. »Ich dachte, die Damen von Hope tanzen nicht gerne mit einem Mann, der angetrunken ist?«

»Ach, glauben Sie das nicht, Finch. Die Mädchen hier würden mit jedem tanzen, der Hosen trägt. Es gibt inzwischen leider viel zu wenig Männer, und die Frauen müssen oft miteinander tanzen.«

Sie verzog sich zum anderen Ende der Bar, um einem Mann in Schottenmütze, der bereits ungeduldig mit den Füßen scharrte, die bestellten fünf Bier zu bringen.

Dann schlenderte sie zu Finch zurück und sagte in vertraulichem Ton zu ihm: »Ich will ehrlich sein, Finch. Die Burschen hier schneiden gerne auf, sind im Grunde aber fürchterlich schüchtern. Sie haben Angst davor, den Saal zu durchqueren, um ein Mädel zum Tanz zu bitten und möglicherweise einen Korb zu riskieren. Die Mutigen unter ihnen lauern den Mädchen vor den Toiletten auf, um sie abzufangen, wenn sie sich die Nasen gepudert haben.«

»Danke für den Tipp«, meinte Finch trocken.

Ginger brachte ihm einen zweiten Shandy, »aufs Haus«.

»Sie hatten bestimmt noch nie Probleme, eine Partnerin zu finden, was, Finch? Sie sind ein fescher Bursche, und Sie benehmen sich immer wie ein Gentleman – zumindest in der Öffentlichkeit. Was Sie privat tun, ist Ihre Sache – und die des Mädels, das glücklich genug war, bei Ihnen zu landen.«

Die Anspielung war überdeutlich. Finch war froh, einen Schluck nehmen zu können, um sich eine Antwort zu überlegen.

»Bei Ihnen stehen die Männer sicher schon Schlange für einen Tanz«, bemerkte er dann.

Ihre kirschrot geschminkten Lippen verzogen sich zu einer Schnute. »Leider nein. Ich darf ja nicht. Ich bin nicht willkommen. Persona – irgendwas.«

»Non grata«, ergänzte Finch automatisch. Um nicht wie ein Besserwisser dazustehen, fügte er hastig hinzu: »Welcher Narr hat Ihnen denn das weisgemacht?«

»Na, die Postmeisterin. Jetzt, wo Noni Jantzen unter der Haube ist, hält sie sich für die Bienenkönigin. Hat alle Mädchen, die im Hotel arbeiten, aufgefordert, sich fernzuhalten. Sie sagt, sonst würden die anständigen Damen nicht kommen wollen.«

Es stimmt also tatsächlich, was Clytie gesagt hat.

Finch verbarg seinen Zorn und sagte: »Klingt für mich, als wäre sie neidisch auf Sie, weil Sie bei den Männern so beliebt sind, Ginger.«

»Danke, ich nehme es als Kompliment – weil's von Ihnen kommt«, entgegnete die rothaarige Bardame. »Aber ich wäre lieber nur bei *einem* Mann beliebt.« Sie beugte sich vor und rückte kokett seine Krawatte zurecht. »Was sagen Sie, Finch? Sind Sie noch zu haben?«

»Ach, Sie finden einen besseren! Einen, der nicht sein Gedächtnis verloren hat.«

»Das wäre aber der ideale Mann für mich«, stellte Ginger klar.

Finch fühlte sich in die Ecke gedrängt. »Na, ich gehe jetzt wohl lieber, Ginger. Falls Sie Ihre Meinung noch ändern sollten, was den Tanz betrifft, werde ich eine Karte für Sie am Eingang hinterlegen lassen. Ohne Verpflichtung, natürlich! Aber ich würde mich freuen, wenn Sie mir einen Ländler reservieren könnten …?«

Die Bardame beugte sich vor und drückte kurz Finchs Hand, dann kümmerte sie sich um einen ungeduldigen Gast. Es war ausgerechnet Moggy Mick.

»Immer langsam mit den Pferden, Mick, ich bin kein Oktopus, wie so manche, die ich kenne, ich hab schließlich nur zwei Arme.«

Micks Saufkumpane lachten anerkennend.

Finch prostete Ginger zum Abschied zu, dann schob er sich durchs Gedränge nach draußen. Einige nickten ihm respektvoll zu, andere musterten ihn mit dem Misstrauen, das hier jedem »Zugereisten« entgegengebracht wurde, und mochte er schon zehn Jahre hier leben.

Am Ticketschalter im Mechanics Institute saß Mrs Binstead, die Gattin des Methodistenpredigers, und strickte zwischen dem Verkaufen von Eintrittskarten an einem Paar Khakisocken für die Jungs an der Front. Sie lächelte Finch freundlich an.

»Schön, dass Sie auch gekommen sind, um Ihre ehemaligen Kameraden an der Front zu unterstützen. Im Eintrittspreis enthalten ist übrigens ein gutes Buffet, zu dem die Mitglieder aller Kirchengemeinden beigesteuert haben.«

»Ich dachte, Methodisten …« Finch verstummte beschämt.

»Dass Methodisten nichts vom Tanzen halten?«, ergänzte sie unbekümmert. »Ja, das stimmt. Aber wir versuchen nicht, es anderen zu verbieten. Und wir Methodisten lieben Musik. Eins unserer Chormitglieder, Ivor Williams, wird heute Abend singen – gäbe es einen besseren Anlass als die Unterstützung unserer Söhne und Männer von der V.M.R.? Und Geld für das Kriegerdenkmal zu sammeln, auf dem bald alle verewigt werden, die für unser schönes Victoria gefallen sind.«

Finch kratzte das Geld für drei Eintrittskarten zusammen und war jetzt pleite, bis er das erste Gehalt von Sonny bekommen würde. Als er ihre überraschte Miene sah, fühlte er sich zu einer Erklärung veranlasst.

»Eine ist für Miss Clytie Hart, die Verlobte meines Kameraden Rom Delaney. Und die andere ist für Miss Ginger – ihren Nachnamen kenne ich leider nicht.«

»Ach, es gibt hier nur eine Ginger«, bemerkte Mrs Binstead schmunzelnd. »Danke, Finch. Ich werde dafür sorgen, dass die beiden Damen die Tickets erhalten.«

Na, hoffentlich tauchen sie nicht gleichzeitig hier auf, das wäre etwas unangenehm.

Finch gab seinen Hut ab und betrat den Saal, erleichtert,

dass er die erste Hürde geschafft hatte. Er ärgerte sich noch immer über den Snobismus der Stadt, der Mädchen wie Clytie und Ginger von gesellschaftlichen Veranstaltungen ausschloss.

Komisch, dass die Frau des Methodistenpredigers sie offenbar akzeptiert, die hochnäsige Postmeisterin dagegen nicht.

Proddie und Mick beendeten soeben das schmissige Shanty »Bound for South Australia« und kündigten abwechselnd die nächste Nummer an. Der Fiedler und der Akkordeonspieler, beide Iren, waren sich spinnefeind, weil der eine Katholik und der andere Protestant war und schon ihre Vorväter bei der Schlacht am Boyne 1690 gegeneinander gekämpft hatten. Sie sprachen nie ein Wort miteinander, aber wenn sie zusammen spielten, harmonierten sie, als wären sie der lebende Beweis für einen ökumenischen Himmel.

»Also gut, meine Damen und Herren und der ganze Rest …«

»Es wird Zeit, sich einen Partner zu suchen …«

»Für den Ländler!«

Finch durchquerte den Saal und machte sich auf den Weg zur Küche unter der Bühne, wo beschürzte Frauen das Buffet herrichteten. Sämtliche Gesichter wandten sich ihm zu und blickten erwartungsvoll zu ihm auf. Finch forderte sogleich die Dame seiner Wahl zum Tanz auf. »Darf ich bitten?«

Holy Maude zögerte keine Sekunde. Sie band ihre Schürze ab und sagte: »Hätte nichts dagegen.« Dann hakte sie sich bei Finch ein und ließ sich von ihm auf die Tanzfläche führen.

Finch zog sie an sich, als wäre sie noch ein junges Mädchen, und schwenkte sie schwungvoll übers Parkett. Sie zogen rasch viele Blicke auf sich. Dann mussten sich die Männer innen im Kreis aufstellen, und die Frauen wechselten im Uhrzeigersinn von Partner zu Partner, während sich die Männer innen gegen den Uhrzeigersinn bewegten. Finch gefiel das Selbstbewusstsein, mit dem Maud, die nun von vielen mit ganz anderen Augen betrachtet wurde, von einem Partner zum nächsten wanderte.

Am Ende des Tanzes, als alle wieder zum Ursprungspartner zurückgekehrt waren, bedankte sich Finch mit einem förmlichen Handkuss. Er war sich der Blicke aller Anwesenden bewusst und hielt die runzelige kleine Hand ein Weilchen fest.

»Miss Maude, da ist etwas, das ich Ihnen schon lange sagen wollte«, begann er.

»Mir, Holy Maude, der Witzfigur von Hope?«, fragte sie scherzend.

»Ganz im Gegenteil, Ihr Name sagt alles über Sie: über Ihre Toleranz. Sie spielen Ihre Orgel für alle, ob Protestanten oder Katholiken oder Methodisten. Sie ergreifen keine Partei und dienen jeder Religion. Nein, Sie sind kein Witz, Maude, Sie sind ein Segen für diese Stadt. Es ist mir eine Ehre, mit Ihnen bekannt sein zu dürfen.«

Maude wurde rot und blinzelte gerührt. »Ich sollte Sie warnen, Finch, jetzt wird Sie jeder mit der Frau in Verbindung bringen, die einst, wie man sagt, Ned Kellys Geliebte war.«

»Dann sollten wir ihnen am besten einen *richtigen* Grund zum Tratschen geben, was?« Und mit diesen Worten beugte er sich vor und gab der Alten einen Kuss auf die runzelige Wange.

Er führte sie zurück zur Küche. Was sie abschließend zu ihm sagte, war sehr überraschend.

»Sie sollten sich nicht unter Wert verkaufen, mein Junge.

Ein Mädel kann in einen Mann verliebt sein, ohne dass ihr's bewusst ist.«

Finch blieb verdattert zurück. Wen meinte sie damit? Etwa Clytie?

In der Hoffnung, dass sie vielleicht doch noch gekommen sein könnte, warf er einen verstohlenen Blick zum Eingang. Aber der Abend war noch jung, und viel Zuversicht hatte er ohnehin nicht. Bis dahin musste er irgendwie die Zeit totschlagen.

Tatsächlich gab es nur wenige Männer, die mutig genug waren, aus ihrer Ecke herauszukommen und eine der Frauen zum Tanz zu bitten. Finch erhob sich jedes Mal und wählte eine der Verheirateten von den Rändern oder unter den Helferinnen, wie Mary Mac, die sich riesig freuten, mal vom Sandwichkrusten-Abschneiden loszukommen und tanzen zu dürfen.

Slowly, slowly catchee Monkey. Langsam, aber sicher werde ich in Hope akzeptiert.

Insbesondere zwei Spätkommer zogen sämtliche Blicke auf sich.

Ginger hatte sich nicht ganz abgeschminkt und trug noch die Reste ihres Bar-Make-ups. Immerhin hatte sie sich umgezogen und erschien nun in einem blauen Kleid, das an jeder anderen Figur vergleichsweise züchtig gewirkt hätte – nicht jedoch bei ihr. Der Mann, der neben ihr aufragte, war Finch nicht bekannt. Groß und muskelbepackt verströmte er, trotz seiner schäbigen Aufmachung eine unübersehbare Arroganz. Er besaß ein Gesicht, das wirkte, als wären seine Züge in Stein gemeißelt, dazu trug er einen buschigen schwarzen Schnurrbart mit gezwirbelten Enden. Ein Südländer? Sein schwarzes Haar war im Nacken zu einem geteerten Zopf geflochten wie bei Seeleuten. Der Fremde packte Ginger besitzergreifend beim Arm, als ob sie sein Eigentum wäre, aber sie riss sich von ihm los.

Finch war sofort bei ihr. »Unser Walzer, Ginger?«

Ohne die Reaktion des Fremden abzuwarten, steuerte er die Bardame auf die Tanzfläche, vorbei an der enttäuscht dreinblickenden Marj Hornery, die sichtlich lieber ihn zum Tanzpartner gehabt hätte als denjenigen, der sie aufgefordert hatte. Er nahm Ginger in den Arm und wirbelte sie in ein paar Drehungen zur anderen Seite des Saals.

Erst dann sprach er sie an. »Wer war denn dieser Kerl? Kennen Sie ihn?«

»Nicht die Spur. Der erschien einfach nach der Sperrstunde im Pub und wollte noch was zu trinken. Ließ sich nicht abwimmeln. Für Kerle wie ihn gibt's hier in Hope nichts zu holen. Ich schätze, das wird er bis morgen Abend selbst gemerkt haben und wieder verschwinden.«

Der Fremde pflanzte sich an der hinteren Saalseite auf und blickte sich mit verschränkten Armen herrisch um. Dabei musterte er die anwesenden Frauen wie Vieh auf einer Auktion.

Sobald die Musik zu Ende war, brachte Finch Ginger zu einem Sitzplatz am Rande des Saals, wo sie rasch von Verehrern aus der Wirtschaft umlagert wurde, darunter auch Moggy Mick, der seine Hände gern auf Wanderschaft gehen ließ.

Die Fiedler betraten erneut die Bühne und begleiteten den Solosänger, der nun mit seiner herrlichen Stimme die Nationalhymne der Waliser, »Land of My Fathers«, anstimmte und in seiner Muttersprache sang. Als Finch es hörte, tauchte eine Erinnerung unmittelbar vor seinem geistigen Auge auf: Er lag irgendwo draußen auf dem Veld, es war eine klare Sternennacht, und vom Wind wurde der Gesang einer walisischen Einheit herbeigeweht, die ebendieses Lied sangen …

Dass er sich noch auf dem Tanzparkett befand, wurde ihm erst wieder bewusst, als sich die verführerische Ginger bei ihm unterhakte und ihn entschlossen zu einem der Seitenausgänge zog.

»Hier drin ist's heiß wie in der Hölle. Kommen Sie, gehen wir ein bisschen frische Luft schnappen. Ich könnte jetzt wirklich eine Zigarette vertragen – wenn ich es wagen würde, mir hinter der Bar eine anzuzünden, würde mich der alte Yeoman hochkant rauswerfen.«

Finch selbst rauchte zwar nicht, nahm Ginger aber die Zigarette ritterlich ab und ließ sie sich von einem anderen Raucher anzünden. Dann kehrte er zu der Bardame zurück und händigte ihr den Glimmstängel aus. Sie machte einen tiefen Zug und versuchte, ihn dann Finch zwischen die Lippen zu schieben.

»Komm schon, Finch, du weißt, dass du's willst. Und ich bin genau die Richtige, um's dir zu geben.«

Eindeutiger ging's nicht. Finch musste sich ermahnen, dass er ja immer noch den Mann ohne Gedächtnis zu spielen hatte.

»Ein verlockendes Angebot, Ginger. Aber ich kann mich erst dann auf ein Mädel einlassen, wenn ich mein Gedächtnis wiederhabe und sicher sein kann, dass nicht irgendwo eine Frau auf mich wartet. Oder gar ein ganzer Schwanz Kinder.«

»Es würde mir aber nichts ausmachen, dich in der Zwischenzeit zu trösten, Süßer.«

Ginger spielte mit ihrer Zigarette, dann warf sie sie beiseite.

Finch, der immer auf Brandgefahr achtete, trat sie automatisch mit seiner Stiefelspitze aus.

Die kurvige Rothaarige packte den Hugenotten spielerisch bei den Ohren und zog ihn zu sich herunter. Dann begann sie ihn leidenschaftlich zu küssen, schloss dabei ihre Augen. Finch zählte die Sekunden, wann er sich von ihr frei machen konnte, ohne sie zu beleidigen. *Ach, zum Teufel damit! Warum soll ich weiter meine Zeit damit verschwenden, Roms Mädel zu erobern? Sie hat mir klar und deutlich zu verstehen gegeben, dass sie nichts von mir wissen will.* Trotzdem konnte er nicht anders und achtete mit einem Auge auf die Straße, ob sie nicht vielleicht doch noch auftauchen würde.

Die Fiedler hatten mittlerweile eine schmissige Polka angestimmt, aber Ginger zeigte keine Bereitschaft, sich aus der Umarmung mit dem großen Blonden zu lösen. Finch wehrte sich nicht länger gegen seine Gefühle und wollte gerade in dem Kuss versinken, als sein Blick auf eine wohlvertraute Gestalt fiel, die ihm aus den Büschen zuwinkte.

Da ist er ja schon wieder. Und ausgerechnet jetzt! An seinem Auftauchen ist jedenfalls nichts auszusetzen.

Rom Delaney stand frech da, den Hut ein wenig ins Genick geschoben, eine Zigarre zwischen den Lippen, und hielt mit einem Grinsen den Daumen hoch.

Finch, dessen Hand auf Gingers Rücken lag, reckte ebenfalls verstohlen den Daumen nach oben.

37

Jetzt sieh mich nicht so an, Shadow, es ist nun mal das Vorrecht einer Frau, ihre Meinung zu ändern!«, verkündete Clytie, ehe sie dem Kelpie befahl, vor dem Mechanics Institute zu warten. »Ich werde nicht lange bleiben. Bloß ein, zwei Tänze, das reicht mir schon. Ich bringe dir auch was Schönes zum Fressen mit, ja?«

Als sie an der Kasse eine Karte kaufen wollte, sagte die Methodistengattin: »Mr Finch hat eine Karte für Sie hinterlegen lassen, Miss Hart. Danke für Ihre Unterstützung unserer Soldaten an der Front.«

Da Mrs Binstead Takt besaß, fragte sie Clytie nicht, ob sie Nachricht von ihrem vermissten Verlobten erhalten habe, aber ihre Augen waren voller Mitgefühl. Sie meinte es gut.

Rom ist nicht tot, er wird nur vermisst! Außerdem kann ich's spüren, dass er ganz nah sein muss. Als könnte er jeden Moment zur Tür hereinkommen.

Clytie blieb unschlüssig in der Saaltür stehen, halb erfreut, halb trotzig, dass sie doch noch hergekommen war – trotz des »Banns«, den die Mittelschicht von Hope über jene verhängt hatte, die sie für nicht respektabel genug hielt.

Die Musik machte eine Pause. Mick und Proddie legten ihre Instrumente beiseite und eilten zum Buffet, um sich hastig zu stärken, ehe sie anschließend kurz nach draußen verschwanden, um den Flachmann kreisen zu lassen.

Durch die hohen Saalfenster fiel der Lichtschein in schlanken Säulen nach draußen in den Hof. Die Erde war mit Blättern und Samenkapseln des Gummibaums bedeckt, die unter den Stiefeln derer knirschten, die zum Rauchen hinausgegangen waren – oder um sich mit einem Mädel diskret auf einen Kuss in eine Ecke zu verdrücken. Die rot glühenden Enden der Zigaretten leuchteten im Halbdunkel auf wie die reflektierenden Augen von Nachttieren im Schein einer Laterne.

Clyties Blick fiel auf ein eng umschlungenes Liebespaar direkt außerhalb des Lichtkegels der Fenster, und sie wurde unwillkürlich von Wehmut erfasst.

Wie lange ist es her, seit Rom und ich uns so in den Armen hielten und nichts mehr um uns herum wahrnahmen? Wie lange, bis ich ihn endlich wieder in die Arme schließen kann?

Ihre Augen wurden feucht, doch als sie bemerkte, wer die beiden da draußen waren, stockte der drohende Tränenfluss. Die Frau in den Armen des Mannes erkannte sie trotz ihres relativ züchtigen Kleids: Das war Ginger, die sich an dem großen Blonden festhielt, als würde sie einen Besitzanspruch auf ihn erheben. Als Clytie näher hinsah, fuhr ihr ein Stich ins Herz. Sie machte auf dem Absatz kehrt und kämpfte sich durchs Gedränge wieder nach draußen zu Shadow. Mit einem scharfen Pfiff forderte sie ihn auf, ihr zu folgen, und eilte mit langen Schritten davon, kreuzte dabei kurz den Lichtkegel einer Straßenlampe und verschwand, fast rennend, in der Dunkelheit.

Ich hätte nicht herkommen sollen. Finch ist ein freier Mann. Ich habe kein Recht … ich habe kein Recht zu fühlen, was immer ich auch fühle.

Shadow wirkte ebenfalls verstört. Er sprang ihr zwar wie immer voraus, aber als sie das Pfarrhäuschen erreichten, blieb er abrupt stehen und begann zu knurren. Clytie selbst hielt erst inne, als ihr Blick auf das herrenlose Pferd fiel, das unweit von ihrem Häuschen an einem Baum festgebunden war. Es trug weder Sattel noch Zaumzeug. Ein Streuner? *Ein solches Pferd könnte ich gut gebrauchen – wenn sich kein Besitzer melden sollte.*

Shadows Knurren wurde lauter, und er verstellte Clytie den Zugang. Die junge Artistin hatte bereits den Schlüssel in der Hand, als sie merkte, dass die Eingangstür ein wenig offen stand.

»Bin ich jetzt schon so durcheinander, dass ich vergessen habe, das Haus abzuschließen?«, fragte sie sich. »Was ist los mit dir, mein Junge? Was hast du? Ist da etwa eine Schlange drin, oder was?«

Sie stieß die Tür auf und wollte hineingehen, aber Shadow schnappte nach ihrem Rocksaum und hielt sie fest.

»Lass das, Shadow, du wirst mir noch den Rock zerreißen!«

Sie tastete blind nach den Streichhölzern, die sie neben der Tür aufbewahrte, und entzündete eine Lampe.

Sie schaute sich prüfend um. Der Schaukelstuhl war zwar leer – aber er schaukelte sacht, als ob sich soeben jemand daraus erhoben hätte. Eine Schlange konnte das nicht gewesen sein! Clyties Nackenhärchen stellten sich auf.

Das Gesicht des Mannes wirkte bleich und flächig wie in einem der bewegten Bilder, die sie einmal vor langer Zeit in Melbourne gesehen hatte. Mit tiefer, ein wenig lallender Stimme sagte er: »Na, wenn das nicht die Tochter des Messerwerfers ist!«

In Clytie wurden beim Klang dieser Stimme alte, unerwünschte Erinnerungen wach. Zorn keimte in ihr auf.

»Raus mit dir, Vlad. Das ist mein Haus. Du hast hier nichts zu suchen.«

»O doch, Little Clytie, das hab ich. Ich gehöre schließlich zur Familie!«

»Aus deinem Mund klingt das geradezu obszön.«

Vlad saß am Küchentisch und war dabei, ein V in die Tischplatte zu ritzen. Clytie sah sofort, dass es stimmte, was Pedro ihr geschrieben hatte: Vlads Hände waren knorrig und verkrümmt von der Gicht. Mit dem Messer schien er trotzdem noch umgehen zu können. Sie wollte nicht riskieren, dass er mit einem Wurf Shadow tötete oder verwundete.

»Schon gut, Shadow! Raus mit dir!«

Shadow gehorchte mit einem widerwilligen Knurren.

Clytie ging betont unbekümmert zum Herd und setzte den Teekessel auf.

»Du und Familie?«, höhnte sie. »Das soll wohl ein Witz sein. Du hast eine perverse Vorstellung von Familie. Für dich bedeutet das nur das Recht des Mannes, die Frau zu verprügeln. Mutter hatte Angst vor dir. Ihre Tochter aber *nicht.*«

»Du warst schon als Kind recht widerspenstig«, räumte Vlad ein. »Und aus dir ist eine beeindruckende Frau geworden. Du bist sogar noch temperamentvoller als deine Mutter, als sie noch jung war.«

Er hielt mit dem Einritzen seines Namens in die Tischplatte inne. Seine Augen krochen über Clytie hinweg wie eine Berührung. Sie musste an den Tag denken, als er zu ihr in den Wagen gelinst und sie nackt gesehen hatte.

Ich darf ihm nicht zeigen, wie verletzlich ich bin. Ginger hat ihre Krallen in Finch geschlagen, wer weiß, wann der sich wieder hier blicken lässt. Auf Hilfe von ihm kann ich mich jedenfalls nicht verlassen.

»Du musst eine hübsche Stange Geld im Gasthof verdienen, ein süßes, freches kleines Ding wie du.«

»Das geht dich nichts an, Vlad.«

»Ich hab gehört, dass Dolores dort 'ne ganze Menge verdient hat – angeblich mit Kartenlegen –, in Wirklichkeit aber, indem sie für jeden die Beine breit gemacht hat. Kommst ganz nach ihr, was?«

Sein lüsternes Grinsen war unerträglich. Clytie hätte ihm am liebsten die Augen ausgekratzt. Aber sie wusste, dass ihre Zunge ihre wirksamste Waffe war.

»Und was ist mit dir, du sauberer Messerwerfer? Der große Vlad«, höhnte sie, »hat die Gicht und kann sein Ziel nicht mehr treffen. Die haben dich beim Zirkus rausgeworfen, hab ich gehört. Du bist am Ende.«

Vlad wies mit der Messerspitze auf sie. »Glaub das bloß nicht, Mädchen. Ich könnte noch immer in jedem Zirkus in Australien auftreten!«

Clytie durchquerte den Raum und stützte sich ihm gegenüber auf die Tischplatte, um das Zittern ihrer Hände zu verbergen. Sie beugte sie sich vor und sagte in einem, wie sie hoffte, bedrohlich leisen Ton: »Und ich könnte einem Mann aus dreißig Metern Entfernung die Kehle aufschlitzen. Du hast mich gut ausgebildet, Vlad.«

»Ja, das habe ich wohl.« Er lachte gekünstelt, um zu verbergen, dass sie mit ihrer Drohung ins Schwarze getroffen hatte. »Wir würden ein gutes Gespann abgeben, du und ich. Wir könnten eine neue Nummer aufziehen – Vlad und die Tochter des Messerwerfers. Zum Glück bin ich nicht dein richtiger Vater. Es wäre also nichts dagegen einzuwenden, wenn wir's miteinander treiben würden.«

»Du bist einfach erbärmlich, Vlad.«

Aber das war ein Schritt zu weit. Aufs Äußerste gereizt sprang Vlad auf und drückte mit einer knorrigen Pranke ihre beiden Hände auf die Tischplatte, mit der anderen

Hand hielt er ihr das Messer an die Kehle, als wollte er ein V in ihren zarten Hals ritzen.

»Du dummes Luder! Rück sofort das Geld raus, das mir Dolores gestohlen hat – und das sie immer in ihrer *Schatzkammer* aufbewahrt hat.« Wie um seine Worte zu unterstreichen, schlitzte er ihr Dekolleté auf und legte eine Brust frei.

Clytie rief laut, um das Zittern in ihrer Stimme zu verbergen: »Dieses Geld ist längst weg! Das siehst du nie wieder.«

Sie riss sich los und bedeckte hastig ihre Brust.

»Dann musst du's mir eben zurückzahlen. Ich übernehme jetzt das Kommando, meine Kleine. Du wirst deine Schulden bei mir und bei anderen Männern abarbeiten.«

»Nur über meine Leiche!«

Diese scharfen Worte kamen von einem Mann, der in der offenen Tür aufgetaucht war. Finch stand breitbeinig auf der Türschwelle und zielte mit dem Gewehr auf Vlad.

»Lassen Sie Ihre Finger von der Dame, oder ich schieße Ihnen die Eier ab – einzeln. Das heißt, falls Sie überhaupt noch welche haben.«

Vlad ließ sein Messer fallen und hob die Hände. »Ich geh ja schon.«

»Nicht so schnell«, warnte Finch.

Sein Blick fiel auf Clytie, die sich vergebens bemühte, ihre Brüste zu bedecken. Er riss sich mit einer Hand das Halstuch herunter und warf es ihr zu.

Sie knotete es an einem Zipfel um ihren Hals, sodass es die entblößte Brust bedeckte. »Danke«, sagte sie leise.

Finch wies mit einem Kopfrucken zur Scheune. »Los, Clytie, bring mir den Strick, der in der Scheune liegt.«

Clytie verlor keine Zeit, aber als sie schon in der Tür stand, schrie sie auf: »Nein!«

Vlad, der sich in einer ausweglosen Situation sah, war in

Panik geraten, hatte sich auf Finch geworfen und ihm das Gewehr entrungen. Er richtete den Lauf auf Finchs Gesicht und drückte ab. Nichts. Nur ein metallisches Klicken.

Vlad klappte der Unterkiefer herunter. »Das Gewehr war gar nicht geladen?!«

»Auf einen räudigen Köter verschwende ich doch keine Kugel«, sagte Finch.

Der große Hugenotte machte einen Sprung und warf seinen Gegner zu Boden. Dann packte er ihn bei der Kehle und schlug seinen Schädel wiederholt auf die Dielen.

Clytie wurde eiskalt, als sie den Ausdruck auf Finchs Gesicht sah.

Er hat vollkommen die Beherrschung verloren. Finch wird ihn umbringen, und dann werden sie ihn dafür hängen.

Doch schon im nächsten Moment wendete sich das Blatt – nun lag Vlad oben und hämmerte mit der Faust auf Finchs Gesicht ein. Mit der anderen hielt er ihn bei der Kehle gepackt. Beide Fäuste waren rot von Finchs Blut.

Clytie reagierte instinktiv, wie ein wildes Tier. Sie griff zur gusseisernen Pfanne, holte aus und ließ sie auf Vlads Schädel niedersausen. Der stieß einen heiseren Schrei aus und brach auf Finch zusammen. Sein Kopf klatschte auf Finchs blutiges Gesicht und blieb dort liegen, wie in einem grotesken Kuss.

Der Hugenotte kroch unter dem leblosen Artisten hervor und kam schwankend auf die Beine. Er wehrte Clyties Versuche, ihm das Blut abzuwischen, ärgerlich ab.

»Herrgott nochmal, Clytie, du kannst einem Mann aber auch jede Würde nehmen! Ich sollte doch dich beschützen!«

»Hast du auch. Du warst wundervoll. Aber er hätte dich töten können.«

Finch bemerkte, wie Clytie beschämt versuchte, ihre zerrissene Bluse festzuhalten. »Warum tust du nicht einfach mal, was man von dir verlangt? Geh und hol mir dieses Seil aus der Scheune – bevor dieser Köter wieder zu sich kommt.«

Clytie tauchte wenig später mit dem zusammengerollten Seil über dem Arm auf und händigte es Finch kleinlaut aus. Sie wirkte mit dem Halstuch des Hugenotten wie ein kleines Kind mit einem Lätzchen um den Hals.

»Kann ich irgendwie helfen?«, erkundigte sie sich höflich.

Finch explodierte. »Jetzt mach aber mal halblang! Ich war schließlich im Krieg! Glaubst du, ich wüsste nicht, wie man einen Mann gefangen nimmt?«

Er brauchte nur Sekunden, um Vlad die Beine zusammenzubinden und dann die Hände auf dem Rücken zu verschnüren. Aus dem Rest des Seils machte er eine Schlaufe, die er seinem Gefangenen um den Hals legte.

»Lebt er noch?«, erkundigte sich Clytie in einem Ton, der verriet, wie egal ihr das war.

»Wen kümmert's?«, lautete Finchs knappe Antwort. Er stemmte sich hoch und ließ sich ein wenig wackelig auf einen Stuhl sinken. »Ich könnte jetzt einen Tee vertragen«, gestand er.

Clytie schenkte ihm eine Tasse ein und hielt sie ihm an die Lippen. »Und was machen wir jetzt?«

»*Du* machst gar nichts. Du hast Vlad nie gesehen, verstanden? Ich werde ihn schon irgendwie los.«

»Du meinst doch nicht etwa Digger-Justiz, oder? Du willst ihn doch nicht in einen verlassenen Minenschacht werfen?«

»Hast du eine bessere Idee?«

»Ja, allerdings! Draußen steht ein Pferd – das muss seins sein. Wirf ihn über den Pferderücken und binde ihn fest.

Und dann lässt du ihn und das Pferd einfach hinter dem Wachhaus stehen. Sergeant Mangles wird ihn morgen finden, tot oder lebendig, und das wär's dann.«

Finch musterte die junge Artistin überrascht. »Bist du sicher, dass du so was nicht schon mal gemacht hast?«

Clytie lächelte resigniert. »Das hätte ich schon vor Jahren tun sollen, als er Mutter ständig verprügelt hat. Aber ich hab's nicht gewagt – ich wusste nicht, ob sie ihn noch liebt oder nicht.«

Finch nickte nachdenklich. »Ist ein guter Tee«, lobte er.

»Leider ist mir schon wieder die Milch ausgegangen.« Sie kicherte nervös.

»Geh jetzt ins Bett, Clytie. Und mach das Licht aus. Ich kümmere mich um den Rest.«

Finch holte tief Luft und hievte sich den großen Körper des Mannes auf die Schulter. Dann wankte er mit ihm auf die Straße hinaus.

Das Pferd mit seiner reglosen Last am Zügel führend schritt Finch die nächtliche Straße entlang. Er war versucht, diesen Abschaum doch noch in einem bodenlosen Schacht verschwinden zu lassen, als er von Weitem Shadow auf sich zuspringen sah. Er war in Begleitung eines Mannes.

Doktor Hundey sah sich die Last, die das Pferd trug, genauer an. »Wen haben Sie denn da, zusammengeschnürt wie einen Spießbraten, Finch?«

»Er hat Clytie mit einem Messer angegriffen.«

»Aha, deshalb hat Shadow mich also holen wollen.« Der Doktor warf einen wehmütigen Blick auf den Riss in seinem Hosenbein. »Nun gut, das ist mir eine geflickte Hose wert. Wer kann's ihm verübeln? Er wollte doch nur Clytie beschützen.«

Der Arzt untersuchte das blutige Gesicht des Mannes und zog eins seiner Augenlider auf.

»Er lebt noch. Hat einen hübschen Schlag auf den Schädel gekriegt. Ich hab den Mann schon mal gesehen. Das ist dieser Messerwerfer, Dolores Harts Partner.«

»Ja, Clyties Stiefvater, armes Kind«, meinte Finch.

Der Doc tätschelte den Kopf des Kelpies. »Braver Junge, Shadow. Du hast deine Herrin gerettet. Bist Gold wert.«

Finch hätte am liebsten gesagt: *Und ich? Ich hab schließlich auch geholfen. Heute ist wohl jeder ein Held außer mir.*

»Danke, Doc, dass Sie in der Nacht hergekommen sind.«

»Gehört zu meinem Beruf«, meinte der Arzt achselzuckend. »Dürfte ich einen Vorschlag machen, was die Entsorgung von diesem Kerl hier betrifft?«

»Wieso nicht? Heute scheint jeder eine Meinung dazu zu haben.«

»Es wäre unklug, wenn herauskäme, dass Clytie etwas mit den Verletzungen dieses Burschen zu tun hatte – falls er's nicht überleben sollte. Überlassen Sie ihn mir. Ich werde seine Wunden versorgen und ihm ein starkes Beruhigungsmittel geben – damit er mir nicht noch frech wird.«

»Und dann?«

»Morgen werde ich ein Wörtchen mit Sergeant Mangles reden. Dolores hat hier viele Freunde und Bewunderer gehabt, darunter auch den Wachtmeister. Vlad war für seine Brutalität Frauen gegenüber bekannt. Ich garantiere Ihnen, dass Mangels dafür sorgen wird, dass dieser Abschaum es nie wieder wagt, Clytie zu belästigen.«

Finch war müde und frustriert, händigte dem Arzt aber mit einem Dankeschön die Zügel aus.

»Ich muss zugeben, ich bin enttäuscht, Doc. Mir wäre ein wenig Digger-Justiz lieber gewesen.«

»Ja, eine verlockende Alternative, das muss ich zugeben«, meinte der Arzt. »Das Problem dabei ist nur, dass vergrabene Leichen früher oder später doch wieder zum Vorschein kommen und dem Verursacher Ärger machen.«

Der Arzt wollte das Pferd wegführen, als Finch noch zu ihm sagte: »Ach übrigens, Doc, ich habe heute Abend Rom wiedergesehen. Vollkommen lebensecht und frech wie immer. Haben Sie ihn inzwischen nochmal gesprochen?«

Der Arzt zögerte. »Nein, ich nicht. Aber Adelaide, wie's scheint.«

Mann und Pferd wurden von der Dunkelheit verschluckt, und dann verklangen allmählich auch ihre Schritte.

Finch machte sich widerwillig auf den Heimweg. Shadow sprang diesmal nicht voraus, sondern blieb, vielleicht aus Respekt vor seinen Verletzungen, an seiner Seite.

Das Pfarrhäuschen lag im Dunkeln. Shadow nahm ohne Aufforderung seinen Wachtposten auf der Türschwelle ein.

Finch war auf einmal so müde, dass er nur die Stiefel abstreifte und sich dann angekleidet auf sein Lager in der Scheune sinken ließ. Durch das Fenster im Scheunendach betrachtete er die Konstellation des Südsterns am nachtblauen Himmel und lauschte dem Rauschen des Windes in den fedrigen Blättern des Gummibaums.

Er wusste, dass er eigentlich Clyties Courage bewundern sollte, wie sie ihm zu Hilfe geeilt war und ihm das Leben gerettet hatte … ihre sanften Hände, als sie ihm das Blut vom Gesicht zu waschen versuchte … Doch er konnte immer nur an eins denken: den Anblick ihrer nackten Brust und wie sie ihn angesehen hatte, als er ihr sein Halstuch zugeworfen hatte …

Das war doch nicht bloß Dankbarkeit, da bin ich sicher. Geht es ihr vielleicht wie mir? Möchte sie auch mehr?

38

Die schöne Pendeluhr, die der junge Harry Levi überraschenderweise vorbeigebracht hatte, schlug sieben Uhr, und Clytie war froh, dass sie die Zeit jetzt nicht mehr an der Länge der Schatten und am Sonnenstand ablesen musste. Die Uhr war eine Antiquität, funktionierte aber zuverlässig und einwandfrei. Sie hatte zunächst gehofft, dass sie ein Geschenk von Rom wäre, war nach längerem Überlegen aber zu dem Schluss gekommen, dass der anonyme Spender eher Finch sein musste, der schließlich Zeuge geworden war, wie sie ihre alte Uhr aus Wut an die Wand geschleudert hatte. Aber wer auch immer der edle Spender gewesen sein mochte, Clytie beschloss, den Wunsch nach Anonymität zu respektieren und das Geschenk so anzunehmen, wie es gedacht war.

Der Tisch war heute besonders schön gedeckt – Clytie hatte extra etwas Besonderes gekocht, um Finchs ersten Lohnscheck von Sonny Jantzen zu feiern. Der Minenerbe machte kein Hehl daraus, wie sehr er Finchs harte Arbeit und Diskretion zu schätzen wusste.

Seit Vlads Angriff hatte sie den Hugenotten nur selten zu Gesicht bekommen. Wachtmeister Mangles hatte kurzen Prozess mit Vlad gemacht und ihn mit der Warnung fortgeschickt, sich nie wieder hier oder in Clyties Nähe blicken zu lassen, falls er Wert auf seine Männlichkeit legte. Die Gerüchteküche brodelte natürlich, aber der brutale Artist war glücklicherweise weg.

Clytie gab es nur ungern zu, aber Finch benahm sich seit seinem Einzug in die Scheune wie ein Gentleman und hielt sich an ihre Vereinbarung. Still und unaufdringlich führte er alle möglichen Reparaturen an Haus und Garten aus. Sein Benehmen war tadellos. Und dennoch …

Clytie wusste selbst, wie unvernünftig sie war. Sie ärgerte sich darüber, dass sie eine riesige Hammelpastete mit Gemüse gebacken hatte und dazu einen Blaubeerkuchen, beides in einer Menge, dass sie sich eine Woche davon hätte ernähren können.

Sie aß gezwungenermaßen allein und vertraute dabei ihre Sorgen dem treuen Shadow an. Danach zog sie einen von Dolores' alten Kimonos an und kuschelte sich mit der neuesten Ausgabe von Louisa Lawsons Damenzeitschrift *The Dawn* vors Kaminfeuer. Sie teilte Adelaides Bewunderung für die Redakteurin, die als Erste eine ausschließlich von Frauen verfasste und gedruckte Zeitschrift gegen den Widerstand männlicher Drucker auf den Markt gebracht hatte – und das zu einem Preis (drei Pence), den sich selbst »ein Haushalt ohne Personal« leisten konnte.

Clytie las mit großem Interesse den offenen und furchtlosen Artikel über die Misshandlung von Frauen in der Ehe.

Ich wünschte bloß, Mama hätte das lesen können, als Vlad sie misshandelte. Kein Wunder, dass sich der Einfluss der Zeitschrift sogar bis nach Großbritannien und bis nach Amerika ausweitet. Die sind in der Frage der Frauenrechte noch ein ganzes Stück hinter uns.

Clytie las die Zeitschrift normalerweise von vorn bis hinten, aber heute schweiften ihre Gedanken immer wieder ab.

»Ich will mich ja nicht wie eine nörgelnde Hausfrau aufführen, Shadow, Finch ist schließlich ein freier Mann. Und ich gehöre zu Rom.«

Wie um sich zu versichern, warf sie einen Blick auf die Fotografie auf dem Kaminsims, doch der Anblick beunruhigte sie zutiefst.

Es ist hinter Glas, und es steht nicht im direkten Sonnenlicht – aber er verblasst!

Die schweren Tritte eines Mannes, die sich dem Haus näherten, rissen Clytie aus ihren Gedanken. Finch. Endlich. Er blieb in der offenen Tür stehen und klopfte höflich an den Türstock. Ein Lächeln umspielte seine Lippen, sein Blick war wachsam und verhalten.

Clytie kannte diese Anzeichen. Er war zwar nicht betrunken, aber definitiv ein wenig angeheitert – genug, um seine natürliche Zurückhaltung abzulegen. Er hatte entweder einen sehr guten oder einen sehr schlechten Tag gehabt.

»Die Fleischpastete ist noch warm – bitte bediene dich.« Sie wies mit einer gleichgültigen Handbewegung zum Herd und tat dann, als würde sie lesen.

»Danke, ich habe schon in der Wirtschaft gegessen.«

»Wäre nett, wenn du mir das nächste Mal vorher Bescheid geben könntest.«

»Wir sind schließlich nicht verheiratet«, sagte er brüsk, bereute seine harschen Worte jedoch gleich wieder. »Entschuldige, Clytie, das war unnötig. Ich bin dir dankbar für alles, was du für mich getan hast. So gut wie jetzt bin ich noch nie verköstigt worden. Du könntest ein Restaurant aufmachen, wenn du wolltest.«

»Dazu fehlt mir allerdings die Alkoholausschanklizenz – mit der macht man heutzutage ja offenbar das meiste Geld«, sagte sie zynisch und blätterte gespielt interessiert in ihrer Zeitschrift. »Wie geht's übrigens Ginger?«

Er ignorierte den Seitenhieb. »Ich bin nicht betrunken«, verteidigte er sich.

»Ginge mich sowieso nichts an, selbst wenn du's wärst.«

»Ich wollte bloß ein bisschen Dampf ablassen. Die Arbeit bei Sonny läuft sehr gut. Er möchte mich jetzt sogar in Vollzeit beschäftigen. Für ein mehr als anständiges Gehalt. Aber ich habe ein Problem, das sich nicht länger ignorieren lässt. Weiß nicht, wie ich damit umgehen oder ob ich überhaupt handeln soll.«

Was will er damit sagen? Geht es um Rom?

»Klingt beunruhigend. Kann ich irgendwie helfen?«

Er machte ein paar Schritte ins Haus und holte tief Luft, als müsste er sich seine Worte sorgfältig überlegen. »Es betrifft die Vergangenheit – und die Zukunft. Es geht um Rom. Und um dich. Und mich. Es wird Zeit für mich zu entscheiden, ob ich hierbleiben oder gehen soll. Eine Abmachung zwischen zwei Männern hat auch ihre Grenzen.«

Clytie klopfte das Herz bis zum Hals. Ohne zu überlegen, sagte sie: »Vielleicht kann ich ja dein Dilemma lösen. Du hast dein Versprechen Rom gegenüber erfüllt, danke. Ich brauche dich nicht mehr – ich hab dich nie gebraucht. Ja, du kannst gern gehen, wenn du willst.« Sie deutete zur Tür. »Sie ist offen, Finch. Du kannst jederzeit deine Sachen packen und gehen, wo immer du hinwillst.«

Seine Finger zuckten verärgert.

»Begreifst du denn nicht, Mädchen? Ich *will* ja gehen! Aber ich *kann nicht*!«

»Was hält dich ab?« Sie bereute ihre Worte, ehe sie heraus waren.

Aber es gab kein Zurück mehr.

»Du darfst mir nicht vertrauen!«

»Warum sagst du das?«

»Weil du alles bist, was sich ein Mann nur wünschen kann. Sag nicht, dass ich dich nicht gewarnt hätte!«

Und damit sprang er mit einem Satz auf sie zu, riss ihr die Zeitschrift aus der Hand, schleuderte sie weg und zog Clytie auf die Füße. Er griff in ihr Haar und holte ihr Gesicht so dicht zu sich heran, dass sie ihm in die Augen sehen musste.

Aufgebracht, zornig, schrie er: »Lass Rom endlich los! Das mit ihm ist vorbei. Aber *ich* bin hier. Ich bin *jetzt* hier bei dir. *Nimm mich!*«

Er küsste sie mit einer Leidenschaft, die ihr den Atem raubte. Sie hatte zwar die Hände frei, aber ihr Körper schien einen eigenen Willen zu besitzen. Sie stemmte die Handflächen gegen seine Brust, als wollte sie ihn wegstoßen, aber sie konnte nicht, war regelrecht überwältigt von der Hitze, die er verströmte.

Finchs Kuss war wie kein anderer, eine verzweifelte Mischung aus Wut und Begehren, aus Lust und Zärtlichkeit. Clytie war wie betäubt von dieser Leidenschaft, die, und das wusste sie tief in ihrem Herzen, nur sie je in ihm hervorgerufen hatte. Jetzt, wo es heraus war, gab es kein Entkommen mehr.

Er berührte sie lediglich am Kopf, doch die Botschaft in seinen Augen war eindeutig. Und er schien ihre Gedanken zu erahnen, schien zu wissen, dass sie fühlte wie er. Dass sie ihm nicht verwehren konnte, was er begehrte.

Clytie zwang sich zu sagen: »Ich liebe aber nur Rom.«

Es war wie ein Messer, das sich zwischen sie schob.

»Ich weiß«, sagte er, »aber ich bin hier – und er nicht. Sieh's endlich ein, Clytie: Er wird nie mehr zu dir zurückkehren.«

Clytie stieß einen Zornesschrei aus und hämmerte mit den Fäusten auf ihn ein, wollte nichts davon hören.

Finch zuckte nicht mit der Wimper. »Tut mir leid, Mädchen, aber die Wahrheit tut immer weh. Ich bin's, der dich begehrt – nicht Rom.«

Finch fing ihre Fäuste ein und hielt sie fest an seine Brust gedrückt. Mit sanfter Stimme sagte er: »So ist das nun mal, mein Mädchen, da kann man nichts machen.«

Er hob sie hoch, als ob sie nichts wiegen würde, und trug sie ins Schlafzimmer. Dort legte er sie aufs Bett und schälte sie aus ihrem Kimono. Er nahm ihre Hände und strich damit über seinen Körper, seine Brust, seine Schenkel. Er begann sie erst dann mit seinen Händen zu liebkosen, nachdem er sie mit den Lippen erforscht hatte, nachdem er sie mit einer Flut zärtlicher Worte überschüttet hatte – teils in ihrer, teils in anderen Sprachen.

Als sie nackt und erhitzt unter ihm lag und sich seinem wilden Rhythmus anpasste, erkannte Clytie zu ihrem Schrecken, dass ihre Leidenschaft der seinen in nichts nachstand. Erst jetzt sah sie, wer sie wirklich war. Dieser Mann, den sie nicht liebte, füllte sie aus und forderte von ihr denselben Hunger, dieselbe Hingabe, mit der er sie gleichzeitig anpeitschte und zähmte und zur Erfüllung trieb.

»Das ist nicht richtig«, rief sie, »ich hab das Gefühl, dass ich dich nur ausnutze.«

»Hab nichts dagegen«, flüsterte er in ihren Mund.

Die Wahrheit war schockierend. So fremd sie einander waren – ihre Körper verstanden sich blindlings.

Mit dem bleichen Morgenlicht kehrte auch die Wirklichkeit wieder in Clyties kleines Häuschen zurück. Sie schlug die Augen auf und sah ihre Hand auf seiner Brust liegen, die Finger halb in seinem blonden Kraushaar vergraben. Sie spürte seine langsamen, stetigen Atemzüge. Im Schlaf wirkte er seltsam jung und verletzlich. Sorglos. Sie betrachtete sein Profil, seine tief liegenden Augen, die leicht krumme Nase, die Narbe auf seiner Stirn unterhalb des Haaransatzes. Das kräftige Kinn, auf dem im Morgenlicht goldene Bartstoppeln blinkten. Sie hatte den Wunsch, seinen breiten großzügigen Mund nachzuzeichnen, der sie letzte Nacht am ganzen Körper, selbst an den intimsten Stellen, liebkost hatte.

Einen Moment lang war sie vollkommen überwältigt. Sie hatte das Gefühl, eine ganz neue Frau zu sein – sich in einem ganz neuen Körper zu befinden. Kaum gedacht wurde sie wieder von ihrer Vergangenheit eingeholt – und der Wahrheit: Sie hatte Rom, ihren Liebsten, betrogen.

Der erste behutsame Versuch, sich aus Finchs Armen zu lösen, zog eine erschreckende Reaktion nach sich: Er warf sich auf sie und drückte ihre Hände links und rechts vom Kopf auf die Matratze. Sein Griff um ihre Handgelenke war schmerzhaft wie eine Fessel.

Finch blinzelte verwirrt und schaute sie keuchend an. Sie sah in seinen Augen die Panik des Soldaten, der dem Tod entgegenblickt.

Er ließ sie sofort los. »Entschuldige. Ich dachte, ich sei noch im Krieg. Es war nur ein Reflex, nichts weiter. Du weißt hoffentlich, dass ich dir nie wehtun würde? Das weißt du doch, oder?«

Clytie, die selbst erschrocken nach Luft rang, nickte ängstlich.

Sie streifte hastig ihren Morgenmantel über und verzog sich ins Wohnzimmer. Sie zitterte – vor Kälte? Oder vor Angst?

Mit bebenden Händen legte sie ein Streichholz an die vorbereiteten Kienspäne und fachte das Feuer an. Sie rieb ihre Hände und wärmte sich am Bullerofen. Roms Fotografie schaute vorwurfsvoll vom Kaminsims auf sie herab, aber sie brachte es nicht über sich hinzusehen.

Finch tauchte halb angekleidet in der Tür zum Wohnzimmer auf und lächelte unsicher, als suchte er Bestätigung.

»Geht es dir gut? Du warst einfach perfekt.«

»Du bist ein unglaublicher Liebhaber, Finch. Aber das Ganze war ein Fehler. Mein Fehler. Nicht deiner.«

»Was soll das heißen? Clytie, das war unser erstes Mal. Es braucht Zeit, ehe man sich wirklich näherkommt und die Bedürfnisse und Vorlieben des anderen kennt. Du musst mir eine Chance geben.«

»Es darf nie wieder passieren, Finch. Ist nicht deine Schuld.«

»Wessen Schuld ist es dann? Sag die Wahrheit. Bin ich zu grob gewesen? Hab ich dir wehgetan?«

»Nein.«

»Schau mich an und sag mir, dass du nichts gefühlt hast, als wir uns geliebt haben. Und ich sag dir, dass du lügst!«

»Es ist unwichtig, was ich gefühlt habe. Es war sowieso nur Einbildung.«

»Einbildung, ach ja? Ich verstehe, du hast Angst, ich könnte ebenfalls wegrennen und dich im Stich lassen. Aber da irrst du dich, du irrst dich gewaltig! Ich bin real, ich bin keine Einbildung. Ich will dich heiraten! Brauchst bloß zu sagen, wann, und ich werde da sein. Ich lass dich nicht im Stich.«

Clytie war wie betäubt von seinen Worten. Genau das hatte sie immer von Rom hören wollen! Sie kam sich vor, als würde sie ohne Netz über einem Abgrund hängen. Die Worte, die sie sich so sehr von Rom ersehnt hatte – jetzt waren sie von einem Fremden ausgesprochen worden. Mit einer Selbstverständlichkeit, die Clytie unter den Umständen als Hohn empfinden musste.

»Mich heiraten? Zu spät. Ich bin schon mit Rom verheiratet – im Kopf und in meinem Herzen.«

Finch rang nach Worten. »Jetzt benutz doch mal deinen Verstand, Clytie. Ich bin hier. Ich bin *real.* Ich halte zu dir. Ich kann dir geben, was du brauchst. Ich kann dir Kinder schenken.«

Clytie schnappte entsetzt nach Luft. *Fünf Tage – das war alles, was ich hatte, um mit meinem Baby zusammen zu sein. Alles, was ich je haben werde – wenn Rom nicht mehr nach Hause kommt.*

»Ich werde warten – so lange, wie es nötig ist«, versprach Finch. Aber in seiner Stimme lag ein panischer Unterton, der sein Versprechen Lügen strafte.

»Es ist zu spät, Finch.«

Der große Hugenotte starrte sie an, als wollte er sie zwingen, ihre Meinung zu ändern – ihn in ihr Leben aufzunehmen.

»Verzeih, Finch. Wir können Freunde sein – aber nicht mehr.«

Er stieß ein kurzes, harsches Lachen aus. »Herzlichen Dank, Clytie, ich werde es mir merken.«

Der blonde Mann ging zur Tür, wandte sich aber noch einmal um und wies mit einer Kopfbewegung zum Schlafzimmer.

»Keine Sorge, Clytie. Ich gebe dir mein Wort, dass ich nicht noch einmal versuchen werde, dich ins Bett zu kriegen«, sagte er grimmig. »War schön – aber auch schnell wieder vergessen, was?«

»Wie könnte ich das je vergessen? Ich habe Rom betrogen.«

»Ach, erspar mir deine Schuldgefühle, Clytie. Ich schleppe genug eigene mit mir herum. Mehr als genug. Ich weiß jetzt wieder, wer ich bin. Und was ich getan habe.«

Die junge Zirkusreiterin blickte überrascht auf. »Was immer es auch sein mag, ich habe nichts dagegen, wenn du weiterhin in der Scheune wohnen bleibst. Meinetwegen musst du nicht ausziehen.«

»O doch, das muss ich sehr wohl.«

Er wandte sich zum Gehen, sagte aber noch: »Ich werde später in der Woche nochmal vorbeikommen und deinen Wassertank flicken – er hat ein Loch. Aber du musst deswegen nicht anwesend sein, ich erledige das schon.«

Und damit ging er.

Clytie fühlte sich mit einem Mal vollkommen leer und ausgelaugt. Sie versuchte, ihre kalten Hände an ihrem Teebecher zu wärmen.

Ihr Blick huschte ungewollt hinauf zum Kaminsims. Die Umrisse der Gestalt auf dem Foto verblassten, aber Roms Lächeln war triumphierend wie je zuvor.

39

In den folgenden Tagen – nach der besagten Nacht – konnte Clytie sich kaum auf ihre Arbeit konzentrieren. Egal ob sie in der Speisekammer Klarschiff machte oder in der Wirtschaft die Böden schrubbte, ständig wurde sie von erotischen Bildern heimgesucht, von Finchs nacktem maskulinem Körper, seiner rauen und gleichzeitig zärtlichen Art, sie zu lieben, dem Ausdruck in seinen Augen, seinem Mund, der leidenschaftliche Liebesworte sprach – Worte, die Rom nie gesagt und die sie sich immer heimlich ersehnt hatte.

Sie wurde von Hitzewellen erfasst, der Schweiß wollte ihr ausbrechen. Entschlossen, sich nichts anmerken zu lassen, schrubbte sie die Böden, bis ihre Hände rot und rissig waren.

Mary Mac musterte Clytie neugierig. »He, du bist ja rot wie ein Hummer, Mädchen. Hast du Fieber? Schau lieber mal beim Doc vorbei, der kann alles kurieren. Der hätte wahrscheinlich auch den Lazarus wieder zum Leben erweckt, wenn er damals dabei gewesen wäre.«

Clytie musste kichern. »So was solltest du aber nicht sagen, wenn dein neuer Pastor es hören könnte.«

»Ach was! Der hat bestimmt schon viel Schlimmeres erfahren – im Beichtstuhl. Wir haben hier in Hope mehr als einen ungelösten Mord. Und der Bursche, der für den letzten verantwortlich war, läuft immer noch frei herum und freut sich des Lebens.«

»Im Ernst? Komm, erzähl! Ich werde auch bestimmt nichts verraten«, meinte Clytie eifrig. Sie war froh um die Ablenkung von ihren fleischlichen Gelüsten.

Mary Mac ließ sich nicht zweimal bitten. »Vor zehn Jahren hat ein Bürger dieser Stadt beim Nachhausekommen seine Frau tot vorgefunden – am Fuß der Treppe. Mit gebrochenem Genick. Die Autopsie des Docs ergab, dass sie eine Menge alter Blutergüsse hatte. Er gab als Todesursache ›unbekannt‹ an. Der Ehemann, ein stadtbekannter Frauenprügler, verfolgt den guten Doktor seitdem voller Hass. Ich gebe dir einen Tipp: Sein Spitzname ist Bruiser.«

Clytie schnappte nach Luft. »Du meinst doch nicht Councillor Twyman?«

Mary Mac stupste die Freundin mit dem Ellbogen an und zwinkerte vielsagend. »Von mir hast du's nicht!«

In diesem Moment meldete sich eine Frauenstimme missbilligend zu Wort, und die beiden stoben schuldbewusst auseinander.

»Was steht ihr hier herum und schwatzt? Dafür werdet ihr nicht bezahlt. Los, geht wieder an die Arbeit, ihr beiden! Es gibt noch jede Menge zu tun bis zur Feier heute Abend.«

Mrs Yeoman stand mit in die Hüfte gestemmten Händen im Eingang der Hotelküche und blickte die beiden über den Rand ihrer Drahtgestellbrille an. Dann wandte sie sich abrupt ab und verschwand, leise schimpfend über das heutige Personal.

»Keine Angst, Mädchen. Mrs Yeoman schimpft gern, aber sie ist im Grunde ganz nett. Sie mag dich. Warte, ich mache das für dich fertig.« Mary Mac musterte Clytie besorgt und nahm ihr den Schrubber aus der Hand. »Du siehst aus, als ob du dich überanstrengt hättest. Bettruhe, das würde dir guttun!«

Clytie musste bei diesem Ratschlag natürlich sofort wieder an Finch denken, wie er sich mit ihr herumgerollt hatte, sodass sie auf ihm saß. Wie er ausrufen hatte: »Du bist göttlich, wie du mich reitest!« Clytie brach schon wieder der Schweiß aus.

»Sieh dich bloß an, du hast bestimmt Fieber. Geh und ruh dich aus!«

»Geht nicht. Ich kann nicht auf das Geld verzichten. Und heute Abend werden hier alle Hände gebraucht.«

»Na, dann schnapp wenigstens ein bisschen frische Luft. Ich werde schon eine Ausrede finden, falls Mrs Yeoman nach dir fragt.« Mary Mac klemmte sich die Scheuerbürste unter den Arm und band Clytie entschlossen die Schürze ab.

Wenig später stolperte Clytie, die sich hastig Mantel und Hut geschnappt hatte, auf die Straße hinaus und ließ sich die frische Brise um die Nase wehen, die den heißen Tag ein wenig erträglicher machte.

Im Postamt hielt Marj Hornery hinter ihrem Schalter Hof. Das Gitter wurde von einer Gruppe von Frauen umdrängt, die atemlos zuhörten, was die Postmeisterin zu erzählen hatte.

»Ich sag euch, diese Frau wird von Tag zu Tag seltsamer. Und heute Abend ist auch noch Vollmond – und jeder weiß doch, dass die Irren da am gefährlichsten werden.«

Mrs Baker riss die Augen auf. »Das wusste ich ja gar nicht! Glaubst du, dass sie irgendwas anstellen könnte, Marj?«

Clytie drängte sich zornig zum Schalter durch. Es war zwar kein Name erwähnt worden, aber sie konnte sich denken, über wen die Weiber tratschten.

»War meine gute Freundin Miss Hundey schon da, um ihre Post abzuholen?«, erkundigte sie sich grimmig.

»Das darf ich nicht sagen«, meinte Marj hochmütig. »Sie wollen wohl Ihre Post, was? Ist nichts weiter für Sie da außer einer Postkarte.«

Auf der Vorderseite der Karte war das Banner eines Zirkus abgebildet, darunter eine bunte Arena. *Grüße vom Leon Bros. Zirkus* stand darauf. Clytie bekam bei dem Anblick sogleich Heimweh.

Sie überflog rasch die Botschaft von Pedro und Tiche.

»Sie können es sicher kaum abwarten, wieder zum Zirkus zurückzukehren«, meinte Marj Hornery spitz, »hier gibt's schließlich nichts mehr für Sie, worauf sich das Warten lohnen würde.«

»O doch, es gibt *alles*, worauf sich das Warten lohnt«, entgegnete Clytie forsch, »und das können Sie gern der ganzen Stadt mitteilen, wenn Sie wollen!«

Sie drängte sich durch die Frauen hindurch nach draußen. Dort war ein Streit ausgebrochen – laute Frauenstimmen.

Mein Gott, das ist ja Adelaide! Was führt sie jetzt schon wieder im Schilde?

Die anderen Frauen kamen jetzt auch auf die Veranda gestürzt, um sich ja nichts entgehen zu lassen. Clytie stand ganz vorn und war bereit, ihrer Freundin jederzeit beizuspringen, ob sie nun im Recht oder im Unrecht war.

Adelaide und Schwester Bracken standen, Nase an Nase, mitten auf der Straße wie zwei Boxer und schüttelten die behandschuhten Fäuste.

»... Sie können nicht länger vor dem davonlaufen, was Sie angerichtet haben, Bracken! Gestehen Sie endlich, was Sie diesen unschuldigen Menschen angetan haben!«

»Wie kommen Sie dazu, mir Vorschriften zu machen? Sie

sind doch eine Irre! Die Leute tolerieren Sie nur, weil sie Doktor Hundey respektieren. Sie gehören in eine Anstalt! Sie gehören ins Kew Lunatic Asylum, wo Sie ja vor Jahren bereits einmal waren. Wer nimmt Sie denn schon ernst? Sie sind doch nicht ganz richtig im Kopf!«

Adelaide verwandelte sich in einen feuerspeienden Drachen. »Sie hatten jede Menge Zeit, Ihren Fehler wiedergutzumachen. Glauben Sie ja nicht, Sie könnten sich einfach so aus dem Staub machen und sich vor den Konsequenzen Ihrer Handlungen drücken! Das wird Ihr Gott nicht zulassen! Und wenn nicht er, dann ich!«

Die bullige Schwester wandte sich an die Schaulustigen. »Habt ihr das gehört? Sie hat mich bedroht! Jemand sollte die Polizei holen, jemand sollte Sergeant Mangles holen! Die gehört doch eingesperrt!«

»Ja, holen Sie ruhig die Polizei«, höhnte Adelaide Hundey, »mal sehen, was der Wachtmeister zu Ihren sauberen Machenschaften zu sagen hat. Ja, waschen wir doch Ihre schmutzige Wäsche ruhig in aller Öffentlichkeit. Soll sich das Gesetz darum kümmern!«

Adelaide schüttelte trotzig ihren rüschenbesetzten Sonnenschirm, aber es war Schwester Bracken, die die Beherrschung verlor, mit ihrem Schirm ausholte und der armen Adelaide eins auf den Schädel gab, dass man einen dumpfen Knall hörte. Adelaides schicker Hut ging dabei entzwei, die eine Hälfte hing ihr traurig ins Gesicht. Sie stieß einen Wutschrei aus.

»Das reicht! Das war ein Hut aus Paris! Sie sind zu weit gegangen, Bracken!« Adelaide packte die bullige Krankenschwester bei den Schultern und schüttelte sie kräftig durch. »Unterschreiben Sie das Geständnis, verdammt nochmal!«

Zu Clyties Erleichterung geschahen nun zwei Dinge auf einmal.

Finch kam mit Sonny Jantzen angefahren.

Und Sergeant Mangles erschien in Begleitung von zwei aufgeregt kläffenden Schuljungen am Ort des Geschehens.

»Aber meine Damen, was soll denn das? Was geht hier vor?«, fragte der Wachtmeister. »Was ist der Grund für diese Ruhestörung?«

Schwester Bracken stieß wimmernd eine Flut von Ausflüchten und Erklärungen hervor. »Ich war doch nur in der Apotheke, um meine Medikamentenvorräte für das Krankenhaus aufzufüllen, als diese … diese Person plötzlich über mich hergefallen ist! Sie ist eine Verrückte, Sergeant, nehmen Sie sie fest!«

Miss Hundey war seltsam still geworden. Sie beäugte den Wachtmeister beinahe ängstlich, als wollte sie ihn bitten, nichts zu unternehmen.

Der Wachtmeister hörte sich Schwester Brackens Erklärungen und Rechtfertigungen an, bis ihr die Luft ausging. Am Ende versuchte sie, die letzten Reste ihrer Würde zu retten.

»Jeder kennt mich, Sergeant. Ich habe dem Buschhospital von Hope fünfundzwanzig Jahre meines Lebens geopfert. Niemand hat je meine Kompetenz in Frage gestellt – oder das hohe Niveau meiner Pflege. Ich wurde in der Nightingale-Methode geschult!«

Sergeant Mangels musterte die Streithennen. »Mir scheint, dass Ihre verbale Auseinandersetzung ein wenig außer Kontrolle geraten ist. Aber es ist ja nichts weiter passiert. Außer …« Er musterte mit einem unterdrückten Schmunzeln Adelaides ramponierten Hut. »Ist das die Art, wie Sie gewöhnlich diesen Hut tragen, Miss Hundey?«

»Nur die eine Hälfte, Sergeant. Aber ich habe nicht die Absicht, Schwester Bracken auf Schadensersatz zu verklagen.

Sie weiß, wo sie bei mir steht. Ich überlasse sie ihrem Gewissen und erwarte, dass sie schnellstmöglich Reparationen …«

»Ich habe nichts getan, wofür ich mich schämen müsste!«, unterbrach die Krankenschwester empört. Sie versuchte erneut, auf Adelaide einzudringen, wurde aber vom Wachtmeister davon abgehalten, der sich entschlossen zwischen die beiden schob.

»Das reicht jetzt, Schwester. Miss Hundey hat sich bereit erklärt, keinen Schadensersatz zu verlangen. Ich schlage vor, Sie lassen die Sache damit auf sich beruhen. Ich will nichts mehr darüber von Ihnen hören, verstanden?!«

Trotz der Dramatik der Situation zuckte Sergeant Mangles buschiger Schnurrbart, als könnte er sich kaum das Lachen verkneifen.

Clytie nutzte den Moment und eilte Adelaide zu Hilfe. Sie rückte ihren Hut, so gut es eben ging, gerade und zupfte ihren Schleier zurecht. Dabei sprach sie beruhigend auf die andere ein. Finch und Sonny sprangen ebenfalls von Sonnys Kutsche herunter und verständigten sich mit einem Blick.

Sonny griff sich Schwester Bracken und bot ihr an, sie auf seinem Wagen zum Hospital zurückzufahren.

Finch zog vor Clytie und Miss Hundey den Hut.

Adelaide wirkte auf einmal zutiefst beschämt und erschöpft. Sie machte sich auf den Weg zu ihrem Wägelchen. Finch eilte ihr hinterher und half ihr fürsorglich beim Einsteigen.

»Sie sind ja ganz durcheinander, Ma'am. Dürfte ich die Damen nach Hause kutschieren?«

»Ich werde zu Fuß gehen, im Wagen ist nicht genug Platz für drei«, meinte Clytie. Aber davon wollte Miss Hundey nichts wissen.

»Wenn wir ein bisschen zusammenrücken, ist genug Platz

für alle«, verkündete sie barsch. Sie zog Clytie zu sich auf den Wagen, und die drei machten sich schweigend auf die Fahrt zum Häuschen des Doktors.

Clytie und Finch wechselten lediglich ein paar vielsagende Blicke, respektierten aber Adelaides Schweigen.

Beim Haus angekommen sprang Clytie vom Wagen und half ihrer Freundin beim Aussteigen.

»Ich werde das Pferd für Sie ausspannen und den Wagen in die Garage schieben«, erbot sich Finch. Und damit verschwand er um die Hausecke.

»Sie haben sicher eine ganz schöne Beule auf dem Kopf, Adelaide. Erlauben Sie bitte, dass ich Sie versorge, ich habe viel vom Doktor gelernt.«

»Danke, meine Liebe, aber das ist nicht nötig. Wozu hat man denn einen Arzt im Haus?«

»Na gut, wie Sie wollen. Aber ich muss sagen, Adelaide, ich bin stolz darauf, wie mutig Sie dieser Bulldogge entgegengetreten sind – auch wenn mir nicht ganz klar ist, worum es ging.«

Aber die erhoffte Erklärung blieb aus.

»Das muss vorläufig auch so bleiben, meine Liebe. Robert wird sehr böse auf mich sein. Aber uns läuft die Zeit davon. Uns allen.«

Das hörte sich irgendwie ominös an.

»Weil Schwester Bracken gekündigt hat?«

»Ja, aber nicht nur das. Robert ist sehr verstört, weil sein persönliches Tagebuch verschwunden ist. Wenn es in die falschen Hände gefallen sein sollte, ist es aus mit uns.«

Clytie erschauderte. Sie musste unwillkürlich an Mary Macs Geschichte von vorhin denken, über Councillor Twyman und seinen Hass auf die Hundeys.

Adelaide machte einen Moment lang ein ganz verzweifeltes Gesicht. Doch was sie als Nächstes sagte, überraschte Clytie. Die große Frau mit den rotbraunen Haaren wollte ihren Hausschlüssel ins Schloss schieben, als sie sich umdrehte und mit der behandschuhten Hand auf die Hausecke wies, hinter der Finch verschwunden war.

»Ein guter Mann – eine Schande, ihn sich durch die Lappen gehen zu lassen. Ich hoffe, dass ihn sich bald die Richtige schnappt.« Ein diebisches Funkeln tanzte in ihren Augen.

»Mich können Sie ja wohl kaum meinen, Adelaide. Ich warte schließlich auf Rom.«

Adelaide seufzte. »Ja, ich weiß. Aber Finch wird ohnehin nicht mehr lange im Regal stehen – wenn man glaubt, was sich die Leute erzählen.«

Clytie konnte nicht anders und fragte: »Was erzählen sie sich denn?«

»Die Postmeisterin leckt sich die Lippen, wenn sie ihn sieht, als ob er das Beste seit der Erfindung von Weißbrot wäre. Und diese Bardame, Ginger – die hat ein Auge auf ihn geworfen. Tut ihr Möglichstes, um ihn in ihr Bett zu ziehen, wie man hört.«

Clytie war entsetzt. »Aber die passen doch gar nicht zu ihm«, rief sie aus.

»Mag sein. Aber Ginger kann jeden Mann bezirzen.« Die Schwester des Doktors schloss ihre Haustür auf, doch dann drehte sie sich noch einmal zu Clytie um, um das letzte Wort zu haben. »Ich muss zugeben, wenn ich zwanzig Jahre jünger wäre – ich würde selbst versuchen, mir diesen Finch zu schnappen.«

Die Tür fiel zu, und eine vollkommen verdatterte Clytie blieb zurück.

Finch kam um die Hausecke. »So, das war meine gute Tat für heute«, erklärte er.

Clytie hatte seit jener Nacht kaum ein Wort mit ihm gewechselt. Er hatte am anderen Morgen seine Sachen gepackt und war in ein Zimmer im Diggers' Rest umgezogen. Jetzt hatte sie plötzlich das Bedürfnis, ihn noch einen Moment festzuhalten.

»Heute Abend findet eine große Feier im Diggers' statt«, erwähnte sie. »Wirst du auch kommen? Ich glaube, es gibt Neuigkeiten aus Südafrika.«

»Kommt drauf an – wenn ich nichts Besseres vorhabe.«

Finch tippte sich an den Hut und wandte sich kühl von ihr ab. Clytie sah ihm aufgewühlt nach.

40

Die Kirchenglocken läuteten um die Wette, als Finch am selben Abend durch die Main Street schlenderte. Es herrschten Freude und Ausgelassenheit. Ganz Hope schien auf den Straßen zu tanzen. Die Läden und Schaufenster waren mit roten, blauen und weißen Wimpeln geschmückt – selbst die staubige, leer stehende Bank. Überall hingen Porträts des Königs, Edward VII., und von Lord Kitchener, dem Oberkommandeur der britischen Streitkräfte in Südafrika.

Finch wich den Feuerwerkskörpern aus, die von den Schuljungen losgelassen wurden. Er befreite sich gutmütig aus dem Griff einiger betrunkener Minenarbeiter, die Arm in Arm bierselig auf der Straße tanzten, die Beine schwangen und jauchzend ihre Mützen in die Luft warfen.

Es war Ende Februar. Finch bezweifelte, dass der Krieg wirklich ein Ende gefunden hatte – es hatte schon mehrmals falschen Alarm gegeben. Alle Anzeichen wiesen auf einen mühsamen Waffenstillstand zwischen Buren und Briten hin.

Moggy Mick schlug Finch herzhaft auf den Rücken. »Der Krieg is so gut wie vorbei, Mate. Wir haben's diesen Buren gezeigt! Wie wär's, wenn wir deinen Namen auch aufs Denkmal setzen würden? Das heißt natürlich, sobald er dir wieder eingefallen ist!«

Moggy Mick machte sich gackernd auf den Weg zu seinem Lieblingsort: der Wirtschaft. Man konnte ihn drinnen laut nach Ginger rufen hören.

Finch empfand lediglich zynische Belustigung.

Es lässt sich leicht feiern, wenn man sich vor dem Krieg gedrückt hat, Mate.

Sein Blick fiel auf den anglikanischen Priester, Reverend Gordon, der an der Straße stand und dem Treiben schmunzelnd zusah.

»Was ist da los, Reverend? Was wird gefeiert?«

»Sie haben ihn endlich eingefangen – wie Napoleon. Aber für den gibt's kein Entkommen von St. Helena, was?«

»Wen meinen Sie?«, fragte Finch, aber die Erwiderung des Geistlichen ging im Trubel unter. Er wurde von einer Gruppe von Morris-Tänzern gepackt und mitgezogen.

Die Antwort ließ dennoch nicht lange auf sich warten. Einige Burschen brachten eine Vogelscheuche an einer Stange angeschleppt, die wie ein Burenkommandeur gekleidet war. Sie warfen sie unter Gejohle und drei »Hipp, hipp, hurra« auf den brennenden Scheiterhaufen. Die Puppe sollte den Burengeneral Ben Viljoen darstellen.

Finch schaute regungslos zu, wie die Puppe verbrannte. Er musste an die Erzählungen seines Vaters von ihren Vorfahren denken, die einst auch auf Scheiterhaufen verbrannt worden waren.

Bloß weil sie den »falschen« Glauben hatten. Wie archaisch! Je mehr sich die Dinge ändern, desto weniger ändert sich.

Er wandte sich verächtlich ab und ging in die Wirtschaft, wo er sich zwei Bier bestellte. Das erste trank er in einem Zug aus, er war halb verdurstet. Es stieg ihm sogleich zu Kopf, denn er hatte den ganzen Tag noch nichts gegessen. Aber das war ihm ausnahmsweise egal. Er schwitzte, und das Hemd klebte ihm am Körper. Heute gab es keine Sperrstunde – Spezialerlaubnis von Sergeant Mangles. Der Schankraum und die Bar waren zum Platzen voll.

Finch wollte keine Gesellschaft. Er sah Clytie weiter hinten mit einem Tablett leerer Gläser, aber er wich ihrem Blick aus. Er suchte sich einen Tisch und wollte nur in Ruhe gelassen werden – was ihm leider nicht vergönnt war. Rom tauchte unversehens auf und setzte sich ihm gegenüber rittlings auf einen Stuhl. Er hatte diesen gewissen Blick, der verriet, dass er nicht mehr ganz nüchtern war. Sein Lächeln wirkte freundlich, aber der Ausdruck in seinen Augen war es nicht.

»Du hast mich hintergangen, Finch.«

»Was willst du? Ich hab getan, was du von mir verlangt hast. Ich hab den Vermittler gespielt. Und wenn ich dabei ein wenig übers Ziel hinausgeschossen bin, dann ist das meine Sache. Und jetzt halt die Klappe und trink mein Bier.«

»Ich habe dich akzeptiert, obwohl du wahrscheinlich ein Deserteur warst, ein Lügner und ein Feigling. Aber dass du auch noch ein Dieb bist, das hätte ich nicht gedacht.«

»Du spinnst doch!«, schimpfte Finch. »Was soll ich denn gestohlen haben?«

»Mein Mädel. Du hast Clytie verführt. Lüg nicht! Ich habe an dem Abend das Haus beobachtet. Ihr habt es die ganze Nacht lang getrieben.«

Finch war schockiert und beschämt. Er wusste im ersten Moment nicht, was er sagen sollte. Sie zogen bereits ein paar Blicke auf sich. *Haben die das mitgekriegt?*

»Nicht so laut, Rom. Und gib *mir* die Schuld, nicht Clytie. Sie hat schon genug gelitten. Wir sollten das lieber draußen klären und nicht hier drin.«

Rom stach mit seinem Finger auf Finchs Brust. »Wir werden das hier und jetzt klären! Du vögelst mein Mädchen, und das macht dich fix und fertig, weil du weißt, dass sie nur mich liebt!«

»Ja, das weiß ich allerdings«, zischte Finch. »Ich würde sie dir wegnehmen, wenn ich nur könnte. Glaub mir, ich hab's versucht. Aber du hast recht. Clytie ist nur einem treu – und das bist ausgerechnet du!«

»Ich wette, du hast ihr noch nichts von deiner schmutzigen Vergangenheit erzählt!«

Rom krähte vor Vergnügen, als er Finchs schuldbewusste Miene sah.

»Dachte ich's mir doch! Warum ein Geheimnis draus machen? Es wird Zeit, dass die ganze Stadt davon erfährt!«

Finch bemerkte plötzlich, dass Clytie in der Tür zum Schankraum aufgetaucht war. Sie trug eine weiße Schürze über ihrem Alltagskleid. Aber nicht einmal diese schlichte Tracht konnte ihre Schönheit schmälern: ihre zierliche Figur, die schlanke Wespentaille, den schön geformten Busen. Sie hatte ihre herrlichen schwarzen Locken zu einem nachlässigen Nest hochgebunden … dazu diese feurigen dunklen Augen, der sinnliche Mund …

Clytie war mein – aber nur für eine Nacht. Nie wieder.

Finch schaute sie direkt an. Sie stand starr neben dem großen steinernen Kamin.

Der Schweiß lief ihm in den Nacken. Er rief: »Jetzt halt die Klappe, Rom. Sie wird dich noch hören!«

Clytie starrte Finch verwirrt an.

Rom ließ sich den Vorteil nicht entgehen. »Wird auch Zeit! Wenn du nicht genug Mumm hast, um ihr dein schmutziges Geheimnis zu verraten, dann tu ich's!«

Rom erhob sich und rief mit ausgebreiteten Armen: »Meine Damen und Herrn, ihr kennt mich alle, ich bin Rom Delaney. Was ihr jedoch nicht wisst, ist, dass sich eine falsche

Schlange in eurer Mitte befindet.« Er deutete anklagend auf Finch.

Die Gäste beachteten Roms betrunkenes Geschwafel nicht. Nur Clytie starrte wie vom Donner gerührt zu ihnen hin.

Finch rief zornig aus: »Jetzt halte doch endlich mal deine Klappe, Rom. Ich mach das auf meine Weise.«

Im Schankraum war jäh Stille eingetreten.

Finch drängte sich stolpernd zur Mitte. Er spürte förmlich, wie Clytie jeder seiner Bewegungen folgte. Es war ihm zutiefst zuwider, ihr das antun zu müssen, aber es gab jetzt kein Zurück mehr.

»Was mein betrunkener Freund euch zu sagen versucht, ist, dass ich seit meiner Ankunft in Hope unter falscher Flagge gesegelt bin – ich bin ein australischer Soldat, der aus dem Krieg aus Südafrika zurückgekehrt ist, gesund im Körper, aber krank im Geiste. Ihr habt mich in eurer Mitte willkommen geheißen. Doc Hundey hat mir auf die Beine geholfen. Clytie Hart hat mir Unterschlupf gewährt, weil ich ein guter Freund ihres Verlobten, Rom Delaney, bin.«

Finchs Blick fiel auf Sonny Jantzen, seinen Boss, der ebenfalls unter den Anwesenden war. »Sonny Jantzen hat mir eine Arbeit gegeben. Ihr habt mir vertraut.«

Sein Blick glitt über jeden Einzelnen, ob alt, ob jung, Bergarbeiter, Geschäftsleute und zwei Handelsreisende in schäbigen Anzügen und Zelluloidkragen. Nur zwei der anwesenden Frauen saßen nicht auf Stühlen, sondern standen aufrecht: Ginger und Clytie.

»Ich habe euch betrogen. Ich bin zwar Australier, und ich war tatsächlich Soldat. Ich wurde in Südafrika verwundet und hatte mein Gedächtnis verloren. Als ich in Hope eintraf, hatte ich die vage Angst, ich könnte verhaftet und vor ein Kriegsgericht gestellt werden.«

»Wieso? Was hast du angestellt?«, rief ein Mann ruppig.

»Ich bin nicht einer von euren Helden. Mein Name wird nicht am Kriegerdenkmal unter den Söhnen und Brüdern stehen, die ihr in Südafrika verloren habt.«

Er hielt inne und blickte sich unter den Anwesenden um. »Bei Ausbruch des Krieges lebte ich in Johannesburg. Die britischen Loyalisten behaupteten, es würde nur einen Monat dauern, die Buren gaben dem Konflikt zwei Wochen. Von überall her folgten Männer dem Ruf zu den Waffen – die einen auf der Seite des Empires, die anderen auf der Seite der Buren. Manchmal zerschnitt der Konflikt sogar ganze Familien, Brüder. Ich wollte für keine Seite zu den Waffen greifen, daher meldete ich mich freiwillig als Lazaretthelfer. Ich habe Verwundete vom Schlachtfeld geborgen.«

Der Schweiß lief ihm übers Gesicht und brannte ihm in den Augen.

»Aber ich habe nicht gegen den Feind gekämpft – ich *bin* der Feind. Ich hatte mich Ben Viljoens Kommando angeschlossen!«

Finch schwankte ein wenig. Er wartete auf den Ansturm der Hasstiraden, auf die fliegenden Fäuste, auf Frauen, die sich mit gezückten Krallen auf ihn stürzten, um ihn zu zerreißen.

Nichts geschah. Nur bittere Stille. Finch war nicht mehr zu bremsen.

»Heute Nachmittag haben eure Kinder eine Viljoen-Puppe auf dem Scheiterhaufen verbrannt, weil er von den Briten gefangen genommen und auf der Insel St. Helena interniert wurde. Warum auch immer dieser grässliche Krieg ausgefochten wurde, ich danke Gott, dass der Mann noch am Leben ist. General Ben Viljoen ist in meinen Augen ein ehrenwerter Mann – und ich bin stolz, unter ihm gedient zu haben.«

Die schwere Stille wurde unterbrochen. Eine einzelne Gestalt erhob sich und applaudierte.

Rom Delaney.

Finch sah, wie Clytie die Hände vors Gesicht schlug und in die Küche lief.

Ein Mann rief: »Raus hier, du Verräter!«

Tom Yeoman, der Wirt, kämpfte sich zu Finch durch und packte ihm beim Arm.

»Kommen Sie, gehen Sie bitte. Tragen Sie Ihren Streit woanders aus, aber nicht in meiner Wirtschaft, Finch.«

Der große Hugenotte wurde von zwei bulligen Kerlen in die Zange genommen und hinausgeführt. Draußen warf eine Straßenlaterne ihren pilzförmigen Kegel auf den Blonden. Er wurde gegen die Kneipenmauer gedrängt und war sogleich von einem Haufen zorniger, angetrunkener Männer umgeben, deren Fäuste zuckten und die voller Rachedurst waren.

Finch nahm es fast mit Erleichterung zur Kenntnis. Er winkte sie mit beiden Händen heran.

»Ich nehme mir jeden Einzelnen von euch vor – aber schön der Reihe nach, wie es das australische Fair Play verlangt.«

Der erste Mann warf sich auf ihn. Finch wehrte sich rein instinktiv. Der Krieg war noch nicht zu Ende – er hatte sich von Südafrika hierherverlagert. Er würde nie enden – zumindest nicht für ihn. Es war ihm egal. Er wusste, dass er Clytie nun für immer verloren hatte.

Er ging unter einem Hagel von Faustschlägen zu Boden. Blut schoss ihm aus der Nase und in den Mund. Er wurde mit zahlreichen Tritten traktiert.

Dann verschaffte sich die Stimme des Gesetzes Gehör: Sergeant Mangles.

»Zurück, ihr elenden Feiglinge! Ist das eure Vorstellung von einem fairen Kampf? Alle gegen einen einzigen Soldaten, der nie richtig aus dem Krieg heimgefunden hat? Ihr solltet euch verdammt nochmal schämen! Schließlich wart ihr hier daheim in Sicherheit. Aufgeblasene Idioten! Reden könnt ihr, aber ihr wart nicht *dort*. Ihr habt keine Ahnung, wie das gewesen sein muss. Und jetzt verpisst euch nach Hause, bevor ich euch allesamt in eine Zelle stecke!«

Als einer der Betrunkenen so unklug war zu widersprechen, wurde er vom Wachtmeister am Kragen gepackt. »Und mit dir fange ich am besten gleich an, Moggy. Kriegt es endlich in eure Dickschädel: Hier in Hope wird nicht gegen Buren gekämpft – jedenfalls nicht, solange ich hier das Sagen habe!«

Finch rappelte sich wackelig auf die Beine. Gesicht und Hemd waren feucht, ob von Schweiß oder Blut wusste er nicht so genau.

»Meinetwegen müssen Sie keinen verhaften, Wachtmeister. Danke, aber ich kann schon auf mich allein aufpassen.«

Er machte sich auf den Weg, einsam und schleppend. Einer rief ihm noch nach: »Verdammter Verräter!«

Wieder und wieder sah Finch Clyties Gesicht vor sich – den entsetzten, geschockten Ausdruck in ihren Augen. Es war vorbei – jetzt hatte er auch noch seine letzte Zuflucht verloren. In sein Zimmer im Diggers' Rest konnte er natürlich nicht mehr zurück. Und auch nicht mehr in die Scheune zu Clytie. Er hätte ihre Verachtung nicht ertragen.

Unter Aufbietung all seiner Kraftreserven kämpfte er sich durch den Busch zur Schürferhütte. Rom saß an der Asche eines Lagerfeuers und rauchte eine Zigarre. Er winkte Finch freundlich damit zu.

»*Salmon & Gluckstein*, prima Qualität. Wahrscheinlich handgerollt auf dem Schenkel eines hübschen Mädchens. Du weißt nicht, was dir entgeht, Finch.«

»Und du hast offenbar wieder bessere Laune.«

Finch brachte das Feuer mit ein paar geübten Bewegungen wieder in Gang. Er hockte auf der anderen Seite und betrachtete das Spiel der Flammen auf Roms Zügen. Er war viel zu niedergeschlagen, um sich auf eins von Roms Spielchen einzulassen.

Jetzt, wo sein Zorn verraucht war, blieb das nagende Gefühl bei dem blonden Hugenotten zurück, dass all das aus einem ganz bestimmten Grund geschehen war – den er nur erahnen konnte.

»Ich hoffe, du bist jetzt zufrieden, Rom. Dank dir ist alles aufgeflogen. Ich bin ein Aussätziger – und du bist ein Held. Morgen wird jedes Kind wissen, dass ich unter Viljoen gedient habe. Kitcheners Erschießungskommando bin ich gerade noch entkommen – aber jetzt hab ich ganz Hope auf den Fersen. Dass ich nur Sanitäter war, spielt für die keine Rolle.«

Rom paffte nickend an seiner Zigarre. »Es heißt, dass eine Beichte einem die Last von der Seele nimmt. Ich persönlich weiß nichts davon. Wie ist es? Wie fühlst du dich jetzt, Finch?«

»Lausig fühl ich mich. Leer. Vollkommen ausgelaugt. Aber gleichzeitig auch erleichtert – keine Lügen mehr, keine Verstellung. Aber eins kapiere ich nicht – wie hast du rausgefunden, dass ich auf der Seite der Buren stand?«

Rom warf seinen Zigarrenstummel wie beiläufig ins Feuer. »Was glaubst du, warum ich dich gerettet habe?«

Diese schlichte Antwort warf Finch regelrecht um. Nachdem er seine Verblüffung verdaut hatte, siegte die Neugier, und er fragte: »Was meinst du damit?«

»Als ich dich in dieser Scheune fand, nackt und im Delirium, da hast du auf Englisch vor dich hin gemurmelt, aber auch in einer anderen Sprache. Ich nahm an, dass du ein Burensoldat warst, der vom Schlachtfeld in Wilmansrust geflohen war. Ich wusste, dass dich die Briten vor ihr Kriegsgericht stellen und dich standrechtlich erschießen lassen würden. Damit sind sie schnell zur Hand, wenn sie Meuterei bei den Australiern wittern.«

»Und warum hast du mich gedeckt?«

Rom zuckte mit den Schultern. »Ich hab so viele gute Buren sterben sehen, Männer, die es nicht verdient hatten, auf so eine Weise umzukommen. Ich fand es an der Zeit, mal was für einen von ihnen zu tun. Und du wurdest mir praktisch auf dem Silbertablett serviert. Ich hab dich glauben lassen, dass Clytie ein Mädel aus *deiner* Vergangenheit ist. Und dann hab ich dafür gesorgt, dass du so schnell wie möglich auf ein Schiff nach Australien kommst.«

»Dann wusstest du's also die ganze Zeit über?«

»Ich dachte, du bist doch auch nur einer wie ich, und ich hatte es gründlich satt, arme Bauernburschen über den Haufen schießen zu müssen, die wie wir waren – und die uns nie was getan haben.«

Finch stieß ein scharfes freudloses Lachen aus. »Ich hatte noch nie im Zorn einen Schuss abgefeuert. Ich habe nur die Verwundeten versorgt und die Toten unter Geschützfeuer abtransportiert.«

»Ich verstehe, was du meinst. Ich musste nach dem Massaker in Wilmansrust bei der Aushebung eines Massengrabs helfen. Wir warfen unsere Kameraden hinein – und auch einen Buren und einen Kaffer. Da wurde es mir plötzlich klar: Im Tod sehen wir alle gleich aus. Irgendwie unschuldig.«

Aber Finch war noch nicht fertig. »An dem Abend hat sich alles für mich geändert – in dieser Nacht in Wilmansrust.«

Rom musterte Finch scharf. »Erzähl.«

»Viljoen hatte keine ausgebildeten Soldaten, das waren alles Bauernburschen, die meisten jedenfalls. Einige wollten freihaben, um die Ernte einbringen zu können. Viljoen hat nie einen gezwungen, bei der Truppe zu bleiben, wenn er nicht wollte. Die Ränge leerten sich … Wir waren verzweifelt … und da hab ich mich freiwillig zum Kampfeinsatz gemeldet … ausgerechnet am Vorabend dieser Schlacht …«

Seine Stimme brach. »Ich erinnere mich noch, wie ich durch den Rauch rannte, der uns Deckung bieten sollte, und wie ich dann plötzlich mitten im englischen Lager war … und auf Australier schießen sollte, Landsmänner … Ich weiß nicht, ob ich geschossen habe oder nicht … Ich glaube, ich wurde ohnmächtig. Den Rest kennst du …«

Sie saßen reglos am Feuer und starrten einander über die Flammen hinweg an.

Finch brach die Stille. »Du hast mich gerettet – und der Preis dafür war, dass ich den Vermittler für dich spielen sollte?«

»Warum nicht? Oder wärst du auch so nach Hope gekommen? Vielleicht, um unsere Mineralquellen zu besuchen?«

Die Antwort darauf war klar.

Rom zuckte die Achseln. »Ende gut, alles gut, wie man so schön sagt.«

»Ja, aber damit ist's für mich noch nicht zu Ende. Nach meinem öffentlichen Geständnis heute Abend könnte ich noch immer festgenommen werden und als Kriegsgefangener in irgendeinem Lager landen.«

»Glaube ich kaum«, meinte Rom, »nicht wenn du ein bisschen vorsichtig bist und dich gut benimmst. Doc Hundey ist auf deiner Seite – und Mangles auch. Ein paar Leute werden dir wahrscheinlich aus dem Weg gehen, aber ich glaube nicht, dass dich jemand an die Briten verpfeifen wird. Der wahre Held dieser Stadt ist der Doc.«

Finch bot Rom seine Hand. »Ich schulde dir mein Leben – und mehr als das.«

Rom war seltsam still, schlug dann aber doch ein. »Ja«, sagte er zögernd, »aber vielleicht wollte ich dir so viel gar nicht geben. Ich würde vor allem gern *mein eigenes Leben* wieder zurückhaben.«

Jetzt war die Zeit gekommen, um offen zu sein, das spürte Finch. »Vielleicht kannst du das nicht mehr, Mate. Vielleicht hast du das letzte deiner neun Leben verbraucht.«

Rom betrachtete ihn mit einem eigenartigen Blick: halb ängstlich, halb zornig.

Finch erwachte im Dunkeln. Das Feuer war niedergebrannt, von Rom keine Spur. Er schleppte sich in die Hütte und brach auf der Bettrolle zusammen. Sein Körper war schweißgebadet, er brabbelte fiebrig und im Halbschlaf vor sich hin.

Dann zeichnete sich plötzlich eine zierliche Gestalt vor dem silbrigen Mond im Eingang zur Hütte ab. Er wusste, dass sie nur eine Illusion war, aber das war ihm egal.

»Du bist wunderschön«, flüsterte er.

Als er das kühle Wasser und die sanften Hände spürte, die ihm das Gesicht wuschen, war er verwirrt.

»Du bist keine Einbildung?«, fragte er verblüfft.

»Heute Morgen, als ich aufstand, war ich mir noch sicher, aber jetzt nicht mehr so ganz«, sagte Clytie forsch.

Er versuchte, ihre Hand festzuhalten.

»Bleib still liegen, Finch. Du hast eine hässliche Platzwunde, die muss genäht werden. Ich werde dir den Doc bringen, sobald es hell ist. Bis dahin trink erst mal das hier.«

Sie setzte ihm eine kleine Flasche an die Lippen, und er trank gierig. Überrascht rief er: »He, das ist gar kein Wasser!«

»Hast du auf einmal was gegen Brandy, Finch? Der Doktor gibt das den Patienten, wenn sie unter Schock stehen. Ich habe zur Sicherheit immer etwas in Reserve.«

Finch brauchte keine weitere Aufmunterung. Er leerte das Fläschchen. Sogleich breitete sich ein warmes, wohliges Gefühl in ihm aus und machte ihn mutig.

»Du hast gehört, was ich in der Wirtschaft gesagt habe, Clytie. Ich weiß zwar nicht mehr genau, was, es ist jetzt irgendwie alles verschwommen, aber ich könnt's verstehen, wenn du mich hassen würdest.«

»Aber wieso denn? Du hast doch nur dem Underdog helfen wollen. Rom hätte an deiner Stelle genau dasselbe getan, wenn er zu dem Zeitpunkt in Südafrika gewesen wäre. Er wäre stolz auf dich gewesen, wenn er hätte hören können, wie du Viljoen verteidigt hast.«

Dann hat sie ihn also nicht gesehen. Aber für sie wird es trotzdem immer nur Rom geben.

»Ich sollte mich bei dir bedanken, dass du gekommen bist. Irgendwie scheine ich ständig in deiner Schuld zu stehen.«

»Nein, du bist mir nichts schuldig. Ich tue nur das, was ich tun will.« Sie zögerte und fuhr dann beinahe schüchtern fort: »Versteh mich bitte nicht falsch, aber du hast mal gesagt, dass du dir Sonny Jantzens Kutsche ausborgen könntest, falls du sie brauchst.«

»Ja, das stimmt. Wieso?« Finch musterte Clytie. »Was heckst du jetzt schon wieder aus?«

»Na ja, du hast vielleicht schon von Emily Hobhouse gehört. Sie ist nach Südafrika gereist und hat die verheerenden

Zustände in den britischen Konzentrationslagern aufgedeckt, wo man Frauen und Kinder der Buren interniert hat. Man lässt sie dort praktisch verhungern und verdursten.«

»Ja, natürlich habe ich davon gehört. Wer nicht?«

»Diese kleine alter Jungfer hat es ganz allein geschafft, das britische Parlament zu beschämen und zum Handeln zu zwingen. Sie hat den Hilfsfonds für Burenfrauen und Kinder ins Leben gerufen und sammelt Spenden. Wenn jemand etwas gegen diese skandalösen Zustände in den Lagern unternehmen kann, dann sie.«

»Da bin ich ganz deiner Meinung. Aber was hat das mit Sonnys Kutsche zu tun?«

Clytie holte tief Luft. »Na ja, nächsten Samstag findet ein großes Wohltätigkeitskonzert im Rathaus von Bitternbird statt, um Emily Hobhouses Anliegen zu unterstützen und den Buren zu helfen.« Taktvoll fügte sie hinzu: »Jetzt, wo ich weiß, dass du mit Ben Viljoen und seinem Anliegen sympathisierst, dachte ich, wir könnten vielleicht … ich meine, natürlich nur, wenn du Zeit hast!«

»Dich nach Bitternbird kutschieren? Du bist wirklich eine Nummer, Clytie. Du schickst Versorgungspakete an *eure* Jungs an der Front und sammelst gleichzeitig Spenden für Emily Hobhouse und die Buren. Und bittest *mich* um Hilfe. Du hast doch mein Geständnis gehört. *Ich* bin jetzt der Feind, weißt du nicht mehr?«

»Irgendwie scheinen wir alle der Feind zu sein. Vielleicht hat es der Schöpfer Aller Dinge endlich satt mit uns. Ich weiß nur eins: Die Zustände in diesen Lagern sind eine erbärmliche Schande. Und alles nur, weil die britischen Behörden schlampig sind und schlicht versagt haben. Ich meine, die haben nicht mal Milch für die Babys, Finch!« Clyties Stimme brach. »Säuglinge müssen verhungern – und das ist *unsere* Schuld!«

Ihr totes Baby. Finch verfluchte sich dafür, dass er diese Wunde aufgerissen hatte, die sich ohnehin nie richtig schließen würde.

»Ich fahre dich nach Bitternbird und wieder zurück, Clytie, ich schwör's – und wenn ich ein Pferd stehlen muss.«

Finch hielt ihre zitternde Hand umklammert. Er konnte sich nicht länger gegen die Müdigkeit wehren – fürchtete sich aber gleichzeitig vor Albträumen. Jetzt hatte er noch etwas, das ihm seinen Schlaf rauben würde: das Zeitungsfoto einer toten Burenfrau, die, mit Blumen im blonden Haar, in einem Sarg lag und ihr totes Kind im Arm hielt.

Clytie schien zu ahnen, was in dem ehemaligen Soldaten vorging. »Ich bleibe bei dir, bis du eingeschlafen bist, Finch.«

Als er früh am nächsten Morgen erwachte, hockte Doktor Hundey neben ihm und hielt eine Medizin bereit, die er ihm sogleich verabreichte.

Finch schluckte. »Wie sind Sie denn hierhergekommen, Doc?«

»Shadow und Clytie – ein unschlagbares Gespann. Ich sollte sie auf meine Gehaltsliste setzen, wenn ich eine hätte.«

Die Medizin wirkte rasch. Finch spürte, wie sich seine Muskeln entspannten. Er fühlte sich leichter – bis ihm wieder einfiel, was gestern Abend in der Kneipe geschehen war.

Der Doc schmunzelte. »Sie haben da ja gestern Abend eine tolle Vorstellung hingelegt, wie ich höre, Finch.«

»Mein Geständnis oder die Prügel, die ich hinterher einstecken musste?«

»Beides. Es überrascht Sie vielleicht, aber Sie haben keineswegs die ganze Stadt gegen sich. Die anfängliche Begeisterung für den Krieg ist längst abgeklungen. Jetzt lesen die Leute nicht mehr so gern Artikel darüber, wie ihre jungen

Soldaten gezwungen werden, die Farmen der Buren niederzubrennen. Es macht sich zunehmend Mitgefühl mit dem sogenannten Feind unter den Leuten breit.«

Finch rieb sich das geschundene Kinn. »Davon hab ich gestern Abend nicht viel gemerkt.«

»Sergeant Mangles hat klargemacht, dass er jeden in Eisen legt, der es wagt, Ihnen dumm zu kommen, Finch. Aber deswegen bin ich nicht hier. Es geht um das ewige Dreieck.«

»Sie meinen das Gold Triangle?«, fragte Finch verwirrt.

»Nein, ich meine den Liebesreigen, in dessen Zentrum die junge Clytie steht.«

»Ach, das können Sie vergessen, das ist vorbei«, sagte Finch gereizt.

»Ganz im Gegenteil. Ich muss jetzt endlich offen mit Ihnen reden, Finch. Ich bin Rom Delaneys Freund und Clyties Freund und der Ihre. Man muss nicht studiert haben, um zu sehen, dass Sie sie lieben – ob Sie wollen oder nicht. Ich weiß auch, dass Rom sie liebt – auf seine eigene wilde Art. Wie das Ganze am Ende ausgehen wird, ist unvorhersehbar – Damen sind in dieser Beziehung ziemlich unberechenbare Wesen. Das Einzige, was in meiner Macht steht, ist, ein begangenes Unrecht wiedergutzumachen. Ich fürchte, Sie ahnen, was ich damit meine.«

»Ja, Rom hat mir anvertraut, in welchen Schlamassel er sich mit den Frauen gebracht hat, ehe er abgehauen ist.«

»Es ist sogar noch schlimmer, als Rom ahnt. Ich fürchte, ich habe den eigentlichen Grund für sein *Hierbleiben* gefunden.«

»Und der wäre?«

»Es ist kaum zu glauben, deshalb habe ich Sie bis jetzt auch noch nicht eingeweiht. Aber ich habe inzwischen guten Grund zu der Annahme, dass das Kind, das den plötzlichen

Kindstod sterben musste, nicht Clyties Baby war, sondern der Säugling der Jantzens!«

»Das begreife ich nicht. Wollen Sie damit sagen, dass die Schwester am Tod des Kindes schuld ist?«

»Noch schlimmer. Sie hat Gott gespielt und das tote Kind mit dem lebenden vertauscht. Das Problem ist, dass ich es nicht beweisen kann. Das geht nur, wenn Bracken ihre Tat Sonny Jantzen gesteht. Aber sie weigert sich. Sonny war das erste Kind, das sie zur Welt gebracht hat. Er ist in gewisser Hinsicht der Sohn, den sie nie hatte.«

»Aber wenn sie in wenigen Tagen Hope für immer verlässt …«

»Dann wird sich ihre Tat nie aufklären lassen. Es gibt leider medizinisch keine Möglichkeit nachzuweisen, dass Clytie die Mutter des Jungen ist.«

»Noch dazu, wo Rom beide Kinder gezeugt hat – die zwei sind Halbbrüder!«

»Ja genau. Mir bleibt also gar nichts anderes übrig, als weiterhin Druck auf Schwester Bracken auszuüben und darauf zu hoffen, dass sie am Ende doch noch das Richtige tut.«

Finch konnte nur den Kopf schütteln. »Und sie nennt sich eine gläubige Christin!«

Der Arzt zuckte die Achseln. »Ich vertraue auf Ihre Hilfe, Finch. Ich habe leider Grund zur Annahme, dass meine Zeit in Hope abläuft. Twyman ist auf meinen Kopf aus.«

Finch wusste ebenfalls von der anonymen Schmutzkampagne gegen den Arzt. »Aber so weit wird es doch hoffentlich nicht kommen, Doc. Der Mann gibt doch bloß heiße Luft von sich.«

»Er hat jetzt möglicherweise die Munition, die er braucht.«

»Und was würde aus Ihrer Schwester werden?«, rutschte es Finch heraus, ehe er es verhindern konnte.

»Mein Schicksal ist Adelaides Schicksal, fürchte ich.«

»Ich würde Ihnen beiden jederzeit helfen, Doc. Was es auch ist – Sie müssen es nur sagen.«

»Rom – oder besser gesagt, sein Geist – ist wie ein verirrtes Kind, das gegen Windmühlen kämpft. Ich verlasse mich darauf, dass Sie Clytie beschäftigen, damit sie nichts merkt. Sie darf *auf keinen Fall* von der Sache erfahren. Sie trauert ja noch um ihr verlorenes Baby. Was glauben Sie, wie es ihr da erst erginge, wenn sie hören müsste, dass es vielleicht noch am Leben ist, sie es aber nie wieder zurückbekommen könnte?«

»Ja, ich muss Ihnen zustimmen. Das wäre eine unerträgliche Grausamkeit.«

»Ich bitte Sie inständig, Finch, halten Sie Clyties Aufmerksamkeit gefangen. Bis wir drei zusammen diese Sache zu einem guten Ende gebracht haben.«

»Sie haben mein Wort, Doc.«

»Guter Mann!«

Doc Hundey schlug dem Hugenotten anerkennend auf die Schulter und empfahl sich. Finch fielen nicht zum ersten Mal seine sauberen, gepflegten Fingernägel auf, zweifellos waren die Hände das wichtigste Instrument eines Chirurgen.

Eine Frage hatte Finch noch. »Weiß Ihre Schwester auch Bescheid?«

»Adelaide ist so zornig auf Bracken, dass ich Angst habe, sie könnte etwas Schlimmes tun und die Sache in die eigene Hand nehmen …«

Finch war nach dem Besuch des Arztes sehr nachdenklich. Er ging noch einmal alles durch, was ihm der Doc erzählt hatte. Die schreckliche Tat der Krankenschwester und ihre

Weigerung, sie offenzulegen – und seine Aufgabe, Clytie zu beschützen, bis Klarheit geschaffen war.

Wenn es stimmt, dass der Geist eines Menschen zurückkehrt, um ein Unrecht wiedergutzumachen, dann hat L'Eternale in seiner Gnade Rom wohl noch eine zweite Chance geben wollen.

Finch saß rastlos am Lagerfeuer und konnte keinen Schlaf finden. Er vertrieb sich die Zeit mit dem Rösten von altbackenem Brot und trank dazu eine Kanne Tee. In dieser Nacht stand ein voller Mond am Himmel und tauchte den Busch in ein unwirkliches silbriges Licht. Finch musste unwillkürlich an Adelaide Hundeys vergitterte Fenster denken ... und daran, was Doc darüber gesagt hatte, dass sie »die Sache in die eigene Hand nehmen« könne.

41

Die *Lady* stand blitzend und blinkend in der neu errichteten Garage, durch deren offene Tore die Sonne hereinfiel und sich im Blech des Automobils spiegelte. Finch hatte sie auf Hochglanz gewienert – selbst den Motor. Stolz trat er zurück und bewunderte sein Werk. Er bereute nicht die Stunden, die er darin investiert hatte. Er kam sich vor wie ein Stalljunge, der einen Hengst für den Melbourne Cup gestriegelt hatte. Die Lady wurde ebenfalls sicherheitshalber unter Schloss und Riegel gehalten, um Sabotage zu verhindern.

Mrs Jantzen wollte mit »diesem neumodischen Kram« nichts zu tun haben. Sie bezeichnete Automobile als »dummes Teufelszeug, das nie Victorias wundervolles Schienennetz – den Stolz des ganzen Kontinents« – würde ersetzen können.

Finch dagegen vermutete, dass sie schlicht eifersüchtig auf den Wagen war – da sie mit ihm um die Liebe ihres Gatten konkurrieren musste. Womit sie gar nicht so unrecht hatte.

Die Lady war nach gewaltigen Geburtswehen endlich vor Ort. Finch, dem Sonny mittlerweile vieles anvertraute, teilte die Faszination seines Herrn mit dieser neuen Technik. Sonny hatte Finch zur Verschwiegenheit verpflichtet, als er ihm anvertraute, dass er stiller Teilhaber einer Automobilfirma eines alten Schulfreundes sei. Zusammen lieferten sie sich ein Kopf-an-Kopf-Rennen mit dem Unternehmer Harley Tarrant, um die Entwicklung des ersten landeseigenen, mit Benzin betriebenen Automobils, das natürlich den harschen Gegebenheiten der australischen Straßen angepasst werden musste.

Die Lady war der erste von nur zwei Prototypen. Sie war im Schutz der Dunkelheit auf einem Ochsenkarren angeliefert worden, damit Mrs Jantzen nichts davon mitbekam. Die erste Probefahrt stand noch aus und würde hoffentlich bald stattfinden dürfen – wenn Mrs Jantzen mal vorübergehend aus dem Haus wäre. In der Garage stapelten sich bereits Benzinfässer zum Auftanken.

Finch war wild entschlossen, die erste Ausfahrt der Lady nach Bitternbird zu unternehmen. Damit schlug er gleich zwei Fliegen mit einer Klappe: Er konnte sein Versprechen an Clytie einlösen, sie zu dem Konzert zu fahren – und er verfügte damit zugleich über die versprochene »Kutsche«, auch wenn er Sonny noch gar nicht um Erlaubnis gefragt hatte.

Aber er war zuversichtlich, dass der es ihm nicht abschlagen würde. Er würde nie vergessen, wie am Tag nach seiner öffentlichen Beichte im Gasthof ein Brief von Sonny Jantzen eingetroffen war, der das Ganze ja mitbekommen hatte.

Es ist ein offenes Geheimnis, dass ich selbst versucht habe, mich bei den Rifles zu melden, aber leider abgelehnt wurde. Wenn ich Ihren Mut gehabt hätte, Finch, dann wäre ich trotzdem nach Südafrika gegangen und hätte dieselbe Arbeit gemacht wie Sie – Lazarettbelfer. Ich halte diese Sanitäter für die eigentlichen Helden in jedem Krieg – selbst wenn ihr

Loblied nie besungen wird. Ich bin stolz darauf, mit Ihnen zusammenarbeiten zu dürfen, Finch.
Ihr Freund
S. Jantzen

Er wollte sich in einer halben Stunde mit Sonny treffen und bereitete sich innerlich darauf vor. Er musterte seine Arme, die Schmiere an Händen und Unterarmen. Wahrscheinlich hatte er auch Schmiere im Gesicht. Er ging rasch zur Rückseite des Anwesens, wo ihm erlaubt worden war, sich im Waschhaus des Personals zu säubern.

Er war damit beschäftigt, sich gründlich Arme und Hände abzuschrubben, als zu seinem Staunen Noni Jantzen auftauchte und ihn von der Tür aus beobachtete.

»Sie sind ein vielseitiger Mann, Finch. Aber wir haben ungewisse Zeiten. Vielleicht wäre es besser, Sie würden sich eine andere Stelle suchen.«

Soll das eine Drohung oder eine Warnung sein? Nun, Sonny hat ausdrücklich gesagt, ich sei nur ihm weisungspflichtig. Nicht einmal seinem Vater.

»Danke für den guten Rat, Ma'am.«

Sie blieb weiterhin in der Tür stehen. »Wie ich höre, haben Sie Roman Delaney gut gekannt? In Südafrika?«

»Er hat mir das Leben gerettet. Und behauptet, ich hätte ihm das seine gerettet. Ist jetzt auch egal.«

»Haben *Sie* ihn denn seitdem mal wiedergesehen?«

Finch zögerte. *Das klingt, als ob sie ihn selbst auch gesehen hätte. Was zum Teufel soll ich jetzt sagen? Das ist wirklich das reinste Minenfeld.*

»Er gilt offiziell als vermisst. Aber ich glaube, es braucht schon mehr, um einen Rom Delaney zu töten, Sie nicht?«

»Ach, woher sollte ich so etwas wissen? Wir haben natürlich nicht gesellschaftlich miteinander verkehrt. Mein Vater hat ihn ab und zu als Handlanger beschäftigt.«

Sie wollte noch immer nicht gehen und ließ ihn nicht aus den Augen.

Was spielt sie für ein Spiel? Der würde ich nicht mal die Kollekte anvertrauen. Der kleine Max ist seinem Vater wie aus dem Gesicht geschnitten. Ob Sonny es weiß – oder zumindest vermutet?

Finch beschloss, Noni Jantzen ein wenig unter Druck zu setzen.

»Sie haben die Fotografien gesehen, die ich von Ihrem Sohn gemacht habe, Mrs Jantzen? Ich war früher der Assistent eines Fotografen. Vor dem Krieg.«

»Hm, Sie haben ein recht praktisches Erinnerungsvermögen, Finch. Es ist da, wenn man's braucht. Und futsch, wenn nicht.«

Sie wollte ihn ärgern, wurde nun aber selbst von einer unerwarteten Breitseite getroffen.

»Der junge Maximilian ist ein hübscher kleiner Bursche. Geht ganz nach seinem Vater, wie?« Finch grinste über diese Andeutung.

Noni war nicht um eine Antwort verlegen. »Mein Vater hatte in seiner Jugend dunkles Haar – mein Sohn kommt nach ihm.«

Finch rückte seinen Kragen und seine Krawatte zurecht. »Schwester Brackens plötzliche Kündigung ist uns allen ein Rätsel. Sie wird sicher sehr vermisst werden. Aber wie heißt es so schön: Des einen Leid ist des anderen Freud.«

Er schaute sie durchdringend an.

»In Hope schwirren immer alle möglichen und unmöglichen Gerüchte herum. Ich war gestern in Bitternbird. Was genau wollen Sie eigentlich sagen, Finch?«

»Ich habe es in der Main Street miterlebt. Schwester Bracken musste sich schwere Vorwürfe anhören. Sittenwidriges Verhalten.«

Noni erbleichte. »Wovon reden Sie da? Was für Vorwürfe?«

»Sie hat offenbar ihre Rolle als Leiterin des Krankenhauses missbraucht. Hat Gott gespielt. Und unschuldigen Menschen Leid zugefügt, indem sie sich weigert, ihr Unrecht wiedergutzumachen.«

»Das ist doch nur bösartiger Klatsch, der jeder Grundlage entbehrt – Sie sind ein Narr, wenn Sie das ernst nehmen«, fauchte Noni. »Und ich möchte Sie bitten, gefälligst meinen Mann damit zu verschonen!«

»Zu spät, Mrs Jantzen. Wir waren beide vor Ort – haben alles sozusagen aus der ersten Reihe verfolgt, vor dem Postamt. Wir wurden Zeuge, wie Sergeant Mangles die beiden Frauen, Schwester Bracken und Miss Hundey, verhört hat.«

Noni schwankte ein wenig, als ob ihr schwindelig wäre. »Sie lügen! Mein Mann hat mir nichts davon erzählt.«

Finch war sich seiner Sache sicher und fuhr fort: »Wahrscheinlich wollte er Sie nicht damit belasten. Er hat erwähnt, dass ihm Schwester Bracken sehr ergeben sei. Dass der kleine Maximilian etwa um dieselbe Zeit im Krankenhaus von Schwester Bracken zur Welt kam wie Clytie Harts Sohn.«

Noni wandte sich abrupt ab, aber Finch bemerkte trotzdem noch ihr verstörtes Blinzeln.

»Ich habe nicht die leiseste Ahnung, worauf Sie anspielen, Finch. Aber ich würde Ihnen dringend raten, nicht auf den Klatsch zu hören, wenn Sie weiterhin hier arbeiten wollen.«

Sie raffte ihre Röcke und verließ raschelnd den Raum.

Er hörte, wie sie der Kinderschwester in scharfem Ton Befehle erteilte.

»Ich muss zu einer Versammlung, Gertie, mein Wohltätigkeitsverein. Sie können Master Maximilian eine halbe Stunde lang zu seinem Vater lassen – aber keine Sekunde länger! Er darf sich nicht von dem Kind ermüden lassen. Ich werde rechtzeitig zum Dinner mit Mr Jantzen wieder zurück sein.«

Finch sah, wie sie im Sulky davonfuhr, einen breiten Sonnenhut auf dem Kopf und einen Schleier vor dem Gesicht, um sich vor dem Staub zu schützen.

Keine Ahnung, wie viel sie weiß oder ahnt. Aber die Sache spitzt sich zu, so oder so.

Finch wurde ins Sonnenzimmer geführt, wo der Minenerbe ausgestreckt auf einer Chaiselongue lag. Er war sportlich gekleidet und wirkte wie aus dem Ei gepellt. Finch war gerührt von seinem Versuch, sich bei seinem Eintreten zu erheben. Aber sein Chef war heute einfach zu schwach und sank wieder in die Kissen zurück.

»Nicht gerade einer meiner besten Tage, Finch. Aber ich freue mich immer, Sie zu sehen. Verzeihen Sie meine Aufmachung – ich ziehe von Zeit zu Zeit meine alten Kricketsachen an, um den Motten ein Schnippchen zu schlagen, und auch als Erinnerung daran, dass ich einst der beste Schlagmann war, den Hope zu bieten hatte.« Er stieß ein zynisches Lachen aus. »Mein einziger Anspruch auf ein wenig Ruhm.«

»Sie unterschätzen sich, Sir. Sie und Doc Hundey sind die wahren Anführer dieser Stadt – Councillor Twyman spielt sich nur gern auf.«

»Tja, wie auch immer, in Bezug auf das Kriegerdenkmal wird er jedenfalls nicht machen können, was er will – die ganze Stadt ist daran beteiligt, jeder Bürger hat sein Scherflein dazugegeben. Es ist nicht nur Twymans ganz persönliches Steckenpferd.«

Finch wusste, dass Sonny selbst anonym ein hübsches Sümmchen beigesteuert hatte.

Mit beinahe jungenhaftem Eifer erkundigte sich Sonny bei ihm: »Sagen Sie, Finch, wie läuft es mit der Lady? Was denken Sie, ist sie bereit für eine kleine Probefahrt?«

Sonny hatte Finch gebeten, die Förmlichkeiten beiseitezulassen, wenn sie unter sich waren, und so ließ der große Hugenotte seine Zurückhaltung fallen und sprach aus dem Herzen. »O ja, Sonny, sie ist sehr manierlich und äußerst elegant – aber sie ist auch ein echtes Vollblut und kann es kaum erwarten, endlich von der Leine gelassen zu werden. Jederzeit – Sie müssen's nur sagen.«

Sonny seufzte zufrieden. »Wenn ich doch bloß könnte! Aber ich traue mir nicht zu, richtig mit ihr umzugehen.«

»Entschuldigen Sie, falls es wie Prahlerei klingt, aber *ich* traue mir das durchaus zu. Ich habe sämtliche Handbücher und Anleitungen gelesen, ich weiß, wo jedes einzelne Schräubchen sitzt. Wenn Sie mir gestatten würden, das Steuer zu übernehmen, Sonny, dann könnten wir mal eine Runde mit der Dame drehen.«

»Das würde meine Frau nicht erlauben. Noni ist sehr um meine Gesundheit besorgt.«

»Ich habe sie vor wenigen Minuten wegfahren sehen. Sie wird den ganzen Nachmittag fort sein.«

»Perfekt! Dann unternehmen wir doch jetzt gleich eine kleine Fahrt, ja?« Der junge Minenerbe griff zur Glocke und läutete nach dem Butler. Stattdessen erschien das Kindermädchen mit Maxi auf dem Arm. Sonny war begeistert.

»Mein Sohn, du und ich, wir werden jetzt Geschichte schreiben!« Zu dem Kindermädchen sagte er: »Gertie, ich wäre Ihnen dankbar, wenn Sie unsere kleine Ausfahrt nicht

Mrs Jantzen gegenüber erwähnen würden. Sie sorgt sich ohnehin schon viel zu sehr um mich.«

Sonny nahm sein Söhnchen huckepack, und die beiden Männer gingen nach draußen zur Garage. Finch riss die Torflügel auf und schob das Automobil in den hellen Sonnenschein. Die beiden Abenteurer setzten sich in das Fahrzeug – aber nicht ohne sich zuvor fachmännisch mit Staubmantel, Mütze und Schutzbrille auf die kühne Unternehmung vorzubereiten.

»Sie fahren, ich bestehe darauf«, befahl Sonny und setzte sich den kleinen Max auf den Schoß.

»Ich werde Ihnen zeigen, wie einfach es ist. Es ist gar nicht schwer. Sie müssen es nachher unbedingt mal selbst versuchen, das ist nur fair.«

Finch sprang aus dem Wagen und machte das Gatter einer Koppel auf, deren Gras zu einem weichen kurzen Teppich abgefressen worden war. Die Dienerschaft – die zu Stillschweigen verpflichtet worden war – hatte sich auf der Veranda versammelt, um dem Ereignis beizuwohnen. Unter Applaus fuhr Finch Jantzen und seinen Sohn innerhalb der Koppel herum, zuerst um die Innenlinie, dann durch die Mitte, dann in ausholenden Kurven, als müsste er einen Hindernisparcours bewältigen.

Sonny und Max ließen jede Zurückhaltung fahren und genossen lachend und jubelnd die Fahrt. Finch konnte sich selbst das Grinsen nicht verkneifen. Der Boss und sein Angestellter waren endgültig Freunde geworden.

Finch behielt seinen Chef trotzdem wachsam im Auge, damit er sich nicht überanstrengte. Sonny war verwirrt, als Finch am entgegengesetzten Ende der Koppel plötzlich anhielt.

»So, hier muss ich die Staffel nun an Sie weiterreichen, Sonny. Sie sind dran. Kutschieren Sie die Lady nach Hause.«

Ohne auf die Zustimmung seines Vorgesetzten zu warten, nahm er ihm Maxi ab und ging um den Wagen herum zur anderen Seite.

»Übernehmen Sie das Steuer, Sonny. Keine Sorge, es ist viel einfacher als reiten. Und Sie sind ja ohnehin ein ausgezeichneter Reiter.«

Sonny versuchte es – aber der Motor starb ab.

»Ist sie jetzt tot?«, fragte er besorgt.

»I wo, bloß ein kleiner Schluckauf. Das haben wir gleich.« Finch warf den Motor wieder an und rief: »Das Spiel beginnt!«

Sonny holperte in tiefer Konzentration los, durch die Mitte der Koppel auf das Haus zu. Als seine Angestellten ihn am Steuer sahen, brachen sie in stürmischen Applaus aus. Der Minenerbe sonnte sich geradezu in ihrer Bewunderung und vergaß dabei ganz zu bremsen. Finch musste ihn daran erinnern, dass der Hebel neben ihm einen Zweck hatte.

»Zeit zu bremsen, Sonny! Hier, ziehen Sie an diesem Hebel da!«

Mit einem kleinen Ruck, wie der Sprung eines Babykängurus, kamen sie vor dem Haus zum Stehen. Sonny kletterte aus dem Wagen und verbeugte sich strahlend vor seinem begeisterten Personal.

Gertie nahm Master Maxi wieder in Empfang. Die beiden Männer betraten grinsend das Haus.

Sonny drückte Finch dankbar die Hand. »Ich werde diesen Tag nie vergessen, danke. Aber jetzt müssen Sie noch was für mich tun: Fahren Sie Clytie Hart mit der Lady zum Wohltätigkeitskonzert nach Bitternbird!«

Finch war verblüfft. Konnte Sonny Gedanken lesen? »Sonny, das ist sehr, sehr großzügig von Ihnen, aber das geht doch nicht – auf diesen Straßen, mit all den Schlaglöchern.

Und wenn ich die Lady nun beschädigen sollte? Das kann ich nicht riskieren!«

»Doch, das können Sie, und das werden Sie«, erklärte Sonny fest. »Diese junge Frau hat schon so viel durchmachen müssen, sie braucht ein wenig Abwechslung und ein Abenteuer. Keine Ausrede, ich bestehe drauf. Und falls wirklich etwas passieren sollte, werden wir die Lady eben wieder reparieren. Wozu ist Geld denn da, hm?«

Sonnys unbekümmertes Lachen war ansteckend, auch wenn es in einem Hustenanfall endete.

Finch zog seine Automobilmütze vor seinem Chef und salutierte ihm. Der junge Boss Jantzen verschwand mit einem Schmunzeln im Haus. Finch konnte nicht umhin zu bemerken, dass sein Gang jetzt viel federnder war als noch vor einer Stunde.

Finch fuhr die Lady wieder in die Garage und verriegelte das Tor zusätzlich mit einem Vorhängeschloss.

In einem hat Sonny jedenfalls recht: Clytie braucht wirklich eine Ablenkung – und ein Abenteuer. Wenn Gott will, bin ich der richtige Mann dafür.

42

Clytie hatte eine große Tasche mit Kleidung zum Wechseln und allem Möglichen für den Notfall gepackt. Als sie vor die Tür trat und die Lady blitzend und blinkend vor ihrem Häuschen stehen sah, blieb ihr die Luft weg.

»Muss man mit einer Peitsche knallen, damit sie losfährt?«, erkundigte sie sich nur halb scherzend.

»Expertise, Madam. Das ist alles, was es braucht.«

Finch bot ihr seine Hand und half ihr beim Einsteigen. Dann warnte er sie: »Halt deinen Hut fest!«

Ihre Reise begann mit einem Stottern, einem Knall und dem Ausstoß einer schwarzen Abgaswolke. Dann ging es mit einem Aufheulen des Motors los. Die Lady und ihr Fahrer erreichten innerhalb von Sekunden ein atemberaubendes Tempo. Als sie durch die Main Street von Hope düsten, blickten ihnen die Leute mit offenen Mündern nach, einige schüttelten zornig die Fäuste.

»Das ist eine verdammte Ruhestörung!«, rief ein Alter aufgebracht. »Sergeant Mangles sollte diese Ungeheuer verbieten, ehe noch jemand überfahren wird!«

Der mutigste unter den Straßenjungen, Paddy Freebody, der Sohn des neuen Schullehrers, wettete mit seinem Cousin aus der Stadt, er könne ihn in einem Wettrennen gegen das Automobil schlagen. Finch ließ sie mehrere Hundert

Meter neben dem Wagen herlaufen, dann gab er Gas und ließ die Jungs keuchend und mit roten Gesichtern im Staub zurück.

»Wie schnell fahren wir denn?«, brüllte Clytie und hielt ihren Hut fest, den sie sich mit einem Seidenschal umgebunden hatte, dessen Enden im Fahrtwind flatterten.

»Etwa sieben Meilen die Stunde«, erwiderte der Hugenotte lakonisch. »Ich könnte auch schneller, aber ich bin schließlich in Damenbegleitung.«

»Ach, meinetwegen brauchst du dich nicht zurückzuhalten, ich bin schließlich schon am Trapez durch die Arena geflogen!«

Finch beäugte seine Begleiterin durch die dunkle Schutzbrille und fletschte mit einem grimmigen Lächeln die Zähne.

»Es ist verdammt schwer, dich zu beeindrucken, Clytie Hart.«

»Wie bitte? Das ist der aufregendste Tag in meinen Leben, Finch D'Angers! Und das hab ich dir zu verdanken.«

Der weißblonde Mann war gerührt. »Das ist noch gar nichts, Mädchen. Der Tag ist noch jung!«

Für den Moment war es, als hätte es besagte Nacht nie gegeben, und sie waren einfach gute Freunde.

Sie legten unterwegs eine Pause ein, machten ein Picknick an einem Fluss und tranken eine Flasche Weißwein, die Finch zuvor zwischen Ufersteinen im Wasser gekühlt hatte. Auch dies trug dazu bei, die Zerwürfnisse der letzten Wochen vergessen zu machen.

Clytie stieg der Wein ein wenig zu Kopf und machte sie mutig. »Finch, ich bedaure aufrichtig, was ich an dem Morgen, als wir das letzte Mal geredet haben, zu dir gesagt habe.«

»Keine Sorge, das habe ich schon wieder vergessen, Clytie. Ich bereue nichts.«

Sein Blick bohrte sich geradezu in den ihren. Clytie schlug das Herz bis zum Hals.

»Ich habe dich aus zwei Gründen hergebracht, Clytie. Erstens, um Emily Hobhouses Anliegen zu unterstützen. Aber auch, um mich der Verwirklichung meiner eigenen Träume näher zu bringen.«

»Und die wären?«

»Das wirst du heute Abend schon selbst sehen«, war alles, was der Hugenotte dazu sagte. »Aber einen Hinweis will ich dir noch geben: Es ist etwas, das ich in Hope nie realisieren könnte – ich werde den Staub von meinen Schuhen schütteln und mich wieder auf den Weg in die weite Welt machen müssen.«

»Du willst Hope verlassen und weggehen?«, fragte die junge Artistin erschrocken.

»Hast du je daran gezweifelt? Jemanden wie diesen Councillor Twyman und Marj Hornerys Klatschbrigade kann ein Mann nur eine begrenzte Zeit ertragen – ich zumindest. Keine Ahnung, wie es Doc Hundey hier aushält.«

Clytie lächelte bitter.

»Dann bist du also aus demselben Holz geschnitzt wie Rom Delaney. Komisch, ich hätte dich nicht für einen unzuverlässigen Abenteurer gehalten.«

»Aber du kennst mich nicht, Clytie. Meine D'Angers-Vorfahren waren in ganz Europa unterwegs, wo immer man ihnen vor der Verfolgung Zuflucht gewährte. Zuerst die Normandie, dann das Languedoc, Norddeutschland, die Niederlande und schließlich London. Mein Vater war Fotograf, und ihn hat die Abenteuerlust nach Australien geführt – um den halben Erdball.«

»Aber du bist am Ende in Südafrika gelandet.«

»Ja, als Lehrling meines Vaters. Und das bringt mich auf

das kleine Geschenk, das ich dir aus Dank für dein Vertrauen in mich überreichen will – auch wenn ich dein Vertrauen zu dem Zeitpunkt gar nicht verdient hatte.«

Er holte ein kleines Päckchen hervor, das mit einer bunten Schleife zugebunden war. Zum Vorschein kam ein mit Samt besetzter Doppelrahmen, der sich aufklappen ließ wie ein Buch. Clytie tat es beinahe ängstlich – sie fürchtete sich vor dem, was er enthalten mochte –, und als sie ihn aufklappte, schnappte sie verblüfft nach Luft. Zwei Fotografien befanden sich darin, Seite an Seite in zwei Rahmen. Auf dem einen war sie selbst. Und auf dem anderen Rom Delaney – er trug eine Offiziersuniform! Dieses Foto hatte sie noch nie gesehen.

»Das kann nicht stimmen! Rom trägt die Uniform eines australischen Offiziers – sein Hut ist mit Emufedern geschmückt!«

»Die Uniform ist echt. Aber Roms Beförderung war nur ein kleiner Witz. Er hat einen Offizier der Queensland Mounted Infantry beim Kartenspielen geschlagen. Der Mann hatte nichts mehr, was er hätte einsetzen können, also hat Rom ihn zum Scherz dazu überredet, ihm für ein paar Stunden die Uniform auszuborgen. Ich habe einen Fotografen dafür bezahlt, mir für eine Stunde seine Ausrüstung zur Verfügung zu stellen, und dann haben wir dieses Foto gemacht – irgendwo in den Korridoren des Hospitals. Ich hab's gut hingekriegt, das muss ich selbst zugeben. Schau dir Roms Augen an – dem sitzt der Schalk im Nacken. Als wollte er den Betrachter auffordern, mit ihm über diesen Spaß zu lachen!«

»Ja, es stimmt, er lacht uns aus.«

»Und irgendwie hat eine Kopie dieses Fotos ihren Weg hierher nach Australien gefunden – der Stoff von Legenden!«

Clytie lachte zittrig. Sie klammerte sich an dem Fotorahmen fest, um das Beben ihrer Hände zu verbergen.

»Ich begreife das nicht. Wie kommst du an dieses Foto?«

Finch zögerte, ehe er gestand: »Ich habe es vor ein paar Wochen erhalten, von einer sehr netten jungen Krankenschwester, Heather McQueen, die uns beide, Rom und mich, in Johannesburg gepflegt hat. Sie hatte meine Adresse, weil ich ihr geschrieben hatte, dass ich gut angekommen sei. Sie wollte, dass Roms Angehörige das Foto erhalten.«

»Seine Angehörigen? Aber das hieße doch …« Clytie stockte. Sie fürchtete sich davor, es auszusprechen – und noch mehr vor der Antwort.

Finch versuchte, sie abzulenken.

Er zeigte auf die andere Fotografie. »Und was hältst du davon?«

Clytie musterte das Porträt von ihr selbst. Sie saß mit einem träumerischen, entrückten Ausdruck auf den Verandastufen vor ihrem Haus. Sie trug ihre hübscheste Gibson-Girl-Bluse und den kessen Rock und hatte wegen der Hitze ihre Krawatte ein wenig gelockert. Ihre Lockenpracht war lässig auf dem Kopf aufgetürmt. Shadow lag zu ihren Füßen und blickte grimmig in die Kamera.

»Ich hab ein Loch im Strumpf, und meine Frisur sieht ganz schlampig aus.«

Finch schnaubte. »Weiber! Ihr seid euer eigener schlimmster Feind. Dieses Foto ist ein Kunstwerk.«

»Ja, es ist wirklich gut gemacht«, gestand Clytie ein wenig kleinlaut. »Wie hast du das geschafft, ohne dass ich was gemerkt habe?«

»Ein Wunder, zugegeben. Ich musste es mehrmals versuchen, weil Shadow nicht lange genug stillhielt. Aber du warst so in Gedanken versunken, dass du es nicht mal bemerkt hättest, wenn dein Häuschen hinter dir abgebrannt wäre.«

»Dann hast du dir also von deinem ersten Monatslohn von Jantzen eine Fotokamera gekauft? Ich nehme an, du wirst deinen alten Beruf wieder aufnehmen wollen, wenn du Hope verlassen hast?«

»Ich habe die Kamera gebraucht gekauft, in Bitternbird. Aber nein, werde ich nicht, das liegt hinter mir. Für die Zukunft hab ich andere Pläne. Komm, wir sollten aufbrechen, oder wir kommen noch zu spät.«

Das Konzert war eine Offenbarung. Eine Mischung aus Musik- und Gesangsdarbietungen, Diapositiven und Filmausschnitten aus dem Biorama der Heilsarme, die mit ihrem Programm auf Tournee war und die südafrikanischen Frauen und Kinder ebenfalls unterstützen wollte. Angeführt von Brigadier Joseph Perry, seiner Frau und seinen Söhnen, die alle zu den neu gegründeten Limelight-Studios gehörten, waren sie im ganzen Land unterwegs, um ihre gute Sache zu fördern – und die neue Filmindustrie bekannter zu machen.

Clytie sah die Aufnahmen der Limelight-Crew von den Föderationsfeierlichkeiten im Centennial Park von Sydney im Jahre 1901 zum ersten Mal. Es war verblüffend gut gemacht. Finch flüsterte ihr begeistert Erklärungen zu – wie Perry die Kameras an mehreren Standorten hatte aufstellen lassen, um die besten Momente von der Parade, dem Aufmarsch Tausender Uniformierter und zahlreicher Kapellen festzuhalten, ebenso wie die Kutsche des frischgebackenen Generalgouverneurs seiner Majestät sowie die Fahrzeuge und Gesichter anderer australischer Würdenträger. Perry und seine Assistenten hatten sogar eine fahrbare Kamera aufgebaut, mit der sie das Geschehen mobil verfolgen konnten.

So verblüfft Clytie über das alles auch war, sie musste immer wieder Finch anschauen. Sein Gesicht war wie verwandelt: Ja, diese neue Technik war wirklich sein Lebenstraum, das war unübersehbar. Er wirkte wie ein Kind, vor dessen Augen sich ein Wunder vollzog.

Die Opernarien und Klavierstücke schien Finch nur wie im Traum wahrzunehmen. Nicht einmal die komödiantischen Vorführungen von örtlichen Künstlern, die stolz darauf waren, in diesem illustren Zirkel brillieren zu dürfen, konnten ihn aus seiner Versunkenheit reißen. Doch als am Ende des Abends der Spendenkorb herumging, kratzte der große Hugenotte jeden Schein und jede Münze zusammen, die er bei sich hatte.

Clytie beugte sich zu ihm hin und berührte ihn am Arm. »Danke – für alles.«

Er wandte ihr sein Gesicht zu, und seine Lippen streiften ihre Wange. Da schien er endlich zu sich zu kommen und sah sie wie aus weiter Ferne an – eine Distanz, die sich scheinbar nicht mehr überbrücken ließ.

Er half ihr wortlos in den Wagen und deckte sie fürsorglich zu, denn die Nächte konnten sehr kalt werden.

Im Osten begann sich der Horizont zu lichten wie die Ouvertüre vor der eigentlichen Vorstellung: einem neuen heißen Sonnentag. Finch lenkte die Lady sicher über die kurvenreiche Landstraße. Vor ihnen tauchte ein Wegweiser auf: *Hope – 6 Meilen.*

»Wir sind auf der Zielgeraden«, verkündete er.

Er gab sich Mühe, den Schlaglöchern auszuweichen, die sich nach einem nächtlichen Regenguss mit Wasser gefüllt hatten, und war fest entschlossen, Clytie an ihrem Häuschen abzuliefern, ehe er, nach einer Nacht ohne Schlaf, seine

Arbeit bei Sonny aufnahm und den Wagen sicher wieder in die Garage zurückbrachte.

Clytie beobachtete Finchs Bewegungen, seine konzentrierte Miene. Wie seltsam, hier neben ihm zu sitzen, wie zwei alte Freunde, und dabei doch immer wieder an die Intimitäten denken zu müssen, die sie miteinander geteilt hatten. Insbesondere seine schönen, schlanken Hände mit denen er das Steuer führte, erinnerten sie an die Nacht, die nie stattgefunden hatte.

Finch hält sich ja nur an unsere Abmachung – warum bin ich dann so unzufrieden?

»Du frierst ja. Warte, ich gebe dir meine Jacke.«

Er zog an der Bremse, und das Vehikel kam zitternd und schnaubend zum Stehen. Er schlüpfte rasch aus seinem Mantel.

»Nicht, Finch, ich hab doch meinen Umhang.«

»Doch, ich bestehe darauf. Du bist empfindlicher als ich.« Er wickelte sie in seinen Mantel, und obwohl sein Gesicht dem ihren dabei sehr nahe war, wich er ihrem Blick aus.

Er warf das Automobil rasch wieder an, und sie fuhren weiter im dämmrigen weichen Licht des frühen Morgens, das wegen des Morgennebels schwächer war als Mondschein.

»Was hältst du von der Leistung der Lady?«

»Beeindruckend. Aber mir ist ein Pferd trotzdem lieber«, entgegnete Clytie unbekümmert.

»Gut gebrüllt, Löwe!«, meinte Finch anerkennend. »Aber dieses Fahrzeug ist das erste seiner Art. Der Erfinder steht noch am Anfang. Er wird die Lady mit der Zeit immer mehr verbessern und perfektionieren.«

»Das klingt ja fast, als ob es sich um eine echte Frau handeln würde.«

»Nun ja, mit deren ›Entwicklung‹ ist Gott ja auch noch nicht fertig.«

Der Hugenotte stimmte sein Lieblingslied an: »Sarie Marais.«

»Würde mich nicht wundern, wenn das eines Tages die südafrikanische Nationalhymne werden würde«, bemerkte er. »Es ist viel mehr als nur ein Liebeslied. Es steckt sehr viel Bitterkeit der Buren darin – Ressentiments gegen die Briten vor allem. Es wird viele Generationen dauern, um das zu überwinden.«

»Wie lautet das Lied denn in unserer Sprache?«

»Sag nicht, dass ich dich nicht gewarnt hätte!«, meinte Finch, ehe er zu singen anfing. »Die Engländer sind wie Krokodile, sie ziehen einen immer ins Wasser hinab.« Clytie wusste jetzt, was er mit der Bitterkeit der Buren meinte.

Mit leiser Stimme sang der Hugenotte die letzte Strophe: »Die Befreiung kommt, und ich kehre in mein geliebtes Transvaal zurück, wo die eine, die ich liebe, mich mit einem Kuss erwartet.«

Er warf Clytie einen Blick zu. Die war sich nicht sicher, ob sie ihn richtig verstand, und wagte eine Frage.

»Ich weiß, es geht mich eigentlich nichts an, Finch, aber jetzt, wo du wieder weißt, wer du bist, gibt es eine Frau, die daheim auf dich wartet? Bist du nur noch wegen deines Versprechens hier?«

Finch hielt den Blick resolut auf die holperige Straße gerichtet. Seine Stimme klang ein wenig heiser, als er sagte: »Ich bin jetzt nicht länger wegen dieses Versprechens hier.«

»Das, was am Ende der Vorstellung …«, begann sie.

»Das war doch bloß ein Kuss auf die Wange!«, schimpfte er. »Ich war hingerissen von diesem Tenor, der die Arie aus *Les Huguenots* gesungen hat, nichts weiter.«

»Ich wollte mich ja gar nicht beschweren, ich habe nur …«

Finch zog knirschend an der Bremse, und der Wagen kam abrupt zum Stehen.

»Clytie Hart, würdest du mir wenigstens einmal zuhören? Ich bin kein Schuljunge. Ich bin ein Mann. Und kein Mönch. Vor dem Krieg hatte ich so gut wie jede Woche eine Frau im Bett. Wir hatten Spaß – aber es war nichts Ernstes, und ich habe auch keiner Versprechungen gemacht. Und jetzt muss ich ausnahmsweise meinen Schwur brechen und doch noch einmal über diese eine Nacht reden. Die Sache ist die: Ich habe das Ganze vollkommen falsch angefangen, ich hab sozusagen den Karren vors Pferd gespannt – zuerst die Lust, die Leidenschaft und dann die Werbung. Aber dazu gab es nie mehr eine Gelegenheit. Ich habe nie richtig um dich geworben, die Romantik ist auf der Strecke geblieben. Mein Gott, ich habe dich ja beinahe mit Gewalt genommen.«

»Nein. Ich habe mich nicht gegen dich gewehrt, Finch. Wenn du mir wirklich Gewalt angetan hättest, dann säßest du jetzt bereits im Zuchthaus.«

»Ich will dir doch nur erklären, warum ich so den Kopf verloren habe«, brach es aus Finch hervor. »Ich hatte Angst – die hab ich noch immer. Begreifst du nicht? *Ich war noch nie richtig verliebt.* Noch nie.«

Clytie starrte ihn verwundert an.

Finch ließ eilig wieder den Wagen an. »So, jetzt weißt du's. Reden wir nicht mehr davon.«

Er fuhr so schnell, dass Clytie sich an dem festhalten musste, was ihr in die Finger kam, wenn er quietschend um die Kurven bog. Ihre Gedanken waren in Aufruhr.

Was soll ich jetzt machen? Es gut sein lassen? Wohl kaum. Nicht nach so *einem Geständnis.*

Als sie über die Brücke nach Hope fuhren, tauchte die

Sonne wie ein Feuerball hinter dem Horizont auf. Sie kamen erneut an einem windschiefen Schild vorbei, auf dem stand: *Willkommen in Hope.*

Die Main Street kam in Sicht, und Clytie machte sich auf viele neugierige Gesichter gefasst. Doch seltsamerweise fand ihr Automobil kaum Beachtung. Alles, was Beine hatte, ob jung oder alt, rannte oder hinkte den Kirchberg hinauf – in Richtung Friedhof.

»Finch, halt an! Da muss irgendwas Schlimmes passiert sein!«

Clytie stand aus dem Sitz auf und spähte den Hang hinauf.

»Die haben sich um ein Grab gesammelt. Diesen Baum da kenne ich doch!«

Vor Schreck nach Luft schnappend stolperte sie aus dem Wagen und den Berg hinauf, wobei sie immer wieder beinahe hinfiel und sich wieder hochrappelte. Finch war sofort bei ihr und fing sie auf, half ihr weiter. Von der Menge, die sich auf dem Friedhof zusammenrottete, kamen seltsame Laute.

Als Sergeant Mangles eintraf, wichen die Leute zurück und ließen ihn durch. Sein Blick fiel auf die Kinder, und er rief streng: »Ihr habt hier nichts verloren! Geht sofort heim zu euren Müttern!«

Einige Frauen wandten sich beschämt ab und scheuchten ihre Kinder mit sich.

Erst da sah Clytie die Frau, die ein wenig erhöht über der Menge stand. Ihr Kopf hing herunter, und ihr Kinn ruhte auf ihrer Brust, wie in einer Andacht.

Sie muss sich auf einen Grabstein gestellt haben.

Finch vertrat Clytie den Weg. »Nicht, es ist zu spät. Du kannst nichts mehr machen.«

Er versuchte, ihr Gesicht wegzudrehen, aber sie riss sich los und kämpfte sich nach vorn.

Und da sah sie es.

Schwester Bracken stand nicht auf einem Grabstein. Sie hing an einem Strick von einem Ast und schaukelte sacht im Wind. Ihre Füße baumelten über dem Grab des kleinen Robert.

43

Schwester Agnes Mary Bracken durfte nicht in Frieden ruhen.

Die Nachricht, dass sie sich erhängt hatte – oder erhängt worden war? –, verbreitete sich im Städtchen wie ein Buschbrand: Es war, als wäre der Wipfel eines Gummibaums explodiert, und die Flammen würden nun von einer Baumkrone zur nächsten hüpfen. Die Frage in aller Munde lautete: War es Selbstmord? Oder Mord?

Clytie stand da wie vom Donner gerührt, Finch an ihrer Seite, den sie nur halb wahrnahm. Die Leute zerfielen in aufgeregt schwatzende Grüppchen. Man spekulierte über das Kommende – es würde eine amtliche Untersuchung stattfinden, und ein Coroner der Krone würde über die Todesursache befinden müssen. Die Beerdigung konnte erst dann stattfinden, wenn die Geschworenen zu einem Ergebnis gelangt waren. Wenn es Selbstmord gewesen war, würde die Leiche nicht in geweihtem Boden bestattet werden können. Und wenn die Jury ein Fremdeinwirken feststellte, würde der oder die Schuldige möglicherweise während der Anhörung gefunden – und des Mordes angeklagt werden. Ein solches Ereignis konnte sich die Bevölkerung der kleinen Stadt natürlich nicht entgehen lassen.

Finch, der sich Sorgen um den Doktor machte, der bekanntermaßen im Konflikt mit Schwester Bracken gestanden hatte, war fest entschlossen, Clytie so gut wie möglich abzuschirmen. Er betrachtete sie liebevoll.

Sergeant Mangles befahl, dass die Leiche in den Keller des Hotelgasthofs gebracht werden solle.

»Wieso ins Diggers' Rest?«, fragte Finch Clytie leise.

»Dort gibt es einen Eiskeller – der kühlste Ort in der Stadt. Seit dem Goldrausch werden dort Autopsien durchgeführt.«

Clytie dachte schaudernd an die paar Male, als Mrs Yeoman ihr befohlen hatte, in den Keller zu steigen, um eine spezielle Flasche Wein heraufzuholen.

Nun erschien auch der Arzt vor Ort. Clytie war erschrocken über sein Aussehen – er wirkte grau und eingefallen. Kein Wunder, denn er kannte die Schwester gut, hatte jahrelang eng mit ihr zusammengearbeitet. Als einziger Mediziner der Stadt oblag ihm nun die Obduktion der Leiche. Er würde sich zweifellos die ganze Nacht im Eiskeller des Hotels einschließen und Hope am nächsten Morgen das Ergebnis seiner Untersuchung mitteilen.

Clytie und Finch folgten mechanisch der Prozession, die sich den Berg hinab auf den Weg machte. Aus den Gesprächsfetzen, die sie dabei auffingen, war zu entnehmen, dass es durchaus üblich war, dass die gerichtliche Anhörung noch am selben oder am nächsten Tag stattfand, sobald der Coroner aus Bitternbird eingetroffen war.

Councillor Twyman hatte sich vor dem Diggers' Rest aufgebaut und wandte sich an die versammelte Menge. Er strich dabei immer wieder wichtigtuerisch über seine goldene Uhrenkette, als wäre sie die Insignie seiner Amtswürde (er versuchte seit Jahren, das Amt des Bürgermeisters zu ergattern).

»Liebe Bürgerinnen und Bürger! Dies ist ein schwarzer Tag in der Geschichte unserer geliebten Stadt! Es muss ohne Zögern gehandelt werden, und eine gerichtliche Anhörung muss stattfinden. Da der alte Coroner aus dem Amt ausgeschieden ist und noch kein neuer ernannt wurde, werde ich als einer der Friedensrichter von Hope in diesem Fall das Amt provisorisch übernehmen! Ich werde diesen Todesfall untersuchen, der allein von seiner Natur her Verdacht erregen muss. Schwester Agnes Mary Bracken verdient im Tode ebenso wie im Leben unseren Respekt und unsere Hochachtung. Es wird zweifellos nötig sein, viele Zeugen aufzurufen. Deshalb wird die amtliche Untersuchung im Mechanics Institute stattfinden.«

In der Menge breitete sich unbehagliches Gemurmel aus. Clytie hörte den einbeinigen Käpt'n Kidd, einen ehemaligen Minenarbeiter, zu einem Kameraden sagen: »Ist ja wieder mal typisch, dass sich Twyman dieses Amt unter den Nagel reißt. Der lässt doch keine Gelegenheit aus, um sich aufzuplustern.«

»Ja, und um Doc das Leben schwer zu machen. Der hat's doch darauf abgesehen, ihn aus Hope zu vertreiben.«

»Ist das möglich?«, fragte Clytie erschrocken. »Darf er das?« Sie blickte ängstlich zu Finch auf. Die junge Frau musste an Mary Macs Anschuldigung denken, dass Twyman beim ungeklärten Tod seiner Frau einer Mordanklage nur knapp entgangen war.

»Wen interessiert's, was dieser Twyman denkt? Was für ein aufgeblasener Gockel!« Finch zuckte verächtlich mit den Schultern, aber so leicht ließ sich Clytie nicht täuschen.

»Du weißt mehr, als du zugeben willst, stimmt's? Über den Doc und über diese Sache? Warum sagt mir nie einer was? Ich bin doch kein Kind!«

»Es wird sowieso bald alles rauskommen«, meinte Finch mysteriös. Er musterte Clytie mit einem durchdringenden, intensiven Ausdruck, der die junge Frau veranlasste, ihre Augen niederzuschlagen. Er nahm sie beim Arm. »Im Moment können wir sowieso nichts mehr tun. Der Doktor wird die Nacht wohl im Keller verbringen müssen. Er darf sich keinen Fehler erlauben – wenn die Alternative entweder Selbstmord oder Mord ist. Komm, ich bringe dich nach Hause. Du hast einen Schock – du zitterst ja.«

»Ja, ich hab tatsächlich weiche Knie«, gestand Clytie und war froh, als er den Arm um sie legte, um sie zu stützen. Ihr war sehr bange. Der Anblick der Toten würde sie sicher die ganze Nacht lang verfolgen und schlafen unmöglich machen.

Als sie das Haus erreichten, sah sich Clytie verpflichtet, die gute Gastgeberin zu spielen, aber davon wollte Finch nichts wissen. Er zündete die Kerosinlampe an, machte ein Feuer im Ofen und setzte Clytie in einen Sessel am Kamin, wo sie es warm hatte. Anschließend setzte er Tee auf, spießte ein paar Brotscheiben auf eine Feuerzange und röstete sie über dem Kaminfeuer.

»Du musst eine große Stütze für deine Mutter gewesen sein«, bemerkte Clytie, um sich von ihren verstörenden Gedanken abzulenken.

»Ich hatte leider nie die Gelegenheit dazu – sie starb bei meiner Geburt. Die anderen Kinder haben mich damit getriezt, dass ich meine Mutter getötet hätte.«

»Großer Gott, Finch, das ist ja schrecklich!«

»Ach, das ist alles lange her«, meinte der große Hugenotte wegwerfend. »Wichtig ist, wie es morgen laufen wird. Twyman wird kein unvoreingenommener Coroner sein. Er hat selbst keine weiße Weste – er soll seine Frau regelmäßig verprügelt haben.«

»Es ist sogar noch schlimmer, Finch. Doc Hundey hat die Autopsie bei Twymans Frau durchgeführt – und sich geweigert, den Tod als Unfall zu deklarieren. Der Coroner und die Jury sind zu keinem Ergebnis gekommen. Die Sache wurde als ungeklärt zu den Akten gelegt.«

Finch machte ein überraschtes Gesicht.

Clytie erschauderte. »Glaubst du, der Minenarbeiter hat recht? Ist Twyman wirklich darauf aus, sich an Doc Hundey zu rächen?«

Mit einer Zuversicht, die er nicht wirklich empfand, sagte Finch: »Das wird ihm nicht gelingen. Der Doc ist der wahre Held dieser Stadt.«

Er schenkte frischen Tee ein. »Versteh mich nicht falsch, Clytie. Aber ich werde am besten wieder herkommen, wenn ich die Lady bei Sonny abgeliefert habe. Ich werde heute Nacht hier Wache halten, damit du ruhig schlafen kannst. Ich werde mich an den Kamin setzen, und Shadow wird mir Gesellschaft leisten.«

»Danke, aber ich komme schon zurecht.«

»Es ist keine Schwäche zuzugeben, dass man unter Schock steht, Mädchen! Selbst ein friedvoller Tod ist nicht leicht zu verdauen – und der Anblick von Schwester Bracken war alles andere als das. Das würde jeden verfolgen, glaub mir.«

»Ich weiß, du meinst es nur gut, Finch. Aber ich möchte heute Nacht einfach allein sein.«

»Wie du willst. Dann werde ich eben in der Scheune schlafen. Aber ruf mich, wenn du was brauchst. Ich werde ohnehin kein Auge zukriegen.«

Clytie verbrachte eine schlaflose Nacht. Zitternd vor Nervosität saß sie am Ofen und trank stumm eine Tasse Tee nach der anderen, den stillen Shadow an ihrer Seite. Sie musste ständig an die tote Krankenschwester denken und was sie gesagt und getan hatte. Clytie hatte das dumpfe Gefühl, dass der Arzt etwas mit ihrem Tod zu tun haben könnte – oder zumindest auf irgendeine Weise dazu beigetragen hatte.

Am nächsten Morgen stellte sie überrascht fest, dass Finch schon wieder weg war. Sie wusste selbst, wie unvernünftig ihre Reaktion war – gestern Abend hatte sie ihn gegen seinen Willen gebeten zu gehen, und jetzt ärgerte sie sich darüber, dass er ihr sozusagen ihren Wunsch erfüllt hatte! Trotzdem, sie wäre an diesem Morgen froh um seine Gesellschaft gewesen.

Sie machte sich mit Shadow auf den Weg zum Mechanics Institute, vor dem sich bereits mehrere Menschengruppen versammelt hatten und auf Einlass durch den Hausmeister warteten. Sie ging zwischen ihnen herum und schnappte hier und da Gesprächsfetzen auf. Offenbar hatten viele Leute an diesem Morgen einen Zettel mit einer anonymen Botschaft auf der Hausmatte gefunden. Man verglich die Mitteilungen, und die Aufregung wuchs.

Clytie bekam zwar nicht alles mit, aber genug. Einige der Botschaften waren mit ungeschickter Hand und in sehr schlechtem Englisch verfasst worden, andere machten kein Hehl daraus, was – beziehungsweise *wer* – Schwester Bracken in den Tod getrieben hatte. Der anonyme Briefeschreiber war großzügig mit beiden Theorien hausieren gegangen – Selbstmord oder Mord.

Ich zähle offenbar nicht, denn ich habe keinen anonymen Hinweis bekommen.

Shadow bezog wie immer vor dem Institut Wachtposten, und Clytie betrat das Gebäude. Der Saal war fast bis auf den letzten Platz besetzt, meist Männer, aber auch viele Frauen und einige der älteren Kinder, die darauf brannten, einen Mörder präsentiert zu bekommen.

Clytie setzte sich auf eine Bank ganz hinten, wo sie sich an die Rückwand des Saals lehnen und das Geschehen möglichst unbeachtet verfolgen konnte. Sie wünschte, Finch wäre hier. *Vergiss, was ich gesagt habe, Finch, ich brauche dich jetzt!*

Ein paar Reihen vor ihr saß Goldtooth Fred. Der schwerhörige irische Minenarbeiter redete überlaut auf den neuen katholischen Pfarrer, Father Collins ein, der sich der Gemeinde vor Kurzem zugesellt hatte. Er erklärte ihm die Verbrechensgeschichte von Hope.

»Wissen Sie, Father, früher, in den Fuffzigern und Sechzigern, während des Goldrauschs, da gab's hier fast jeden Tag Mord und Totschlag. Keiner war überrascht, wenn von einem Tag auf den anderen ein Digger verschwand und man dann Monate später seine verweste Leiche in einem alten Schacht fand.«

»Zweifellos ein Opfer des ›Teufels Alkohol‹«, bemerkte der junge Pfarrer milde.

»Ach nee, da irren Sie sich, Father. Die hatten meist 'ne Kugel im Kopf oder ein Messer im Rücken. Damals gab's hier weit und breit keinen Gendarmen – die Leute mussten das Gesetz selbst in die Hand nehmen. *Digger-Justiz* haben wir das genannt.«

Father Collins wusste nicht recht, was er dazu sagen sollte.

Fred seufzte wehmütig. »Ach, die guten alten Zeiten!«

Der Pfarrer sagte mit diskret gesenkter Stimme zu dem alten Digger: »Fred, ich habe Sie noch gar nicht bei uns im Gottesdienst gesehen. Sie sollten doch einmal vorbeikommen und vielleicht eine Beichte ablegen. Um Ihr Gewissen in Bezug auf … auf diese Digger-Justiz zu erleichtern, hm?«

»Och, nich nötig, Father. Ich bin ein Proddie, ein Protestant, ich muss nich zu euch zur Beichte.«

Der Pfarrer zögerte, doch dann gab er dem alten Schürfer die Hand. »Nun gut, aber es hat mich gefreut, Sie kennenzulernen, Fred. Sagen Sie, was halten Sie von Doktor Hundey?«

»Sie werden hier in Hope keinen finden, der ein schlechtes Wort über den Doc zu verlieren hat, Father. Was diesen Twyman angeht – es gibt hier kaum jemanden, der ein *gutes* Wort über den zu sagen hätte!«

Clytie musste grinsen, wurde aber schnell wieder ernst, denn sie dachte an das, was Finch gestern gemeint hatte.

Der Saal war voll. Ganz vorn in der ersten Reihe saß die junge Herrschaft, Mr und Mrs Jantzen. Noni trug einen ausladenden, mit Straußenfedern geschmückten Hut, den sie zweifellos in der sogenannten Pariser Meile von Melbourne gekauft hatte, der Collins Street. Clytie reckte den Hals und entdeckte noch mehr bekannte Gesichter, darunter die Bakers, Postmeisterin Hornery, den Uhrmacher Solomon Levi und Holy Maude, die ihren Hut mit Gänseblümchen geschmückt hatte.

Zu ihrer Überraschung entdeckte sie auch die Yeomans mit dem gesamten Personal, doch dann fiel ihr ein, dass der Hotelgasthof wahrscheinlich geschlossen war, solange sich die Leiche der Krankenschwester im Keller befand und das Urteil noch ausstand. Andere kannte sie nur vom Sehen. Neben dem Mittelgang saß Käpt'n Kidd mit seinem Holzbein, in das er die Namen sämtlicher verunglückter Minenarbeiter aus der Golden Hope geschnitzt hatte. Sie konnte selbst von ihrem Platz aus seine dröhnende Stimme hören; er unterhielt sich mit einem Fremden, offenbar ein Journalist vom *Bendigo Examiner*. Wie immer sang er ein Loblied auf die heldenhaften Taten des Doktors, der ihm beim Minenunglück letztes Jahr das Leben gerettet hatte.

»Ich und vier andere Kumpels, wir saßen einen ganzen Tag und eine ganze Nacht in diesem verschütteten Schacht fest. Wir glaubten schon, dass dies unser Grab werden würde. Boss Jantzen hatte uns aufgegeben. Aber nicht Doc Hundey! Mein Bein war unter den Trümmern begraben – zermatscht, da war nichts mehr zu machen. Aber der Doc hat uns rausgeholt und uns gerettet, mich und drei Kameraden. Mein Bein war beim Teufel – aber den Rest von mir hat der Doc wieder hingekriegt! Der Mann hätte eine Medaille verdient, er hat uns mit seinen eigenen Händen ausgegraben!«

Der Reporter hörte aufmerksam zu und machte sich Notizen. »Dieser Arzt scheint ja wirklich ein Held zu sein«, meinte er.

»Darauf können Sie einen lassen, junger Mann!«

Clyties Hals war wie zugeschnürt. Sie freute sich zwar, so viel Gutes über den Doktor zu hören, aber das Minenunglück war auch für sie der tragischste Moment in ihrem Leben gewesen. Sie hatte an diesem Tag ihren kleinen Sohn verloren und würde das Datum daher nie vergessen können. Es war der fünfte und letzte Tag im Leben des kleinen Robert gewesen. Sie sah sich hastig blinzelnd um, damit der Schmerz in ihrer Brust nicht überhandnahm. Ihr Blick fiel auf Long Sam, der ebenfalls ganz hinten saß, aber auf der anderen Seite. Die beiden winkten einander diskret zu.

Clytie reckte den Hals auf der Suche nach Doc Hundey oder Finch. Sie hoffte, dass auch Adelaide vielleicht kommen würde – trotz oder wegen ihrer Auseinandersetzung mit Schwester Bracken. Sehr viel hing vom Untersuchungsergebnis des Arztes ab. Die Krankenschwester konnte erst begraben werden, wenn der Coroner zu einem Urteil gekommen war.

Clytie erschauderte bei dem Gedanken an die Leiche der Krankenschwester, die jetzt im Keller des Hotels auf Eis lag. Das Wort »Selbstmord« machte flüsternd die Runde, aber einige Frauen wollten es nicht akzeptieren und schüttelten vehement die Köpfe.

Clytie musste mit einem schlechten Gewissen an die Auseinandersetzung zwischen Adelaide und der Schwester denken, zuerst im Krankenhaus und dann, noch heftiger, mitten auf der Main Street von Hope. Sie kam sich illoyal ihrer Freundin gegenüber vor.

Es muss Selbstmord gewesen sein – so unwahrscheinlich es auch sein mag. Was sollte es sonst sein?

In diesem Moment tauchte zu ihrer großen Erleichterung Finch auf und setzte sich neben sie.

Als er die dunklen Ringe unter ihren Augen sah, runzelte er die Stirn. »Hast du denn gar nicht geschlafen? Du siehst furchtbar aus.«

»Mit Komplimenten erreicht man bei mir gar nichts«, zischte die junge Artistin. »Nein, ich hab kein Auge zugetan. Ich weiß, es ist unvernünftig, aber ich fühle mich irgendwie mitschuldig an ihrem Tod – weil ich sie gehasst habe.«

»Wenn das reichen würde, um einen Menschen zu töten, dann befände sich die halbe Menschheit im Grab.«

Ohne sie anzusehen, nahm er ihre Hand und ließ sie nicht mehr los.

In diesem Augenblick trat der selbsternannte Coroner, Councillor Twyman, auf die Bühne und hielt eine wichtigtuerische Ansprache, die Ungeduld unter den Anwesenden auslöste. Viele rückten auf ihren Sitzen hin und her oder scharrten mit den Füßen. Clytie versuchte, sich den Mann so objektiv wie möglich anzusehen. Er war groß und untersetzt und hatte stechende kleine Augen. Er trug eine Goldrandbrille und ein kurzes Oberlippenbärtchen sowie einen kleinen Kinnbart. Schütteres schwarzes Haar und eine prahlerische Haltung vervollkommneten seine Erscheinung. Sein letzter Satz löste eine unbehagliche Stille aus.

»Als Coroner bin ich befugt, eine Jury von zwölf Geschworenen zu berufen. Falls ich es für nötig halte, kann die Leiche der Verstorbenen zum Zwecke der Aufklärung und Untersuchung hierhergebracht werden – *super visum corporis.*«

Den Leuten blieb die Spucke weg, als sie das hörten. Clytie warf Finch einen entsetzten Blick zu.

»Nun, das wird jedoch nicht nötig sein«, fuhr Twyman aufgeblasen fort, »da Doktor Robert Hundey ja bereits eine Leichenschau durchgeführt hat und uns die Ergebnisse seiner Untersuchung nun präsentieren wird.«

»Na, Gott sei Dank«, flüsterte eine Frau.

»Ich erwarte von allen Anwesenden während der Anhörung denselben Respekt wie in einem Gottesdienst.«

»Und was is mit uns Atheisten?«, murrte einer.

Clytie musste sich ein Taschentuch vor den Mund halten, und auch Finch maskierte mit einem Husten sein Lachen.

»Er hat nicht ganz unrecht«, meinte er leise.

Die männlichen Geschworenen nahmen ihre Plätze ein. Die meisten von ihnen waren örtliche Geschäftsleute, darunter der Bäcker, der Schmied und der Minenbesitzer, Boss Jantzen. Zum Vormann wurde, zu niemandes Überraschung, Pius James, Nonis Vater, ernannt.

Clytie konnte sich auf Finchs Kommentar keinen Reim machen. Er flüsterte ihr zu: »Sonny hätte einen Platz in der Jury verdient – aber vielleicht ist er auf diese Weise ja noch nützlicher.«

Twyman wollte den ersten Zeugen befragen. Im Saal wurde es vollkommen still.

»Ich rufe Doktor Robert A. Hundey auf, uns seinen Autopsiebericht über die Untersuchung der Leiche vorzutragen, die er auf Befehl von Sergeant Mangles direkt nach dem Auffinden vorgenommen hat.«

Clyties Blick fiel auf den Arzt, der seinen Bericht umklammert hielt, und ihr wurde angst um ihn. Er wirkte zutiefst erschöpft, mitgenommen und ausgesprochen nervös. Als er von Twyman angesprochen wurde, blinzelte er verwirrt, als wüsste er im ersten Moment nicht, wo er sich befand.

»Fürs Protokoll«, fuhr Twyman fort, »Sie sind ermächtigt, eine Autopsie vorzunehmen, Doktor, wenn Sie einen Doktortitel von einer Universität besitzen oder entweder in England oder Irland als Arzt zugelassen wurden. Oder von der Armee oder der Marine als Militärarzt. Ich kann davon ausgehen, dass einer oder mehrere dieser Umstände auf Sie zutreffen?«

Doc Hundey wurde bleich, nein, geradezu grau.

»Meine medizinische Qualifikation ist allseits bekannt, wie Sie selbst sehr wohl wissen, Sir. Ich bin seit zwölf Jahren Arzt hier in Hope – und habe in dieser Eigenschaft Hunderte von Autopsien vorgenommen.«

»Nun, so scheint es. Basierend auf Ihrer Qualifikation und ihm Lichte Ihrer medizinischen Kenntnisse – zu welchem Ergebnis sind Sie gekommen, Doktor? War es ein Selbstmord? Oder Tod durch Fremdeinwirkung, also Mord?«

»Es lässt sich im Nachhinein nicht mehr feststellen, ob sich Schwester Agnes Mary Bracken selbst erhängt hat oder ob möglicherweise nachgeholfen wurde. Ich kann nur eins mit Sicherheit sagen: dass der Tod durch Ersticken eintrat sowie durch Genickbruch während des Akts des Erhängens. Ich schätze die Todeszeit auf zwei bis drei Stunden vor dem Auffinden der Leiche auf dem Friedhof.« Er hielt inne. »Da mein Vater als Marinearzt gearbeitet hat, kenne ich mich ein wenig mit nautischen Knoten aus und konnte daher feststellen, dass der Knoten in diesem Fall laienhaft war.«

Seine Stimme brach. »Ich muss leider sagen, dass der Tod höchstwahrscheinlich nicht sofort eingetreten ist. Es fand wohl ein Todeskampf von mehreren Minuten statt, ehe Schwester Bracken schließlich erstickte – was in Fällen von Strangulierung leider nicht ungewöhnlich ist.«

Entsetzte Ausrufe. Der Coroner bat um Ruhe.

»Wer für Aufruhr sorgt, muss umgehend den Saal verlassen«, drohte er. Dann sah er den Arzt scharf an. »Habe ich Sie richtig verstanden, Doktor? Sie haben das Wort ›Strangulierung‹ benutzt. Soll das heißen, dass Schwester Bracken nicht etwa durch die eigene Hand starb, sondern möglicherweise ermordet wurde? Und man es so darstellte, dass es wie ein Selbstmord aussieht?«

Der Arzt zögerte gequält. »Ich habe keinerlei physischen Hinweis auf Fremdeinwirkung oder Zwang von außen gefunden, der eine Mordtheorie unterstützen würde. Dennoch kann ich eine solche Möglichkeit nicht ausschließen. Was ich mit Sicherheit sagen kann, ist, dass die Leiche an einem Ast über dem Grab eines Säuglings hing und unweit davon ein Grabstein stand, auf den sie gestiegen sein könnte, ehe sie sich erhängte – oder erhängt wurde.«

Twyman schoss förmlich aus seinem Stuhl.

»Wollen Sie damit sagen, dass es höchstwahrscheinlich Mord war?«

»Nein, das will ich nicht. Ich will nur sagen, dass sich nicht ausschließen lässt, dass es Mord gewesen sein könnte.

Ich kann nur das beurteilen, was sich physisch feststellen lässt. Ob Fremdeinwirkung eine Rolle spielte, lässt sich aufgrund der Verletzungen nicht sagen. Genauso wenig wie die Tatsache, ob bei dem Tod ein Zeuge anwesend war oder nicht. Und ob diese Person bei der Durchführung der Tat mitwirkte.«

Der Coroner musterte jedes einzelne Mitglied der Jury, ehe er sich wieder an den Saal wandte und eine letzte Frage stellte.

»Und Ihr Verhältnis zu Oberschwester Bracken war – wie soll ich es ausdrücken – nicht immer einvernehmlich?«

»Ich hatte große Hochachtung vor Schwester Bracken, die dem Krankenhaus über viele Jahre treu gedient hat. Aber wie in jeder beruflichen Beziehung gab es gelegentlich Meinungsverschiedenheiten in Bezug auf die beste Behandlung für den Patienten.«

»Verstehe. In Ihrem Bericht geben Sie als Todeszeitpunkt zwei bis drei Stunden vor dem Auffinden an.«

»Ja, das stimmt. So gut es sich eben feststellen lässt. Ich könnte mich auch um eine Stunde in die eine oder andere Richtung irren.«

»Sagen Sie, Doktor, als einziger Arzt in dieser Gegend ist Ihre Hilfe oft gefragt, und Sie sind praktisch Tag und Nacht unterwegs?«

»Sie wissen doch selbst, dass es so ist, Sir.«

»Dann können Sie den Geschworenen ja sicher genau sagen, wo Sie sich zum Zeitpunkt des Todes von Schwester Bracken aufgehalten haben.«

Clytie bemerkte, dass der Arzt bei diesen Worten heftig zusammenfuhr, als hätte er eine Ohrfeige erhalten. Seine Finger zuckten nervös. »Ich war an dem Tag allein zuhause, was nicht allzu oft vorkommt.«

»So scheint es. Aber waren Sie denn wirklich allein, Doktor? Wohnt nicht Ihre Schwester bei Ihnen, Miss Adelaide Hundey? Wie ich höre, lebt sie sehr zurückgezogen, aber sie wird doch sicher Ihre Anwesenheit bestätigen können?«

Doc Hundeys Gesicht wurde rot vor Zorn. »Meine Schwester Adelaide fühlt sich seit ein paar Tagen unwohl. Deshalb bin ich an dem Tag auch bei ihr geblieben. Ich habe ihr ein Beruhigungsmittel verabreicht, und sie schlief danach den ganzen Tag. Sie kann also nicht bestätigen, dass ich zuhause geblieben bin. Als der Botenjunge eintraf, den Sergeant Mangles zu mir geschickt hat, um mich zum Friedhof zu rufen, weil dort eine Leiche zu untersuchen sei, musste ich meine Schwester gezwungenermaßen allein zurücklassen.«

Die Stimme des Arztes überschlug sich und wurde ein wenig höher. »Mein Wort als Arzt und Gentleman sollte eigentlich genügen, Sir!«

»In der Tat. Das wäre vorläufig alles, Doktor.«

Clytie stellte fest, dass sie ihre Fingernägel in Finchs Hand gekrallt hatte, als sie merkte, in welche Richtung die Befragung lief.

»Das kann doch nicht sein! Dieser Twyman will den Doktor in eine Falle locken! Er will, dass er sich verhaspelt!«

»Diese ganze sogenannte Untersuchung ist eine Farce. Keine Sorge, es ist ein angesehener Journalist anwesend – mit dieser Schweinerei wird Twyman nicht davonkommen!«

Sie erhoben sich, um besser sehen zu können.

Nun wurde der neue Pfarrer, Father Sean Collins, aufgefordert, über den seelischen Zustand der Verstorbenen in den Wochen vor ihrem Tod Auskunft zu geben. Er sprach mit einem weichen irischen Dialekt, ließ jedoch keinen Zweifel an seiner Meinung.

»Ich kann bezeugen, dass Schwester Agnes Mary Bracken eine gläubige Katholikin war und sich niemals selbst das Leben genommen hätte – einfach undenkbar. Ein Selbstmord wäre vollkommen uncharakteristisch für eine so resolute Frau wie sie. Soweit ich es weiß, hat sie nie etwas Böses getan.«

»Sehr gut, Father, wir nehmen das zu Protokoll. Und dennoch …« Twyman räusperte sich und warf seiner Jury einen gereizten Blick zu. »Einige Mitglieder der Jury haben angedeutet, dass selbst ein gläubiger Katholik in einem Moment, in dem er nicht ganz bei sich ist, eine Kurzschlusshandlung begehen und sich selbst das Leben nehmen könnte. Sind Sie auch dieser Meinung, Father?«

»Nein, das bin ich *nicht*!«, rief der Pfarrer scharf aus. »Es ist nicht meine Aufgabe zu verallgemeinern, meine Aufgabe ist die Sorge um das Seelenheil meiner Schäfchen. Schwester Bracken hätte sich als gläubige Katholikin niemals das Leben genommen. Sie war jahrzehntelang als Buschschwester tätig und hat Leben *gerettet* – nicht genommen. Für mich wäre eine solche Tat undenkbar. Sie hätte ja die ewige Verdammnis riskiert!«

»Schwester Bracken war ein Mitglied Ihrer Kirchengemeinde, Father?«

»Ja, in der Tat.«

»Und als solche ist sie regelmäßig bei Ihnen zur Beichte gegangen?«

»In der Tat, das ist sie.«

»Gab es irgendwelche Anzeichen für eine außergewöhnliche Belastung? Etwas, das sie möglicherweise so mitgenommen haben könnte, dass sie zu so einer Tat schritt? Hat sie in der Beichte etwas angedeutet?«

»Das Beichtgeheimnis ist unantastbar, Sir, das wissen Sie

ebenso gut wie ich! Eine solche Frage könnte ich niemals beantworten.«

»Nun gut. Dürfte ich dann noch fragen, wie lange Sie die Verstorbene gekannt haben?«

Der Priester senkte den Kopf und murmelte etwas. Er war knallrot angelaufen.

»Habe ich Sie richtig verstanden, Father? Zwei Monate?«

»Ja, ganz recht, Sir.«

»Verstehe. Dann kannten Sie Schwester Bracken nicht wirklich. Das meiste, was Sie über sie wussten, kam vom Hörensagen. Danke, Father, das wäre alles.«

Twyman fuhr fort: »Wenn ich mich auf die Ergebnisse von Doktor Hundeys Untersuchung verlassen darf, dann starb Schwester Bracken durch Strangulierung – entweder selbst zugefügt oder durch Fremdeinwirkung. Dies legt zahlreiche Fragen offen. Ich rufe nun die Zeugen auf, die die Leiche entdeckt haben.«

Sergeant Mangles drückte sich umständlicher aus, als sonst im Umgang mit den Bürgern der Stadt.

»Um zehn nach sieben sind zwei Schuljungen bei mir auf dem Revier aufgetaucht. Der eine war Patrick Freebody, der andere sein Cousin aus Melbourne, Theo Freebody. Sie waren ganz außer Atem und teilten mir mit, dass sich auf dem Friedhof eine Frau erhängt habe. Ich hakte nach und stellte fest, dass es sich diesmal nicht um einen Dumme-Jungen-Streich handelte, wie ich sie leider allzu oft in meinem Polizeialltag erleben muss. Ich machte mich mit den beiden auf den Weg zum Friedhof, wo ich tatsächlich auf die Leiche von Schwester Agnes Mary Bracken stieß. Dass sie tot war, stand außer Zweifel.«

»Ist Ihnen sonst noch jemand aufgefallen?«, erkundigte sich der Coroner.

»Das lässt sich schlecht feststellen, weil in der Zwischenzeit bereits zahlreiche Gaffer eingetroffen waren, Sir. Aber mir ist niemand besonders aufgefallen. Ich machte mich sogleich daran, die Leiche vom Ast abzuschneiden. Die beiden Jungen habe ich zu ihren Eltern nach Hause geschickt.«

»Ihnen ist also sonst nichts Außergewöhnliches aufgefallen, Sergeant?«

»Doch, etwas war seltsam: Die Leiche hatte nur einen Schuh an, den linken. Ich habe alles nach dem anderen Schuh abgesucht, konnte ihn aber nicht finden. Mir fiel auf, dass der bloße Fuß Kratzer aufwies, wie auch Doktor Hundey in seinem Bericht notiert hat, ein Hinweis darauf, dass sie eine bestimmte Distanz barfuß gelaufen sein muss – beziehungsweise mit nur einem Schuh.«

Als Nächstes wurde Paddy Freebody aufgerufen. Der Sohn des Dorfschullehrers war zwölf, aber groß für sein Alter. Dennoch trug er, dem Brauch entsprechend, noch immer kurze Hosen. Die Treue zu seiner Heimatstadt drückte sich in seinem beigen Pulli aus, dessen V-Ausschnitt mit Goldfaden verbrämt war, dem Wahrzeichen der Stadt und der Kricketmannschaft von Hope.

»Wenn ich richtig verstehe, dann hast du, Patrick Freebody, den Wachtmeister geholt, weil du und dein Cousin auf dem Friedhof eine Leiche gefunden habt. Dein Cousin kann heute nicht hier sein, weil er erkrankt zu Bett liegt. Ist das richtig?«

»Er hat die Masern, Euer Ehren«, meinte Paddy ernsthaft, »sieht aus wie ein Streuselkuchen, der Arme.«

»Nun gut, dann braucht er natürlich nicht auszusagen. Und ›Sir‹ genügt, mein Junge. Ich bin noch kein Richter. Ähm. Und jetzt erzähl mal, wie sich die ganze Sache zugetragen hat.«

»Wir sind früh wieder aus der Schule weg, weil sich mein

Cousin nicht gut gefühlt hat. Er wollte so schnell wie möglich ins Bett, aber ich hatte meine Schleuder dabei und wollte ein paar Vögel abknallen. Wir kamen am Friedhof vorbei. Und da haben wir sie baumeln sehen – die Frau. Sie hing an einem Ast, und die Augen sind ihr rausgequollen, sie war ganz blau angelaufen und …«

»Das reicht, Patrick. Und dann seid ihr zu Sergeant Mangles gelaufen, ja?«

»Genau, Sir. Gibt's 'ne Belohnung?«

»Nein, es gibt keine Belohnung. Die Polizei zu verständigen ist eine Bürgerpflicht, Patrick. Aber sollte eure Mitteilung zur Ergreifung eines Mörders führen, könnte es gut sein, dass ihr von der Regierung eine kleine Anerkennung kriegt.«

»Danke, Sir!«

»Ist dir irgendwas aufgefallen, als du mit deiner Schleuder Vögel *abgeknallt* hast?«

»Auf dem Friedhof nicht, Sir. Aber ich hab Trottel Tibbut gesehen, der fuhr mit dem Ponywagen davon, den er immer nimmt, wenn er Besorgungen für Schwester Bracken macht – ich meine, bevor sie ins Gras gebissen hat.«

»*Trottel* Tibbut? Ist das sein richtiger Name?«, fragte Twyman zweifelnd.

Sergeant Mangles erhob sich mit schamroten Wangen. »Die Jungen haben nicht erwähnt, dass sie Donald Tibbut wegfahren sahen, Sir.«

»Nun gut. In diesem Fall muss ich natürlich mit Donald Tibbut sprechen. Er muss sogleich vorgeladen werden, damit er eine Aussage machen kann – wo immer er auch sein mag.«

»Ich bin hier!«, rief jemand von hinten.

Tibbut wurde sogleich nach vorn gerufen.

Clytie kannte ihn vom Krankenhaus. Ein harmloser junger Mann von unbestimmtem Alter, groß und etwas schwerfällig. Er war Schwester Brackens Laufbursche. Sein rasierter Schädel wies mehrere bleiche Narben auf. Er wollte bereitwillig Auskunft erteilen, schien das Konzept der Vereidigung auf die Bibel aber nicht zu verstehen. Twyman beschloss, nicht weiter darauf zu beharren.

Tibbut beantwortete alle Fragen gewissenhaft und einsilbig. Dabei drückte er die ganze Zeit eine große Papiertüte an seine Brust. Ja, er sei seit mehreren Jahren für Schwester Bracken tätig und bekäme dafür freie Unterkunft und Verpflegung. Er liefere Sendungen aus, hole ihre Post ab, kümmere sich um den Gemüsegarten des Krankenhauses und sammle morgens die Hühnereier ein.

Bei der Frage, wann er Schwester Bracken zum letzten Mal gesehen habe, überlegte er sorgfältig.

»Als sie noch gelebt hat, meinen Sie? Sie ist doch jetzt im Himmel, oder?«

»Ja, gewiss. Als sie noch am Leben war, Donald.«

»Gestern, im Krankenhaus. Als die Dame vorbeigekommen ist.«

»Welche Dame war das, Donald?«

»Weiß ich nich. Ich will keine Schwierigkeiten.«

»Du bekommst bestimmt keine Schwierigkeiten, Donald. Also, sprich, wer war diese Dame?« Der Coroner winkte den Burschen zu sich. »Ist sie heute auch hier im Saal?«

»Kann ich nich sagen!«, heulte der Junge. »Ich bin doch bloß hergekommen, um das hier zurückzugeben.« Er übergab Twyman seine Tüte. »Ich hab nichts gestohlen! Ich hab ganz bestimmt nichts gestohlen!«

Twyman sah in die Tüte hinein und holte einen Damenschuh hervor.

»Ah, das ist Schwester Brackens Schuh, nicht wahr? Gut, sehr gut. Gut, dass du ihn hergebracht hast, Donald. Wo hast du ihn gefunden?«

»Auf der Straße. Nachdem die Schwester weg war. Sie hat gesagt, sie geht jetzt zu den Engeln.«

Ein Aufkeuchen lief durch den Saal. Eine Frau rief: »Um Gottes willen!«

Twyman schien dieser Verlauf der Dinge gar nicht zu passen, und er wechselte rasch das Thema. »Überleg sorgfältig, Donald. Du hast gesagt, eine Dame hätte Schwester Bracken besucht. Das war wahrscheinlich die Person, die die Schwester zum letzten Mal lebend gesehen hat. Bitte schildere, was vorgegangen ist, ich verspreche dir, dass du nicht in Schwierigkeiten kommst.«

»Hä?«, fragte der junge Mann verständnislos.

»Ich meine, worüber haben sie geredet? Konntest du das hören?«

»Das Fenster war offen. Sie haben sich angebrüllt. Die Schwester hat gesagt: ›Rom Delaney lässt mich einfach nicht in Frieden!‹ Und die Lady hat gesagt: ›Und ich auch nicht!‹ Und dann hat die Lady Schwester Bracken gezwungen, den Brief zu schreiben.«

Clytie war bei der Erwähnung von Rom heftig zusammengezuckt. »Finch, sie hat Rom gesehen! Was soll das bedeuten? Was sollte er denn von ihr wollen?«

»Hör einfach nur zu«, beschwichtigte Finch, »ich erkläre dir später alles.«

Twyman bohrte weiter. »Was war mit diesem Brief? Was ist daraus geworden, Donald?«

»Die Lady hat mir das hier gegeben.« Er holte ein blankes Silberstück aus seiner Tasche und hielt es hoch. Es war ein silberner Florin. »Sie hat gesagt, ich soll den Brief Mr

Sonny Jantzen bringen, ihm persönlich und keinem andern. Also bin ich mit dem Ponywagen zu seinem Haus gefahren. Die Missus war da, und sie hat gesagt, dass Mister Jantzen sich hingelegt hat und dass sie ihm den Brief später geben will.«

Clytie sah, wie sich alle Blicke auf die Jantzens richteten. Sonny wirkte aufgebracht. Es sah aus, als würde er Noni zur Rede stellen.

Twyman fuhr fort: »Und was geschah, als du wieder zum Krankenhaus zurückgekehrt bist?«

»Na, nichts. Beide waren weg. Die Schwester und die Dame.«

»Danke, Donald, du hast uns sehr geholfen. Und jetzt sag mir bitte, hast du diese Dame schon mal gesehen? Keine Sorge, du kannst es ruhig sagen.«

»Ja, sie hat mir schon mal Geld gegeben. Das war, als ich das andere Mal einen Brief für sie überbringen musste.«

»Weißt du, wie sie heißt? Nein? Könntest du sie beschreiben?« Twyman seufzte und sagte in einfacheren Worten: »Kannst du mir sagen, wie sie ausgesehen hat?«

»Sie hatte einen tollen Hut auf. Und sie hat wohl einen wehen Fuß.«

»Einen wehen Fuß? Wie meinst du das?«

»Sie hatte so einen komischen Schuh an. Und sie ist so gegangen.« Er machte ein paar hinkende Schritte.

Ein Aufkeuchen ging durch den Saal. Clytie und Finch wechselten einen Blick. Kein Zweifel, wer sich hinter dieser kindlichen Beschreibung verbarg: Adelaide Hundey. Der junge Bursche schaute den Doc und die Jantzens kurz an, dann stieß er nervös hervor: »Ich hab nichts gesagt.«

Clytie sprang erregt auf, als sie sah, wie Sonny Jantzen nun Noni aus dem Saal zerrte. Sein Gesicht war bleich vor

Zorn. Finch stupste Clytie an und wies mit dem Kopf auf den Doc, der nach vorn gesunken war und das Gesicht in den Händen vergraben hatte.

Der selbst ernannte Coroner Twyman verlor keine Zeit. »Die Befragung wird auf heute Nachmittag, fünfzehn Uhr vertagt. Sergeant Mangles, ich fordere Sie hiermit auf, Miss Adelaide Hundey zur Befragung vorzuführen. Und lassen Sie sich nicht abwimmeln! Ich bestehe auf ihrem Erscheinen, ob sie sich nun wohlfühlt oder nicht. Egal was Doktor Hundey sagt, klar?«

Der Arzt und der Wachtmeister schauten einander an, dann nickte Doc Hundey unmerklich. Mangles erhob sich und führte seinen Freund aus dem Saal. Twymans letzte triumphale Bemerkung sorgte dagegen erst richtig für Aufruhr. Der Doc und der Wachtmeister, die bereits an der Tür waren, blieben noch einmal stehen.

»Um eine faire und gerechte Anhörung zu gewährleisten, muss ich hiermit darum bitten, dass Doktor Hundey davon abgehalten wird, sich mit seiner Schwester abzusprechen. Er wird in Verwahrung genommen, solange ihre Befragung andauert, und darf sein Haus nicht verlassen. Der Hausarrest gilt, bis ich, das heißt natürlich die Jury und ich zu einem Urteil gekommen sind.«

Die Leute waren einen Moment lang sprachlos. Dann brach wilder Aufruhr aus.

»Das ist einfach unerhört, Twyman!«

»Sie können den Doc doch nicht wie einen Verbrecher behandeln!«

»Wofür hältst du dich eigentlich? Für den verdammten Premierminister von Australien?«

Eine Gruppe aufgebrachter Männer wollte die Bühne stürmen, und Twyman ergriff eilig die Flucht.

Bis zur Wiederaufnahme der Befragung blieben einige Stunden Zeit, die es totzuschlagen galt, ehe Twyman das Urteil verkünden konnte, das für ihn, wie Finch wusste, bereits feststand.

Finch nahm Clytie beim Arm und führte sie entschlossen hinaus in die heiße Mittagssonne.

»Du bist weiß wie eine Wand, Clytie. Komm, ich bringe dich nach Hause. Du brauchst was zu essen.«

»Essen? Hast du den Verstand verloren?«

Sie packte Finch beim Kragen und schüttelte ihn. Auf Zehenspitzen, ihr Gesicht dicht vor dem seinen, zischte sie ihn an: »Ich rühre mich erst vom Fleck, wenn du mir endlich erklärst, was hier vorgeht! Sag die Wahrheit! Was hat Rom mit der Sache zu tun? Und der Doc und Adelaide? Was wollten sie von Schwester Bracken? Warum haben sie sie verfolgt? Was verschweigt ihr mir?«

Finch war kreidebleich. Aber er konnte ihr nicht sagen, was sie wissen wollte. Clytie stieß einen Wutschrei aus und kratzte ihm mit den Fingernägeln die Wangen auf. Dann trommelte sie mit den Fäusten auf seine Brust. Er fing ihre Hände ein und hielt sie fest.

»Beruhige dich, Clytie, ich weiß doch selbst nicht alles. Und du hast schon genug Kummer erlebt. Rom und ich – wir alle – wollten dich doch nur vor noch mehr Kummer bewahren. Jedenfalls so lange, bis wir konkrete Beweise hatten. Von der Bracken selbst.«

»Beweise *wofür*? Verdammt nochmal, Finch, ich habe ein Recht, das zu erfahren.«

»Ja natürlich. Es lässt sich jetzt ohnehin nicht mehr aufhalten. Heute findet eine Bewährungsprobe statt – für die Bürger dieser Stadt und ob und wie sie zu Doc und Adelaide stehen.«

»Mir ist egal, was sie getan haben. Sie sind meine Freunde!«

»Amen, kann ich da nur sagen«, meinte Finch. »Na gut, dann komm mit!«

Er ging voran und schlug den Weg ein, der den Kirchberg hinaufführte. Clytie raffte ihre Röcke und folgte ihm verwirrt. Sie zögerte, als sie merkte, dass sie sich dem Grab ihres Kindes näherten – dem Ort, den sich Schwester Bracken für ihren Tod ausgesucht hatte. Das Ende des Stricks hing noch immer an einem Ast des Baumes, und Clytie wurde bei dem Anblick ganz übel. Sie musste an die sacht im Wind schaukelnde Leiche der Krankenschwester denken und an ihr aufgequollenes Gesicht mit all der Hässlichkeit, die der Tod mit sich bringt.

Finch blieb vor dem Grab des kleinen Robert Hart stehen.

»Ich sag's am besten so, wie's ist, Clytie, es lässt sich ohnehin nicht beschönigen. Schwester Bracken hat sich diesen Ort für ihren Tod ausgesucht, weil er die Schuld repräsentiert, die sie auf sich geladen hat – und mit der sie am Ende nicht mehr leben konnte.«

»Welche Schuld? Mein Baby ist doch eines natürlichen Todes gestorben, dachte ich? O Gott, nein – sie ist doch nicht etwa verantwortlich für seinen Tod?«

»Nein, das nicht. Ich bezweifle nicht, dass sie alles getan hat, was in ihrer Macht stand, um das Kind zu retten, es wiederzubeleben. Aber die Sache ist die, Clytie – der Säugling, der hier begraben liegt, ist wahrscheinlich gar nicht dein Kind.«

»Wie? Was willst du damit sagen?«

»Wir sind davon überzeugt, dass es in Wahrheit Noni Jantzens Sohn war, der starb. Und dass Schwester Bracken zu ihrer Schande den toten Knaben mit deinem Kind vertauscht hat.«

»Vertauscht? Aber warum denn?«

»Vielleicht weil sie dachte, sie würde etwas Gutes tun, wenn sie dem Kind das Stigma der Illegitimität erspart – etwas, das sie selbst als Kind ertragen musste. Es war wahrscheinlich eine Kurzschlusshandlung, eine spontane Idee, denn es bedeutete ja auch, dass Sonny das Kind, das er sich so wünschte, behalten durfte.«

Clytie hatte das Gefühl, den Boden unter den Füßen zu verlieren. Sie wankte auf Finch zu. »Du willst sagen, dass mein Baby noch lebt?! Dass der kleine Max Jantzen in Wahrheit …?«

»… Robert Hart ist, ja«, antwortete Finch sanft. »Was uns fehlte, war ein konkreter Beweis – jedenfalls bis jetzt.«

Clytie stieß ein Geheul aus wie ein verwundetes Tier. Sie warf sich auf Finch und schlug auf ihn ein, überwältigt von ihren Gefühlen, der Wut – den Rachegelüsten. Der Trauer. Sie war entsetzt, dass diese … diese schreckliche Frau ihr so etwas hatte antun können. Dass sie ihre Stellung dazu missbraucht hatte, ihr das Kind zu nehmen.

Sie sank zu Boden und trommelte ohnmächtig vor Wut und Verzweiflung auf den mit Kieseln bestreuten Pfad ein, als würde sie ersticken, wenn sie ihrem Zorn nicht freien Lauf ließ.

Finch setzte sich ebenfalls auf den Boden und lehnte sich entkräftet an einen Grabstein. Der Ausdruck in seinen hellen Augen war vollkommen leer.

Erinnerungsfetzen zogen an Clyties geistigem Auge vorüber, ein rissiges, chaotisches Mosaik aus Vergangenheit und Gegenwart …

Sie befand sich erneut in dem tiefen Tunnel der Verzweiflung, aus dem es kein Entrinnen zu geben schien, keine Erleichterung durch Tränen – sie konnte nicht weinen –, ihre täglichen Besuche am Grab, auf das sie immer Blumen legte, unfähig zu beten, unfähig, dem Schöpfer Aller Dinge zu verzeihen … und wie sich nun herausstellte, war es das Grab eines fremden Kindes …

… ihr Blick fiel auf das Messer in ihrer Hand und auf das Handgelenk, aus dem aus einem tiefen Schnitt dickes Blut sickerte … wie der Doktor die Wunde sanft verband und sagte: »Das ist kein Ausweg, Clytie. Das ist eine Sackgasse. Rom braucht dich. Du musst für Rom am Leben bleiben.«

… dieses künstliche, leere Lächeln, das sie für ihre Umwelt aufsetzte, um glauben zu machen, dass alles mit ihr in Ordnung sei, während sie in Wirklichkeit nur noch eine leere Hülle war …

… ihre Briefe an Rom, die im Äther verhallten, auf die sie keine Antwort erhielt … nicht einmal auf den allerwichtigsten, in dem sie ihm mitteilte, dass sie ein Kind erwarteten … dann die Lügen über das Kind, dass es ihm gut ging … um Rom die Wahrheit zu ersparen, um ihm keinen Kummer zu bereiten … für ihn am Leben bleiben, für Rom … Rom!

Diese ätzende Ironie riss sie ins Hier und Jetzt zurück.

Ich hätte mich beinahe umgebracht. Ohne zu wissen, dass mein Baby noch am Leben ist!

Allmählich nahm sie die Geräusche um sich her wieder wahr – das Zwitschern der Vögel, das Rauschen des Windes in den Bäumen. Shadows Geraschel, der sich in den Schatten eines Gebüschs zurückgezogen hatte. Finchs Hand tauchte vor ihren Augen auf, und er zog sie an sich, sprach tröstend auf sie ein, als sei sie ein Kind.

»Sch, Mädchen, schon gut, lass es nur raus. Ich verspreche dir, Clytie, du kriegst dein Baby eines Tages wieder zurück. Ich weiß nicht, wann, und ich weiß nicht, wie. Aber wir kämpfen darum. Wir stehen das zusammen durch.«

Clytie schüttelte verzweifelt den Kopf. Sie wollte sich keine falschen Hoffnungen machen.

»Nein! Noni wird ihn nie aufgeben!« Sie blickte entsetzt zu Finch auf. »Sie muss es die ganze Zeit gewusst haben! Bestimmt! Warum tut sie mir das an? Was habe ich ihr je getan? Hat es mit Rom zu tun?«

»Pst. Wir kennen noch nicht die ganze Wahrheit.«

Sie wollte aufspringen, von einer Eingebung erfasst. »Ich werde sofort zu Sonny gehen und es ihm sagen!«

»Nein, warte! Noch nicht.« Er zog Clytie hoch und riss sich sein Halstuch herunter, um ihr die Tränen abzuwischen, die sie, ohne es zu merken, geweint hatte. »Im Moment brauchen der Doc und Adelaide unsere Hilfe. Wir müssen zu ihnen stehen! Sie haben wochenlang versucht, Bracken zu einem Geständnis zu bewegen. Du siehst ja, wie Twyman die Wahrheit zu verdrehen versucht. Er will es so hinstellen, als ob die beiden sie in den Tod getrieben hätten. Er will ihnen einen Mord anhängen! Wir dürfen sie nicht im Stich lassen.«

Clytie nickte blind und ließ zu, dass Finch sie bei sich unterhakte und vom Friedhof führte, zurück zum Institut. Sie konnte nicht anders und warf einen letzten Blick zurück auf das Grab mit dem Namen *Robert Hart.*

»Ich habe so viele Monate Blumen auf ein Grab gelegt, in dem gar nicht mein Kind liegt. Es war die ganze Zeit über hier, nur ein paar Meilen entfernt – und wächst bei reichen Eltern auf. Maxi ist bildschön. Sie werden ihn mir niemals zurückgeben!« Voller Bitterkeit fügte sie hinzu: »Du weißt, wie es heißt: Das Recht steht auf der Seite der Besitzenden.«

Die blutigen Kratzer, die ihre Fingernägel auf Finchs Wangen hinterlassen hatten, waren inzwischen getrocknet, aber er schob ihre Hand sanft beiseite. Leichte Antworten gab es nicht.

»Immer eins nach dem anderen, Clytie. Zuerst mal müssen wir den Doktor retten. Ohne ihn haben wir erst recht keine Chance.«

44

»Diese sogenannte Untersuchung ist eine Beleidigung für jeden, der das Gesetz ernst nimmt«, verkündete Finch laut, als er Clytie in den Saal zurückbegleitete. Mehrere Köpfe wandten sich zu ihm um, aber ihm war egal, wer es mitbekam. »Diese ganze Veranstaltung ist nichts anderes als eine Farce!«

Die Anhörung wurde pünktlich auf die Minute fortgesetzt. Mittlerweile waren selbst die Stehplätze belegt – ganz Hope und Umgebung war versammelt, um die dramatischen Ereignisse mitzuverfolgen, selbst Farmer von den umliegenden Gehöften. Die Golden-Hope-Mine hatte für heute geschlossen, denn die Bergarbeiter waren alle hier.

Der selbst ernannte Coroner wirkte noch aufgeplusterter als zuvor, seine Brust schien aufs Doppelte angeschwollen zu sein und die Nähte seiner Weste zu sprengen. Triumphierend baute er sich auf der Bühne auf und schwankte auf den Zehenspitzen hin und her, als könnte er es kaum erwarten, den Todesstoß zu führen.

Finch machte Clytie auf zwei leere Stühle in der ersten Reihe aufmerksam – die beiden Jantzens waren noch nicht wieder zurückgekehrt.

Clytie konnte ihre Angst nicht verbergen. »Sie werden nicht mehr kommen. Ich wette, Noni hat Schwester Brackens Brief vernichtet. Sonny wusste sicher nicht mal was davon.«

»Er ist *das* entscheidende Beweisstück«, musste auch Finch zugeben. »Die meisten Menschen, die Selbstmord begehen, hinterlassen einen Abschiedsbrief. In diesem Fall wurde noch keiner gefunden.«

»Bitte sag mir, dass Twyman Doc und Adelaide nicht des Mordes bezichtigen kann!«

Finch blieb eine Antwort darauf erspart, denn in diesem Moment kam Holy Maude auf dem Weg zu ihrem Platz an ihnen vorbei. Sie blieb kurz stehen und beugte sich zu den beiden herunter.

Sie flüsterte: »Schlimme Sache, Finch, schlimme Sache. Twyman war schon immer scharf auf einen Regierungsposten. Er glaubt, wenn er hier eine Mordanklage erreicht, wird man ihn zum neuen Coroner ernennen.«

Sie ging. Finch presste die Lippen zu einem dünnen Strich zusammen.

»Scheint, als ob ein stadtbekannter Frauenprügler über einen geachteten Arzt zu Gericht sitzen darf, einen Mann, der nichts weiter getan hat, als seine Schwester zu beschützen.«

Clytie machte den Mund auf, um auch etwas zur Verteidigung ihrer Freunde beizusteuern, doch da drehte sich ein Mann in Schottenmütze zu ihnen um und sagte in einem breiten schottischen Dialekt: »Da haste recht, *Laddie.* Wir können's uns nich leisten, einen Arzt vom Kaliber des Docs zu verlieren – selbst wenn Adelaide Hundey die Tat verübt haben sollte.«

Als nun eine hochgewachsene würdevolle Gestalt in Begleitung von Sergeant Mangles den Saal betrat, packte Clytie nervös Finchs Arm.

Adelaide Hundey trug heute ein elegantes graues Kostüm mit einer langen Halskette, an der ein goldenes Amulett hing. Ein modischer Hut zierte ihren Kopf. Den Schleier hatte sie zurückgeschlagen, sodass man ihr schmales bleiches Gesicht sehen konnte. Sie bewegte sich langsam und würdevoll, als wollte sie ihr Gebrechen verbergen. Sergeant Mangles zog ihr einen Stuhl heran, nickte ihr dann freundlich zu und tätschelte ihr beruhigend die Schulter.

Twyman stürzte sich sogleich auf die Zeugin. Clytie wurde dabei unwillkürlich an einen Stierkampf erinnert und an den Moment, wenn der Matador dem verwundeten Tier seinen Degen in die Seite bohrt.

»Sind Sie bereit, einen Eid auf die Bibel abzulegen, Madam?«, fragte er aggressiv.

»Ja selbstverständlich, warum denn nicht?«, antwortete Adelaide forsch. Sie sprach den Eid laut und deutlich.

»Sie, Adelaide Hundey, sind die Schwester von Doktor Robert A. Hundey, stimmt das?«

»Das wissen Sie doch ganz genau. Sie erinnern sich vielleicht, dass mein Bruder und ich vor über zehn Jahren zum mysteriösen Tod von *Mrs* Twyman ausgesagt haben?«

Twyman erstarrte. »Ich darf Sie daran erinnern, *Madam*, dass Sie nicht hier sind, um längst vergangene Geschichten aufzuwärmen. Sie sind hier, um Auskunft über ein Zusammentreffen mit der Verstorbenen zu erteilen, das, laut Aussage eines anderen Zeugen, gestern nur wenige Stunden vor ihrem Tod stattgefunden haben soll.«

»Ich bestreite dieses Treffen nicht. Ich habe Schwester Bracken im Hospital aufgesucht, um sie zur Rede zu stellen. Ich wollte, dass sie einen Brief schreibt, den sie schon vor Wochen versprochen hatte, an Mr Sonny Jantzen zu senden.«

»In der Tat. Und was war der Inhalt dieses Briefes?«

»Eine Gewissensentscheidung. Ein persönliches Geständnis von Schwester Bracken bezüglich einer Tat, die sie vor einiger Zeit begangen hat.«

Twymans Stimme triefte vor Sarkasmus. »Und ausgerechnet Sie halten sich für geeignet, über die Gewissensentscheidung eines anderen Menschen zu befinden?«

»Wenn ein Mensch sich anmaßt, Gott zu spielen und das Leben von Unschuldigen auf den Kopf zu stellen, dann hat jeder anständige Mensch das Recht, etwas dagegen zu tun und für Gerechtigkeit zu sorgen!«

»Gott spielen?! Ich warne Sie, Madam. Wollen Sie damit andeuten, dass eine angesehene Frau von Schwester Brackens Kaliber dazu fähig wäre, eine verbrecherische Tat zu begehen?! Denn dann würden Sie sich der üblen Nachrede schuldig machen und gerichtlich …«

»Ich *deute* gar nichts an. Ich erkläre nur, was Tatsache ist. Die Tat wurde begangen, Schwester Bracken hatte es selbst zugegeben. Das Einzige, was noch fehlte, war zum Beweis ein schriftliches Geständnis. Dieses Geständnis hat sie in meiner Anwesenheit dann schließlich niedergeschrieben.«

»Ein Schreiben, zu dem Sie sie mit Gewalt und gnadenloser Verfolgung gezwungen haben. Und Sie haben Donald Tibbut bestochen, es für Sie zuzustellen.«

»Keineswegs!«, stammelte Adelaide aufgewühlt. »Ich habe Donald lediglich einen Florin für seine Mühe gegeben. Es ist allseits bekannt, dass er seit Jahren unentgeltlich für Schwester Bracken arbeitet.«

Twyman explodierte vor Wut. »Hüten Sie Ihre Zunge, Madam! Sie beschmutzen den Ruf einer Toten!«

»Nein, tut sie nicht«, rief eine Frau aus der Menge, »der arme Trottel Tibbut hat nie auch nur einen Penny von der Bracken gekriegt.«

»Wer hat das gesagt? Verlassen Sie sofort den Saal!«

Als sich niemand meldete, blieb Twyman nichts anderes übrig, als mit hochrotem Kopf weiterzumachen.

»Adelaide Hundey, stimmt es nicht vielmehr, dass Sie einen gnadenlosen Verfolgungskrieg gegen die Leiterin des Buschhospitals geführt haben, dass Sie sie dazu gezwungen haben, dieses Geständnis zu verfassen und so ihren Ruf zu zerstören? Und dass Sie, als sich die Oberschwester weigerte, Ihren Wünschen nachzugeben, sie in einem Wutanfall getötet …«

»Das ist eine Lüge!«

»… und auf dem Friedhof an einem Baum aufgeknüpft haben, damit es wie Selbstmord aussieht?«

Die Schwester des Arztes erhob sich schwankend und verkündete mit lauter, zittriger Stimme: »So etwas hätte ich nie getan! Ich gebe zu, ich war wütend auf Schwester Bracken, weil sie sich weigerte, die Verantwortung für die Zerstörung eines unschuldigen Lebens zu übernehmen. Aber ich hatte nie die Absicht, sie in den Selbstmord zu treiben – im Gegenteil, mir lag daran, dass sie am Leben bleibt und zu ihrer Tat steht! Ich bin davon überzeugt, dass mein Bruder in diesem Fall Milde hätte walten lassen und sie ihren Posten im Krankenhaus hätte behalten können.«

»Ihr Bruder, ja?«, höhnte Twyman. Die Worte hingen ominös in der Stille.

Clytie flüsterte Finch zu: »Was hat er vor?«

»Er hat ihr eine Falle gestellt. Himmel, der arme Doktor!«

Twymans Stimme klang besonders tief und bedrohlich, als er fortfuhr: »Sie halten Ihren Bruder also für einen geeigneten Mann, um Medizin zu praktizieren?«

Die große Frau zögerte, als hätte sie Angst, etwas dazu zu sagen. »Ich denke, seine Leistungen als niedergelassener Arzt in Hope sprechen für sich!«

»Das mag sein, aber halten *Sie persönlich* ihn für geeignet, in einem Mordverfahren eine Aussage zu machen?«

Finch formte mit den Händen einen Trichter und rief laut: »Das ist kein Mordverfahren, Twyman, das ist eine vorläufige Anhörung!«

»Hört, hört!«, riefen einige.

»Sie haben meine Frage nicht beantwortet, Miss Hundey«, brüllte Twyman.

»Ich stehe unter Eid. Und ich habe nichts als die Wahrheit gesagt«, antwortete sie mit zunehmend zittriger Stimme.

»Dann dürften Sie nicht leugnen können, dass Sie, bevor Sie mit Ihrem Bruder nach Hope kamen, für die Dauer eines Jahres in einem Sanatorium waren, und zwar im Kew Lunatic Asylum?«

Totenstille. Die Leute saßen auf der Stuhlkante.

Adelaides Stimme klang vollkommen kraftlos. »Das stimmt. Aber es war ein Fall von Verwechslung. Ich habe noch nie in meinem Leben einem Menschen ein Leid zugefügt. Ich war in dem Sanatorium, um *ärztlichen Rat* zu suchen – und ich wurde danach auch wieder entlassen.«

»Und was genau war die medizinische Diagnose für Ihr mentales Leiden?«

Adelaide musste sich an der Stuhllehne festhalten.

»Sie wollen Ihr schmutziges Geheimnis wohl nicht offenlegen?«, höhnte Twyman.

Clyties Blick fiel auf Long Sam, dessen sonst so sanftes Gesicht einen unbeschreiblichen Ausdruck hatte. Er hob die Hand und rief laut aus: »Hören Sie damit auf, Sir, ich bitte Sie! Das ist nicht das, was man unter britischer Rechtsprechung versteht!«

Sams von Herzen kommender Aufschrei wurde von zahlreichen Stimmen aufgenommen. Unruhe brach aus.

»Du solltest dich schämen, Twyman!«

Twyman hob die Hände und gebot Schweigen.

»Ich habe den Beweis! Ich habe es aus verbriefter Quelle – die anonym bleiben möchte –, dass sich eine Person mit Namen Hundey vor dreizehn Jahren in der Irrenanstalt von Kew aufhielt. Aber diese Person war nicht Adelaide Hundey. Es war *Robert* Hundey.«

Der Saal hielt den Atem an. Twyman blickte sich triumphierend um.

»Ich behaupte Folgendes, Adelaide Hundey: dass *Sie* Schwester Bracken ermordet haben, um zu verhindern, dass das schmutzige Geheimnis Ihres Bruders ans Licht kommt – denn Sie wussten ganz genau, dass man ihm dann die ärztliche Zulassung entziehen würde!«

»Hören Sie sofort mit dieser Hetzjagd auf, Twyman!«, rief eine Stimme autoritär vom Saaleingang. Bleich und hager, aber von wilder Entschlossenheit beseelt schritt Sonny Jantzen durch den Mittelgang nach vorn zur Bühne. Er wedelte mit einem Brief.

Als er die Bühne erreicht hatte, musterte er Twyman mit einem vernichtenden Blick.

»Sie können mich später vereidigen, Twyman. Aber ich habe soeben Kenntnis von diesem Brief hier erhalten – den meine Frau in der irrigen Annahme, sie könne mir damit Kummer ersparen, vor mir verheimlicht hat. Er ist der Beweis dafür, dass Schwester Bracken eine schändliche Tat begangen hatte und sich dafür am Ende aus Scham das Leben nahm. Jeder *anständige* Coroner würde nach Durchsicht dieses Briefes zu diesem Urteil gelangen! Es war Selbstmord – kein Mord!«

Sonny reichte Sergeant Mangles den Brief, der ihn überflog und dann an Twyman weiterreichte. Die Mitglieder der

Jury, allen voran Pius James, drängten sich um Twyman herum, um mitzulesen.

Nach Rücksprache mit dem Vormann, Pius James, war Twyman gezwungen zu kapitulieren. Aber er ließ sich nicht das Recht auf ein Schlusswort nehmen.

»Dieser Brief bestätigt, dass sich Schwester Agnes Mary Bracken das Leben genommen hat. Die Geschworenen haben daher auf Selbstmord entschieden. Die amtliche Untersuchung ist hiermit abgeschlossen. Bis auf eins: Es läge im Interesse aller Bürger von Hope, einen neuen Arzt zu berufen, einen Mann, der nicht in seiner Vergangenheit in einer Irrenanstalt war!«

Nun übernahm Sergeant Mangles die Zügel. »Ihr habt alle das Urteil der Jury gehört. Die Anhörung ist beendet. Ihr solltet jetzt am besten wieder nach Hause gehen. Und bitte denkt dran: Hier ist heute *niemand* eines Verbrechens überführt worden!« Er warf einen Blick auf Twyman. »Auch wenn man sagen kann, dass gewisse Leute ihre Amtsbefugnisse bei Weitem überschritten haben.«

Finch stakste durch den Mittelgang und blieb neben Adelaide Hundey stehen. Es war ihm egal, was die Leute von ihm hielten.

»Miss Hundey, dürfte ich Sie nach Hause begleiten?«

Die hagere Frau schaute verwirrt zu Finch auf, dann akzeptierte sie würdevoll seinen Arm und ließ sich von ihm durch einen Seiteneingang hinausführen. Ihre hochgewachsene Gestalt schien um mehrere Zentimeter geschrumpft zu sein.

Im Saal herrschte nicht lange eine schockierte Stille. Rasch wurde angefangen, laut durcheinanderzureden. Vor allem die Worte »Irrenhaus« und »geistig gestört« machten die Runde.

Clytie, die stolz auf Finchs mutiges Eingreifen war, sprang spontan auf ihre Bank und rief so laut, dass man es im ganzen Saal hören konnte: »Was ist bloß los mit euch Leuten? Wacht gefälligst auf! Habt ihr vergessen, wie vielen Menschen Doc hier geholfen hat? Was er alles für diese Stadt getan hat? Wollt ihr wirklich zulassen, dass Bruiser Twyman den Doktor aus *eurer* Stadt vertreibt?«

Alle Köpfe wandten sich zur Bühne. Councillor Twyman feuerte seinen letzten Schuss ab.

»Die Tatsache bleibt, dass Robert Hundey im Irrenhaus war und daher nicht mehr als Arzt praktizieren dürfte – für den Rest seines Lebens!«

Stille folgte seinen Worten.

Clytie weinte vor Wut. Sie rief laut aus: »Wenn ihr glaubt, dass der Doc verrückt sein soll, dann ist euch wirklich nicht mehr zu helfen!«

Als keiner etwas sagte, sprang sie von ihrer Bank und lief hinaus in die hereinbrechende Nacht.

Clytie wusste genau, was auf dem Spiel stand. *Wenn der Doc seinen Beruf nicht mehr ausüben darf, wird das sein Tod sein. Und ich werde mein Baby nie zurückbekommen.*

45

Kein Licht brannte im Haus des Arztes, es war in eine ominöse Dunkelheit gehüllt und wirkte verlassen. Clytie musste unwillkürlich an etwas denken, das sie irgendwo gelesen hatte: »Lasst, die ihr eintretet, alle Hoffnung fahren!«

Was ihr auffiel, war die leere Tafel neben der Haustür, auf der ausnahmsweise einmal keine Nachricht für den Doc hinterlassen worden war.

Das Pferd und der Wagen standen vor der Garage, und der Wagen war mit einem Schrankkoffer und einer Bücherkiste beladen. Kein gutes Zeichen.

»Wir sind offenbar gerade noch rechtzeitig gekommen, um den Doc aufzuhalten. Er scheint abhauen zu wollen«, meinte Finch.

»Hast du denn nicht mit Adelaide geredet, als du sie abgeliefert hast?«, fragte die junge Artistin besorgt. »Wie hat sie auf dich gewirkt? Instabil? Man könnte es ihr jedenfalls nicht vorwerfen. Der heutige Tag war eine Tortur für beide Hundeys.«

»Sie hat unterwegs kein Wort gesagt. Erst als ich sie an der Haustür abgesetzt habe, meinte sie: ›Kümmern Sie sich um meine gute Freundin Clytie.‹« Finch zögerte, erzählte dann aber doch den Rest. »Und sie hat noch gesagt: ›Ich wünschte, ich hätte ihr die Freundin sein können, die sie braucht.‹ Sie hatte das Gefühl, dich im Stich gelassen zu haben.«

Clytie schlug die Hände vor den Mund. Das klang endgültig! »Aber nein! Adelaide wird für immer meine Freundin bleiben!«

»Dann wird sie sich wahrscheinlich freuen, das von dir selbst zu hören.«

Er pochte ein paarmal laut mit dem Bronzeklopfer an die Tür. »Kommen Sie, Doc, machen Sie auf!«

Aus dem Hausinnern drang leise Musik – ein Grammofon, das ausgerechnet »Home Sweet Home« spielte – unter den Umständen eine eigenartige Wahl.

»Madame Nelly Melba«, bemerkte Clytie, »sie hat den reinsten Sopran der Welt. Adelaide ist ganz verrückt nach ihr.«

Finch nickte. »Der Doc stand unter Hausarrest. Aber ich wette, wenn jemand gekommen wäre und seine Hilfe gebraucht hätte, dann hätte er sich nicht um Gesetze geschert und wäre sofort losgefahren. Ich habe ihn jedenfalls nicht gesehen, als ich Adelaide abgeliefert habe; er war nicht zuhause. Wir müssen ihm unbedingt sagen, dass wir auf seiner Seite stehen – und wie zornig wir über Twymans hässliche Anschuldigungen sind. Wenn der Doc verrückt sein soll, dann sollten sie am besten gleich die ganze Stadt in eine Irrenanstalt stecken!«

Clytie konnte nur zustimmen. »Der Doktor nimmt jeden Menschen, wie er ist, so unvollkommen oder exzentrisch er auch sein mag. Er sieht in jedem nur das Gute.«

»Ja, ich glaube, dass Adelaide recht hat – er hätte die Bulldogge weiter im Hospital bleiben lassen, wenn sie nur den Mut gehabt hätte, ihre Tat zu gestehen. Aber ich glaube, sie ist in gewisser Weise vor Scham gestorben.«

»Erwarte nicht von mir, ihr zu verzeihen!«, meinte Clytie erbost.

Finch nickte. »Würde ich auch nicht. Sie muss sich jetzt ohnehin vor dem obersten aller Gerichte verantworten.«

Er klopfte erneut an. »Hör zu, Clytie, vielleicht ist es besser, wenn ich allein reingehe – wir wissen ja nicht, was uns drinnen erwartet. Ich hab ein schlechtes Gefühl. Am besten gehe ich nach hinten und sehe mal nach Adelaide.«

»Was könnte schlimmer sein, als des Mordes bezichtigt zu werden?«, widersprach Clytie hitzig. »Nein, kommt nicht in Frage, Finch, ich komme mit. Was immer wir da drin auch herausfinden werden, es ist mir egal! Sie sind beide meine Freunde, und daran wird sich nichts ändern. Sie haben Leben und Karriere riskiert, um mir mein Baby wiederzubeschaffen.«

Clytie klopfte. Der Bronzeklopfer bestand aus einem Stab, um den sich eine Schlange wand – der Äskulapstab, das offizielle Symbol der Mediziner.

»Mein Gott, Finch, schau – er hat es abgemacht!«

Clytie wies auf die vier Löcher in der Wand, wo das Messingschild des Arztes festgeschraubt gewesen war.

»Tja, das ist eine unmissverständliche Absichtserklärung«, meinte Finch.

Shadow begann unweit von ihnen zu knurren.

»Was ist los mit ihm?«, fauchte Finch ungehalten. »Kannst du nicht dafür sorgen, dass er Ruhe gibt? Ich wünschte, Rom wäre hier. Es ist schließlich sein blöder Hund.«

»Shadow ist nicht blöd! Er ist äußerst sensibel. Er spürt es sofort, wenn etwas nicht stimmt.«

»Da hat er jedenfalls recht.«

»Kein Grund sarkastisch zu werden. Dieser Kelpie ist klüger als die meisten Männer.«

»Und als alle Frauen?«, meinte Finch. »Entschuldige, das hätte ich nicht sagen sollen, das war nicht nett. Aber wir verschwenden hier nur unsere Zeit. Es ist offensichtlich, dass der Doc nicht hier ist – oder zumindest nicht aufmachen will.«

»Du kannst dich gern verpissen, wenn du willst. Ich rühre mich jedenfalls nicht vom Fleck«, fauchte Clytie. »Schlimmer als das, was ich heute erfahren habe, kann's ja wohl kaum werden. Und das habe ich ja auch überstanden.«

In diesem Moment brach die Musik ab. Clytie eilte an der Seite des Hauses entlang nach hinten, wo sich Adelaides Quartier befand. Finch und Shadow folgten ihr auf dem Fuße.

Die Hintertür stand einen Spalt offen. Clytie räusperte sich. »Ist jemand zuhause? Wir sind's, Clytie und Finch. Wir machen uns Sorgen um Sie. Ist alles in Ordnung?«

»Kommt rein, kommt ruhig rein«, nuschelte eine Stimme. Sie klang verwaschen, als wäre der Sprecher angetrunken.

Adelaides Zimmer lagen im Dunkeln. Nur in einer Ecke brannte eine Kerosinlampe, die aber so weit heruntergedreht war, dass sie nur einen kreisrunden Lichtschein auf das Tischchen warf, auf dem sie stand. Es roch nach Whiskey und nach Blumen. Ein Ohrenbackensessel stand mit dem Rücken zu ihnen vor dem Kamin. Die Person, die darin saß, war nicht zu erkennen – bis auf eine schmale Hand auf der mit Samt überzogenen Sessellehne.

»Ich habe euch fast erwartet. Gut, dass ihr da seid, dann kann ich mich noch von euch verabschieden, ohne Romane oder umständliche Erklärungen schreiben zu müssen.«

»Wir werden nicht zulassen, dass Sie gehen!«, rief Clytie aufgebracht. »Weder Sie noch Adelaide!« Die ehemalige Kunstreiterin klammerte sich unwillkürlich an Finchs Arm fest.

»Ich habe leider keine Wahl, meine Liebe. Aber das ist jetzt auch egal. Meine Arbeit hier ist beendet. Das Spiel ist vorbei. Kommt nur herein und nehmt einen Abschiedstrunk mit mir.«

Clytie und Finch wechselten einen betretenen Blick. Der Arzt war doch erklärter Abstinenzler.

Finch ließ Clytie den Vortritt, und beide tasteten sich durch den halbdunklen Raum.

Finch kam sogleich zum Punkt. »Sonny Jantzen hat es richtig ausgedrückt: Das war eine Hetzjagd, Doc. Aber Twyman hat keineswegs gewonnen. Sie werden von der gesamten Stadt hoch geschätzt. Wir sind hier, um Ihnen da durchzuhelfen – es ist sicher nur ein rasch vorüberziehendes Unwetter.«

»Ich danke euch, meine Freunde. Aber Adelaide und ich, wir können nicht gegen einen Hurrikan bestehen. Wir werden im Morgengrauen von hier aufbrechen – mit unbekanntem Ziel – und uns weit weg, an einem anderen fernen Ort, wo uns niemand kennt, niederlassen.«

Finch stieß gegen ein Tischchen mit Schnickschnack und schaute sich suchend nach Sitzgelegenheiten um.

»Hier, nehmt doch das kleine Zweiersofa«, befahl der Doc milde, »es wird schließlich Zeit, dass ihr aufhört, euch gegen die Natur zu wehren, nicht wahr?«

»Ach nein, wir sind kein Paar«, widersprach Finch sogleich, »wir sind nur gute Freunde.«

»*Manchmal* jedenfalls«, betonte Clytie.

»Die Dame, wie mich dünkt, gelobt zu viel«, zitierte der Arzt aus Shakespeare. Er schenkte zwei Gläser Whiskey für seine Gäste ein. Und sein eigenes füllte er auf.

»Ja, wie ihr seht, ich schließe mich an. Zum Teufel mit der Abstinenz – zumindest für heute«, verkündete der Arzt vergnügt.

Clytie setzte sich und konnte jetzt zum ersten Mal einen guten Blick auf die Gestalt im Ohrenbackensessel werfen. Sie erschrak. Der Arzt sah fürchterlich aus. Sein zerzaustes sandblondes Haar war noch das vertrauteste, ansonsten wirkte er wie ein anderer, vollkommen gebrochener Mann. Er saß zusammengesunken in seinem Sessel und trug einen schäbigen gestreiften Bademantel, in der einen Hand ein bauchiges Whiskeyglas.

Clytie erschauderte, als sie seine rot geränderten, stumpfen Augen sah und die Tränenspuren auf seinen bleichen Wangen.

Mein Gott, was ist geschehen? Hat der arme Mann etwa erneut den Verstand verloren? Oder ist etwas mit Adelaide?

»Ein Whiskey?«, erkundigte sich der Doc munter. »Allein trinken macht keinen Spaß.«

»Ja, ich glaube, ich könnte jetzt einen vertragen«, gestand Finch.

Der Arzt stieß ein zynisches Lachen aus. »Kann ich Ihnen nicht verdenken, Finch. Ich bin kein schöner Anblick. Hier ist die Flasche, bedienen Sie sich nach Belieben.«

Finch reichte zunächst Clytie ein Glas und machte mit einem strengen Stirnrunzeln klar, dass sie es trinken solle wie eine Medizin. Er selbst kippte sein Glas auch mit einem Mal hinunter.

»Prost!« Der Arzt trank seins ebenfalls leer. »Ihr seid zu höflich, um die offensichtliche Frage zu stellen, also fange ich besser selbst damit an.«

Er füllte sein Glas erneut und leerte es in einem Zug.

»So, jetzt hab ich mir wohl genug Mut angetrunken!«

Clytie war verwirrt. »Sie müssen uns nichts sagen, was Sie nicht sagen wollen, Doc«, erklärte sie trotz ihrer brennenden Neugier.

»Ach, es ist eine Erleichterung für mich, endlich darüber reden zu können. Denn wisst ihr, ich trage dieses Geheimnis schon mein ganzes Leben lang mit mir herum.«

Finch zuckte nachlässig mit den Achseln. »Es gibt schlimmere Geheimnisse, Doc. Ist doch Ihre Sache, wenn Sie mal in psychiatrischer Behandlung waren. Das geht niemanden etwas an.«

»Ah, wenn es nur so einfach wäre, mein Junge! Aber ich war nicht wegen Irrsinns im Kew Lunatic Asylum, nein, ich habe mich einweisen lassen, um einer Gefängnisstrafe zu entgehen.« Der Arzt blickte prüfend in ihre Gesichter, um zu sehen, wie sie auf diese Information reagierten. »Es ging um ein Vergehen in Verbindung mit Adelaide. Wie ihr vielleicht wisst, gilt es als Verstoß gegen das Gesetz, wenn eine Frau Männerkleidung trägt. Und umgekehrt.«

Clytie und Finch wechselten einen verständnislosen Blick. Clytie suchte verzweifelt nach einer logischen Erklärung. »Wollen Sie damit sagen, dass einer von Ihnen beschuldigt wurde, die Kleider des anderen zu tragen?«

Finch lachte ungläubig auf. »Liebe Güte, Clytie, deine Fantasie geht mit dir durch.«

Der Arzt machte jedoch eine schaukelnde Bewegung mit der flachen Hand. »Du hast nur *halb* recht, Clytie – es ist leider noch komplizierter. Soll ich es euch erklären?«

Beide beugten sich interessiert vor. »Ja, selbstverständlich, Doc.«

Der Arzt schenkte nach.

»Nun gut. Ich fange am besten ganz am Anfang an. Mein Vater, ein Marinearzt, hat seine Cousine ersten Grades geheiratet – ein gefährlicher Brauch, der in unserer Familie leider Tradition hat. Adelaide und ich kamen nur wenige Minuten nacheinander zur Welt. Die Hämophilie – die

Bluterkrankheit – hat uns glücklicherweise verschont. Im Gegensatz zu so vielen männlichen Nachfahren unserer guten Queen Victoria. Aber wir wurden beide mit einer Behinderung geboren. Adelaide mit einem Klumpfuß. Und ich – nun ja, bei mir konnte kein eindeutiges Geschlecht festgestellt werden. Die Waagschalen waren vollkommen ausgeglichen, zwischen männlich und weiblich. Soll ich fortfahren?«

Clytie und Finch überschlugen sich fast. »Ja natürlich!«

»Mein Vater wünschte sich einen Sohn, meine Mutter wollte Zwillingsmädchen. Aufgrund dieses Interessenkonflikts wurde ich immer dann als Junge erzogen, wenn Vater von einer Reise zurückkehrte und sich zuhause aufhielt. Und in der restlichen – der überwiegenden – Zeit, zog mich meine Mutter wie ein Mädchen auf: Adelaides Zwillingsschwester. Ihr könnt euch vorstellen, dass ich dadurch grausamen Hänseleien durch die Nachbarskinder und Schulkameraden ausgesetzt war. Adelaide war meine einzige Stütze und Zuflucht. Sie nahm mich, wie ich war – egal welche Kleider ich gerade trug oder welches Geschlecht ich annehmen musste.

Mein Vater ließ mich als Robert A. Hundey ins Geburtsregister eintragen – ein Name, der sich bei Bedarf leicht in Roberta ändern ließe, sollte sich die Waagschale auf die eine oder andere Seite senken – vielleicht in der Pubertät. Nichts dergleichen geschah. Ich blieb beides: Mann und Frau. Bitte verzeiht, dass ich euch schockiert habe.«

Das interessierte Finch im Moment nicht. »Adelaide war also Ihre einzige Vertraute und Freundin.«

»Ja, gut, dass Sie wenigstens sie hatten!«, meinte auch Clytie.

»Sie ist das Licht meines Lebens.«

Der Arzt zeigte ihnen das goldene Amulett, das Adelaide zur Befragung getragen hatte. Er öffnete es, und darin befand sich das Bild eines jungen Mädchens in einem taillierten viktorianischen Kleid. Sie sah dem Doc sehr ähnlich, besaß aber herbere Züge, wirkte eher klug als konventionell hübsch. Ihr Gesicht verriet sowohl Entschlossenheit als auch Verletzlichkeit. Im Gegensatz zum Doc mit seinen sandblonden Haaren besaß sie eine rotbraune Lockenpracht, die ihr weit über den Rücken fiel.

»Meine Zwillingsschwester Adelaide im Alter von achtzehn. Damals wollten wir beide sehnlichst Medizin studieren. Ich wurde von meinem Vater dazu ermuntert, er nahm mich mehrmals auf seine Fahrten mit, damit ich mich mit dem Ernstfall vertraut machen und aus erster Hand Erfahrungen sammeln konnte. Adelaide jedoch blieb diese Karriere verschlossen: wegen ihres Geschlechts. Und *deswegen.*«

Er deutete auf einen Schuh mit einer dicken Sohle, der umgekippt auf dem Teppich lag.

»Adelaide hat immer behauptet, dass sie ein besserer Arzt geworden wäre als ich. Und sie hatte zweifellos recht.«

Clytie verriet sich durch ihre betretene Miene. Dasselbe hatte Adelaide ihr gegenüber auch einmal erwähnt.

»Meine Liebe, wie ich sehe, hat Adelaide dir diesbezüglich die Wahrheit gesagt. Sie war überaus klug. Da ihr die Verwirklichung ihres eigenen Traums verwehrt blieb, stürzte sie sich mit aller Kraft in die Unterstützung meiner Ausbildung. Sie lernte selbst alles aus meinen Büchern und forderte immer meine Ansichten über das Heilen und das Leben und den Tod heraus. Ich glaube kaum, dass ich die Prüfung ohne ihre Unterstützung geschafft hätte.«

»Ein wirklich großzügiger Akt von Ihrer Schwester«, bemerkte Finch sanft.

»In der Tat. Gezwungen, in meinem Schatten zu stehen und zusehen zu müssen, wie ich *ihren* Traum verwirklichte – das einzige Leben, das sie sich je gewünscht hat, eine Karriere, die ihr aufgrund ihres Geschlechts und ihrer Behinderung verwehrt wurde … nun, ihr kennt vielleicht den Ausspruch: Arzt, hilf dir selber! Woher kommt der eigentlich?«

»Ich glaube, das stammt aus dem Lukasevangelium, Kapitel vier, Vers dreiundzwanzig«, antwortete Finch wie aus der Pistole geschossen.

»Ja, das Geschlecht«, sinnierte der Arzt mit unüberhörbarer Bitterkeit, »wir messen ihm eine fast göttliche Bedeutung zu. Und dabei ist es so ein komplexes, fragiles Gebilde. Ihr müsst mich nicht bemitleiden, meine Freunde. Ich habe das erreicht, was ich immer wollte – ob ich nun ein Mann bin oder eine Frau. Ich wollte immer Arzt sein, ein Arzt, der so für seine Gemeinde sorgt wie ein Vater für seine Familie.«

»Und das haben Sie tausendfach bewiesen«, meinte Finch entschlossen. »Alle lieben und respektieren Sie, Doc.«

»Ja, aber nur, weil sie mich nicht wirklich kennen«, widersprach der hagere Mann. »Und jetzt, wo Twyman diese Anhörung dazu benutzt hat, um mich bloßzustellen, ist das Spiel endgültig vorbei.«

Das wollte Finch nicht gelten lassen. »Nein! Wieso das denn? Was immer auch der Grund gewesen sein mag, dass Sie in ein Sanatorium mussten – das ist doch längst Geschichte.«

Der Arzt stieß einen schweren Seufzer aus. »Ja, bis die ganze Stadt die eigentliche Wahrheit erfährt. Ich war nicht aufgrund von Unzurechnungsfähigkeit im Sanatorium – ich war dort, um mich behandeln zu lassen. Als Alternative zu einer Gefängnisstrafe. Ich wurde dabei ertappt, wie ich in der Öffentlichkeit Adelaides Kleider trug. Mein Ruf war dahin. Ich musste meine Praxis in Melbourne schließen und hierher in die Mitte des Nirgendwo ziehen, nach Hope. In der *Hoffnung* auf einen Neuanfang.«

Finch erkundigte sich beiläufig: »Weiß eigentlich sonst noch jemand von … Ihrer Neigung?«

»Ja, Sergeant Mangles hat vor ein paar Jahren zufällig die Wahrheit herausgefunden. Er klopfte nachts an meine Tür, weil sein geliebtes Pferd in den Wehen lag und das Fohlen irgendwie klemmte. Es gelang mir, das Fohlen wohlbehalten zur Welt zu bringen und beide zu retten, die Stute und das Kleine. Es war ein Notfall. Ich trug gerade Adelaides Kleider, und es war keine Zeit mehr zum Umkleiden.«

Clytie schlug unwillkürlich die Hand vor den Mund. »Wollen Sie damit sagen …?«

Der Arzt nickte. »Ich glaube, dass Mangles das Gefühl hatte, mir was schuldig zu sein. Wie auch immer, er hat beide Augen zugedrückt. Er meinte, es sei meine Sache, wenn ich gelegentlich in Adelaides Kleidern in der Post auftauchen würde, um ihren monatlichen Scheck abzuholen. Er könne darin keinen Schaden sehen, und es ginge niemanden etwas an.«

»Ein wirklich guter Mann, Mangles. Da sehen Sie's!«, sagte Finch triumphierend. »Das Leben geht weiter.«

»Ja, so war das auch eine Zeit lang. Das Problem war, Adelaide wurde immer stärker, vor allem mit dem Aufkommen der Suffragettenbewegung. Und dann fing sie an, die Dinge selbst in die Hand zu nehmen – Schwester Bracken unter Druck zu setzen, um sie zu einem Geständnis zu zwingen. Der Rest ist Geschichte.«

Er appellierte an seine beiden Gäste wie ein Kind, das versucht, die Gunst der Eltern zurückzugewinnen.

»Ich schwöre, dass es nie den Versuch gab, das andere Geschlecht zu betören, was immer das auch bedeuten soll. Wir können einem Menschen bestenfalls unsere Freundschaft anbieten, mehr nicht. Aber es ist sehr schwer, einen Freund zu finden, dem man wirklich vertrauen kann. Deshalb hab ich an dich gedacht, Clytie, weil du vom Zirkus kommst und uns deshalb vielleicht mit milderen Augen betrachten würdest. Die meisten Menschen würden Adelaide und mich für Missgeburten halten.«

Clytie beugte sich vor und ergriff die Hand des Arztes. »So was gibt es gar nicht. Es gibt nur Menschen, die ein wenig aus dem Rahmen fallen, das ist alles.«

Auch Finch legte seine Hand auf die Schulter des Arztes. »Doc, Sie haben mehr Freunde hier, als Sie glauben! Sie und Adelaide müssen unbedingt in Hope bleiben! Man braucht Sie hier.«

»Ich kann euch gar nicht genug danken, meine Lieben. Aber es wird Zeit, Adelaide endlich gehen zu lassen.«

Clytie und Finch sahen einander verwirrt an. Da deutete der Arzt auf eine Frauenbüste im Halbdunkel, auf deren blankem Schädel eine herrliche rotbraune Perücke saß.

»Adelaides Haar«, erklärte der Arzt. »Wisst ihr, meine Schwester starb in dem Jahr, als ich meinen Abschluss in Medizin gemacht habe. Sie hat sich so mit mir verausgabt, dass sie am Ende der Schwindsucht erlag. Sie befahl mir, ihr das Haar abzurasieren, weil sie hoffte, damit ihr Fieber zu senken. Ich konnte nichts tun, um sie zu retten.« Seine Stimme brach. »Ihr zu Ehren bemühe ich mich, ein so guter Arzt zu sein, wie ich nur kann – einer, auf den sie stolz gewesen wäre.«

Die drei saßen eine Zeit lang schweigend beieinander. Die Standuhr schlug zur vollen Stunde.

Clytie durchbrach die Stille mit einer Stimme, die ihr ganz fremd vorkam. »Hätten Sie vielleicht ein Glas Wasser für mich, Doc? Meine Kehle ist vollkommen ausgedörrt.«

Der Arzt meinte mit beinahe fröhlicher Resignation: »Tut mir leid, geht nicht. Der Wassertank ist ausgetrocknet. Wir müssen uns wohl mit Whiskey begnügen.«

Er füllte ihre Gläser nach und lehnte sich dann zurück.

»Vergib mir, Clytie, ich habe in all der Aufregung das wirklich Wichtige vergessen. Jetzt, wo ich weiß, dass es Noni war, die Schwester Brackens Brief abgefangen hat, werde ich Sonny Jantzen aufsuchen und ihm noch einmal persönlich versichern, dass Schwester Bracken Adelaide – also mir – am Ende alles gestanden hat. Das Ergebnis wird hoffentlich zu deiner Zufriedenheit und zu deinem Glück ausfallen, Clytie.«

Clytie wollte das Herz übergehen, und sie war gerade dabei, den Doktor zu umarmen, als plötzlich laut und scharf an die Haustür geklopft wurde. Dann folgte etwas sehr Merkwürdiges: ein Trommelwirbel.

Die drei schreckten hoch und liefen auf die Vorderveranda hinaus. Der Arzt, der barfuß und im Bademantel erschien (und ein wenig wackelig auf den Beinen war), wirkte beschämt und verlegen über seinen Zustand.

Auf der Veranda reihte sich eine Kiste voll Gemüse an die andere – das akzeptierte Zahlungsmittel der Bewohner des Städtchens. Im Vorgarten drängten sich die Leute. Hinter ihnen, auf der Straße, hatte die Kapelle der Heilsarmee Stellung bezogen.

Sergeant Mangles trat einen Schritt vor und präsentierte dem Doktor eine lange Schriftrolle.

»Doc, dies ist eine Petition der Bürger von Hope an die Landesregierung von Victoria. Wir verlangen darin die Amtsenthebung von Councillor Twyman – und ihn von der Wahl zum neuen Coroner auszuschließen.«

Der buschige Schnauzbart des Wachtmeisters zuckte belustigt. Vertraulich fügte er hinzu: »Das bedeutet effektiv, Doc, dass der hinterlistige Plan von Twyman nach hinten losgegangen ist – die Bürger von Hope sind aufs Höchste erzürnt über *ihn* –, und jetzt darf ich *ihn* zu meinem größten Vergnügen aus der Stadt jagen und nicht Sie.«

»Wir sind uns alle einig«, fügte der Wirt, Tom Yeoman, hinzu. »Wir möchten, dass Sie in Hope bleiben, Doc – Sie und Miss Adelaide. Und sich um uns kümmern wie früher.«

Holy Maude behielt wie immer das letzte Wort. »Ein Nein akzeptieren wir nicht, Doc.« Sie wandte sich an die Menge: »Stimmt's, Leute?«

Zustimmender Jubel.

Die Kapelle stimmte eine schmissige Melodie an – »Waltzing Matilda«. Die Leute verhaspelten sich ein wenig mit dem neuen Text, aber das tat ihrem Eifer keinen Abbruch.

Finch schubste den Doktor. »Sie müssen ein paar Worte sagen, Doc, das erwarten die Leute. Enttäuschen Sie sie nicht!«

Doch dem Doc hatte es förmlich die Sprache verschlagen vor Rührung. Er riss sich zusammen und rief mit bewegter Stimme: »Gegen einen Mann wie Twyman kann ich mich wehren – aber doch nicht gegen die ganze Stadt!«

Hope hatte gesprochen. Man brach in drei laute »Hipp, hipp, hurra« aus.

Es war schon spät, als sich auch Clytie und Finch endlich vom Doktor verabschiedeten. Sie holten sein Gepäck wieder herein, brachten Pferd und Wagen im Stall unter und packten alles wieder aus.

Aufgewärmt vom Whiskey des Docs machten sie sich auf den Heimweg zum Pfarrhäuschen.

Clyties Gedanken kreisten um die Jantzens und wie die Sache wohl am Ende ausgehen würde. Finch war ebenfalls am Grübeln.

»Ich weiß, ich sollte mich freuen, Finch, aber ich habe das Gefühl, meine beste Freundin verloren zu haben. Adelaide.«

»Nein, das hast du nicht. Sie lebt weiter – im Doktor.«

Sie bemerkten gar nicht, dass Shadow irgendwann zurückblieb und ihnen nicht weiter folgte. Er hatte etwas gesehen, das ihnen entgangen war: Rom Delaney stand am Straßenrand, rauchte eine Zigarre und blickte ihnen still hinterher.

46

Am nächsten Morgen stand der Buggy der Jantzens vor Clyties Häuschen. Das prächtige Kutschpferd verhielt sich vorbildlich, nur der Kutscher fiel ein wenig aus dem Rahmen, in Roms gebrauchten Sachen. Immerhin gaben ihm der schief sitzende Hut und das rote Halstuch den Anstrich eines Abenteurers, ja eines Buschräubers vom Range eines Ned Kelly.

Ja, so wie er aussieht, könnte er tatsächlich eher zu einer Buschräuberbande gehören als das sein, was er momentan ist: Sonny Jantzens Buchhalter und Mädchen für alles.

Ein eigenartiger Gedanke, denn in Wahrheit passte Finch in keine Schublade: Er war weder Rebell noch Konformist. *Kein Wunder, dass es mir so schwerfällt, ihm zu vertrauen – ich kenne ihn kaum und kann ihn nicht einschätzen.*

Sein Blick huschte immer wieder zum Haus hin, als könnte er es kaum abwarten, die Sache hinter sich zu bringen.

Clytie ließ die Gardine vors Fenster zurückfallen. Sie warf noch einen abschließenden Blick in den Spiegel und fixierte ihren Strohhut mit einer langen Hutnadel. Dann band sie eine Schleife an den einzelnen dicken Zopf, der ihr bis zum Po reichte. Die graulila Schatten unter ihren Augen verrieten, dass sie abermals eine schlaflose Nacht verbracht hatte.

»Du siehst aus wie der aufgewärmte Tod«, sagte sie zu ihrem Spiegelbild. »Jetzt reiß dich zusammen – was kann schon passieren? Gar nichts!«

Aber es half nichts. Sie wagte kaum, an den Ausgang des heutigen Treffens bei den Jantzens zu denken.

Sie wies Finchs freundlich ausgestreckte Hand zurück und kletterte allein zu ihm auf den Kutschbock.

»Ich habe auf dem Hochseil gearbeitet, Finch, ich bin kein hilfloses Fräulein, herzlichen Dank.«

»Wie du willst«, meinte er achselzuckend und schwang die Peitsche. Es ging in scharfem Trab los.

»Tut mir leid, ich bin das reinste Nervenbündel. Ich habe die ganze Nacht lang Albträume gehabt, ständig habe ich die Leiche dieser Bracken gesehen, wie sie über dem Grab schaukelt. Ich kann noch immer nicht fassen, dass sie mir das angetan hat. Was hatte sie gegen mich?«

»Ich weiß, es ist schwer zu verstehen. Aber auf ihre eigene verdrehte Weise dachte sie, sie würde allen Parteien einen Gefallen tun. Die Lösung sämtlicher Probleme.«

»Die hatte ja wohl den Verstand verloren.«

»Ja, am Ende hatte sie das wohl. Adelaide wusste es.« Er korrigierte sich hastig. »Das heißt, der Doc wusste es.« Finch zögerte, mied in letzter Sekunde die Erwähnung von Roms Namen. »Wir alle wussten es.«

»Alle außer mir«, meinte Clytie bitter. »Warum habt ihr mich im Ungewissen gelassen? Sicher weil die Bracken in dieser Stadt eine Institution ist und das Krankenhaus wie ein Uhrwerk geführt hat.«

»Sie hatte ja nur noch ihren Beruf, das war der einzige Sinn in ihrem Leben – da ihr der Doktor verwehrt geblieben war«, meinte Finch begütigend.

Aber so leicht ließ sich Clytie nicht besänftigen. »Ihr hättet es mir sagen sollen.«

»Clytie, so begreife doch, wir wollten dir nicht noch mehr Kummer bereiten. Wir konnten es dir doch erst sagen, wenn wir handfeste Beweise hatten – ohne Brackens Geständnis gab es keine. Selbst wenn *wir* die Wahrheit kannten. Am Ende hat der Druck von allen Seiten dazu geführt, dass sie ihren Verstand verloren hat. Agnes Mary Bracken war eine gläubige Katholikin, aber am Ende hat sie ihr Seelenheil aufs Spiel gesetzt, bloß um nicht ihren guten Ruf als Krankenschwester zu verlieren. Lieber riskierte sie die Verdammnis als die Demütigung einer öffentlichen Enthüllung. Ihr Status als Krankenschwester war alles, was ihr noch geblieben war.«

»Das klingt ja, als würde sie dir leidtun. Aber erwarte nicht von *mir*, dass ich ihr vergebe!«

»Nein, das tue ich auch nicht. Aber ich wäre der Letzte, der andere für Fehlentscheidungen, die sie in einem Moment der Unzurechnungsfähigkeit getroffen haben, verdammen würde. Ich habe selbst schon viel zu viele Sünden begangen. O Mist!«

Sein Arm schoss heraus und hielt Clytie auf dem Sitz fest, während er den Buggy scharf zur Seite lenkte, um der King Brown auszuweichen, die sich über die von der Sonne aufgewärmten Steine der Straße schlängelte.

Clytie schwieg den Rest der Fahrt über. *Welche Sünden meint er? Du sollst nicht töten? Du sollst nicht ehebrechen? Oder alle zusammen?*

Als sie beim Anwesen der Jantzens eintrafen, herrschte dort hektische Betriebsamkeit. Das Personal lief, mit Schachteln und Kleidern beladen, zwischen Haus und Ställen hin und her.

Die Sonne stand mittlerweile fast im Zenit, und Clyties einzige gute Bluse war nass geschwitzt. Ihr rann der Schweiß über den Nacken und sammelte sich zwischen ihren Brüsten. Auch ihre behandschuhten Hände waren klamm.

Finch bemerkte es und reichte ihr sein Taschentuch.

Clytie seufzte. »Ich habe noch nie in die Kategorie ›Männer schwitzen, Frauen transpirieren‹ gepasst. Glänzt meine Nase? Ist meine Frisur in Ordnung?«, stammelte sie.

»Du siehst fabelhaft aus«, meinte Finch und tupfte ihr mit einem Taschentuchzipfel die feuchte Stirn ab. »Wen versuchst du zu beeindrucken? Noni Jantzen?«

»Machst du Witze? Aber besorgt bin ich schon. Angenommen, *er* mag mich nicht?«

»Wie bitte? Das Kind, meinst du? Sei nicht albern, Clytie, wer könnte *dich* nicht lieben?« Finch nahm Clyties Hand und drückte sie. Dann sagte er forsch: »Und jetzt komm, hüpf runter. Wir haben nicht den ganzen Tag Zeit. Ich arbeite schließlich für den Mann, nicht wahr?«

Sie wurden an einen schattigen Platz auf der Veranda geführt, wo sich eine schöne Bank befand und Bougainvilleen üppig über die Dachrinne wucherte. Sonnenflecken fielen durchs Grün herein und warfen tanzende Schatten auf die kühlen Steinplatten.

Sonny begrüßte sie mit tapferer Haltung. Er wehrte die Hand seiner Frau ab, die ihn stützen wollte.

Noni war betont formell gekleidet in einem hochgeschlossenen Kleid und einer Knopfjacke, dazu ergoss sich ein Berg von Goldketten über die mit belgischer Spitze besetzte Blusenfront.

»Danke, dass Sie gekommen sind«, sagte Sonny freundlich. »Ich weiß, wie schmerzhaft das für Sie sein muss.«

»Nicht nur für Miss Hart«, fauchte Noni.

»Das mag ja sein, meine Liebe, aber es hat keinen Zweck, sich allzu lange mit den verheerenden Folgen von Schwester Brackens unglücklicher Tat aufzuhalten. Wir müssen schnellstmöglich zu einem für alle Seiten besten Ergebnis gelangen – schon um des kleinen Maxi willen.«

»Es ist nett von Ihnen, dass Sie mir erlauben, ihn zu sehen«, bemerkte Clytie hoffnungsvoll.

»Bedanken Sie sich nicht – es war nicht meine Idee«, meinte Noni scharf.

Clytie bemerkte, dass auch sie, trotz ihrer scharfen Worte, dunkle Ringe unter den Augen hatte.

Finch sprang in die Bresche. »Ich habe Clytie noch nichts von Ihren Plänen erzählt, Mr Jantzen. Ich dachte, Sie möchten es vielleicht selbst erläutern.«

Noni fuhr erneut dazwischen, bevor Sonny antworten konnte.

»Ich weiß wirklich nicht, was *Sie* das alles angehen sollte, Finch. Sie sind doch nur ein Angestellter, der sich zu viel herausnimmt und …«

Sonny schnitt seiner Frau das Wort ab. »Noni, mäßige dich! Finch ist nicht nur ein hochgeschätzter Angestellter, er hat sich auch als echter Freund erwiesen. Ich vertraue seinem Urteil blind. Wenn dieses Gespräch zu schwierig für dich sein sollte, dann wäre es vielleicht besser, du würdest dich in deine Räume zurückziehen.«

Sonnys Worte waren leise gesprochen, aber sie duldeten keinen Widerspruch.

»Nein danke, das wird nicht nötig sein«, antwortete Noni giftig. »Ich will das alles einfach nur so schnell wie möglich hinter mich bringen.«

»Wir alle wollen das, Mrs Jantzen«, antwortete Finch sanft.

Sie nahmen Platz, und Sonny wandte sich an Clytie und Finch, die nervös auf der Sitzkante saßen.

»Wir hatten nichts mit dieser tragischen Tat zu tun, Clytie. Wir sind ja in gewisser Hinsicht selbst deren Opfer. Das Allerwichtigste ist jetzt das Wohl des Kindes. Wir müssen das Beste für den kleinen Maximilian George Peter Jantzen tun. Er war ein echtes Geschenk für mich – ich übertreibe nicht –, das Beste, was mir je passieren konnte. Der Kleine ist mein Sonnenschein, und ich liebe ihn über alles. Glauben Sie mir, wenn ich sage, dass es mir ausschließlich um *sein* Glück geht, Clytie.«

Clyties Mund war staubtrocken. *Wann wird diese Scharade endlich ein Ende finden? Es ist klar, dass sie das Kind nie aufgeben werden. Alles, worauf ich hoffen kann, ist, ihn ab und zu sehen zu dürfen – unter Aufsicht.*

Sonny wurde von einem Hustenanfall geschüttelt, wehrte aber erneut Nonis Bemühungen ab. Sie gingen nach drinnen. Dort nahm Sonny auf einem Polstersofa Platz und rang mühsam nach Luft.

»Dürfte ich Sie bitten, Finch, einen Moment lang für mich zu sprechen?« Er warf seiner Frau einen scharfen Blick zu. »Finch kennt all meine Vorhaben und Entscheidungen, was die Zukunft angeht, meine Liebe.«

Noni machte ein feindseliges, gedemütigtes Gesicht. Clytie war ebenfalls zornig darüber, vom Entscheidungsprozess ausgeschlossen worden zu sein.

Finch übernahm voller Energie. Er richtete seine Worte hauptsächlich an Clytie, vergaß jedoch nie, die Jantzens mit einzubeziehen.

»Doktor Hundey hat Mr Jantzen einen Platz in einem renommierten Lungensanatorium besorgt, Clytie. Er wird sich eine Weile in der Schweiz behandeln lassen, auf der Schatzalp, im besten Sanatorium der Welt. Diese Therapie wird möglicherweise mehrere Jahre in Anspruch nehmen. Mrs Jantzen hat beschlossen, ihren Gatten in die Schweiz zu begleiten. Das Schiff wird im Juni von Melbourne abfahren.«

»Ich hätte Maximilian gerne zusammen mit dem Kindermädchen mitgenommen – oder ihn unter ihrer Obhut in unserem Stadthaus in St. Kilda zurückgelassen«, erklärte Noni mit für sie ungewöhnlich bebender Stimme.

Sonny warf seiner Frau einen kurzen Blick zu. »Meine Entscheidung steht fest, Noni. Ich vertraue auf Doktor Hundeys Urteil in Bezug auf Maxis Wohlergehen. *Er* hat wenigstens keinen Grund, mich anzulügen.«

Das war ein deutlicher Seitenhieb auf Nonis Betrug und die Tatsache, dass sie Schwester Brackens Brief vor ihm versteckt hatte.

Sonny wandte sich eifrig an Clytie und Finch. »Die Fahrt wird ein Abenteuer – vielleicht mein letztes. Die Schatzalp soll jeden erdenklichen Luxus bieten: beheizte Fußböden, einen Lift und einen alpinen botanischen Garten. Ich werde dort europäische Würdenträger treffen, berühmte Künstler und Musiker. Denn nur die Allerbesten bekommen Tuberkulose«, bemerkte er augenzwinkernd.

Finch grinste anerkennend. Sein Boss ertrug das Ganze wirklich mit bewundernswertem Mut.

Sonny fuhr fort. »Doktor Hundey sagt, die Behandlung sei zwar unorthodox, aber höchst wirksam. Die klare dünne Höhenluft ist angeblich äußerst wohltuend für Lungenkranke. Offenbar dürfen sie stundenlang auf Liegestühlen im Freien sitzen.«

In verschwörerischem Ton fügte er hinzu: »Wenn ich es richtig verstanden habe, werde ich sogar ein paar Nächte in einem Kuhstall verbringen müssen – die Flatulenz der Kühe ist offenbar heilsam für Lungenpatienten. Na, wenn mich das nicht kuriert, dann weiß ich auch nicht!«

Finch und Clytie mussten unwillkürlich in sein Gelächter einstimmen – das erneut in einem Hustenanfall endete.

Clytie hatte genug vom Doktor gelernt, um zu wissen, dass für Patienten mit fortgeschrittener Tuberkulose kaum eine Heilungsaussicht bestand. Sonny Jantzen hatte einen schweren Kampf vor sich. Sie hielt unwillkürlich den Atem an, während sie einen nach dem anderen ins Visier nahm und ihr Blick schließlich flehentlich an Finch haften blieb. *Um Himmels willen, jetzt sag endlich, was los ist! Was ist mit mir und Max?*

Finch begriff sogleich. »Mr Jantzen hat aus Liebe zu Max eine sehr mutige Entscheidung getroffen. Er möchte dich einladen, jeden Tag hierherzukommen und ein paar Stunden lang mit Maxi zu spielen – ihn zu baden, ins Bett zu bringen, ihn anzukleiden, zu füttern und dergleichen. Damit sich das Kind langsam an dich gewöhnen kann, bevor die Jantzens auf ihre Europareise aufbrechen.« Finch vergewisserte sich bei Sonny. »So habe ich Sie zumindest verstanden, Sir.«

Sonny nickte resigniert. »Ich möchte Maxi den Übergang so leicht wie möglich machen. Wenn wir dann abgereist sind, können Sie Maxi ganz zu sich nehmen, Clytie, damit er bei seiner richtigen Mutter aufwachsen kann. Finch ist dabei, die Papiere für uns aufzusetzen. Wenn Ihnen eine Privatadoption recht wäre?«

»Ob mir das recht wäre?!«, würgte Clytie hervor, ehe ihr die Stimme versagte. Sie presste die Hände auf den Mund, um ihre Tränen zurückzuhalten.

»Nun gut, das wäre also abgemacht«, meinte Sonny tapfer. »Und jetzt wollen wir den kleinen Racker mal holen und ein bisschen mit ihm spielen«, sagte er in einem so leichtherzigen Ton, als habe er nicht soeben den kostbarsten Menschen, den es für ihn gab, aufgegeben.

Das war Nonis Stichwort. Sie erhob sich wohl oder übel

und verschwand, ohne ein Wort zu sagen. Sie kam nicht mehr zurück. Wenig später tauchte das Kindermädchen mit Maxi auf dem Arm auf. Der Knabe kannte Finch bereits und winkte ihm mit einem Holzpferdchen zu. Als er Clytie erblickte, legte er mit einem Halblächeln den Kopf schief und betrachtete dieses neue Gesicht.

Sonny bedeutete dem Kindermädchen, den Kleinen an Clytie zu übergeben. »Danke, Gertie. Sie dürfen gehen. Clytie wird Max jetzt nehmen.«

Der scheue Blick, den das Kindermädchen ihr zuwarf, verriet Clytie, dass es eingeweiht war. Die junge Frau setzte ihr das Kind auf den Schoß. Max reichte Clytie daraufhin sofort sein Pferdchen. Sie bedankte sich höflich und gab ihm das Spielzeug wieder zurück. »Danke, Max.«

Max gab es ihr sofort wieder. Erneut gab sie es mit einem Dankeschön zurück. So ging es eine Weile hin und her, bis der Kleine genug von dem Spiel hatte. Auf der Suche nach neuen Abenteuern zupfte er Clytie den Strohhut herunter. Entzückt begutachtete er ihren dicken Zopf und zog daran.

Der Raum war mit einem Mal von goldenem Sonnenlicht erfüllt, und Clytie sah, wie Finch ihr zulächelte. Sonny lächelte ebenfalls, wenn auch ein wenig gequält und wohl hauptsächlich, um Max nicht zu beunruhigen.

Als Alice den Afternoon Tea servierte, vertraute Sonny Clytie gespielt verschwörerisch an: »Max liebt Erdbeeren. Ich hoffe, Sie haben in Ihrem Garten welche?«

Clytie konnte bloß nicken; sie wollte auf keinen Fall, dass Maxi etwa Tränen bei ihr bemerkte. Sie gab ihm ihren Strohhut zum Spielen. Er versteckte sein Gesicht hinter dem Hut und spielte »Kuckuck!«. Dabei fiel Clytie ein merkwürdiges kleines Haarbüschel in seinem Nacken auf, das an eine Fleur-de-Lys erinnerte, eine Bourbonen-Lilie. Dies räumte den letzten Zweifel aus, den sie vielleicht unbewusst noch gehabt haben mochte. Vergangenheit und Gegenwart verschmolzen zu einer Einheit.

»Ich hätte nur eine Bitte …«, meinte Sonny, wurde dann jedoch von einer Hustenattacke geschüttelt. Er bat Finch mit einer Geste, in seinem Namen fortzufahren.

»Sonny wollte dich fragen, ob du eventuell bereit wärst, bei dem Namen Maximilian zu bleiben. Es ist der Name von Sonnys deutschem Großvater. Diese letzte Verbindung mit dem Jungen würde Sonny sehr gerne aufrechterhalten. Falls es dir recht ist.«

»Es wäre mir eine Ehre, Sonny. Maximilian George Peter Jantzen, das hat einen guten Klang.«

»Die Vornamen würden schon genügen. Sie möchten seinen Nachnamen zu einem späteren Zeitpunkt vielleicht in Delaney ändern.«

Finch zuckte zusammen. Hastig erklärte er Sonny: »Ich habe Clytie noch nicht erzählt, was letzte Woche passiert ist. Das ist Ihre Entscheidung, Sir.«

Sonny nickte. Clytie musste sich erneut ärgern. Schon wieder wurde sie von den Beschlüssen der Männer ausgeschlossen! Der Minenerbe wechselte abrupt das Thema.

»Dürfte ich Sie vielleicht bitten, ein paar Fotos von mir und Maxi zu machen, Finch? Ich würde sie gerne in die Schweiz mitnehmen.«

Finch erhob sich sogleich. »Es wäre mir ein Vergnügen, Sonny. Ich werde sofort damit beginnen.«

Clytie gab Maxi widerwillig an Sonny zurück. Finch baute die Kamera auf und rückte alles ins beste Licht. Es wurde nicht einfach, da Maxi als Kleinkind unberechenbar war und nicht lange stillhalten konnte. Clytie beobachtete voller Staunen, wie fachmännisch und wie geduldig Finch vorging.

Als Max schließlich die Augen zufallen wollten, streichelte Sonny ihm mit seiner behandschuhten Hand übers Köpfchen und griff dann zur Klingel, um das Kindermädchen herbeizurufen.

»Die Schläfrigkeit meines Sohnes erinnert mich daran, dass auch ich jetzt besser ein Nickerchen halten sollte – auf ärztlichen Rat. Ihre Arbeit ist für heute beendet, Finch. Bitte fahren Sie Clytie wieder zu ihrem Häuschen zurück.«

»Nein danke, ich würde lieber zu Fuß gehen«, meinte Clytie, »ich kann jetzt einen Spaziergang gebrauchen.«

»Wie Sie wünschen. Dann schicke ich Ihnen morgen wieder meine Kutsche vorbei.«

Man verabschiedete sich. Sonnys Stimme klang distanziert, als schämte er sich für seine Gefühle.

Kaum dass sie außer Sicht des Anwesens waren, fiel Clytie über Finch her.

»Ich habe jede Menge Fragen, wollte Noni aber nicht noch mehr reizen, deshalb habe ich den Mund gehalten. Aber jetzt sind wir allein, und du kannst mir Rede und Antwort stehen.«

Finch seufzte. »Ich hatte das dumpfe Gefühl, dass du das sagen würdest. Na gut, könnte es warten, bis wir daheim sind?«

Clytie verdrehte die Augen zum Himmel und schüttelte ihre Faust. »Warum, um Himmels willen, sollte ich warten, bis wir den Teekessel aufgesetzt haben?! Nein, ich halte es keine Sekunde länger aus! Ich will jetzt endlich die ganze Wahrheit. Vor zwei Tagen hatte ich noch geglaubt, dass mein Kind tot sei. Vorhin durfte ich es nach so vielen Monaten endlich wieder in meine Arme nehmen. Und jetzt soll ich nochmal *warten.* Finch, du bist ein Monster! Du bist unmenschlich!«

»Na gut, na gut, ich rede ja schon – aber ganz einfach ist die Sache nicht.«

Er setzte sich auf einen Felsen. Clytie verharrte drohend über ihm.

»Also, erst mal kann ich nicht verstehen, warum Noni das Kind so einfach aufgibt. Steckte sie mit der Bracken unter einer Decke? Oder hat sie die Wahrheit später zumindest geahnt? Sind die Blumen, die eine unbekannte Person auf Roberts Grab hinterlässt, von ihr?«

»Immer langsam, schön eins nach dem anderen! Nein, Noni war *dagegen*, dir das Kind wieder zurückzugeben. Sonny musste ihr mit Scheidung drohen, ehe sie nachgab.«

»Mit Scheidung? Aber Sonny ist ein perfekter Gentleman, er würde seiner Frau nie eine solche Schande antun!«

»Vielleicht nicht, aber er hat diese Drohung als Druckmittel benutzt, weil sie Maxi nicht hergeben wollte. Er hat mir gegenüber angedeutet, dass er bei der Heirat wusste, dass das Kind nicht von ihm war.«

Clytie wurden die Knie weich, und sie sank neben ihn auf den Felsen. »Willst du damit sagen, dass das Kind, das starb, gar nicht Sonnys eigener Sohn war?«

»Nein, war er nicht«, räumte Finch sichtlich widerwillig ein.

»Und wer war dann der Vater?«

Finch fühlte sich bedrängt. »Das geht dich nichts an, Clytie. Du hast Max wieder – genügt dir das nicht?«

Er ging weiter, aber Clytie holte ihn ein und vertrat ihm den Weg. »Du lügst. Du weißt, wer der Vater ist. Da stimmt doch was nicht. Ist das vielleicht der Grund, warum Rom mir aus dem Weg geht? Mein Gott, soll das heißen, dass er mit Noni eine Affäre gehabt hat? Aber sie kann ihn nicht ausstehen! Sie hat ihn jedes Mal geschnitten, wenn sie sich auf der Straße begegnet sind!«

Finch wandte sich betreten ab.

»Es ist wahr, ich seh's dir an! Wenn Rom tatsächlich mit uns beiden geschlafen hat – ich bring ihn um, wenn er sich wieder bei mir blicken lässt!«

»Wieso denn? Rom wusste es doch gar nicht! Er hat alles getan, um den Schaden wiedergutzumachen.«

»Du verstehst, dass ich das kaum glauben kann.« Ihr fiel noch eine andere Frage ein. »Was wollte Sonny vorhin nicht über Rom sagen? Ist er ihm etwa begegnet?«

»Sonny wollte dich wahrscheinlich nicht beunruhigen. Er ist vor ein paar Nächten wach geworden und hat gehört, dass Maxi geweint hat. Er stand auf, um zu ihm zu gehen. Als er das Zimmer betrat, sah er Rom draußen im Garten stehen. Er hat mir gesagt, er würde den Ausdruck auf seinem Gesicht niemals vergessen: Rom wirkte todtraurig. Aber als er rausging, um mit ihm zu reden, war er plötzlich wieder verschwunden.«

»Warum kommt er zu allen anderen – bloß nicht zu mir?«

Clytie zitterten die Knie, und sie musste sich auf einen umgefallenen Baumstamm setzen. Sie vergrub das Gesicht in den Händen.

Finch fand, dass es an der Zeit war, reinen Tisch zu machen.

»Sonny hat Noni nur geheiratet, um sie vor der Schande zu bewahren und um ihrem Kind seinen Namen zu geben. Aber er hatte vielleicht sogar noch einen stärkeren Beweggrund.«

»Was denn, um Himmels willen?«

»Er wollte dem Kind seinen Namen geben, weil er *wusste*, dass in Wirklichkeit Rom der Vater war. Es gibt viele verschiedene Arten von Liebe, Clytie. Ich bin sicher, dass Rom es nie gewusst hat. Was Sonny für ihn empfindet, meine ich.«

Die junge Artistin starrte Finch fassungslos an. »Willst du damit sagen, es war wie mit Oscar Wilde und seinem Liebhaber, Lord Alfred Douglas? Wie hat er es noch ausgedrückt? Eine Liebe, deren …«

»… deren Name nicht genannt werden darf. Ja, vielleicht war es so. Sonny hat die Vaterrolle jedenfalls ganz bewusst angenommen – du siehst ja, wie sehr er Max liebt.«

Clytie musste ihren Kopf festhalten; sie hatte das Gefühl, dass er ihr von den Schultern zu fallen drohte. Schockiert blickte sie zu dem großen Hugenotten auf.

»Bleibt dennoch die Frage: Steckte Noni mit der Bracken unter einer Decke? Hat sie mir absichtlich mein Kind gestohlen?«

»Sonny ist sich nicht sicher. Aber er glaubt, dass Noni unbedingt ein Kind haben wollte – *irgendein* Kind –, um ihre Ehe mit Sonny zu untermauern. *Sie* liebt ihn offenbar – er sie nicht.«

Finch ging vor Clytie in die Hocke und hob ihr Kinn, damit sie ihn ansehen musste.

»Du solltest Rom nicht hassen, Clytie. Er ist nach Hope zurückgekehrt, um alles wiedergutzumachen. Deshalb hat er mich gezwungen, den Vermittler für ihn zu spielen. Der Doc, Sonny und ich – wir alle haben ihm geholfen, damit du dein Baby zurückbekommst.«

»Wird Rom jetzt endlich zu mir heimkehren?«

Finch wusste nicht, was er sagen sollte. Die Stille wurde vom Schrei eines Kakadus unterbrochen, der seinen schwefelgelben Kamm aufstellte und dann die Flucht ergriff.

»Clytie, ich bin nicht Gott, ich kann nicht wissen, was die

Zukunft bringt. Aber freu dich doch! Dein Kind ist am Leben – Maxi ist gesund und munter. Und in ein paar Wochen wird er wieder ganz dir gehören!«

Erst da wurde Clytie die Tragweite der Ereignisse richtig bewusst, und sie lachte und weinte gleichzeitig. Finch schloss sie in die Arme. Und zur Abwechslung wehrte sie sich nicht dagegen. Gemeinsam traten sie den Heimweg an.

47

Doc Hundey saß zuhause in seinem Arbeitszimmer und nahm zögernd einen Eintrag in sein Tagebuch vor – es war Montag, der zweite Juni 1902.

Endlich Frieden – wenn man das fragile Übereinkommen zwischen Buren und Briten so bezeichnen kann. Am einunddreißigsten Mai 1902 wurde das Ende des Krieges in Südafrika offiziell besiegelt – in Hope traf die Nachricht erst heute, drei Tage später, ein.

Der Zweite Englisch-Burische Krieg (die Buren betrachten ihn als den Zweiten Unabhängigkeitskrieg) endete nach zweiunddreißig Monaten, nach heftigen Kämpfen mit einer tapferen Bureneinheit, die sich selbst als »Bitter-Enders« bezeichnete.

Die Verlustrate ist auf beiden Seiten enorm hoch. Was mich erzürnt, ist die Tatsache, dass ein Gutteil der Soldaten nicht in den Schlachten fiel, sondern infolge der verheerenden hygienischen Bedingungen und der schlechten Versorgung an der Front. Die wahren Mörder waren Fieber, Dysenterie und Typhus.

Man sagt, dass der Krieg die britische Regierung am Ende bis zu zwei Millionen Pfund pro Woche gekostet hat, um die weit verstreute Kriegsmaschinerie am Laufen zu halten. Die Buren dagegen hat der Krieg alles gekostet.

Was als idealistisches Abenteuer für junge Männer begann, stößt nun auch hier in Australien den meisten Menschen sauer auf. Die Bevölkerung ist nach dem langen Krieg desillusioniert und enttäuscht. Und nun muss eine heimische Wirtschaft, die ohnehin am Boden liegt, auch noch die zahlreichen Verwundeten und Verkrüppelten verkraften …

Was der Arzt nicht hinzufügen mochte, was ihm aber im Kopf herumging, war der Nachsatz: … *und verlorene Seelen wie Rom Delaney.*

Er vernahm kein Klopfen, aber etwas veranlasste ihn, den Kopf zu heben und zur Tür zu schauen. Die Gestalt stand im Gegenlicht, das Gesicht unter dem Hut kaum zu erkennen. Der Arzt wusste dennoch gleich Bescheid.

»Guten Morgen, Rom. Du hast es zweifellos auch schon gehört, was? Endlich Frieden.«

»Ja, Doc. Aber nicht für mich …«, meinte der junge Mann resigniert.

Finch merkte schnell, dass sich seine eigene Reaktion auf das Kriegsende deutlich von der Reaktion der Bevölkerung von Hope unterschied. In ihm löste die Nachricht widerstreitende Gefühle aus – er war hin- und hergerissen zwischen der Identität von Finch und der von Jonathan D'Angers. Auch würde sich sein Leben nunmehr erneut radikal ändern.

Seine Zeit als Sonny Jantzens persönlicher Assistent ging dem Ende zu. In den letzten Wochen hatte er sich hauptsächlich – unter striktem Stillschweigen – um die Abwicklung des Verkaufs der Golden-Hope-Mine und des Anwesens der Jantzens gekümmert. Die neuen Besitzer der Mine, zwei Brüder aus Kalifornien, wurden in den nächsten Tagen in der Stadt erwartet.

Finch hatte nicht den Wunsch, nach Sonnys Abreise noch länger in Hope zu bleiben und etwa für die neuen Eigner zu arbeiten. Nein, es wurde Zeit, endlich die Zelte abzubrechen. Er hatte einen mehr als großzügigen Bonus von seinem Freund und Arbeitgeber erhalten, mit dem er sich eine ganze Weile über Wasser halten – und sich hoffentlich seinen Berufswunsch erfüllen konnte. Sonny hatte ihm außerdem ein geradezu überschwängliches Zeugnis ausgestellt. Was jetzt noch zu tun blieb, war hauptsächlich die Abwicklung des Verkaufs des Hauses. Seine letzte Pflicht würde darin bestehen, die Jantzens nach Port Melbourne zu fahren, wo sie den Luxusliner nach Europa besteigen würden.

Mit den Zeitungen unter dem Arm, die das Kriegsende verkündeten, betrat er Sonnys Arbeitszimmer. Der hochgewachsene bleiche Mann war wie immer makellos gekleidet und schaute gerade die Fotografien durch, die Finch auf seine Bitte von der Lady gemacht hatte. In den meisten davon saß Sonny als stolzer Besitzer am Steuer, neben sich den immer fröhlichen Maxi.

Wie angeordnet hatte Finch das Automobil wieder an den Entwickler zurückgegeben. Jetzt, wo die Jantzens abreisen würden, konnte es sich Sonny nicht mehr leisten, stiller Teilhaber einer Automobilfirma zu sein. Er hatte auch in Bezug auf die Mehrung und Wahrung seines Vermögens Finchs Ratschläge befolgt und würde nun mit dem, was er hatte, seinen Aufenthalt in dem Luxussanatorium in der Schweiz sowie den Unterhalt des Stadthauses in Melbourne, wo sein Vater künftig wohnen würde, finanzieren können.

Finch wartete auf Sonnys Urteil.

»Sie haben der Lady alle Ehre gemacht, Finch. Ich werde

diese Fotos wie einen Schatz hüten. Und danke auch für die zweiten Abzüge. Ich habe ein Album daraus zusammengestellt, das ich Max mitgeben will, damit er eine Erinnerung an seine Zeit hier bei uns hat. Und hoffentlich, wenn er größer ist, sehen wird, wie glücklich er mich und meine Familie gemacht hat.«

Sonnys Stimme brach. Er stieß ein nervöses Lachen aus. »Verzeihen Sie, ich war nie gut darin, meine Emotionen unter Kontrolle zu halten.«

»Sie haben eine sehr mutige, selbstlose Tat vollbracht, Sonny. Dass Sie Max' Glück vor das Ihre gestellt haben, war ein Ausdruck wahrer Liebe.«

Sonny wirkte überrascht, als fragte er sich, ob die Bemerkung vielleicht zweideutig gemeint sei.

Gespielt beiläufig erkundigte er sich: »Haben Sie noch einmal etwas von Rom Delaney gehört, Finch? Hat er sich Clytie inzwischen offenbart? Wenn Gott will, wird er das Richtige für sie tun.«

Finch, der diesen wunden Punkt lieber nicht berühren wollte, schüttelte den Kopf und wechselte das Thema. »Ich bin Ihnen zutiefst dankbar für das Arbeitszeugnis, das Sie mir ausgestellt haben. Allerdings hatte ich ganz vergessen zu erwähnen, dass mein richtiger Name Jonathan D'Angers ist, ein alter Hugenottenname. Ich habe mich inzwischen so an ›Finch‹ gewöhnt, dass es mir nicht mehr rechtzeitig eingefallen ist.«

»Ah ja, wie diese tapferen Burenkommandeure, Ben Viljoen und De Wet, das sind auch alte holländische Namen, wenn ich es richtig verstanden habe. Nein, keine Sorge, Finch, dann werde ich Ihnen das Zeugnis noch einmal auf den Namen Jonathan D'Angers ausstellen – dann haben Sie zwei Zeugnisse und können Sie nach Belieben verwenden.«

Allzeit auf der Hut vor Ermüdungserscheinungen seines Chefs war Finch nicht überrascht, als Sonny sein Angebot, ihm beim restlichen Papierkram zu helfen, ablehnte.

»Es ist ein viel zu schöner Tag, um im Haus zu hocken, Finch. Nein, ich möchte, dass Sie Max nehmen und zu Clytie fahren, damit sich der kleine Kerl mal an seine neue Umgebung gewöhnen kann. Und wenn Sie mich jetzt entschuldigen würden, es wird Zeit für mein Mittagsschläfchen …«

Finch fand Max aufbruchsbereit. Er war von Gertie fesch angezogen und mit einem großen Korb voller Spielsachen und Proviant versorgt worden.

Neben Finch auf der Sitzbank des Buggys festgeschnallt ging es los. Der große Hugenotte sang dem Knaben Kinderlieder in drei Sprachen vor, in die der kleine Sonnenschein auf seine Art und Weise krähend mit einstimmte. Das Pferd trabte flott dahin, und schon bald kam das Pfarrhäuschen in Sicht.

Clytie trug eine Schürze. Sie hatte Brot gebacken und Mehlspuren an den Wangen. Sie und Long Sam besprachen gerade, was sie als Nächstes im Garten anpflanzen wollten.

Diese Frau würde selbst in einem Kartoffelsack noch verführerisch aussehen.

»Freu dich nicht zu früh, der kleine Max ist nur ausgeliehen«, meinte Finch, während er ihn in ihre ausgebreiteten Arme setzte. »Er kommt wie der sprichwörtliche kleine Grieche mit Geschenken – einem Fotoalbum, einem Picknick und jeder Menge Spielsachen. Ach ja, und eine Blechtrommel, mit der er euch unterhalten wird. Sonny fand, es sei höchste Zeit, dass Max sich mit der Welt seiner Mutter vertraut macht.«

Clytie war so gerührt, dass sie kaum ein Wort herausbrachte. Sie nahm den kleinen Racker auf den Arm und lief mit ihm im Garten umher. Sie scheuchten Long Sam herum, der zu Maxis großem Vergnügen die komischsten Grimassen schnitt. Finch beobachtete es mit gemischten Gefühlen, denn er wusste, dass es vielleicht die letzten kostbaren Erinnerungen an die beiden waren.

Während des Picknicks auf dem Rasen befragte Clytie Finch interessiert zum Kriegsende. Warum die Kirchenglocken nicht geläutet hätten, zur Feier des Tages?

»Ich weiß auch nicht genau. Aber es scheint, als ob die Leute das Kriegsende eher reserviert zur Kenntnis genommen hätten. Keine feurigen Zeitungsartikel, kein Jubel, kein Siegesgeschrei. Offenbar wurden die Commonwealth-Büros bereits geschlossen und die Imperial Army abgezogen. Soweit ich gehört habe, werden von der australischen Regierung auch keine offiziellen Siegesfeiern geplant. Man hat lediglich vor, am kommenden Sonntag landesweit Dankgottesdienste abzuhalten.«

»Und das ist alles, was unsere jungen Soldaten kriegen?«, fragte Clytie fassungslos. »Eine Schande, wenn man bedenkt, mit welchem Trara man sie verabschiedet hat: große Paraden, Fahnengeschwenke und Blumenmädchen! Und jetzt, wo sie als Verwundete und Krüppel in die Heimat zurückkehren, erwartet sie kaum ein Dankeschön – geschweige denn Arbeit! Nur ein Land, das kriegsmüde ist.«

Dem konnte Finch nichts entgegensetzen. Ebenso wenig dem bitteren Unterton, der Clyties Enttäuschung darüber verriet, dass Rom nicht unter den Rückkehrern sein würde.

Nachdem sie Max das winzige Häuschen und den Garten gezeigt hatten, schlug Finch vor, dass Clytie mit ihrem Söhnchen zum Fluss baden gehen solle.

»Ich komme später wieder und bringe ihn zu Sonny zurück. Max ist lange genug mit Samthandschuhen angefasst worden – es wird Zeit, dass er sich mal richtig austobt und dreckig machen darf, so wie's Jungen eben gern tun. Rumplantschen und im Schlamm wühlen.«

Clytie war skeptisch. »Aber was wird Noni sagen?«

»Das ist unwichtig. Von jetzt an zählt nur, was Maxis *Mutter* zu sagen hat.«

Mit einem Kloß im Hals blickte Finch den beiden nach, die fröhlich zum Fluss aufbrachen. Clytie hatte den Kleinen erneut auf den Arm genommen. Sie blieb unterwegs immer wieder stehen, um Maxi auf einen Vogel oder auf ein Buschtier aufmerksam zu machen, und Finch sah, wie er dann entzückt auflachte.

Der blonde Hugenotte beschloss, in der Zwischenzeit das Mechanics Institute aufzusuchen und sich ein wenig zu informieren. Auf dem Weg dorthin konnte er nicht umhin, das veränderte Verhalten der Leute zu bemerken. Die meisten ignorierten ihn oder warfen ihm bissige Blicke zu. Er hatte sich nie fremder und einsamer gefühlt.

Mrs Mintner ging in ihrem inzwischen schon ganz schäbig gewordenen Trauerkleid an ihm vorbei, als ob er unsichtbar wäre. Ein alter Fossicker spuckte bei seinem Anblick verächtlich aus. Einige wandten die Blicke ab, andere lächelten ihm betreten zu.

Die neue australische Flagge flatterte am Fahnenmast, und in vielen Schaufenstern standen gerahmte Fotos von jungen Soldaten, einige davon mit Trauerflor. Kitcheners Porträt glänzte vor allem durch Abwesenheit. Die Stadt wirkte seltsam verhalten und still, als ob das sehnlichst erwartete Kriegsende zu spät gekommen oder mit Schande für die Sieger verbunden wäre.

Finch sah kurz in der Post vorbei, um einen Brief aufzugeben: die Vorbestellung der Memoiren von Burengeneral Ben Viljoen, der nach wie vor auf St. Helena interniert war. *Erinnerungen an den Englisch-Burischen Krieg* war von einem britischen Sympathisanten, Officer Theodore Brinckman, von der Insel geschmuggelt worden und würde nun bei einem Londoner Verlag erscheinen. Finch hatte zwei Exemplare bestellt.

Marj Hornery warf einen Blick auf die Adresse des Londoner Verlags und sagte mit einem schmallippigen Lächeln: »Sie wollen wohl Ihre Memoiren verhökern, Finch? Sollte eine *interessante* Lektüre abgeben.«

Finch wusste um Marjs Geschick im Öffnen von Briefen über Dampf und sagte daher mit kalter Höflichkeit: »Nein, das ist eine Vorbestellung für die Memoiren eines tapferen Burengenerals. Ein britischer Colonel hat das Manuskript als den authentischsten Kriegsbericht bezeichnet, den er je gelesen habe.«

»Ach ja?«, meinte die Postmeisterin spitz.

»Allerdings. Ich habe zwei Exemplare bestellt – eins ist für die Bibliothek des Mechanics Institute bestimmt und für jeden, der sich seine Unvoreingenommenheit bewahrt hat. Es wird Sie also freuen zu hören, dass Sie das Paket gerne öffnen dürfen, wenn es eintrifft – ganz legal.«

Und mit diesen Worten klatschte er ihr die Münzen für die Briefmarke auf die Theke und verschwand pfeifend.

So gut wie allein im Leseraum des Instituts las er einen Artikel aus dem *Daily Telegraph*, der von der Hinrichtung von zwei Bushveldt Carbineers, Lieutenants Harry »The Breaker« Morant und Peter Joseph Handcock berichtete, die einen ihrer Kriegsgefangenen, einen deutsch-lutheranischen Missionar brutal ermordet hatten. Australien hatte von der Exekution durch das britische Militärgericht erst geraume

Zeit später Kenntnis erhalten, und es hatte die Kriegslaune nicht gerade gesteigert.

Finch murmelte eine unterdrückte Verwünschung. Kein Wunder, dass Australien derzeit die Schnauze voll hatte vom britischen Mutterland.

»Ich wünschte, ich könnte über all das mit Rom reden«, murmelte er, »er ist der Einzige, der mich und den Krieg verstehen kann.«

»Haben Sie was gesagt, mein Junge?«, fragte der einzige andere Anwesende, der einbeinige Käpt'n Kidd, und hob den Kopf von den Stellenanzeigen.

Finch murmelte eine Entschuldigung. »Hab bloß laut gedacht, Sir.«

»Gut, dass unsere Jungs endlich heimkommen. Sie kriegen jetzt bestimmt die besten Verwaltungsposten. Kann ich ihnen nicht verdenken – wer braucht schon einen Mann mit Holzbein.«

Finch musste die tapfere Haltung des alten Bergarbeiters bewundern. »Bloß schade, dass unsere Regierung nicht auch so großzügig sein kann wie die kanadische. In Ontario kriegen die Kriegsheimkehrer fünfundsechzig Hektar Land geschenkt.«

»Gut für sie. Unsere Politiker sind allesamt Pfennigfuchser.« Käpt'n Kidd griff zu seiner Krücke und erhob sich mit finsterer Miene. Mühsam schritt er die Galerietreppe hinunter und verschwand.

Finch las zu seiner Freude, dass der *Brisbane Courier* voll des Lobes für den »tapferen besiegten Feind« war. Er erfuhr, dass fünf australische Soldaten mit dem Victoria-Kreuz für besondere Tapferkeit ausgezeichnet worden waren, der höchsten Auszeichnung, die das britische Commonwealth zu vergeben hatte.

Sie haben Verwundete und Tote vom Schlachtfeld geborgen, dasselbe, was ich auf der anderen Seite gemacht habe. Aber mir gibt man dafür keinen Orden. Ich gelte als Verräter.

Er musste an das brennende Farmhaus denken, in dessen Scheune er mit letzter Kraft und ohne seine Uniform (und sein Gedächtnis) Zuflucht gesucht hatte.

Wenn Rom nicht gewesen wäre … Ich frage mich, was am Ende mit ihm geschehen ist, drüben in Südafrika …?

48

Der Kricketplatz lag verlassen in der heißen Sonne. Nur ein Wallaby wanderte knabbernd am Rand des Ovals herum. Der Sommer hatte dem Rasen gründlich den Garaus gemacht. Eine leichte Brise strich über die verdorrten braunen Halme, die von zahlreichen Spielern zertrampelt waren.

Rom stand am Drehkreuz und musste an den Abend denken, an dem der Zirkus Wildebrand in die Stadt gekommen war. Wie er dem Ticketverkäufer prahlerisch verkündet hatte, er habe freien Eintritt, weil er den Zirkus in die Stadt geholt habe und daher Boss Gourlays Ehrengast sei.

Ist das wirklich erst etwas über zwei Jahre her? Mein Gott, mir kommt es vor, als wäre es ein anderes Leben.

Er sah noch einmal das große Zirkuszelt vor sich, die umliegenden Buden und die Waggons der Artisten, die Käfige mit den Tieren; er spürte einmal mehr die nervöse Anspannung und Vorfreude auf die Vorstellung. Er war dreist ins Zelt hineinmarschiert und hatte sich in den Rängen umgesehen. Auf einmal waren ihm alle mit Respekt begegnet! Er war nicht länger der Herumtreiber, der verantwortungslose Weiberheld – er war ein Mann, mit dem zu rechnen war.

Die Aufregung jenes Abends – sein erster Zirkusbesuch, denn im Heim war so etwas natürlich nicht erlaubt gewesen. Mehr noch erinnerte er sich an seine erste Begegnung mit

Little Clytie, die ihm während der Parade vom Pferderücken aus eine Kusshand zugeworfen hatte, und er sich daraufhin geschworen hatte, sie zu erobern, ehe der Zirkus seine Zelte wieder abbrach.

Wie verantwortungslos und leichtsinnig ich damals war. Aber Clytie hat's mir gezeigt.

Und jetzt wartete er wieder. Allein. Worauf? Er wünschte mit aller Kraft Clyties Erscheinen herbei.

Er saß auf der kärglichen kleinen Tribüne und rauchte seine letzte Zigarre. Dabei zählte er ungeduldig die Minuten. Ihm lief allmählich die Zeit davon.

Dann hörte er es plötzlich, es übertönte das Rauschen des Flusses: ein Kinderlachen. Es näherte sich dem Kricketplatz. Etwas zog sich in Roms Brust zusammen, dort, wo früher sein Herz gewesen war.

Und da waren sie. Clytie trug eine bunt gestreifte Bluse und einen schwarzen Rock und hatte ihr Haar im Nacken mit einer Schleife zusammengebunden. Sie trug ein kleines Kind auf der Hüfte, einen Jungen namens Maximilian Jantzen – seinen Sohn.

Kein Zweifel, er ist meiner. Ist mir wie aus dem Gesicht geschnitten. Ich hab Clytie geschwängert – ohne es damals zu merken.

Beschämt erinnerte er sich daran, wie er anfangs nicht auf den Brief hatte antworten wollen, sich dann aber jäh entschloss, zu ihr zurückzukehren und zu tun, was richtig war.

Ach, was soll's, das ist jetzt Geschichte. Ich hab's immerhin wieder in Ordnung gebracht – für sie jedenfalls. Aber was ist mit mir? Habe ich nicht auch eine zweite Chance verdient?

Der kleine Junge trug nicht das übliche weiße Kleidchen von Kleinkindern beiderlei Geschlechts, sondern fesche rote Strümpfe und ein buntes Wams, das Clytie aus farbigen Kostümresten zusammengeschneidert hatte. Rom beobachtete, wie Clytie den Kleinen absetzte und mit ihm Krabbeln übte. Er machte ein paar robbende Vorwärtsbewegungen, und Rom strahlte vor Stolz über seinen Sohn.

»Du machst das großartig, Schätzchen«, meinte Clytie mit ihrer rauen Honigstimme, die Rom so erregend fand, vor allem im Bett.

Er näherte sich den beiden unbemerkt, unwiderstehlich angezogen von ihrem Lachen und der Art, wie die Sonne auf ihre Gesichter fiel und die Lachfältchen um Clyties Augen betonte, ihr Haar funkeln ließ.

Maxi schien zu merken, dass er jetzt ein größeres Publikum hatte, und seine Bewegungen wurden schneller und zuversichtlicher. Er hielt abrupt inne und wedelte triumphierend mit einem Fäustchen wie ein Miniaturchampion.

»Toll hast du das gemacht!«, rief auch Clytie und klatschte begeistert.

»Bravo, mein Sohn!«, flüsterte Rom, der nun nahe genug war, dass man ihn hören konnte.

Maxi blickte in seine Richtung und winkte ihm zu, babbelte etwas in seiner Babysprache.

Er kann mich sehen! Er weiß, wer ich bin!

Clytie versuchte stirnrunzelnd zu erkennen, wem Maxi da zuwinkte, aber sie musste direkt in die Sonne blinzeln. Dann begann sie zu schmunzeln. Rom trat hoffnungsvoll zwei Schritte näher. Mit erhobener Stimme, als wäre sie schwerhörig, rief er: »Ich hab mein Versprechen gehalten, Clytie. Ich bin zu dir zurückgekehrt. Ich weiß, ich hab dich im Stich gelassen. Aber ich habe alles getan, um es wiedergutzumachen, verstehst du? Ich konnte dir nie sagen, was ich für dich empfinde, Clytie. Ich wollte es nicht sehen. Aber jetzt sag ich's! *Clytie, ich liebe dich!*«

Clyties Augen weiteten sich. Rom hielt den Atem an. Dann zeigte sie direkt auf ihn!

»Schau, Maxi, ein großer Vogel!«

Rom fuhr herum und sah, dass direkt hinter ihm eine große Elster im Gras herumhüpfte.

Sie hat gar nicht mich angesehen – sie hat durch mich hindurchgeschaut auf diesen blöden Vogel!

Aber sein Zorn verrauchte wieder, als er sah, wie Maxi dem Vogel zuwinkte, der prompt die Flucht ergriff.

»Sag Adieu zu dem Vogel, Liebling.«

Max wiederholte brav: »Adö!«

Clytie schmunzelte und deutete dann auf eine Gruppe riesiger Kiefern, am Rand des Platzes.

»Das ist ein ganz besonderer Ort für mich, mein Liebling. Unter diesem Baum da hat dein Papa mir meinen ersten Kuss gegeben.«

Sie bückte sich und gab Max einen Kuss aufs Köpfchen. Dann setzte sie ihn sich wieder auf die Hüfte und machte sich auf den Heimweg. Rom folgte ihnen bis zum Rand des Ovals.

Verloren blickte er ihnen nach. Ihn fror plötzlich, trotz der warmen Sonne.

Clytie und Max überquerten die Brücke, und dabei sagte ihm die junge Mutter den Kinderreim von Humpty Dumpty vor, der von der Mauer fiel:

»… alle Pferde des Königs und all seine Mannen brachten Humpty nicht wieder zusammen.«

49

An jenem ersten Sonntag nach Kriegsende waren alle Kirchen von Hope bis auf den letzten Platz gefüllt, aber man wollte danach noch zu einer gemeinsamen Andacht zusammenkommen. Als idealer Ort dafür war das neu errichtete Kriegerdenkmal erwählt worden, das den höchsten Punkt des Kirchbergs zierte und von dem aus man den Friedhof überblicken konnte.

Finch besuchte keinen der Gottesdienste. Als Sanitätshelfer der Buren wäre er wohl kaum erwünscht gewesen, außerdem wollte er jenen, deren Mann, Sohn oder Verlobter im Kampf mit dem »Feind« gefallen war, nicht noch mehr Kummer bereiten. Der Hugenotte stand allein am Fuß des mit Rasen versehenen Hügels, der das Kriegerdenkmal umkränzte wie Haare eine Glatze. Das Denkmal stellte einen Soldaten dar, der mit gesenktem Kopf dastand, das Gesicht von dem typischen Schlapphut beschattet, dessen eine Seite hochgeschlagen war, eine Hand auf die umgedrehte Flinte gelegt, als Symbol dafür, dass hoffentlich nie wieder ein Schuss abgefeuert werden musste. Sein jugendlich faltenfreies Gesicht sah aus wie das eines jeden Soldaten – Bure oder Brite.

Finch trat einen Schritt näher und las mit seinen scharfen Augen aus einiger Entfernung die Namen auf der Ehrenliste.

Die Gefallenen waren jeweils mit einem kleinen Goldkreuz markiert – bis auf einen: Neben dem Namen von Doktor Alexander Levi prangte ein kleiner goldener Davidsstern.

»Dann hat der alte Solomon Levi am Ende also doch gewonnen!«, freute sich Finch laut.

Er wurde mit dem Ellbogen angestupst und schaute zur Seite. Rom stand neben ihm. »Ja, aber nur, weil dieser anständige Copper, Wachtmeister Mangles, Bruiser Twyman aus der Stadt gejagt hat. Ist nach Melbourne geflohen, wie man hört – sollen die sich mit ihm rumschlagen.«

Finch starrte Rom erschrocken an. Er wirkte irgendwie … durchsichtig? Jedenfalls schienen seine Umrisse weniger scharf zu sein.

»Was starrst du mich so an?«, fragte Rom ärgerlich.

Finch fasste sich schnell und sagte: »Ich bin bloß überrascht, dich ohne Zigarre zu sehen, das ist alles.«

»Man muss den Kameraden schließlich ein bisschen Respekt erweisen, oder nicht?«

»Ja klar – auf beiden Seiten.«

»Stört es dich, dass dein Name nicht draufsteht?«, erkundigte sich Rom.

»Ich hab's dir doch gesagt: Er hat es nicht verdient, da zu stehen. Das ist eine Ehrenliste – für *echte* Helden.«

»Und wieso steht dann *mein* Name drauf?«

»Weil du ein echter Held bist, Rom. Du hast bei den Victorian Mounted Rifles gedient. Als Freiwilliger. Du hast mir das Leben gerettet. Und du bist nie desertiert.«

»Wäre ich aber, wenn ich auch nur die kleinste Gelegenheit dazu gehabt hätte«, meinte Rom wegwerfend. Aber man konnte hören, wie bewegt er war. »Ich denke, ich werde mich jetzt allmählich wieder auf die Socken machen«, gestand er. »Hab mich schon von Clytie und Max verabschiedet.«

Finch machte ein verblüfftes Gesicht.

Rom fauchte: »Du bist nicht der Einzige, der sich anständig benehmen kann, Finch. Aber denk dran: Selbst wenn ich nicht mehr da sein sollte, Clytie gehört mir. Sie wird mich immer lieben.«

»Weiß ich. Sie ist nur einem treu. Dir.«

»Na gut, nur dass du's weißt. Also, bis dann, Mate, mach's gut.«

Rom salutierte spöttisch und machte sich aus dem Staub.

Finch blickte ihm nach und bemerkte jetzt erst die Prozession der Gläubigen, die in Scharen den Hügel heraufkamen, allen voran die jeweiligen Kirchenoberhäupter in Priestergewändern und diversen Roben. Das Schlusslicht bildete die Heilsarmee mit dem Brigadier und den restlichen Offizieren der Kapelle in ihren typischen Uniformen. Andere Soldaten gab es nicht. Nur ein Knabe trug den Hut eines Diggers, eines australischen Soldaten.

Clytie ging direkt auf Finch zu. Sie wirkte bleich und niedergeschlagen, nur im Umgang mit Maxi, der auf ihrer Hüfte saß, belebten sich ihre Züge. Der kleine Max dagegen schien in bester Laune zu sein.

Die junge Artistin war ungewöhnlich gekleidet: Zum ersten Mal ging sie ganz in Schwarz. Aus Respekt vor den Familien der Gefallenen? Oder aus Achtung vor den Vermissten – wie Rom?

Finch wollte sich nicht länger darüber den Kopf zerbrechen. Als ehemaliger Soldat – wenn auch mit fragwürdigen Loyalitäten – war er von mehreren Geistlichen angesprochen worden, ob er nicht während der Messe einen Psalm rezitieren wolle, hatte aber mit der Begründung abgelehnt, dass dies lieber jene machen sollten, die tastsächlich einen ihrer Lieben im Krieg verloren hatten. Jetzt fiel ihm ein ganz bestimmter Psalm ein, der sehr gut zur Gelegenheit passte: »Kommt und schaut die Taten des Herrn ... Er setzt den Kriegen ein Ende bis an die Grenzen der Erde; er zerbricht die Bogen, zerschlägt die Lanzen, im Feuer verbrennt er die Schilde. ›Lasst ab und erkennt, dass ich Gott bin ...‹«

Jeder Geistliche wandte sich mit ein paar Worten an die Versammelten. Dann traten die Schulkinder vor, gestriegelt und gebügelt, um die Namen auf der Ehrenliste zu verlesen.

Finch war froh, dass der alte Uhrmacher seinen Rat angenommen hatte. Der junge Harry Levi verkündete den Namen seines Vaters. Er war derjenige mit dem Soldatenhut – zweifellos der Hut seines Vaters, den er voller Stolz trug. Er verlas die Worte des dreiundzwanzigsten Psalms, den Finch in drei Sprachen hätte aufsagen können: Altfranzösisch, Englisch und Deutsch.

In diesem Moment fiel Finchs Blick auf eine zierliche Frau in olivgrauem Umhang und Schwesternhaube, ähnlich wie die Farbe eines Gummibaumblattes. Er wich instinktiv ein paar Schritte zurück und nahm Clytie den Knaben ab, der allmählich ein wenig zappelig wurde, weil er mit den anderen Kindern spielen wollte.

Ein Heilsarmist setzte das Horn an und blies den Zapfenstreich, auf eine getragene, eindringliche Weise, die keinen unberührt ließ, der sie hörte. Als die Musik verklungen war, verharrten alle reglos, niemand wollte den Anfang machen und als Erster gehen.

Schließlich brach ein alter Mann das Schweigen.

»Worauf wartet ihr noch?«, sagte er grimmig. »Geht nach Hause, der Krieg ist vorbei. Und betet, dass er so schnell nicht wiederkommt!«

Clytie kannte den Alten vom Sehen, der Name seines Sohnes stand ebenfalls auf dem Denkmal unter jenen, die nie wieder aus Südafrika zurückkehren würden.

Die Menge begann sich gehorsam zu zerstreuen, man machte sich auf den Heimweg oder auf den Weg in die Kneipe. Clytie blieb noch. Sie sah, dass Finch sich ein wenig zurückgezogen hatte, um ihr Raum zu lassen. Er kümmerte sich liebevoll um Max, wie sie bemerkte. Er hatte sich in den Schatten eines Baumes zurückgezogen und gab Maxi, der »Kuckuck!« spielen wollte, seinen Hut, damit er sich dahinter verstecken und immer wieder zum Vorschein kommen konnte.

Nur noch wenige waren zurückgeblieben, darunter eine junge Frau, die ein wenig für sich stand. Sie war bleich und so schmal, dass sie regelrecht zerbrechlich wirkte. Clytie erinnerte sich, dass sie während der Predigten – die Clytie kaltließen – die ganze Zeit andächtig den Kopf gesenkt gehalten hatte.

Die Frau verharrte reglos, während sich um sie herum die Reihen lichteten. Dann schreckte sie plötzlich hoch, wie aus einem Traum, und trat näher an das Denkmal heran. Sie las die Namen und streckte die Hand aus, berührte die Platte aber nicht. Sie holte einen kleinen Kranz unter ihrem Umhang hervor und legte ihn zu Füßen des Denkmals ab.

Angezogen von ihrer stummen, würdevollen Trauer trat Clytie neugierig näher.

»Verzeihen Sie, dass ich Sie störe, aber Sie sind neu hier, oder? Ich bin selbst erst vor Kurzem hergezogen und weiß daher, wie fremd man sich fühlt. Aber die Menschen hier sind im Grunde ganz in Ordnung.«

»Danke, nett, dass Sie das sagen.« Die junge Frau sprach einen eigenartigen Dialekt – nicht ganz australisch, aber eng verwandt.

Clytie bot ihr die Hand. »Ich heiße Clytie.«

»Was für ein hübscher Name – aus der griechischen Mythologie, wenn ich mich nicht irre? Ich glaube, wir haben das in der Schule gelernt. Eine Sterbliche, die sich in den Sonnengott Apollo verliebte, nicht wahr?«

»Ja, und von ihm abgewiesen wurde. Aber die Götter hatten Mitleid mit ihr und haben sie in eine Sonnenblume verwandelt. So konnte sie auf immer mit dem Antlitz dem Lauf seines feurigen Streitwagens folgen.«

»Was für ein schönes Symbol für die Liebe.« Die Frau beäugte sie aufmerksam.

Clytie lächelte trocken. »Ja, ein Symbol für *unerwiderte* Liebe. Ein prophetischer Name für mich, wie sich herausgestellt hat. Aber anstatt mich in eine Sonnenblume zu verwandeln, haben mir die Götter ein anderes Geschenk hinterlassen: ein Kind.«

Die beiden schüttelten sich die Hände. Clytie fielen dabei die winzigen Sommersprossen auf der Haut der anderen auf, die auch ihr zartes kleines Gesicht markierten.

»Wie unhöflich von mir. Darf ich mich vorstellen? Schwester Heather McQueen aus Dunedin. In Neuseeland, nicht in Schottland.«

»Da haben Sie's in jedem Fall ganz schön weit bis nach Hause.«

»Ich weiß gar nicht mehr so recht, wo zuhause eigentlich ist. Ich war seit dem Ausbruch des Krieges in Johannesburg als Krankenschwester tätig. Wir haben Verwundete aus allen Erdteilen versorgt – einschließlich australischer und neuseeländischer Soldaten. Deshalb habe ich meine Heimreise auch unterbrochen, um hierherzukommen und meinen Respekt zu erweisen.«

Sie wies auf ihren kleinen Kranz, in dem auch eine lila

Distel steckte – das schottische Nationalsymbol. Dem Kranz beigefügt war eine kleine Karte mit Trauerrand, deren Beschriftung so klein war, dass Clytie sie nicht entziffern konnte.

Vielleicht kennt sie Rom – er war schließlich auch in einem Lazarett in Johannesburg.

Mit trockenem Mund zwang sich Clytie, die Frage zu stellen, die ihr auf der Seele brannte. »Verzeihen Sie, aber kannten Sie jemanden von hier?«

»Ja, sein Name steht auch auf der Liste – aber das kleine Goldkreuz fehlt. Trooper Roman Delaney.«

Clytie musste sich an den speerförmig zulaufenden Stäben der gusseisernen Umzäunung festhalten, um nicht umzukippen.

»Sie meinen, er ist tot? Er wurde lediglich als Vermisster geführt. Sind Sie sicher, dass es sich um Rom Delaney handelt?«

»Ja, schon. Ich habe ihn in den letzten Stunden seines Lebens noch gepflegt. Er hatte enterisches Fieber. Der zweite Anfall, den er im Krankenhaus bekam, wurde ihm dann zum Verhängnis.« Ein neugieriges Funkeln trat in Schwester McQueens helle Augen. »Kannten Sie ihn gut?«

Clytie zögerte. *Kannte ich ihn eigentlich überhaupt? Er war ein Chamäleon – das war eins seiner größten Talente.*

»Ich kannte ihn nicht lange«, gestand sie. »Aber er war ein Mensch, den man nicht so leicht vergisst. Wild. Mitreißend.«

Ihre Stimme hörte sich fremd an, als würde sie gar nicht zu ihr gehören. Sie sprach rasch weiter, um die schmerzhaften Erinnerungen zu verdrängen. »Meine Mutter hat ihn gut gekannt. Verzeihen Sie, aber Sie sagten, Sie wären in seinen letzten Stunden bei ihm gewesen? Hat er noch etwas gesagt?«

»Er hatte hohes Fieber und redete wirr. Aber eins hat er

wieder und wieder gesagt: ›Ich muss unbedingt auf dieses Schiff, Schwester! Und nach Hause, um alles wiedergutzumachen.‹«

»Wiedergutzumachen?«, wiederholte Clytie schwach.

»Rom hat oft dieses Marschlied gesungen ›The Girl I Left Behind Me‹. Ich frage mich, ob es vor mir vielleicht noch eine andere gab.«

»Vor Ihnen?«

»Rom hat mich in seiner letzten Nacht gebeten, seine Frau zu werden. Es war ein ganz eigenartiger Heiratsantrag. Er hat gesagt: ›Ich musste Dolores versprechen, erst dann ›ich liebe dich‹ zu sagen, wenn ich's wirklich ernst meine … Lass uns heiraten, ehe es zu spät ist!‹«

Clytie zog scharf die Luft ein. Sie musste sich zwingen zu sagen: »Und Sie haben natürlich Ja gesagt.« Es war keine Frage.

»Ja natürlich. Ich bin die ganze Nacht an seiner Seite geblieben. Aber dann traf ein Kontingent neuer Verwundeter ein, und meine Hilfe wurde gebraucht. Als ich am nächsten Morgen wieder zu ihm kam, war sein Bett leer und frisch bezogen. Seine Uniform war auch verschwunden. Wir haben überall nach ihm gesucht, konnten ihn aber nicht finden. Wahrscheinlich haben sie ihn während der Nacht weggebracht und auf dem Krankenhausfriedhof beigesetzt. Wir brauchten jedes Bett, wissen Sie. Und es sind so viele gestorben, dass man manchmal den Überblick verlieren konnte.«

Clytie nickte, als wäre es die selbstverständlichste Sache der Welt.

»Komisch ist nur, dass ich später Nachricht erhielt, er sei am Hafen gesichtet worden, auf einem Schiff, das nach Australien fuhr. Offiziell gilt er als vermisst, vermutlich gefallen.« Mit einem entschuldigenden Lächeln vertraute sie

Clytie an: »Ich habe mich auf den ersten Blick in Rom Delaney verliebt, ich konnte nicht anders.«

Clytie hörte sich sagen: »Ja, so was kann vorkommen – habe ich jedenfalls gehört.«

»Vielleicht können Sie es mir ja sagen – war Dolores das Mädchen, das er zurückließ? Oder gab es noch jemanden?«

»Nein, niemand Wichtiges«, meinte Clytie. »Ich bin sicher, dass Sie seine große Liebe waren.«

»Vielen Dank, das erleichtert mich ungeheuer. Ich muss heute Nacht noch den Zug von Bitternbird nach Melbourne erreichen und dann die Heimreise nach Dunedin antreten. Ich habe vor, mein Elternhaus in ein Genesungsheim für verwundete Soldaten umzuwandeln. Ich weiß tief im Herzen, dass ich niemals heiraten werde. Eine solche Liebe gibt es nur einmal.«

Sie berührte sanft Clyties Ärmel und schritt dann mit flatterndem Umhang den Hügel hinab. Clytie blickte der zierlichen Gestalt nach, bis sie verschwunden war. Zu ihrer Überraschung stellte sie fest, dass ihre Augen trocken geblieben waren.

Für einen solchen Schmerz gibt es nicht genug Tränen.

Plötzlich merkte sie, dass Finch wieder an ihrer Seite war und den Arm um ihre Schultern legte.

»Diese Kiwi-Schwester – das war sehr tapfer, was du da getan hast, Clytie.«

»Glaubst du, sie hat gemerkt, wer ich bin?«

»Ach, ich glaube, Heather hat nur das gehört, was sie hören *wollte.*«

Clytie erinnerte sich vage, dass Finch erwähnt hatte Roms Foto – in »Offiziersuniform« – sei ihm von einer Krankenschwester zugeschickt worden. Sie war zu müde und zu niedergeschlagen, um zu fragen, warum Finch es vor ihr versteckt hatte.

Sie standen zusammen auf dem windigen Hügel und begutachteten das Denkmal. Die Sonne tauchte glühend rot hinter den Lerderderg-Bergen unter.

Clyties Blick war wie blind auf die Buchstaben gerichtet, die den Namen *Trooper R. Delaney* bildeten. Sie wollte nicht, dass je ein Kreuzchen dahinter auftauchte. Vermisst – für immer.

Die junge Kunstreiterin las die Namen laut vor. »Stört es dich eigentlich, dass deiner nicht dabeisteht?«, wollte sie wissen.

»Nein, er gehört nicht dahin«, antwortete Finch zum zweiten Mal an diesem Tag.

»Aber Roms schon? Ein Mann, der wahrscheinlich seinen eigenen Tod vorgetäuscht hat, um sich heimlich aus dem Staub machen zu können?«

Finch musterte Clytie kühl. »Du solltest endlich aufhören, dir und anderen Vorwürfe zu machen. Maxi ist die Zukunft. In ein paar Tagen wirst du ihn ganz zurückhaben. Er hat es verdient, stolz auf seinen Vater sein zu dürfen. Du solltest ihm all das Schöne erzählen, das dir in Erinnerung geblieben ist. Auch Rom hat zumindest so viel verdient.«

Clytie ärgerte sich über seine Maßregelungen, sah aber auch ein, dass er nicht ganz unrecht hatte.

Finch machte mit einer Handbewegung klar, dass es Zeit war zu gehen.

»Mit einem hatte Rom jedenfalls recht: Er hat gesagt, du würdest nur einem Mann treu sein. Ihm. Und dass nie ein anderer dein Herz erobern und ihn verdrängen könnte. Wie Heather McQueen. Sie wird ihm einen Altar bauen und nie einen Mann in ihr Bett lassen. Was für eine Verschwendung!«

Clytie verspürte auf einmal einen Stich der Eifersucht. Ihr war jetzt klar, dass dieses magere Vögelchen von einer Krankenschwester die Verehrung beider Männer besessen hatte.

»Und was ist mit deiner Zukunft, Finch? Jetzt, wo Sonny die Mine an diese amerikanischen Brüder verkauft hat? Wie man hört, wollen sie die Golden Hope umtaufen und damit neue Investoren anlocken.«

»Ach, das können sie vergessen. Die Golden Hope bleibt immer die Golden Hope – bis die letzte Unze aus dem Gestein geholt worden ist. Und die beiden Amerikaner haben schon ihre Spitznamen abgekriegt: Californy und Little Bear – weil sie so lang sind, beide an die eins neunzig.«

»Lenk nicht ab, ich hab dich was gefragt.«

»Meine Zukunft? Meine Zukunft ist ein offenes Buch. *Mein* Buch, Clytie Hart.«

Finch brachte die junge Frau bis zum Rand des Hügels, dann verabschiedete er sich.

»So, hier trennen sich unsere Wege. Ich schlage vor, du schläfst dich nochmal richtig aus – bald hast du ja Maxi wieder, und dann gibt's vielleicht keine Gelegenheit mehr.«

Clytie wollte ihn nicht so gehen lassen. »Danke, Finch, für alles, was du getan hast. Ohne dich wäre das nicht möglich gewesen.«

Finch winkte ab. Er machte sich nicht die Mühe, Gute Nacht zu sagen – oder Lebewohl. Er machte sich auf den Weg zum Diggers' Rest, wo er sich ein Zimmer genommen hatte.

50

Clytie wurde im rosigen Morgengrauen von einem lauten Wiehern geweckt. Es war noch früh, die Kookaburras hatten kaum mit ihrem keckernden Morgenkonzert begonnen. Es klang beinahe, als würde das Pferd bei ihr im Wohnzimmer stehen. Clytie warf hastig einen Morgenmantel über und rannte zur Haustür. Sie blickte hinaus. Nichts. Sie rannte zur Hintertür. Tatsächlich!

Der Anblick raubte ihr den Atem: Ein bildhübsches Jungpferd mit ockerrotem Fell, goldblonder Mähne und einer weißen Blesse war hinter dem Gartenzaun an den Stamm eines Roten Eukalyptus angebunden und scharrte unruhig mit den Hufen.

»Hallo, mein Schöner, keine Angst. Wem gehörst du denn?«, rief sie sanft.

Es hob den Kopf, und da sah sie den Brief, der am Baumstamm steckte. Neben dem Pferd stand ein kleines Shetlandpony. Clytie ging hin und zupfte den Brief mit zitternden Fingern hinter dem Strick hervor. Er war an »Miss Hart« adressiert. In einer kraftvollen, gut lesbaren Handschrift stand da:

Liebe Clytie,
danke, dass Du einem »Feind« Einlass in Dein Haus gewährt

hast – wenn auch leider nicht in Dein Herz. Aber das war zu viel verlangt. Du bist Roms Mädchen und wirst es immer bleiben.
Das Pferd ist mein Dankeschön an Dich. Sein Name ist Huguenot. Du kannst ihn zum Trainieren verwenden, falls Du die Absicht hast, irgendwann wieder zum Zirkus zurückzukehren. Das Pony ist ein Geschenk von Sonny an Max – damit Du dem Kleinen das Reiten beibringen kannst. Sein Name ist Bo – denn »Pony« konnte Max noch nicht aussprechen.
Max wird Dir heute im Verlauf des Vormittags endgültig übergeben werden. Noni befindet sich bereits im Stadthaus in St. Kilda und bereitet alles für die Überfahrt nach Europa und die Schweizer Schatzalp vor.
Ich habe Sonny gestern Abend zum Bahnhof gebracht. Er wollte lieber still gehen und hätte einen großen Abschied von Maxi nicht ertragen können.
Hope hat mir jetzt nicht mehr zu bieten als den Staub an meinen Schuhen. Die weite Welt lockt. Um es mit Ned Kellys letzten Worten auszudrücken: »So ist das Leben.«
Es grüßt Dich
Dein guter Freund
Jonathan D'Angers (alias »Finch«)

Clytie wurde schwindelig, der Boden unter ihren Füßen schien zu schwanken. Sie musste sich an dem Pferd festhalten, um nicht aus dem Gleichgewicht zu geraten. Die junge Artistin las den Brief noch einmal laut, um sich klarzumachen, was er für sie bedeutete.

Er ist einfach abgehauen! Finch – oder Jonathan oder wie immer er sich nennen mag, hat sich einfach aus dem Staub gemacht! Und mich zurückgelassen, damit ich Rom auf ewig treu sein kann. Dieses

Pferd, das ist ja so gut wie das Abschiedsgeschenk eines Liebsten – aber er will mich »freigeben«, damit ich selbst über meine Zukunft entscheiden kann. Huguenot – damit will er mich an seine Herkunft erinnern. Wo will er bloß hin? Nach Melbourne? Nach Südaustralien? Oder gar die Nullarbor-Ebene durchqueren und bis nach Westaustralien? Er könnte überall sein, das ist ein Gebiet von Tausenden von Meilen.

Sie war noch im Morgenmantel, als kurz darauf eine Kutsche auftauchte und vor ihrem Häuschen Halt machte. Ein großer schlaksiger Mann saß auf dem Kutschbock, den kleinen Max in seiner Armbeuge. Er sprang herunter und hob einen großen Schrankkoffer vom Wagen, als ob er nichts wöge. Mit Max auf dem Arm zog er den Koffer bis zu Clyties Haus. Er nahm höflich den Hut ab.

»Guten Morgen, Ma'am. Darf ich mich vorstellen? Ich bin Chris Morgan, die eine Hälfte der Morgan-Brüder. Wir kommen aus Kalifornien und sind die neuen Besitzer der Golden Hope. Die Leute hier haben uns bereits Spitznamen gegeben. Mich nennen sie Little Bear. Ich soll es als Kompliment auffassen, hab ich gehört«, meinte er ein wenig skeptisch.

»Ja, das ist es. Es bedeutet, dass man Sie hier bereits adoptiert hat. Wenn die Leute Sie weiterhin nur höflich Mister nennen würden, dann gäbe es Grund zur Sorge. Hier laufen die Dinge ein wenig anders, wissen Sie.«

»Ja, das tun sie wohl, Ma'am.«

Clytie drückte dem Mann die Hand. »Herzlich willkommen in Hope. Mich nennt man die Tochter des Messerwerfers, aber mein richtiger Name ist Clytie Hart.«

Der Yankee grinste ebenso breit, wie er sich ausdrückte.

»Mr Sonny Jantzen hat mich gebeten, Ihnen diesen kleinen Kerl hier persönlich vorbeizubringen – er sagt, er sei ein unschätzbares Geschenk für ihn gewesen.«

Max hatte bereits die Ärmchen nach seiner Mutter ausgestreckt, und Clytie drückte ihn dankbar an sich. Um ihre Rührung zu überspielen, roch sie an seinem Haar und gab ihm ein Küsschen auf die rundliche Wange.

»Vielen, vielen Dank – ich kann Ihnen gar nicht sagen, wie froh ich bin.«

»Nun gut, ich mache mich dann wohl besser wieder auf den Weg zur Mine, Ma'am. Kann's kaum abwarten, unsere Yankeemethoden zur Anwendung zu bringen und dieses kleine Städtchen aus seinem Dornröschenschlaf zu wecken.«

»Nun, da wünsche ich Ihnen alles Glück der Welt!«, sagte Clytie freundlich.

Das braucht er auch. Weiß nicht, ob sich Hope überhaupt wachrütteln lässt. Aber Wunder gibt es immer wieder.

Sie winkte ihm mit Maxis Patschhändchen nach.

Dann rannte sie ins Haus, toastete eine Scheibe Brot für Maxi und bestrich sie mit Butter. Damit hatte er etwas zum Kauen, während sie überlegte, was jetzt zu tun sei. Sie streichelte nachdenklich sein Köpfchen. Wie hieß noch dieser Ort, aus dem Finch ursprünglich gekommen war? Lag er nicht in Südaustralien? Sie holte den Atlas hervor und schlug ihn auf. Dort war Adelaide, die Hauptstadt von Südaustralien. Aber wo lag noch dieses Kaff? Und wie hieß es überhaupt? Fing der Name nicht mit einem H an?

Sie schüttelte frustriert die Fäuste. »Mist! Finch wird längst weg sein, ehe ich dieses blöde Nest auch nur im Atlas gefunden habe!«

Doch dann sprang ihr der Name förmlich von der Karte ins Auge. *Hahndorf.* Ja, das war es! »Wäre nur logisch, dass D'Angers senior sich wieder dort zur Ruhe gesetzt hat – ein

Weinanbaugebiet mit hauptsächlich deutsch-protestantischer Bevölkerung.«

Es war zwar nur eine Möglichkeit von vielen, aber es galt, keine Zeit zu verlieren. Sie packte hastig einen Schrankkoffer voll mit Dolores' Kostümen und dazu alles, was sie an Andenken an ihren Vater Franco besaß. Sie legte auch den aufklappbaren Fotorahmen dazu, mit den beiden Fotos von Rom und ihr selbst, die Finch gemacht hatte. Schließlich auch noch Sonnys Fotoalbum für Max.

Sie setzte Maxi auf eine Decke in den Garten, und der kleine Sonnenschein verfolgte lachend das Gerenne seiner Mutter, die zwischen Haus und Zirkuswagen hin und her hetzte. Er hielt das Ganze für einen Riesenspaß und feuerte sie fröhlich an. Als sie die halb im Schlamm versunkenen Räder bemerkte, stieß sie ein paar saftige Flüche aus, die sie im Diggers' Rest aufgeschnappt hatte, entschuldigte sich aber sofort bei ihrem Sohn.

»Das hast du nicht gehört, Max!«

Sie rannte in die Scheune und holte eine Schaufel, mit der sie die Räder hastig ausgrub. Dabei rann ihr der Schweiß über Gesicht und Arme.

Schließlich schleppte sie das Pferdegeschirr aus der Scheune herbei und schirrte das Pferd an. »Ich weiß, dass du das noch nie gemacht hast, Huguenot, aber du wirst dich schon dran gewöhnen.«

Sie steckte zwei Finger in den Mund, wie Tiche es ihr beigebracht hatte, und stieß einen schrillen Pfiff aus. Shadow kam prompt angetrabt. »Ich werde dir eines Tages beibringen, so zu pfeifen, Max«, versprach sie ihrem Sohn.

Dann fiel ihr Bo, das Pony, ein, und sie band es mit einem Strick hinten an den Wagen, damit es ihnen folgen konnte. Sie rannte noch einmal zurück zum Haus und sperrte ab.

Fehlte nur noch Maxi. Sie packte ihn in einen großen Korb ihr zu Füßen auf dem Kutschbock.

»Was für ein kluger Junge du bist, Max. Stell deiner Mutter keine Fragen, und sie wird dir keine Lügen erzählen.«

Sie befahl Shadow, auf den Kutschbock zu springen, aber der zog es vor nebenherzulaufen.

Als sie das Haus des Doktors erreichte, waren dort noch die Jalousien heruntergelassen. Sie rannte durch den Vorgarten und klopfte hektisch an seine Tür, Max auf der Hüfte.

»Lieber Gott, hoffentlich ist er daheim! Ich habe weder Zeit noch Ruhe, um all das aufzuschreiben, was ich sagen will!«

Da tauchte ein zerzauster Kopf im Türspalt auf. Clytie hätte im ersten Moment nicht sagen können, ob es sich um den Doc oder um Adelaide handelte.

Der Arzt trug einen alten gestreiften Pyjama und hing mit einem Arm in einem Bademantel. Er blinzelte sie verschlafen an.

»Was ist los, Clytie?«

Die Worte sprudelten in einem Schwall aus ihr hervor.

»Nichts, Doc, ich wollte mich bloß verabschieden. Ich werde nie wieder herumsitzen und auf einen Mann warten! Max und ich gehen von hier weg. Hier ist der Schlüssel für das Pfarrhäuschen. Ich möchte, dass Sie es Sam übergeben, denn seine Hütte ist ziemlich baufällig. Er soll es als sein neues Heim betrachten und damit machen, was er will! Und sagen Sie ihm bitte, dass ich das Lola-Montez-Album für ihn dagelassen habe.«

Der Arzt nickte verwirrt. »Na gut, ich hoffe, du hast dir das gut überlegt, Clytie. Es täte mir leid, dich zu verlieren, aber du weißt selbst, was am besten für dich und Max ist.«

»Es wird Zeit, dass ich mein Leben endlich selbst in die

Hand nehme, Doc – wo immer es mich auch hinführen wird. Aber wir werden uns bestimmt eines Tages wiedersehen, das verspreche ich Ihnen.«

»Nun, in diesem Fall sag ich nicht Lebewohl, sondern *au revoir*, meine Liebe«, meinte der Arzt. »Melbourne soll um diese Jahreszeit besonders hübsch sein, hab ich gehört«, fügte er wie beiläufig hinzu.

Er nahm den Hausschlüssel entgegen und auch einen Umschlag, den Clytie ihm in die Hand drückte.

»Was ist das?«

»Eine Fotografie von Max und mir, die Finch von uns gemacht hat – damit Sie uns nicht vergessen.«

Clytie wandte sich zum Gehen, wirbelte aber noch einmal herum. »Doc, was ich noch sagen wollte – Sie und Adelaide. Bitte bleiben Sie, wie Sie sind – alle beide. Ich könnte keinen von Ihnen entbehren.«

Sie stellte sich spontan auf die Zehenspitzen und gab ihm einen Kuss auf beide Wangen. Dann raffte sie ihren Rock und lief zum Wagen zurück. Sie knallte mit der Peitsche und fuhr los. Dann blickte sie sich noch einmal um und sah, wie der Doc Maxi mit dem Schlüssel nachwinkte.

Hinter Adelaides vergitterten Fenstern war alles ruhig, und ihr Garten stand in voller Blüte.

Clytie hielt in der Main Street noch einmal an. Der Anblick des bemalten Zirkuswagens zog sogleich ein paar neugierige Schulkinder an. Mit Max auf der Hüfte eilte Clytie in den General Store und zum Schalter der bissigen Postmeisterin.

»Long Sam wird in Zukunft meine Post für mich in Empfang nehmen«, erklärte sie forsch.

Marjs Lippen wurden schmal. »Sind Sie sicher? Der ist

doch ein Schlitzauge, denen kann man nicht trauen. Wäre es nicht besser, wenn der Doc das machen würde?«

Clytie biss wütend die Zähne zusammen. »Nein! Der Doc hat schon genug am Hals – er muss sich ja ohnehin um die ganze Stadt kümmern! Sam kann besser schreiben und lesen als die meisten Menschen hier. Nein, ich würde Long Sam jederzeit mein Leben anvertrauen. Haben Sie das jetzt kapiert, oder brauchen Sie's in dreifacher Ausfertigung?!«

Die Postmeisterin gab klein bei. »Nein, Sie müssen nur da unterschreiben.«

Es gab ein Dutzend Leute, von denen sich Clytie gern verabschiedet hätte, aber dafür blieb keine Zeit. Sie nahm sich fest vor, allen baldmöglichst von unterwegs Postkarten zu schicken. Marj würde sie zweifellos laut vorlesen und in der Stadt verbreiten, noch ehe der Empfänger die Chance gehabt hatte, die Karte selbst zu sehen.

Spontan schaute sie noch kurz ins Diggers' Rest, fand aber nur Ginger vor, die allein im Schankraum hinter der Theke saß und in einer Modezeitschrift blätterte. Sie wirkte an diesem Morgen seltsam geknickt. Als sie Maxi erblickte, warf sie ihm eine Kusshand zu.

»Du hast es aber eilig, Clytie. Was ist los? Hast du Gold gefunden?«

»Würdest du bitte Mr und Mrs Yeoman einen schönen Gruß ausrichten und mich bei ihnen entschuldigen? Ich habe leider keine Zeit mehr, offiziell zu kündigen, und ich weiß nicht, wann ich wieder zurückkommen werde.«

»Ach, deswegen brauchst du dir keine Sorgen zu machen. Ich habe auch gerade meine Kündigung bekommen. Die Wirtsleute wollen in Zukunft alle Stellen an heimkehrende Soldaten vergeben – sie halten es für ihre ›patriotische

Pflicht‹, sagen sie. Werde mir also selbst eine neue Stelle suchen müssen.«

Clytie zögerte. »Wir haben uns nie so richtig gut verstanden, Ginger. Das lag an mir. Ich war eifersüchtig auf dich. Entschuldige.«

»Was? Auf mich? Die Schlampe aus der Bar?« Ginger lachte spöttisch über sich selbst. »Ich bin diejenige, die *dich* beneidet, Clytie. Du bist eine geborene Lady.«

»Du solltest dich nicht selbst abwerten, Ginger. Finch sagt, du wärst eine gute Frau, die sich nur nach dem geeigneten Ehemann umsieht.«

»Das sagt er?« Ginger machte große Augen. »Übrigens hast du da einen sehr süßen Jungen.«

Clytie war schon wieder an der Tür, als Ginger ihr beiläufig nachrief: »Ich würde die Straße nach Melbourne einschlagen, wenn ich du wäre.«

Ha! Finch hat sich also sogar von ihr verabschiedet – aber ich war wohl nicht der Mühe wert.

Das Pferd folgte ihren Anweisungen aufs Wort. Sie lenkte den Wagen rückwärts vom Hotelgasthof weg und wieder auf die Straße.

Kurz darauf kam sie an Holy Maude vorbei, die mit schwingendem Einkaufskorb dahinschritt und dabei »Onwards, Christian Soldiers«, die Hymne der Heilsarmisten, sang. Clytie zog an den Zügeln und brachte Huguenot zum Stehen.

»Unterwegs nach Melbourne, was? Ist ein schönes Wetter dafür«, meinte Maude gut gelaunt.

Clytie griff in die Kiste zu ihren Füßen und holte einen Umschlag hervor.

»Maude! Ich bin froh, dass ich Sie noch treffe. Ich habe es sehr eilig. Könnten Sie mir einen Gefallen tun und das hier am Nachrichtenbrett aufhängen?«

»Klar, gern, Mädchen.« Die Alte lächelte Max zu. »Was für ein hübscher kleiner Bursche. Komisch, er sieht nicht aus wie die Jantzens. Eher wie …«

»Ja, nicht wahr?«, unterbrach Clytie hastig.

Sie winkte mit ihrem Strohhut und fuhr schnell weiter. Die Zeit wurde knapp. Sie konnte sich jetzt nicht mehr auf dem Friedhof aufhalten, um den Gräbern ihrer Lieben einen letzten Besuch abzustatten. Stattdessen verlangsamte sie den Wagen und kutschierte im Schneckentempo am Friedhof vorbei, mit den Gedanken bei Dolores, Lionello, Missy und Roms anderem Kind, das für immer unter dem Namen »Robert Hart – geliebt und von Herzen vermisst von seiner Mutter Clytie Ellin Hart« hier ruhen würde.

Den Weg nach Südaustralien im Rücken trieb die junge Artistin Huguenot an und holperte in flottem Tempo die steinige, mit Schlaglöchern durchsetzte Straße entlang. Sie war froh, wieder unterwegs zu sein, die heiße Sonne im Gesicht, die Zukunft vor sich, wie immer sie sich auch entwickeln mochte. Die junge Kunstreiterin unterhielt Maxi mit Kinderreimen. Das Gedicht von Humpty Dumpty, der von der Mauer fiel, mochte er am liebsten.

Er klatschte begeistert in die Hände, als sie den Schlusssatz sagte: »Alle Pferde des Königs und all seine Mannen brachten Humpty nicht wieder zusammen.« Clytie lächelte wehmütig. »Tja, Maxi, manche Dinge lassen sich eben nicht mehr kitten.«

Drei Meilen außerhalb der Stadt näherte sie sich einer hochgewachsenen Gestalt, die weiter vorn die staubige Straße entlangschritt. Der Mann trug Khakihemd und Khakihose, dazu kniehohe Stiefel. Er hatte ein Reisebündel auf der Schulter, und Shadow lief bereits an seiner Seite. Die Sonne ließ sein Haar aufleuchten wie dunkles Gold.

Er sang laut. Clytie klopfte das Herz bis zum Hals, als sie hörte, was es war: »How sweet the hours I passed away, with the girl I left behind me.«

»Das war das Lieblingslied deines Vaters, Max«, erklärte sie ihrem Sohn.

Als der Wandersmann das Rattern der Kutsche hörte, drehte er sich zu ihnen um, wandte sich dann jedoch sogleich wieder ab und marschierte stur weiter.

Clytie drosselte das Tempo und fuhr langsam neben ihm her.

»Dürfen wir dich mitnehmen, Finch?«, bot sie ihm an, als ob sie nur zufällig hier vorbeikämen. Dabei wollte ihr schier das Herz aus der Brust springen.

»Danke, aber ich geh lieber zu Fuß.«

»Können wir dich dann wenigstens bis zum nächsten Bahnhof mitnehmen?«

»Nein danke, ich will nicht mit dem Zug fahren. So ist es viel gemächlicher. Man lernt Leute kennen.«

»Wo willst du überhaupt hin?«

»Wer weiß? Vielleicht werde ich ja die Nullarbor durchqueren und im Indischen Ozean schwimmen gehen. Aber erst mal besuche ich wohl mein Heimatstädtchen Hahndorf.«

Wieso ist er dann auf der Straße nach Melbourne unterwegs? Das ist doch die vollkommen falsche Richtung. Er hätte nach Süden anstatt nach Westen gehen müssen. *Was für ein Spiel treibt er da?*

»Hahndorf? Was für ein Zufall. Max und ich, wir wollen auch dorthin. Könntest du uns den Weg zeigen? Ich habe leider keine Landkarte.«

Clytie hielt dem großen Hugenotten die Zügel hin. Sehr zu ihrem Ärger zitterten dabei ihre Hände.

Finch blieb stehen. Das Pferd ebenfalls. Er starrte zu Clytie hinauf, und Clytie hielt seinem Blick tapfer stand. Er warf einen Blick zurück nach Hope. Dann nach vorn, auf die Straße, die vor ihnen lag. Dann zuckte er mit den Schultern und kletterte an Bord. Er nahm die Zügel in Empfang und schnalzte mit der Zunge. Sie fuhren weiter.

Clytie gab sich ganz lässig. »Du hast dich offenbar von vielen Leuten verabschiedet – sogar von Ginger.«

Finchs Augen wurden schmal. »Ginger ist eine warmherzige Frau, die nur noch nicht den richtigen Mann gefunden hat. Sie hat dieses Gerede nicht verdient.«

Die Ausgescholtene meinte kleinlaut: »Tut mir leid, ich weiß. Gerade ich sollte nicht über sie urteilen. Ich hatte mich vorhin sowieso bei ihr entschuldigt. Hör zu, Finch, ich weiß, dein Leben geht mich nichts an, aber …«

»Du hast ganz recht, es geht dich nichts an! Aber ich möchte dir trotzdem versichern, dass ich nicht zu ihren ›Bewerbern‹ gehört habe. Ich habe bisher nur einer einzigen Frau einen Heiratsantrag gemacht – und bin prompt abgewiesen worden. Ich hatte keine Chance – ihr Herz hängt an einem anderen.«

»Ach wo, sie war töricht und dumm«, meinte Clytie reuig. »Sie bedauert das.«

»Zu spät. Wasser, das längst den Bach runtergeflossen ist.«

Finch überbrückte die Stille, indem er ein neues Lied anstimmte, »Oh My Darling, Clementine«. Clytie hatte das Gefühl, dass er mit der letzten Strophe auf sie abzielte:

»… you are lost and gone forever, dreadful sorry, Clementine.«

Clytie, die allmählich am Ende ihres Lateins war, stieß in letzter Verzweiflung hervor: »Wir haben das Jahr 1902.«

»Ja und?«

»Und eins plus neun ist zehn und zwei ist zwölf. Und zwölf lässt sich durch vier teilen.«

»Und?«

»Und das bedeutet, dass wir ein Schaltjahr haben. Tu nicht so, als ob du das nicht wüsstest. In einem Schaltjahr hat eine Frau das Recht, einem Mann einen Heiratsantrag zu machen. Wenn er ablehnt, muss er ihr ein neues Paar Handschuhe spendieren.«

»Das ist nicht teuer – für den Preis der Freiheit.«

Clytie hielt es nicht länger aus und rief: »Um Himmels willen, Finch, Jonathan oder wie immer du auch heißen magst: Ich frage dich, ob du mich heiraten willst!«

»Kein schlechtes Angebot. Aber hast du nicht was übersprungen?«

Clytie errötete. »Willst du damit sagen, dass ich dir nur deshalb einen Antrag mache, weil ich …«

»Du hast dich verrechnet. Der gregorianische Kalender ist ein wenig kompliziert. Die meisten Schaltjahre lassen sich durch vier teilen – aber in jedem Jahrhundert ist ein Schaltjahr zu wenig. Das soll bedeuten, dass wir das nächste Schaltjahr 1904 haben. Keine Sorge, du musst also nur noch zwei Jahre warten.«

»Falls du glaubst, ich würde so lange Däumchen drehen und auf dich warten, du …«

»Immer langsam mit den Pferden. Ich werde es mir überlegen. Ich werde dir in drei Wochen meine Antwort geben.«

»Wieso ausgerechnet in drei Wochen?«

»Weil das Aufgebot drei Wochen aushängen muss, ehe man sich das Jawort geben kann.«

»Das heißt also, du sagst Ja?!«

»Das heißt, ich sag *vielleicht*. Ich will nichts überstürzen.«

Clyties Hände ballten sich zu Fäusten. Sie hätte ihm jetzt am liebsten eine geknallt.

Er warnte sie: »Und glaube ja nicht, ich wäre leicht zu haben. Keine Annäherungsversuche, bis wir verheiratet sind, klar? Erst wieder in der Hochzeitsnacht.«

Clytie biss grimmig die Zähne zusammen. »Sonst noch Wünsche?!«

»Wir werden uns für den Winter ein festes Quartier suchen. Du kannst dein Kind schließlich nicht am Straßenrand zur Welt bringen.«

Er warf einen vielsagenden Blick auf ihren Bauch.

Clytie ging hoch wie eine Rakete. »Das reicht! Du hast es also die ganze Zeit gewusst!«

»War kaum zu übersehen, so hysterisch, wie du dich aufgeführt hast. Ich darf dich erinnern, dass du mich mehrmals verprügelt hast«, meinte er scherzend.

Clytie riss Finch die Zügel aus den Händen. »Runter von meinem Wagen! Du kannst zu Fuß nach Hahndorf gehen oder nach Melbourne oder wo immer du auch hinwillst. Du hast es gewusst, und du bist trotzdem einfach abgehauen und hast mich sitzen lassen! Lieber ein neues Paar Handschuhe als einen Ehemann wie dich!«

Finch riss die Zügel wieder an sich, aber er senkte seine Stimme, als er sagte: »Du bist gerade die Richtige, dich aufs hohe Ross zu setzen! Du hattest ja nicht mal den Anstand, mir zu verraten, dass ich Vater werde.«

»Nein, hatte ich nicht!«, brüllte sie. »Weil du dich dann verpflichtet gefühlt hättest, mich zu heiraten! Und das hättest du mir dann bei jedem Ehekrach brühwarm serviert.«

»He, nicht so laut, du erschreckst Maxi.«

Der Kleine fing bei der Erwähnung seines Namens prompt ängstlich zu weinen an und wedelte erregt mit den Fäustchen.

»Siehst du, was du angerichtet hast?«, zischte Finch. »Los, anhalten, aber sofort!«

Er warf Clytie die Zügel zu, nahm Max in die Arme und sprang mit ihm vom Kutschbock. Er redete sanft auf das Kind ein.

»Komm, mein Kleiner, wie wär's mit einem Ritt auf dem hübschen Pferdchen?«

Er versuchte, Maxi auf das Pferd zu setzen, doch der hatte andere Vorstellungen. Er hielt seine Beine durchgestreckt und stellte seine nackten Füße auf den Pferderücken. Dann krähte er triumphierend, und sein Gesicht war wie die Sonne, die nach einem Regenguss wieder zum Vorschein kam.

»Kluger Junge, Max. Du wirst mal ein genauso guter Kunstreiter wie deine Mama.«

Finch blickte Clytie an, und diesmal leuchtete ihm das Herz aus den Augen.

»Ich bin dir nicht davongelaufen, Mädel. Jeder wusste, wo ich hinwollte. Und ich bin *zu Fuß gelaufen.* Du hattest jede Menge Zeit, mich einzuholen.«

Clytie weinte eigentlich nie, außer vor Freude. Die Sonne schien in die lachenden Gesichter von Finch und Max. Und sie verschwammen vor Clyties feuchten Augen.

Der Zirkuswagen rollte weiter und ließ einen der windschiefen Wegweiser mit der Aufschrift *Herzlich willkommen in Hope* hinter sich. Rom Delaney blickte der Staubwolke nach, in die der Wind hineinstieß. Als der bunte Wagen nicht mehr zu sehen war, blieben nur die funkelnden Staubflocken zurück, die wie Sternchen in den Sonnenstrahlen tanzten, welche durchs Blattwerk der Gummibäume fielen.

Shadow saß am Straßenrand und blickte mit schief gelegtem Kopf zu Rom auf.

»Tja, Mate, Ende gut, alles gut, wie man so schön sagt.« Rom lachte zynisch. »Bleiben nur noch wir beide.«

Er beugte sich vor und rubbelte Shadow die Ohren. »Ich weiß nicht, wo's jetzt mit mir hingeht. Aber ich habe hier alles erledigt, mein Freund. Wir müssen uns trennen – die Zeit ist gekommen. Diese allerletzte Reise muss dein Herr allein antreten.«

Rom deutete auf den entschwindenden Wagen und sagte in lautem Befehlston: »Geh, Shadow, los, Clyties Wagen nach! Finch ist jetzt dein neuer Herr.«

Shadow rührte keinen Muskel, blickte seinen Herrn unverwandt an.

Rom warf seinen Ranzen über die Schulter und wollte sich auf den Weg in den dichten Busch machen. Aber Shadow hatte sich noch immer nicht vom Fleck gerührt.

»Tu, was man dir sagt, Shadow. Geh und renn Clyties Wagen nach. Sofort!«

Shadow rührte sich nicht. Rom war gezwungen, noch einmal zu ihm zurückzukehren. Er ging vor dem Kelpie in die Hocke. Sein zorniger Ton besänftigte sich.

»Verdammte Meuterei, was? Kelpies sollen doch angeblich so kluge Hunde sein. Ich will mein Geld zurück. Aber nein – du gehörst mir ja nicht. Ich hab dich nicht gekauft, du bist mir zugelaufen, erinnerst du dich? *Du* hast *mich* adoptiert, nicht umgekehrt.«

Shadow sah seinen Freund und Herrn mit traurigen, wissenden Augen an.

»Hör zu, Mate, du musst das verstehen. Ich habe eine letzte, ganz, ganz wichtige Aufgabe für dich. *Maxi.*«

Als der Hund diesen Namen hörte, spitzte er die Ohren und ging in Habachtstellung.

»Du musst Maxi mit deinem Leben beschützen, Shadow.

Lass nicht zu, dass er mit Schlangen spielt oder ins Wasser fällt oder sich von den größeren Jungs schikanieren lässt. Maxi ist alles, was ich noch habe.« Er schaute dem Hund tief in die Augen. »Ich *zähl* auf dich, Mate.«

Er rieb sein Gesicht an Shadows Nase und zeigte dann erneut zur Straße. »Geh! Dem Wagen nach!«

Shadow warf Rom einen letzten langen Blick zu, dann sprang er davon, die Straße entlang und durch den Busch, um eine Kurve abzuschneiden, die der Weg beschrieb. Rom blickte ihm nach.

Der Wind trug Clyties Ruf zu ihm her. »Shadow! Da bist du ja! Komm, spring auf, mein Junge, und zeig uns den Weg nach Melbourne.«

Rom wandte sich achselzuckend ab. Den Ranzen auf den Schultern, ein Liedchen auf den Lippen verschwand er im Busch.

Er wusste zwar nicht, was jetzt kommen würde, aber den Text des Liedes kannte er im Schlaf:

»… how sweet the hours I passed away, with the girl I left behind me.«

Auf einmal wurde ihm seltsam leicht ums Herz, alle Ängste und Sorgen fielen von ihm ab. Er fühlte sich eins mit dem Busch und all seinen Bewohnern, den Bäumen, den Vögeln, den Tieren, dem Fluss, der Sonne, dem Wind. Als würde er mit der Natur verschmelzen wie mit einem einzigen großen Organismus. Szenen aus seinen »neun Leben« huschten vor seinem geistigen Auge vorbei und lösten sich dann, freigelassen, in Luft auf.

Ob sie wohl auch einen Atheisten reinlassen?

Wie zur Antwort lachte ein Kookaburra keckernd auf.

»Achtung, ich komme!«, rief Rom lachend aus – und ließ endlich los.

Die drei fuhren eine Weile schweigend dahin, dann steckte Finch entschlossen die Grenzen fest.

»Hör zu, Clytie, eins muss dir klar sein: Ich bin kein Mann, der im Schatten eines anderen leben mag.«

»Das brauchst du auch nicht«, antwortete Clytie aufrichtig. Dann siegte ihre Neugier, und sie fragte: »Was ist das eigentlich für eine große schwere Kiste dahinten auf dem Wagen, die du vergessen hast mitzunehmen?«

»Ich hab sie nicht vergessen, sie war zu schwer zum Tragen. Da drin ist die neueste Filmkameraausrüstung, die es gibt. Bevor mein Vater starb, hat er gesagt, ich sei der beste Fotografielehrling, den er je gehabt habe, und ich hätte eine große Zukunft vor mir. Man kann als wandernder Fotograf gut verdienen. Aber das ist es nicht, was ich machen will. Ich will mich mit der neuen Filmtechnik befassen. Ich habe Brigadier Joseph Perry von den Limelight-Studios in Melbourne einen Brief geschrieben und angefragt, ob er mich als Lehrling nehmen und mir alles von der Pike auf beibringen würde.« Finch schrieb in die Luft: *»Ein Film produziert von Jonathan D'Angers.* Na, wie klingt das?«

Clytie probierte es selbst. »Sehr beeindruckend. Nur wäre mir persönlich ›Finch D'Angers‹ lieber. Aber es heißt, dieser Filmkram sei nur eine Modeerscheinung, das wird sich nie durchsetzen.«

»Das haben die Leute wahrscheinlich auch über die Erfindung des Rades gesagt. Nein, ich bin davon überzeugt, dass eines Tages die besten Schriftsteller und die besten Schauspieler an dieser neuen Industrie teilhaben werden. Und ich will von Anfang an dabei sein, von Grund auf Erfahrungen sammeln. Ich will Geschichten erzählen, Clytie – australische Geschichten, die die Leute auf unser Land neugierig machen.«

Clytie machte eine skeptische Miene.

Max spielte mit einem Zettel. Er tat, als würde er die Einkaufsliste mit großem Ernst lesen. Dann stieß er einen triumphalen Schrei aus und zerknüllte ihn wie ein kleiner Ninja, warf ihn beiseite. Nach einer neuen Beschäftigung suchend wollte er die Kiste, die hinter Clyties Füßen stand, öffnen.

»Nein, Schätzchen, nicht *diese* Zettel«, sagte Clytie und zog hastig sein Patschhändchen weg.

Finch wurde sofort misstrauisch. »Wieso? Was ist da drin? Sag bloß nicht, du willst jetzt überall Suffragettenpamphlete verteilen, von hier bis Timbuktu?«

»Nein, *nicht ganz*«, schmunzelte sie.

»Schluss mit den Geheimnissen, Clytie.« Finch bedeutete seiner Liebsten, die Kiste zu öffnen.

Clytie holte einen der Handzettel heraus und zeigte ihn Finch. »Max ist gut geworden, findest du nicht?«

Auf dem Zettel prangte ein großes Foto von Clytie in ihrem besten Kleid, den kleinen Max auf dem Schoß. Beide blickten ernst in die Kamera. Über ihre Brust verlief diagonal ein Banner mit derselben Aufschrift, die auch über dem Foto stand.

Finch lachte laut auf. »*Stimmen Sie für Clytie Hart!* Mann, du bist einfach unschlagbar. Aber Victoria ist leider noch Lichtjahre davon entfernt, den Frauen das Wahlrecht zu geben.«

»Victoria vielleicht. Aber nicht die Bundesregierung. Frauen können sich jetzt auch um die Wahl ins Bundesparlament bewerben!«

Sanft sagte sie mit ihrer heiseren Honigstimme: »Es ist nicht nur eine Sache der Frauen, mein Liebster. Keine Angst, wenn die Frauen erst einmal gewählt worden sind, werden sie den Männern helfen, für eine bessere Welt zu sorgen.«

Finch verdrehte in gespielter Verzweiflung die Augen. »Es gibt nur ein Mittel, um dich zum Schweigen zu bringen, Clytie Hart.«

Er ließ die Zügel los, nahm ihr Gesicht in beide Hände und gab ihr einen langen, leidenschaftlichen Kuss. So wie nur er es konnte.

Beide wussten in diesem Moment, dass ihre aufregende, unvorhersehbare Reise erst begonnen hatte.

Anmerkungen der Autorin

Im Land der goldenen Hoffnung ist ein Roman, der historische Ereignisse und Legenden in die Handlung einwebt. Zusammen mit den zentralen Figuren der Geschichte, Clytie Hart, Rom Delaney, Finch und Doktor Hundey, erleben wir die außergewöhnlichen Ereignisse der Jahre 1901 bis 1902.

Am ersten Januar 1901 wurde Australien zu einem geeinten Land. Die sechs Kolonien schlossen sich zu einer Föderation zusammen, unter einer neuen Verfassung und unter einer neuen Flagge. Junge Australier strömten in Scharen zu den Waffen, um im Zweiten Burenkrieg (1899–1902) ihren Beitrag zu leisten – aber auch weil sie stolz auf ihre frischgebackene Nation waren und auf der Bühne der Weltpolitik zum ersten Mal ihre Spuren hinterlassen wollten. Rom Delaney ist ein typisches Beispiel für viele dieser jungen australischen Männer.

Die australischen Frauen standen indessen vor eigenen Herausforderungen. Nach ihrer *Monster Petition* von 1891, die fast dreißigtausend Unterschriften umfasste (ein Online-Schatz, den zu heben sich für jeden lohnen würde), forderten die Suffragetten jetzt auch von der australischen Regierung, dem Beispiel Neuseelands zu folgen und den Frauen das Wahlrecht zu gewähren. Australien war 1902 das erste Land, das Frauen das Stimmrecht einräumte und ihnen gestattete, zu Parlamentswahlen anzutreten. (Zwei ironische Fußnoten: Trotz dieses Sieges, mit dem Australien Europa und den USA um Jahre voraus war, gelang es der ersten Frau Australiens – Edith Cowan –, erst 1921 ins Parlament gewählt zu werden. In Victoria erhielten Frauen erst 1908 das Stimmrecht, als Schlusslicht hinter allen anderen Bundesstaaten.)

Geografisches Herz des Romans ist das Gold Triangle. Im Zuge des Goldrauschs um 1854 entwickelte sich Melbourne rasch zu einer reichen Industriestadt, einer »Stadt auf Gold«. Im Bundesstaat Victoria entstanden zahlreiche hübsche Städte und Dörfer und viele Naturschutzgebiete, darunter der wundervolle Lerderderg State Park, der mittlerweile offiziell zum australischen Kulturerbe gehört. Die fiktiven Städtchen Hope und Bitternbird befinden sich innerhalb dieser geografischen Zone, die ich auf zahlreichen Reisen, in der Kindheit und auch später, immer wieder erkundet habe.

In dieser fiktiven, exzentrischen kleinen Gemeinde finden auch historische Figuren Erwähnung, an die wir uns noch heute erinnern, ja, die ins nationale Gedächtnis eingingen: Madame Nelly Melba, die berühmte australische Opernsängerin; der tragische Buschpoet Henry Lawson, Sohn von Louisa Lawson, der ersten weiblichen Zeitungsredakteurin und Inhaberin der Zeitschrift *The Dawn*; Harley Tarrant, Pionier der australischen Automobilindustrie; Vida Goldstein, lebenslange Kämpferin für die Rechte der Frauen. Ihre Aussage, »es gebe nichts Erniedrigenderes für Frauen, als sich verheiraten zu müssen, nur um ein Dach über dem Kopf zu haben. Liebe sollte der einzige Grund sein, um zu heiraten«, wird mittlerweile von jeder modernen Frau für selbstverständlich genommen – obwohl wir diese Errungenschaft dem nimmermüden Kampf der Frauen zu verdanken haben, die vor uns kamen.

Ich fürchte, kein Land liebt seine Räuber und Verbrecher mehr als die Australier. Unter jenen, die auch in Hope Erwähnung finden, sind der berühmteste Bushranger von allen: Ned Kelly, aber auch Captain Moonlite; die berühmt-berüchtigte Tänzerin und Kurtisane Lola Montez, die einst den Redakteur der *Ballarat Times*, Henry Seekamp, mit der Peitsche durch die Hauptstraße trieb, weil er ihre Auftritte vor Goldgräbern diffamiert hatte. Unter den legendären Helden dieser Zeit befinden sich ein Pionier der Filmindustrie, Brigadier der Heilsarmee, Joseph Perry, der Aborigine-Zirkusartist Billy Jones, Probasco und Mahomet, das sprechende Pferd, und natürlich der berühmte Hochseiltänzer Charles Blondin, »der Held der Niagarafälle«.

Ich möchte mich bei meinem Vater bedanken, dem Comedy-Writer und Autor Fred Parsons, der mich in meiner Kindheit mit seinen Geschichten über den frühen australischen Zirkus und die aufkommende Filmindustrie unterhalten und inspiriert hat. Die Kunstreiterfamilie Hart ist Fiktion, wurde aber von echten Zirkusdynastien inspiriert. Ich möchte mich insbesondere beim *Powerhouse Museum* von Sydney bedanken, in dem eine hervorragende Ausstellung historischer Zirkusartefakte zu bewundern ist, und bei Mark St Leon, Autor von *Circus, The Australian Story*, ein wundervolles Büchlein, das interessante Einblicke in den Alltag von Zirkuskindern wie Clytie und Tiche gibt.

Wichtige historische Persönlichkeiten, die insbesondere im Burenkrieg eine Rolle spielten, sind: Lord Kitchener, Oberkommandierender der Imperial Army; Generalmajor S. B. Beatson und Major Morris; unter den Australiern: Major W. McKnight, Captain S. Sherlock, Troppers Steele, Richards und Parry; Burengeneräle Ben Viljoen, Cronje, Botha, De la Rey, De Wet und Muller; der südafrikanische Dichter und

Journalist J. P. Toerien, Verfasser von »Sarie Marais«, dessen neuer Text auf der Melodie eines alten amerikanischen Folksongs basiert.

Bis heute unvergessen ist die englische Spinster Emily Hobhouse, welche sich für die Rettung der in Konzentrationslagern internierten Frauen und Kinder der Buren einsetzte. Man nannte sie gern den »Engel der Liebe«.

Bedanken möchte ich mich auch für die bereitwillige Hilfe aus Südafrika, insbesondere von Elmarie Malherbe vom *Anglo-Boer War Museum* in Bloemfontein und Mrs Joan Marsh von der *Suid-Afrikaanse Krygshistoriese Vereniging.*

Hope ist ein isoliertes kleines Städtchen mit all den Vorurteilen und Auffassungen aus dieser Zeit, die die Menschen damals hauptsächlich den Zeitungen entnahmen, die mit mehreren Tagen Verspätung eintrafen, oder aus Briefen von der Front, die oftmals aber auch ganz verloren gingen. *Im Land der goldenen Hoffnung* will kein Urteil über diesen tragischen Konflikt zwischen zwei Völkern abgeben, der sich heutzutage, Gott sei Dank, nur noch in sportlichen Wettkämpfen äußerst – den Fußballweltmeisterschaften, Kricketmatches oder den Olympischen Spielen.

Unter den weitgehend unbesungenen Helden dieses Krieges befinden sich vor allem die zahlreichen Ärzte und Krankenschwestern, Sanitätshelfer und Krankenwagenfahrer auf beiden Seiten. Schwester Heather »Kiwi« McQueen ist fiktiv, aber sie ist ein gutes Beispiel für diese außergewöhnlichen Männer und Frauen aus Australien und Neuseeland, die sich aufgeopfert haben, um Leben zu retten. Erst allmählich fängt man hierzulande an, ihre Leistung zu würdigen.

Ich möchte betonen, dass dies ein Roman ist, der in einer bestimmten Zeit spielt, und dass meine Figuren entsprechend ihrer Zeit und damaligen Gesinnung auf diese Ereignisse reagieren (Frauenstimmrecht, Wilmansrust, Kriegsgericht und amtliche Untersuchungsverfahren durch einen Coroner), selbst wenn wir sie im Rückblick ein wenig anders beurteilen würden.

Eine interessante Fußnote zum Wilmansrust-Debakel: Ich fand einen alten Artikel aus dem *Adelaide Advertiser* vom 7. Oktober 1901, Seite fünf, mit der Überschrift »Brigadier suspendiert, London, 5. Okt.«. Dort steht, dass Brigadegeneral S. B. Beatson seines Kommandos über die britische Kolonne im südlichen Teil der Kapkolonie enthoben und durch Generalmajor T. E. Stephenson ersetzt worden sei. Angefügt wurde Beatsons Auswurf, der die australischen Soldaten des Victorian 5th Contingent als »eine Bande feiger Hunde« (»white-livered curs«) bezeichnet habe.

Was die Schreibweise einiger Orte und Namen angeht, hätte ich ebenso gut eine Münze werfen können: Ich entschied mich für die Bezeichnung »Afrikander« anstelle von »Afrikaner«, vor allem weil General Ben Viljoen in seiner interessanten Autobiografie *My Reminiscences of the Anglo-Boer War* sich und die Seinen als solche bezeichnet hat. Dasselbe gilt für die Schreibweisen Roma beziehungsweise Rom und Romni, die von den Roma selbst verwendet werden. Die schöne Stadt Ballarat wurde viele Jahrzehnte lang auf zwei verschiedene Arten geschrieben. Ich war zunächst versucht, die alte Schreibweise »Balla'arat« zu verwenden, ein Wort aus der Aborigine-Sprache, das »abgewinkelter Ellbogen« bedeutet und ein eindringliches Bild für einen »Ruheplatz« zeichnet. In der Epoche, in der *Im Land der goldenen Hoffnung* spielt, wurden beide Schreibweisen gebraucht.

Was Hintergrundinformationen über die frühe australische Filmindustrie betrifft, möchte ich insbesondere folgenden Personen danken: Anthony Buckley, M.A., der mir stets mit Rat und Antwort zur Seite stand und mir wertvolle Kontakte vermittelt hat. Der Filmhistorikerin Graham Shirley für ihre wundervollen Geschichten über die Geburtsstunde des australischen Films, die meine frühen Recherchen zum *Land der goldenen Hoffnung* beflügelt haben.

Mein aufrichtiger Dank geht an Lindsay Cox, Territorial Archivist bei der Heilsarmee in Melbourne, die mir wundervolles Archivmaterial zu dem Biorama-Team unter Brigadier Joseph Perry, einem Pionier der bewegten Bilder, zugesandt hat.

Als unschätzbare Fundgrube für mich haben sich vor allem die *National Film and Sound Archives of Australia* erwiesen – wenn ich könnte, ich würde sie für die Ernennung zu einem der *Australian National Treasures* vorschlagen. Ich erhielt dort großzügig Zugang zu den frühen Filmen, einschließlich des erstaunlichen Œuvre von Perry.

Ich bin Robert Nash meinen Dank schuldig, dem Verfasser des Buches *The Hidden Thread – Huguenot Families in Australia*, der in diesem Band auf die wichtige Rolle der Hugenotten beim Aufbau und der Entwicklung der Länder, die ihnen Zuflucht boten, hinweist. Mein Dank auch an meinen Freund John Arbouw, der selbst von Hugenotten abstammt, für seine inspirierenden Berichte über seine Vorfahren.

Für wertvolle Einblicke in das Schicksal der rückkehrenden Soldaten aus dem Burenkrieg möchte ich mich vor allem bei Lieutenant-Colonel David Deasey RFD (i. R.), Vorsitzender des *New South Wales Committees* der *National Boer War Memorial Association* bedanken. Er erinnert uns daran, dass dieser Krieg, der Zweite Burenkrieg, in den Köpfen der Australier längst vergessen ist, obwohl er eine wichtige Rolle bei der Geburt des neuen Australiens spielte (dreiundzwanzigtausend australische Männer und Frauen waren darin verwickelt, darunter allein sechzehntausend in offiziellen australischen Kontingenten). Es war der erste Krieg, den wir als Nation geführt haben.

Aus Platzgründen kann ich nicht all jene Archivare und Helfer aufführen, die zur Entstehung dieses Buches beigetragen haben, möchte aber speziell folgende Institutionen und Personen erwähnen: Bendigo, Ballarat, Bacchus Marsh, Walhalla und das wundervolle »lebendige« Museum auf dem Sovereign Hill, Gulgong und Bendigo, sowie das chinesische »Joss House«; Dr. Michele Matthews, Archivarin im *Bendigo Regional Archives Centre*; Kreira Lochyer für ihre Recherchevorschläge; Merle Alexander, Warehouse-Clunes-Teamleiter am *Hepburn Shire Council* und Rechercheurin Betty Duncan für ihre Materialien zu einem architektonischen Juwel, dem Theatersaal im Rathaus von Clunes, den ich als Vorbild für den Rathaussaal in Bitternbird verwendet habe.

Mein Dank geht an viele nationale und internationale Recherchequellen, darunter: *Trove*, die freie Online-Database der Australischen Nationalbibliothek; das Zeitungsarchiv mit all seinen historischen Ausgaben australischer Zeitungen aus dieser Zeit; die Staatsbibliothek von Victoria; die Sondersammlung aus der Mitchell Library, der Staatsbibliothek von New South Wales; australische und victorianische Regierungsdatenbanken; die Stadtbibliotheken von Leichhardt und Balmain und eine historische Schatzkiste, *das Australian War Memorial*, in Canberra.

Johanna Nicholls
Sydney, 2016

Danksagung

Im Land der goldenen Hoffnung ist mein vierter, für sich stehender Roman über unterschiedliche Perioden in der Geschichte Australiens – nach *Die Blüte des Eukalyptus*, *In einem weiten Land* und *Wilde Akazien*. Als solcher beweist er mir einmal mehr, wie wertvoll die Unterstützung von »Freunden für alle Jahreszeiten« und der Familie ist.

Allen voran mein Ehemann und bester Freund, Autor Brian Nicholls, die Schauspieler aus der Familie, Sohn Nicholas Cassim, Schwiegertochter Nikki Owen und die restliche, auf den ganzen Kontinent verteilte Verwandtschaft.

Ich war sehr gerührt, als meine Enkelkinder Eadie und Gus Cassim sowie meine Großnichte Taleah Rowse kürzlich einen Stapel dicker Bücher zum »Familientag« in die Schule mitbrachten – weil sie stolz darauf sind, aus einer Familie von Schriftstellern zu stammen. Sie erinnern mich an den Grund, warum ich ursprünglich historische Romane schreiben wollte: in der Hoffnung, dass die Menschen nie vergessen, was unsere Vorfahren für uns und unser Land getan haben, all die vorangegangenen Generationen, die darum gekämpft haben, dieses Land zu dem zu machen, was es jetzt ist.

Ich möchte einer Reihe von Menschen meinen tief empfundenen Dank für ihre jahrelange Unterstützung und ihren

Beistand ausdrücken: meinen Agenten, Selwa Anthony in Australien und Bastian Schlück in Deutschland, und der Cheflektorin Barbara Heinzius vom Goldmann Verlag.

Außerdem möchte ich dem Wilhelm Goldmann Verlag danken und meiner Bewunderung für die Arbeit an der deutschen Ausgabe, *Im Land der goldenen Hoffnung*, Ausdruck verleihen: den Lektorinnen Kerstin Schaub und Roberta Ivers (die australische Lektorin von *Im Land der goldenen Hoffnung*), der Übersetzerin Gertrud Wittich und den Umschlagdesignern für ihre herrlich stimmungsvollen deutschen Buchcover.

Mein Dank geht auch an Linda Anthony für ihre außergewöhnlich großzügige Hilfe sowie an meinen australischen Verlag Simon and Schuster (Aust.), insbesondere die Redakteurin Janet Hutchinson. Ein herzliches Dankeschön an meine westaustralische Freundin und Historikerin Anne Robinson, die seit Jahren die Erste ist, die meine Manuskripte liest und mich auf eventuelle historische Ungereimtheiten aufmerksam macht – überdies ist sie ein großer Kenner des menschlichen Charakters. Ich bedanke mich bei Jan Wood dafür, dass sie sich trotz ihrer Arbeit an der Produktion einer TV-Serie Zeit genommen hat, sich *Im Land der goldenen Hoffnung* durchzulesen und mir wertvolle Vorschläge in Bezug auf die Frauenrechtskämpfe in der Föderationsära zu machen.

Ich hatte das Glück, die jüngeren Mitglieder der »Comedy-Truppe« meines Vaters vererbt zu bekommen, vor allem eine wahre Legende des Radios und TVs, Philip Brady, Comedy-Writer und Autor Mike McColl Jones und Autor und Ned-Kelly-Historiker Ian Jones. Ich weiß gar nicht, wie ich euch allen danken soll.

Mein loyales Netzwerk aus Familie und Freunden hat Verständnis dafür, wenn ich monatelang in einer »Recherchewolke« verschwinde und nur einen Fuß im einundzwanzigsten Jahrhundert behalte. Ihr habt mich alle angefeuert, bis ich die Ziellinie erreicht hatte!

Ich möchte hier und jetzt meinen besonderen Dank an Dr. Stephen Shumach, Professor Peter Bye und Dr. Jane Novotny aussprechen für ihren nimmermüden Rat in Bezug auf alle medizinischen und ärztlichen Fragen.

Ein besonderes Dankeschön auch an all jene, die mir schon seit Jahren zur Seite stehen: Professor emeritus John Ramsland und Dr. Marie Ramsland; Professor emeritus Suzanne Rutland; Roger Selby, *Honorary Secretary* von JAJEX; Philip Moses von AJHS; Die *Independent Scholars Association of Australia*; Bill Owen von *Wydidya*, North Star, New South Wales, für den Vorschlag von Slim Dustys eindringlichem Song »The Pearl of Them All« für die Passage über Roms Pferd; Kiwi-Freundin Lyn White für all meine »Neuseelandfragen«; Edna Wilson, die immer Bücher für mich aufstöbert, die nicht mehr in Druck sind; und Tim Moroney, der allzeit Ausschau nach historisch relevanten Schmökern hält.

Besondere Hilfe, was die Verhältnisse im damaligen Südafrika angeht, bekam ich von einigen Australierinnen, die in Südafrika geboren wurden und deren Vorfahren im Burenkrieg auf beiden Seiten kämpften; Sibyl Smuskowitzs Mann Chaim hat mir einige wertvolle historische Bände ausgeliehen, darunter *To The Bitter End*, einen eindrucksvollen Fotoband über die Geschichte des Burenkriegs von Emanoel Lee, durch den ich einen visuellen Einblick in die Perspektive der Buren bekam.

Ich denke, dass meine Vorfahren nichts dagegen haben, wenn ich ab und zu einen ihrer Namen verwende, um nicht aus Versehen mit realen Personen in den Clinch zu geraten.

Und last, but not least geht man Dank an Sie, meine lieben Leser! *Ich liebe Ihre Bücher und kann's kaum erwarten, das nächste zu lesen!* Es gibt nichts Schöneres für einen Autor als Zuschriften wie diese.

Autorin

Johanna Nicholls studierte in Sydney und hat als Journalistin in London sowie als Produzentin und Redakteurin für das australische Fernsehen gearbeitet, bevor sie sich einen Lebenstraum erfüllte: Autorin zu werden und große Australiensagas zu schreiben. Seither hat sie erfolgreich mehrere historische Australienromane veröffentlicht. Johanna Nicholls lebt in einem Haus aus dem 19. Jahrhundert in Sydney.

Johanna Nicholls im Goldmann Verlag:
Wilde Akazien. Roman
In einem weiten Land. Roman
(alle auch als E-Book erhältlich)

GOLDMANN
Lesen erleben